HEYNE <

Das Buch

Die Loower sind ein uraltes Volk. Einst streiften sie im Auftrag der allmächtigen Kosmokraten durch das All, verbreiteten Leben und Intelligenz im Universum – bis zum Bruch mit den Hohen Mächten. Die Loower wurden zu einer Jahrmillionen währenden Flucht gezwungen, bis sie schließlich Frieden auf der abgelegenen Welt Alkyra II fanden.

Doch nun ist ihre Einheit zerbrochen. Ein Riss geht durch ihr Volk, der sich zu einem erbitterten Krieg Loower gegen Loower ausweitet.

Der Bruderkrieg erfasst immer neue Welten der Liga Freier Terraner, Milliarden Menschen sind in Gefahr. Reginald Bull, der beste Freund Perry Rhodans, muss Hunderte von Planeten evakuieren. Gleichzeitig gilt es, einem zahlenmäßig und technisch überlegenen Gegner die Stirn zu bieten – in einem erbitterten Konflikt, den er nicht versteht. Seine Saat wurde vor Jahrhunderten gesät, von einem Loower, der nur ein Ziel vor Augen hatte: die Freiheit zwischen den Sternen.

Der Autor

Andreas Brandhorst, Jahrgang 1956, lebt seit mehr als zwanzig Jahren in seiner Wahlheimat Italien. Er schrieb bereits in jungen Jahren phantastische Erzählungen und Romane für deutsche Verlage. Aufsehen erregte er mit seinem farbenprächtigen Kantaki-Universum, dessen Romane ebenfalls bei Heyne erscheinen. Mehr Informationen zu Autor und Werk unter: www.kantaki.de.

Der Illustrator

Der 1964 in Stuttgart geborene Oliver Scholl gestaltete bereits als Jugendlicher Risszeichnungen für die PERRY RHODAN-Serie. Seit Anfang der 90er Jahre arbeitet er als Production Designer in Hollywood, unter anderem für Science-Fiction-Filme wie *Independence Day*, *Godzilla* oder *The Time Machine*.

Perry Rhodan

PAN-THAU-RA

ANDREAS BRANDHORST

DIE TRÜMMER-SPHÄRE

Roman

PERRY RHODAN
PAN-THAU-RA | BAND 2

Mit einem Anhang von Rüdiger Schäfer

Originalausgabe

WILHELM HEYNE VERLAG
MÜNCHEN

Das Umschlagbild ist von Oliver Scholl

FSC
Mix
Produktgruppe aus vorbildlich bewirtschafteten Wäldern und anderen kontrollierten Herkünften

Zert.-Nr. SGS-COC-1940
www.fsc.org
© 1996 Forest Stewardship Council

Verlagsgruppe Random House FSC-D-0100
Das FSC-zertifizierte Papier *München Super* für Taschenbücher aus dem Heyne Verlag liefert Mochenwangen Papier.

Originalausgabe 01/06
Redaktion | Klaus N. Frick & Frank Borsch
Lektorat | Sascha Mamczak

www.heyne.de
Printed in Germany 2006
Umschlaggestaltung | Nele Schütz Design, München
Satz | C. Schaber Datentechnik, Wels
Druck und Bindung | GGP Media GmbH, Pößneck

ISBN-10: 3-453-53214-7
ISBN-13: 978-3-453-53214-4

: OI

Karn-Terg

| Trümmersphäre, 68 Nach der Einkehr – 67 NGZ |

»» › »Morgen um diese Zeit bist du tot.«

Karn-Terg stand am Fenster, die Flughäute auf dem doppelten Rücken gefaltet. Die beiden Augenstiele waren ganz ausgefahren und neigten sich langsam hin und her; ihre Bewegungen verrieten tiefen Kummer.

»Morgen um diese Zeit bist du tot«, wiederholte der Zellenhelk und schien auf einer Reaktion zu bestehen.

»Was spielt es für eine Rolle?«, murmelte Karn-Terg, den Blick noch immer ins All gerichtet. Raumschiffe flogen dort, zum letzten Mal. Von fernen Sternen kamen sie, aus anderen Galaxien, selbst jetzt noch, achtundsechzig Jahre nach der Einkehr. Sie gesellten sich den vielen anderen hinzu, die im Orbit des zweiten Planeten dieses Sonnensystems schwebten, keine Reisenden im Kosmos mehr, sondern Häuser im All. »Was ist nur aus uns Loowern geworden?«, fügte er noch leiser und noch trauriger hinzu.

Der Helk nahm nur die ersten Worte zur Kenntnis. »Wie kann der Tod für dich *keine* Rolle spielen?«, ertönte erneut die Stimme, die Teil der Strafe war. Sie stammte von einer modifizierten Edukator-Komponente. »Er beendet deine Existenz.«

So wie die Kosmokraten die Existenz der Loower beendet haben, die sie einst gewesen sind, dachte Karn-Terg mit einer Verbitterung, die ihn überraschte. Gab er den Kosmokraten die Schuld an seinem Schicksal? Eine absurde Vorstellung, selbst in dieser Situation. Und doch ... Intensive Emotionen, tief in seinem Innern und noch unergründet, weckten in ihm den Wunsch, jemand die Schuld zu geben. Weil dann die Schuld, die auf ihm selbst lastete, weniger schwer wurde?

»Jede verstreichende Sekunde bringt dich dem Ende näher«, erinnerte ihn der Zellenhelk mit programmierter Grausamkeit.

Karn-Terg wandte den Blick von den Raumschiffen ab, die sich seit achtundsechzig Jahren in der Umlaufbahn eines öden Wüstenplaneten sammelten – es waren bereits Millionen –, und sah auf die Welt hinab, an deren Pazifizierung er selbst mitgewirkt und dabei zusätzliche Ehre erworben hatte. Die Duade, Kollektivintelligenz der Monaden, existierte nicht mehr; ihre Versuche, die Loower zu übernehmen, waren gescheitert. Doch Alkyra II blieb leer und gefährlich, ein unwirtlicher und weitgehend unerforschter Ort. Das mochte der Grund sein, warum sich dort nur wenige Loower niederließen. Die meisten Einkehrer zogen es vor, an Bord ihrer Schiffe zu bleiben, als hofften sie, damit eines Tages wieder aufbrechen zu können. Doch die Zeit des Reisens war zu Ende, daran hatten die Kosmokraten keinen Zweifel gelassen.

Er drehte sich um und sah das Auge der Gerechtigkeit, das in der Mitte der Zelle schwebte und einen strengen Blick auf ihn richtete. Es war eine Projektion des Helks.

»Du musst sterben, weil du Leben ausgelöscht hast.« Und damit begann die Litanei erneut. Zum hundertsten oder tausendsten Mal schilderte die Edukator-Komponente den Mord, den Karn-Terg unter dem Einfluss eines Rauschmittels begangen hatte. Viele Loower machten Gebrauch von Substanzen, die sich auf das Denken und Fühlen auswirkten; vielleicht lag es am Verlust des Tiefenbewusstseins. Karn-Terg hatte nur vage Erinnerungen an die Tat: ein Schallmesser in seinen Greiflappen, der Körper eines anderen Loowers ganz nah, das Messer *darin*, an der Stelle, wo sich wichtige Nerven trafen ... Vart-Dededer, so lautete der Name des Opfers, hatten ihm die Justiziare vor dem Urteil mitgeteilt. Ausgerechnet eine der alten Entelechie-Gelehrtinnen.

»Deshalb hat man dich zum Tode verurteilt«, sagte der Helk, und die Stimme schien vom Auge der Gerechtigkeit zu kommen. »Morgen um diese Zeit werden die neun Strahlen deinen Körper verbrennen.«

»Weißt du, wer ich bin?«, fragte Karn-Terg müde. Er wünschte sich Ruhe und Frieden, und vielleicht würde er am nächsten Tag beides finden.

»Du bist ein Mörder.«

»Ich bin Karn-Terg und habe als Pilot Raumschiffe geflogen, in dieser Galaxis und in anderen. Ich stamme aus dem Geschlecht der Talimai. Unsere Linie brachte mehrere Quellmeister und zahlreiche Konstrukteure hervor, und damit meine ich *echte* Konstrukteure – sie waren vor vielen Millionen Jahren maßgeblich am Bau eines Schwarms beteiligt. Die heutigen Konstrukteure konstruieren nicht, sondern zerstören. Sie verwandeln Raumschiffe, die einst das gesamte Universum durchstreiften, in ... *Wohnraum.*« Karn-Terg entfaltete einen Flügel und deutete mit seiner Spitze zum Fenster. »Sie demontieren unsere Vergangenheit. Was dort draußen entsteht, sind die Trümmer unseres Ruhms. So nenne ich das, was eine orbitale Stadt werden soll: die Trümmersphäre.«

Der Zellenhelk schwieg. Das Auge der Gerechtigkeit starrte stumm.

»Dass ich auf diese Weise enden muss ...« Karn-Terg hatte keine Angst vor dem Tod, aber sein Ende erschien ihm so ... sinnlos. »Ich habe getötet, ohne töten zu wollen.« Er erinnerte sich daran, dass er diese Worte auch an die Justiziare gerichtet hatte.

»Du bist ein Mörder, und nur darauf kommt es an. Wer Leben auslöscht, muss sein eigenes Leben geben. Morgen um diese Zeit wirst du sterben.«

Karn-Terg wandte sich wieder dem Fenster zu, beobachtete die vielen Raumschiffe und fragte sich, wie schmerzhaft es sein würde, wenn die neun Strahlen seinen Körper verbrannten.

Irgendwann fand er Ruhe, obwohl der Zellenhelk nicht müde wurde, ihn an seinen Tod und die bevorstehende Hinrichtung zu erinnern. Zusammengekauert in einer Ecke schlief er, zum letzten Mal, die Flughäute um sich geschlungen, und träumte von der Zeit des Ruhms, als die Loower überall im Universum unterwegs gewesen waren, beauftragt mit der Mission, mit Hilfe eines Schwarms Leben zu säen und Intelligenz zu verbreiten. All diese Dinge existierten in seiner Erinnerung, selbst ohne das Tiefenbewusstsein, das allen Loowern ein Gefühl von Zweck und Bestimmung vermittelt hatte. In seinen Träumen saß er an den Kontrollen der BAUH-TARAG, eines mächtigen Kegelschiffes, das mit schnell hintereinander folgenden Sprüngen die Leere zwischen den Galaxien durcheilte.

Als er die Augen öffnete, kehrte die bittere Realität zurück, begleitet von der Erkenntnis, dass sein einundneunzig Jahre junges Leben bald in Asche enden würde. Erneut bedauerte er, noch nicht das Alter der Wahl erreicht zu haben – dann hätte er sich selbst aufhören können, mit nur einem Gedanken, ohne Schmerz. Dass er so jung sterben musste, lange vor der Reifephase, machte alles noch trauriger.

»Du wirst bald tot sein«, sagte der Helk.

»Ich bin bereit.« Und das stimmte, wie ihm ein Blick aus dem Fenster bestätigte. Dies war nicht seine Ära. Mit Sesshaftigkeit und Demontage konnte er nichts anfangen. Es war besser, jetzt Abschied zu nehmen.

Mitten in der Zelle, nicht weit vom Auge der Gerechtigkeit entfernt, blieb er stehen und versuchte, sich von allem emotionalen Ballast zu befreien, sein Selbst auf die Auflösung vorzubereiten. Als er fast eine Stunde später die Augen wieder öffnete und ausfuhr, stand der Vollstrecker vor ihm.

»Du verwendest noch immer die entelechischen Methoden des Geistes«, stellte er fest. »Obwohl das Tiefenbewusstsein nicht mehr existiert.«

»Ich bin, was ich bin.«

»Du bist ein Mörder«, sagte der Helk.

Karn-Terg vergewisserte sich, dass die neuneckigen Körperhaftplatten aus schwarzem Leder an den richtigen Stellen saßen; sie bildeten noch immer ein Muster der Ehre. Dann hob er den Blick, sah den Vollstrecker an und streckte ihm die beiden Tentakel entgegen.

Die dunkle Gestalt trug einen Zeremonienpanzer aus kleinen Stahl- und Kristallfacetten, holte wortlos eine Energiefessel darunter hervor und legte sie ihm an.

»Ich habe nicht vor zu fliehen«, sagte Karn-Terg.

»Es gibt Regeln, die es zu beachten gilt«, erwiderte der Vollstrecker.

Die Energiefesseln berührten ledrige Haut und betäubten Nervenbahnen – Karn-Tergs Gehirn konnte die beiden Armtentakel plötzlich nicht mehr kontrollieren.

Im Korridor, an den Wänden zusammengekauert, warteten mehrere Loower aus der Wächter-Nomination. Das Muster ihrer Körperplatten wies darauf hin, dass sie einst Krieger gewesen waren. Der Vollstrecker führte Karn-Terg an ihnen vorbei, und einen Moment lang glaubte der Verurteilte, ihr Selbst zu spüren, obwohl seine entelechischen Fähigkeiten nie auch nur annähernd an die eines Meisters herangereicht hatten. Er fühlte keine Trauer angesichts der Veränderung ihres Status und des grundlegenden Wandels in der Gesellschaft. Resignation bestimmte ihre Aura, die Bereitschaft, sich mit dem neuen Leben abzufinden.

Die Wächter folgten ihnen durch den Hauptkorridor des Schiffes, das inzwischen als Gefängnis diente. Rechts und links befanden sich Zellen mit Loowern, die andere Verbrechen begangen hatten. Die meisten von ihnen wurden mit Erinnerungsverstärkern behandelt und gezwungen, die Tat immer wieder aus verschiedenen Perspektiven zu erleben – das vervielfachte die Last der Schuld. Andere warteten so auf ihr Ende, wie Karn-Terg auf seins gewartet hatte. Er war fast froh, dass das lange, quälende Warten zu Ende ging und er der Stimme des Zellenhelks entkommen konnte.

Schließlich erreichten sie den Dom mit der Plattform, die Karn-Terg oft in den Übertragungen gesehen hatte, ohne zu ahnen, dass er sie selbst einmal betreten würde. Neun Stufen führten empor zum weißen Kreis, der Läuterung symbolisierte. *In wenigen Minuten wird dort meine Asche liegen,* dachte er.

Vor der untersten Stufe blieb Karn-Terg stehen und sah an den gewölbten Wänden des Doms empor. Zahllose Übertragungssensoren schwebten dort, von individuellen Antigravfeldern getragen, wie ein gewaltiger Schwarm aus metallischen Flugkäfern. Ein leises Summen kam von ihnen und wies den Verurteilten darauf hin, dass sein Bild jetzt in allen Schiffen der orbitalen Stadt – der Trümmersphäre – zu sehen war. Sein Tod wurde zu einem öffentlichen Schauspiel, das mahnen und abschrecken sollte.

Einer der Wächter nahm ihm die Körperplatten ab, und damit einher ging ein ganz besonderer Schmerz, denn mit ihnen verlor er die letzten äußeren Zeichen seiner Ehre. Der Vollstrecker hob einen Tentakel, und direkt vor ihm entstand ein dreidimensionales Projektionsfeld, das nicht nur ein rekonstruiertes Bild der Tat zeigte, sondern auch den Text der Anklage und des Urteils. Der dunkle Loower mit dem Zeremonienpanzer verlas ihn und nahm Karn-Terg dann die Energiefessel ab. Sofort kehrte das Gefühl in die Tentakel zurück.

»Im Namen der neunundneunzig Nominationen unseres Volkes verlange ich von dir, dass du dich den Konsequenzen deines Verbrechens stellst«, sagte der Vollstrecker.

Karn-Terg trat die neun Stufen hoch.

Eine sonderbare Ruhe senkte sich auf ihn herab, als er in den weißen Kreis trat, unter die neun Projektoren, deren Strahlen ihn verbrennen würden. Er fürchtete sich nicht, und auch die Trauer verschwand, wich Erleichterung. Gleich war es vorbei, endlich vorbei.

Dem Summen von Tausenden von Übertragungssensoren gesellte sich ein dumpfes Brummen hinzu, als die Akkumulatoren über ihm Energie aufnahmen. Karn-Terg fuhr die Augenstiele ein, füllte seine Lungen ein letztes Mal mit Luft ...

Und lebte noch immer.

Das Brummen über ihm verklang, ebenso das Summen der Sensoren. Völlige Stille herrschte, und Karn-Terg fragte sich, ob er vielleicht schon gestorben war, ohne es zu merken. Schließlich wagte er es, die Augenstiele wieder auszufahren.

Der Vollstrecker und die Wächter waren vom Podium fortgewichen, und durch den Haupteingang des Doms trat eine Gestalt, die Karn-Terg gut kannte. Bei ihr bedeckten die Körperplatten nicht nur bestimmte Stellen des Leibs, sondern formten den schützenden Anzug eines Raumfahrers. Sie trug ihn selbst jetzt noch, Jahrzehnte, nachdem er die BAUH-TARAG in den Orbit von Alkyra II gesteuert hatte: Aranta-Margi, stolze Kommandantin jenes Schiffes. Nichts an ihr deutete darauf hin, dass sie die neuen Nominationen akzeptierte – sie trug noch immer die Zeichen ihres alten Status.

Der Vollstrecker und die Wächter neigten respektvoll die Flügel.

Aranta-Margi achtete nicht auf sie. »Ich bedauere, dich an diesem Ort zu sehen«, sagte sie und verharrte dicht vor dem Podium. »Ich habe meinen Einfluss beim Quellmeister geltend gemacht. Komm.«

»Was?«, brachte Karn-Terg verwundert hervor.

Die Kommandantin winkte ungeduldig. »Du wirst nicht hingerichtet. Vo-Kander hat dich begnadigt.«

»Dies sind schwere Zeiten für uns«, sagte Aranta-Margi, als sie den Dom verließen, allein, ohne den Vollstrecker und die Wächter. »Ja, schwere Zeiten.«

Karn-Terg ging nackt an ihrer Seite, erfüllt von einer Benommenheit, aus der immer mehr Hoffnung wuchs. Er versuchte, seine Gedanken und Gefühle zu ordnen, während sie durch lange, seltsam stille Korridore gingen. Nach einer Weile, begleitet von Schweigen, kamen sie an den deaktivierten Aggregaten eines Transmiterm-Rotators vorbei, und dort verharrte die Kommandantin kurz. »Der Antrieb schläft, und vielleicht erwacht er nie wieder. Dieses Schiff ist in drei verschiedenen Galaxien gewesen. Es hat viel gesehen, und seine Aufzeichnungsmodule haben viel zu erzählen. Doch die neuen Konstrukteure sind an solchen Dingen nicht interessiert. Sie bauen die orbitale Stadt und begraben unsere Vergangenheit.«

»Dein Einfluss beim Quellmeister ...«

»Hat seine Grenzen. Ich könnte ihn nicht dazu bewegen, gegen die Vereinbarung mit den Kosmokraten zu verstoßen und die Loower wieder zu Reisenden zu machen. Die Einkehr ist unwiderruflich. Und was Leute wie wir manchmal nicht wahrhaben wollen, Karn-Terg: Die meisten Angehörigen unseres Volkes haben längst begonnen, sich an die neuen Gegebenheiten zu gewöhnen. Sie freuen sich sogar darüber, denn hier fiel endlich die alte Furcht vor ihnen ab. Nur wir Raumfahrer ...«

Sie erreichten eine Schleuse, und hinter der transparenten Außenwand sah Karn-Terg eine wartende Kapsel. Das Innenschott glitt zu, die aus neun Segmenten bestehende Außenluke schwang auf, und sie betraten den kleinen Transporter. Karn-Tergs Hoffnung wuchs, aber er wagte noch nicht, sie in Worte zu fassen.

»Nur wir Raumfahrer halten an den alten Träumen fest«, sagte Aranta-Margi seufzend, nahm an den Kontrollen Platz und betätigte sie. Die Kapsel löste sich vom Verbindungsflansch und glitt durchs All. Unten drehte sich ein gelbbrauner Planet, auf dem Karn-Terg vor vielen Jahren am Kampf gegen die Duade teilgenommen hatte. Ein anderes Raumschiff erschien im Navigationsfokus, und ein Blick auf die Anzeigefelder zeigte ihm die vertraute energetische Signatur: Es war die BAUH-TARAG!

Die Kommandantin richtete einen ernsten Blick auf ihn. »Rauschmittel bedeuten Flucht. Ein Raumfahrer flieht nicht, erst recht keiner von der BAUH-TARAG.«

Karn-Tergs Stielaugen krümmten sich, als er beschämt den Blick senkte.

»Du hast getötet, obwohl wir Loower immer für das Leben eingetreten sind. Dafür gibt es keine Entschuldigung. Aber ich verstehe die Umstände, und deshalb habe ich versucht, dir zu helfen.«

Versucht?, dachte Karn-Terg. Er war nicht hingerichtet worden; er lebte.

»Leider konnte ich nicht mehr für dich tun«, fügte Aranta-Margi hinzu, als die Kapsel an einem der neun Segmente des großen Kegelschiffes anlegte. Für Karn-Terg bot die BAUH-TARAG einen erhabenen und gleichzeitig traurigen Anblick. Er hielt das Schiff für Gestalt gewordene Schönheit und erinnerte sich an seine Kraft, die ihn und die anderen durch die Leerräume zwischen den Galaxien getragen hatte. Doch jetzt schlief es, wie auch die vielen anderen Schiffe. Es zeigte sich kein dunkelrotes Glühen in den Projektionskernen des Antriebs; der Koloss hing passiv in der Umlaufbahn von Alkyra II, kein stolzer, unabhängiger Riese mehr, sondern Teil der Trümmersphäre.

»Wir Raumfahrer müssen uns fügen, dürfen uns dem Neuen nicht entgegenstellen«, sagte die Kommandantin, als sich die Schleuse öffnete und sie an Bord gingen. »Aber wir können hoffen. Darauf, dass es eines Tages eine neue Veränderung geben wird. Vielleicht bekommen wir irgendwann zurück, was man uns genommen hat: die Freiheit, das Universum zu durchstreifen. Und um zu hoffen, muss man leben.«

Karn-Terg musterte Aranta-Margi. Er kannte sie gut genug, um die doppelte Bedeutung zu erkennen: jene, die in den Worten zum Ausdruck kam, und die zweite zwischen ihnen.

»Meine Fürsprache bei Vo-Kander hat nur dein Leben bewahrt, nicht aber deine Ehre«, fügte die Kommandantin hinzu.

Eine kleine Antigravplattform trug sie durchs Schiff, und Karn-Terg glaubte, den Schmerz einer Wunde in seinem Körper zu fühlen, als er sah, dass die Antriebssysteme der BAUH-TARAG zum größten Teil demontiert waren, ebenso die zentralen Hyperfeldzapfer. Es gab nur noch einige Reservereaktoren, die genug Energie für die noch funktionierenden Anlagen des ruhenden Riesen lieferten. In einigen Sektionen bemerkte Karn-Terg Helks, die offenbar damit beschäftigt waren, energetische und mechanische Barrieren zu errichten und Teile des Schiffes von anderen zu trennen.

Schließlich erreichten sie einen runden Raum, dessen Wände fast ausschließlich aus Projektionsfeldern bestanden. Sie waren deaktiviert und präsentierten uniformes Grau, obwohl ein dumpfes Brummen auf aktive Energieversorgung hinwies.

»Wir sind da«, sagte Aranta-Margi.

»Du hast von Hoffnung gesprochen ...« Karn-Terg drehte die Augen und sah sich um. »Ich dachte, du bringst mich vielleicht zu einem Schiff, das wieder aufbricht.«

»Verlorene Ehre kann zurückgewonnen werden«, sagte die Kommandantin, ohne auf seine Worte einzugehen. »Doch dazu muss man am Leben bleiben. Trotz allem. Wer gefallen ist, kann aufstehen, so mühsam es auch sein mag. Ich habe nie etwas von Leuten gehalten, die sich aufhören, um Problemen auszuweichen.«

Aranta-Margi trat zu den Kontrollen und betätigte sie. Bilder erschienen in den bis dahin leeren Projektionsfeldern, und Stimmen drangen aus Lautsprechern. Kleine Gestalten quiekten, heulten und schrien.

Karn-Terg starrte und lauschte, ohne zu verstehen.

»Dies ist deine neue Aufgabe«, sagte die Kommandantin. »Du bist für diesen Hort zuständig.« Sie deutete an den Wänden empor. »Es sind mehr als dreihundert.«

»Ich soll ein *Kinderwart* sein?«, brachte Karn-Terg fassungslos hervor. Es war die geringste aller neunundneunzig neuen Nominationen; tiefer konnte niemand stehen.

»Achte darauf, dass sich die Kinder nicht gegenseitig umbringen«, sagte Aranta-Margi. Sie stand schon wieder in der Tür des Raums. »Und dass sie dieses Schiff nicht zerstören. Bleib am Leben und hoffe.«

Damit ging sie.

: 02

Karn-Terg
| Trümmersphäre, 68 N.d.E. – 67 NGZ |

»» › Karn-Terg begriff jetzt, welchen Zweck die energetischen und mechanischen Barrieren erfüllten: Sie sollten die Kinder daran hindern, das Schiff zu verlassen. Und auch ihn.

Im Hauptstutzen, dem zentralen Verbindungselement zwischen der BAUH-TARAG und der Trümmersphäre, war er auf einen flirrenden Energievorhang gestoßen, und hier, in einem der Nebentunnel, stand Karn-Terg vor einem mechanischen Schild aus mehreren stationären Helks. Langsam wurde ihm klar, dass er erneut ein Gefangener war, so wie in der Zelle. Er hatte hier nur mehr Platz.

»Du kannst nicht fort«, ertönte eine Stimme.

Er drehte sich um und spähte in den Gang, der zum größten Teil im Dunkeln lag. Nur hier glühte matt ein Leuchtelement in der Decke, vielleicht deshalb, damit er alle Einzelheiten der mechanischen Barriere genau erkennen konnte.

Ein mobiler Helk näherte sich, bestehend aus neun Elementen, die nicht dem üblichen Standard entsprachen. Jedes einzelne von ihnen war verändert worden, von jemandem, der wenig Wert auf Ästhetik gelegt hatte. Dutzende von Sensoren ragten an unterschiedlich langen und dicken Stangen aus der Hauptmasse. Aus vielen einzelnen Gliedern bestehende superflexible Greifarme steckten in Servomotorwülsten. Kleine

Schirmfeldprojektoren neigten sich hin und her, wie auf der Suche nach einem Grund dafür, aktiv zu werden, den ganzen Helk oder Teile davon mit fokussierter Energie zu schützen. Unten glühte ein kobaltblaues Antigravfeld. Bei den Modifikationen schienen drei Dinge im Vordergrund gestanden zu haben: Wahrnehmung; Agilität oder die Möglichkeit, viele externe Dinge gleichzeitig zu berühren und zu ergreifen; und Geschwindigkeit. Und irgendwie wirkte alles sehr defensiv.

Karn-Terg beäugte den fast drei Meter großen Helk neugierig.

»Ich bin Toffok, dein Assistent. Du kannst nicht fort. Nicht auf diese Weise.«

»Was soll das heißen, nicht auf diese Weise?«

»Dein Vorgänger hat einen anderen Weg gewählt.«

»Gran-Tarasch?« Im Quartier neben dem Beobachtungsraum hatte Karn-Terg persönliche Dinge eines Loowers gefunden, darunter ein Holo-Tagebuch mit dem Titel *Gran-Tarasch, Gedanken in der Einsamkeit.* »Wo ist er? Ich habe vergeblich nach ihm gesucht.«

»Ich kann dir den Ort zeigen, wo er zuletzt gewesen ist.«

Karn-Terg folgte Toffok und ließ sich von dem Helk in die inneren Bereiche des Schiffes zurückführen. Immer wieder sah er sich um und betrachtete voller Nostalgie Vertrautes: leistungsfähige Aggregate für die strukturelle Integrität des einst so stolzen Schiffes; große Laboratorien hinter langen, hohen Panoramafenstern, halb im Dunkel, voller Schatten; leere Hangars; helle hydroponische Sektionen, in denen kleine, flinke Helks ihrer Arbeit nachgingen; Quartierbereiche mit Ruhegerüsten für jeweils Dutzende von Loowern. Karn-Terg kannte jeden einzelnen Raum der BAUH-TARAG, und was er sah, machte ihn sehr traurig. Dieses Schiff schlief nicht; es hatte halb aufgehört.

Schließlich schwebte Toffok in eine der Kammern, die den zylindrischen Kern eines Reservereaktors umgaben, und verharrte dort vor der ovalen Recyclingbank. Karn-Terg trat näher, sah durch eins der Kontrollfenster und bemerkte das Bereitschaftsglühen der Konverterenergie.

»Ich verstehe nicht«, sagte er, befürchtete aber, dass er zu verstehen begann.

»In letzter Zeit ging es Gran-Tarasch immer schlechter. Er hat mehrmals um eine Versetzung gebeten, immer vergeblich.«

Karn-Terg blickte erneut durchs Fenster, hinab ins Glühen der Konverterenergie. »Soll das heißen ...«

»Seine Sensorspur führt hierher. Ich weiß nicht, was geschehen ist, aber ich kann extrapolieren.«

Das konnte Karn-Terg ebenfalls. »Wie alt war Gran-Tarasch?«

»Dreihundertvierundzwanzig Jahre.«

»Also hatte er das Alter der Reife erreicht«, murmelte Karn-Terg, und das Zittern seiner Sprachblase deutete auf Betroffenheit hin. »Er hätte sich aufhören können. Auf diese Weise aus dem Leben zu scheiden, sich selbst *Gewalt* anzutun ... Vielleicht hat er es nicht ertragen, ein einfacher, armseliger Kinderwart zu sein.«

Toffok schwieg. Sein Antigravfeld summte so leise, dass man aufmerksam lauschen musste, um es zu hören.

Karn-Terg wandte sich ab. »Ich glaube, ich sollte sie mir jetzt ansehen. Die Kinder.«

Der Helk glitt sofort in Richtung Ausgang. »Ich habe Gran-Tarasch immer begleitet. Deshalb hat er mich verändert. Weil er sich fürchtete.«

»Er hat sich vor den *Kindern* gefürchtet?«

»Unter ihnen befinden sich einige Dreier, Sechser und Neuner. Das sind die schlimmsten.«

Auf dem Weg zum Hort rief sich Karn-Terg ins Gedächtnis zurück, was er über Kinder wusste. Eigentlich ließ es sich in einem Satz zusammenfassen: Aus ihnen gingen schließlich erwachsene Loower hervor. Er erinnerte sich an die eigene Kindheit, an einzelne Ereignisse während der drei Hauptentwicklungsphasen, und in den memorialen Bildern fehlten die Figuren von Erwachsenen. Er entsann sich an Edukatoren, deren hoch entwickelte künstliche Intelligenz Auskunft gab und Fragen beantwortete, an Maschinen, aus denen Nahrung kam, an Streit und Auseinandersetzungen mit anderen Kindern. Und dann, irgendwann, war er groß genug gewesen, um aus dem Hort geholt zu werden und mit der Ausbildung zum Piloten zu beginnen. Es hatte Tote gegeben, erinnerte er sich vage. Nicht alle Kinder hatten damals überlebt.

Der Zugang zum Hort war mit dreifach gestaffelten Schirmfeldprojektoren gesichert, und die Tür bestand aus molekularverdichtetem Stahl.

»Beim ersten Mal ist Gran-Tarasch allein hineingegangen«, sagte Toffok. »Anschließend hat er mich modifiziert und sich von mir begleiten lassen, wenn er unbedingt in den Hort musste, um etwas zu reparieren.«

Während seiner Reisen durchs Universum hatte Karn-Terg die Kinder anderer Völker gesehen: kleine, hilflose Wesen, die fast ständig umsorgt werden mussten.

Er trat vor, entriegelte die Tür und öffnete sie.

Dahinter erstreckte sich ein halbdunkler Raum. Karn-Terg fuhr die Stielaugen ganz aus und drehte sie, um alles gleichzeitig zu sehen. Stille herrschte, und nirgends rührte sich etwas. Er erwog kurz die Möglichkeit, in den Beobachtungsraum zurückzukehren und festzustellen, wo sich die Kinder befanden, entschied sich aber dagegen.

»Hört mich jemand?«, fragte er und trat vor.

Toffok schwebte auf seinem blauen Antigravfeld an ihm vorbei und stieg auf, bis er sich etwa drei Meter über dem Boden befand. In einem seiner neun Elemente öffnete sich eine Klappe, und ein Lichtstrahl wanderte über die Wände. Sie wiesen Öffnungen auf, manche rund, andere eckig.

»Ich kann nur etwa zweihundertfünfzig Kinder lokalisieren«, sagte der Helk. »Sie sind in den Innenbereichen. Die anderen bleiben meinen Sensoren verborgen. Offenbar gibt es neue Abschirmungen, vermutlich von den schlauen Neunern errichtet.

Einige von ihnen könnten bald für die Abholung bereit sein. Sehr einfallsreich, sehr widerstandsfähig, fast erwachsen.«

Karn-Terg näherte sich einer Öffnung, die groß genug war, ihn aufzunehmen. »Dies ist eine ehemalige Quartierssektion, nicht wahr?«

»Ja.« Der Helk flog an ihm vorbei und in die Öffnung. Als Karn-Terg ihm durch den Tunnel folgte, vertrieb sein Licht die Finsternis. Kurz darauf gelangten sie in einen zweiten Raum, in dem sich ebenfalls niemand aufhielt: eins von mehreren Speisezimmern, rund, mit Synthetisierern an den Wänden. Nur ein Leuchtelement in der Decke glühte; die beiden anderen waren gesplittert. Karn-Terg sah sich um. Kleine Ruhegerüste lagen auf dem Boden, teilweise auseinander gerissen, neben verfaulenden Speiseresten, von denen ein unangenehmer Geruch ausging. Die Synthesemaschinen waren verbeult, ihre Displays zerkratzt.

»Kannst du mir zeigen, wo die Kinder sind?«, fragte Karn-Terg.

Toffok projizierte eine holographische Darstellung, fast so groß wie er selbst. Sie zeigte die zentralen Sektionen der BAUHTARAG und viele blinkende Punkte im mittleren Bereich.

»Wo befinden sich die nächsten Kinder?«

Ein externer Sektor schwoll an, mit zwei blinkenden Punkten. Karn-Terg orientierte sich. »Das ist das Violette Auditorium, nicht wahr?«

»Ja. Zwei Vierer weilen dort bei den Edukatoren.«

Karn-Terg kannte den Weg und wandte sich der Tür zwischen zwei Synthetisierern zu. Wieder reagierte Toffok sehr schnell und flog voraus – der Helk schien zu glauben, den Weg absichern zu müssen.

Nach einigen Dutzend Metern erreichten sie das Auditorium, doch es bot für Karn-Terg nicht mehr den vertrauten Anblick. Auf der Ereignisplattform an der Stirnseite waren zwanzig oder mehr Edukatoren installiert worden, jeder von ihnen mit einer eigenen Erlebnisnische und zahlreichen Nebenanschlüssen, die es mehreren Personen erlaubten, die dargebotenen Informationen zu empfangen. Vor ihnen im Saal neigten sich kleine und große Ruhegerüste wie exotische Gewächse nach oben, ausgestattet mit Schlingen und Schlaufen, die Loowern Halt geben und ihnen gestatten sollten, sich aneinander zu schmiegen. Sie umgaben leere Projektionsbereiche, die einst dazu gedient hatten, die Besatzungsmitglieder der BAUH-TARAG zu unterhalten.

Karn-Terg sah zahlreiche Flecken an den violetten Wänden, außerdem einen langen Riss.

Flüsternde Stimmen kamen von zwei Edukatoren, so leise, dass er keine einzelnen Worte verstand. In den entsprechenden Erlebnisnischen hockten zwei kleine Gestalten – die Kinder, die Karn-Terg zuvor als blinkende Punkte in der holographischen Darstellung des Helks gesehen hatte. Erstaunlicherweise sahen sie gar nicht wie Loower aus, ähnelten vielmehr ... Springkäfern, die Karn-Terg einmal auf einem fernen Planeten gesehen hatte, in einer anderen Galaxis.

»Diese beiden Kinder lassen sich gern Geschichten erzählen«, sagte Toffok. »Ihr Lerneifer ist besonders groß. Die anderen ...«

Die Sensorstangen des Helks erzitterten. »Ich registriere Bewegungen in den nahen Sektoren.«

Karn-Terg stand neben einem der größten Ruhegerüste des Auditoriums und sah sich um. Auf der linken Seite glitten die Blenden an zwei Zugängen beiseite, und ... Geschöpfe flatterten in den Saal, heulten und kreischten, während sie mit ausgebreiteten Flughäuten segelten und schnell näher kamen.

»Eine Falle«, sagte der Helk, und seine neun Elemente trennten sich mit einem lauten Zischen voneinander, stiegen unabhängig voneinander auf. Schirmfelder glühten, lenkten heranfliegende Loowerkinder ab. Die Greifarme packten andere und hielten sie fest.

Karn-Terg beobachtete das Geschehen ungläubig, und bevor er reagieren konnte, waren die *Wesen* heran – die meisten von ihnen wiesen überhaupt keine Ähnlichkeit mit Loowern auf. Die kleinsten hafteten an ihm fest und versuchten, ihm Dornen in die graue, ledrige Haut unter den Haftplatten zu bohren. Etwas größere Exemplare zischten wie melendritische Asseln, krabbelten über die beiden Hälften des Doppelkörpers und wollten offenbar die Sprachblase erreichen. Eins der Fluggeschöpfe sauste dicht an Karn-Tergs Kopfwulst vorbei und schnappte dabei nach seinen Stielaugen.

Er begriff plötzlich, dass er in Gefahr war.

Karn-Terg, einst stolzer Pilot der BAUH-TARAG, von Kindern umgebracht ... Diese Vorstellung ließ in erbeben. Mit beiden Tentakeln wehrte er einen weiteren heranfliegenden Angreifer ab und versuchte dann, die kleineren Wesen von seinem Leib zu lösen und sich von den Krabblern zu befreien. Vergeblich. Er trat einen Schritt vor, verlor das Gleichgewicht und fiel schwer neben dem Gerüst zu Boden. Die Geschöpfe um ihn herum heulten erneut, und diesmal klang es triumphierend.

Ein schnabelartiges Etwas erschien vor Karn-Tergs Stielaugen, öffnete sich ...

Ein seltsames Schrillen hallte durch das Auditorium, begleitet von einem Schmerz, der in beiden Körperhälften des Kinderwarts brannte. Das Bild vor seinen Augen verschwand kurz, und als es zurückkehrte, lagen Dutzende von kleinen Gestalten um ihn herum auf dem Boden. Einige von ihnen zuckten; andere rührten sich nicht.

Ein Greifarm des Helks half ihm auf die Beine.

»Von diesem Mittel mache ich nur sehr ungern Gebrauch«, sagte Toffok. »Schallemissionen dieser Art können das Nervengewebe der Kinder beeinträchtigen. Aber manchmal bleibt mir keine Wahl. Es ist auch bei Gran-Tarasch geschehen.«

Karn-Terg stellte fest, dass die beiden Vierer bei den Edukatoren in sich zusammengesunken waren.

»Ich rate dir dringend, unverzüglich in den sicheren Bereich zurückzukehren«, fügte der Helk hinzu, dessen neun Elemente inzwischen wieder eine Einheit bildeten.

Dicht neben Karn-Terg richtete sich das Geschöpf auf, das versucht hatte, ihm mit seinem Schnabel die Stielaugen abzubeißen. Er drehte sich um und lief los.

»Zwei sind tot«, sagte Toffok. »Das bedauere ich sehr.«

Sie befanden sich nach einer wilden Flucht durch den Hort wieder im Beobachtungsraum, und Karn-Tergs Panoramablick erfasste die Bilder in den vielen Projektionsfeldern an den Wänden. Mehrere kleine, mit einfacher künstlicher Intelligenz ausgestattete Helks bargen zwei Leichen im Violetten Auditorium. Die beiden Vierer lauschten erneut den Stimmen der Edukatoren, und die übrigen Kinder hatten wieder die Innenbereiche des Horts aufgesucht, tollten dort in den Unterhaltungszonen.

»Sie hätten mich umgebracht«, brachte Karn-Terg fassungslos hervor.

»Das ist wahrscheinlich«, bestätigte Toffok. »Für die meisten von ihnen, bis hinauf zu den Achtern, ist es nur ein Spiel. Aber einige der Neuner sind in letzter Zeit sehr aggressiv geworden. Sie haben die anderen angestachelt und meinten es ernst.«

»Warum?«

Toffoks Summen veränderte sich. Vielleicht griff er auf die Daten eines externen Elaborators zu. »Dominanz? Autoritätsanspruch?«

»Das sind Fragen, keine Antworten.«

Ping.

»Was war das?«, fragte Karn-Terg erstaunt und hielt nach der Ursache des sonderbaren Geräuschs Ausschau. Es war aus nächster Nähe gekommen.

Er trug noch immer die Haftplatten, die er vor dem grässlichen Abstecher in den Hort angelegt hatte – die offizielle Kleidung des Kinderwarts, wie er von Toffok wusste –, und eine auf der linken Körperseite öffnete sich. Ein kleiner Signalgeber kam heraus, und an seinem Ende bildete sich ein Hologramm. Es zeigte die obere Körperhälfte eines Loowers; die Bewegung seiner Stielaugen vermittelten Strenge. »Observation. Deine Meriten haben sich geändert und belaufen sich jetzt auf minus einhundertfünfzig.«

»Meine Meriten ...«

»Zwei Kinder sind gestorben.«

»Das ist nicht meine Schuld! Ich ...«

Ping.

Das Hologramm verschwand, und der Signalgeber wich in die Haftplatte zurück. Karn-Terg richtete den Blick beider Augen darauf und hätte sie am liebsten abgerissen.

Schließlich sah er wieder an den Wänden empor und beobachtete die ... *Wesen.*

»Ich verstehe überhaupt nichts von Kindern.«

»Das hat auch Gran-Tarasch gesagt«, erwiderte Toffok. »Oft.«

»Meriten ...« So viele Dinge hatten sich seit der Einkehr verändert, und sie veränderten sich noch immer. Die Meriten waren ebenso neu wie die neunundneunzig Nominationen. Er hatte mehrmals von ihnen gehört, sich in den vergangenen Jahren aber nicht damit befasst, da er viel zu sehr mit seinem Kummer über den Verlust der Freiheit beschäftigt gewesen war. Meriten bestimmten über Erfolg und Misserfolg, über die Stellung in der Gesellschaft und den Platz in der Hierarchie der Neunundneunzig. »Ich kann befördert werden, nicht wahr?«

»Ja«, bestätigte der geduldig summende Helk.

»Wie viele Meriten sind dafür erforderlich?«

»Zwanzigtausend.«

Karn-Terg ächzte leise.

»Soll ich die Wahrscheinlichkeit dafür berechnen, dass du einen solchen Meritenstand in absehbarer Zeit erreichst?«

Karn-Tergs Stielaugen neigten sich hin und her. »Lieber nicht.« Und er dachte: *Ich muss hier weg. Sonst ergeht es mir ebenso wie Gran-Tarasch.*

Wenn er sich an seine Zeit als Pilot erinnerte, gewannen Kummer und Trauer die Intensität von Schmerz, und dann versuchte etwas in Karn-Terg, die quälenden Gedanken mit den alten Techniken der Entelechie zu verdrängen. Doch sie funktionierten nicht mehr, und diese Erkenntnis verdoppelte den Schmerz. Bei der Einkehr hatten die Loower ihr Tiefenbewusstsein aufgegeben. So hieß es. Aber Karn-Terg kannte die Wahrheit, und sie lautete: Die Kosmokraten hatten ihnen das Tiefenbewusstsein genommen.

Er blieb im Wartungstunnel stehen, der parallel zur Längsachse der BAUH-TARAG am teilweise demontierten Transmiterm-Rotator vorbeiführte, krümmte sich so weit zusammen, wie es der Knorpelstrang zwischen seinen beiden Körperhälften erlaubte, und sammelte innere Kraft, um seine Gefühle unter Kontrolle zu bringen. Ein nahes Fenster gewährte ihm Blick in den Rotator, und die fehlenden Teile erschienen ihm wie Wunden im Leib *seines* Schiffes.

Über lange Strecken hinweg blieb der Tunnel dunkel, da die Orientierungslichter keine Energie empfingen, aber Karn-Terg brauchte kein Licht. Er wusste immer, wo er sich befand, und ebenso genau wusste er, wohin er unterwegs war. Mit plötzlicher Gewissheit hatte er darin seine einzige Chance gesehen: Er musste dieses Schiff verlassen, wenn er nicht ebenso enden wollte wie Gran-Tarasch. Auch sein Vorgänger hatte noch nicht das Alter der Reife erreicht, mit dem ein Aufhören möglich wurde. Er war verzweifelt genug gewesen, Körper und Geist dem Recycler zu übergeben. *Bleib am Leben und hoffe,* erinnerte sich Karn-Terg an den Rat seiner früheren Kommandantin. Aber wie sollte er auf Dauer überleben, wenn eine mörderische Kinderbande versuchte, ihn umzubringen? Und wie konnte er hoffen, dass sich an seiner Situation jemals etwas änderte?

Flucht. So lautete die einzige Antwort. Nicht die Flucht in Form von Rauschmitteln, die Aranta-Margi verurteilt hatte, sondern Flucht aus der Trümmersphäre, Rückkehr in die Weiten des Alls.

Der erste – und vermutlich auch schwierigste – Schritt bestand darin, von der BAUH-TARAG zu entkommen, denn man hatte das Schiff in eine Festung verwandelt: nicht zur Abwehr eines externen Feindes, sondern um eine in ihr befindliche Gefahr daran zu hindern, nach draußen zu gelangen.

Nach einigen Dutzend Metern stieß er an eine weitere Barriere, die dritte allein in diesem Tunnel. Karn-Terg nahm eine kurze Überprüfung vor und stellte erleichtert fest, dass auch diesmal Sensoren fehlten – weder Toffok noch die Observation würden feststellen können, dass sich hier jemand zu schaffen machte. Vermutlich hatte niemand wirklich damit gerechnet, dass Kinder auf diese Weise aus dem Hort ausbrechen konnten.

Karn-Tergs Atomschneider verwandelte Stahl in Staub. Innerhalb weniger Sekunden entstand eine Lücke, durch die er sich auf die andere Seite der Barriere schieben konnte, und dann setzte er den Weg in Richtung Heck fort. Stille herrschte um ihn herum – die BAUH-TARAG schien hier nicht nur zu schlafen, sondern tot zu sein.

Auf gewöhnlichem Wege konnte er das Schiff nicht verlassen, das hatte von Anfang an festgestanden. Karn-Terg sah nur eine einzige Möglichkeit, sein Ziel zu erreichen: die Rettungskapseln im Heckkranz des Schiffes. Die von reaktiven Chemikalien angetriebenen Katapulte hatten eine nur sehr schwache energetische Signatur, die sich vielleicht in den vielfältigen Emissionen der Trümmersphäre verlor. Wenn er sich anschließend auf kurze Schubphasen mit den Manövriertriebwerken beschränkte, die Kapsel in eine höhere Umlaufbahn brachte und sie durch eine der vielen Lücken in der orbitalen Stadt ins offene All steuerte ... Karn-Terg träumte mit voll ausgefahrenen Stielaugen, stellte sich vor, wie er eins der Einkehrschiffe erreichte, die noch nicht mit der Trümmersphäre verbunden waren, eins der kleineren Schiffe, das er ohne die Hilfe anderer Loower fliegen konnte ... Er würde Alkyra II Tausende oder sogar Millionen von Lichtjahren weit hinter sich zurücklassen und wieder der Pilot sein, der er gewesen war.

Eine halbe Stunde später erreichte er das Ende des Wartungstunnels, und die Stille um ihn herum dauerte an. Als er die Luke öffnete, dachte er kurz an den Assistentenhelk und fragte sich, ob Toffok einen Alarm auslösen würde, wenn er für eine gewisse Zeit nichts von ihm hörte. Denkbar war auch, dass die Observation misstrauisch wurde, wenn sie keine Rückmeldungen bekam. Er trug inzwischen nicht mehr die Kleidung des Kinderwarts, sondern einen Schutzanzug, den er in einem Quartier gefunden hatte – die Haftplatten waren ein wenig zu groß, erfüllten aber ihren Zweck. Vor dem Anlegen hatte er sich vergewissert, dass keine der Platten einen automatischen Signalgeber enthielt.

Karn-Terg trat in einen Ausrüstungsraum, dessen Fächer jedoch leer waren. Die Ladung einer nahen Chemolampe ging ihrem Ende entgegen: Das matte Glühen hatte kaum merklich zu flackern begonnen.

Ein kurzer Gang führte zu den Rettungskapseln, und Karn-Terg wählte eine aufs Geratewohl, nahm auf dem Drucksessel Platz, der sich daraufhin ein wenig nach hinten neigte, und aktivierte die Kontrollen. Der Einstieg schloss sich, die Bordsysteme kontrollierten sich selbst, und Bereitschaftsindikatoren wiesen auf volles Funktionspotenzial hin.

»Start«, sagte Karn-Terg und berührte gleichzeitig ein Schaltelement am Gürtel. Die Haftplatten in der Nähe des Kopfwulstes veränderten ihre strukturelle Konfiguration, stülpten sich nach oben und wurden zu einem Helm.

Die magnetischen Verankerungen lösten sich, und im Reaktor des Katapults trafen sich die chemischen Wirkungsmassen. Es kam zu einer heftigen Reaktion, und die Rettungskapsel wurde durch den Beschleunigungskanal ins All geschleudert.

Kurz bevor die Kapsel den Kanal verließ, spürte Karn-Terg eine heftige Erschütterung, die dem kleinen Raumschiff ein zusätzliches Bewegungsmoment gab. Er verzichtete auf eine automatische Stabilisierung, um die energetische Signatur so klein wie möglich zu halten und weiterhin hoffen zu können, dass man ihn nicht ortete – in der Trümmersphäre waren so viele Transporter, Helks, unbemannte Frachtmodule, Konstruktionseinheiten und andere Schiffe unterwegs, dass eine winzige Rettungskapsel vielleicht gar nicht auffiel. Er sah aus dem Fenster, hinaus in die riesige orbitale Stadt, die über Alkyra II wuchs und immer mehr eine Schale um den Planeten bildete.

An einer Stelle brannte sie.

Plasma loderte aus geborstenen Reaktoren ins All. Eine Blume aus Feuer schien ihren Blütenkelch zu öffnen und innerhalb weniger Sekunden zu verwelken, als sich die Glut im Vakuum verlor.

Karn-Terg hörte die Stimmen, die aus dem auf Empfang geschalteten Kommunikator kamen – sie klangen aufgeregt und warnten vor der Gefahrenzone, erwähnten erst einen schrecklichen Unfall und dann, noch dramatischer, einen Anschlag.

Nach einer Weile gab er der Neugier nach und wagte es, kurz die Manövrierdüsen zu zünden und die Rotation der Rettungskapsel fast ganz zu neutralisieren. Von der Explosion war nichts mehr zu sehen, aber die Sensoren zeigten ihm auf dem Ortungsschirm, wo sie stattgefunden hatte: in der BAUH-TARAG.

Was war dort geschehen?

Karn-Terg schob diese Frage beiseite. Was auch immer an Bord seines alten Schiffes passiert sein mochte: Es beanspruchte Aufmerksamkeit und gab ihm die Chance, unbemerkt eins der kleineren Raumschiffe an der Außenseite der Trümmersphäre zu erreichen.

Er begann mit einer passiven Sondierung, legte den Kursvektor fest und zündete erneut die Manövrierdüsen, um der Kapsel das richtige Bewegungsmoment zu geben.

Indikatoren blinkten auf der zentralen Konsole und wiesen Karn-Terg darauf hin, dass jemand die Kapsel aktiv sondierte. Sprachblase und Augenstiele zitterten, als er ahnte, was gleich geschehen würde ...

Die Kapsel erzitterte im Wirkungsfokus eines Fesselstrahls.

»Du bist identifiziert, Karn-Terg, Kinderwart«, tönte es aus dem Kommunikator. »Wir bringen dich zurück.«

Zurück wohin?, dachte er und gab alle Hoffnung auf.

Die Stimme schien seine Gedanken zu erraten. »Zurück zu den Justiziaren.«

Karn-Terg hockte im Schein des Läuternden Lichts, am tiefsten Punkt des Raums, dessen Boden sich um ihn herum nach oben wölbte. In den Wänden gab es neun Nischen, acht von ihnen dunkel. In der neunten zeigte mattes Licht die Gestalt des über tausend Jahre alten Primären Justiziars Tron-Torau, der Karn-Terg schon einmal verurteilt hatte. Eine seiner beiden Flughäute fehlte, und die Haut war grau wie Staub, doch die Stimme des alten Loowers klang noch immer kraftvoll.

»Du hast erneut Schuld auf dich geladen.«

Schatten und Schemen bewegten sich in den acht anderen Nischen, und einer von ihnen gewann deutlichere Konturen, als es hinter ihm ein wenig heller wurde: eine Loowerin, gekleidet in den schützenden Anzug eines Raumfahrers.

»Dies ist kein frohes Wiedersehen«, sagte Aranta-Margi ernst.

»Achtzig Kinder des Horts sind tot«, sagte einer der Justiziare in den übrigen Nischen.

Karn-Terg hatte eigentlich schweigen wollen – er glaubte sein Schicksal endgültig besiegelt –, aber die Worte platzten aus ihm heraus: »Ich habe sie nicht getötet.«

»Du bist für sie verantwortlich gewesen«, sagte Aranta-Margi. »Du hättest verhindern müssen, dass sie den Reaktor manipulierten, wodurch es zu der Explosion kam.«

»Sie hätten mich fast umgebracht, als ich zu ihnen gegangen bin!«

»Kinder wissen nicht, was sie tun. Deshalb müssen sie vor sich selbst geschützt werden. Das ist die Aufgabe des Kinderwarts. Du aber hast sie im Stich gelassen. Dein unverantwortliches Verhalten hat großen Schaden angerichtet, sowohl biologischen als auch materiellen. Dafür musst du bestraft werden.«

Karn-Terg zog die Stielaugen ein, wodurch sein Blickfeld immer enger wurde. Schließlich sah er nur noch die beiden Nischen mit seiner früheren Kommandantin und mit dem Primären Justiziar Tron-Torau. Er wusste, was jetzt kam: das Todesurteil, endgültig.

»Ich habe dir einmal helfen können«, fügte Aranta-Margi hinzu. »Dies geht über meinen Einfluss hinaus.«

Tron-Toraus graue Sprachblase vibrierte, als er sie mit Luft füllte. »Wir haben uns beraten und eine Entscheidung gefällt. Hiermit verbannt dich dieses Justiziar auf den Planeten. Du wirst weiterhin als Kinderwart arbeiten, denn wir verlegen auch den Hort, aber du wirst deine Arbeit in Einsamkeit verrichten, ohne den Trost der Gemeinschaft. Für den Rest deines Lebens sollst du planetare Fesseln tragen – du wirst Alkyra II nie wieder verlassen.«

: 03

Reginald Bull
| 1341 NGZ |

»› Reginald Bull hatte den Rückflug zur Erde unterbrochen und darauf bestanden, im Flake-System selbst an der Suche nach seinem alten Freund teilzunehmen. Alle hundertvier Beiboote des Koordinierungsschiffs KANDAHAR waren im Raumbereich um Snowflake unterwegs und suchten in den ausgedehnten Trümmerwolken nach Überlebenden. Hinzu kamen zahlreiche Korvetten, Space-Jets und Shifts der Eskorte. Stimmen drangen aus den Akustikfeldern des Normal- und Hyperfunks, übermittelten Meldungen und Berichte, und Bull lauschte insbesondere nach einem Namen, den bisher niemand genannt hatte: Perry Rhodan.

Er saß in der Zentrale einer Korvette der KANDAHAR, und inzwischen glaubten die anderen Besatzungsmitglieder vermutlich, dass er am Sessel festklebte. Nur selten verließ sein Blick das große, in Nah- und Fernbereiche unterteilte Hauptholo. Es zeigte das interplanetare All und die Reste der Flotten, die hier gegeneinander gekämpft hatten und jetzt alle gleich aussahen: die Überreste der Loower, der Oxtorner – und der Terraner. Zahllose Trümmerstücke, manche so groß wie ein Haus und andere klein wie Partikel, zogen als kosmisches Schrapnell durchs All. Die kleineren verglühten in den Schirmen der Korvette, den anderen wich das Schiff aus, insbesondere jenen, bei denen die Ortung organische Substanzen feststellten – vielleicht handelte es sich um Überlebende.

Aber dies war nicht nur eine gewaltige Trümmerlandschaft im All, sondern auch ein Friedhof. Die wenigen Überlebenden, die bisher geborgen worden waren, stammten fast ausnahmslos von Snowflake.

Schließlich trat Ernesto auf ihn zu. »Wir sollten zur KANDAHAR zurückkehren, Reginald«, sagte er leise. »Die übrigen Schiffe können die Suche fortsetzen. Du wirst für andere Dinge gebraucht.«

»Die *anderen Dinge* sollen sich um sich selbst kümmern«, knurrte Bull. »Ich gebe die Suche nicht auf.«

»Dort draußen kann niemand überlebt haben. Das dürfte inzwischen klar sein.«

»Ich gebe *nicht* auf!«

Ernesto trat vor Bull und zwang den Verteidigungsminister der LFT dadurch, ihn anzusehen. Reginald Bulls Blick richtete sich auf einen kleinen, verhutzelten Alten mit wässrigen Augen und einem permanent ins rechte Ohr integrierten Kommunikationsmodul. Der kahle Schädel zeigte im Lauf der Jahre verblasste Tätowierungen. Ernestos offizieller Titel lautete Chefkoordinator, aber er war mehr als das und kümmerte sich um viele Dinge, die Bull mit der Außenwelt verbanden. Gelegentlich wurde er auch zu einer mahnenden Stimme, so wie jetzt. »Es müssen Entscheidungen getroffen werden, Reginald. *Du* musst sie treffen. Nimm deine Verantwortung wahr.«

Er sprach so leise, dass ihn die Offiziere in der Zentrale nicht hörten, aber für Bull war Ernestos Stimme viel zu laut, denn sie erinnerte ihn an Dinge, die jetzt eine noch größere Last für ihn darstellten als vorher.

»Er ist irgendwo dort draußen«, sagte Bull.

Ernesto wandte sich halb von ihm ab. »Kommandant Pertos, wie groß ist die Wahrscheinlichkeit, dass wir jetzt noch Überlebende finden, fast einen Tag nach der Raumschlacht?«

Pertos stand an der zentralen Konsole: zweieinhalb Meter groß, die Schultern mehr als zwei Meter breit, die Haut rötlichbraun, das Haar ein Sichelkamm. Er war dreizehn Zentner schwer und trug einen Mikrogravitator, um sich in der »normalen« Schwerkraft wie gewohnt zu bewegen.

Der Anblick des Ertrusers erinnerte Bull an andere umweltangepasste Menschen, die beim Kampf gegen die Loower gestorben waren, an die vielen Oxtorner, die sich voller Begeisterung in die Schlacht gestürzt hatten. Nur wenige von ihnen waren am Leben geblieben.

So imposant Pertos auch wirkte, vor Bull schien er plötzlich zu schrumpfen, denn er wusste, was dem Mann mit dem roten Borstenhaar durch den Kopf ging und wie er empfand.

»Dort draußen sind ungeheure Energiemengen freigesetzt worden«, antwortete er in einem grollenden Bass. »Die eventuellen Überlebenden von auseinander gebrochenen oder explodierten Raumschiffen sind mit einer Wahrscheinlichkeit von mehr als neunundneunzig Prozent verbrannt.«

»Hältst du eine Fortsetzung der Suche für sinnvoll, Kommandant?«, fragte Ernesto.

Man konnte den inneren Konflikt des Ertrusers fast sehen. »Es ist nicht ganz auszuschließen, dass wir doch noch das eine oder andere finden, Chefkoordinator. Aber ich halte es nicht für erforderlich, die Suche mit allen Schiffen fortzusetzen.«

Ernesto seufzte demonstrativ laut und wandte sich wieder an Bull. »Du hast es gehört, Reginald.«

»Perry ist irgendwo dort draußen. Und er lebt. Ich *weiß* es.«

»In zwei Stunden beginnt eine Beratung der Admiralität, Reginald«, sagte Ernesto. »Ich habe sie schon dreimal verschoben, weil du unbedingt persönlich an der Suche teilnehmen wolltest. Die Admiräle brauchen nicht nur Gelegenheit, über die von uns koordinierten Funkbrücken Informationen auszutauschen. Sie müssen erfahren, was hier geschehen ist und was in anderen Sonnensystemen geschieht. Wir müssen *handeln.*«

Bull starrte wieder zum Hauptholo, das die Trümmer im All zeigte. »Er kann nicht tot sein, Ernesto«, flüsterte er. »Und er *ist* nicht tot. Ich wüsste es. Ich würde es spüren, hier drin.« Er legte sich die Hand auf die Brust. »Er lebt. Und er braucht Hilfe.«

»Perry Rhodan hielte bestimmt nichts davon, dass du hier Löcher in die Luft starrst!« Ernesto sprach noch immer mit gedämpfter Stimme, aber in seinen Worten kam jetzt eine gewisse Schärfe zum Ausdruck. »Du hilfst ihm am besten damit, indem du dich bemühst, die Liga Freier Terraner zusammenzuhalten und vor den Loowern zu schützen.«

Diesmal seufzte Bull und stand auf. »Kommandant Pertos, bring uns zur KANDAHAR zurück.«

Der Ertruser bestätigte und erteilte die notwendigen Anweisungen. Bull verließ die Zentrale an der Seite seines Chefkoordinators. »Es fühlt sich an, als ließe ich ihn im Stich.«

»Das ist Unsinn, wie du sehr wohl weißt«, sagte Ernesto. »Alle Daten, die wir bisher gewonnen haben, deuten darauf hin, dass wir erst am Anfang einer Entwicklung stehen, die eine enorme Gefahr nicht nur für einzelne Sonnensysteme, sondern für die gesamte LFT bedeuten könnte. Die statistischen Auswertungen und Wahrscheinlichkeitsberechnungen bestätigen das. Du darfst deine Gedanken jetzt nicht auf eine einzelne Person konzentrieren, sondern musst an die Bewohner Tausender von Welten denken.«

»Na schön«, brummte Bull und schüttelte die emotionale Lähmung von sich ab. Seine Miene erhellte sich ein wenig, als ihm etwas einfiel. »Wenn ich schon nicht nach ihm suchen kann, soll sich jemand anders darum kümmern. Hier ist besonderes Gespür nötig, und deshalb kommt eigentlich nur einer in Frage.«

»Wer?«

»Gucky.«

Am Rand des Sonnensystems, fernab der Trümmerwolken, driftete die KANDAHAR mit geringer Unterlichtgeschwindigkeit durchs All. Das achthundert Meter durchmessende einstige

Schlachtschiff der APOLLO-Klasse war zu einem fliegenden Koordinierungszentrum umgebaut worden. Es verfügte nicht nur über besonders leistungsfähige Triebwerke, sondern auch über spezielle Biopositroniken, die es ermöglichten, die über mehrere Hyperfunkbrücken aus allen Teilen der Galaxis kommenden Informationsströme zu verarbeiten und fast in Echtzeit Situationsanalysen zu erstellen. Ihr Zweck ließ sich in einem Satz zusammenfassen: Die KANDAHAR sollte den Verteidigungsminister der Liga Freier Terraner in die Lage versetzen, zur richtigen Zeit die richtigen Entscheidungen zu treffen. Ihr Kommandant Pertos zählte zu den Personen, die wie Ernesto Bulls uneingeschränktes Vertrauen genossen. Alle Personen an Bord waren erfahrene Spezialisten, die es verstanden, aus riesigen Datenmengen jene Dinge herauszufiltern, auf die es wirklich ankam. Und Ernesto entnahm dem Wichtigen noch einmal das Wichtigste, wenn er Bull Bericht erstattete. Dennoch glaubte sich Reginald Bull manchmal von all den vielen Dingen überwältigt, die seine Aufmerksamkeit erforderten, und dann machte sich Unruhe in ihm breit. Er wäre viel lieber aufgebrochen, um selbst gegen die Loower anzutreten, um sie an ihren Tentakeln oder Flughäuten zu schütteln und zu fragen, *was der ganze Unsinn sollte.* In vielen Bereichen der Liga kämpften die Loower erbarmungslos um Welten, die für sie keinen erkennbaren Wert besaßen und Heimat von Milliarden Menschen waren.

In seinem Quartier an Bord der KANDAHAR, einer Mischung aus Apartment und Bürotrakt, setzte sich Bull vor das mit den Hyperfunkanlagen des Koordinierungsschiffes verbundene Kommunikationsgerät und wartete mit wachsender Ungeduld. Als er merkte, dass er mit den Fingern auf die Oberschenkel trommelte, zwang er sich ganz bewusst zur Ruhe. Es hatte keinen Sinn, zum hunderttausendsten Mal die erhöhte Hyperimpedanz zu verfluchen, die alles so *langsam* machte.

Schließlich bildeten sich vertraute Konturen im Hologramm der Hyperfunkverbindung. Ein pelziges Geschöpf erschien, wie eine aufrecht gehende Maus, mit großen Augen und breitem Biberschwanz.

»Wo bist du, Gucky?«, fragte Bull ohne einen Gruß.

Der Mausbiber begriff sofort, dass etwas nicht stimmte. »Ich bin in der Nähe von Plophos. Was ist los, Bully?«

»Es geht um Perry.«

Guckys Augen wurden noch ein wenig größer, als er sich vorbeugte und zu versuchen schien, über viele Lichtjahre hinweg Bulls Gedanken zu lesen. »Was ist mit ihm?«

Bull suchte nach Worten, und schließlich machten sich Zorn, Frust und Sorge mit einem Fluch Luft. »Perry hat sich dazu hinreißen lassen, diesen Kühlschrank von Planeten namens Snowflake gegen die Loower zu verteidigen. Sein Schiff wurde zerstört, zusammen mit den Einheiten der Oxtornischen Heimatflotte und seiner Begleitflottille. Er ...«

»Was *ist* mit ihm?«

»Wir haben einen ganzen Tag lang im All nach ihm gesucht. Vergeblich. Aber ich bin davon überzeugt, dass er noch lebt!«, fügte Bull schnell hinzu.

Gucky richtete einen forschenden Blick auf ihn. »Ist das Wunschdenken, oder ...«

»Ich weiß, dass er noch lebt!«, sagte Bull mit fester Stimme und fühlte die Gewissheit tief in seinem Innern. »Ich *weiß* es, Gucky, und unter anderen Umständen würde ich mich selbst auf die Suche nach ihm machen. Aber du kennst die Situation. Sie wird immer kritischer. Die von den Loowern ausgehende Gefahr wächst, und ich muss Mittel und Wege finden, die Welten der LFT vor ihnen zu schützen.«

Der Mausbiber hob eine Hand. »Ich verstehe. Du möchtest, dass ich ihn suche.«

Bull nickte. »Ja. Du kennst Perry ebenso gut wie ich. Du kannst dich in seine Lage versetzen und weißt, wie er unter welchen Umständen handelt.«

»Und als Telepath kann ich ihn aus großer Entfernung spüren.«

Bull nickte erneut.

»Aber *wo* soll ich nach ihm suchen, Bully?«

Der Verteidigungsminister der LFT breitete hilflos die Arme aus. »Ich habe keine Ahnung, Gucky. Inzwischen glaube ich nicht mehr, dass er sich noch irgendwo im Flake-System befindet. Die enormen freigesetzten Energiemengen ... Vielleicht schufen sie einen was weiß ich, einen Raumzeit-Trichter, der ihn über Lichtjahre hinweg transferierte. Vielleicht ging er vor der Vernichtung der IMDABAN an Bord eines Beiboots und brachte sich mit einem Notmanöver in Sicherheit. Vielleicht hat ein Loowerschiff ihn unabsichtlich mit in den Hyperraum gezogen.«

»Bully ...« Der Mausbiber wirkte sehr ernst. »Das ist ziemlich viel ›vielleicht‹, wie dir klar sein sollte.«

»Himmel, ja. Aber wir müssen irgendetwas *tun*, Gucky. Ich übermittle dir alle Daten, die wir über die bisher aufgetauchten Loowerflotten haben. Wenn es gelingt, die Trümmerschiffe zu identifizieren, die hier im Flake-System gewesen sind, bekommen wir vielleicht einen Anhaltspunkt.«

»Das ist noch ein ›vielleicht‹, Bully.« Der Mausbiber straffte die Gestalt, was ihn aber kaum größer machte als einen Meter. Er ließ kurz seinen Nagezahn blitzen. »Na schön. Ein neuer Einsatz für den Retter des Universums. Ich mache mich sofort auf den Weg.« Gucky gab sich kühn und keck, versuchte ganz offensichtlich, sich nichts anmerken zu lassen.

Aber Bull bemerkte einen gewissen Glanz in seinen großen Augen, der ihm Betroffenheit verriet – die Möglichkeit von Perrys Tod ging dem Mausbiber sehr nah.

Bull lächelte schief und seufzte erleichtert. »Danke, Gucky.«

Das Hologramm verschwand.

Als sich Bull umdrehte, trat Ernesto mit einer Datentafel auf ihn zu. »Die Beratung der Admiralität beginnt in zehn Minuten, Reginald. Wir sollten uns auf den Weg zum Konferenzraum machen. Ich habe alles für dich vorbereitet.«

»Danke. Ernesto ... Gucky beginnt mit der Suche nach Perry Rhodan. Er braucht alle Daten, die wir über die Loowerflotten haben, insbesondere über die Trümmerschiffe, die die Schlacht hier bei Snowflake überstanden haben und in den Hyperraum gesprungen sind. Größe, Konfiguration, energetische Signaturen, alles. Und wenn Gucky Ressourcen anfordert ... Er bekommt, was er braucht, klar?«

Ernesto seufzte leise. »Unsere Ressourcen werden immer knapper, Reginald. Das ist einer der Punkte, um die es bei der Beratung gehen wird.«

»Gucky bekommt, was er braucht. Punkt. Habe ich mich klar genug ausgedrückt?«

»Ja, Reginald.« Der kleine, alte Ernesto zeigte wie immer unerschütterliche Gelassenheit. Bull konnte sich nicht daran erinnern, jemals beobachtet zu haben, wie der Chefkoordinator bei irgendetwas die Geduld verloren hatte. »Was die Überlebenden von Snowflake betrifft ...«, sagte er, als sie das Quartier des Verteidigungsministers verließen und tief im Innern der KANDAHAR durch einen breiten Korridor schritten.

»Ja?«

»Zu ihnen gehören auch ein Xeno-Ethnologe namens Shon Leehan und ein Junge namens Yun, der noch vernommen wird. Leehans Vernehmung ist bereits beendet, und er möchte dich sprechen. Angeblich geht es um eine sehr wichtige Angelegenheit.«

Bull blieb abrupt stehen, und plötzlich kochte es wieder in ihm. »Leehan, wie? Die Ortungsdaten und Aufzeichnungen der letzten Evakuierungsschiffe deuten darauf hin, dass *er* es war, der Perry dazu brachte, sich auf einen sinnlosen Kampf einzulassen! Und ausgerechnet er will mich jetzt sprechen?«

Bull erwiderte geistesabwesend die Grüße einiger vorbeikommender Besatzungsmitglieder. »Der Kerl soll mir bloß nicht unter die Augen kommen! Vermutlich will er auch mich dazu bewegen, den Kriegsknüppel zu schwingen. Halte ihn von mir fern, Ernesto!«

»Wie du wünschst«, erwiderte der Chefkoordinator und betätigte die Kontrollen der Datentafel.

Sie setzten den Weg fort und betraten kurze Zeit später den großen Konferenzraum, eins von sieben Kommunikationszentren der KANDAHAR. Ein großer runder Tisch mit mehr als dreißig Sesseln stand in der Mitte, und jeder Platz verfügte über einen direkt mit der Bordpositronik verbundenen Datenanschluss. Hinter den Wänden, die schematische Darstellungen der Milchstraße zeigten, verbarg sich veraltete und doch wieder aktuell gewordene Hyperfunktechnik.

Die bereits am Tisch sitzenden Männer und Frauen standen auf, als der Verteidigungsminister hereinkam, und Bull bedeutete ihnen sofort, sich wieder zu setzen. Zusammen mit Ernesto nahm er an der Stirnseite des Tisches Platz und begrüßte die Anwesenden. Natürlich waren nicht alle Mitglieder des Admiralstabs zugegen; die physisch nicht präsenten Admiräle standen über Hyperfunkbrücken mit der KANDAHAR in Verbindung und ließen sich durch Hologramme vertreten.

Bulls Blick glitt über die Versammelten, die er alle persönlich mehr oder weniger gut kannte. Er versuchte, sich ganz auf das Hier und Jetzt zu konzentrieren, die Gedanken an Perry Rhodan beiseite zu schieben. Ernesto hatte Recht: Es mussten wichtige Entscheidungen getroffen werden, um Gefahr von der Liga Freier Terraner abzuwenden.

Während der Chefkoordinator die Beratungen der Admiralität mit einer kurzen Ansprache eröffnete, hob Bull den Blick zu der großen holographischen Darstellung über dem Konferenztisch. Sie zeigte das stellare Territorium der LFT und erinnerte Bull mit gnadenloser Deutlichkeit an die Verantwortung, die so schwer auf ihm lastete. 2482 Sonnensysteme gehörten direkt zur LFT, und weitere 1211 hatten den Status von assoziierten Mitgliedern. Tausende von Planeten mussten geschützt werden, aber wie?

Während Ernesto sprach, musterte Bull erneut die Admiräle und fragte sich dabei, was ihnen durch den Kopf ging. Inzwischen musste ihnen allen klar sein, dass die LFT vor einer schweren Krise stand.

Bull räusperte sich, als Ernesto seinen Vortrag beendet hatte. »Bitte schildert mir die Lage in euren jeweiligen Sektoren.«

Die Admiräle ergriffen nacheinander das Wort. Einige von ihnen fügten der holographischen Darstellung der LFT weitere Daten hinzu und kennzeichneten Stellen, wo Loowerflotten erschienen waren: blau für einfache Sichtungen, gelb für gegeneinander kämpfende Flotten und rot für Planeten, die in Mitleidenschaft gezogen worden waren. Ein erstes Muster zeichnete sich ab: eine Art Keil, der auf den fünftausend Lichtjahre durchmessenden Kernbereich der LFT zielte.

»Die Entscheidung erst der Oxtorner und dann bedauerlicherweise auch des Terranischen Residenten, den Kampf gegen die Loower aufzunehmen, hat bisher noch nicht zu der Katastrophe geführt, die zu befürchten war«, sagte Admiralin Talyha von Olymp mit einer Kühle, die man angesichts ihrer Herkunft nicht erwartet hätte. Mit kerzengeradem Oberkörper saß sie am Tisch: eine mittelgroße Frau mit schulterlangem, glatten schwarzen Haar, großen Augen und einer für ihr Alter von hundertvierzig Jahren ungewöhnlich glatten Haut. »Nichts deutet darauf hin, dass die Loower Feinde in uns sehen.«

»Die Ereignisse hier im Flake-System ...«, begann Bull.

»Sie sind ein Beispiel dafür, wie gefährlich es ist, voreilig zu handeln«, sagte Talyha. »Die gegeneinander kämpfenden Loower sind von einem externen Gegner angegriffen worden, haben ihren Konflikt auf Eis gelegt und sich gewehrt. Nun, die ungestüme Natur der Oxtorner ist bekannt, aber ich begreife noch immer nicht, wie sich Perry Rhodan zu einem Angriff entscheiden konnte. Die möglichen Konsequenzen hätten ihm eigentlich klar sein müssen.«

»Wo ist der Resident?«, fragte ein Holo-Admiral auf der anderen Seite des Tisches. »Wir haben eigentlich erwartet, dass er an dieser Beratung teilnimmt.«

»Er ...« Bull hatte plötzlich einen Kloß im Hals und schluckte. »Wir haben ihn noch nicht gefunden.«

»Noch nicht gefunden?«, wiederholte Admiral Garat von Ferrol im Wega-System. Der Ferrone mit der hellblauen Haut und dem dichten kupferfarbenen Haar war etwa einen Meter sechzig groß und untersetzt. Zusammen mit Admiralin Felton von Passa im Antares-System und Admiral Hannibal von der Erde war er für die Verteidigung des Innenbereichs der LFT zuständig. »Was soll das heißen?«

»Die IMDABAN wurde zerstört«, antwortete Ernesto ruhig. »Und es wurden keine Überlebenden entdeckt.«

»*Bisher* noch nicht«, sagte Bull schnell. »Aber Perry Rhodan lebt, da bin ich sicher.«

Für einige lange Sekunden herrschte Stille im Konferenzraum.

»Perry Rhodan lebt«, betonte Bull noch einmal, als genügten Worte, Hoffnung in Wahrheit zu verwandeln. »Früher oder später finden wir ihn. Bis dahin müssen wir allein zurechtkommen.«

»Wenn der Terranische Resident zu den Opfern des Loowerkrieges zählt ...«, sagte Admiral Hannibal langsam und strich sich über den dichten Bart. »Das hätte einen enormen emotionalen Einfluss auf die Welten der LFT.«

»Ich höre schon jetzt zahlreiche Stimmen, die Rache fordern«, fügte Talyha hinzu. »Perry Rhodans Tod muss unbedingt geheim gehalten werden.«

»Admiralin ...«, sagte Bull und dehnte das Wort. »Der Resident lebt. Es ist nur eine Frage der Zeit, bis wir ihn finden. Ich schlage vor, wir kommen jetzt wieder zur Sache. Wie viele Trümmerflotten wurden bisher gesichtet?«

»Vierunddreißig«, sagte Admiral Radhadi, der Bull genau gegenübersaß. Er zählte zusammen mit Garat und einigen anderen zu den Nichtmenschen in der LFT-Admiralität, und seine Stimme war nur selten mehr als ein kehliges Flüstern. Der fast zwei Meter große Humanoide mit der silbernen Haut und dem weißen Haar stammte aus dem dreihundert Lichtjahre von der Erde entfernten Seminda-System, von einem Planeten mit geringer Schwerkraft, was seine zarte, fragil anmutende Statur erklärte. Die beiden fast zehn Zentimeter durchmessenden spiegelartigen Augen deuteten darauf hin, dass es auf seiner Heimatwelt Triod recht dunkel war. Radhadi trug einen kleinen Gravitationsabsorber, der es ihm erlaubte, sich in der für ihn zu hohen Schwerkraft zu bewegen. Der Triode war ein genialer Taktiker und Stratege, neigte aber zu recht offensiven Einstellungen, was in einem gewissen Kontrast zu seinem Erscheinungsbild stand. Bull erinnerte sich daran, dass er und die zumindest in ihrem militärischen Denken viel defensivere Talyha schon mehrmals aneinander geraten waren. Als Mittler zwischen ihnen fungierte oft Admiral Hannibal von der Erde, der trotz seines Namens nichts von einem Feldherrn hatte, sondern eher wie ein gemütlicher, friedfertiger Patriarch wirkte.

»Und bisher bestand jede Loowerflotte aus mindestens drei- bis viertausend Schiffen«, fügte Radhadi hinzu. »Ich schlage entschlossene Schritte vor, um der Gefahr zu begegnen, solange wir noch dazu imstande sind.«

»Entschlossene Schritte?« Admiral Talyha wandte sich dem Trioden zu. »Vermutlich meinst du damit etwas in der Art von ›Angriff ist die beste Verteidigung‹, nicht wahr?«

Der Spott in ihrer Stimme ließ Radhadi völlig unbeeindruckt. »Wir wissen inzwischen, dass die Technik der Loower wesentlich leistungsfähiger ist als unsere, trotz der erhöhten Hyperimpedanz. Ihre Schiffe können selbst mit geringer Geschwindigkeit in den Hyperraum springen und sind uns mit ihrem defensiven und offensiven Potenzial überlegen – das zeigen die Ereignisse im Flake-System ganz deutlich. Der LFT stehen etwa dreihunderttausend Kampfschiffe zur Verfügung, und derzeit hat der Gegner etwas mehr als hunderttausend. Wir sind ihm drei zu eins überlegen, und das sollten wir ausnutzen.«

Mehrere Admiräle, unter ihnen einige Holo-Präsenzen, stimmten dem Trioden zu.

Bull sah Talyha an, die daraufhin das Wort ergriff. »Du willst die LFT in einen Krieg stürzen, obwohl wir gar nicht wissen, warum die Loower sich gegenseitig bekämpfen? Du willst alle unsere Flottenverbände aufs Spiel setzen? Sollten wir nicht versuchen, mit den Loowern zu *reden* und zu versuchen, den Konflikt friedlich zu lösen?«

»Gibt es ein Muster?«, fragte Bull. »Enthalten die bisherigen Aktivitäten der beiden verfeindeten Loowerfraktionen irgendwelche Hinweise darauf, worum es ihnen geht und was wir in Zukunft zu erwarten haben?«

Als die Admiräle schwiegen, räusperte sich Ernesto. »Aus der Analyse der bisherigen Daten geht hervor, dass eine Seite versucht, bestimmte Sonnensysteme und bestimmte Welten zu erreichen, und die andere alles unternimmt, um sie daran zu hindern. Die Anzahl der Flotten wächst, die Kämpfe weiten sich aus, in Richtung Kerngebiet der LFT.«

»Warum ausgerechnet die LFT?«, fragte Admiral Garat, und damit sprach der Ferrone das aus, was auch Bull schon seit einer ganzen Weile beschäftigte. »Was ist mit den anderen Bereichen der Milchstraße? Sind dort ebenfalls Loowerflotten erschienen?«

»Im Arkonidischen Imperium hat es bisher keine Aktivitäten der Loower gegeben«, sagte eine der holographischen Personen, ein Oxtorner mit olivgrüner Haut und zwei jeweils vier Zentimeter großen anthrazitfarbenen Implantaten dort, wo sich normalerweise die Augen befanden. »Wie wir hörten, ist eine Trümmerflotte in der Eastside der Galaxis erschienen. Die Blues waren klug genug, nichts gegen sie zu unternehmen.«

Bull glaubte, in den letzten Worten leise Kritik an Rhodans Vorgehen zu hören. Hatte Talyha in Monkey einen Verbündeten gefunden?

»Wir nehmen an, dass ein falscher Hyperraumsprung die betreffende Flotte ins Einflussgebiet der Jülziish brachte. Die Schiffe verschwanden wieder, und Raumer mit entsprechenden energetischen Signaturen wurden inzwischen bei Epsal gesichtet.«

»Die gleichen Schiffe?«, fragte Hannibal. »Innerhalb weniger Tage von der Eastside bis nach Epsal? Wie stellen die Loower das an?«

»Genau das würde ich auch gern wissen«, brummte Bull, trank einen Schluck Wasser und wünschte sich Kaffee, so stark, dass der Löffel drin stecken blieb. »Trümmer der Loowerschiffe werden untersucht, und zwar von den besten technischen Spezialisten, die ich auftreiben konnte. Vielleicht können sie uns bald Antwort auf die Frage geben, was die Schiffe der Loower so leistungsfähig macht. Man könnte meinen, für sie hätte es keinen Hyperimpedanz-Schock gegeben.«

Das ist noch ein »vielleicht«, hörte er Guckys Stimme.

»Abgesehen von den Blues sind bei den Völkern des Forums Raglund keine Loower erschienen«, fuhr Monkey, Chef der USO, fort. Eigentlich war die United Stars Organization neutral, aber Monkey hatte Bull nichtmilitärische Unterstützung zugesagt, und die Logistik von Quinto-Center war ein wertvoller Verbündeter. »Cheboparner, Unither, Akonen, Báalol und all die anderen ... Bei ihnen haben sich keine Loower blicken lassen. Sie beobachten, was in der LFT geschieht. Wir haben Flottenbewegungen festgestellt, was darauf hindeutet, dass hier und dort präventive Vorbereitungen getroffen werden.«

»Vorbereitungen worauf?«, fragte Radhadi, und wieder war seine Stimme kaum mehr als ein Hauch. Ohne den kleinen Akustikverstärker am Hals des Trioden wäre es schwer gewesen, ihn zu verstehen. »Sie könnten auf den Gedanken kommen, die Gunst der Stunde zu nutzen und sich das eine oder andere LFT-System einzuverleiben, während wir mit den Loowern beschäftigt sind. Das ist ein Grund mehr, massive Schläge gegen den Feind zu führen und ihn aus dem stellaren Territorium der Liga zu vertreiben.«

Admiralin Talyha saß noch immer steif und gerade. Nur ihr Kopf bewegte sich, als sie den Trioden ansah. »Beschränkt sich dein taktisches und strategisches Geschick in letzter Zeit nur noch darauf, zum Angriff zu blasen, Radhadi?«, fragte sie eisig. »Wir sind nicht hier, um darüber zu beraten, wie wir einen neuen Krieg beginnen, sondern wie wir ihn *verhindern* können.«

»Manchmal *ist* Angriff die beste Verteidigung, verehrte Kollegin«, hauchte Radhadi und richtete den Blick seiner großen Spiegelaugen auf die Admiralin von Olymp. »Hast du dir überlegt, mit wie vielen Loowerschiffen wir es zu tun bekommen könnten? Bei der Einkehr vor fast anderthalb Jahrtausenden kamen die Loower aus allen Teilen des Universums zur Milchstraße, um sich im Alkyra-System niederzulassen. Wir schätzen die Anzahl der Schiffe auf mehrere *Millionen.* Stell dir vor, dass sie alle bei uns erscheinen ...«

Stille folgte diesen Worten, als die Admiräle darüber nachdachten. Bull beobachtete, wie hier und dort Gesichter blass wurden.

»Julian Tifflor ist zum Alkyra-System unterwegs«, sagte er. »Ich hoffe, dass es ihm dort gelingt, mehr über den Loowerkrieg herauszufinden.« Er holte tief Luft. »Hier im Flake-System haben wir deutlich gesehen, wie sinnlos es ist, die Loower anzugreifen. Ich schließe mich der Meinung von Admiralin Talyha an: Wir sollten versuchen, mit den Loowern zu kommunizieren. Vielleicht gelingt es uns, irgendeine Art von Übereinkunft mit ihnen zu treffen.«

»Wir haben nur jetzt noch eine Chance, sie zu schlagen«, wandte Radhadi ein. »Solange wir zumindest die zahlenmäßige Überlegenheit haben.«

»Nein«, sagte Bull und traf die erste wichtige Entscheidung. »Hiermit weise ich die LFT-Flottenverbände an, sich auf keinen Fall in Gefechte mit den Loowern verwickeln zu lassen. Wir werden unsere dreihunderttausend Schiffe und alle anderen, die wir auftreiben können, für die Evakuierungen nutzen.« Er beugte sich vor. »Was auf Snowflake geschah, darf sich nicht wiederholen. Wenn erneut eine unserer Welten zwischen die Loowerfronten zu geraten droht, soll genug Transportkapazität zur Verfügung stehen. Wir brauchen Auffanglager für die Flüchtlinge, genug Proviant, Versorgungsmaterial und so weiter.«

»Mit Verlaub, Verteidigungsminister ...«, sagte Radhadi. »Es ist schwer genug, die Bewohner eines einzelnen Planeten zu evakuieren, aber es könnten bald *Dutzende* von Welten betroffen zu sein. Wir sprechen hier von Milliarden oder gar *Billionen* von Personen. Selbst dreihunderttausend Schiffe genügen nicht, um so viele Flüchtlinge zu transportieren. Und wo sollen sie untergebracht werden?«

»Wenn ich einen Vorschlag unterbreiten darf ...«, warf Hannibal ein. Der terranische Admiral mit der Aura des Patriarchen sah sich am Tisch um, rückte dann den Trioden und Admiral Talyha in den Mittelpunkt seiner Aufmerksamkeit. »Admiral Radhadi könnte während der nächsten Tage detaillierte Verteidigungspläne ausarbeiten, für den Fall, dass es zu einer direkten Bedrohung des Kernbereichs der LFT kommt. Wir sollten *auf alles* vorbereitet sein. Außerdem halte ich es für angebracht, Admiral Talyha mit einer Kommunikationsmission zu beauftragen. Bisher haben die Loower nicht auf unsere Versuche reagiert, mit ihnen zu reden, aber vielleicht gelingt es Admiral Talyha, einen Kontakt mit ihnen herzustellen.«

Bull nickte und stellte fest, dass Hannibal einmal mehr großes diplomatisches Geschick bewies, indem er die Situation zwischen Radhadi und Talyha entschärfte. »Einverstanden«, sagte er. »Monkey, was wir derzeit besonders dringend brauchen, sind Informationen. Warum kämpfen die Loower gegeneinander? Warum wollen manche Flotten bestimmte Welten erreichen, und warum versuchen andere, sie daran zu hindern? Irgendwo *muss* es ein Muster geben.«

»Wenn wir es erkennen, könnte es für uns alle zu spät sein«, hauchte der Triode.

»Unsere Analysezentren setzen die Arbeit fort«, versprach der USO-Chef. »Außerdem behalten wir die Entwicklung in den anderen Bereichen der Milchstraße im Auge.«

»Danke, Monkey, das weiß ich sehr zu schätzen.« Bull wandte sich an die Admiräle. »Das Evakuierungsprogramm hat Vorrang. Ich erwarte von euch, dass wir innerhalb einer Woche in der Lage sind, jede beliebige Welt der Liga Freier Terraner zu evakuieren, und zwar innerhalb kurzer Zeit. Gibt es noch Fragen?« Er sah sich am Tisch um. »Nein? Dann ist die Sitzung hiermit beendet.«

Später in seinem Quartier, vor den Holos, die Auskunft gaben über die weiterhin andauernde Suche in den Trümmerwolken des Flake-Systems, wandte sich Bull besorgt an Ernesto.

»Radhadi könnte Recht haben. Vielleicht wäre es besser, die einzelnen Trümmerflotten sofort anzugreifen, solange wir noch einigermaßen Aussicht auf Erfolg haben.«

Der Chefkoordinator stand mit einer Datentafel da: immer präsent und bereit, immer zuverlässig und ruhig. »Du hast dich dagegen entschieden, Reginald.«

»Ja, das habe ich«, sagte Bull und blickte in die Holos. Vor einer halben Stunde waren zwei Oxtorner im All gefunden worden, seit einem Tag tot. »Wir sind nicht mehr das Solare Imperium, Ernesto. Wir haben gelernt und sind unseren Prinzipien verpflichtet, dem Frieden. Wir greifen nicht einfach an.«

»Perry Rhodan kannte diese Prinzipien genauso gut wie du, Reginald. Und er beschloss trotzdem, in den Kampf einzugreifen.«

»Auch Perry macht Fehler, und dies *war* einer, selbst wenn es ihm nur darum gegangen ist, die Bewohner von Snowflake zu schützen und die Oxtorner nicht im Stich zu lassen. Konflikte müssen mit friedlichen Mitteln gelöst werden – daran glauben wir, nicht zuletzt auf der Grundlage unserer Erinnerungen an viele entsetzliche Kriege. Aber es stellt sich auch die Frage: Sind wir befugt, diesem Glauben das Leben von Unschuldigen zu opfern? Wenn weitere Welten in Gefahr geraten ... Ist es besser, sie zu evakuieren, oder sie zu verteidigen? Was erfordert weniger Opfer?«

»Wir werden es bald wissen, Reginald«, sagte Ernesto.

»Ja«, sagte Bull ernst. »Und ich fürchte die Antwort.«

:04

Karn-Terg
| Alkyra II, 68 N.d.E. – 67 NGZ |

»› Dies war schlimmer als der Tod, fand Karn-Terg, als er dem kleinen Schiff nachsah, das ihn auf dem Planeten abgesetzt hatte. Auf Antigravfeldern ritt es gen Himmel und kehrte dorthin zurück, woher es gekommen war, zur orbitalen Stadt. Etwas weiter entfernt schüttelte ein zweites, größeres Schiff die Schwerkraft des Planeten ab und stieg auf: der Transporter, der die Kinder in den Hort gebracht hatte.

Verbannung. Was gab es für einen Raumfahrer Schlimmeres, als den Rest seines Lebens auf einem Planeten zu verbringen? Noch dazu in Einsamkeit. Hingebungsvoll und nicht zum ersten Mal verfluchte Karn-Terg den Tag, an dem sich die Loower zur Einkehr bereit erklärt hatten, und er verfluchte auch die Kosmokraten, denen sie dies alles verdankten. Letztendlich waren sie auch für seine ganz persönliche Katastrophe verantwortlich.

Die beiden Schiffe, das kleine wie das große, verschwanden in den dichten Wolken, die ein böiger Wind über den Himmel jagte. Plötzlich fühlte sich Karn-Terg so allein wie noch nie zuvor in seinem Leben. Er blickte zu den Bauten, die sich in die Senke dicht vor ihm duckten, als suchten sie dort Schutz vor dem Sturm, der über die Felslandschaft heulte. Fast fünfhundert Kinder erwarteten ihn – mehrere Horte waren zusammengefasst und aus der Trümmersphäre auf den Planeten verlegt worden. Vielleicht wollte man vermeiden, dass es in der orbitalen Stadt zu weiteren, möglicherweise noch schlimmeren Zwischenfällen kam.

»Selbstmord«, murmelte Karn-Terg. Der Helk vor ihm hörte ihn trotz der heulenden, pfeifenden Böen.

»Unbekannte Anweisung«, erwiderte die noch nicht individuell konfigurierte Maschine. Sogar ein Name fehlte.

»Schon gut. Gehen wir.« Der Helk setzte sich in Bewegung und schob dabei einen keilförmigen energetischen Schild vor sich her, der sie beide vor dem Sturm schützte. Trotzdem erreichte ein Teil des aufgewirbelten Staubs Karn-Tergs Sprachblase und die Augen. Selbstmord. Das war der einzige Ausweg. Er konnte nicht warten, bis er Reife und damit die Fähigkeit zum Aufhören erlangte; Jahrhunderte trennten ihn davon. Es galt, einen Weg zu finden, die eigene Existenz mit einem Minimum an Gewalt auszulöschen – der Tod würde ihn von Schande und Schmach erlösen.

Karn-Terg atmete tief durch, obwohl dadurch Staub in seine Sprachblase geriet, und schöpfte ein wenig Hoffnung.

Der Hort wirkte wie ein aus Dutzenden von Schichten bestehender Pilz, der die Senke fast ganz ausfüllte. Die Gebäude, gelbbraun wie die Umgebung, bestanden aus besonders widerstandsfähigem Kunststoff, nicht nur wegen des rauen Klimas, sondern auch wegen der möglichen Aktivitäten der Kinder. Sie gingen ineinander über, waren hier und dort auch durch Tunnel miteinander verbunden. Der Zugangsbereich blieb dem Kinderwart vorbehalten; der Rest, ein etwa hundert Quadratkilometer großes Labyrinth aus Kammern, Zimmern, Räumen, Sälen, Hallen, Gängen und Korridoren, stand den Kindern zur Verfügung.

Der Beobachtungsraum wies große Ähnlichkeit mit dem an Bord der umfunktionierten und inzwischen halb zerstörten BAUH-TARAG auf. Die Wände waren in zahlreiche Projektionsfelder unterteilt, die verschiedene Bereiche des Horts zeigten.

Der Helk verharrte neben der zentralen Konsole und schien auf etwas zu warten.

Karn-Terg senkte die Stielaugen und betrachtete den einen Gegenstand, den er mitgenommen hatte: Gran-Taraschs Holo-Tagebuch. Eigentlich interessierte es ihn gar nicht; er entsann sich nicht einmal an die Entscheidung, es mitzunehmen.

»Du musst deine Bereitschaft signalisieren«, sagte der Helk.

»Ja, ich weiß. Von jetzt an wird man mich strenger überwachen.« Karn-Terg trat zur Konsole, sah auf die Kontrollen und aktivierte mit dem freien Greiflappen die externe Kommunikation. »Ich bin am Ziel eingetroffen«, sagte er schlicht.

Ping.

»Observation«, tönte es aus einem Lautsprecher. »Deine Meriten belaufen sich auf minus zweihunderttausend.«

Ping.

»Und wenn schon«, brummte Karn-Terg. »Ich käme ohnehin nie von hier weg.«

Er verließ den Beobachtungsraum und begann mit der Suche nach einer Möglichkeit, sich umzubringen.

Das Sterben war gar nicht so einfach, fand Karn-Terg einige Tage später, und er fragte sich, warum so viele Völker diesem Konzept mit Furcht begegneten. Vielleicht lag es an den unterschiedlichen biologischen Strukturen. Der Loowerkörper zeichnete sich durch ein hohes Maß an Widerstandsfähigkeit und ein großes autoregeneratives Potenzial aus, was bedeutete: Seine Tötung erforderte erhebliche Gewalt. Und genau dort lag das Problem.

Karn-Tergs Selbsthass war nicht groß genug, um sich die für den Tod notwendige Gewalt anzutun. Und so immens seine Verzweiflung auch sein mochte: Sie schaffte es noch nicht, den in seiner Physis fest einprogrammierten Selbsterhaltungstrieb zu lähmen.

Reaktoren und Recycling-Anlagen des Horts verfügten über spezielle Sicherungen, und Karn-Terg konnte sich des Eindrucks nicht erwehren, dass sie genau dazu bestimmt waren, Selbstmordabsichten des Kinderwarts vorzubeugen. Außerdem sollten vermutlich ähnliche Zwischenfälle wie an Bord der BAUHTARAG verhindert werden. Er konnte sich also nicht einfach zerstrahlen lassen wie Gran-Tarasch, schnell und schmerzlos. Waffen gab es nicht – ein passiver Energieschirm schützte den Hort vor den Monaden. Welche Möglichkeiten blieben? Er konnte sich einen spitzen Gegenstand in den Leib rammen, oft genug, um die Autoregeneration zu überlisten, oder bis es ihm durch Zufall gelang, bei einem lebenswichtigen Organ genug Schaden anzurichten. Gift? Vielleicht war es möglich, im automatischen Produktionskern genug Residualsubstanzen zu sammeln und sie zu einem tödlichen Toxin zu kombinieren. Die Edukatoren enthielten auch detaillierte chemische Daten; sicher konnten sie ihm helfen, eine Art Todestrank zusammenzubrauen. Und wenn er dann bei sich eine besondere Giftresistenz entdeckte?

Einen Tag lang spielte er mit dem Gedanken, den Hort zu verlassen und in die Wüste zu wandern, sich den Elementen auszuliefern und es der wilden Natur dieses Planeten zu überlassen, ihn zu töten. Wie lange kam ein Loower ohne Wasser und Nahrung aus? Wie lange dauerte ein Sterben dieser Art? Er nahm von der Idee Abstand, als er sich an die Monaden erinnerte. Ihre Duade existierte nicht mehr, aber die Monaden stellten noch immer eine Gefahr da. Er entsann sich daran, wie sie versucht hatten, sein Denken und Fühlen zu beeinflussen, in seinen Kopfwulst zu kriechen und sich dort niederzulassen, als neue Herren seines Körpers. Karn-Tergs Augenstiele zitterten, als er sich daran erinnerte und vorstellte, wie er zu einem hilflosen Werkzeug der Monaden wurde, während er zu sterben versuchte.

Ping.

»Observation. Dies ist der siebte Tag, und du hast noch immer nicht begonnen, deine Pflichten wahrzunehmen. Dafür werden dir zweihundert Meriten abgezogen.«

Ping.

Karn-Terg stellte fest, dass sein Bewusstsein – sein eines Bewusstsein – in die Ruhe geglitten war. Dumpfer Schmerz begleitete das Erwachen, verursacht von der linken Flughaut, die unter ihm und dem Boden eingeklemmt war. Er richtete sich auf und fuhr die Augen aus, um sein Blickfeld zu erweitern.

Die Projektionsfelder des Beobachtungsraums zeigten ihm die »Kinder«, wie die Observation sie nannte. Für Karn-Terg waren es fremde, gefährliche Wesen, erschreckend einfallsreich und entsetzlich skrupellos. Immer wieder fielen sie über sich selbst und die Einrichtung des Horts her, verletzten und beschädigten. Die kleinen Wartungshelks mit einfacher KI räumten auf, reparierten, machten sauber ... Und als Lohn dafür wurden sie manchmal in eine Falle gelockt, mit Farbe und anderen Dingen bespritzt oder gar demontiert. Nur wenige der *Kinder* schienen an den Edukatoren interessiert zu sein, die ihnen Wissen vermitteln sollten.

Karn-Terg konzentrierte sich auf ein Projektionsfeld und beobachtete, wie ein Dutzend und mehr kleine Geschöpfe durch ein Klettergestell huschten. Eins von ihnen blieb mit einer erstaunlich großen Flughaut hängen, was die anderen zum Anlass nahmen, an seinen dünnen Gliedmaßen zu zerren. Quiekende Stimmen erklangen, unter ihnen ein schmerzerfülltes Fiepen.

»Warum sehen sie alle unterschiedlich aus?«, fragte Karn-Terg leise. »Nur wenige von ihnen haben mit Loowern Ähnlichkeit.«

»Das liegt an den neun Entwicklungsphasen.«

Karn-Terg drehte die Augen und sah den Assistentenhelk im Eingang des Beobachtungszimmers.

»Was hat es damit auf sich?«

»Meine Daten sind beschränkt. Du solltest dich an einen der Edukatoren wenden, die über detaillierte Informationen verfügen. Ich weiß nur, dass die neun infantilen und adoleszenten

Entwicklungsphasen in drei Hauptphasen eingeteilt sind. Die so genannten ›Sprünge‹ finden am Ende der dritten, sechsten und neunten Phase statt, und ...«

»Was *macht* ein Kinderwart überhaupt?«, unterbrach Karn-Terg den Helk und fühlte sich trotz der Ruhe müde. »Was erwartet man von mir?«

»Du sollst dafür sorgen, dass die meisten Kinder überleben. Und dass sie diesen Hort nicht zerstören – seine Konstruktion hat erhebliche ökonomische Ressourcen beansprucht.«

»Das ist alles?«, fragte Karn-Terg. »Ich soll sie nicht ... bändigen?«

»Edukative Maßnahmen irgendeiner Art sind nicht erforderlich. Die Kinder steuern ihre Entwicklung selbst, sammeln Erfahrungen und lernen, was sie lernen wollen.«

Karn-Terg sah wieder zu dem Projektionsfeld mit dem Klettergestell. Das Geschöpf hing noch immer fest und fiepte lauter, als die anderen Wesen weiterhin an seinen dünnen Gliedern zerrten. Das Licht eines nahen Leuchtelements spiegelte sich in den großen – und verblüffend flachen – Augen des hilflosen Kinds wider, und in Karn-Terg regte sich etwas, für das er keinen Namen hatte. Er trat an die Kontrollen heran, aktivierte das Kommunikationssystem und richtete den Mitteilungsfokus mit Hilfe der Koordinaten aus, die ihm das Projektionsfeld zeigte. Seine Sprachblase blähte sich auf.

»Lasst das Kind in Ruhe.«

Die Geschöpfe verharrten, schnatterten miteinander und zogen dann mit noch größerem Eifer an den Gliedmaßen des Wesens im Gestell.

»Es wird sterben, wenn es so weitergeht«, sagte der Helk mit neutraler, leidenschaftsloser Stimme.

Karn-Terg traf eine Entscheidung, die ihn selbst überraschte. »Ich gehe hinein.«

»Es sind fast fünfhundert Kinder«, gab der Assistentenhelk zu bedenken. »Wenn sie gemeinsam angreifen ...«

Karn-Terg sah erneut zum Projektionsfeld und beobachtete, wie sich die festsitzende Flughaut immer mehr spannte und zu reißen drohte. »Ich muss mich beeilen.«

Karn-Terg trug die Kleidung des Kinderwarts, als er einen Zugangsbereich passierte und den großen Hort betrat. Die Haftplatten bedeckten nicht den ganzen Körper, so wie der Anzug eines Raumfahrers, aber wenigstens fühlte er sich nicht völlig ungeschützt. Den Signalgeber hatte er aus der einen Platte entfernt. Die Stimme der Observation konnte jederzeit aus den Lautsprechern des Kommunikationssystems erklingen; er wollte sie nicht auch noch mit sich herumtragen.

Ein Markierer zeigte ihm den Weg: ein kleiner Konus, der auf einem schwefelgelben Antigravfeld ritt und die ganze Zeit über mit den Sensoren des Horts kommunizierte. Das Hologramm über ihm präsentierte eine schematische Darstellung des Horts, und ein blinkender Punkt wies auf Karn-Tergs Position hin.

Licht ging dort an, wo es dunkel war, wenn sie eine neue Sektion betraten, und Karn-Terg stellte fest, dass kein Raum dem anderen glich. Das galt nicht nur für Größe und Struktur, sondern insbesondere für die Einrichtung, deren guter Zustand ihn angesichts seiner Erfahrungen im Hort der BAUH-TARAG erstaunte. Vielleicht hatten die Kinder dieses Horts einfach noch keine Zeit gefunden, überall Unordnung zu schaffen. In einigen Ruhezimmern begegneten sie müden Einern und Zweiern, die durch die Größe ihrer Flughäute auffielen. Nur einmal versuchte einer von ihnen, sich dem Wart zu nähern, doch der Assistentenhelk drängte ihn sanft ab. Den Hinweisen des Helks entnahm Karn-Terg, dass das hilflose Geschöpf im Klettergestell eine Einer war, die gerade erst die Muttertrennung hinter sich hatte.

Mit langen Schritten eilte er durch einen Quartierbereich, in dem sich Dutzende von Kindern in die Ruhe zurückgezogen hatten: eng aneinander geschmiegt hockten sie im Gerüst, vereint in Frieden und Harmonie – bis zum Erwachen. Im nächsten Raum herrschte nur geringe Schwerkraft, und einige größere Kinder sprangen dort umher, versuchten immer wieder, die bunten Bilder an der Decke zu erreichen. Wenn es einem von ihnen gelang, blitzten die Farben, und das Bild wechselte, was die Kinder zu lauten Freudenrufen veranlasste.

Die Anspannung wich allmählich aus Karn-Terg. Bisher war kein Angriff erfolgt, und nirgends schien eine Streitmacht aus großen Achtern und Neunern auf der Lauer zu liegen. Er blickte erneut auf die Anzeigen des Sensorknotens, den er bei sich trug, obgleich er wusste, dass die Sensoren nur begrenztes Vertrauen verdienten: An Bord des Schiffes hatten die Kinder bewiesen, dass sie es verstanden, für Sondierungssignale undurchdringliche Abschirmungen zu konstruieren. Karn-Terg hatte den Knoten neu konfiguriert, damit er insbesondere vor blinden Stellen warnte. Es gab einige, aber nur auf der gegenüberliegenden Seite des Horts, weit entfernt.

Geführt vom Markierer durchquerten Karn-Terg und sein Assistentenhelk ein kreatives Zentrum, in dem einige springkäferartige Kinder – Vierer, wie er inzwischen wusste – an holographischen Kontrollen spielten, wodurch in der Mitte des runden Raums immer wieder neue bunte Muster entstanden. Andere Geschöpfe, die Karn-Terg keiner Entwicklungsphase zuordnen konnte, krochen und rollten über die gewölbten Wände – offenbar beschränkte sich die Schwerkraft hier nicht nur auf den Boden –, und ihre Bewegungen schienen die Muster in der Zimmermitte zu kneten.

»Einige Neuner sind hierher unterwegs«, sagte der Assistentenhelk. Das vom Markierer projizierte Hologramm schwoll an und zeigte mehrere bunte Punkte, die aus den externen Bereichen des Horts in Richtung der Innensektionen glitten.

Karn-Terg blickte auf das kleine Gerät in der rechten Greiflappe, seine einzige »Waffe«: ein Lokalisator, mit dem er die Wartungshelks steuern und kontrollieren konnte.

»Woher wissen die Neuner, dass wir hier sind, im Innern des Horts?«, fragte er.

»Einige der Neuner sind sehr schlau«, antwortete der Assistentenhelk.

Karn-Terg erinnerte sich daran, dass Toffok ähnliche Worte verwendet hatte, und für ein oder zwei Sekunden fehlte ihm der von Gran-Tarasch modifizierte Helk. Mit seiner Pseudopersönlichkeit hatte er ihm den Eindruck vermittelt, ein wenig Gesellschaft zu haben. Sein eigener Helk war ein maschinelles Neutrum, biologisch leblos und emotional steril – er hatte ihm noch nicht einmal einen Namen gegeben.

»Vielleicht haben sie das Kommunikationssystem modifiziert und ihm Sensoren hinzugefügt«, sagte der Assistentenhelk.

Sie verließen das kreative Zentrum und folgten dem Verlauf eines Ganges, der an Edukatorzimmern vorbeiführte. Nur in einem von ihnen sah Karn-Terg mehrere Vierer in den Erlebnisnischen – das Interesse an Informationen und Bildung schien sehr gering zu sein.

Weiter vorn kam verzweifelt klingendes Fiepen durch einen offenen Zugang.

Karn-Terg bediente die Kontrollen des Lokalisators und schickte den Neunern mehrere Wartungshelks entgegen, mit dem Auftrag, die Fasterwachsenen irgendwie aufzuhalten. Dann betrat er den Raum mit dem Klettergestell.

Die kleine Einer hing noch immer mit der großen Flughaut fest, und die anderen Kinder zogen an ihren dünnen Gliedern. Die Flachaugen waren Karn-Terg fremd, aber er glaubte trotzdem, Angst und Schmerz in ihnen zu erkennen.

»Aufhören!«, rief er. »Hört sofort auf!«

Die Kinder zögerten, und Karn-Terg sah sich von einer sonderbaren Mischung aus Flach-, Facetten- und Stielaugen angestarrt. Die Wesen heulten, und einige von ihnen zerrten erneut an der Einer, während die anderen dem Wart entgegensprangen.

Der Assistentenhelk teilte sich in seine fünf Komponenten, um die heranstürmenden Kinder sanft abzuwehren, während Karn-Terg zum Gestell lief. Das Geschrei der dortigen Kinder wurde noch lauter, als er eins nach dem anderen von den Gliedmaßen der Einer löste. Sie versuchten zurückzukehren, aber er schob sie beiseite, und als das nicht genügte, *stieß* er sie fort. Das überraschte sie so sehr, dass sie verwundert auf dem Boden hockten und zu ihm aufsahen. Ein etwas größeres Exemplar klammerte sich am Rücken einer Körperhälfte fest und versuchte, ihm Zähne und Dornen in die Lücken zwischen den Haftplatten zu bohren.

Karn-Terg achtete nicht darauf, wandte sich der Einer zu und löste ihre Flughaut vorsichtig aus dem Gestell, fühlte dabei ihren Blick auf sich ruhen und beobachtete, wie sich der Glanz in ihren Augen veränderte. Aus Angst und Schmerz wurden ... Verwirrung und Dankbarkeit? Was versetzte ihn in die Lage, das Licht in flachen Augen zu interpretieren?

Die Einer fiepte erneut, aber anders als vorher, und die Flughaut, die Karn-Terg gerade aus dem Gerüst gelöst hatte, strich kurz über seine Sprachblase. Dann breitete die Einer beide Häute aus, stieg auf und flog fort. Die anderen Kinder auf dem Boden kreischten und tanzten enttäuscht – sie waren flugunfähig und konnten der Einer nicht durch die Luft folgen.

Aus dem Stechen im Rücken wurde ein sehr unangenehmes Brennen. Karn-Terg neigte den linken Tentakel nach hinten, packte den hartnäckigen Quälgeist und zog ihn von den Haftplatten fort.

»Ich kriege dich, ich kriege dich!«, heulte das Geschöpf – es waren die ersten Worte, die Karn-Terg von einem Loowerkind hörte. »Ich kriege dich, ich steche dich, ich tue dir weh!«

Der Wart hielt das Kind so weit wie möglich von sich gestreckt. »Warum?«

»Darum, darum, darum!«, schrie das Geschöpf und stieß einen Dorn in Karn-Tergs linken Greiflappen.

Der plötzliche Schmerz war so heftig, dass der Wart sowohl das Kind fallen ließ als auch den Lokalisator. Rasch bückte er sich und hob das Gerät wieder auf, doch das aggressive Wesen nutzte diese Gelegenheit, um zwischen seinen Beinen emporzuspringen und ihm die Zähne in eine besonders empfindliche Körperstelle zu bohren.

Karn-Terg reagierte, ohne nachzudenken, ballte den rechten Greiflappen zusammen und schlug zu. Der wuchtige Hieb traf das Kind an einem Nervenbuckel. Die Zähne lösten sich, und das Geschöpf fiel zu Boden, rührte sich plötzlich nicht mehr. Erschrocken starrte der Wart darauf hinab und befürchtete plötzlich, erneut ein Leben ausgelöscht zu haben, ebenso unabsichtlich wie beim ersten Mal.

Die anderen Kinder hatten seine Reaktion beobachtet und versuchten nicht mehr, sich ihm zu nähern. Einige wandten sich ab und verließen den Raum mit dem Klettergestell.

»Die Wartungshelks können die Neuner nicht länger aufhalten«, warnte der Assistentenhelk. »Sie nähern sich schnell, gefolgt von einigen Siebenern und Achtern.«

»Können wir ihm helfen?«, fragte Karn-Terg und meinte das Geschöpf, das er geschlagen hatte. Es lag erschlafft da, zwei Beine und vier Arme von sich gestreckt.

»Die Kinder helfen sich selbst«, erwiderte der Helk, der seine fünf Komponenten wieder zusammensetzte. »Oder auch nicht.«

Karn-Terg fuhr die Stielaugen zu einem Panoramablick aus, und ein Teil seiner Aufmerksamkeit galt dem Hologramm des vor ihm schwebenden Markierers. Die blinkenden Punkte – die Neuner und ihre Begleiter – waren nicht mehr weit entfernt.

Die kleine Gestalt auf dem Boden regte sich noch immer nicht.

»Wenn wir an diesem Ort bleiben, ist eine Auseinandersetzung unvermeidlich«, sagte der Assistentenhelk.

»Na schön. Gehen wir.«

Im Zugang des Zimmers verharrte Karn-Terg noch einmal und warf einen Blick zurück. Das Kind, das ihn gestochen und gebissen hatte, lag nach wie vor auf dem Boden, bewegungslos, aber hoffentlich nicht tot. Er fürchtete keine Strafe, wohl aber das Gefühl der Schuld.

Als sie durch die Gänge und Räume des Horts eilten, dachte er an das andere Kind, dem er geholfen und das ihn dafür ... gestreichelt hatte. Seltsame Empfindungen verbanden sich mit dieser Geste, ein Durcheinander aus Gefühlen, von denen er nur eins zu deuten wusste: Zufriedenheit.

»Ein Pilot, der vor Kindern fliehen muss ...«, brachte Karn-Terg hervor, als sie die Edukatorzimmer passierten. Der Markierer zeigte erneut den Weg, und die Farben seines Hologramms huschten wie bunte Geister über die Wände. »Warum macht man jemanden wie mich zum Kinderwart?«, fuhr er fort und fühlte dabei, wie neuerliche Verbitterung in ihm emporquoll. Kreischende Stimmen kamen aus der Richtung des Kletterraums und veranlassten ihn, schneller zu gehen. »Jemanden, der überhaupt nichts von Kindern versteht.«

»Du bist zum Kinderwart geworden, weil ...«, begann der Assistentenhelk.

»Ich kenne den Grund, verdammt!«, zischte Karn-Terg. »Aber ich *verstehe* nicht, warum jemand damit bestraft wird, sich um Kinder zu kümmern.«

Sie erreichten den Zugangsbereich, als hinter ihnen die ersten großen Neuner erschienen und heulend näher sprangen. Helk und Markierer schwebten durch die Öffnung, und Karn-Terg folgte ihnen rasch. Die Luke schwang zu und schloss sich, bevor die aggressive Schar Gelegenheit bekam, den Hort zu verlassen. Massiver Stahl dämpfte ihr Geheul.

Karn-Terg lehnte sich an die Luke und atmete so schwer, dass seine Sprachblase bebte. »Das heißt ... vielleicht verstehe ich es doch.«

:05

Karn-Terg
| Alkyra II, 68 N.d.E. – 67 NGZ |

»› Ein Projektionsfeld im Beobachtungsraum zeigte Karn-Terg, dass das von ihm niedergeschlagene Kind nicht mehr auf dem Boden des Kletterzimmers lag. Er rief die aufgezeichneten Daten ab und sah, wie das Geschöpf wieder zu sich kam, aufstand und fortwankte – es schien nur benommen zu sein, doch nicht verletzt. Das erleichterte Karn-Terg, vertrieb aber nicht die Unruhe aus ihm. Er fühlte, wie sie anwuchs, wie ihr Prickeln immer stärker wurde, und schließlich musste er ihr nachgeben und sich Bewegung verschaffen. Er begann mit seiner ersten langen Wanderung durch die Außenbereiche des großen Horts, durch Gänge mit unverkleideten Wänden, an denen dicke Kabelstränge, energetische Transferleitungen und Rohrbündel verliefen. Er begegnete Helks, die die Installationen überprüften: einfache Maschinen mit fest programmierten Arbeitsalgorithmen, ohne die Flexibilität einer künstlichen Intelligenz. Er verharrte bei ihnen und beobachtete sie eine Zeit lang, fragte sich dabei, ob ihm Ähnliches bevorstand, in vielleicht gar nicht so ferner Zukunft: strumpfsinniges *Sein*, ohne Sinn und Inhalt. Vielleicht waren diese dummen Helks sogar noch besser dran als er, denn für sie gab es wenigstens etwas zu tun.

In der obersten Etage des großen pilzartigen Gebäudekomplexes, der die Senke füllte, erreichte er schließlich einen Raum mit langen Fenstern. Dort blieb er stehen und blickte hinaus in Nacht von Alkyra II. Die vielen künstlichen Lichter am Himmel ließen sich kaum von den Sternen unterscheiden, die noch immer zu sehen sein mussten, durch die Lücken in der orbitalen Stadt, die er in Gedanken weiterhin Trümmersphäre nannte.

»Man hat mir die Sterne gleich zweimal genommen«, murmelte er, und tiefe Trauer senkte sich auf ihn, schwer genug, alle anderen Gefühle zu zermalmen. Er, der einstige Pilot, saß nun auf einem Planeten fest, ohne Aussicht, ihn jemals wieder zu verlassen, ohne eine ehrenvolle Aufgabe. Selbst die Kinder im Hort, sich selbst und ihrer Aggressivität überlassen, waren besser dran als er, denn wenigstens hatten sie Gesellschaft. Die bittere Erkenntnis, völlig allein zu sein, ohne eine Partnerin, ohne Freunde, selbst ohne die Gemeinschaft während der Ruhe, fügte sich der Trauer hinzu, und er glaubte fast, an ihr zu ersticken. Das Bild vor seinen Augen verschwamm, verschwand hinter einem Vorhang aus Kummer und tiefer Verzweiflung. Als es zurückkehrte, glaubte er, eine Lücke in der Stadt über dem Planeten gefunden zu haben, und durch sie erreichte ihn das Licht ferner Sterne. Er saugte es auf, ließ es auf die vielen Erinnerungsbilder in ihm fallen, die von zahlreichen Welten erzählten, vom Schwarm seiner Vorfahren. Neben den Bildern erschien eine Gestalt in einem Schutzanzug, dessen Haftplatten den ganzen Körper umhüllten, und er hörte erneut die Stimme seiner alten Kommandantin: *Bleib am Leben und hoffe.*

Der rechte Greiflappen tastete über seinen Leib, wie in der Hoffnung, die Kleidung des Piloten zu berühren, und dabei stieß er gegen ein Objekt, das halb aus einer Haftplatte reichte. Karn-Terg zog es daraus hervor und betrachtete den Gegenstand verwundert. Gran-Taraschs Tagebuch.

Der Greiflappen schien sich von ganz allein zu bewegen, fand den kleinen Aktivatorzapfen des Tagebuchs und drehte ihn, bis es leise klickte.

Ein Loower erschien wie aus dem Nichts, kräftig gebaut wie ein Kombattant, in eine Aura des Stolzes gehüllt. Er trug die Kleidung des Kinderwarts, aber sie passte nicht zu ihm.

»Dies ist der letzte Eintrag, den ich spreche«, ertönte die aufgezeichnete Stimme. »Und in gewisser Weise ist es auch der erste. Ich habe alle anderen Aufzeichnungen gelöscht, denn sie spielen keine Rolle mehr. Ich bin Gran-Tarasch, einst Mitglied des Engen Kaders, der Quellmeister Pankha-Skrin zur Galaxis Erranternohre folgte. Tiefer ist vor mir noch niemand gesunken.«

Der holographische Loower seufzte schwer, und mit dem Erschaffen der Sprachblase schien ihn ein großer Teil seiner Kraft zu verlassen.

»Man hat mir zur Last gelegt, ein Falschdenker zu sein, weil ich nicht bereit war, mich der Einkehr zu beugen und mein Schiff aufzugeben«, fuhr Gran-Tarasch fort, und in seiner Stimme hörte Karn-Terg eine Trauer wie seine eigene. »Ich, Kombattant des Quellmeisters, der in die Kosmische Burg des Mächtigen Murcon vordrang – und hier stehe ich als Kinderwart.« Von der Sprachblase kam ein Zischen, das Abscheu vor sich selbst zum Ausdruck brachte. »Ich werde dies nicht hinnehmen. Tod ist der einzige Weg, meine Ehre zu bewahren. Aber ich werde mich nicht aufhören wie ein schwacher Alter. Ich habe einen anderen, sauberen Weg gefunden. Wer auch immer diese Worte hört, soll wissen: Gran-Tarasch hat sich gegen die Demütigung entschieden. Nicht ich bin der Falschdenker. Falsch gedacht haben jene, die zuließen, dass uns die Kosmokraten das Tiefenbewusstsein nahmen und uns die Sterne raubten.«

Die holographische Gestalt verschwand.

Karn-Terg starrte auf das zylinderförmige Tagebuch und glaubte fast, seine eigenen Worte gehört zu haben – Gran-Tarasch war ebenfalls davon überzeugt gewesen, dass die Loower nicht freiwillig auf ihr Tiefenbewusstsein verzichtet hatten. Zorn brodelte tief in ihm, Zorn auf die Kosmokraten und alle Loower, die sich ihnen gefügt hatten. Gran-Tarasch hatte sich nicht aufgehört, wozu er als reifer Loower in der Lage gewesen wäre, sondern sich in Energie aufgelöst – das Ende eines Kombattanten.

»Und ich?«, fragte er leise die Stille, die ihn umgab. »Welcher Tod ist einem Piloten angemessen?« Er dachte an seine jüngsten Erlebnisse. »Soll ich mich vielleicht von den Kindern umbringen lassen?«

Draußen blitzte etwas auf, nicht oben bei der wachsenden orbitalen Stadt, sondern unten auf der Oberfläche des Planeten, am Rand der Senke mit den Anlagen des Horts.

Karn-Terg trat näher ans Fenster heran und betätigte die Kontrollen darunter, die Ausschnittvergrößerungen erlaubten. Das Blitzen wiederholte sich an der gleichen Stelle, und diesmal schien er nur den Tentakel ausstrecken zu müssen, um es zu berühren.

Monaden.

Sie kam als vage Schlieren aus der Nacht, graue Schatten inmitten von schwarzen, trafen auf das Kraftfeld, das den Hort umgab, und verglühten darin. Jedes kurze Gleißen bedeutete das Ende eines Plasmawesens. Nahmen sie die energetische Barriere nicht wahr, die unsichtbar blieb, solange es nicht zu Entladungen kam? Karn-Terg bezweifelte es.

Unbehagen erfasste ihn, als er begriff: Die Monaden griffen an und versuchten, in den Hort zu gelangen. Er erinnerte sich an den Kampf gegen die Duade, damals, als er vom Piloten zum Kombattanten geworden war, an die Versuche der Monaden, ins Ordinärbewusstsein der Loower zu kriechen und von dort aus das Tiefenbewusstsein zu übernehmen. Angeblich war das einer der Gründe dafür, warum die Kosmokraten den Loowern das Tiefenbewusstsein genommen hatten, aber Karn-Terg glaubte nicht daran. Er erinnerte sich an den Kontakt mit einer jener grauen Wolken, an das schreckliche

Gefühl, nicht mehr Herr über sich selbst zu sein. Und er erinnerte sich an Gedanken und Gefühle, die nicht von ihm selbst stammten, so fremdartig und exotisch, dass sie ihm unverständlich blieben.

Wieder blitzte es.

Karn-Terg beugte sich vor. »Kommunikation. Stabilität des externen Kraftfelds?«

»Unbeeinträchtigt«, ertönte die synthetische Stimme des zentralen Elaborators.

»Werden die Monaden zum ersten Mal auf diese Weise aktiv?«

»Dies ist der vierte Versuch, die energetische Barriere zu durchdringen. Bisher sind siebenundvierzig Monaden desintegriert worden.«

Karn-Tergs Blick glitt wieder nach draußen durch die Nacht, und er beobachtete zwei weitere Entladungen, kurz hintereinander.

»Aber sie geben nicht auf«, sagte er. »Sie versuchen weiterhin, hierher zu gelangen.«

»Bestätigung.«

»Wie groß ist die Wahrscheinlichkeit, dass es ihnen einmal gelingen könnte?«

»Wenn sich an der gegenwärtigen technischen und energetischen Konfiguration des Hortes nichts ändert: null.«

Karn-Terg stellte sich vor, wie die Kinder auch in diesem neuen Hort Unfug trieben. Wenn es ihnen irgendwie gelang, die Energieversorgung zu unterbrechen, war der Weg für die Monaden frei.

Ping.

»Observation. Direkte Interventionen sind nicht notwendig, aber dein Eingreifen hat ein Kind vor Verletzungen und vielleicht dem Tod bewahrt. Dafür werden dir hundert Meriten gutgeschrieben.«

Karn-Terg wartete. Er wusste, dass noch mehr kam, denn das zweite akustische Signal blieb aus.

»Du hast ein anderes Kind geschlagen und damit riskiert, es zu verletzen oder gar zu töten. Dafür werden dir hundertfünfzig Meriten abgezogen. Dein aktueller Stand beträgt jetzt minus zweihunderttausend und zweihundertfünfzig.«

Ping.

»Wunderbar«, murmelte Karn-Terg, wandte sich vom Fenster ab, verließ den Raum und stapfte wieder durch lange leere Gänge, in denen außer ihm nur kleine, dumme Helks unterwegs waren. Die Entelechie des Tiefenbewusstseins hätte ihm sicher geholfen, zur Ruhe zu kommen und einen Sinn in seiner Existenz zu finden, selbst hier in der Einsamkeit. Ohne jenes Reservoir aus Einsicht, Selbsterkenntnis und Serenität fiel es ihm schwer, die in alle Richtungen davoneilenden Gedanken festzuhalten und zu ordnen.

Er dachte erneut an die kleine Einer, die er aus dem Klettergestell befreit hatte, an ihre Geste des Dankes und den Glanz in ihren flachen Augen, ein Licht, das etwas in ihm berührte. Er kannte nicht einmal ihren Namen.

Namen ...

Bisher hatte er die Kinder immer nur für ... Wesen gehalten, für eine wilde, aggressive Schar anonymer Geschöpfe. Aber wenn es Loower waren – ein kleiner Teil von ihm zweifelte daran und staunte noch immer darüber, dass aus solchen Kreaturen irgendwann einmal erwachsene Loower hervorgingen –, so mussten sie Namen haben. Und ein Name bedeutete Identität und Individualität.

»Kommunikation?«

»Bereitschaft.«

»Wo befindet sich der nächste Edukator?« Karn-Terg wich einem kleinen Helk aus, der an einem Kabelbündel arbeitete.

»Im siebten Überwachungsraum der Sektion Dreizehn«, lautete die Antwort.

Diese Angabe nützte Karn-Tergs nichts. »Beschreib mir den Weg«, sagte er und folgte den Richtungshinweisen des Zentralelaborators durch Tunnel und Schächte, immer an der Peripherie des Horts entlang. Manchmal hörte er ein dumpfes Fauchen jenseits der metallenen Wände, und ein Fenster bestätigte seine Vermutung: Aus dem starken Wind, der in dieser Region von Alkyra II oft wehte, war ein Sturm geworden, dessen Heulen Kraftfeld und Stahl der Außenwände durchdrang. Die Lichter der orbitalen Stadt blieben jetzt hinter Wolken verborgen, die so dunkel wie die Nacht waren. Manchmal blitzte und flackerte es in der tosenden Finsternis, aber diesmal stammten die Entladungen nicht von Monaden, sondern von Staub und Steinen, die in der energetischen Barriere verglühten.

Schließlich erreichte Karn-Terg den Überwachungsraum, und ein Blick auf die dortigen Kontrollen verriet ihm, dass er vor allem der Steuerung des Energieflusses von den subplanetaren Zapfern, Akkumulatoren und Konvertern diente. Dass keine internen Reaktoren existierten, beruhigte ihn, denn es bedeutete, dass die Kinder keine Möglichkeit hatten, auf die Energieversorgung Einfluss zu nehmen. In einer Tiefe von fast zwanzig Kilometern nahmen Zapfer die primordiale Wärme des Planeten auf, und anschließend wurde sie in Energie für den Hort und das Kraftfeld umgewandelt. Ein eher primitives, aber auch sehr robustes System, den Umständen angemessen, fand Karn-Terg. Der Edukator war nicht viel mehr als eine periphere Datenbank, aber die Verbindung mit den anderen Edukatoren und dem zentralen Elaborator erlaubte Zugriff auf alle Daten des Horts.

Karn-Terg aktivierte das verbale Interface. »Ich bin im Hort gewesen und habe einem der Kinder geholfen«, sagte er, während er an den Kontrollen vorbeiging und auf die Anzeigen blickte. Alle Systeme meldeten normalen Funktionsstatus. »Kannst du es identifizieren?«

Einige Sekunden verstrichen.

»Identifizierung erfolgt«, antwortete der Edukator schließlich. »Eine Einer kurz nach der Muttertrennung. Name: Melra-Mar. Geschlecht: Dellamir.«

Karn-Terg kehrte zur Konsole des Edukators zurück und machte es sich daneben in einer Hocke bequem. Dieses Gerät wies keine Erlebnisnische auf.

»Melra-Mar«, wiederholte er leise. Ein Name, der eins der Wesen aus der Anonymität hob. »Erzähl mir von den anderen. Erzähl mir von den Kindern.«

Während er im Überwachungsraum für den Energiefluss hockte, während draußen in der Nacht der Sturm heulte, während weitere Monaden vergeblich versuchten, das Kraftfeld zu durchdringen, lauschte Karn-Terg der Stimme des Edukators und erfuhr mehr über die Kinder, in denen er bisher nur »Wesen« gesehen hatte. Er hörte, dass die Muttertrennung im Alter von vier Jahren erfolgte, wenn ein Loowerkind die Sprache erlernt und biologische Unabhängigkeit erlangt hatte. Ihre Väter lernten die Kinder nur in seltenen Fällen kennen, denn meistens beschränkte sich deren Bedeutung auf die des Zeugens. Die Einer, Zweier und Dreier vor dem ersten Sprung waren besonders zart, hatten flache Augen und voll ausgebildete Flughäute – nur in dieser Phase konnten Loower noch fliegen. Mit vierzehn Jahren erfolgte der erste Sprung, und wenn es so weit war, suchten die Kinder eine von mehreren im Hort eingerichteten und mit allen notwendigen Dingen ausgestatteten Transformationskammern auf. In den dortigen Nährbädern veränderte sich der Körper, gesteuert von einem komplexen genetischen Entwicklungsprogramm, das seine Monostruktur beibehielt, die Flughäute zurückbildete, die flachen Augen in eine Vielzahl von Facetten unterteilte und die Haut fast so hart wie ein Ektoskelett werden ließ. Die Vierer, Fünfer und Sechser zeichneten sich durch größere Neugier aus als die Loowerkinder vor dem ersten und nach dem zweiten Sprung, und es gab spezielle Edukator-Programme, die dieser Neigung gerecht wurden.

Karn-Terg hörte mit wachsendem Staunen zu und musste sich mehrmals daran erinnern, dass er diese Entwicklungsstadien selbst durchlaufen hatte – es klang nach der Evolution einer fremden Lebensform. Er erfuhr, dass die Monostruktur des Körpers auch nach dem zweiten Sprung am Ende der sechsten Phase erhalten blieb. Erst durch den dritten Sprung am Ende der neunten Phase bekamen die fast erwachsenen Loower ihre beiden Körperhälften. Die Siebener und Achter erschienen ihm besonders exotisch, denn es handelte sich um Hybriden, ausgestattet nicht nur mit Lungen, sondern auch mit Kiemen und Konverterzellen in den obersten Hautschichten, die für adulte Loower toxische Gase »atmen« konnten. Für diese beiden Entwicklungsstadien gab es spezielle ambientale Zellen mit Wasser und Giftgas.

»Warum diese enorme Vielfalt?«, fragte Karn-Terg nach fast einer Stunde.

»Sie spiegelt die loowerische Evolution wider«, antwortete der Edukator. »Bei anderen Spezies durchlaufen Kinder die Entwicklungsstadien noch vor der Geburt.«

»Ein weiterer Grund dafür, den Kindern mehr Aufmerksamkeit zu schenken. Vor allem *qualifizierte* Aufmerksamkeit. Stattdessen ist es eine *Strafe*, sich um Kinder kümmern zu müssen.«

»Die Loower sind ein starkes Volk. Sie sind stark geworden, weil immer nur die Stärksten überlebt haben.«

»Die Auslese beginnt unmittelbar nach der Muttertrennung?«

»Sie beginnt schon bei der Konzeption«, erklärte der Edukator geduldig. »Die agilste, stärkste Samenzelle erreicht das Ei als Erste. Bei der späteren infantilen Entwicklung sterben die Schwachen und Inkompetenten. Sie fallen Unfällen oder dem Zorn der Springer zum Opfer.«

»Der Springer?«

»Vor den Sprüngen am Ende der dritten, sechsten und neunten Phase sind die Kinder besonders aggressiv. Ihre Aggressivität bereitet sie auf den Sprungschmerz vor, richtet sich manchmal aber auch gegen die anderen Kinder. Oder gegen den Kinderwart.«

Sprungschmerz. Dieses Wort weckte vage Erinnerungen in Karn-Terg, an ein Brennen wie von Feuer in jeder einzelnen Körperzelle, an heiße Klingen, die durchs Gehirn schnitten, Gedanken und Gefühle zerfetzten.

»Ich erinnere mich kaum an Einzelheiten meiner eigenen Kindheit«, sagte er.

»Der dritte Sprung geht oft mit einem Trauma einher, und später verdrängt zunehmende Reife die Erinnerungsbilder der Kindheit.«

Schade, dachte Karn-Terg, aber er sprach dieses Wort nicht laut aus. Er hatte plötzlich das Gefühl, dass ihm etwas fehlte.

Eine andere Stimme ertönte. »Kommunikation.«

»Ich höre«, sagte Karn-Terg.

»Eine Nachricht für dich ist eingetroffen.«

Er richtete sich verwundert auf. »Von wem?«

»Aranta-Margi, Justiziar und Erste Assistentin des Quellmeisters Vo-Kander.«

Sie hat es bei den neuen Nominationen weit gebracht, dachte Karn-Terg. »Was hat sie mir zu sagen?«

»Es ist eine holographische Nachricht, und im siebten Überwachungsraum der Sektion Dreizehn gibt es keinen Projektor.«

»Zeichne sie auf und kopiere sie ins Kom-System meines Quartiers. Derzeit genügt mir Ton.«

»Aufgezeichnet und kopiert. Der akustische Teil der Nachricht lautet ...«

Die Stimme von Karn-Tergs früherer Kommandantin kam aus dem Lautsprecher des Kommunikationssystems.

»Ich bedauere sehr, dass es so weit kommen musste«, sagte Aranta-Margi. »Oft denke ich an die gute alte Zeit vor der Einkehr zurück, zum Beispiel an unseren Einsatz auf dem Planeten Echnahan in der Galaxis Togerath, an die Wanderung durch den Saal der Spiegel. Damals mussten wir durchhalten, das war wichtiger als alles andere. Wir hatten eine Aufgabe, und wir wussten, dass man uns brauchte. Damals konnte niemand von uns ahnen, was die Zukunft für uns bereithielt. Heute sind viele Dinge anders, aber eins hat sich nicht geändert: Jeder von uns muss seiner oder ihrer Aufgabe gerecht werden. Das erwarte ich auch von dir.

Ende der Nachricht.«

Die Worte klangen seltsam, fand Karn-Terg, und auf dem Weg durch die langen Tunnel zu seinem Quartier dachte er darüber nach. Der Hinweis auf den Saal der Spiegel erschien ihm von zentraler Bedeutung. Damals hatten sie einen speziellen Kode benutzen müssen, um den »Spiegeln« – uralten intelligenten Siliziumgeschöpfen – wichtige Informationen vorzuenthalten. Karn-Terg erinnerte sich daran, während der Wanderung durch den Saal lange, absurde Gespräche mit Aranta-Margi geführt zu haben, wobei sie bestimmten Worten eine besondere Betonung gaben – knappe Bewegungen mit Augen, Tentakeln und Schultern wiesen auf ihre Position in imaginären Sätzen hin. Er glaubte, wechselnde Betonungen in der an ihn gerichteten Nachricht gehört zu haben, war sich aber nicht ganz sicher. Um Gewissheit zu erlangen, musste er seine frühere Kommandantin sehen, während sie sprach.

Als er schließlich sein Quartier erreichte, zitterte Aufregung in ihm. Er aktivierte das Kom-System, rief die jüngste Aufzeichnung ab und beobachtete, wie sich vor ihm ein Hologramm bildete. Es zeigte ihm Aranta-Margi, die diesmal noch ernster wirkte als bei der Verhandlung vor dem Justiziar.

»Ich bedauere sehr, dass es so weit kommen musste ...«

Karn-Terg hörte konzentriert zu und achtete dabei auf alle Bewegungen. Ihm wurde schnell klar, dass Aranta-Margis tatsächliche Botschaft ganz anders lautete: »Halte durch. Wir brauchen dich für unsere Zukunft. Deine Aufgabe ist wichtiger, als du ahnst. Werde ihr gerecht.«

: 06

Reginald Bull
| 1341 NGZ |

»› Die TOLEMAN war mit ihrem Durchmesser von zweihundert Metern ein Schwerer Kreuzer der MINERVA-Klasse, für den Kampfeinsatz allerdings denkbar ungeeignet: Sie kam einem fliegenden Laboratorium gleich und gehörte zur Eskorte der KANDAHAR. In ihrem Haupthangar kletterte Reginald Bull aus dem Raumgleiter, den er selbst geflogen hatte, und Chefwissenschaftler Alexander Darat trat ihm mit ausgestreckter Hand entgegen.

»Willkommen an Bord, Verteidigungsminister.«

Bull winkte ab. »Lassen wir den Ministerkram«, sagte er und schüttelte die Hand kurz. »Ich bin hier, um mit eigenen Augen zu sehen, welche Forschritte ihr gemacht habt.«

Darat vollführte eine einladende Geste. »Die wichtigsten Arbeiten finden im zentralen Laboratorium statt. Es ist nicht weit.«

Auf dem Weg durch den Korridor beschrieb der Chefwissenschaftler die Trümmer der Loowerschiffe, die bisher in der Nähe von Snowflake geborgen worden waren. Bull hörte aufmerksam zu, musterte den Mann an seiner Seite und versuchte, einen Eindruck von ihm zu gewinnen. Darat mochte etwa sechzig Standardjahre alt sein, hatte schütteres Haar, eine hohe Stirn und eine auffallend kleine Nase. Aus den Dateien, die Ernesto an Bord der KANDAHAR für ihn zusammengestellt hatte, wusste Bull, dass Darat von Tautoha stammte, einer fast tausend Jahre alten menschlichen Kolonie auf dem gleichnamigen Mond eines Gasriesen im Dante-System. Das dortige Wasser enthielt einen mikrobiologischen Symbionten, »Brücke« genannt, der starke emotionale Verbindungen zwischen Paaren ermöglichte, die dadurch zu »Emozwillingen« wurden. Darat hatte seine Frau – seinen Emozwilling – vor siebzehn Jahren bei einem Unglück verloren, und noch immer lag der Schatten von Trauer auf ihm. Seit jener Zeit widmete er sein Leben ganz der Wissenschaft, und Bull vermutete, dass er versuchte, den erlittenen Verlust mit besonders engagierter Arbeit zu kompensieren. Der Glanz in seinen Augen wies auf hohe Intelligenz hin.

Das zentrale Laboratorium der TOLEMAN war in mehrere Räume unterteilt, und der größte diente als eine Art Lager. Darat führt Bull an zahlreichen Trümmerstücken von Loowerschiffen vorbei, die auf Antigravkissen ruhten. Männer und Frauen kamen und gingen, holten Dinge, die wie Schlackehaufen aussahen, brachten andere nach Untersuchungen ins Lager zurück. An der Rückwand bemerkte Bull das Schimmern von Stasisfeldern, und neugierig trat er auf sie zu. Im ersten Feld, erstarrt in subjektiver Zeitlosigkeit, schwebten die Reste eines halb verbrannten Menschen. Sie boten einen grässlichen Anblick, aber Reginald Bull hatte in den fast dreitausend Jahren seines Lebens viele schreckliche Dinge gesehen.

»Wir konnten die Leiche anhand der DNS identifizieren«, sagte Darat. »Es handelt sich um Tetcher Wantum, den Kommandanten der IMDABAN.«

Ein Bild entstand vor Bulls innerem Auge, noch entsetzlicher als der reale Anblick, den das Stasisfeld bot: Perry Rhodan, im Feuer der Explosion zur Unkenntlichkeit verbrannt.

»Habt ihr weitere Besatzungsmitglieder der IMDABAN gefunden?«

Der Chefwissenschaftler schüttelte den Kopf. »Nein. Wantums Entdeckung war eigentlich ein Zufall – wir fanden ihn in unmittelbarer Nähe des Triebwerkssegments eines Loowerschiffes, dem unsere eigentliche Aufmerksamkeit galt.«

Die nächsten Stasisfelder enthielten die Reste von Oxtornern, und im letzten sah Bull einen Loower mit deutlichen Spuren einer Vakuumexposition. Bull betrachtete den Kopfwulst und fragte sich, welche Gedanken und Gefühle den Loower bewegt hatten.

»Du hast ein Triebwerkssegment erwähnt ...«

»Ja. Es wird gerade untersucht.«

Sie durchquerten den großen Raum und betraten ein Zimmer mit zahlreichen Geräten, die teilweise wie willkürlich installiert wirkten. Bull versuchte vergeblich, in dem summenden und surrenden Durcheinander aus Konsolen, Schaltpulten, Kabeln, Transferleitungen und dreidimensionalen Projektionsfeldern so etwas wie Ordnung zu erkennen. Mitten in dem Chaos drehte sich langsam ein Objekt, das einmal ein Zylinder gewesen sein mochte. Offenbar war es in enormer Hitze halb geschmolzen und dann wieder erstarrt.

»Bist du sicher, dass dieses Ding Teil des Antriebs eines Loowerschiffes gewesen ist?«, fragte Bull und betrachtete das Objekt. Zwei in Instrumentenoveralls gekleidete Männer, jünger als Darat, standen an einer Konsole und lenkten Sondierungsstrahlen über das große Trümmerstück. Datenkolonnen scrollten durch die Projektionsfelder.

»Ja«, bestätigte der Chefwissenschaftler. »Zahlreiche Überlichtsprünge haben eine eindeutige hyperphysikalische Signatur auf subatomarem Niveau hinterlassen.«

Hoffnung erwachte in Bull. »Könnt ihr feststellen, warum die Triebwerke trotz der erhöhten Hyperimpedanz so leistungsfähig sind?«

»Das könnten wir herausfinden, wenn uns ein ganzes Triebwerk für Untersuchungen zur Verfügung stünde. Derzeit beschäftigen wir uns vor allem mit Materialanalyse.« Darat trat zu einem Holo und betätigte die Kontrollen darunter. Eine grafische Darstellung erschien, dominiert von einer Zackenlinie. Der links eingeblendete Maßstab wies darauf hin, dass die Ausschläge nicht größer waren als der Durchmesser eines Protons. »Beim energetischen Scan vor einigen Stunden sind wir auf eine seltsame Sache gestoßen. Das ist die Hypersprungsignatur. Und dies ...« Darat betätigte erneut die Kontrollen. »... ist eine zweite hyperphysikalische Spur.«

Bull blickte auf den veränderten Maßstab. »Im quantenmechanischen Bereich?«

»Ja. Und sieh dir die Zacken an.«

Die beiden Linien befanden sich untereinander, und die Zacken der zweiten, quantenmechanischen, waren im Vergleich zur atomaren ersten ein wenig nach links verschoben.

»Die Ausschläge sind gleich«, sagte Bull. »Nur ein wenig ... phasenverschoben?«

»Genau. Die beiden Signaturen stehen in einem klaren kausalen Zusammenhang. Allerdings wissen wir nicht, woher die erste stammt.«

Bull richtete einen fragenden Blick auf den Chefwissenschaftler.

»Sie ist das Ergebnis einer Energieform, die wir nicht kennen«, sagte Darat. »Sie wirkte sich hier aus ...« Er deutete auf die erste Zacke der unteren Linie. »Und dadurch kam es hier zu einer Reaktion.« Er zeigte auf die erste Zacke der oberen Linie.

»Eine unbekannte Art von Energie ...«, murmelte Bull. »Besteht darin das Geheimnis der Loower? Ist uns ihre Technik deshalb überlegen?«

»Das bleibt Spekulationen überlassen, solange wir keine detaillierten Informationen über die Funktionsweise der loowerischen Hypertriebwerke haben. Um ganz ehrlich zu sein: Wenn ich vor ein paar Tagen gefragt worden wäre, ob ich an die Existenz von Energieformen glaube, die unsere Hyperphysik noch nicht entdeckt hat, so hätte ich mit einem klaren Nein geantwortet.«

Ein leises Piepen kam von Bulls Minikom. »Hier Bull, ich höre«, sagte er. Die Überprüfung seines Stimmmusters nahm nur einen Sekundenbruchteil in Anspruch, und dann wurde ein Kommunikationskanal geöffnet.

»Hier spricht Ernesto«, erklang die Stimme des Koordinators. »Es sind zwei weitere Loowerflotten gesichtet worden, und offenbar gehören ihnen Schiffe an, die auch bei Snowflake gegeneinander gekämpft haben.«

»Wo?«, fragte Bull knapp.

»Im Two-Faces-System, knapp hundert Lichtjahre entfernt.«

Bull entschied sich innerhalb von zwei Sekunden. »Das sehen wir uns aus der Nähe an. Wir brechen mit der KANDAHAR auf; sie ist das schnellste Schiff. Die Eskorte bleibt hier und setzt die Suche in den Trümmerwolken fort. Ich kehre sofort zurück.«

»Es gibt eine terranische Kolonie im Two-Faces-System«, sagte Ernesto.

Bull verstand. »Setz dich mit den Admirälen in Verbindung. Sie sollen Schiffe für die Evakuierung anfordern.«

Darat begleitete ihn auf dem Weg zum Hangar. Bevor Bull in den Raumgleiter stieg, wandte er sich noch einmal an den Chefwissenschaftler. »Alexander, eure Arbeit hat enorme Bedeutung. Wenn ihr herausfindet, was die Technik der Loower so überlegen macht, und wenn wir dadurch in der Lage wären, mit den Loowern gleichzuziehen ... Dann könnten wir mit der von ihnen ausgehenden Gefahr besser fertig werden. Dann bekämen wir die Möglichkeit, sie von bewohnten Welten fern zu halten.«

Bull sah dem Chefwissenschaftler tief in die Augen. »Ich weiß, dass du vor siebzehn Jahren einen schweren Verlust erlitten hast«, sagte er, und bei diesen Worten glitten seine Gedanken zu Perry Rhodan. *Vielleicht habe auch ich einen schweren Verlust erlitten.* »Denk an die Menschen auf all den Welten dort draußen. Denk an jene, die bereits gestorben sind und noch sterben werden, wenn wir die Loower nicht aufhalten. Jeder einzelne Tod hinterlässt Wunden in den Seelen jener, die dadurch eine geliebte Person verlieren. Du weißt am besten, was das bedeutet. Du und die anderen ... Ihr könnt mithelfen, das Leid in Grenzen zu halten.«

»Ich verstehe, was du meinst«, erwiderte Alexander Darat ernst. »Und ich verspreche dir: Wir werden uns auch weiterhin alle Mühe geben.«

Das Two-Faces-System verdankte seinen Namen zwei riesigen Gasplaneten mit jeweils mehr als einem Sechsfachen der Jupitermasse. Vor fünfhundert Jahren, als der zweite Planet Marittima – eine Meereswelt mit zahlreichen großen Inselketten – besiedelt worden war, hatte es auf beziehungsweise in den Gasriesen ausgedehnte Sturmsysteme gegeben, vergleichbar mit dem früheren großen roten Fleck des Jupiters. Jene Flecken waren so angeordnet gewesen, dass ihnen die menschliche Fantasie die Form von Gesichtern gegeben hatte. Im Lauf der vergangenen fünf Jahrhunderte hatten sich die gewaltigen Stürme in den Atmosphären der beiden Gasriesen verändert, und aus den Gesichtern von damals waren Fratzen geworden.

Sie passten zum aktuellen Geschehen.

Die KANDAHAR war zwischen den Umlaufbahnen des zweiten und dritten Planeten aus dem Linearraum ins Normalkontinuum zurückgekehrt, etwa achtzig Millionen Kilometer von den beiden Loowerflotten entfernt, die sich unweit des zweiten Planeten erbittert bekämpften. Auch in diesem Fall versuchte die eine, Marittima zu erreichen, und die andere wollte das unter allen Umständen verhindern.

»Diesmal gibt es einen Unterschied«, sagte Ernesto. »Die erste Flotte, die den Planeten ›verteidigt‹, ist kleiner als die zweite.«

Reginald Bull und der Chefkoordinator befanden sich in der Zentrale der KANDAHAR und beobachteten in den großen Holos, was im Bereich von Marittima geschah. Während mehr als einen Kilometer lange Loowerschiffe aufeinander feuerten, stieß eine kleine, von den Admiralen Talyha und Hannibal geleitete Flotte zum Planeten vor, um die Bewohner zu evakuieren. Zum Glück schenkten die Loower ihnen keine Beachtung – sie waren viel zu sehr damit beschäftigt, sich gegenseitig zu vernichten.

Der Ertruser Pertos, der wieder das Kommando der KANDAHAR übernommen hatte, stapfte unruhig vor den Stationen auf und ab, sah mal auf die Kontrollen und mal zu Bull. Vielleicht wartete er auf die Anweisung, dass auch das Koordinierungsschiff an der Evakuierung teilnehmen sollte. Doch Reginald Bull wusste, dass er die KANDAHAR nicht in einen solchen Einsatz schicken durfte. Ihre Spezialität hieß Kommunikation, nicht Kampf. Sie hätte kaum Chancen gehabt, den Flug durch das Inferno der Schlacht zum Planeten heil zu überstehen.

»Mit anderen Worten ...«, sagte Bull leise. »Die angreifenden Loower werden den Planeten erreichen. Aber was wollen sie dort? *Warum* greifen sie an?«

Der neben dem Verteidigungsminister sitzende Ernesto sah auf die Datentafel in seinen Händen. »Marittima ist eine unbedeutende kleine Kolonie. Vor fünfhundert Jahren haben sich dort die ersten Siedler niedergelassen. Die Bevölkerung beläuft sich auf etwa fünfhunderttausend Personen, über die vielen Inseln verteilt. Industrie: so gut wie nicht existent. Die Kolonisten ernähren sich von den Dingen, die ihnen ihre Umwelt in Hülle und Fülle bietet: Früchte aus den Wäldern und aus dem weltumspannenden Meer. Vor hundert Jahren begann man mit dem zaghaften Aufbau einer Tourismusindustrie, aber das Two-Faces-System liegt abseits der Hauptverkehrsrouten, und seit dem Hyperimpedanz-Schock wird es nur noch selten angeflogen.«

»Die Siedler sind also unter sich, allein in ihrem kleinen Paradies«, murmelte Bull.

Ernesto deutete mit einer knochigen Hand auf die Holos. »Zum Glück. Andernfalls wäre eine Evakuierung kaum möglich.«

»Aber was wollen die Loower dort? Warum bringen sie sich gegenseitig um, weil die einen den Planeten erreichen wollen und die anderen versuchen, sie daran zu hindern? Was auf Marittima ist so enorm wichtig für sie?«

»Wenn wir das wüssten, Reginald«, erwiderte der Chefkoordinator, »wären wir sicher einen großen Schritt weiter.«

Pertos unterbrach seine unruhige Wanderung und blieb vor einem der großen Hologramme stehen, als etwas Seltsames geschah. Die wenigen noch übrig gebliebenen »Verteidiger« des zweiten Planeten setzten sich von den Angreifern ab, schwenkten in hohe Umlaufbahnen und eröffneten das Feuer auf Marittima. Herangezoomte Bilder zeigten, dass sie es auf eine der größeren Inseln abgesehen hatten.

Bull war mit einem Satz auf den Beinen. »Ernesto, ich möchte wissen, was die Loower dort unter Beschuss nehmen. Was wollen sie zerstören? Vielleicht kann uns das Ziel auf der Insel wertvolle Hinweise geben.«

Der Koordinator eilte zu einer der Konsolen und verglich die Anzeigen seiner Datentafel mit denen der Bordpositronik. Bull beobachtete das Geschehen im All und sah, wie die zweite, viel größere Loowerflotte den Resten der ersten folgte und ihre ganze Feuerkraft auf sie konzentrierte. Überlastete Schutzschirme flackerten und kollabierten. Ein Schiff nach dem anderen brach auseinander oder explodierte, und die Loower feuerten weiter, auch auf Wrackteile und Rettungsboote.

Bull dachte daran, dass einige der hier kämpfenden Schiffe auch an der Raumschlacht im Flake-System beteiligt gewesen waren. Ein irrsinniger Gedanke kam ihm und ließ ihn nicht mehr los. War es möglich, dass eins jener Schiffe Perry an Bord genommen hatte? Dem ersten irren Gedanken folgte ein zweiter. Wurde er in diesem Augenblick Zeuge von Perrys Tod? Markierte eine der Explosionen, die er in den Ortungsholos sah, das Ende seines Freundes?

Das letzte Schiff der »Verteidiger« verwandelte sich in einen Glutball, dessen Feuer schnell verblasste – jetzt gab es nichts mehr, das die anderen Loower daran hinderte, den Planeten zu erreichen. Von den etwa dreitausend Schiffen der Flotte waren knapp zweitausend übrig geblieben, und die Hälfte von ihnen sank den Meeren von Marittima entgegen, während die anderen in Umlaufbahnen steuerten.

Stimmen tönten aus den Akustikfeldern der Kommunikationssysteme und berichteten vom aktuellen Stand der Evakuierung. Bull sank wieder in seinen Sessel und berührte die Schaltflächen in der Armlehne. Der aktivierte Zoomeffekt holte den Planeten in einem Holo heran. Eingeblendete Daten gaben Auskunft über die Schiffe der Evakuierungsflotte, die nacheinander aufstiegen, an Bord jeweils Hunderte oder gar Tausende von Kolonisten. Bull hielt unwillkürlich den Atem an, aber es blitzten keine Strahlen – die Loower unternahmen nichts gegen die terranischen Einheiten.

Ernesto kehrte zurück und schuf mit Hilfe seiner Datentafel ein Hologramm, das einen beschädigten Gebäudekomplex auf einer der Inseln von Marittima zeigte.

»Darauf haben die Loower geschossen«, sagte er.

Bull betrachtete die miteinander verschachtelten Gebäude. »Sieht fast wie eine der alten Neunturmanlagen aus.«

»Ja, die Ähnlichkeiten sind unübersehbar. Es handelt sich um eine Mission der Neo-Entelechie.«

Bull blickte wieder ins Holo. Die Daten in den Informationsfenstern deuteten darauf hin, dass die ersten Loowerschiffe zur Landung ansetzten, und zwar auf der großen Insel mit den Gebäuden, die die »Verteidiger« zu zerstören versucht hatten.

»Eine Mission?«, erwiderte Bull und beobachtete zufrieden, wie weitere terranische Evakuierungsschiffe durch Lücken in der Loowerflotte aufstiegen und den interplanetaren Raum erreichten.

Ernesto blickte auf seine Datentafel. »Die Loower haben vor Jahrhunderten damit begonnen, Missionsstationen auf Welten der LFT zu errichten, um Interessierte die Neo-Entelechie als einen Weg zu Selbsterkenntnis und Transzendenz zu lehren.«

»Tatsächlich?« Bull hörte zum ersten Mal davon. »Und wir haben das zugelassen?«

»Ja, Reginald. Auf unseren Welten gibt es viele philosophische Lehrinstitute und Kultstätten anderer Völker. Toleranz und Multikulturalität sind wichtige Prinzipien unserer Politik, und deshalb gibt es keine Registrierungspflicht für weltanschauliche Gemeinschaften.«

Bull hatte eine Idee. »Ernesto ... Finde heraus, ob es auch auf Snowflake und den anderen bisher betroffenen Welten neoentelechische Missionen gab.«

»Ich mache mich sofort an die Arbeit, Reginald.« Der Chefkoordinator schritt wieder zur Konsole.

Zehn Minuten später starteten die ersten gelandeten Loowerschiffe, und gleichzeitig ertönten die akustischen Signale eines Ortungsalarms. Ein Besatzungsmitglied erstattete Kommandant Pertos Bericht. »Starke hyperenergetische Aktivität auf dem Planeten!«

Bull beugte sich im Sessel vor. »Wo?«

Der Mann an den Ortungskontrollen nannte die Koordinaten, und Ernesto fügte hinzu: »Die energetische Aktivität geht von der Missionsstation aus.« Er sah auf die Anzeigen der Datentafel. »Ich berichtige mich: Sie findet unter ihr statt.«

Der noch immer hin und her stapfende Pertos gab seiner Crew Anweisungen. »Maximale Ortererfassung«, grollte der Ertruser. »Kommunikation, wir brauchen Datenverbindungen mit den Evakuierungsschiffen – sie sind näher dran. Ich möchte wissen, was die Loower dort unten anstellen.«

»Hyperenergetische Aktivität nimmt schnell zu«, sagte der Mann an den Ortungskontrollen.

Von der großen Insel mit der Missionsstation kam grünes Leuchten, wuchs empor und dehnte sich aus. Die Loowerschiffe hatten offenbar damit gerechnet, denn sie blieben ein ganzes Stück unter beziehungsweise über der flirrenden Energie. Doch die Evakuierungsschiffe wurden davon überrascht, und eins konnte nicht mehr rechtzeitig ausweichen. Ein fünfhundert Meter durchmessender Raumer der MARS-Klasse geriet in das grüne Wabern – und löste sich innerhalb weniger Sekunden darin auf.

Bull stand plötzlich. »Alarm für alle Einheiten! Warnung an die Evakuierungsschiffe!«

Pertos und seine Crew reagierten bereits. Hyperfunksignale rasten durchs All. »Verlustmeldungen!«, donnerte der Ertruser, während sich das grüne Glühen der Energie weiter ausdehnte und schließlich den ganzen Planeten umgab. »Welche Evakuierungsschiffe sitzen unter dem planetaren Schutzschirm fest? Was ist mit den Admirälen Talyha und Hannibal?«

Bull beobachtete das Geschehen wie gebannt und begriff, dass sie Zeugen eines bis dahin einmaligen Vorgangs wurden. Aufregung prickelte in ihm.

Dutzende von Stimmen drangen aus den Akustikfeldern, und Bull entnahm ihnen die wichtigsten Informationen. Talyha und Hannibal befanden sich an Bord von Schiffen, die Marittima bereits verlassen hatten. Siebzehn Schiffe nahmen entweder noch Flüchtlinge auf oder flogen auf der anderen Seite des Schirms, ohne eine Möglichkeit, das All zu erreichen.

»Es gibt keinen Funkkontakt mehr«, hieß es. »Die Verbindung mit den Schiffen auf der anderen Seite des Schirms ist unterbrochen.«

»Vielleicht können sie uns noch hören«, erklang Pertos' Bass. »Sie sollen den Loowern nicht in die Quere kommen, irgendwo landen und abwarten.«

»Der Kommandant der POSEIDON bittet um Erlaubnis, mit Transformkanonen auf den Schutzschirm zu feuern. Er möchte feststellen, wie stabil er ist.«

»Negativ, negativ«, erwiderte der Ertruser sofort. »Die Loower könnten das für eine gegen sie gerichtete Aggression halten. Alle Waffen schweigen. Empfang dieser Anweisung bestätigen.«

»Bestätigung erfolgt.«

Die Loowerschiffe außerhalb des planetaren Schirms nahmen langsam Fahrt auf, scherten aus den Umlaufbahnen und sprangen mit verblüffend niedriger Ausgangsgeschwindigkeit in den Hyperraum. Innerhalb von nur zehn Sekunden waren sie alle verschwunden.

Bull starrte auf die Holos, die den in Grün gehüllten Planeten zeigten. »Was zum Teufel machen die Loower auf dem Planeten?«

»Reginald ...« Ernesto erschien an seiner Seite. »Soweit ich das bisher feststellen konnte, gab es auf einigen der bisher betroffenen Welten ebenfalls neo-entelechische Missionsstationen.«

Chefkoordinator und Verteidigungsminister wechselten einen bedeutungsvollen Blick. »Ist dies das Muster, nach dem wir gesucht haben?«, fragte Bull.

Sorge zeigte sich in Ernestos Gesicht. »Wenn die Loower alle Planeten mit neo-entelechischen Missionsstationen unter ihre Kontrolle bringen wollen, sieht es für die Liga Freier Terraner nicht gut aus«, sagte er und deutete auf die Anzeigen seiner Datentafel. »Nach dieser ersten Übersicht gibt es in der LFT mehr als siebenhundert Planeten mit solchen Missionen.«

:07

Karn-Terg
| Alkyra II, 70 N.d.E. – 69 NGZ |

»› »Ich habe Sichtkontakt mit einem Neuner«, kam die Stimme eines Helkfragments über die abgeschirmte Kom-Verbindung. »Mehrere Achter befinden sich in seiner Nähe, vermutlich Vasallen.«

Karn-Terg verharrte neben einem Aggregat, das Biomasse verarbeitete und Nahrungsmittel für die Kinder herstellte. Der Gang vor ihm war leer, aber er hütete sich davor, dem Frieden zu trauen. Die ganze Zeit über blieb der Holo-Indikator vor und über seinen Augen aktiv, projiziert von einem Sensorknoten, den er der Kleidung des Kinderwarts hinzugefügt hatte und der mit den Elaboratoren verbunden war. Das kleine, schematisch aufgebaute Projektionsfeld zeigte ihm die Position der fünf Komponenten des Helks, den er seit einem guten Jahr Garasch nannte, in Gedenken an seinen Vorgänger als Kinderwart Gran-Tarasch. Die blinkenden Punkte in der Nähe wiesen auf die Präsenz von Kindern hin. Das automatische Identifizierungsprogramm, das Karn-Terg vor einem halben Jahr im zentralen Elaborator installiert hatte, blendete die Namen ein.

»Es ist Kra-Tzaran«, sagte er und meinte damit den Neuner, die treibende Kraft für mögliche Aggressionen. Kratz, wie Karn-Terg ihn auch nannte, war der Anführer einer Gruppe, die immer wieder Anlagen des Horts beschädigte und den anderen Kindern zusetzte, insbesondere Melra-Mar – aus irgendeinem

Grund schien er sie zu hassen. Zum Glück stand er kurz vor dem dritten und somit letzten Sprung. Es dauerte nicht mehr lange, bis er den Status des Erwachsenen erlangte, und dann würde ihn ein Schiff abholen und zur orbitalen Stadt bringen. »Stellt er irgendetwas an?«

»Nein«, antwortete die Helkkomponente. Die Stimme war jetzt nicht mehr neutral, sondern hatte die Festigkeit eines Kombattanten. Was den Umständen durchaus angemessen war, fand Karn-Terg. »Ich nehme an, er weiß, dass es sich um ein weiteres Ablenkungsmanöver handelt.«

Es war längst zur Routine geworden. Bevor Karn-Terg selbst den Hort aufsuchte – nie benutzte er den gleichen Zugang zweimal hintereinander –, schickte er die Wartungshelks sowie die einzelnen Komponenten seines Helks los, um die Neuner abzulenken. Natürlich durchschauten sie diese Taktik nach kurzer Zeit und achteten nicht mehr auf den Helk, gegen den sie angesichts seiner Schutzfelder ohnehin nichts ausrichten konnten. Aber da sich Karn-Terg davor hütete, seine Bewegungsmuster im Innern des Horts zu wiederholen, boten sich den aggressiven Neunern und vor allem Kratz keine Anhaltspunkte. Hinzu kam, dass der Kinderwart sie gelegentlich mit Hologrammen verwirrte, die ihn hier oder dort in den zentralen Sektionen zeigten.

»Ja, aber er weiß nicht, wo ich bin«, erwiderte Karn-Terg. »Und selbst wenn er erneut versucht hat, den Datenstrom der internen Sensoren anzuzapfen: Die neuen selektiven Algorithmen zeigen ihm nur das, was wir ihm zeigen wollen.«

Karn-Terg setzte sich wieder in Bewegung, und nach einigen Schritten flatterten zwei kleine Einer an ihm vorbei, schenkten ihm aber nur beiläufige Aufmerksamkeit. Mit einigen schnellen Flügelschlägen verschwanden sie in einem Seitengang. Sie erinnerten ihn an seine erste Begegnung mit Melra-Mar.

Es war nicht bei der ersten geblieben.

Während der vergangenen anderthalb Jahre hatte sich Karn-Terg mehrmals in den Hort begeben müssen, um Reparaturen vorzunehmen, die das Leistungsvermögen der Wartungshelks überforderten, und viermal war er dabei Melra-Mar begegnet. Man brauchte kein Mathematiker zu sein, um zu begreifen, dass Zufall nicht als Erklärung in Frage kam. Die kleine Melra-Mar schien irgendwie zu ahnen, wann er den Hort aufsuchte und wo er dort sein würde. Er hatte in den Datenbeständen der Edukatoren recherchiert und nach Hinweisen auf telepathische oder empathische Begabungen bei Loowern, insbesondere bei Kindern, gesucht – ohne Ergebnis. Geistige Verbindungen irgendeiner Art waren nur im Tiefenbewusstsein möglich gewesen, und das existierte nicht mehr.

Karn-Terg kam an einem Ruhezimmer vorbei, in dessen Halbdunkel mehrere Dreier schliefen, und kurze Zeit später erreichte er sein Ziel: eine große Ambientalzelle, für die hybriden Kinder bestimmt. Niederenergetische Sicherheitsschranken am Zugang verhinderten, dass andere Kinder hineingelangten – dieser Bereich war den Siebenern und Achtern vorbehalten. Karn-Terg hatte den Anzug des Kinderwarts ebenso wie die Komponenten seines Helks inzwischen mit einem Schirmfeldprojektor ausgestattet, aber er verzichtete darauf, ihn zu aktivieren und anschließend die Barriere zu durchschreiten. Die Neuner und insbesondere Kratz waren schlau. Vielleicht *hatten* sie den Datenstrom des Sensorsystems angezapft und hielten nach irgendwelchen ungewöhnlichen Dingen Ausschau, zum Beispiel nach den Interferenzen zwischen unterschiedlich polarisierten Kraftfeldern. Stattdessen benutzte Karn-Terg einen Kodegeber, der dem niederenergetischen Schild die biologische Signatur eines Siebeners vorgaukelte. Vor ihm bildete sich eine Strukturlücke, breit genug für ihn, um sich seitlich hindurchzuschieben. Dahinter nahm ihn der kurze Tunnel der Ambientalzelle auf, deren gewölbte Wand vor ihm Dutzende von Metern weit emporragte.

»Kra-Tzaran hat sein passives Beobachten aufgegeben und sich in Bewegung gesetzt«, meldete Garasch.

»Wohin ist er unterwegs?«, fragte Karn-Terg und blickte auf den Holo-Indikator. Die blinkenden Punkte strebten fort vom Lokationssymbol des Helkfragments.

»In Richtung Sektor Elf. Nichts deutet darauf hin, dass er von deiner Präsenz weiß.«

»Wo sind die anderen Neuner?«

»Alle weit von dir entfernt. Bis auf Lan-Halrath und Cheo-Cheopis.«

»Wo sind sie?«, fragte Karn-Terg. Jene beiden Namen versprachen fast ebenso viel Unheil wie der von Kra-Tzaran.

»Ich weiß es nicht. Vielleicht befinden sie sich an einer blinden Stelle.«

»Oder sie haben sich irgendwie abgeschirmt, wie die Neuner an Bord der BAUH-TARAG.« Karn-Terg eilte an dem breiten Fenster vorbei, durch das man in die Ambientalzelle sehen konnte. Schattenhafte Gestalten glitten durch trübes, türkisfarbenes Wasser: mit Kiemen atmende Loowerkinder. Der Kinderwart achtete nicht darauf, hastete zur Tür des Installationsraums und öffnete sie mit dem Kodegeber. »Beginn ein Ablenkungsmanöver mithilfe der Wartungshelks«, wies er Garasch an. »Sorg dafür, dass es so aussieht, als wäre ich in der Nähe und befürchtete Entdeckung. Und gib mir sofort Bescheid, wenn es dir gelingt, den Aufenthaltsort von Lanhal und Cheoc festzustellen.«

Er hoffte inständig, dass jene drei Neuner, die schlimmsten von allen, bald ihren dritten Sprung hinter sich brachten und abgeholt wurden, um irgendwo in der orbitalen Stadt ihr Leben als Erwachsene zu beginnen. Vielleicht wurden die Wege durch den Hort dann weniger gefährlich.

Im Innern des Installationsraums sah er sofort den Grund für den technischen Alarm und fühlte Erleichterung: Es war nur ein peripheres Filtersystem defekt – die Ambientalzelle musste nicht evakuiert und stillgelegt werden, siekonnte weiter in Betrieb bleiben. Der Austausch des defekten Biofilters war so einfach, dass ihn die Wartungshelks hätten vornehmen können, aber die Sicherheitsschranken gewährten ihnen keinen Zugang zu diesem Bereich – es sollte vermieden werden, dass Neuner mit ihnen hierher kamen und an den ambientalen Systemen herumspielten, mit fatalen Folgen für die Loowerhybriden.

Als er die Arbeit wenige Minuten später erledigt hatte, kam ein Pfeifen von draußen, und einen schrecklichen Moment lang befürchtete er, dass der wahre Defekt ganz woanders lag und die Ambientalzelle zu platzen drohte. Dann identifizierte er das Geräusch: der Hilferuf eines Zweiers.

»Garasch?«

»Ablenkungsmanöver ist eingeleitet«, meldete die kommunikationsaktive Helkkomponente. »Kra-Tzaran ist mit einigen Achtern dorthin unterwegs, wo er dich vermutet. Von Lan-Halrath und Cheo-Cheopis fehlt noch immer jede Spur.«

Während er diese Meldung entgegennahm, veränderte Karn-Terg die Justierung seines Sensorknotens. In der schematischen Darstellung erschienen die Gänge und Verbindungstunnel unweit der Ambientalzelle, und in einem davon lief eine Zweier. Als er den eingeblendeten Namen sah, erzitterte etwas in seinem Innern: Melra-Mar. Sie floh vor zwei ... Wartungshelks? Das ergab doch keinen Sinn.

Doch dann öffneten sich die Wartungseinheiten, und heraus kamen zwei Neuner. Eine schleimartige Substanz klebte an den Innenseiten der manipulierten Helks, und Karn-Terg begriff, warum keine Ortung möglich gewesen war: Es handelte sich um für gewöhnliche Sondierungssignale undurchdringliches Metamorphosegel aus den Transformationskammern.

»Garasch, Lanhal und Cheoc sind hier«, sagte Karn-Terg. »Sie haben es auf Melra abgesehen. Kehr mit allen deinen Komponenten hierher zurück; vielleicht brauche ich Hilfe. Die Wartungshelks sollen das Ablenkungsmanöver fortsetzen.«

Das Pfeifen wiederholte sich, war diesmal wesentlich näher. Karn-Terg deaktivierte den Holo-Indikator, der jetzt nur noch störte, lief am Fenster der Ambientalzelle vorbei und ließ erneut eine Strukturlücke in der niederenergetischen Barriere entstehen.

Die Zweier – Melra-Mar – lief durch den Gang auf ihn zu. Sie *lief*, denn sie konnte nicht fliegen: Eine ihrer beiden Flughäute war eingerissen, und Blut tropfte aus der Wunde. Die beiden Neuner, fast dreimal so groß wie sie und viel kräftiger, schlossen schnell zu ihr auf.

Karn-Terg begriff, dass er nicht auf das Eintreffen seines Helks warten konnte. Er musste etwas unternehmen, sofort.

Er lief los, sprang mit ganzer Kraft und schaltete den Antigravgenerator ein, der inzwischen ebenfalls zur Ausstattung seines Anzugs gehörte. Das Bewegungsmoment trug ihn über Melra-Mar hinweg, und hinter ihr deaktivierte Karn-Terg den Generator wieder. Das plötzlich zurückkehrende Gewicht ließ ihn auf den Boden fallen, unmittelbar vor den beiden Neunern, die gegen ihn prallten und sofort versuchten, sich an ihm festzubeißen. Es kam nicht zum ersten Mal zu Begegnungen dieser Art, und Karn-Terg schlug ohne Skrupel zu. Die Neuner – viel größer als die Zweier, aber kleiner als er – quiekten erschrocken und ließen von ihm ab, lange genug, um ihm Gelegenheit zu geben, wieder auf die Beine zu kommen, sich umzudrehen und erneut loszulaufen.

Melra-Mar hockte zitternd vor der Sicherheitsschranke der Ambientalzelle und sah aus großen, flachen Augen zu Karn-Terg auf. Er blieb dicht vor ihr stehen, hob sie mit einem Tentakel hoch und aktivierte mit dem anderen sein individuelles Schirmfeld. Die beiden Neuner stießen dagegen, und eine harmlose Entladung schleuderte sie zurück, ohne sie zu verletzen.

»Keine Angst, bei mir bist du in Sicherheit«, sagte Karn-Terg. *Das hoffe ich jedenfalls,* dachte er und sah vor dem inneren Auge eine Schreckensvision: Hunderte von kreischenden Kindern, die über ihn herfielen.

Weiter hinten im Gang erschienen mehrere Fünfer und Sechser, vielleicht von dem Lärm angelockt. Oder waren es die Vorboten der befürchteten Meute?

Karn-Terg verlor keine Zeit damit, den Kodegeber hervorzuholen. Mit einem entschlossenen Schritt trat er durch die Schranke – Interferenzen flackerten um ihn herum. »Garasch?«

»Ich bin in einigen Minuten bei dir.«

»Ich habe Melra-Mar vor den Neunern gerettet und bin wieder bei der Ambientalzelle. Die Zweier ist verletzt. Ich brauche ...« Karn-Terg überlegte. Was brauchte er? Er war kein Arzt. »... Medikamente?«

»Welche?«

Er schaltete den Sensorknoten auf visuelle Erfassung und richtete den Fokus auf Melra-Mar. »Ich übertrage ein Bild der Verletzung. Siehst du den Riss in der Flughaut?«

»Ja. Ich rufe die erforderlichen Informationen aus den Datenressourcen des zentralen Elaborators ab und besorge alle notwendigen Dinge. Dadurch verzögert sich meine Ankunft.«

»Ich warte.«

»Mit wem sprichst du?«

Es war das erste Mal, dass er Melras Stimme vernahm. Er hatte die anderen Kinder miteinander sprechen gehört, und manchmal schnatterten sie so, als hätten sie eine eigene Sprache erfunden, aber bei ihren bisherigen Begegnungen war Melra-Mar immer still geblieben. Ihre Stimme klang sehr zart, fand Karn-Terg. Der Glanz in den großen, flachen Augen erstaunte ihn wie beim ersten Mal, und inzwischen hatte sich die Farbe geändert: Aus matten Brauntönen war eine prächtige Mischung aus Blau und Grün geworden.

»Mit meinem Helk. Er wird bald hier sein und uns Dinge bringen, mit denen ich dir helfen kann.«

Melra-Mar bewegte die verletzte Flughaut. Noch immer tropfte Blut aus dem Riss. »Es tut weh.«

»Bald geht es dir besser, das verspreche ich.«

Karn-Terg trug die Zweier am Fenster der Ambientalzelle vorbei. Melras Blick glitt zu den schwimmenden Hybriden. »Ich möchte auch gern schwimmen.« Glucksende Geräusche folgten, und sie wiederholte: »Schwimmen, schwimmen.«

»Du wirst Gelegenheit dazu bekommen. Nach dem zweiten Sprung.«

»Die anderen haben mir von den Sprüngen erzählt. Sie tun weh. So weh wie dies?« Melra-Mar hob ein wenig die verletzte Flughaut.

Der Schmerz wird viel größer sein, dachte Karn-Terg, aber er behielt diesen Gedanken für sich. »Warum haben dich die Neuner verfolgt?«, fragte er stattdessen.

»Ich weiß nicht. Der Blaue ist der Schlimmste von allen.«

»Der Blaue?« Karn-Terg sah kurz zurück. Lan-Halrath und Cheo-Cheopis standen vor der Sicherheitsschranke und versuchten nicht, sie zu durchdringen – dafür waren sie zu klug. Aber sie heulten und kreischten, so laut sie konnten, und es kamen immer mehr Kinder herbei. Bestimmt dauerte es nicht mehr lange, bis auch Kra-Tzaran Bescheid wusste.

»Der mit dem blauen Fleck auf dem Rücken.«

»Oh, du meinst Kratz. Kra-Tzaran.«

»Kratz klingt gut.« Das Glucksen wiederholte sich. »Er zieht immer an meinen Flughäuten. So, als wolle er sie abreißen. Diesmal hat Lan gezogen. Wie Kra. Wie Kratz. Er will so sein wie er.«

»Aber warum? Ich meine, warum ziehen sie an den Flughäuten?« Mit Melra-Mar in den Tentakeln betrat Karn-Terg den Installationsraum, was bedeutete, dass man ihn vom Gang aus nicht mehr sehen konnte. Das war wichtig, wie er aus Erfahrung wusste. Die Kinder, bis hin zu den Neunern, hatten ein eigenes Zeit- und Realitätsempfinden. Natürlich wussten sie, dass er sich in dem Installationsraum befand, zusammen mit Melra-Mar, aber wenn einige Stunden verstrichen, erlahmte schließlich ihr Interesse, und irgendwann glaubten sie dann, dass er *nicht* mehr da war, dass er den Raum irgendwie von ihnen unbeobachtet verlassen hatte. Nach spätestens fünf oder sechs Stunden gaben selbst die Neuner auf und gingen fort.

»Ich weiß nicht. Xala meint, er ist neidisch auf uns, weil wir noch fliegen können und er nicht. Kann ich wieder fliegen?«

»Ganz bestimmt. Xala ...?«

»Xala-Hida, meine beste Freundin. Ich fliege oft mit ihr. Kratz hasst sie fast ebenso sehr wie mich.«

Karn-Terg hielt das Loowermädchen unsicher in den Tentakeln und wusste nicht recht, was er jetzt mit ihm anfangen sollte.

»Du hasst mich nicht«, sagte Melra-Mar. »Du hast mich aus dem Klettergestell befreit, als ich noch eine Einer war, als mir niemand helfen wollte.«

Und du hast mich gestreichelt.

Die Zweier faltete vorsichtig ihre Flughäute zusammen und begann dann damit, langsam über Karn-Tergs Tentakel zu kriechen, bis sie seine Sprachblase erreichte und sich daneben sanft an ihn drückte.

Einmal mehr spürte er, wie sonderbare Empfindungen in ihm erwachten. Der rechte Tentakel kam wie von ganz allein nach oben, und sein Greiflappen strich dort über den einen Rücken des Mädchens, wo die Flughäute ihn nicht bedeckten. Auf diese Weise standen sie eine Zeit lang da, der erwachsene Loower und das Kind, verbunden durch etwas, das Karn-Terg noch immer nicht verstand, sich aber angenehm anfühlte. Zum ersten Mal seit langer, langer Zeit hatte er den Eindruck, nicht mehr völlig allein zu sein.

Schließlich kam Garasch, alle fünf Komponenten vereint. Das Geheul der vielen Kinder im Gang kündigte ihn an, und er benutzte ein harmloses Prallfeld, um sich behutsam einen Weg durch die Menge zu bahnen und dann die Sicherheitsschranke zu passieren.

»Ich musste die Arzneien und medizinischen Utensilien synthetisieren«, sagte der Helk, als er auf seinem Antigravkissen in den Installationsraum schwebte. Er sah jetzt aus wie ein kurzer, lehmbrauner Zylinder. Beulen und Vorwölbungen deuteten auf die einzelnen Komponenten hin. »Es gibt kein medizinisches Zentrum im Hort.«

Das verblüffte Karn-Terg, selbst nach den anderthalb Jahren, die er inzwischen schon in dieser ausgedehnten Station auf dem Planeten verbracht hatte. »Aber wenn die Kinder krank werden oder sich verletzen ...«

»Sie müssen allein zurechtkommen«, sagte Garasch. »So ist es Tradition.«

»Wie können wir als Spezies überleben, wenn wir unsere Kinder so behandeln?«, fragte Karn-Terg. »Ich meine, niemand kümmert sich um sie. Es steht ihnen frei, sich gegenseitig umzubringen. Sie lernen kaum etwas, treiben die meiste Zeit über irgendwelchen Unfug. Wenn sie sich verletzen, hilft ihnen niemand. Wie können wir Loower das sein, was wir sind, wenn wir unsere Zukunft – die Kinder – nicht besser hegen und pflegen?«

»Ich verfüge nur über ein pädagogisch-kulturelles Grundprogramm«, sagte der Helk. »Meine evolutionspsychologischen Kenntnisse sind ebenfalls begrenzt. Ich weiß nur: Die Entwicklung der Kinder bleibt immer ihnen selbst überlassen.«

Karn-Terg fuhr die Stielaugen ganz aus, drehte sie nach unten und sah auf die kleine Melra-Mar hinab. »Ich werde die Tradition ändern und einen Raum für die Kinder einrichten, die medizinische Hilfe brauchen«, sagte er entschlossen.

Und dann begann er, die Zweier zu behandeln, die ihm so offen ihre Zuneigung zeigte. Der Helk projizierte ein Hologramm mit medizinischen Anweisungen und Ratschlägen aus den umfangreichen Datenbeständen des zentralen Elaborators, und Karn-Terg sah sich alles genau an, bevor er das auf diese Weise erworbene Wissen bei Melra-Mar anwendete. Sie erwies sich als sehr, sehr tapfer, wich nicht einmal von ihm fort, als er die Wunde reinigte und mit einem Sterilisator Mikroorganismen abtötete, die zu Entzündungen führen konnten. Dann schloss er den Riss in der ledrigen Flügelhaut mit einem quasibiologischen Kleber, der das Gewebewachstum stimulierte und beschleunigte. Zum Schluss trug er einen dünnen Stabilisierungsfilm auf, der verhindern sollte, dass die verheilende Wunde zu sehr belastet wurde.

Zufrieden lehnte er sich zurück und las den letzten Hinweis im Hologramm. »Du solltest mindestens zwei Tage ganz auf das Fliegen verzichten, Melra«, sagte er.

»Zwei Tage?«

Die Kinder hatten die Basis der loowerischen Sprache erlernt, wenn die Muttertrennung und Unterbringung im Hort erfolgte, aber manche Begriffe blieben ihnen gerade an einem Ort wie diesem fremd. Karn-Terg überlegte. »Vier Ruhephasen«, sagte er dann. »Garasch, verlass den Hort und synthetisiere alle Dinge, die ich für die Einrichtung eines medizinischen Raums benötige. Melra und ich bleiben hier, bis Lanhal, Cheoc und die anderen dort draußen verschwunden sind. Was noch einige Stunden dauern wird.«

Garasch schwebte fort, und Karn-Terg sah sich in dem Installationsraum um, der in Hinsicht auf Bequemlichkeit nicht viel bot. Er ging neben Melra-Mar in eine entspannte Hocke. »Was machen wir mit all der Zeit?«, fragte er.

»Du bist doch einer der Großen, nicht wahr?«

»Ich denke schon.«

»Die Vierer, Fünfer und Sechser sagen, dass sich die Großen mit vielen Dingen auskennen. Sie lauschen ihren Stimmen aus den Edukatoren. Aber das sind nur *Dinge.* Du bist echt.« Melra-Mar kam wieder etwas näher und sah aus ihren flachen Augen zu ihm auf. »Erzähl mir eine Geschichte.«

»Was möchtest du hören?«

»Erzähl mir eine Geschichte von den ... Sternen.«

Abrupt öffnete sich eine alte Wunde in Karn-Terg, und es gab keinen quasibiologischen Kleber, der sie schließen konnte. Seine Gedanken kehrten in die Vergangenheit zurück, und er erzählte von der Zeit, als die Loower durchs Universum gereist waren, als sie zahlreiche Galaxien und noch viel mehr Welten besucht hatten. Er beschrieb die Feuerfälle von Itacca, die Leuchtenden Meere von Hemrau'halan und die Singenden Wälder von Gnarat. Er schilderte das All, seine kolossalen Weiten, das Gefühl der Freiheit, das ein Pilot genoss, wenn er ein Kegelschiff durch die Abgründe von Raum und Zeit steuerte. Und während er davon sprach, wuchs in ihm eine Sehnsucht, die ihn innerlich zu zerreißen drohte. Schließlich war die emotionale Aufwallung so groß, dass er sich unterbrechen musste und nicht die Kraft fand weiterzusprechen.

Melra-Mar lehnte sich in der Ruhestellung an ihn. »Das war eine schöne Geschichte«, sagte sie leise, schloss die flachen Augen und schlief ein.

: 08

Karn-Terg
| Alkyra II, 71 N.d.E. – 70 NGZ |

»» › *Ping.*

»Observation«, tönte es aus dem Kommunikationssystem. »Für Innovationen und effiziente Verwaltung des Horts werden dir fünftausend Meriten gutgeschrieben. Dein aktueller Stand beträgt jetzt minus hundertfünfzehntausend.«

Ping.

Karn-Terg hörte die Stimme, aber ihre Worte blieben ohne Bedeutung für ihn. Er befand sich wieder in dem Raum mit den langen Fenstern ganz oben in der Hort-Station, im *Aussichtsraum*, wie er ihn inzwischen nannte. Draußen hob gerade ein kleines Raumschiff ab, mit Lan-Halrath und Cheo-Cheopis an Bord: Nach dem dritten Sprung hatten sie den Erwachsenenstatus erworben und waren nun unterwegs zum grauen, stählernen, *hässlichen* Himmel, der aus Millionen von vergewaltigten Raumschiffen bestand. Die orbitale Stadt wuchs mit jedem verstreichenden Augenblick, und die Lücken in ihr wurden kleiner. Konstrukteure und ihre Helfer waren damit beschäftigt, unter ihr Spiegelsysteme zu konstruieren, die Alkyras Licht einfingen und es dem Planeten gaben. Dennoch standen vermutlich einschneidende klimatische Veränderungen bevor. Und wenn schon. Die Welt außerhalb des Horts erschien Karn-Terg manchmal lichtjahreweit entfernt; sie betraf ihn nicht.

Das Raumschiff stieg auf, vom Wind unbeeindruckt, und trug zwei der drei schlimmsten Quälgeister fort. Erstaunlicherweise hatten Lanhal und Cheoc den dritten Sprung vor Kratz hinter sich gebracht, obgleich er älter war als sie, aber auch bei ihm konnte es nicht mehr lange dauern. Karn-Terg hoffte, dass der Hort anschließend friedlicher wurde.

Er wandte den Blick vom metallenen Firmament ab und sah über die Felsenlandschaft des Planeten. In dunstiger, staubiger Ferne ragten die Reste der Neunturmanlage auf, in der das Auge des Kosmokratenroboters Laire überwacht worden war. Ihr Anblick erschien Karn-Terg wie eine Mahnung aus der Vergangenheit, die die vielen Einkehrer über Alkyra II nicht zu verstehen schienen.

Als er sich von den Fenstern abwandte und seine vorherige Wanderung an der Peripherie des Horts entlang fortsetzen wollte, erzitterte der Boden unter ihm. Nur eine Sekunde später kam ein Warnsignal aus dem Kommunikationssystem, gefolgt von einer Mitteilung des zentralen Elaborators.

»Explosion in Sektor Eins. Schadenanalyse erfolgt.«

»Garasch?«, fragte Karn-Terg.

»Ich bin im Hort, Sektor Dreiunddreißig. Wie von dir angewiesen, helfe ich den Wartungshelks bei der Erweiterung eines kreativen Zentrums.«

»Gib mir alle notwendigen Daten.« Karn-Terg brauchte nicht mehr zu erklären, was er damit meinte. Die Zusatzprogramme des Helks stellten bei allen unvorhergesehenen Zwischenfällen Verbindungen zu den Kindern im Allgemeinen und Kra-Tzaran, Melra-Mar und Xala-Hida im Besonderen her. Auf diese Weise erfuhr er sofort, ob es einen Zusammenhang gab.

»Melra-Mar und Xala-Hida befinden sich in Sektion Drei. Kra-Tzaran ist hinter ihnen und treibt sie in Richtung Sektor Eins.«

»Wo die Explosion stattfand. Das ist bestimmt kein Zufall.« Karn-Terg verließ den Aussichtsraum und lief los, durch den langen Gang mit den Kabelbündeln und Rohren an den Wänden. »Garasch, mach dich sofort auf den Weg nach Sektor Eins. Lass dich von nichts aufhalten und verhindere, dass Kratz Melra und das andere Mädchen erreicht. Ich bin ebenfalls unterwegs.« Die körperliche Anstrengung ließ ihn schneller atmen. »Kommunikation.«

»Bereitschaft.«

»Welchen Schaden hat die Explosion angerichtet?« Karn-Terg kam an einigen kleinen, dummen Helks vorbei, die so ihren Kontrollarbeiten nachgingen, als wäre überhaupt nichts geschehen.

»Das lässt sich nicht mit Gewissheit feststellen«, antwortete der zentrale Elaborator. »Die Sensoren in Sektor Eins sind ausgefallen.«

»Ich schätze, das verdanken wir Kratz.« Karn-Tergs Sorge wuchs. Kra-Tzaran wusste, dass auch ihm bald der dritte und letzte Sprung bevorstand, und anschließend würde man ihn abholen. War sein Hass auf Melra-Mar, aus welchen Gründen auch immer, so groß, dass er mit allen Mitteln versuchte, sie zu töten, bevor er zum Erwachsenen wurde?

»Die Explosion fand in unmittelbarer Nähe eines Zapfer- und Konverterkomplexes statt, der planetare Wärme in nutzbare Energie umwandelt«, fuhr der Elaborator fort. »Der energetische Strom ist weder unterbrochen noch destabilisiert.«

Das war eine gute Nachricht. Doch kurze Zeit später kam eine schlechte.

»Bei Sektor Eins ist eine Öffnung entstanden«, sagte der zentrale Elaborator. »Die Hort-Station ist nicht mehr vollständig von der Außenwelt abgeschirmt.«

Karn-Tergs Gedanken rasten. »Sind weitere Kinder in der Nähe?«

»Nein. Aber vielleicht lockt die Explosion welche an.«

»Garasch ...«

»Ich höre.«

»Setz die Wartungshelks für eine Blockade ein. Keins der anderen Kinder darf Sektor Eins erreichen.« Karn-Terg blieb keuchend stehen, als er begriff: Zu Fuß dauerte es viel zu lange, um zum Ort der Explosion zu gelangen. Er musste den ganzen Hort durchqueren: Sektor Eins befand sich tief unten in der Station. Er schaltete den Antigravgenerator des Kinderwartanzugs ein und hantierte an den Kontrollen. »Und noch etwas, Garasch. Kannst du mich mit meinem Antigravkissen mit hoher Geschwindigkeit in Echtzeit durch den Hort steuern?«

»Ich bin ebenfalls unterwegs, und wenn ich eine blinde Stelle erreiche, könnte das zu einem Signalausfall führen.«

Karn-Terg verstand. Wenn es zu einem Signalausfall kam, versagte die Fernsteuerung des Antigravgenerators, und dann bestand die Gefahr, dass er gegen eine Wand oder ein anderes Hindernis prallte.

»Zentraler?«

»Bereitschaft«, meldete sich der zentrale Elaborator.

»Übernimm du die Steuerung meines Antigravkissens. Es geht mir darum, den Ort der Explosion so schnell wie möglich zu erreichen. Alles andere ist nebensächlich. Garasch, halt mich auf dem Laufenden. Zentraler, *los!*«

Karn-Terg fühlte sich jäh fortgerissen, und alles *huschte* an ihm vorbei. Er sah keine Einzelheiten mehr, nur noch vage Schlieren, die manchmal bedrohlich nahe kamen. Schon nach wenigen Sekunden machte sich der Luftwiderstand bemerkbar – das Atmen fiel ihm schwer. Um ihn herum zischte und rauschte es. Garaschs Stimme erklang immer wieder, aber Karn-Terg verstand kaum etwas. Wenn er mit dieser Geschwindigkeit gegen ein Hindernis prallte, konnte ihn die Kollision nicht nur verletzen, sondern sogar töten.

Hell und Dunkel wechselten einander in einem flackernden Rhythmus ab, und Karn-Terg fühlte mal kältere, mal wärmere Luft, während er zu atmen versuchte. Er wagte nicht, die Greiflappen vom Gürtel zu lösen, aus Angst, dass die Tentakel nach hinten gerissen wurden.

Als er den scharfen Geruch von Rauch wahrnahm, wusste er, dass er sich dem Ziel näherte. Wenige Sekunden später wurde er langsamer und schwebte schließlich vor einer halb aus den Verankerungen gerissenen Tür. Dahinter wartete Düsternis.

»Das ist der Zugang zu Sektion Eins«, meldete der zentrale Elaborator. »Da dort die Sensoren nicht funktionieren, kann ich deinen Antigravgenerator nicht länger steuern.«

Karn-Terg spähte ins Halbdunkel. »Garasch, ich habe unterwegs kaum etwas von dem verstanden, was du gesagt hast. Wie ist die Situation?«

»Ich bin von Kindern aufgehalten worden und noch immer ein ganzes Stück von Sektor Eins entfernt«, erwiderte der Helk. »Ich konnte nicht verhindern, dass Kra-Tzaran die beiden Zweier zum Ort der Explosion trieb.«

Melra-Mar und ihre beste Freundin Xala-Hida, auf der Flucht vor einem irren Neuner, der vor nichts zurückschreckte ... Karn-Terg zögerte nicht länger, deaktivierte seinen Antigrav, spürte die Rückkehr des eigenen Gewichts und sprang in die Düsternis.

Chaos erwartete ihn. Die Explosion hatte Konsolen zerschmettert, Verkleidungen aufgerissen und die energetischen Transferleitungen der lokalen Energieversorgung zerfetzt. Es grenzte an ein Wunder, dass der Energiestrom des nahen Zapfer- und Konverterkomplexes nicht unterbrochen worden war. Karn-Terg ging vorsichtig an den Trümmern vorbei in die Richtung, aus der der Rauch kam. »Wie konnte Kratz eine Bombe basteln?«, fragte er. »Woher hat er den Sprengstoff?«

Er bekam keine Antwort, was ihn so überraschte, dass er zwischen zwei geborstenen Schaltblöcken stehen blieb. Metallsplitter knirschten unter seinen Füßen. Ausfall der lokalen Transferleitungen – deshalb funktionierten hier die Sensoren nicht mehr. Und natürlich auch nicht das Kommunikationssystem. Er überlegte kurz, ob er auf Garasch warten solle, der über eine autonome Kommunikationskomponente verfügte. Es wäre dumm, sich ohne Kom-Verbindung in einen beschädigten Teil der Hort-Station vorzuwagen, wo es gefährlich werden konnte. Aber dies war keine Frage von Dummheit oder Intelligenz, entschied Karn-Terg. Es ging darum, dass zwei hilflose Zweier seine Hilfe brauchten.

»Melra?«, rief er und ging weiter. »Hörst du mich, Melra?«

Es funktionierten nur noch wenige Leuchtelemente, gespeist von Notstrom, den sie aus chemischen Reaktionen gewannen, und in ihrem geisterhaften Schein wogten dichte Rauchschwaden, die vom Belüftungssystem nicht abgesaugt wurden.

Ein Quieken kam aus der Dunkelheit, leise und fern. Karn-Terg stellte sich Melra-Mar in der Gewalt von Kratz vor, und alles in ihm drängte danach, sofort zu handeln – er konnte nicht auf Garasch warten.

Er lief an Trümmern vorbei, sprang über sie hinweg und erreichte kurze Zeit später einen großen Raum, in dem Löschschaum ein Feuer erstickt hatte. Es war noch immer sehr heiß, und Karn-Terg fühlte die Hitze des Bodens durch die Schutzmembranen an den Füßen.

»Melra?«

Abkühlendes Metall knisterte und knackte; Brandbekämpfungsgel tropfte von der Decke. Hinter einer Scheibe aus transparentem Kunststoff – sie hatte sich nur verzogen, aber weder der Druckwelle der Explosion noch dem Feuer nachgegeben – sah Karn-Terg die Aggregate eines Wärmezapfers und Konverters. War es Kratz darum gegangen? Hatte er die Energieversorgung des Horts lahm legen wollen? Oder ging es ihm vor allem darum, Melra-Mar und ihre Freundin in den Tod zu treiben?

Wieder kam ein leises Quieken aus der Finsternis, und Karn-Terg lief schneller. Nach einigen Dutzend Metern verharrte er an einem Loch in der Außenwand von Sektor Eins – dahinter reichte ein Tunnel durch das Felsgestein von Alkyra II. Hier gab es keinen externen Energieschild, der die Station schützte.

»Hörst du mich, Melra? Wo bist du?«

Kühle Luft wehte aus dem Tunnel, und Karn-Terg vertraute sich ihr an. Schon nach wenigen Metern blieb das Licht der Leuchtelemente zurück, und einige Sekunden lang befürchtete er, den Weg durch völlige Finsternis fortsetzen zu müssen. Aber dann stellte er fest, dass ein schwaches fluoreszierendes Glühen von bestimmten Mineralienansammlungen im Gestein ausging – genug Licht, um den Verlauf des Tunnels zu erkennen.

Nach einigen weiteren Metern stieß er mit dem einen Fuß an etwas Weiches, und als er in die Hocke ging ...

Eine Zweier lag dort, und einen schrecklichen Augenblick lang befürchtete er, dass es Melra war. Doch dieses Mädchen war noch etwas kleiner und zarter. Xala-Hida. Tot. Die Flughäute zerrissen, ihre dünnen Knochen gebrochen.

»So wird es auch der anderen ergehen!«, tönte es aus der Finsternis. »Ich hasse sie. Ich hasse sie alle!«

Karn-Terg widerstand der Versuchung, einfach loszulaufen. Er überlegte fieberhaft, wie er Melra am besten helfen konnte.

»Warum hasst du sie?«, erwiderte er und sprach so ruhig wie möglich, während er durch den Tunnel schlich, der allmählich breiter wurde. »Dafür gibt es überhaupt keinen Grund. Lass Melra-Mar in Ruhe.«

»Sie flattert ständig herum, gibt mit ihrem Fliegen an. Und sie nennt mich Kratz!«

Kratz. *Die Kurzform des Namens hat Melra von mir,* dachte Karn-Terg. Trug letztendlich er die Verantwortung für diesen Wahnsinn des Neuners?

»Du stehst kurz vor dem dritten und letzten Sprung, der dich zu einem Erwachsenen machen wird, Kra-Tzaran. Inzwischen weißt du, dass sich diese Phasen durch eine besondere Aggressivität auszeichnen. Du hast genug gelernt, um über dich selbst Bescheid zu wissen. Dein vermeintlicher Hass ist das Ergebnis eines emotionalen Aufruhrs.«

»Sie hat mich beleidigt! Ihre Existenz beleidigt mich! Ich werde sie töten. Und vielleicht töte ich auch dich ...«

Es knirschte im Felsgestein des Tunnels, als Karn-Terg vorsichtig einen Fuß vor den anderen setzte und versuchte, die Dunkelheit weiter vorn mit Blicken zu durchdringen. Der Klang von Kra-Tzarans Stimme wies darauf hin, dass er sich in einer nahen Höhle befand. Wie war der irre Neuner ausgerüstet? Hatte er Dinge dabei, die sich als Waffen verwenden ließen?

Die Wände des Tunnels wichen noch weiter zurück, und gleichzeitig verdrängte diffuses Grau einen Teil der Finsternis. Karn-Terg spürte eine Vibration und ahnte ihren Ursprung: Vermutlich befand er sich in der Nähe eines Zapfer-Schachts.

Es knirschte erneut im Gestein, als Karn-Terg den Zugang der Höhle erreichte und seine Vermutung bestätigt sah. Auf der rechten Seite reichten flexible Tentakel aus Kompositwerkstoffen von den Konvertern weiter oben fast zwanzig Kilometer in die Tiefe und zapften das warme Herz des Planeten an. Das matte Licht der Austauschfelder trieb die Dunkelheit zurück – und fiel auf Kra-Tzaran.

Der kräftig gebaute Neuner hockte auf einem flachen Felsblock, am Rand der Schatten, für Karn-Terg kaum mehr als eine Silhouette. Er bebte am ganzen Leib, und als der Kinderwart ein wenig näher kam, sah er den Grund dafür: Bei Kratz hatte der dritte Sprung begonnen. Er brauchte das Nährbad einer Transformationskammer; der Schmerz musste schier unerträglich sein.

»Wo ist ...«, begann Karn-Terg und unterbrach sich, als er Melra-Mar sah, eingeklemmt zwischen dem Felsen und einem Klauenfuß des Neuners, dessen Körper sich in zwei Hälften zu teilen begann. In den Greifwerkzeugen, einer Mischung aus Greiflappen und Krallen, hielt er einen Stein, und er schien ihn auf den Kopf der kleinen Zweier schmettern zu wollen.

Melra stöhnte leise. Der Neuner drückte so fest zu, dass sie kaum mehr atmen konnte.

»Hör mir gut zu, Kra-Tzaran.« Karn-Terg sprach langsam und ruhig. »Es ist noch nicht zu spät. Mein Helk wird bald hier sein, und ich kann dich von ihm zu den Transformationskammern bringen lassen. Du weißt, dass das Nährbad den Schmerz lindert.«

»Ich hasse euch alle!«, heulte Kratz und hob den Stein.

Karn-Terg schätzte die Entfernung ab und begriff: Er konnte den Neuner nicht erreichen, bevor er zuschlug, nicht einmal dann, wenn er seinen Antigravgenerator einschaltete und sprang.

Wieder knirschte es im Gestein, und diesmal dauerte das Knirschen an. Die Vibrationen wurden stärker, konnten nicht mehr allein vom Zapfer-Schacht stammen. Karn-Terg beobachtete, wie Kratz zögerte, als sich direkt vor dem Steinblock ein Riss im Boden bildete und schnell breiter und länger wurde. Eine heftige Erschütterung raubte ihm das Gleichgewicht, und er kippte zur Seite, ließ den Stein fallen.

Karn-Terg sah eine Chance gekommen und sprang ... ins Leere. Wo eben noch fester Boden existiert hatte, klaffte plötzlich eine große Öffnung, die ihn aufnahm wie ein hungriges Maul. Er stürzte in die schwarze Tiefe, zusammen mit Melra-Mar und Kra-Tzaran. Aus einem Reflex heraus schaltete er den Antigravgenerator ein, der ihm jedoch kaum etwas nützte: Ein Hagel aus Felsgestein riss ihn mit sich. Einer der Brocken traf ihn an einem Nervenpunkt zwischen seinen beiden Körperhälften, und heftiger Schmerz schleuderte ihn in die Bewusstlosigkeit.

Einige Stützknochen in der linken Körperhälfte waren gebrochen, aber Karn-Terg achtete nicht auf den stechenden Schmerz, als er durch die Dunkelheit wankte. Nur hier und dort ging ein wenig Licht von Mineralienansammlungen aus, gerade genug, um in der Finsternis die Konturen von Felsen und Steinhaufen zu erkennen.

Nach einigen Schritten fand er die Leiche des Neuners, und glücklicherweise blieb es ihm in der Düsternis erspart, Einzelheiten zu erkennen. Kra-Tzarans Körper schien halb zerrissen zu sein; an seinem Tod bestand kein Zweifel.

Hinter Karn-Terg gerieten Steine in Bewegung, und ein leises Quieken kam aus der Schwärze. Er drehte sich um, und wilde Hoffnung ließ ihn die Schmerzen vergessen, als er zurückeilte in die Richtung, aus der er gekommen war.

»Melra?«

Er fand sie in einem Hohlraum unter zwei großen Felsen, die über ihr aneinander lehnten und eine Art schützendes Dach formten – ein Zufall, der ihr das Leben gerettet hatte.

Zitternd kroch sie ihm entgegen, die eine Flughaut schlaff und blutig, die Haut unter den großen, flachen Augen zerkratzt. »Ich habe ihm nichts getan, nichts«, brachte Melra-Mar hervor. »Ich habe ihn nur Kratz genannt, weil ich das lustig fand ...«

»Du hast keine Schuld.« Karn-Terg hob die kleine Zweier vorsichtig auf und sah aus der Nähe, wie schwer sie verletzt war. Im linken Bein schien etwas gebrochen zu sein, und Blut quoll aus mehreren Wunden in ihrem einen Körper. Sie brauchte so schnell wie möglich medizinische Hilfe. »Kratz ist tot. Er kann dir nichts mehr tun.«

»Das ist ... schade. Niemand sollte sterben. Der Tod ist ... schade.«

Das war eine sehr profunde Bemerkung, fand Karn-Terg, insbesondere für eine Zweier. Er hielt Melra-Mar in den Tentakeln, als er mit ihr durch die Dunkelheit stapfte und die eigenen Schmerzen an den Rand seiner Wahrnehmung drängte.

»Ich bringe dich zurück in den Hort«, versprach er. »Und dort werde ich im medizinischen Zimmer deine Verletzungen behandeln. Bald geht es dir wieder gut.«

»Ich habe Durst. Und die Flughaut tut mir weh. Und das Bein. Und hier drin fühlt sich alles seltsam an.« Sie deutete auf ihren Leib.

Vielleicht hat sie auch innere Blutungen, dachte Karn-Terg besorgt. Wie kurz nach seinem Erwachen betätigte er die Kontrollen des Antigravgenerators, aber die Geräte seines Kinderwartanzugs funktionierten nicht mehr.

Er wankte durch einen Tunnel, ohne eine Ahnung, wo er sich befand und wohin er ging.

»Es ist so dunkel«, sagte Melra in seinen Tentakeln. »Kannst du es nicht hell machen?«

»Ich habe leider keine Lampe.«

»Die Großen können alles. Ich habe es in den Bildern gesehen. Sie können alles, und du bist groß. Bitte lass es hell werden.«

»Ich bin ein verletzter Großer. Meine Möglichkeiten sind begrenzt.«

Das schien Melra zu verstehen. Sie schwieg eine Zeit lang.

»Wohin trägst du mich?«

Ich weiß es nicht, dachte Karn-Terg, aber laut sagte er: »Ich trage dich zum Hort. Vielleicht treffen wir bald auf meinen Helk. Mit seiner Hilfe können wir schneller zurückkehren.«

»Karn-Terg ...«

Es war das erste Mal, dass Melra-Mar seinen Namen nannte, und es rührte ihn so sehr, dass er fast verblüfft stehen geblieben wäre.

»Ja, Melra?«

»Ich bin müde. Aber ... nicht wie sonst. Ich bin ... *anders* müde.«

Karn-Terg ahnte, was es bedeutete, und daraufhin suchte ihn ein Schmerz heim, der sich nicht so leicht verdrängen ließ wie die von den gebrochenen Stützknochen verursachte Pein. Er hob Melra etwas höher und neigte ihr die Stielaugen entgegen. »Wir sind bald da. Und dann sorge ich dafür, dass es dir besser geht.«

Zehn Minuten später kamen willkommene Geräusche aus der Dunkelheit: ein leises Plätschern, das Wasser verhieß. Karn-Terg wankte schneller durch den Tunnel und erreichte eine kleine Höhle mit erstaunlich glatten Wänden. Auf der einen Seite tropfte Wasser über einen Buckel mit Kalkablagerungen, und darunter hatte sich eine Pfütze mit klarem, kühlem Wasser gebildet. Es spiegelte die Fluoreszenz einer nahen Mineralienader wider.

Karn-Terg ließ Melra-Mar vorsichtig daneben auf den Boden sinken und half ihr beim Trinken. Schon nach wenigen Schlucken erbebte sie und erbrach sich.

In dem Kinderwart wurde der besondere Schmerz so heftig, dass er am liebsten laut geschrien hätte.

»Bitte ...« Die kleine Zweier atmete mehrmals tief durch. »Bitte ... erzähl mir eine Geschichte. Ich möchte nur ein wenig ausruhen. Deine Geschichten gefallen mir so sehr.«

Karn-Terg ging neben ihr in die Hocke. »Was möchtest du hören?«

»Erzähl mir noch einmal von ... den Sternen, von den fernen Welten, die du gesehen hast.« Melra-Mars Stimme klang sehnsüchtig bei diesen Worten. »Erzähl mir vom Universum und seinen Wundern.«

Und Karn-Terg erzählte vom Schwarm, bei dessen Bau sein Volk einst mitgewirkt hatte, von einer riesigen Wolke aus Sonnen und Planeten, die im Auftrag der Kosmokraten durchs Universum zog, um es mit Leben und Intelligenz zu erfüllen. Er berichtete von der Pracht des Lebens in all seinen Formen, und während er davon erzählte, ging neben ihm ein Leben zu Ende, das noch gar nicht richtig begonnen hatte. Melra-Mar rückte ganz nahe an ihn heran und strich mit der unverletzten Flughaut über seinen Tentakel, bevor sie einschlief und starb.

:09

Reginald Bull
| 1341 NGZ |

»» Reginald Bull streckte die Hand nach der Frau im Hologramm vor ihm aus, und sie wiederholte die Geste, als könnten sich ihre Hände wirklich berühren.

»Es ist zu viel Zeit vergangen«, sagte Fran Imith.

»Mehr als ein Monat.«

»Fast zwei.«

Bull musterte die Frau mit dem langen dunkelroten Haar und den großen blauen Augen. War es wirklich schon fast zwei Monate her, seit er Fran zum letzten Mal in den Armen gehalten hatte? Sie fehlte ihm plötzlich, noch mehr als Perry, und auf eine ganz andere Weise.

Fran musterte ihn. »Es geht dir nicht gut. Ich sehe die Schatten auf deiner Seele.«

»Perry ist verschwunden«, erwiderte er und wusste, dass er ihr diese Informationen anvertrauen durfte. Niemand konnte mithören. Die Hyperfunkverbindung war abgeschirmt und kodiert. »Manche halten ihn für tot.«

»Aber du nicht.«

»Ich bin sicher, dass er noch lebt«, sagte Bull mit solchem Nachdruck, als wolle er sich selbst davon überzeugen.

Frans Blick schien bis in sein Innerstes zu reichen und alle seine Gefühle zu erkennen. »Die Wahrscheinlichkeit für sein Überleben ist ziemlich gering, oder?«

Bull hätte am liebsten mit einem klaren, entschiedenen *Nein* geantwortet, aber er brachte es nicht fertig, sich selbst zu belügen.

»Ich weiß, dass es irrational ist«, sagte er. »Ich weiß, dass etwas in mir – sogar eine ganze Menge von mir! – nicht glauben *will*, dass Perry tot ist. Ich finde seinen Tod im wahrsten Sinne des Wortes *unvorstellbar*. Und um deiner nächsten Frage zuvorzukommen, Fran: Ja, ich *bin* verzweifelt, denn die Stimme der Vernunft verlangt von mir, die Möglichkeit von Perrys Tod zumindest in Betracht zu ziehen. Aber abgesehen davon gibt es auch noch eine andere Stimme in mir, Fran, ein leises, leises Flüstern, und es sagt mir: Perry lebt.« Ein leises Seufzen folgte diesen Worten. »Ich habe Gucky beauftragt, ihn zu suchen.«

Einige Sekunden lang sah Fran ihn stumm an und suchte in seinem Gesicht nach Hinweisen.

»Das ist noch nicht alles, oder?«

Bull seufzte erneut, etwas lauter und schwerer. »Die Lage spitzt sich zu, Fran. Die Loower sind bei einem weiteren LFT-Planeten erschienen, bei Marittima im Two-Faces-System. Diesmal haben sie die Welt nicht vernichtet, sondern in einen Schutzschirm gehüllt. Siebzehn Evakuierungsschiffe sitzen auf der anderen Seite der Barriere fest. Perry hat sich auf einen Kampf eingelassen, mit dem Ergebnis, dass viele unserer Schiffe zerstört wurden. Die Loower sind uns überlegen; wir können sie nicht aufhalten. Und dies alles ist vielleicht nur der Anfang.«

»Der Anfang?«

»Wir glauben, ein Muster bei den Aktivitäten der Loower entdeckt zu haben. Sie erscheinen bei Welten, auf denen es neoentelechische Missionsstationen gibt. Fran, auch auf der Erde gibt es eine solche Mission. Und die Loower stoßen immer tiefer in den Kernbereich der LFT vor. Vielleicht ist es nur noch eine Frage der Zeit, bis sie auch im Solsystem erscheinen. Wie ist die Lage bei euch?«

»Bisher ruhig. Reg ... Ich würde gern sagen, dass bestimmt alles gut wird, aber es klänge ziemlich albern, nicht wahr? Und deshalb sage ich dir dies: Ich denke an dich. Ich bin in Gedanken bei dir, vor allem dann, wenn du dich besonders einsam fühlst. Und ich bin sicher, dass du deiner Verantwortung gerecht wirst.«

Bull nickte langsam, und zum ersten Mal seit langer Zeit erschien ein Lächeln auf seinen Lippen. »Ich glaube, genau diese Worte wollte ich von dir hören, Fran. Weißt du, wenn dies alles vorbei ist, wenn die Loower keine Gefahr mehr darstellen, wenn ich nicht mehr einzig und allein Verteidigungsminister sein muss ... Wir sollten mehr Zeit miteinander verbringen.«

Fran erwiderte das Lächeln, und es wirkte ein wenig verschmitzt. »Schön, dass du von selbst auf diese Idee gekommen bist. Sonst hätte ich dir wieder mit meiner Mutter drohen müssen.« Sie hob die Hand und richtete den Zeigefinger auf ihn. »Wenn dies alles vorbei ist ... Ich hoffe, du nimmst dir Zeit genug. Du hast versprochen, mir die Andromeda-Galaxis zu zeigen. Und versuch bloß nicht, dich mit der erhöhten Hyperimpedanz herauszureden.« Sie hauchte ihm einen Kuss zu. »Pass gut auf dich auf, Reg.«

Das Hologramm verschwand.

»Und du auf dich«, murmelte Bull.

Als er sich umdrehte, erschien Ernesto in der Tür. »Die Admiräle Talyha und Hannibal sind gerade eingetroffen.«

»Wir haben definitiv ein Schiff verloren«, sagte Hannibal nach der Begrüßung und strich sich über den Bart. »Wir können keinen Kontakt mit den siebzehn Einheiten herstellen, die auf Marittima festsitzen, aber offenbar haben die Loower nichts gegen sie unternommen; ihre Aktivitäten gelten allein der Missionsstation. Die übrigen Schiffe sind unterwegs zum fünf Lichtjahre entfernten Melista-System. Die Kolonie auf dem dortigen dritten Planeten namens Meriol ist bereit, die Flüchtlinge aufzunehmen.«

»Gibt es im Melista-System eine neo-entelechische Mission?«, fragte Bull, als er im Salon seines Quartiers an Bord der KANDAHAR Platz nahm. Ernesto hatte irgendwo echten Kaffee aufgetrieben, trug ein Tablett mit vier Tassen herein und nahm ebenfalls Platz.

»Nein, wir wissen zumindest nichts davon«, erwiderte Talyha verwundert und bewies ihre Intelligenz, indem sie sofort eine Verbindung sah. »Glaubst du ...?«

Bull sah den Chefkoordinator an.

»Wir haben inzwischen ein Muster entdeckt«, sagte Ernesto. »Die Loower sind bisher immer in der Nähe von Welten mit Missionsstationen erschienen.«

»Das könnte bedeuten ...« Hannibal überlegte rasch, die Tasse halb gehoben. »Wie viele neo-entelechische Missionen gibt es in der LFT?«

»Mehr als siebenhundert. Kurz nach dem Fall des Chronopuls-Walls und nach dem Ende der Monos-Diktatur tauchten Loower in ihnen auf, doch wir vermuten mittlerweile, dass einige schon während der Diktatur angelegt wurden. *Falls* dies also ein Muster ist, sind mehr als siebenhundert Planeten der LFT bedroht.«

Hannibal pfiff leise, und Talyha wurde noch blasser, als sie es ohnehin schon war.

Die Admiralin von Olymp saß wie üblich steif und kerzengerade da, lehnte sich nicht im Sessel zurück. Ihr glattes schwarzes Haar glänzte im Licht der in die Decke integrierten Leuchtkörper. »Ein Grund mehr zu versuchen, mit den Loowern zu sprechen«, sagte sie langsam. »Jetzt bieten sich bessere Möglichkeiten dafür. Zum ersten Mal gibt es stationäre Loower: die auf Marittima. Bisher hatten wir es immer nur mit Schiffen zu tun, die erschienen, aufeinander feuerten und wieder verschwanden.«

Bull nickte ihr zu. »Lass nichts unversucht.« Er wartete, während Talyha per Minikom entsprechende Anweisungen weitergab, und fragte dann: »Was ist mit dem Evakuierungsprogramm?«

»Es macht gute Fortschritte«, sagte Hannibal. »Die logistischen Probleme sind enorm, auch mit Monkeys Hilfe. Aber selbst unsere dreihunderttausend Schiffe genügen nicht, wenn mehr als siebenhundert Welten bedroht sind.«

»Wenn es zu einer solchen Eskalation kommt, müssen wir Handelsschiffe, Frachter und andere private Schiffe requirieren«, brummte Bull.

Talyha hob die dunklen Brauen. »Das dürfte vielen Leuten nicht gefallen.«

»Es ist mir gleich, ob es den Leuten gefällt oder nicht. Diejenigen, die darüber klagen, sollten wir an die Bedeutung des Wortes Solidarität erinnern!«

»Wenn Radhadi von der Sache mit den Missionsstationen erfährt, wird er mit noch größerem Nachdruck offensive Maßnahmen fordern, ›solange sie noch möglich sind‹«, sagte Talyha und sprach die letzten Worte wie ein Zitat.

»Er weiß bereits davon«, warf Ernesto ruhig ein und hob die Hand zum Kommunikationsmodul im rechten Ohr. »Ich habe der Admiralität die neuesten Informationen übermittelt. Radhadi ist hierher unterwegs.«

»Unter uns, im Vertrauen ...« Bull sah die beiden Admiräle nacheinander an. »Vielleicht hat Admiral Radhadi Recht.«

Talyha hob erneut die Brauen, und diesmal wirkte sie fast empört.

»Wenn wir jetzt unsere ganze militärische Schlagkraft einsetzen ...« Bull seufzte. »Es *könnte* uns gelingen, die bisher erschienenen Loowerflotten aus der LFT zu vertreiben.«

»Der große Haken an der Sache ist das *Könnte*, Verteidigungsminister«, sagte Hannibal. »Solange wir keine Möglichkeit gefunden haben, die Überlegenheit der Loower auszugleichen, wäre ein groß angelegter Angriff auf sie mit enormen Risiken verbunden. Hinzu käme: Die an den Kämpfen beteiligten Schiffe stünden nicht mehr für das Evakuierungsprogramm zur Verfügung. Eine Niederlage würde unter anderem bedeuten, dass die Liga Freier Terraner ihre militärische Bedeutung verliert. Die Arkoniden könnten beschließen, die Scherben der LFT aufzusammeln.«

»Und wenn wir sie um Hilfe bitten?«, fragte Bull. »Sie und die Blues und alle anderen?«

Talyha sah ihn ungläubig an, und er zuckte mit den Schultern.

»Ich berücksichtige alle Möglichkeiten, Admiralin«, brummte er.

»Bisher sind in den anderen Machtbereichen der Milchstraße keine Loowerschiffe erschienen, sieht man von der einen Flotte ab, die durch einen Fehltransit auf die Eastside geriet«, sagte Hannibal. »Wir haben jetzt auch eine mögliche Antwort auf die Frage nach dem Warum. Sie lautet schlicht und einfach: Nur bei uns gibt es neo-entelechische Missionsstationen.«

»Und wieso gibt es sie nur bei uns?«, fragte Talyha.

»Weil wir offen sind«, antwortete Bull sofort und erinnerte sich an Ernestos Hinweise. »Weil Toleranz zu den wichtigsten Grundsätzen der Liga Freier Terraner zählt. Wir wären nicht das, was wir sind, wenn wir Fremde und ihre Religionen und Philosophien zurückweisen würden.«

»Das klingt nach einer guten Erklärung«, räumte Hannibal ein. »Es ist sicher etwas Wahres dran. Die LFT ist tolerant und mit Recht stolz darauf. Aber vielleicht steckt noch mehr dahinter. Möglicherweise gibt es bei dieser Angelegenheit auch einen räumlichen Aspekt.«

Ernesto nahm diese Worte zum Anlass, die Kontrollen seiner Datentafel zu betätigen.

»Wenn wir Verbindungen zwischen den Missionsstationen herstellen ...«, fuhr Hannibal fort und strich sich über den Bart. »Ergibt sich dann vielleicht ein weiteres Muster?«

»Ernesto?«, fragte Bull.

»Ich bin bereits damit beschäftigt«, erwiderte der Chefkoordinator. Die dünnen, knochigen Finger des greisenhaften Mannes huschten verblüffend flink über die Kontrollen der Datentafel.

Hannibal trank einen Schluck und setzte die noch halb volle Tasse ab. Bull stellte fest, dass seine bereits leer war.

»Es wird nicht lange dauern, bis auch die Arkoniden und die anderen den Zusammenhang zwischen dem Erscheinen der Loower und den Missionsstationen bemerken«, sagte der patriarchenhafte Admiral. »Und dann dürfte ihnen klar sein, dass sie selbst kaum etwas zu befürchten haben, solange sie einfach abwarten. Sie können in aller Ruhe beobachten, wie es uns ergeht. Und vermutlich wünschen sich einige der Beobachter, dass es uns *schlecht* ergeht.«

»Es hätte also gar keinen Sinn, um Hilfe bei militärischen Aktionen gegen die Loower zu bitten«, sagte Talyha, und Bull hörte eine gewisse Erleichterung in ihrer Stimme.

»Wohl kaum«, bestätigte Hannibal. »Wer solche Hilfe leistet, müsste mit Gegenaktionen der Loower rechnen.«

»Ich habe die Daten.« Ernesto betätigte erneut die Kontrollen seiner Datentafel, und ein Hologramm entstand über dem Tisch, an dem die beiden Admiräle und Bull saßen. Es zeigte das Raumgebiet der Liga Freier Terraner und zahlreiche rote Punkte, durch gelbe Linien miteinander verbunden.

»Das sind die uns bekannten Planeten mit neo-entelechischen Missionsstationen«, erklärte der Chefkoordinator.

»Ich kann kein Muster erkennen«, sagte Hannibal enttäuscht, nachdem sie die Darstellungen eine Zeit lang aufmerksam betrachtet hatten.

»Vielleicht gibt es keinen räumlichen Aspekt«, spekulierte Bull.

»Oder er ist irgendwo in diesem Durcheinander verborgen.« Hannibal deutete auf das Hologramm – die Planeten mit Missionsstationen waren nicht gleichmäßig über das Gebiet der LFT verteilt, aber ein Muster ließ sich tatsächlich nicht erkennen. Ernesto schien mit Datentafel und Bordpositronik ebenfalls keins entdeckt zu haben, denn sonst hätte er bereits darauf hingewiesen.

Der Koordinator hob erneut die Hand zum Kom-Modul in seinem rechten Ohr. »Admiral Radhadi ist eingetroffen.«

Talyha stand auf. »Wenn du gestattest, Verteidigungsminister ...«, sagte sie mit typische Kühle. »Ich möchte mich selbst um die Kommunikationsversuche mit den Loowern kümmern.«

»Selbstverständlich.« Bull winkte zustimmend. »Wie du wünschst.«

Die Admiralin ging zur Tür und blieb dort noch einmal stehen. »Sind bereits Berichte von Julian Tifflor eingetroffen?«

»Leider nicht«, antwortete Bull. »Ein Hypersturm hat die Funkbrücke unterbrochen. Aber es wird ohnehin noch einige Wochen dauern, bis er das Alkyra-System erreicht.«

»Wir wissen nicht, wie die Besatzungen der Loowerschiffe beschaffen sind«, sagte Talyha nachdenklich. »Vielleicht handelt es sich um Soldaten, denen ausdrücklich verboten ist, auf externe Kommunikationsversuche zu reagieren. Wenn wir den Flotten bei ihren Sprüngen durch den Hyperraum irgendwie folgen könnten, wenn wir eine ihrer Ausgangsbasen fänden ... Dort wäre man vielleicht eher bereit, auf unsere Kom-Signale zu reagieren.«

Die Tür öffnete sich. Radhadi wollte eintreten und zögerte, als er Talyha sah.

»Admiral ...«, grüßte die Frau von Olymp knapp und nickte den drei Männern im Zimmer kurz zu, bevor sie in den Korridor trat und ging.

Radhadi kam herein, und hinter ihm schloss sich die Tür. »Wir müssen sofort handeln«, sagte er, und es klang nach den gehauchten Worten eines Geistes. »Die neuen Informationen zeigen deutlich, dass wir nicht länger auf entschlossene militärische Maßnahmen verzichten können. Meine Schiffe befinden sich in der Nähe von Marittima in Position. Ich schlage vor, dass sie das Feuer auf eine Stelle des planetaren Schutzschirms eröffnen, um eine Strukturlücke zu schaffen, die groß genug ist, um eine Streitmacht hindurchzuschicken.«

Bull sah in die großen spiegelnden Augen des Trioden. »Nein«, erwiderte er, obwohl ein Teil von ihm gern *Ja* gesagt hätte, jener Teil, der sich wünschte, aktiv zu werden und etwas zu unternehmen, der nicht länger *herumsitzen* wollte. »Wir bleiben zunächst dabei, das Evakuierungsprogramm voranzutreiben und Informationen zu sammeln. Und wir warten ab, was aus Admiral Talyhas Kommunikationsversuchen wird.« Bull deutete auf den Sessel, in dem bis eben die Admiralin gesessen hatte. »Nimm Platz.«

Radhadi setzte sich. »Ich habe mit der Ausarbeitung der Verteidigungspläne für den Kernbereich der LFT begonnen, aber die jüngsten Entwicklungen lassen alles in einem neuen Licht erscheinen. Wir wissen jetzt, worauf es die Loower abgesehen haben, und das gibt uns einen Ansatzpunkt. Ich rate dringend zur sofortigen Mobilisierung aller Flottenverbände, mit dem Auftrag, die neo-entelechischen Missionsstationen im Gebiet der LFT zu besetzen.«

Bull stand auf und hatte das Gefühl, sich auf dünnem Eis zu bewegen, als er langsam durch den Salon schritt und dabei überlegte.

»Hannibal?«

Der Admiral von der Erde hob und senkte die Schultern. »Ich muss zugeben, dass der Vorschlag durchaus etwas für sich hat. Die Besetzung der Missionsstationen gäbe uns Gelegenheit, sie zu untersuchen und vielleicht herauszufinden, warum sie so wichtig für die Loower sind, dass sie sich deshalb gegenseitig zerfleischen.«

»Aber?«, fragte Bull, als Hannibal zögerte.

»Nach einem solchen Schritt gäbe es kein Zurück mehr«, warf Ernesto ein. »Die Loower könnten uns nicht länger ignorieren.«

»Im Flake-System haben sie uns nicht ignoriert«, hauchte Radhadi.

»Im Flake-System haben die Oxtorner und wir sie angegriffen«, erwiderte Ernesto ruhig. Bull blieb stehen und hörte aufmerksam zu. »Hier im Two-Faces-System sind die Loower nicht gegen uns aktiv geworden. Sie haben nicht einmal etwas gegen unsere Evakuierungsschiffe unternommen.«

»Eins von ihnen wurde vernichtet.«

»Weil es in den Schutzschirm geriet«, sagte Ernesto und sprach noch immer ganz ruhig. »Ich bezweifle, ob bewusste Absicht der Loower dahinter steckt. Wenn wir die Missionsstationen besetzen, nehmen wir uns etwas, auf das die Loower ganz offensichtlich Anspruch erheben. Ihnen bliebe gar nichts anderes *übrig*, als gegen uns vorzugehen. Und wenn der Krieg erst einmal begonnen hat ...«

»Ja«, sagte Bull, der genau verstand, was Ernesto meinte. Während der fast drei Jahrtausende seines Lebens hatte er es immer wieder beobachtet und selbst erlebt. »Es ist sehr, sehr schwer, einen Krieg zu beenden, wenn er erst einmal begonnen hat. Unsere *Friedens*bemühungen müssen den Vorrang haben, und damit meine ich insbesondere Talyhas Versuche, mit den Loowern auf Marittima zu kommunizieren. Und wenn Tifflor das Alkyra-System erreicht ...«

»Dort trifft er erst in einigen Wochen ein«, sagte Radhadi. »Und wenn der Hypersturm andauert, der die Funkbrücke stört, hat er vielleicht gar keine Möglichkeit, uns einen Bericht zu übermitteln.«

Ernesto neigte den Kopf zur Seite und schien zu lauschen. »Ich empfange gerade eine neue Meldung. Auf zwei weiteren umkämpften Welten sind Loower gelandet und haben die betreffenden Planeten in Schutzschirme gehüllt. Alle Kom-Verbindungen sind unterbrochen. Wir wissen nicht, was hinter den Schirmen passiert.«

In dem Hologramm über dem Tisch blinkten drei rote Punkte. Einer von ihnen symbolisierte Marittima, die anderen beiden zwei Hunderte von Lichtjahren entfernte Welten.

»Die Loower haben drei Planeten der LFT übernommen«, flüsterte Radhadi. »Weitere siebenhundert könnten bald folgen. Wenn sie nicht vorher zwischen die Fronten verfeindeter Flotten geraten und vernichtet werden.«

Hannibal räusperte sich. »Ich verstehe deine Besorgnis, Radhadi. Aber wir sollten Talyha Gelegenheit geben, einen Kommunikationskontakt mit den Loowern herzustellen. Krieg kann nur das letzte, das allerletzte Mittel sein.«

»Dem schließe ich mich an«, sagte Bull, der alles sorgfältig gegeneinander abgewogen hatte. Seine Gedanken kehrten kurz zu Fran zurück. *Ich bin sicher, dass du deiner Verantwortung gerecht wirst.* »Wir sollten versuchen, mit den Loowern zu reden, bevor wir auf sie schießen. Die Vorbereitungen auf umfassende Evakuierungseinsätze werden fortgesetzt. Und du kümmerst dich um die Verteidigungspläne, Admiral Radhadi. Bei dir weiß ich sie in guten Händen. Das ist nicht ironisch gemeint«, fügte Bull sicherheitshalber hinzu.

Der Triode stand auf. »Eins der militärischen Probleme besteht darin, dass wir nicht wissen, woher die Loowerflotten kommen. Vielleicht stammen sie aus dem Alkyra-System, doch ihre Ausgangsbasen könnten auch ganz woanders sein. Außenminister Tifflor wird uns einen Teil dieser Frage beantworten können, aber eben erst in einigen Wochen. Wir brauchen eine Möglichkeit, den Schiffen zu folgen, wenn sie durch den Hyperraum springen ...«

Radhadi unterbrach sich, als er Bulls Lächeln sah.

»Ähnliche Worte habe ich vor wenigen Minuten gehört«, sagte Bull. »Von Admiral Talyha. Es freut mich, dass ihr endlich mal einer Meinung seid.« Nach der Wanderung durch den Salon kehrte Bull zum Tisch zurück. »Du möchtest die Ausgangsbasen der Loower lokalisieren, um sie eventuell anzugreifen. Talyha glaubt, dass es dort leichter sein könnte, mit den Loowern zu kommunizieren. Sowohl für das eine als auch für das andere brauchen wir eine Möglichkeit, den Loowern durch den Hyperraum zu folgen. Ich kenne da jemanden, der uns vielleicht weiterhelfen kann.«

In einem Laboratorium an Bord der TOLEMAN betrachtete Reginald Bull die holographische Darstellung eines Schiffes, das mit seinen hundert Metern Durchmesser so groß war wie ein Leichter Kreuzer der MERKUR- oder DIANA-Klasse. Angaben über die technischen Einzelheiten scrollten durch den vertikalen Informationsbereich am rechten Rand des Hologramms.

»Scheint zur einen Hälfte Triebwerk und zur anderen Hyperfunkgerät zu sein«, sagte Bull.

Neben ihm nickte der Mann mit dem schütteren Haar und der hohen Stirn.

»Es ist grob ausgedrückt, aber letztendlich läuft es darauf hinaus«, erwiderte Alexander Darat.

Bull beugte sich vor und sah genauer hin. »Ich sehe keine Hawk-Kompensationskonverter, dafür aber die Zylinder mehrerer Strukturfeld-Konverter.«

»Du hast darauf hingewiesen, dass es schnell gehen muss«, sagte Darat. »Entwicklung und Bau eines neuen Transitionstriebwerks würden zu lange dauern.« Der Chefwissenschaftler der TOLEMAN deutete auf die Darstellung. »Dies sind acht zusammengeschaltete Nottransitionstriebwerke mit einer theoretischen Sprungreichweite von jeweils fünfzig Lichtjahren. Doch dieses Schiff soll nicht in dem Sinn *springen.* Das hier ...« Er deutete auf ein Aggregat über den zu einem Bündel zusammengefassten Zylindern. »... ist ein Hyperfeldspürer, der die Sprungenergie von Loowerschiffen ortet und, wenn die Distanz gering genug ist, einen Feldtunnel schafft, der wie ein Anker wirkt. Wenn alles wie vorgesehen funktioniert.«

»Das musst du mir etwas genauer erklären«, sagte Bull.

»Die Loower springen nicht durch den Linearraum, sondern durch den Hyperraum«, begann Darat. »Deshalb brauchen wir an Bord dieses Schiffes auch keine Kompensationskonverter.

Ihre Hyperfelder, die sie kurz vor dem Sprung aufbauen, haben eine besondere Struktur, vergleichbar mit einer energetischen Signatur. Der Hyperfeldspürer wird auf diese Struktur programmiert, und wenn die Feldstärke ausreichend groß ist, unterhalb einer kritischen Distanz, können die Strukturfeld-Konverter des multiplen Transitionstriebwerks eine Verbindung schaffen. Die Energie der acht Transitionstriebwerke wird nicht für einen eigenen Sprung verwendet, sondern für eine Verankerung im Hyperfeld des springenden Loowerschiffes.«

Bull verstand. »Das Schiff wird mitgerissen.«

»Ja. Für eventuelle Menschen an Bord wäre das sicher alles andere als angenehm – die berechnete Schockwirkung beim Sprung könnte tödlich sein. Deshalb ist das Schiff als eine vollautomatische Drohne vorgesehen. Die verstärkten und erweiterten Hyperfunkanlagen sollten eine Reichweite von bis zu zehntausend Lichtjahren gewährleisten. Bei größeren Entfernungen müssen die Signale über Funkbrücken weitergeleitet werden.«

»Das klingt alles sehr gut«, sagte Bull zufrieden. »Wann kann ein solches Schiff einsatzbereit sein?«

»Innerhalb weniger Tage, wenn uns das notwendige Material und genügend technisches Personal zur Verfügung stehen.«

Bull klopfte Darat auf die Schulter. »Du bekommst, was du brauchst.«

Als Bull sein Quartier an Bord der KANDAHAR betrat, erwartete ihn Ernesto.

»Es ist etwas durchgesickert«, sagte der Koordinator. »Die letzten Berichte von Homer G. Adams und Maurenzi Curtiz erwähnen Unruhen auf der Erde. Es kam zu Demonstrationen bei der dortigen neo-entelechischen Missionsstation. Offenbar wurde bekannt, dass das Interesse der Loower vor allem Planeten mit solchen Stationen gilt.«

»Wo ist die undichte Stelle?«, fragte Bull verärgert.

»Ich vermute, dass der Mitarbeiterstab von Admiral Radhadi den einen oder anderen Hinweis fallen gelassen hat. Es mehren sich die Stimme, die direkte Aktionen gegen die Loower fordern, bevor die Erde ins Kreuzfeuer der verfeindeten Fraktionen gerät oder gar besetzt wird.«

»Radhadi möchte seinem Standpunkt Nachdruck verleihen«, knurrte Bull verärgert.

»Er ist davon überzeugt, Recht zu haben.«

»Ja, ich weiß. Böse Absichten unterstelle ich ihm nicht. Aber es *muss* einen anderen Weg geben als den der Gewalt. Bisher sind die Loower vor allem mit sich selbst beschäftigt. Snowflake und die anderen betroffenen Planeten sind Kollateralschäden in einem Krieg, der uns *noch* nicht direkt betrifft. Aber wenn sich die Loower uns zuwenden, wenn sie ihren Konflikt beiseite schieben, um einem Angriff unsererseits zu begegnen ... Es könnte eine immense Katastrophe für die LFT bedeuten. Radhadi ist bereit, alles auf eine Karte zu setzen, um die Gefahr abzuwenden. Ich nicht.« Bull seufzte und fühlte sich plötzlich müde, trotz des Zellaktivators. »Aber vielleicht bleibt mir bald keine Wahl.«

»Kehren wir ins Two-Faces-System zurück?«, fragte Ernesto.

Bull verharrte in der Tür zum Salon. »Ja. Gib Pertos Bescheid. Ich möchte feststellen, wie es um Marittima und Talyhas Kommunikationsversuche steht.«

Ernesto neigte den Kopf zur Seite. »Admiralin Talyha hat sich gerade mit der KANDAHAR in Verbindung gesetzt.«

Bull ging mit langen Schritten zum Kommunikationszimmer. »Ich bin gespannt, was sie zu berichten hat.«

Er nahm an einer der leise summenden Konsolen Platz, in einem Zimmer, dessen Augen und Ohren in alle Winkel der LFT und darüber hinaus reichten, manchmal allerdings blind und taub wurden, wenn Funkbrücken durch Hyperstürme ausfielen. Ein Hologramm entstand vor ihm und zeigte die Admiralin von Olymp.

»Es ist mir gelungen, einen Kommunikationskontakt mit den Loowern auf Marittima herzustellen«, sagte Talyha ohne Gruß.

Bull hörte eine Vibration in der kühlen Stimme und ahnte, dass die Admiralin keine guten Nachrichten für ihn hatte. »Und?«

»Ich habe unsere Situation beschrieben, von Snowflake und den anderen betroffenen Planeten berichtet. Auf meine Bitte um eine Erklärung ihrer Aktivitäten bekam ich von den Loowern folgende Antwort.« Talyha beugte sich vor und betätigte Schaltelemente, die nicht im Hologramm zu sehen waren. Die raue Stimme eines Loowers erklang. »Die Zweidenker werden sich weder von den Eindenkern noch von anderen daran hindern lassen, den Krieg für das Leben zu führen und zu gewinnen. Wer sich uns in den Weg stellt, wird vernichtet. Verschwindet!«

: 10

Karn-Terg
| Alkyra II, 71 N.d.E. – 70 NGZ |

»› Karn-Terg irrte durch die Dunkelheit und trug in seinem Innern eine noch schwärzere Finsternis. Das Licht seines Lebens, erst vor kurzer Zeit neu erstrahlt, erlosch wieder. Ein großer Teil von ihm – jener Teil, der Hoffnungen und Wünsche enthielt – war zusammen mit Melra-Mar gestorben. Hunger und Durst spielten ebenso wenig eine Rolle wie die eventuelle Existenz von Felsspalten und Abgründen. Der eigene Tod war nicht mehr ein ferner Gedanke, sondern wieder, wie kurz nach seiner Ernennung zum Kinderwart vor drei Jahren, eine konkrete Möglichkeit, die es in Betracht zu ziehen galt und die Erleichterung versprach von dem Schmerz, den Kummer und Trauer brachten. Das Gefühl der Schuld war noch schlimmer als damals kurz nach dem Erwachen und der Erkenntnis, dass er das Leben eines anderen Loowers ausgelöscht hatte. Er wusste mit absoluter, jeden Zweifel ausschließender Gewissheit: Wenn er rechtzeitig eingegriffen und alle notwendigen Maßnahmen eingeleitet hätte, wären die kleine Melra und ihre beste Freundin jetzt noch am Leben.

Er stapfte weiter durch die endlosen Tunnel tief unter der Oberfläche des Planeten, ohne sich zu fragen, wie sie entstanden waren. Er schritt durch Höhlen mit glühenden Mineralienadern, ohne sich über die glatten Wände zu wundern. Er kam an Dingen vorbei, die unmöglich natürlichen Ursprungs sein konnten, aber er schenkte ihnen keine Beachtung. Der Blick blieb nach innen gerichtet, sein Selbst in einem Netz der Pein gefangen. Erneut bedauerte er, sich nicht einfach aufhören zu können – ein schneller, einfacher Ausweg. Aber vom Alter der Reife trennten ihn noch viele Jahre, die er nicht erleben wollte.

Schließlich löste ihn etwas aus seiner geistigen Erstarrung, und er erinnerte sich wieder daran, dass es eine Außenwelt gab, einen Kosmos, in dem außer ihm noch andere Dinge existierten. Die schlaff nach unten hängenden Stielaugen richteten sich auf und sahen Licht, das von einem nahen Höhlenzugang kam. Er ging weiter, und die Apathie gab nur einen Teil seines Bewusstseins frei, genug für die Fragen, wo er sich befand und was das Licht bedeutete.

Er betrat die Höhle, die mehrere hundert Meter durchmaß und aus deren Boden ein ... Objekt ragte, so weit nach oben, dass es fast die Felsendecke berührte. Es glänzte wie Quecksilber, doch als sich Karn-Terg bewegte, bemerkte er auch andere Farben, huschende Reflexe, hier ein grünlicher Ton, dort ein tiefes Blau, an anderer Stelle ein Schwarzgrau wie von Anthrazit. Neugierig trat er näher, streckte dem riesigen Objekt den Tentakel entgegen und gewann den Eindruck, etwas Glattes, Öliges zu berühren. Kleine konzentrische Wellen breiteten sich von der Kontaktstelle aus, wie Kräuselungen in der Oberfläche eines Sees, obwohl die Außenfläche des ... Artefakts nicht flüssig war.

Ein Artefakt, ja. Ein *künstliches* Objekt.

Karn-Terg wich zurück, noch immer halb betäubt, aber etwas mehr Interesse regte sich in ihm und linderte den Schmerz ein wenig, als er nach oben sah. Loower hatten dieses Etwas nicht konstruiert, so viel stand fest. Und auf Alkyra II gab es sonst nur ...

Ein Flackern ging durch die Außenhülle des Objekts, kroch wie eine Schlange aus Licht darin empor, löste sich schließlich daraus und wurde zu einer kleinen grauweißen Wolke, zu einem Monaden.

Wieder flackerte es, und kurz darauf schwebte eine zweite Wolke neben der ersten. Sie glitten fort vom Artefakt, erreichten eine von zahlreichen Tunnelöffnungen in den Wänden und verschwanden darin.

Karn-Terg starrte und erinnerte sich daran, dass er keinen Egoschild bei sich trug. Er war den Monaden hilflos ausgeliefert.

Dann begriff er, dass sich ihm eine einzigartige Chance bot. Er konnte sich nicht aufhören. Aber er konnte hier sterben, an diesem Ort, jetzt.

Er nahm den Schmerz von Melra-Mars Tod, verwandelte ihn in Zorn und hämmerte an die Außenhülle des Objekts. Wieder gingen Wellen von den Kontaktstellen aus, stärkere diesmal, und kleine flackernde Leuchterscheinungen gesellten sich ihnen hinzu.

»Kommt her und tötet mich! Kommt her!«

Oben lösten sich weitere Monaden aus dem Artefakt, aber sie kümmerten sich nicht um Karn-Terg. Ob sie ihn bemerkten oder nicht, sie flogen zur Wand und verschwanden in den Tunneln.

Er schlug weiter mit beiden Tentakeln, die Greiflappen zusammengezogen, heulte und kreischte dabei so wie Kra-Tzaran geheult und gekreischt hatte. Schließlich verließen ihn die Kräfte, und als er nicht mehr hervorbrachte als ein leises Krächzen, sank er dicht neben dem Artefakt zu Boden. Vielleicht ließ die Erschöpfung sein Selbst für kurze Zeit in die Ruhe sinken, denn als er die erschlafften Augenstiele hob, schwebte ein Monade vor ihm, nur eine Armeslänge entfernt.

Der alte Karn-Terg, der noch immer irgendwo in dem Kinderwart existierte, reagierte mit Entsetzen auf die Nähe des Plasmawesens und erinnerte sich an die Kämpfe vor der Pazifizierung des Planeten, an die Versuche der Duade, die Loower unter Kontrolle zu bringen. Vor der Entwicklung und Verbesserung der Egoschilde, die vor den mentalen Impulsen der Monaden schützten, war es immer wieder zu psychischen Kontakten gekommen, die bei den kombattanten Loowern Wahnsinn oder gar Tod bewirkten. Karn-Terg hatte einen solchen Kontakt erlebt und anschließend stundenlang im Koma gelegen. Seine Erinnerungen an jene Stunden waren vage. Eigentlich entsann er sich nur an eins: an ein Grauen, das seinen ganzen emotionalen Kosmos ausgefüllt hatte.

Der Schmerz kehrte zurück, wischte das Entsetzen fort und ließ nur Platz für den Wunsch nach einem Ende.

Der Monade schwebte vor ihm, fürchterlich, herrlich nah, eine dichte grauweiße Wolke, hier und dort von glühenden Linien durchzogen, die sich langsam wölbten und dehnten. Ein leises Summen ging von dem Geschöpf aus.

Weit oben, dicht unter der hohen Felsendecke, schwebten weitere, eine Ansammlung kleiner Wolken, die zusammen eine große bildeten. Sie schienen zu warten.

Karn-Terg richtete sich auf und holte tief Luft. »Ich bin bereit. Töte mich.«

Wenn der Monade ihn verstand, so gab er das durch nichts zu erkennen. Er kam nicht näher, schwebte und summte, ohne eine Reaktion.

Karn-Terg holte erneut Luft, zum letzten Mal in seinem Leben, wie er glaubte, spannte die Muskeln und sprang nach vorn, dem Monaden entgegen.

Als er die grauweiße Wolke berührte, schien sein Körper plötzlich in Flammen zu stehen, und dann ...

Ist dies der Tod?, überlegte Karn-Terg, und der Umstand, dass er sich diese Frage stellen konnte, ließ ihn zweifeln. Schwärze umgab ihn, substanzloses Nichts, und er fühlte nicht einmal seinen Körper. Er versuchte, die im Nichts verborgenen Greifarme zu bewegen, und er glaubte, dass es ihm gelang, aber sie fanden keinen physischen Leib, den sie berühren konnten. Er hing in Finsternis, seiner Wahrnehmungen beraubt, begleitet allein von Gedanken. Er *erinnerte* sich an den Schmerz, der den Wunsch in ihm geweckt hatte, sein Leben zu beenden, aber das

Gefühl selbst war kaum mehr als ein vager emotionaler Schatten. Irgendetwas betäubte seine Emotionen, und dafür war er dankbar.

Erste Bilder formten sich in der Dunkelheit, und Karn-Terg fragte sich kurz, ob er sie wirklich sah oder ob sie inmitten seiner Gedanken entstanden. Ein großes, tropfenförmiges Gebilde glitt vor ihm durch die Schwärze und glänzte wie Quecksilber, aber dieser Glanz veränderte sich und zeigte auch andere Farben, wenn man den Blickwinkel ein wenig veränderte. Im Innern des großen, tropfenförmigen *Raumschiffs*, das aus polarisierter, phasenverschobener Energie bestand – aus einer Energie, die *fast* zu Materie wurde –, gab es ... Leben, auf dem gleichen quasimateriellen Niveau wie das Schiff selbst. Es hatte sich verändern müssen, um zu *über*leben, in einem Universum, das sich immer schneller ausdehnte, in dem eine explosive Expansion unmittelbar bevorstand: Sie würde Elektronen von ihren Atomkernen fortsprengen, die Kerne selbst zerreißen und anschließend die Quanten zerfetzen.

Der silberne Tropfen – wie eine Träne, geweint vom Leben dieses sterbenden Universums – trug in sich die Hoffnung auf eine neue Existenz: Keime des Denkens und Fühlens, das diesen Kosmos einst erfüllt hatte. Er fiel einer künstlichen Singularität entgegen, geschützt von einer dimensionalen Barriere, die sich aufzulösen begann. Es blieb nicht mehr viel Zeit in diesem Universum, in dem die Expansion sogar die Zeit zerriss.

Zusammen mit dem silbernen Schiff fiel Karn-Terg in den letzten noch existierenden Gravitationsschacht, erreichte den Ereignishorizont der Singularität ... und flog dahinter durch einen Tunnel abseits von Zeit und Raum, durch ein Medium, das sich jenseits des Universums erstreckte und zahlreiche Universen enthielt. Karn-Terg glaubte, ein rotes Glühen zu erkennen, das von jenem Medium ausging, und er beobachtete Kugeln darin, große und kleine, wie zahlreiche in Öl gefangene Luftblasen.

Eine von ihnen schwoll an, während sich hinter dem Tropfenschiff des fliehenden Lebens der Tunnel schloss – das künstliche Schwarze Loch, das den Transfer erlaubt hatte, existierte nicht mehr.

Ein Weißes Loch spuckte den Tropfen in ein anderes, junges Universum und nahm ihm dabei so viel Phasenenergie, dass das Leben an Bord in die Lethargie sank. Das Tropfenschiff zog durch die Sternenräume, erreichte einen Planeten, auf dem sich gerade erst eine Kruste zu bilden begann, und tauchte in seine Glut. Die planetare Wärme ersetzte einen Teil der verloren gegangenen Energie, und schließlich, nach langer, langer Zeit, erwachte das Leben an Bord. Die Keime des Denkens und Fühlens wuchsen, reiften heran, verließen das Schiff ... und stießen auf anderes Leben.

Auf Leben, das nicht verstand.

Karn-Terg fand sich plötzlich auf einem Felsen wieder, der aus der Schwärze ragte, unter einem Himmel mit schnell dahinziehenden bleigrauen Wolken. Wind wehte, ließ das schwarze Nichts unbewegt, hob aber Staub vom Felsen und formte eine Wolke aus ihm, und in dieser Wolke bildete sich ein Auge, wie ein Fenster, das Blicke in eine andere Welt gewährte.

»Ich glaube, ich verstehe«, sagte Karn-Terg. »Die vermeintlichen Angriffe vor mehr als siebzig Jahren, der Versuch der Duade, uns Loower zu übernehmen ... Es war nur der Versuch, Kontakt mit uns aufzunehmen. Stimmt das?«

Das Auge blinzelte, und Karn-Terg spürte Zustimmung. »Damals sind viele von uns gestorben. Warum lebe ich noch?«

Karn-Terg fühlte, wie sich sein Selbst erweiterte, und zwar in eine vertraute Richtung – ein Teil seines Tiefenbewusstseins schien zurückzukehren, und damit einher ging das Empfinden, wieder mehr er selbst zu sein.

Der Schmerz in deinem Kern hat dich uns geöffnet.

Er empfing keine einzelnen Worte. Die Antwort erschien einfach in seinem Denken, komplett, ohne Übergang.

»Schmerz ist der Schlüssel?« Karn-Terg dachte an Melra-Mar, und sofort kehrte die Pein zurück, diesmal aber begleitet von Neugier und Faszination.

Er hat eine Tür in dir geöffnet, einen Zugang für unsere ... Gedanken.

Karn-Terg schwankte, als der Wind stärker wurde. Er begriff, dass er eine Metapher erlebte, dass sein Bewusstsein versuchte, fremde Eindrücke in vertraute Bilder zu verwandeln. Was bedeuteten die Schwärze und der aufgewirbelte Staub? Was bedeuteten die zischenden Böen?

Bilder entstanden in dem vom Staub umwehten Auge, blieben aber ohne Bedeutung für Karn-Terg.

Neugier und Faszination erlahmten, ergaben sich einem Schmerz, den eine zu frische emotionale Wunde verursachte.

»Ich hätte sie retten können«, sagte er leise, und der Wind stahl ihm die Silben von der Sprechöffnung. »Ich wusste um die Gefahr. Aber ich habe nicht die erforderlichen Maßnahmen ergriffen.«

Etwas bewegte sich in Karn-Terg, dort, wo seine Erinnerungen ruhten.

Wir sehen. Wir verstehen.

»Sie stand ganz am Anfang ihres Lebens. Sie hätte nicht sterben müssen. Ihr Tod ist meine Schuld.«

Leben ist wichtig.

Der Wind war inzwischen so stark, dass sich Karn-Terg ihm entgegenstemmen musste.

»Meins nicht mehr. Ich möchte sterben. Ich möchte endlich Ruhe finden.«

Das Auge kam näher, und seine Pupille, von Bildern erfüllt, beobachtete ihn.

Leben ist wichtig. Leben ist wichtiger als alles andere.

Wieder bewegte sich etwas inmitten von Karn-Tergs Erinnerungen, und er sah Monaden, die sich im Schutzfeld der Hort-Station auflösten.

Teile von uns mussten sterben, weil nicht verstanden wurde. Und das Sterben geht weiter.

Karn-Terg fühlte sich von Betroffenheit erfasst, und der Schmerz wich ein wenig zurück. Zusammen mit anderen Kombattanten hatte er damals bei der Pazifizierung viele Monaden eliminiert – Geschöpfe, denen es nur darum gegangen war, einen Kontakt herzustellen. Das Gewicht der auf ihm lastenden Schuld nahm noch mehr zu.

»Sie schweben einfach ins Schutzfeld.« Er sprach lauter, um das Heulen des Winds zu übertönen, fühlte dabei, wie sich Schwäche in ihm ausbreitete. »Obwohl sie wissen, dass sie sich darin auflösen.«

Sie wissen es nicht. Die Teile von uns, die allein sind, bleiben dumm, solange es keine neue Duade gibt. Sie versuchen nur, uns zu erreichen, auf dem einzigen Weg, den sie kennen. Ihr Verlust ist bedauerlich und bereitet uns ... Schmerz. Du kannst helfen.

»Wie?«

Lass auch die anderen verstehen, jene, die so sind wie du, deren Bewusstsein verschlossen ist.

Karn-Terg musste sich ducken, um nicht vom Felsen geweht zu werden. Er begann zu zittern, als Körper und Geist auf letzte Kraftreserven zurückgriffen. War das die Bedeutung des Windes an diesem Sinnbildort? Wurde er umso stärker, je mehr die Kraft aus ihm wich?

Der Kontakt schwächt dein ohnehin schon geschwächtes Selbst. Wir bringen dich so weit zurück, wie es uns möglich ist.

»Ich möchte sterben«, sagte Karn-Terg.

Leben ist wichtig. Auch deins. Leben ist alles. Hilf uns, Leben zu bewahren.

Karn-Terg fuhr die Augen ein. »Ich möchte ... Frieden finden«, brachte er erschöpft hervor.

Dunkelheit nahm ihn auf.

Licht strich über Karn-Terg hinweg, erreichte seine Augen und weckte ihn. Er lag im Staub pulverisierter Felsen, dicht vor der

Öffnung in der Außenwand von Sektor Eins, und Garasch summte ihm entgegen.

Er versuchte vergeblich, sich aufzurichten. Schwäche fesselte ihn an den Boden.

»Ich habe in den Tunneln immer wieder nach dir gesucht«, sagte der Helk. »Wo bist du gewesen? Und was hat die energetischen Emissionen verursacht, die ich an diesem Ort gemessen habe?«

Zwei Komponenten lösten sich, schwebten näher. Ein Antigravfeld befreite Karn-Terg von seinem Gewicht.

»Schalte auf dein ... medizinisches Hilfsprogramm um«, brachte er mühsam hervor. »Bring mich in den Behandlungsraum.«

Karn-Terg verlor nicht erneut das Bewusstsein, aber sein Selbst glitt in einen Dämmerzustand, und er nahm seine Umgebung nur schemenhaft war, als Garasch ihn durch den Hort trug. Er dachte an die Begegnung mit dem Monaden zurück und fragte sich, wie viel davon er wirklich erlebt hatte. Dehydrierung und Schwäche beeinträchtigten die Hirnfunktionen; vielleicht waren die vermeintlichen Erinnerungen in Wirklichkeit Halluzinationen. Dann fiel ihm Melra-Mars Tod ein, und der Schmerz kehrte zurück, die Pein in seinem *Kern*, wie es der Monade genannt hatte, intensiv genug, um sein Ich aus dem Nebel der Benommenheit zu reißen.

»Garasch ...«, krächzte er. »Wenn du mich in den Behandlungsraum gebracht hast ... Sieh noch einmal in den Tunneln nach. Eine eingestürzte Höhle, tief unten ... die Leichen der Kinder ... Hol sie. Und dann, noch weiter und tiefer ... Stell fest, ob es dort unten ein Artefakt gibt, ein tropfenförmiges Raumschiff ...«

Irgendwann später summten Lebenserhaltungssysteme, und Karn-Terg hockte in der Ruhestellung, gehalten von einem kleinen Gerüst, dessen Kontaktstellen die angenehme Nähe anderer ruhender Loower vorgaukelten. Ein Teil von ihm nahm den ironischen Aspekt seiner Situation zur Kenntnis: Der Geist wollte noch immer sterben, sehnte sich nach dem Frieden des Todes, doch der Körper verriet ihn, indem er versuchte, am Leben zu bleiben, und tote Maschinen halfen ihm dabei.

Karn-Terg schlief, während medizinische Apparate Wunden behandelten und dem Leib Flüssigkeit und Nährstoffe zuführten. Als er einmal erwachte, sah er Garasch in der Nähe.

»Deine Rekonvaleszenz dauert an und macht gute Fortschritte«, sagte der Helk.

»Hast du ... die Leichen gefunden?«

»Ja. Sie befinden sich in der Stasis. Und meine Fernsensoren haben tatsächlich ein Artefakt entdeckt. Ich bitte um Anweisungen.«

Es sind also echte Erinnerungen, keine Halluzinationen, dachte Karn-Terg erleichtert und lauschte dem Echo einer Stimme, die gar keine Stimme war: *Leben ist wichtig. Auch deins. Hilf uns, Leben zu bewahren.* »Stell einen ... Bericht zusammen. Mit allen von dir ermittelten Daten. Die Monaden ... sind keine Gegner. Sie versuchen nicht, unser Bewusstsein ... zu übernehmen. Es geht ihnen nur darum, einen ... Kontakt herzustellen.«

»Ich werde einen entsprechenden Bericht übermitteln«, versprach Garasch.

Karn-Terg schlief der Genesung entgegen.

Ping.

»Observation«, ertönte eine neutrale, fast gleichgültig klingende Stimme. »Für den Tod von drei Kindern werden dir fünfzigtausend Meriten abgezogen. Für die Schäden in Sektor Eins werden weitere fünftausend Meriten in Abzug gebracht. Dein aktueller Stand beträgt jetzt minus hundertfünfundsechzigtausend.«

Ping.

Karn-Terg löste sich aus der Ruhestellung in seinem Quartier und trat zur Kommunikationskonsole. »Zentraler?«

»Bereitschaft.«

»Verbinde mich mit der Observation.«

Es vergingen nur wenige Sekunden. »Kontakt.«

Karn-Terg stellte sich vor, wie jemand oben in der grässlichen orbitalen Stadt seiner Stimme lauschte, als er Namen und Nomination nannte. »Mir sind Meriten für den Tod von Kindern und Schäden an der Station abgezogen worden, aber ich habe keine für die Entdeckung des Monadenschiffes bekommen, obwohl an der großen Bedeutung dieses Funds kein Zweifel bestehen kann.«

»Die Entdeckung des Schiffes ist tatsächlich wichtig, aber sie fällt nicht in deinen Zuständigkeitsbereich als Kinderwart. Sie hat nichts mit deinen Aufgaben zu tun, und daher können dafür keine Meriten zugewiesen werden.«

»Das ist Willkür!«, stieß Karn-Terg in plötzlichem Zorn hervor.

»Kontakt beendet«, teilte ihm der zentrale Elaborator mit.

»Es *ist* Willkür«, bekräftigte Karn-Terg sich selbst gegenüber. Immer wurden ihm nur wenige Meriten zuerkannt, aber viele abgezogen, wie mit der Absicht, ihm nie eine Beförderung zu gestatten. Vielleicht steckte tatsächlich Absicht dahinter, dachte er argwöhnisch. »Zentraler, übermittle den zuständigen Stellen bei der Observation oder wo auch immer einen Antrag. Als Entdecker des tropfenförmigen Raumschiffs möchte ich an seinen Untersuchungen und auch an den Kontakten mit den Monaden beteiligt werden. Vielleicht kann ich dabei helfen, zwischen ihnen und uns Loowern eine echte Verständigung zu ermöglichen.« Es wäre eine willkommene Abwechselung gewesen. Und vielleicht noch mehr. Karn-Terg fühlte, dass seine Kommunikation mit dem Monaden größere als nur persönliche Bedeutung hatte. Irgendetwas sagte ihm, dass sie am Anfang einer Entwicklung standen, die weit, weit in die Zukunft reichte und sowohl den Loowern als auch den Monaden große Veränderungen bringen würde.

»Antrag ist formuliert und übermittelt.«

Karn-Terg überlegte kurz. »Verbinde mich mit Aranta-Margi.«

Eine kurze Pause. »Verbindung kann nicht hergestellt werden.«

»Warum nicht?«

»Aranta-Margi ist separiert.«

Das verblüffte Karn-Terg. »Seit wann? Und aus welchem Grund?«

»Seit fast drei Jahren. Weil sie gegen das Gemeinwohl verstieß.«

Seit fast drei Jahren ... Es erklärte, warum die persönlichen Mitteilungen, die er ihr geschickt hatte, unbeantwortet geblieben waren. Separiert zu sein ... Es bedeutete auch Kommunikationsisolation.

»Woraus bestand der Verstoß gegen das Gemeinwohl?«, fragte Karn-Terg. Früher, vor dem Verlust des Tiefenbewusstseins, wäre so etwas unmöglich gewesen – die Entelechie hatte jeden Loower veranlasst, zuerst und vor allem an die Gemeinschaft zu denken, an das Wohl aller.

»Darüber gibt es keine Informationen.«

Ping.

»Observation. Quellmeister Ta-Perendi hat Datenanfragen dieser Art für unzulässig erklärt. Dir werden hundert Meriten abgezogen. Dein aktueller Stand beträgt jetzt minus hundertfünfundsechzigtausendeinhundert.«

Ping.

»Ta-Perendi? Was ist aus Vo-Kander geworden?«

»Er ist separiert«, erwiderte der Elaborator.

Karn-Terg trat ans Fenster seines Quartiers und sah nach draußen, zum Himmel empor, der immer mehr aus Metall bestand. Was passierte dort oben in der orbitalen Stadt, in der Trümmersphäre? Was bedeutete die verschlüsselte Nachricht, die Aranta-Margi ihm vor fast drei Jahren geschickt hatte, kurz vor ihrer Separation? Was bedeutete sie *wirklich*?

»Über deinen Antrag ist bereits entschieden«, sagte der zentrale Elaborator.

»So schnell?«

»Er wurde abgelehnt.«

Karn-Terg stand noch immer am Fenster und spürte, wie sich erneut Zorn in ihm regte. Aber er verflog schnell, wich einer seltsam schweren Trauer. »Eigentlich nicht anders zu erwarten«, murmelte er, obwohl er gehofft hatte.

Er drehte sich ruckartig um. »Ich gehe nach draußen.«

»Dafür werden dir Meriten abgezogen«, erinnerte ihn der Elaborator. »Du bist angewiesen, die Station nicht zu verlassen.«

Karn-Terg achtete nicht darauf. »Garasch, wie ist die Lage im Hort?«

»Alles ruhig«, kam die Stimme des Helks aus dem Kommunikationssystem.

»Ich gehe nach draußen.« Karn-Terg griff nach seiner Kleidung und streifte sie über.

»Soll ich mitkommen?«

»Nein. Aber gib mir sofort Bescheid, wenn sich die Situation im Hort ändert.«

»Bestätigung.«

Kalter Wind strich über die öde Landschaft. Karn-Terg verzichtete auf den Einsatz eines Schilds, stemmte sich den Böen entgegen, die an seinen Flughäuten zerrten. Hundert Meter vor der Senke mit der Hort-Station ragten mehrere Felsen auf und bildeten einen natürlichen Windschutz – diesen Ort hatte er für die Gräber gewählt.

So etwas entsprach nicht den loowerischen Traditionen, doch das spielte keine Rolle für ihn. Er hatte es einfach nicht fertig gebracht, Melra-Mars Leichnam – und die sterblichen Überreste der anderen – dem Recycler zu übergeben. Sie ruhten im Boden dieser Welt, wie es Brauch war bei einigen Völkern, die er kennen gelernt hatte, und dadurch gab es einen *Ort*, wo er Melra nahe sein konnte, obwohl sie nicht mehr existierte.

Ping.

»Observation«, tönte es aus dem kleinen Kommunikator, den Karn-Terg bei sich trug. »Du hast die Hort-Station erneut verlassen, obwohl es dir verboten ist. Dafür werden dir sechshundert Meriten abgezogen. Dein aktueller Stand beträgt jetzt minus hundertfünfundsechzigtausendsiebenhundert.«

Ping.

Er schaltete das Gerät aus und beobachtete mehrere Monaden, die einige hundert Meter entfernt an der Station vorbeiglitten. Das Schutzfeld war inzwischen neu konfiguriert worden und versperrte jenen Geschöpfen nicht mehr den Weg; sie konnten den Hort ungehindert passieren und den großen Felsspalt erreichen, der ihnen Zugang zum ausgedehnten Tunnelsystem in der Tiefe gewährte. Und selbst, wenn es erneut zu einem Kontakt mit dem Schirmfeld gekommen wäre: Aufgrund einer veränderten energetischen Struktur bestand nicht mehr die Gefahr, dass Monaden darin verglühten.

In der Ferne, bei den Resten der alten Neunturmanlage, konstruierten Loower und Helks ein Forschungszentrum, den Monaden und ihrem tropfenförmigen Raumschiff in der Tiefe gewidmet. Karn-Terg bedauerte sehr, nicht an den dortigen Arbeiten teilnehmen zu können. Ein Schiff aus einem anderen Universum ... Was konnte faszinierender sein?

Das Gefühl der Einsamkeit kehrte zurück, doppelt, dreifach schwer, als er hinter die Felsen trat, aus dem Wind, dessen laute Stimme hier an diesem Ort der Besinnung zu einem Flüstern wurde. Dicht vor den schützenden Felsen markierten drei Steine die Stellen, wo er die Leichen bestattet hatte. Zwei der Gräber waren mit bunten Objekten aus dem Hort geschmückt, eins mehr als das andere, und die Namen der Toten waren in die Markierungssteine geritzt: Melra-Mar – das besser geschmückte Grab –, Xala-Hida und Kra-Tzaran. Den verrückten Neuner traf letztendlich keine Schuld, fand Karn-Terg. Das Einsetzen des dritten und letzten Sprungs hatte ihn in den Wahnsinn getrieben. *Der wahre Schuldige bin ich,* dachte er voller

Kummer. *Mir hätte klar sein sollen, was sich anbahnt. Ich hätte Melra schützen müssen.*

Vor den Gräbern sank er in den Staub.

»Es tut mir Leid, Melra«, sagte er leise. »Es tut mir so Leid.« Er beugte sich vor, und sein Greiflappen berührte den Stein, der ihren Namen trug. Darunter ruhte ein Kind, das gestorben war, noch bevor es Gelegenheit bekommen hatte, richtig zu leben. Ein Kind, das ihn gestreichelt, seine Nähe gesucht hatte.

»Ich habe eine neue Geschichte für dich, Melra«, sagte er und erzählte von den Monaden, von Flüchtlingen aus einem anderen Universum, von seinem Kontakt mit einem jener Geschöpfe. Und während er erzählte, veränderte sich etwas in ihm, als hätten laut ausgesprochene Worte größere Bedeutung als Gedanken, als könnten sie mehr bewirken. Erkenntnisse keimten und reiften.

»Leben ist wichtig«, sagte er langsam. »Leben ist alles. Wie konnten wir das nur vergessen? Damals haben wir im Auftrag der Kosmokraten einen Schwarm gebaut, um das Leben im Universum zu verbreiten. Das Leben *war* uns wichtig. Aber was brachte uns dazu, unsere eigenen Kinder sich selbst zu überlassen? Warum lassen wir die vermeintlich Schwachen und Inkompetenten sterben? Ist das nicht Verrat an uns selbst?«

Nur der Wind antwortete ihm, vor den schützenden Felsen ein lautes Fauchen, hier bei den Gräbern ein sanftes Raunen.

Karn-Terg dachte an den Hort, an die fast fünfhundert Kinder darin, die wuchsen und sich entwickelten, auch jetzt, in diesem Moment. Er dachte an die Dreier, Sechser und Neuner vor ihrem Sprung, an ihren Schmerz, der sich so leicht in Zorn verwandeln konnte. Kinder wie Melra und Xala, aber auch wie Kratz. Kinder, die Hilfe brauchten. *Leben ist wichtig. Auch deins.* War eine Stimme aus einem anderen Universum nötig, um ihn auf einen neuen Weg zu geleiten, um zu zeigen, dass es eine Zukunft gab, auch für ihn? Melras Tod, so begriff er, hatte ihn etwas Wichtiges gelehrt: Anteilnahme. Und die Worte des Monaden gaben dieser Anteilnahme einen Zweck, eine Bestimmung.

Karn-Tergs Greiflappen berührte noch immer den Stein mit Melras Namen, und in seiner Vorstellung sah er, wie sie erneut eine dünne, zarte Flughaut ausbreitete und ihn damit streichelte, wie um die Richtigkeit seiner Gedanken zu bestätigen.

Er zog den Tentakel zurück und richtete sich auf. »Von jetzt an wird alles anders«, versprach er sich und den drei toten Kindern. »Ich werde mich um euch kümmern, um euch alle. Leben ist wichtig, ja, auch und gerade euer Leben. Ihr seid die Zukunft unseres Volkes. Nie wieder soll ein Loowerkind so sterben, wie ihr sterben musstet, Xala und Melra, und auch du, Kratz. Die alten Traditionen sind mir gleich. Ich werde neue schaffen.«

Es klang gut, so gut, dass der Gedanke, selbst in den Tod zu fliehen, zum vagen Schatten in einem fernen Winkel seines Bewusstseins wurde.

: II

Karn-Terg
| Alkyra II, 74 N.d.E. – 73 NGZ |

»› Karn-Terg veränderte die Programmierung der Edukatoren, umringt von einer Schar neugieriger Einer und Zweier, als sich Garasch meldete.

»Das Schiff der Monaden wird geborgen«, sagte der Helk.

Karn-Terg hielt erstaunt inne. »Was?«

»Offenbar soll es zur orbitalen Stadt gebracht werden.«

Er wandte sich von den Edukatoren ab, ohne seine Arbeit beendet zu haben, aktivierte eins der noch nicht modifizierten Unterhaltungsprogramme und bahnte sich vorsichtig einen Weg durch die Menge der Kinder. Einige von ihnen versuchten verspielt, sich an ihm festzuhalten, und eins wollte sogar beißen, aber er hatte längst gelernt, sich agil aus den Griffen zu lösen. Es war normales kindliches Verhalten von Einern und Zweiern, wusste er inzwischen; mit Aggressivität ihm gegenüber hatte das nichts zu tun.

In einem der von ihm eingerichteten interaktiven Zimmer, die es den Kindern erlaubten, jederzeit Kontakt mit ihm aufzunehmen, aktivierte er ein fensterartiges Projektionsfeld.

»Zentraler, zeig mir den Bereich der alten Neunturmanlage.«

Das vor drei Jahren entstandene Forschungszentrum erschien im holographischen Fenster, auf der einen Seite die Ruinen der Turmanlage, auf der anderen eine Wolke aus kleinen Schiffen, Gleitern und Helks. Darunter zeigte sich ein silbernes Schimmern. Antigravfelder und Traktorstrahlen leuchteten neben einem Berg aus Abraum.

Das tropfenförmige Raumschiff kam zum Vorschein, und mit ihm ein Schwarm Monaden.

Karn-Terg erinnerte sich daran, dass schon seit einer ganzen Weile keine Monaden mehr in der Nähe der Hort-Station unterwegs gewesen waren. Gab es einen Zusammenhang mit der Bergung der Schiffes?

Garasch schwebte auf einem Antigravkissen heran. Mehrere Zweier hingen an dem Helk, der inzwischen aus neun Komponenten bestand – sie hatten herausgefunden, dass man wunderbar mit ihm spielen konnte. Die kleinen Kinder mit den flachen Augen piepsten und quiekten vergnügt.

»Ob sie damit einverstanden sind?« Karn-Terg deutete auf die holographische Darstellung. »Mit der Bergung ihres Schiffes, meine ich.«

»Warum sollten die Monaden etwas dagegen haben?«, erwiderte der Helk und drehte sich langsam. Die Zweier hielten sich an ihm fest und wurden durch die Fliehkraft angehoben. Sie glucksten voller Freude.

Ja, warum?, dachte Karn-Terg. Aber es blieb Unbehagen in ihm, als das glitzernde, tropfenförmige Schiff langsam aufstieg, von Kraftfeldern getragen und gelenkt. Es glitt nach oben, dem stählernen Himmel entgegen, und die Vorstellung, dass es Teil der orbitalen Stadt werden sollte, gefiel ihm nicht.

Ein kleiner Vierer versuchte, an Karn-Tergs linker Körperhälfte emporzuklettern. Er half ihm nach oben, hielt ihn in den Tentakeln.

»Was ist das?«, fragte der Junge.

Karn-Terg sah nicht mehr die Ähnlichkeit mit einem Springkäfer, sondern ein Loowerkind. »Das ist ein Raumschiff. Ein fremdes Raumschiff.«

»Was ist ein Raumschiff?«, fragte der Vierer.

Ein anderes Kind rief: »Erzähl uns eine Geschichte!«

»Ja, erzähl uns eine Geschichte. Erzähl uns von Raumschiffen!«

Und so ließ sich Karn-Terg inmitten der Kinder nieder und erzählte von Raumschiffen, von Planeten und Sternen, von diesem Universum und einem anderen, aus dem die Monaden kamen. Alle hörten aufmerksam zu, selbst die Einer und Zweier, die eigentlich noch zu jung waren, um diese Dinge zu verstehen. Vielleicht lag es an Karn-Tergs Stimme, in der die Leidenschaft eines Piloten erklang und die Sehnsucht eines Loowers, der die Einkehr bedauerte und die Reisen von Galaxis zu Galaxis gern fortgesetzt hätte. Während er erzählte, blieb ein Stielauge auf das Projektionsfeld gerichtet und beobachtete, wie das tropfenförmige Schiff der orbitalen Stadt entgegenschwebte. Karn-Terg verglich es mit einem Geschöpf, das gerade seine Freiheit wiedergewonnen hatte, um sie unmittelbar darauf endgültig zu verlieren.

»Hat sich bei der Monadenforschung irgendetwas ergeben?«, fragte Karn-Terg. »Sind entsprechende Informationen abrufbar?«

Er stand im Beobachtungsraum des Horts, umgeben von zahlreichen Projektionsfeldern, die unterschiedliche Sektoren zeigten. Fast alle Plätze in den Transformationskammern waren belegt. Viele Dreier und Sechser warteten in Nährbädern auf den Sprung, aber auch einige Neuner, die sich anschickten, erwachsen zu werden. Bald würde ein kleines Schiff kommen und sie abholen.

Garasch stand neben dem Eingang, auf zwei Komponenten seines asymmetrischen Körpers gestützt und mit dem zentralen Elaborator verbunden. »Uns stehen nur die allgemeinen Daten der Nachrichtenkanäle zur Verfügung. Der Zugriff auf die Datenressourcen von Schanha-Scha ist uns seit einigen Monaten verwehrt.«

Wieder gewann Karn-Terg den Eindruck, dass wichtige Entwicklungen an ihm vorbeigegangen waren, ohne dass er in seinem Exil auf dem Planeten etwas bemerkt hatte. Er drehte sich zum Helk um, dessen neun Komponenten wie willkürlich zusammengesetzt wirkten. »Schanha-Scha?«

»Diesen Namen hat Ta-Perendi der orbitalen Stadt gegeben. Er bedeutet ...

»... ›Letzte Station‹ im Dialekt der alten Konstrukteure, ich weiß.« Karn-Tergs Sprachblase blähte sich auf, und ein Schnaufen kam aus ihrer Öffnung. »Für mich sind und bleiben es die Trümmer unserer Vergangenheit: die *Trümmersphäre*. Wieso haben wir keinen Zugang mehr auf die Datenressourcen?«

»Die Einschränkung des uns zur Verfügung stehenden Informationsvolumens geht offenbar auf die Neuen Regeln zurück, wie sie vom Quellmeister und den Neun Hohen Vordenkern beschlossen wurden.«

»Neue Regeln«, murmelte Karn-Terg. »Neun Hohe Vordenker ... Dort oben scheint sich in den letzten Jahren einiges verändert zu haben.« Er überlegte. »Was ist mit meiner alten Kommandantin Aranta-Margi?«

Eine kurze Pause folgte, als der Helk Daten abrief. »Sie ist noch immer separiert.«

Ping.

»Observation. Warnung: Unzulässige Datenanfragen werden ab sofort mit hohen Meritenabzügen bestraft.«

Ping.

Karn-Terg setzte sich in Bewegung, ging langsam an den vielen Projektionsfeldern und Konsolen des Beobachtungsraums vorbei. Sein Blick strich über die vielen Darstellungen, aber er sah sie gar nicht und versuchte, seine Gedanken zu ordnen. »Was passiert in der orbitalen Stadt, Garasch?«

»Ohne genauere Spezifikationen kann ich deine Frage nicht beantworten.«

Ein spezieller Gedanke kroch aus dem Durcheinander in Karn-Tergs Selbst und verlangte Aufmerksamkeit.

»Garasch ...« Er wählte seine Worte mit besonderer Vorsicht. »Gibt es noch blinde Stellen im Hort?«

»Mir sind drei bekannt.«

»Wir sollten sie aufsuchen und dafür sorgen, dass sie ebenfalls von den Sensoren erfasst werden können. Für den Fall, dass Kinder an jenen Orten irgendetwas anstellen.«

»Die Wartungshelks ...«

»Nein, wir kümmern uns selbst darum. Jetzt sofort.«

Der letzte Teil des Korridors lag im Dunkeln und endete an einer Metallwand, die einen Erweiterungsflansch aufwies, der aber nie genutzt worden war. Karn-Terg blieb davor stehen, drehte sich um und sah zum erleuchteten Abschnitt des Korridors zurück.

»Wir sollten dort ein Schirmfeld errichten, das die Kinder daran hindert, diesen Ort zu erreichen«, sagte er. »Kannst du das mit einer deiner Komponenten bewerkstelligen?«

Es surrte, als sich ein kegelförmiges Segment aus dem Helk löste und auf einem Antigravkissen durch den Korridor flog. Wenige Sekunden später glühte an der Grenze von Hell und Dunkel ein Kraftfeld.

»Wir können hier nicht von Sensoren erfasst werden?«

»Nein«, bestätigte Garasch.

»Gut.« Karn-Terg atmete tief durch. »Wie genau kontrolliert mich die Observation?«

»Ich nehme an, sie ist mit dem Kommunikations- und Sensorsystem der Hort-Station verbunden.«

»Das heißt, ich werde auf Schritt und Tritt überwacht? Die Observation sieht, was ich mache, und hört, was ich sage?«

»Das muss ohne genauere Informationen angenommen werden.«

»Aber an dieser blinden Stelle gibt es weder Sensoren noch Kommunikationsanschlüsse«, sagte Karn-Terg und vergewisserte sich noch einmal, dass die Haftplatte seines Anzugs, die normalerweise ein kleines Kom-Gerät enthielt, leer war. »Und das Schirmfeld dort drüben verhindert eine akustische Bespitzelung durch Fernsensoren. Das heißt, hier kann mich die Observation weder sehen noch hören, richtig?«

»Ich glaube, davon können wir ausgehen.«

»Gut. Wir haben eben erfahren, dass das uns zur Verfügung stehende Informationsvolumen sehr eingeschränkt wurde. Garasch, gibt es eine Möglichkeit, auf die Datenressourcen und Elaboratorennetze der orbitalen Stadt zuzugreifen, ohne dass die Observation etwas davon merkt?«

»Das ist sehr schwierig.«

»Aber nicht unmöglich?«

Der Helk zögerte. »Ich muss mich mit dem zentralen Elaborator beraten.«

»Kann die Observation von euren ... Beratungen Kenntnis erhalten?«

»Das ist bei einer direkten, verschlüsselten Verbindung zwischen mir und dem Zentralen ausgeschlossen.«

»Sehr gut. Garasch, ich möchte, dass du mithilfe des zentralen Elaborators herausfindest, was in der orbitalen Stadt geschieht. Ich meine, was *wirklich* in ihr geschieht. Was hat es mit den Neuen Regeln auf sich? Warum wurde Aranta-Margi separiert?« Karn-Terg überlegte kurz, ob er dem Helk von der chiffrierten Nachricht seiner früheren Kommmandantin erzählen sollte, entschied sich aber dagegen. »Ich möchte einen Blick hinter die Kulissen werfen, verstehst du?«

»Ja.«

»Gib mir Bescheid, sobald du etwas herausgefunden hast. Sag mir ›Den Kindern geht es gut‹, wenn es dir gelungen ist, Informationen zu sammeln. Und noch etwas. Sorg dafür, dass andere Orte in der Station in blinde Stellen verwandelt werden können, ohne dass die Observation ein Muster erkennt.«

»Ich kümmere mich darum.«

»Lass uns jetzt einige Sensoren in diesem Korridor installieren, Garasch.«

»Um zu vermeiden, dass die Observation Verdacht schöpft?«

Karn-Tergs Stielaugen neigten sich amüsiert hin und her, als er begriff, dass er einen Komplizen gewonnen hatte. »Genau.«

Die nächsten Wochen und Monate vergingen schnell, denn für Karn-Terg waren sie angefüllt mit viel Arbeit und noch mehr Plänen. Er veränderte die Struktur des Horts, was angesichts der Segmentbauweise nicht mit großen Problemen verbunden war, berücksichtigte dabei die Bedürfnisse der Kinder in ihren unterschiedlichen Entwicklungsphasen. Er schuf größere Spielbereiche, vor allem für die Einer und Zweier, stattete sie außerdem mit Dingen aus, die die körperliche und geistige Entwicklung stimulierten. Besondere Aufmerksamkeit widmete er der Neuprogrammierung der Edukatoren, und dabei griff er auf seine Erfahrungen während der vergangenen sechs Jahre zurück. Die Vierer und Fünfer lernten besonders gern, und er versuchte, diesen Eifer auch bei den Sechsern, Siebenern und Achtern wach zu halten. Er führte ein individuelles Belohnungssystem ein: Kinder, die viel Zeit in den Erlebnisnischen der Edukatoren verbrachten und anschließend bestimmte Fragen richtig beantworteten, bekamen Zugang zu Spaßzimmern, in denen spezielle, personalisierte Vergnügungsangebote auf sie warteten. Die Unfallrate ging zurück, denn Karn-Terg versuchte, alle Gefahrenquellen für die Kinder auszumerzen. Zu diesem Zweck stattete er auch die Wartungshelks mit neuen Programmen aus und erhöhte das Niveau ihrer künstlichen Intelligenz. Sie sollten feststellen können, wann Streitereien unter den Kindern zu physischen Auseinandersetzungen führen konnten, um die Betreffenden dann voneinander zu trennen. Für die Springer und insbesondere die Neuner richtete er Räume ein, in denen sie ihre Aggressionen ausleben konnten, ohne sich und anderen zu schaden. Außerdem verbesserte er die Nährbäder der Transformationskammern, um die Schmerzen des Entwicklungsübergangs zu lindern.

Gelegentlich verließ er den Hort, obgleich das Meritenabzüge bedeutete, und besuchte Melra-Mar.

»Es ist jetzt alles anders als zu deiner Zeit, Melra«, sagte er bei einem solchen Besuch, während er vor den drei Gräbern im Staub hockte, hinter den Felsen, die vor dem Wind schützten. »Es gibt keine Neuner mehr, die Einer und Zweier bedrohen. Niemand von den Kleinen muss sich vor den größeren Kindern fürchten. Es ist zwei Monate her, seit sich zum letzten Mal jemand verletzt hat.«

Karn-Terg berührte den Stein, der Melra-Mars Namen trug, lehnte sich dann wieder zurück. »Oft bitten mich die Kinder, ihnen Geschichten zu erzählen, so wie ich dir Geschichten erzählt habe. Erinnerst du dich, Melra? Erinnerst du dich an die Sterne, an die vielen fernen Welten?«

Er sah nach oben zum grauen Himmel und schob die Schutzmembran vor die Augen, die ihn vor dem grellen Leuchten der Spiegel schützte. Die großen Lücken in der orbitalen Stadt schrumpften immer mehr, und bald würde es nur noch die Öffnungen geben, durch die die Sonnenspiegel ihr Licht empfingen. Oder planten der Quellmeister und die Konstrukteure, auch jene Öffnungen zu schließen? Was sollte dann mit Alkyra II geschehen? Und mit den Monaden? Karn-Terg stellte sich vor, wie der ganze Planet in Nacht und Kälte starb.

»Wenn der Hort von Anfang an so gewesen wäre wie jetzt ...«, murmelte er und senkte den Blick wieder. »Dann könnte ich heute mir dir spielen, so wie mit den anderen, Melra. Dann wärst du noch am Leben.«

Er schwieg eine Zeit lang, lauschte der Stimme des Windes und hing seinen Gedanken nach. Schließlich erhob er sich und richtete einen letzten Blick auf die Gräber. »Ich gehe jetzt, aber ich kehre zurück, Melra. Bald.«

Vor den hohen Felsen zerrten Böen an Karn-Terg, und er stemmte sich ihnen entgegen, fühlte ihre Kraft bei jedem Schritt in Richtung Senke. In der Ferne bei der alten Neunturmanlage und dem Forschungszentrum regte sich seit der Bergung des tropfenförmigen Schiffes nichts mehr. Auch von Monaden war weit und breit nichts zu sehen.

Er hatte die Hort-Station in der Senke fast erreicht, als sein Kommunikator aktiv wurde.

Garasch meldete sich. »Im Hort ist alles in Ordnung«, sagte der Helk. »Den Kindern geht es gut.«

Endlich! Es gab Informationen!

»Ich bin gleich da.«

Auf dem Weg durch die Peripherie der Station sprachen Karn-Terg und sein Helk über alltägliche Dinge des Horts, doch an einer zuvor präparierten blinden Stelle kam Garasch sofort zur Sache.

»Dem zentralen Elaborator und mir ist es gelungen, unbemerkt auf die Datenressourcen der Orbitalstadt zuzugreifen«, sagte der Helk. Sie befanden sich in der Nähe eines großen Wandlerblocks, in dessen Abschirmung es einen »Defekt« gab. Dadurch kam es zu energetischen Emissionen, die die Sensorerfassung in einem Umkreis von mehr als zehn Metern störten.

»Was hat sich ergeben?«, fragte Karn-Terg neugierig.

»Deine alte Kommandantin Aranta-Margi ist tot. Und es gibt Hinweise darauf, dass sie sich nicht aufhörte.«

»Soll das heißen ...?«

»Allem Anschein nach wurde sie getötet. Ebenso Vo-Kander.«

»Was?«

»In den letzten Jahren kam es in der orbitalen Stadt zu zahlreichen Todesfällen«, sagte Garasch. Er sprach nicht sehr laut – seine Stimme verlor sich fast im Summen der nahen Aggregate. Karn-Terg musste genau hinhören, um ihn zu verstehen. »In jedem einzelnen Fall ist angeblich ein Unglück die Ursache, doch eine statistische Auswertung hat ergeben, dass eine solche Ursachenhäufung sehr unwahrscheinlich ist.«

»Geplante Morde?«

»Das dürfte die Erklärung sein.«

»Aber warum? Wer steckt dahinter?«

»Alle Personen, die jenen ›Unfällen‹ zum Opfer fielen, befanden sich in einflussreichen Positionen«, sagte Garasch. »Und es handelte sich ausnahmslos um Gegner der Einkehr.«

»Was ist mit dem neuen Quellmeister Ta-Perendi und seinen Neun Hohen Vordenkern?«, fragte Karn-Terg.

»Sie alle sind Befürworter der Einkehr. Ebenso wie die Personen, die den Platz der Getöteten einnehmen.«

Karn-Terg begann mit einer unruhigen Wanderung durch den kleinen Bereich, der ihn vor den Augen und Ohren der Observation schützte. »Ein offensichtlicher Zusammenhang.«

»Er wird nur offensichtlich, wenn man über die entsprechenden Informationen verfügt. Und die sind gut verborgen. Vor ihrem Tod hat Aranta-Margi mehrmals versucht, dir Mitteilungen zu schicken. Ein automatisches Filtersystem hat sie abgefangen und gelöscht.«

Karn-Terg blieb abrupt stehen. »Wann geschah das?«

»Vor zwei Monaten.«

Mehr als Zeit genug, um auch für ihn einen »Unfall« zu arrangieren. »Es ist sicher bekannt, dass auch ich ein Gegner der Einkehr bin, und hinzu kommt die Verbindung zwischen Aranta-Margi und mir. Bin ich in Gefahr?«

»Es gibt in Schanha-Scha noch andere Gegner der Einkehr, aber niemand von ihnen befindet sich in einer Position, die es ihm erlaubt, Einfluss auf die neue Gesellschaft der Loower zu nehmen. Was dich betrifft ...«

»Ich verstehe«, sagte Karn-Terg. »Ich bin nur ein Kinderwart. Wer könnte noch weniger Einfluss haben als ich?«

»Trotzdem unterliegen alle deine Kontakte mit Schanha-Scha ...«

Karn-Terg hob den Tentakel. »Ich möchte diesen Namen nicht hören. Das Ding da oben wird aus den Trümmern unserer Vergangenheit zusammengesetzt, und deshalb nenne ich es *Trümmersphäre*.«

»Trotzdem unterliegen alle deine Kontakte mit der Trümmersphäre strengen Kontrollen«, sagte der Helk. »Selbst ein normaler Zugang zu den Datenressourcen bleibt dir verwehrt.«

»Was ist mit den Mitteilungen, die Aranta-Margi mir schicken wollte? Kannst du sie irgendwie rekonstruieren?«

»Ausgeschlossen. Sie sind dauerhaft gelöscht, ohne Datenspuren zu hinterlassen.«

Karn-Terg überlegte. Was hatte ihm seine alte Kommandantin kurz vor ihrem Tod mitteilen wollen? Waren jene Nachrichten vielleicht sogar der Grund für den »Unfall«, der sie das Leben gekostet hatte?

»Was hat es mit den Neuen Regeln auf sich?«

»Die neunundneunzig Nominationen waren offenbar nur der erste Schritt bei dem Bestreben, der Gesellschaft eine andere Struktur zu geben. Es soll ein definitiver Schlussstrich unter die Vergangenheit gezogen werden. Kritik an der Einkehr, in welcher Form auch immer, wird nicht mehr geduldet. Der Quellmeister und seine Vordenker bezeichnen die Aufgabe des Tiefenbewusstseins als wichtigen Entwicklungssprung der Loower ...«

»Wir haben das Tiefenbewusstsein nicht aufgegeben«, sagte Karn-Terg. »Die Kosmokraten nahmen es uns.«

»Die Loower haben sich freiwillig zur Einkehr bereit erklärt. Es heißt, die Aufgabe des Tiefenbewusstseins würde ihnen das neue Leben erleichtern.«

Karn-Terg setzte seine Wanderung fort. »So heißt es, wie? Ich sage dir: Es ist Unsinn. *Ich* habe das Tiefenbewusstsein nicht aufgeben; es wurde *mir* genommen. Und dahinter stecken zweifellos die Kosmokraten. Jetzt geschieht genau das, was wir immer befürchtet haben: Wir versinken in Bedeutungslosigkeit.«

»Öffentliche Äußerungen dieser Art werden mit mindestens fünfzigtausend Minusmeriten bestraft«, sagte Garasch. »Wer sich davon nicht beirren lässt und sie wiederholt, muss mit der Separation rechnen.«

»Und schließlich mit einem ›Unfall‹?«

»Darauf deutet einiges hin.«

»Und niemand begehrt dagegen auf?«

»Wer dagegen aufbegehrt hat, ist zum Schweigen gebracht worden.«

»Und die Monaden?«, fragte Karn-Terg. »Wie passen sie in dieses Bild?«

»Die Nominationen der Kommunikatoren und Kontakter führen die Verständigung mit den Monaden weiter«, erwiderte der Helk. »Erstaunlicherweise gibt es in dieser Hinsicht nur wenige Informationen. Entweder ist das Projekt aus irgendeinem Grund streng geheim, oder die Daten sind dezentral gespeichert, ohne eine direkte Verbindung mit den Elaboratennetzen der Trümmersphäre. Ich habe nur den Hinweis gefunden, dass es bei den Monaden vor zwei Jahren zu einer wichtigen Veränderung kam.«

»Von welcher Art?«

»Das weiß ich leider nicht.«

Karn-Terg trat an seinen Helk heran. »Finde es heraus. Verfolge die Entwicklungen in der Trümmersphäre. Such nach geschützten Daten, aber achte darauf, dass deine Aktivitäten unbemerkt bleiben.«

Er wandte sich dem Wandlerblock zu, um den »Defekt« in der Abschirmung zu beheben, doch dann fiel ihm noch etwas ein.

»Wenn jemand auf den Gedanken kommt, dich zu untersuchen, Garasch ...«

»Ja?«

»In dem Fall musst du alle deine Erinnerungen an ... unser kleines Geheimnis sofort löschen, und zwar so gründlich, dass sie nicht wiederhergestellt werden können.«

»Soll ich ein entsprechendes Programm implementieren?«

»Das halte ich für angebracht.«

»Programm implementiert«, sagte der Helk.

Karn-Terg blickte auf die Kontrollen des Wandlers, und seine Greiflappen berührten mehrere Schaltelemente. Die Schemata auf den Displays veränderten sich, zeigten eine Konfiguration, die den vorgesehenen Parametern entsprach.

»Danke, dass du mich darauf aufmerksam gemacht hast, Garasch«, sagte er laut. »Der Schaden ist behoben.«

Zusammen mit dem Helk kehrte Karn-Terg in den peripheren Gang zurück, und dort glaubte er, ein vertraut klingendes Geräusch zu hören, das von draußen kam.

»Zentraler?«

»Bereitschaft.«

»Bekommen wir Besuch?«

»Ein Raumschiff von der orbitalen Stadt setzt zur Landung an.«

Karn-Terg sah kurz zu Garasch. »*Erwarten* wir Besuch?« *Oder hat jemand Verdacht geschöpft?,* fügte er in Gedanken hinzu. *Kommt jemand, der es auf mich abgesehen hat?*

»Vier ehemalige Neuner sollen abgeholt werden.«

Karn-Terg brauchte längst keine Markierer mehr, um sich in der Hort-Station zu orientieren; nach sechs Jahren kannte er alle ihre Räume und Korridore. »Ich verabschiede sie«, entschied er. »Garasch, ich glaube, du hast mit dem zentralen Elaborator zu tun.«

»Ja«, bestätigte der Helk, reaktivierte seine Antigravgeneratoren und schwebte fort.

Die vier Ex-Neuner, drei Jungen und ein Mädchen – drei junge Männer und eine junge Frau, korrigierte sich Karn-Terg –, warteten im großen, salonartigen Ausgangsraum, dessen Wände die Kinder des Horts mit Bildern geschmückt hatten. An ihren beiden Körperhälften trugen sie die lindgrünen Haftplatten der ersten Reife, dazwischen bunte Gewebebänder, die bei jeder Bewegung leise knisterten. Die jungen Erwachsenen sprachen aufgeregt miteinander und schenkten Karn-Terg keine Beachtung, als er eintrat.

Der Blick des Kinderwarts strich kurz über die Bilder an den Wänden. Fast alle zeigten die orbitale Stadt, denn sie war letztendlich das Ziel aller im Hort aufwachsenden Jungen und Mädchen. Auf einigen wenigen waren Loower zu sehen, die mit ausgebreiteten Flughäuten über dem Planeten flogen, und bei diesen von Einern und Zweiern stammenden Darstellungen vermischten sich die Merkmale von Kindern mit denen der Erwachsenen. Ein Bild, in der Ecke des Raums, überraschte ihn, denn es zeigte weder Alkyra II noch die Trümmersphäre, sondern mehrere Planetenkugeln und zwischen ihnen einen jungen Loower, der die Augenstiele weit ausgefahren hatte und ganz offensichtlich staunte. Die Anregung für dieses Bild konnte nur aus Karn-Tergs Erzählungen stammen.

Er blickte aus dem Fenster und sah, wie das kleine Raumschiff auf dem Landesockel direkt neben dem Ausgangsraum des Horts verharrte. Ein Andockstutzen glitt der Tür entgegen, die sich gleich öffnen würde.

»Dies ist ein großer Tag für euch«, sagte Karn-Terg und sah die vier jungen Erwachsenen an, die vor wenigen Tagen den dritten und letzten Sprung hinter sich gebracht hatten. Sie unterbrachen ihr Gespräch. »Ihr verlasst den Hort und beginnt das Leben in einer viel größeren Gemeinschaft. Ihr ...«

Karn-Terg suchte nach den richtigen Worten. Die vier Ex-Neuner warteten einige Sekunden, wandten sich dann von ihm ab und setzten ihr Gespräch fort.

Kurze Zeit später schwang die Tür auf, und ein alter Loower aus der Transporteur-Nomination winkte die vier Ex-Neuner durch den Zugang. Sie eilten fort, ohne einen Blick zurückzuwerfen, und hinter ihnen schloss sich die Tür wieder.

Karn-Terg stand noch immer stumm da, als das kleine Schiff vom Landesockel abhob und schnell aufstieg. Schließlich setzte er sich in Bewegung, ging an den Bildern entlang und blieb bei dem stehen, das die Planetenkugeln zeigte. Er betrachtete es eine Zeit lang, drehte sich dann um und stapfte mit entschlossenen Schritten fort, begleitet von einer weiteren wichtigen Erkenntnis.

»Auf die Bilder in unserem Denken und Fühlen kommt es an«, sagte Karn-Terg. Er stand wieder vor den drei Gräbern hinter den schützenden Felsen. »Unser Blickwinkel für die Welt entscheidet darüber, wie wir in ihr agieren. Hat Aranta-Margi das gemeint, als sie mir sagte: ›Wir brauchen dich für unsere Zukunft?‹« Er trug kein Kom-Gerät bei sich und befürchtete nicht, dass ihn die Observation an diesem Ort belauschte. »Besteht meine wahre Aufgabe darin, die Vergangenheit zu bewahren, auf dass sie nicht in Vergessenheit gerät? Soll ich die Zeit vor der Einkehr in den Kindern weiterleben lassen, indem ich ihnen davon erzähle?«

Der Wind wehte stärker an diesem Tag, und es war kälter als sonst. Karn-Terg neigte die Augen nach oben und blickte zur orbitalen Stadt, deren Grau sich hier und dort zwischen den Wolken zeigte. Von den Sonnenspiegeln schien weniger Licht auszugehen – wollten Ta-Perendi und seine Vordenker Alkyra II in Eis erstarren lassen?

»Ich habe versucht, sie zu verabschieden, Melra«, sagte Karn-Terg und senkte die Augen. »Die vier Neuner nach ihrem letzten Sprung. Aber sie haben mich gar nicht beachtet. Du hättest bestimmt mit mir gesprochen, nicht wahr?« Ganz deutlich erinnerte er sich an Melra-Mars zärtliche Berührung, nachdem er sie aus dem Klettergestell befreit hatte. Er glaubte fast, an dem Gefühl ersticken zu müssen, etwas unerhört Kostbares verloren zu haben. Das geschah manchmal: Wenn er nicht mit anderen Dingen abgelenkt war, wenn er Zeit fand, nachzudenken und zu *fühlen*, spürte er die ganze Last der Einsamkeit. Dann sehnte er sich nach dem Tiefenbewusstsein zurück, nach der Nähe anderer Loower, nach dem Gefühl, Teil eines großen Ganzen zu sein.

Der Wind heulte an den Felsen vorbei und schien Karn-Terg zuzurufen: *Selbstmitleid ist sinnlos. Du hast eine Aufgabe.*

Worte kamen aus der Vergangenheit, die Worte einer verschlüsselten Mitteilung: *Deine Aufgabe ist wichtiger, als du ahnst. Werde ihr gerecht.*

Karn-Terg begriff, dass er mehr war als nur ein Kinderwart – er war ein Bewahrer der Vergangenheit. In den neunundneunzig Nominationen der neuen Gesellschaft fehlte ein solcher Status, aber er zweifelte nicht daran, dass ihm große Ehre zukam.

: 12

Perry Rhodan
| 1341 NGZ |

Die Lichter des Todes schimmerten im All.

Ein Unsterblicher beobachtete sie und wusste, dass sein langes Leben in höchstens zehn Minuten zu Ende ging. Der Kampfanzug war an mehreren Stellen undicht, und hinzu kam ein Mikroriss im Helmvisier. Ein wie spöttisch klingendes Zischen deutete auf entweichende Luft hin, und Perry Rhodan glaubte fast zu hören, wie es leiser wurde.

Er sah auf die Indikatoren im Innern des Helms – sie bestätigten ihm, dass das Funkgerät funktionierte. »Hier spricht Perry Rhodan«, sagte er laut und deutlich, nachdem er auf maximale Sendestärke geschaltet hatte. »Hört mich jemand?«

Die Antwort bestand aus einem wortlosen Knistern und Knacken, hervorgerufen von den energetischen Entladungen im All. Rhodan sah keine Raumschiffe – sie waren viel zu schnell –, wohl aber das Aufblitzen ihrer Geschütze und gewaltige Explosionen, wenn Loowerschiffe oder Raumer der Oxtorner zerbarsten.

»Hier spricht Perry Rhodan«, sagte er erneut. »Ich brauche Hilfe. Wenn mich jemand hört … Peilt die Funksignale an.«

Erneut antwortete nur die knisternde Stimme der Vernichtung.

Noch neun Minuten. Wenn er nicht vorher von einem der durchs All jagenden Strahlbündel getroffen wurde oder im

Schutzschirm eines heranrasenden Schiffes verglühte. Die Fernbereichsorter des Kampfanzugs funktionierten nicht mehr, doch das Nahbereich-Hologramm zeigte ihm mehrere Objekte in der Nähe: Trümmerstücke der IMDABAN. Was mochte mit Tetcher Wantum und all den anderen geschehen sein? Rhodan erinnerte sich nur daran, dass die Transformkanonen der IMDABAN erste Salven abfeuerten, und dann ...

Der Rest verlor sich in einem jähen Gleißen, als das Feuer der Loower die Schutzschirme durchschlug. Vage Szenen zogen an Rhodans innerem Auge vorbei: zerrissene, zerfetzte Körper; hier die Glut von destruktiver Energie, dort die Kälte des Alls, viel zu dicht beieinander; der heulende Orkan einer explosiven Dekompression. Zwar hatte er vor dem Gefecht einen schützenden Kampfanzug übergestreift, aber es grenzte trotzdem an ein Wunder, dass er noch lebte.

Noch acht Minuten, oder nur noch sieben. Der Mikroriss im Helmvisier schien ein wenig länger geworden zu sein. Wieso funktionierte die automatische Leckabdichtung des Kampfanzugs nicht?

Wieso hörte ihn niemand, obwohl das Funkgerät funktionierte?

Vielleicht verloren sich die Funksignale im energetischen Chaos der Raumschlacht. In dem Fall durfte er nicht auf Rettung hoffen.

Ein Schatten schob sich vor das Licht ferner Sterne, und die Nahbereichsensoren reagierten: Ein akustisches Warnsignal erklang im Helm. Rhodan sah auf die Anzeigen im Innern des Helms, verglich die relativen Kursdaten und stellte fest, dass er sich einem Objekt näherte, das etwa so groß war wie er selbst. Der Geschwindigkeitsunterschied war gering, und deshalb verzichtete er darauf, das Antriebsmodul des Kampfanzugs zu aktivieren. Er schaltete den Scheinwerfer ein, leuchtete ...

... und sah einen Oxtorner, beziehungsweise seine Überreste.

Der Mann trug keinen Schutzanzug, und die linke Körperhälfte war völlig verbrannt. Mit offenem Mund hing er in der Leere, als wäre er bei dem Versuch gestorben, ein letztes Mal nach Luft zu schnappen.

Das Vakuum des Alls war stärker als der stärkste Oxtorner.

Perry Rhodan schwebte an ihm vorbei und lauschte dem leisen Zischen. Wie viele Minuten blieben ihm jetzt noch? Sechs? Fünf?

Das Licht seines Scheinwerfers strich über Trümmerteile, und eins kam bedrohlich nahe: ein scharfkantiges Rumpfsegment, vermutlich von der IMDABAN. Rhodan aktivierte das Antriebsmodul, um sein Bewegungsmoment mit einer kurzen Schubphase zu verändern. Dabei stellte er fest, dass die Energieanzeige von siebzig Prozent abrupt auf knapp über null sank. Die Düsen feuerten nur eine Sekunde, gerade lange genug, um ihn an dem Trümmerstück vorbeizubringen. Dann war die Ladung der beschädigten Speicher erschöpft.

Die Temperatur im Innern des Kampfanzugs sank, und Rhodan fragte sich, ob er zuerst ersticken oder erfrieren würde. Er wusste: Das Funkgerät sendete keine Signale mehr, die jemand anpeilen konnte, um ihn zu retten.

Direkt vor ihm leuchtete es plötzlich auf.

Ein Loowerschiff kam in unmittelbarer Nähe aus dem Hyperraum, gehüllt in einen jener Schutzschirme, die von den Waffen der terranischen und oxtornischen Schiffe kaum durchdrungen werden konnten. Trümmerstücke der IMDABAN verglühten darin, als das riesige Schiff heranglitt und Rhodan eine dritte Möglichkeit bot: Er konnte nicht nur ersticken und erfrieren, sondern auch verbrennen.

Ihm blieben keine Minuten mehr, nur noch Sekunden.

Rhodan tastete instinktiv nach den Gürtelkontrollen, um das Antriebsmodul zu aktivieren, aber die Düsen gaben keinen Schub – Geschwindigkeit und Bewegungsrichtung blieben unverändert. Der gewaltige Loowerraumer schien direkt vor ihm anzuschwellen, und die Energie seiner Schutzschirme wogte ihm entgegen ...

Eine Lücke entstand in ihnen, wie ein Riss im nahen Flirren und Wabern, und durch ihn sah Rhodan eine Außenhülle, die aus einzelnen, wie aufs Geratewohl zusammengesetzten Segmenten bestand. Er bemerkte Geschützbuckel mit nadelartigen Projektoren, Werferbatterien, Raketendorne und tiefe Einschnitte, darin Gravitationskatapulte mit kleinen, keilförmigen Trümmerschiffen.

Ein weißer Energiefinger wuchs aus einem der Buckel, tastete durch den Strukturriss im Schutzschirm, berührte Rhodan ... und zog ihn zum Schiff.

Ein warmes Prickeln verdrängte die Kälte, als der Terraner die Öffnung im Energieschirm des Loowerriesen passierte. Sie bot gerade genug Platz für ihn. Hinter ihm schloss sich die Lücke, und aus dem Wabern des Schutzschirms wurde ein Glitzern wie von Wasser im Sonnenschein. *Der Schutzschirm ist polarisiert,* dachte Rhodan. *Vermutlich können die Loower* durch *ihn feuern, ohne Strukturlücken öffnen zu müssen.* Das erklärte zumindest teilweise, warum es so schwer war, einen Raumer der Loower zu vernichten.

Der Finger aus weißer Energie zog ihn zu etwas, das aus einer Entfernung von einigen Dutzend Metern wie ein Fenster aussah, sich dann aber als kleiner Hangar entpuppte, ausgestattet mit einem Prallschirm, der die Luft daran hinderte, ins All zu entweichen. Etwas bewegte sich dort, eine Gestalt, aber mehr konnte Rhodan nicht erkennen, denn seine Welt wurde plötzlich weiß, als das Loowerschiff auf einen Gegner feuerte. Turmdicke Strahlblitze jagten gespenstisch lautlos an dem Terraner vorbei, der aus einem Reflex heraus die Augen zukniff, doch das grelle Licht blendete ihn selbst durch die Lider.

Als er die Augen öffnete, konnte er zunächst nichts sehen. Das Prickeln, das er schon zuvor gefühlt hatte, wiederholte sich, und er vermutete, dass es von dem Prallschirm stammte. Unmittelbar darauf hörte er Geräusche: das dumpfe Donnern naher Aggregate, ein fremdartig klingendes Summen und Zirpen. Etwas klirrte unmittelbar vor Rhodan, und er begriff, dass sein Helmvisier zerbrochen war. Er hielt unwillkürlich den Atem an – und erinnerte sich dann daran, dass Loower wie Menschen Sauerstoff atmeten.

Etwas Kühles berührte ihn im Gesicht, und eine Stimme erklang.

»Ich höre dich, aber ich sehe nichts«, sagte er auf Interkosmo. »Ich bin noch immer geblendet, und ...«

Etwas hob ihn ruckartig vom Boden hoch, als weitere Stimmen ertönten, anders als die erste und weiter entfernt.

Rhodan schaukelte hin und her, hörte dabei das rhythmische Pochen eiliger Schritte. Er begriff: Jemand trug ihn und wollte offenbar eine Begegnung mit den Leuten vermeiden, von denen die anderen Stimmen kamen.

Allmählich kehrte das Sehvermögen zurück, und damit löste sich eine Sorge des Terraners auf: Er hatte befürchtet, dass es durch das plötzliche grelle Licht zu einer Schädigung der Netzhaut gekommen war. Aus dem konturlosen Weiß, das ihn umgab, wurde erst ein Grau und dann ein Halbdunkel, in dem sich Umrisse zu bilden begannen. Dies waren nicht die hellen, sauberen, klar strukturierten Gänge der IMDABAN, sondern düstere, kurvenreiche Passagen, die durch ein wahres Labyrinth aus Rohren, Streben, Verbindungen, Transferleitungen und Maschinenblöcken führten. Das Innere dieses Loowerschiffes machte einen ähnlichen Eindruck wie sein Äußeres. Alles schien erst zerschmettert und dann *irgendwie* wieder zusammengesetzt worden zu sein. *Trümmer*schiffe. Aber sie waren den terranischen und oxtornischen Schiffen weit überlegen, trotz der erhöhten Hyperimpedanz.

Die anderen Stimmen wurden etwas lauter, schienen näher zu kommen. Die Gestalt, die Rhodan in beiden Armen trug, verharrte kurz in einem kleinen Raum, der eine Art Verteiler zu sein schien, denn es gingen neun Korridore von ihm aus. Der Terraner ruhte mit dem Gesicht nach unten in den Armen und konnte den Fremden nicht direkt sehen, aber es glühte ein Leuchtkörper an der Decke, und die nahe Wand enthielt eine spiegelnde Fläche. Überrascht stellte Rhodan fest, dass ihn nicht etwa ein Loower trug, wie er bisher angenommen hatte, sondern ein kahlköpfiger, seltsam zerlumpt wirkender Humanoide.

»Wer bist du?«, brachte er hervor. »Und wohin bringst du mich?«

Der Fremde antwortete nicht, huschte mit verblüffender Agilität durch den dunkelsten der neun Korridore, eilte mit der menschlichen Last in seinen Armen eine kurze Rampe hinab und duckte sich dann hinter einen summenden Aggregatblock. Rhodan verzichtete darauf, weitere Fragen zu stellen – der Humanoide schien es gut mit ihm zu meinen und Entdeckung zu fürchten. Entdeckung durch Loower?

Die anderen Stimmen verklangen in der Ferne, und schließlich war nur noch das Summen der nahen Aggregate zu hören. Rhodan löste sich aus den Armen des Fremden, bekam festen Boden unter die Füße und richtete sich auf.

»Das war knapp«, sagte der Humanoide. »Vielleicht haben die Zweidenker die Aktivierung des Fangstrahls bemerkt und wollten nach dem Rechten sehen.«

»Du sprichst meine Sprache?«, fragte Rhodan verwundert.

Der Humanoide lächelte. »Du sprichst meine.«

»Wer bist du?«

»Ich heiße Regor Zlusch, aber alle nennen mich nur Zlusch.«

Rhodan musterte den kahlköpfigen Fremden. Zwar war es recht düster hinter dem Aggregatblock, aber es ließen sich Einzelheiten erkennen. Die großen Augen des Mannes blickten aufmerksam, und es lag eine Wärme in ihnen, die Rhodan schon lange nicht mehr gesehen hatte. Sie lud ein, ihm Vertrauen zu schenken, und mehr als dreitausend Jahre Lebenserfahrung sagten Rhodan, dass Zlusch dieses Vertrauen auch verdiente. Das Gesicht war völlig haarlos, ebenso wie die Teile des Körpers, die sich nicht unter grauen und braunen Stofffetzen verbargen. Abgesehen davon hätte es sich durchaus um einen Menschen handeln können, aber das war unmöglich – es befanden sich keine Menschen an Bord von Loowerschiffen.

»*Was* bist du?«, fragte Rhodan mit gedämpfter Stimme, als Zlusch um die Ecke des Aggregatblocks spähte. »Und wie kommst du hierher, an Bord dieses Schiffes?«

»Ich bin ein Nichtdenker«, sagte Zlusch freundlich. »Und ich lebe hier, wie auch die anderen.«

Im Innern des riesigen Loowerschiffes schien es keine einheitliche Struktur zu geben, und Perry Rhodan verlor schon nach kurzer Zeit die Orientierung. Helle Bereiche wechselten mit finsteren und halbdunklen ab. Mal roch die Luft stark nach Ozon, mal war sie feucht und sauerstoffarm. Die Temperatur schwankte von Raum zu Raum, von Korridor zu Korridor, und jede einzelne Sektion schien sich durch eine eigene Geräuschkulisse auszuzeichnen. Rhodan fragte sich, wie Zlusch den Weg fand – für ihn war dies alles ein riesiger Irrgarten. Er fühlte sich nicht an Bord eines Raumschiffs, sondern im Innern einer gewaltigen Maschine, die um ihn herum stampfte, brummte und summte.

Dutzende von Fragen gingen ihm durch den Sinn, und er stellte die erste. »Wie hast du mich gefunden?« Die zweite Frage verlangte, unmittelbar im Anschluss an die erste gestellt zu werden. »Und wieso hast du mich an Bord geholt?«

Zlusch verharrte auf einem Steg, der in einem weiten Bogen durch einen Maschinensaal führte. Tief unten in der Düsternis bemerkte Rhodan Bewegungen, und als er genauer hinsah, erkannte er loowerische Helks, die offenbar Wartungsaufgaben nachgingen.

Der Humanoide neigte den kahlen Kopf zur Seite und schien einer Stimme zu lauschen, die nur er hören konnte. »Ich habe dich im Halo ... *gefühlt?*«

»Im Halo?«

»Und ich habe dich an Bord geholt, *weil* ich dich im Halo fühlen konnte«, lautete die rätselhafte Erklärung. »Wir waren dir am nächsten, und die Chance galt es zu nutzen, auch wenn der Erste nicht bei uns ist – es kam darauf an, das Risiko deines Verlusts so gering wie möglich zu halten. Um dich zu holen, musste ich in den verbotenen Bereich. Wenn ich allein bin, ist das nicht weiter schlimm: Die Zweidenker sehen mich nicht, wenn ich nicht gesehen werden möchte. Aber mit dir zusammen kann ich mich nicht aus ihrer Wahrnehmung entfernen.«

Rhodan versuchte, den Worten einen Sinn zu entnehmen, während sie den Weg über den hohen Steg fortsetzten. »Mit den Zweidenkern meinst du die Loower?«

»Loower?«, wiederholte Zlusch. Und dann nickte er, wie ein Mensch. »Loower, ja. *Diese* Loower. Zweifaches Denken.«

Rhodans Gedanken kehrten fast tausendfünfhundert Jahre in die Vergangenheit zurück. Meinte Zlusch mit dem zweifachen Denken das primäre und sekundäre Selbst der Loower, ihr individuelles Denken und das Tiefenbewusstsein? Aber hatten die Loower ihr Tiefenbewusstsein nicht aufgegeben, als sie beschlossen, sich im Alkyra-System niederzulassen?

»Warum sind wir ihnen aus dem Weg gegangen? Sind die Loower deine Gegner?«

Wieder blieb Zlusch stehen, kurz vor dem Ende des Stegs, und neigte den Kopf zur Seite. »Die Zweidenker dürfen nichts von dir erfahren. Sie dürfen dich nicht bekommen. Du wirst woanders gebraucht. Der Halo hat es mir gezeigt.«

»Wie meinst du das?«

Aber Zlusch gab keine Antwort. Er begann damit, leise vor sich hin zu summen, vielleicht die Melodie eines Lieds, und Rhodan blieb mit seinen Gedanken und Fragen allein. Er folgte

Zlusch vom Steg hinab und über eine Rampe, die in einer langen Spirale nach unten führte, vorbei an neuneckigen Fenstern, hinter denen etwas wogte und wallte, das wie Plasma aussah. Hier und dort waren kleine Helks unterwegs, und Zlusch unternahm keinen Versuch, ihnen auszuweichen. Verfügten sie nicht über die notwendige sensorische Kapazität, um seinen Begleiter als Menschen zu identifizieren? Aus dieser Frage ergab sich eine weitere: Gab es an Bord des Schiffes keine internen Sensoren, die die Loower auf eine menschliche Präsenz hinweisen konnten?

»Gleich erreichen wir das Erlaubte«, sagte Zlusch und deutete nach vorn. Im Halbdunkel vor ihnen drehte sich ein mehr als sieben Meter durchmessender und etwa hundert Meter langer waagerechter Zylinder an einer wie Quecksilber glänzenden Achse, über die ein weiterer Steg führte.

Zlusch bemerkte Rhodans fragenden Blick und fügte hinzu: »Damit meine ich den Teil des Schiffes, in dem uns Nichtdenkern immer der Aufenthalt erlaubt ist.«

Der Steg vibrierte unter ihren Schritten, und als sie sich dem Zylinder näherten, spürte Rhodan, wie sich die Schwerkraft verschob: Er wurde leichter, und sein geringer werdendes Gewicht schien sich zur Seite zu verlagern.

»Es liegt an der Übergangsstelle«, erklärte Zlusch, der mit diesen Worten große Aufmerksamkeit bewies – er hatte den Gesichtsausdruck des Terraners richtig gedeutet. Rhodan nahm das zur Kenntnis und gelangte zu dem Schluss, dass der seltsame Humanoide alles andere als dumm war. »Sie gestattet uns Zugang zum Zylinder und zum Erlaubten.«

Der Steg endete an einem Ringsegment, das sich etwas langsamer drehte als der Zylinder, und Rhodan wusste, dass sich beim letzten Schritt die Schwerkraft erneut zur Seite verlagern würde. Er versuchte, sich darauf vorzubreiten, geriet aber trotzdem ins Straucheln. Zlusch passte sich der Gravitationsverschiebung wesentlich geschickter an, streckte die Hand aus und hielt ihn mühelos fest, wobei er erstaunlich viel Kraft bewies – auch diesen Aspekt des Humanoiden prägte sich Rhodan ein.

Das Schwerkraftfeld folgte der Rotation. Während sie durch den Zylinder gingen, gewannen sie den Eindruck, dass sich der Rest des Schiffes bewegte, nicht aber der Boden unter ihren Füßen.

»Was hat es mit dem Begriff ›Nichtdenker‹ auf sich, Zlusch?«, fragte Rhodan, als sie das Ende des Zylinders erreichten und dort eine weitere Übergangsstelle passierten, ohne dass er das Gleichgewicht verlor. »Du denkst doch, oder?«

Zlusch lachte leise, und es klang verblüffend menschlich. »Ja, ich denke. Ich denke dies, und ich denke das, ich denke im Halo, ich denke für mich, ich denke für die anderen.« Er lächelte wie ein Kind, aber hinter diesem Lächeln fühlte Rhodan eine tiefe Weisheit. »Und doch nennen uns die Zweidenker *Nichtdenker*. Weil wir nicht so denken wie sie?«

Das schien ein weiteres Charakteristikum dieses Mannes zu sein: Er gab manchen Sätzen den Klang einer Frage, obwohl sie nicht unbedingt als solche gemeint waren.

Stimmen kamen vorn aus einem hellen Bereich, und Gestalten eilten ihnen entgegen: weitere Humanoiden, kahlköpfig wie Zlusch, und wie er gekleidet, lumpenartig, in Fetzen. Manche Gesichter wiesen feinere, feminine Züge auf, doch Rhodan machte eine erstaunliche Feststellung. Bei einigen Nichtdenkern, die ihnen entgegeneilten, ließen die grauen und braunen Kleidungsfetzen den Genitalbereich unbedeckt, doch dort zeigten sich keine Geschlechtsorgane. Rhodan sah nur glatte Haut, weiter nichts. Diese Humanoiden schienen asexuell zu sein.

Die Männer und Frauen – wenn diese Bezeichnung jetzt noch angemessen war – umringten Zlusch und Rhodan und berührten sie beide.

»Du hast ihn gefunden!«

»Wir haben es im Halo gefühlt! Wir haben es gefühlt!«

»Du hast ihn gefunden, und die Zweidenker wissen nichts von ihm!«

»Gut gemacht, Zlusch, gut gemacht! Wir sind stolz auf dich!«

»*Wir* haben ihn gefunden, *wir*! Obwohl *alle* nach ihm gesucht haben, die Eindenker ebenso wie die Zweidenker. *Wir* haben ihn gefunden!«

»Große Ehre! Große Ehre!«

»Und eine Aufgabe, eine ehrenvolle Aufgabe!«

Zlusch hob die Arme. »Er muss vorbereitet werden. Er muss wie einer von uns aussehen.«

»Ja, wie einer von uns! Wie einer von uns! Die Zweidenker dürfen nichts merken!«

Rhodan fühlte sich von mehreren Händen gepackt und hochgehoben. Die Nichtdenker trugen ihn fort, durch dunkle und helle Gänge, die sich schlangenartig durch den stählernen Leib des Loowerschiffes wanden. Nach einigen Minuten traten die Humanoiden mit ihm in einen runden Raum, in dem ein ständiger Luftstrom aus kleinen Öffnungen im Boden kam – Rhodan fand sich in einem Wind wieder, der von unten nach oben wehte.

Die Hände der Nichtdenker huschten über seinen Körper, nahmen ihm den Kampfanzug ab. Und damit begnügten sie sich nicht. Sie entkleideten ihn ganz, bis er nackt vor ihnen stand, und ein begeistertes Geheul erklang, als sie seine Genitalien sahen.

»Er ist einer von ihnen!«

»Er ist *er*!«

»Wir müssen ihn tarnen, *tarnen*!«

Weitere Nichtdenker kamen und strichen Rhodan eine Creme auf die Haut, die seine Haare auflöste, dann trocknete und zu Staub zerfiel, der vom vertikalen Wind nach oben getragen wurde. Jemand trug den Kampfanzug und die übrigen Sachen fort. Jemand anders brachte die Kleidung der Humanoiden: graue und braune Stofffetzen, durch dünne, aber sehr widerstandsfähige Fäden miteinander verbunden.

Und jemand kam mit einem Objekt, das Rhodan an ein Skalpell erinnerte.

»Was zu viel ist, muss weg!«

»Er soll *ganz* wie einer von uns aussehen!«

»Was habt ihr vor?«, fragte Rhodan besorgt und stellte fest, dass die Aufmerksamkeit des Nichtdenkers mit dem Skalpell einem bestimmten Bereich unterhalb seiner Gürtellinie galt.

»Es geht ganz schnell, nur ein Schnitt, ein schneller Schnitt!«

Rhodan wollte zurückweichen, aber zwei Nichtdenker hielten ihn fest. Der mit dem Skalpell näherte sich ...

Zlusch trat vor. »Nein«, sagte er und schickte den Skalpellträger fort. »Die Narbe wäre genauso verräterisch wie das, was zu viel ist. Wir bedecken die Stelle.«

Er half dem sehr erleichterten Rhodan dabei, die Kleidung überzustreifen. Anschließend führten die Nichtdenker den Terraner zur Wand, die sich an einer Stelle veränderte und zu einem Spiegel wurde. Rhodan betrachtete sein verändertes Erscheinungsbild: der Kopf kahl, keine Brauen mehr, die Haut so glatt wie die der Humanoiden. Die Fetzenkleidung bedeckte kritische Stellen seines Körpers – wer es nicht besser wusste, musste ihn für einen der Nichtdenker halten.

»Jetzt ist er getarnt!«

»Jetzt sieht er wie einer von uns aus!«

»Jetzt können ihn die Zweidenker nicht mehr entdecken!«

»Mein Kampfanzug«, sagte Rhodan und dachte an das Funkgerät. Wenn die Speicher neu geladen werden konnten, bekam er vielleicht die Möglichkeit, sich mit einem Schiff der LFT in Verbindung zu setzen. »Wohin habt ihr meinen Kampfanzug gebracht?«

»Wir müssen jetzt ruhen.«

»Du musst jetzt ruhen.«

Rhodan sah, dass Zlusch ein wenig abseits stand und alles mit sichtlicher Zufriedenheit beobachtete. In gewisser Weise verhielten sich die Humanoiden wie Kinder – sie sprachen aufgeregt miteinander, sprangen voller Begeisterung hin und her –, aber er spürte deutlich, dass sich tiefere Bedeutung hinter dem Durcheinander verbarg. Die »Nichtdenker« dachten sehr wohl, und in ihren Gedanken nahm er aus irgendeinem Grund einen besonderen Platz ein.

»Zlusch«, sagte Rhodan, »ich brauche den Kampfanzug.«

»Du wirst ihn zurückbekommen. Wenn es so weit ist. Zunächst müssen wir alle ruhen. Komm.«

Sie verließen den runden Raum, und die anderen Nichtdenker eilten voraus. Ihre Stimmen wurden zu einem Schnattern in der Ferne. Zlusch führte Rhodan durch einen Korridor, der zunächst hell war, dann aber immer dunkler wurde. Nach etwa hundert Metern erreichten sie eine Art Schlafsaal. In der Düsternis sah Rhodan Stangen, die senkrecht oder schräg bis zur Decke ragten und in mehr oder weniger regelmäßigen Abständen knollenartige Verdickungen mit Befestigungspunkten aufwiesen, zwischen denen sich netzartige Gespinste und hängemattenartige Gebilde spannten. Humanoide lagen darin, und Rhodan beobachtete, wie die vorausgeeilten Nichtdenker sich den anderen hinzugesellten. Sie kletterten an den Stangen hoch, so flink und agil, als wiesen ihre Hände Saugnäpfe auf, legten sich in die Netze – und verharrten von einem Augenblick zum anderen in völliger Reglosigkeit.

Zlusch blieb an einer der »Hängematten« stehen, die sich nur etwa einen Meter über dem Boden befand. »Dies soll dein Platz sein.«

»Zlusch ...« Rhodan hob die Arme und ließ sie wieder sinken. »Glaubst du nicht, dass wir einige Dinge klären sollten? Ich habe viele Fragen ...«

»Erst müssen wir ruhen.«

Plötzlich lag Rhodan in der Hängematte, ohne die Erinnerung daran, sich hingelegt zu haben.

»Schlaf jetzt«, sagte Zlusch.

Und Rhodan schlief.

: 13

Karn-Terg

| Alkyra II, 101 N.d.E. – 100 NGZ |

» › Mitten im Auditorium hockte Karn-Terg in der Ruhestellung, umgeben von mehr als hundert Kindern. Nicht alle hatten sich eingefunden – inzwischen befanden sich fast sechshundert Kinder im Hort –, aber es waren mehr als jemals zuvor, eine Tatsache, die Karn-Terg mit Stolz zur Kenntnis nahm. Die Erlebnisnischen der Edukatoren an den Wänden blieben leer. Selbst die sehr neugierigen und lerneifrigen Vierer und Fünfer nutzten die Gelegenheit, sich die Geschichten des »Großen« anzuhören. Er erzählte vom Geschlecht der Talimai, von seinen Vorfahren, die am Bau eines Schwarms mitgewirkt hatten. Er berichtete von der großen Mission der Loower: dabei zu helfen, Leben und Intelligenz im Universum auszubreiten.

»Bist du selbst mit dem Schwarm unterwegs gewesen?«, fragte eine Dreier.

»So alt bin ich nicht«, erwiderte Karn-Terg mit sanfter Geduld. »Jene Ereignisse liegen Jahrmillionen zurück. Ich bin erst hundertvierundzwanzig Jahre alt.«

»Hast auch du einen Schwarm konstruiert, bevor du hierher gekommen bist?«

»Nein, leider nicht.«

»Vielleicht kannst du das später«, sagte die Dreier. »Wenn wir alle groß sind. Wenn du dich nicht mehr um uns kümmern musst.«

»Was ist mit dem Tiefenbewusstsein?«, rief ein Achter. »Was hat es damit auf sich?«

Karn-Terg suchte nach geeigneten Worten. »Früher, vor der Einkehr, dachten wir Loower nicht nur für uns allein«, sagte er und bemühte sich um eine einfache Ausdrucksweise, damit ihn auch die kleineren Kinder verstanden. »Wir dachten gleichzeitig für uns alle. Wir dachten auch und vor allem an die Dinge, die uns miteinander verbanden, an das Wohl der Gemeinschaft. Dadurch fühlten wir uns allen sehr nah. So nah, wie ihr euch in den Ruheräumen fühlt, wenn ihr dicht beieinander schlaft.«

»Das muss sehr angenehm gewesen sein«, kommentierte ein Fünfer nachdenklich.

»Ja«, bestätigte Karn-Terg, und die nächsten Worte hatten für ihn eine ganz besondere Bedeutung. »Niemand war einsam.«

»Was ist mit dem Tiefenbewusstsein passiert?«, ließ sich erneut der Achter vernehmen. »Warum haben wir es nicht mehr?«

»Die Kosmokraten haben es uns genommen.«

Ping.

»Observation«, tönte es aus dem Kommunikationssystem. »Für diese falsche Behauptung werden dir tausend Meriten abgezogen. Dein aktueller Stand beträgt jetzt minus dreihundertvierunddreißigtausend.«

Ping.

Karn-Terg wusste, dass er es nicht übertreiben durfte. Vielleicht war die Observation bereit, auch drastischere Maßnahmen zu ergreifen.

»Es heißt, dass wir bei der Einkehr unser Tiefenbewusstsein aufgegeben haben«, sagte er vorsichtig.

»So heißt es«, erwiderte der aufmerksame Achter. »Aber du bist anderer Meinung.«

»Ich kann mich nicht daran erinnern, mein Tiefenbewusstsein freiwillig aufgegeben zu haben.«

»Was ist das Pingding?«, fragte ein Einer, der sich erst seit wenigen Tagen im Hort befand. Die meisten anderen Kinder wussten schon darüber Bescheid.

»Es ist die Stimme der Stadt über uns«, antwortete Karn-Terg und ließ seinen Blick über die vielen Kinder schweifen. Sie alle würden eines Tages Teil der neuen Gesellschaft sein. Aus Kindern wurden Erwachsene. *Wenn die Vergangenheit in ihnen weiterlebt, so lebt sie auch in der Gesellschaft dort oben weiter. Und vielleicht können wir dann eines Tages die Fesseln abstreifen, die wir uns selbst angelegt haben, als wir uns auf die Vereinbarung mit den Kosmokraten einließen.* »Sie schaut uns zu.«

»Aber ich sehe ihre Augen nicht«, sagte der Einer. Die anderen Kinder lachten. Bewegung kam in die Menge. Einige der älteren Jungen und Mädchen gingen zu den Edukatoren, während sich andere auf den Weg zu den Spaßzimmern machten. Mehrere müde Zweier zogen sich in den nahen Ruheraum zurück.

Karn-Terg sah ihnen nach. Er stand den Kindern längst nicht mehr so hilflos gegenüber wie vor dreiunddreißig Jahren, und er brauchte auch nicht mehr zu befürchten, von aggressiven Springern angegriffen zu werden. Aber ihm fehlte eine so direkte emotionale Verbindung wie damals bei Melra-Mar. Zwischen ihnen hatte fast so etwas wie ein neues Tiefenbewusstsein existiert, das sie einander nahe brachte. Es war ein seltsames, aber sehr angenehmes Gefühl gewesen, und nicht zum ersten Mal fragte sich Karn-Terg, ob Mütter ihren Söhnen und Töchtern gegenüber so empfanden, vor der Trennung. Wie Väter fühlten, wusste er nicht, denn er war nie selbst Vater geworden und erinnerte sich nur vage an den eigenen – in seinem Leben hatte er nie eine Rolle gespielt.

Garasch schwebte ins Auditorium, über die Kinder hinweg, die nach ihm sprangen. Er verharrte über dem Podium, unerreichbar für die meisten Jungen und Mädchen, nicht aber für einige Einer und Zweier, die ihre Flughäute ausbreiteten, aufstiegen und auf dem obersten Zylinderelement des Helks landeten. Ihr vergnügtes Quieken untermalte Garaschs Stimme.

»Ich bin bei den anderen gewesen«, sagte er. »Auch jenen Kindern geht es gut.«

Karn-Terg verstand sofort, obwohl der letzte Hinweis dieser Art inzwischen fast zwei Jahre zurücklag. »Wie ist die technische Situation?«

»Es gibt ein Problem bei einer der Transformationskammern«, sagte Garasch. »Du solltest es dir selbst ansehen.«

»Machen wir uns auf den Weg.«

Die Einer und Zweier blieben zunächst auf dem Helk sitzen, aber als sie kurze Zeit später an einem Spaßzimmer mit freiem Zugang vorbeikamen, flogen sie fort. In den Korridoren wurden Karn-Terg und sein Helk mehrmals von Kindern aufgehalten, die um neue Geschichten baten oder mit Garasch spielen wollten. Der Wart vertröstete sie auf später. Nach etwa zehn Minuten erreichten sie die Ambientalzellen, und nicht weit dahinter befanden sich die Transformationskammern für die Springer. Der Helk öffnete den Zugang der dritten, und Karn-Terg trat ein. Für Sondierungssignale undurchdringliches Metamorphosegel bedeckte die Wände des ovalen Raums mit dem großen Nährbad im Boden. Kleine medizinische Helks, von Karn-Terg während der letzten Jahre entworfen, standen auf der einen Seite des Beckens bereit. Sie sorgten dafür, dass die Springer bei der Transformation nicht mehr so sehr leiden mussten wie früher.

Garasch schloss den Eingang. »Ta-Perendi ist tot. Seit drei Wochen.«

»Seit drei Wochen?«, wiederholte Karn-Terg verblüfft. »Aber das ist unmöglich. Ich habe ihn noch heute Morgen im Informationskanal gesehen.«

Ein kleiner Projektor kam aus einem von Garaschs Zylindern, und ein Hologramm entstand über dem leeren Nährbad. Ein Loower in mittleren Jahren erschien darin, nicht älter als drei- oder vierhundert, die graue Haut noch recht glatt: Ta-Perendi.

Er hatte die großen Stielaugen ganz ausgefahren und trug einen eleganten Anzug aus silbernen Haftplatten. Mit selbstbewusster, zuversichtlicher Stimme sprach er von neuen Erfolgen beim Ausbau der orbitalen Stadt.

»Nach mehr als hundert Jahren ist die Einkehr komplett«, sagte der Quellmeister. »Die letzten Schiffe sind zurückgekehrt. Damit ist das große Werk vollbracht ...«

»Genau diese Worte habe ich heute Morgen gehört«, sagte Karn-Terg bitter.

»Aber sie stammen nicht von Ta-Perendi, sondern von einem sehr gut programmierten holographischen Avatar.« Der Quellmeister im Hologramm zerfiel in tausend und mehr Splitter, während noch immer seine Stimme erklang.

»Was ist geschehen?« Karn-Terg starrte auf das Bild.

»Der Quellmeister wurde vergiftet. Aber nicht, wie man zunächst annehmen könnte, von einem Gegner der Einkehr, sondern von einem seiner Vordenker. Offenbar hat Ta-Perendi während der letzten Monate damit begonnen, überall Gegner zu sehen, auch dort, wo es gar keine gab. Er ließ eine Säuberungsaktion nach der anderen durchführen. Einer von ihnen fiel auch Cheo-Cheopis zum Opfer.«

»Cheoc?« Karn-Terg erinnerte sich, dachte an ihn, Lan-Halrath, Kra-Tzaran und Melra-Mar.

»Ja. Er gehörte zu einer Gruppe von Querdenkern, deren Diskussionsveranstaltungen in der Trümmersphäre gerade bei jungen Loowern auf Interesse stoßen. Dort wird aus Prinzip alles in Frage gestellt, um die Dinge aus neuen Blickwinkeln zu sehen, wie es heißt. Ta-Perendi scheint sich auch davon bedroht gefühlt zu haben.«

»Das klingt nicht nach einem sehr stabilen geistigen Zustand.«

»Tatsächlich gab es Hinweise auf beginnenden Wahnsinn beim Quellmeister. Und offenbar beschlossen die Neun Hohen Vordenker, den Schaden zu begrenzen. Sie versuchen, die Situation zu stabilisieren. Ich nehme an, wenn man in einigen Wochen oder spätestens Monaten einen geeigneten Nachfolger gefunden und alles vorbereitet hat, wird man verkünden, dass Ta-Perendi sich aufhörte. Mentale Labilität scheint in der orbitalen Stadt ein echtes Problem zu sein. Inzwischen gibt es keinen Zweifel mehr daran, dass es auf den Verlust des Tiefenbewusstseins zurückgeht. Die Nominationen der Psychomechaniker arbeiten daran und suchen nach einer Lösung.«

Karn-Terg dachte über die neue Entwicklung nach. »Welche Folgen könnten sich für die Trümmersphäre ergeben? Und für uns?«

»Es wird bei der Einkehr und der Integration der Raumschiffe in die orbitale Stadt bleiben«, sagte der Helk, während er Vorbereitungen dafür traf, das Metamorphosegel von den Wänden der Transformationskammer zu lösen. Schließlich musste der »Defekt« repariert werden. »Die Politik des neuen Quellmeisters wird aber mehr Freizügigkeit gewähren.«

Karn-Terg schnaufte leise. »Das kommt für Aranta-Margi zu spät. Vermutlich kann sich die Gesellschaft der Trümmersphäre solche Verluste nicht mehr leisten.«

»Das ist auch meine Einschätzung«, bestätigte Garasch, während er die internen Kontrollen der Transformationskammer betätigte.

»Aber an der Einkehr ändert sich nichts. Wir bleiben dabei: Wir geben das Universum auf.«

»Ja. Das Ergebnis der Veränderung wird eine stabile neue Gesellschaft sein, die auf Sesshaftigkeit basiert.«

»Und der Hort?«, fragte Karn-Terg. »Was ändert sich für uns? Was ändert sich für *mich?*«

»Es ist mit einer weniger strengen Observation zu rechnen.«

»Aber ich bleibe isoliert? Ich darf nicht zurück?«

»Du bist ein verurteilter Verbrecher«, sagte der Helk.

Karn-Terg wandte sich der Tür zu und zögerte. »Was ist mit den Monaden?«

»Es gibt noch immer erstaunlich wenige Informationen über sie«, antwortete Garasch. Die Selbstreinigung der Kammer war programmiert, das Gel-Depot repariert. »Offenbar findet nach wie vor eine Kommunikation mit ihnen statt, aber ihre Ergebnisse sind unbekannt. Die Datenressourcen der Trümmersphäre enthalten keine Angaben.«

»Und die Untersuchung des Tropfenschiffes? Was hat sich dabei ergeben?«

»Auch in dieser Hinsicht sind keine Daten zugänglich.«

»Warum diese enorme Geheimniskrämerei?«, fragte Karn-Terg. »Dafür muss es doch irgendeinen Grund geben. Ein Raumschiff, das Jahrmillionen im Innern dieses Planeten überstand. Wesen aus einem anderen Universum ... Warum gibt es keine Informationen?«

»Ich werde die Suche nach Daten fortsetzen.«

Karn-Terg hob den rechten Tentakel zu einer zustimmenden Geste, öffnete dann die Tür und trat nach draußen. Hinter ihm aktivierte der Helk die Selbstreinigung der Transformationskammer, und das Metamorphosegel an den Wänden begann sich aufzulösen.

Karn-Terg ging tief in Gedanken versunken, und als er die Ambientalzellen erreichte, stellte der zentrale Elaborator einen Kontakt mit ihm her.

»Ein Transporter ist gelandet und wartet«, tönte die synthetische Stimme aus dem Kom-Gerät des Kinderwarts.

»Weitere Kinder?«

»Diesmal sind es sieben.«

»Ich komme.«

Die sieben kleinen Einer ruhten in offenen Kokons, die ihnen die Nähe der Mutter vorgaukelten. Drei von ihnen wimmerten leise und tasteten mit dünnen Tentakeln hin und her, als wüssten sie, dass etwas fehlte. Die anderen vier schwiegen und sahen Karn-Terg aus großen, flachen Augen an, als er sich über sie beugte.

Sie erinnerten ihn an Melra-Mar.

Garasch hatte sich in seine einzelnen Komponenten geteilt, hob jeden Kokon mit einem separaten Antigravfeld an und steuerte sie durch den Verbindungsstutzen in den Hort.

Draußen heulte der Wind durch Düsternis.

»Warum hat es diesmal so lange gedauert?«, fragte der Pilot unwirsch. An seinen Haftplatten zeigten sich Nominationssymbole, die Karn-Terg nichts bedeuteten.

»Ich bin mit einer Reparatur beschäftigt gewesen.«

»Du hast hier zu sein, wenn ich eintreffe«, sagte der Pilot in einem herablassenden Tonfall. »Ich möchte meine Zeit nicht vergeuden.«

Garasch hatte die Kokons in den Hort gebracht. Karn-Terg verharrte kurz in der Luftschleuse. »Wie ist es oben?«

Der Pilot an den Kontrollen des kleinen Transporters sah ihn nur stumm an, die Augen halb ausgefahren. Ihre kreisenden Bewegungen brachten Verachtung zum Ausdruck.

Du hältst mich für ein Nichts, dachte Karn-Terg, drehte sich um und kehrte in den Hort zurück. Hinter ihm schloss sich die Luftschleuse. *Aber für die Kinder bin ich ein Großer.* Dieser Gedanke spendete ihm erstaunlich viel Trost.

»Es dauert nicht lange, bis ihr euch an eure neue Umgebung gewöhnt habt«, versprach Karn-Terg den Neuankömmlingen. »Wir sind hier eine große Familie.«

Und das stimmte. Es waren nicht *seine* Kinder, aber nach dreiunddreißig Jahren hatte er das manchmal immer noch überraschende Gefühl, wieder Teil einer Gemeinschaft zu sein.

Sie befanden sich in einem Zimmer, das Karn-Terg »Empfangsraum« nannte. Wände und Decke waren in gedämpften Farben gehalten, von denen er wusste, dass sie auf so kleine Kinder beruhigend wirkten. Leise Töne erklangen, formten einfache Melodien.

Drei der sieben Kinder wimmerten noch immer, wenn auch etwas leiser. Die vier anderen starrten. Zwei von ihnen richteten sich vorsichtig in ihren Kokons auf und blickten sich um. Die holographischen IDs zeigten ihre Namen: Kilan-Gerp und Hisk-Mekang, Zwillinge, hervorgegangen aus einem Frakturei, was unterschiedliche genetische Strukturen bedeutete. Angaben über die Eltern fehlten wie üblich; die alten Abstammungslinien spielten seit der Einkehr keine Rolle mehr.

Einige etwas größere Einer und Zweier kamen herein. Sie setzten behutsam einen Fuß vor den anderen und versuchten, leise zu sein. Ein Wink des Kinderwarts gab ihnen die Erlaubnis, sich den neu eingetroffenen Kindern zu nähern. Das Wimmern fand bald ein Ende, und es folgte ein seltsames Gurren und Brummen, das Karn-Terg schon oft gehört hatte, gerade bei den Einern – jene Kinder schienen sich mit einer eigenen, primordialen Sprache verständigen zu können.

Karn-Terg stellte fest, dass die medizinischen Helks in Bereitschaft waren, verließ dann den Empfangsraum und suchte das nahe Büro auf, das er für sich eingerichtet hatte und von dem aus er durch ein breites Fenster ins Empfangszimmer sehen konnte. Dort gab er die Daten der neuen Kinder in den Elaborator und befasste sich mit Routinearbeiten. Er stellte fest, welche Kinder sich kurz vor einem Entwicklungssprung befanden, reservierte Transformationskammern für sie und übermittelte den medizinischen Helks alle Informationen, die sie brauchten, um nötigenfalls eingreifen zu können. Er vergewisserte sich, dass die aggressiven Springer, insbesondere die Neuner, auf die externen Stimuli reagierten und jene speziellen Räume aufsuchten, in denen sie ihren Aggressionen ein Ventil verschaffen konnten. Er stellte Listen für den Transport der nächsten jungen Erwachsenen zusammen und ließ sich vom zentralen Elaborator darüber informieren, welche Kinder bei den aktuellen Lehrprogrammen besonders gute Leistungen zeigten. Die ganze Zeit über hörte er die Stimmen der Einer im Nebenzimmer, und als es dort schließlich still wurde, sah er auf und durchs Fenster.

Fünf der Neuankömmlinge schliefen, umringt von Einern, die die Ruhestellung eingenommen und sich in ihre Flughäute gehüllt hatten. Die zwei Brüder aber, Kilan-Gerp und Hisk-Mekang, saßen in ihren Kokons und begegneten seinem Blick, still und aufmerksam.

Das All, dunkel und weit, unendlich weit, mit Sternen ohne Zahl und noch viel, viel mehr Planeten. Und überall dort, wo Hitze und Kälte nicht zu extrem waren, breitete sich Leben aus. Karn-Terg dachte daran, dass seine eigenen Vorfahren dabei geholfen hatten, das Leben im Universum zu verbreiten, und das erfüllte ihn mit Stolz.

»Einst war dies unsere Heimat«, sagte er und deutete mit dem Tentakel auf das Bugfenster des kleinen Raumschiffs. Die beiden Kinder vor ihm an den Konsolen hörten aufmerksam zu. »Vor der Einkehr zogen wir von Galaxis zu Galaxis und sahen mehr Welten, als man zählen kann.«

»Mehr, als man zählen kann?«, wiederholte Kilan-Gerp. »Das sind *viele*!«

»Sehr viele«, bestätigte Karn-Terg. Alles wirkte täuschend echt. Zuerst hatte er diese Synthowelt für sich selbst programmiert, um sich mit der Illusion von Freiheit zu trösten. Anschließend war sie Teil des Lehrprogramms geworden, ohne – und das erstaunte Karn-Terg – dass die Observation Einwände erhoben hätte.

Der Transmiterm-Rotator summte und brachte das kleine Schiff in ein Sonnensystem. Die Schale aus Eisbrocken, die es umgab, blieb hinter ihnen zurück; Gasriesen mit streifenförmigen Wolkenmustern und vielen Monden glitten vorbei. Das Schiff näherte sich dem ersten der inneren, festen Planeten.

»Könnt ihr uns landen?«

Die beiden Brüder an den Kontrollen wechselten einen Blick und gluckten. »Wir versuchen es, wir versuchen es!«

Karn-Terg ließ Hologramme vor ihnen entstehen, die ihnen zeigten, worauf es zu achten galt: Geschwindigkeit, Anflugwinkel, Reibung in der Atmosphäre, Gravitation.

»Die Welt hat keinen Himmel aus Metall«, sagte Hisk-Mekang.

»Vor der Einkehr hatte auch Alkyra II keinen solchen Himmel«, erklärte Karn-Terg. »Er entstand erst, als alle unsere Schiffe zurückkehrten.«

»Warum sind sie zurückgekehrt?«, fragte Kilan-Gerp. »Warum sind sie nicht weitergeflogen? Dies ist schön.«

»Die Kosmokraten sind dafür verantwortlich«, antwortete Karn-Terg und spürte, wie sich alter Schmerz in ihm regte.

»Wer sind die Kosmokraten?«, fragte Hisk-Mekang.

»Sehr, sehr mächtige Wesen«, erwiderte Karn-Terg und wusste, dass die beiden Einer noch zu jung waren für die ganze Geschichte. »Sie haben uns gesagt, dass wir mit den Reisen durchs All aufhören und aus unseren Schiffen eine Stadt im Orbit von Alkyra II bauen sollen.«

Der Planet kam näher.

»Probiert die Steuerung aus«, sagte Karn-Terg. »Aber vorsichtig. In den Hologrammen seht ihr, wie es gemacht wird. Folgt einfach den Anweisungen.«

Er wartete und beobachtete. Normalerweise überforderte diese Aufgabe die Leistungsfähigkeit von Einern. Ihr Reaktionsvermögen reichte nicht aus, und nur wenigen gelang es, das, was sie in den Hologrammen sahen, an den Kontrollen nachzuvollziehen.

Das kleine Raumschiff schwankte und erbebte, kippte erst zur einen und dann zur anderen Seite, als der Triebwerksschub nicht richtig koordiniert wurde. Kurz darauf geriet es ins Trudeln, aber erstaunlicherweise gelang es den beiden Brüdern, es wieder zu stabilisieren. Sie lernten bemerkenswert schnell.

»Wollt ihr eine Landung wagen?«, fragte Karn-Terg, als aus der Scheibe des Planeten eine große Kugel geworden war.

»Ja«, erwiderte Hisk-Mekang. »Es kann ja nichts passieren. Dies ist nicht *wirklich.*«

Aber für Kinder wirkt es echt genug, um völlig darin aufzugehen, dachte Karn-Terg. Hisk-Mekangs Worte bestätigten etwas, das dem Kinderwart schon mehrmals aufgefallen war: seine praktische Veranlagung. Er schien stärker als viele Einer in der Realität verankert zu sein, stärker auch als sein Bruder, der gern träumte.

»Da hast du Recht. Dies ist nicht wirklich. Aber wir können so tun, als wäre es das.«

»Wir landen, wir landen!«, rief Kilan-Gerp.

Karn-Terg beschränkte sich auf die Rolle des Beobachters, als die beiden Kinder die Kontrollen betätigten, wobei Kilan deutlich mehr Enthusiasmus zeigte als sein Bruder. Beim ersten Anflug war der Eintrittswinkel zu flach, und das kleine Raumschiff prallte von der Atmosphäre ab und wurde wieder ins All geschleudert. Kilans Blick huschte zwischen Hologramm und Kontrollen hin und her, und beim zweiten Mal machte er alles richtig: Das Schiff tauchte in die Atmosphäre des Planeten.

Kurz darauf wurde es warm in der Pilotenkabine.

»Ihr habt etwas vergessen«, sagte Karn-Terg.

»Was denn?«, fragte Hisk.

»Die Reibung der Atmosphäre. Dadurch erwärmt sich die Außenhülle des Raumschiffs. Wenn dies wirklich geschähe, wären wir bereits tot.«

»Der Schutzschirm!«, entfuhr es Kilan. »Ich schalte den Schutzschirm ein!«

Es wurde wieder kühler. Wolkenfetzen huschten am Bugfenster vorbei.

Karn-Terg gestattete sich einen weiteren Hinweis. »Die Landung muss mit der richtigen Geschwindigkeit erfolgen. Andernfalls zerschellen wir am Boden.«

»Zerschellen?«, fragte Hisk-Mekang.

»Dann zerbricht das Raumschiff.«

Der Einer sah Karn-Terg aus seinen flachen Augen an. »Aber es zerbricht doch nicht *wirklich*, oder?«

»Dies ist ein Spiel«, sagte Kilan-Gerp. »Wir tun so, als *könnte* es zerbrechen, ja?«

Er zündete das Manövriertriebwerk und gab so viel Schub, dass das Schiff fast wieder ins All gesprungen wäre. Tief unten zogen Berge und Seen dahin.

Die beiden Brüder konzentrierten sich jetzt ganz auf die Steuerung des Schiffes, und Karn-Terg staunte erneut darüber, wie schnell sie lernten. Das Schiff flog über ein grünes Binnenmeer hinweg und geriet ins Trudeln, als es von heftigem Wind erfasst wurde. Kilan folgte den Ratschlägen des Hologramms und schaltete die automatischen Stabilisatoren ein. Eine Elaboratorstimme nannte laufend die wichtigsten Daten, darunter den Abstand zum Boden.

Schließlich ging ein Ruck durchs Schiff.

»Wir haben es geschafft!«, rief Kilan-Gerp. »Wir sind gelandet!«

Er deaktivierte das Manövriertriebwerk – und das Schiff neigte sich abrupt zur Seite. Es knirschte und knackte laut, und plötzlich hingen die Kinder schief in ihren kleinen Haltegestellen. Hisk-Mekang reagierte instinktiv und breitete die Flughäute aus, um den vermeintlichen Sturz abzufangen.

»Das Landefeld«, sagte Kilan verlegen. »Das Schiff muss mit einem Landefeld stabilisiert werden.« Er betätigte die entsprechenden Kontrollen, und das kleine Raumschiff richtete sich auf.

»War das realistisch genug?«, wandte sich Karn-Terg an Hisk.

Der Einer faltete die Flughäute wieder zusammen. »Aber es ist trotzdem nicht *echt*.«

»Können wir nach draußen?«, fragte Kilan. »Ich möchte mir den Planeten ansehen.«

Das geschah zum ersten Mal. Die anderen Kinder, mit denen Karn-Terg »gelandet« war, hatten nie um einen Ausflug nach draußen gebeten.

Wenig später standen sie in der Schleuse, und die neun Segmente des Außenschotts glitten auseinander. Kühle Luft wehte ihnen entgegen, roch nach dem Salz des nahen Binnenmeers. Nicht weit entfernt ragten lehmbraune Säulen empor und entfalteten weit oben ein im Wind wehendes Netz aus dünnen, grünen Fäden.

»Ooooh!«, machte Kilan, duckte sich und sprang hinaus in die fremde Welt. Er breitete die Flughäute aus, segelte elegant und rief seinem Bruder zu: »Komm, lass uns fliegen!«

»Wie ist das möglich?«, fragte Hisk-Mekang. »Dies ist doch alles eine ... eine ...« Er suchte nach dem richtigen Wort.

»Eine Simulation«, sagte Karn-Terg.

»Wie kann Kilan in etwas fliegen, das es gar nicht gibt? Wie kann ich hier stehen und es sehen?«

»Neurale Stimulierung macht es möglich. Merk dir diesen Begriff. Die Edukatoren können dir später in allen Einzelheiten erklären, was es damit auf sich hat.«

Hisk stieß sich ebenfalls ab und flog zusammen mit seinem Bruder in einer simulierten Welt. Karn-Terg beobachtete die beiden Kinder und fühlte, wie tief in seinem Innern die Reste von Schmerz Ruhe zu weichen begannen.

: 14

Karn-Terg
| Alkyra II, 109 N.d.E. – 108 NGZ |

»» › »Es ist kalt«, sagte Hisk-Mekang, und seine Worte erinnerten Karn-Terg daran, dass Kinder empfindlicher auf die tiefen Temperaturen reagierten. Er wandte sich der Schar zu, die ausschließlich aus Dreiern vor ihrem ersten Sprung bestand. Zu ihnen gehörten auch die beiden Brüder Kilan und Hisk.

»Stellt eure Thermoanzüge auf einen höheren Wert ein, wenn euch zu kalt wird«, sagte Karn-Terg. Er setzte sich dem Wind aus – er mochte es, wenn die Böen an ihm zerrten, selbst jetzt, nach der Vereisung dieses Teils von Alkyra II –, doch die Kinder gingen hinter Garasch, der sie mit einem keilförmigen Energieschild schützte.

Dieser Ausflug fand jedes Jahr statt, immer dann, wenn die Dreier kurz vor ihrem Entwicklungssprung standen – er konfrontierte die Kinder auf zweifache Weise mit dem Tod. Beim ersten Mal vor sieben Jahren hatte ihm die Observation dafür viele Meriten abgezogen, aber seitdem war das *Ping* ausgeblieben.

Die öde Landschaft trug jetzt eine weiße Decke aus Schnee und Eis. Die Nächte waren finster, und die Tage boten nicht mehr als eine Düsternis, die keine Farben duldete, alles in verschiedene Grautöne kleidete.

»Dies ist das Ergebnis des Baus der orbitalen Stadt«, sagte Karn-Terg und trat ebenfalls hinter den Helk, als die Böen selbst für ihn zu heftig wurden. »Sie bringt dieser Welt den Tod.«

»Warum?«, fragte einer der Dreier.

»Weil der Planet kein Licht mehr von der Sonne erhält, und damit auch keine Wärme«, antwortete Kilan-Gerp, der mehr wusste als manche Fünfer und Sechser. Seine Neugier schien unerschöpflich zu sein. Während die anderen Kinder vor dem ersten Sprung viel spielten, verbrachte er einen großen Teil seiner Zeit in den Erlebnisnischen der Edukatoren. Er wurde nicht müde, Fragen zu stellen und zu versuchen, den Dingen auf den Grund zu gehen. Wissen saugte er regelrecht in sich auf.

»Warum lassen die Großen zu, dass diese Welt stirbt?«, fragte ein anderer Dreier, während sie durch den Schnee stapften. Einige Kinder wirbelten ihn auf und glucksten, als der Wind ihn forttrug.

»Weil sie das Interesse an dieser Welt und all den anderen verloren haben«, sagte Karn-Terg. »Für sie gibt es nur noch die orbitale Stadt, die Trümmersphäre.«

»Warum nennst du sie Trümmersphäre?«

Der Kinderwart hatte diese Frage erwartet. »Weil sie aus den Trümmern unserer Vergangenheit besteht.«

Eine zarte Dreier neigte den Kopf nach hinten und sah mit flachen Augen zu den Lichtern der Stadt am Himmel. »Ist sie kaputt?«

»Ich meine es im übertragenen Sinn«, sagte Karn-Terg. »Ich habe euch von unserer Vergangenheit erzählt, von den vielen Reisen, die wir unternahmen, von den vielen Planeten, die wir besuchten. All das haben wir aufgegeben, als wir vor hundertneun Jahren hierher kamen. Von unserer einstigen Größe ist nichts mehr übrig. Unsere Vergangenheit liegt in Trümmern, und aus diesen Trümmern baute man die Stadt über uns.«

»Sie hat einen Namen«, warf Hisk-Mekang ein. »Sie heißt Schanha-Scha, und das bedeutet ›Letzte Station‹. Ich würde sie mir gern aus der Nähe ansehen.«

»Dazu wirst du nach deinem dritten Sprung Gelegenheit bekommen«, sagte Karn-Terg. »Ihr alle. Wenn ihr erwachsen werdet, holt euch ein Transporter ab und bringt euch zur orbitalen Stadt. Die für mich immer die Trümmersphäre bleibt.«

Sie erreichten die Felsen, die Schutz gewährten vor dem Wind, und dort erwartete die Kinder ein anderer Tod: elf Gräber. Acht waren in den vergangenen fast vierzig Jahren hinzugekommen, das Ergebnis von Unfällen und einmal einer Krankheit, gegen die Karn-Terg zu spät ein Gegenmittel gefunden hatte.

»Hier ruhen elf Kinder, die keine Gelegenheit erhielten, erwachsen zu werden«, sagte Karn-Terg ernst. »Denkt daran, bei euren ausgelassenen Spielen, denkt daran, wenn ihr euch auf gefährliche Dinge einlasst: Ihr seid nicht unsterblich. Und ich kann nicht überall sein; ich kann euch nicht immer helfen.«

Er erzählte von Melra und Xala, von Kra-Tzaran, den sie Kratz genannt hatten, von den anderen, die ihrem Übermut oder tragischen Unglücken zum Opfer gefallen waren. Er berichtete, wie er sie gefunden und hier bestattet hatte, anstatt sie dem Recycler zu übergeben. Die Botschaft lautete: *Das Leben ist kostbar. Bewahrt es. Hütet es gut.*

Karn-Terg sah den Dreiern nacheinander in die großen, flachen Augen. »Einst haben die Loower im Auftrag der Kosmokraten Leben im Universum verbreitet. Ihr seid Kinder jener Loower. Versprecht mir, hier und heute, dass ihr das Leben immer achten werdet. Versprecht mir, dass ihr euch bis zum Ende eurer Existenz bemühen wollt, das Leben zu erhalten und zu schützen.«

»Wir versprechen es«, sagten die Dreier, unter ihnen Kilan-Gerp und Hisk-Mekang.

»Es gibt keine Observation mehr«, sagte Garasch.

»Das würde erklären, warum ich vor *Jahren* zum letzten Mal von ihr gehört habe«, erwiderte Karn-Terg.

Er hockte im Beobachtungsraum des Horts, begleitet von seinem Helk, der mit einem speziellen Emitter verhinderte, dass man ihr Gespräch belauschen konnte. Inzwischen verzichteten sie darauf, »Defekte« zu inszenieren, um Sondierungssignalen zu entgehen, aber Karn-Terg wollte sicher sein, dass niemand mithörte, nur für den Fall.

»Außerdem stehen uns wieder die Datenressourcen der Stadt zur Verfügung«, fuhr Garasch fort, der auf einem Antigravkissen dicht über dem Boden schwebte. »Nicht alle, aber einige. Viele der von Ta-Perendi eingeführten Restriktionen existieren nicht mehr. Das betrifft nicht nur dich, sondern auch die Loower der Trümmersphäre. Die neue Gesellschaft hat sich stabilisiert.«

»Weil man die Vergangenheit vergisst.«

»Darauf läuft es hinaus, ja.«

»Der Einkehr folgte die endgültige Abkehr von dem, was wir gewesen sind«, sagte Karn-Terg bitter. »Gibt es überhaupt keine kritischen Stimmen mehr?«

»Keine von Gewicht.«

Karn-Terg hob beide Tentakel und deutete auf die vielen Projektionsbereiche. Kinder verschiedener Entwicklungsstufen spielten und lernten. »Welches Leben erwartet sie? Sollen sie Jahrhunderte in einer orbitalen Stadt verbringen, ohne jemals fremde Welten zu sehen? Was für ein Leben *ist* das?« Er gab die Ruheposition auf, erhob sich und ging an den Darstellungen vorbei. »Man hat ihnen die Zukunft genommen, noch bevor sie geboren wurden!«

Garasch schwieg.

»Wenn es die alten Restriktionen nicht mehr gibt ...« Karn-Terg blieb stehen und sah zum Helk. »Bedeutet es, dass ich zurückkehren kann? Dass *wir* zurückkehren können?«, fügte er hinzu und vollführte eine Geste, die den Kindern galt.

»Deine Frage betrifft eine der beiden anderen Informationen, die ich für dich habe«, sagte Garasch. »Die übrigen Kinderhorte auf dem Planeten stehen kurz vor der Auflösung. Ihre Warte und die Kinder werden in der Trümmersphäre untergebracht. Nur dieser Hort bleibt auf dem Planeten, und du mit ihm.«

»Warum?«

»Weil du nach wie vor ein verurteilter Verbrecher bist, sogar ein zweimal verurteilter. Abgesehen von diesem Hort wird es bald nur noch einige kleine Siedlungen in den Äquatorialbereichen des Planeten geben. Der neue Quellmeister Be-Techen will diese Welt offenbar sich selbst überlassen.«

»Was ist mit den Monaden?«, fragte Karn-Terg. »Dies ist *ihre* Welt. Sollen sie in Eis erstarren?«

»Damit sprichst du den zweiten Punkt an«, sagte Garasch. »Es gibt noch immer nur sehr wenige Informationen über die Monaden, aber ich konnte zwei Dinge herausfinden. Offenbar hat sich eine neue Duade gebildet. Und Loower der Trümmersphäre und die neue Duade arbeiten an einem gemeinsamen Projekt.«

»Eine neue Kollektivintelligenz der Monaden?«

»Sie wird in einer internen Verlautbarung des Quellmeisters erwähnt. Die Mitteilung war für seine Neun Hohen Vordenker bestimmt und befand sich für kurze Zeit im Zwischenspeicher eines mit den Netzwerken verbundenen Elaborators.«

»Und das Projekt? Was hat es damit auf sich?«

»Es ist streng geheim. Ich konnte nur einen Hinweis darauf entdecken, das Wort *Halo*.«

»Was bedeutet es?«

»Ein Halo ist ...«

»Ich weiß, was ein Halo ist«, sagte Karn-Terg ungeduldig. »Was bedeutet das Wort im Zusammenhang mit dem Projekt?«

»Das ist mir nicht bekannt.«

Karn-Terg setzte seine unruhige Wanderung durchs Beobachtungszimmer fort, vorbei an den vielen Projektionsfeldern. »Such weiter nach Informationen, Garasch. So vorsichtig wie bisher. Vielleicht gelingt es dir, mehr herauszufinden.«

Der Helk bestätigte, deaktivierte den Emitter und schwebte fort. Karn-Terg beobachtete die Kinder in den verschiedenen Sektoren des Horts, während seine Gedanken ganz anderen

Dingen galten. Er stellte sich allein auf einer Welt vor, die unter einem stählernen Himmel gefror, der einzige Große unter Kleinen, nicht allein, aber doch sehr, sehr einsam.

»Sind die Kosmokraten böse?«, fragte Kilan-Gerp mit kindlicher Unschuld.

Sie standen auf dem Boden eines Planeten, den es zwar wirklich gab, der in dieser Form aber nur in ihrer Vorstellung existierte, geschaffen von neuraler Stimulierung und einem ausgeklügelten Simulationsprogramm. Dies war Trenteha, siebter Mond eines warmen Gasriesen, der den größten Teil des Himmels einnahm.

»Angeblich sind sie jenseits von gut und böse«, antwortete Karn-Terg. »Aber ich habe da so meine Zweifel.«

»Sie haben den Loowern das Tiefenbewusstsein genommen«, sagte Kilan und wiederholte das, was er den Erzählungen des Kinderwarts entnommen hatte. »Sie haben unser Volk hierher geschickt und uns verboten, die Reisen von Stern zu Stern fortzusetzen. Also sind sie böse.«

»Sie haben uns nicht in dem Sinne verboten, unsere Reisen durchs Universum fortzusetzen. Wir sind damit einverstanden gewesen.«

»Weil die Kosmokraten behauptet haben, Freunde der Loower zu sein?«

»Etwas in der Art, ja.«

»Aber dann haben sie gelogen, nicht wahr? Die Loower haben befürchtet, nach dem Schwarmbau in kosmische Bedeutungslosigkeit zu verfallen und auszusterben, wie andere Hilfsvölker vor ihnen. Deshalb suchten sie nach einem Weg hinter die Materiequellen – du hast uns oft genug davon erzählt. Schließlich kam es zu einem Kontakt, und die Kosmokraten sagten den Loowern, es gäbe gar nichts zu befürchten. Aber jetzt *sind* die Loower bedeutungslos geworden. Woraus folgt: Die Kosmokraten haben gelogen und sind böse.«

Karn-Terg blickte auf den kleinen Dreier hinab, verblüfft von Kilans Logik und Ausdruckskraft – für ein Kind in seinem Alter war das sehr ungewöhnlich.

»Warum brechen die anderen Großen nicht einfach wieder auf?«, fragte Kilan-Gerp.

»So einfach ist das nicht. Die Schiffe müssten wieder aus der orbitalen Stadt gelöst werden, was sehr schwierig sein dürfte, weil inzwischen alles ... zusammengebaut ist. Und nach dem, was ich gehört habe, sind die meisten Loower der Stadt zufrieden mit ihrem Leben.«

»Aber du nicht.«

Karn-Terg überlegte. »Ich bin Pilot gewesen und weiß zu genau, worauf wir verzichten.«

»Wenn ich entscheiden könnte: Ich würde die Trümmersphäre auseinander nehmen und zu den fernen Welten fliegen, die du uns beschrieben hast. Zu Welten wie dieser.«

Karn-Terg nahm mit großer Zufriedenheit zur Kenntnis, dass Kilan von der »Trümmersphäre« sprach, im Gegensatz zu seinem Bruder Hisk-Mekang, der oft den Namen der orbitalen Stadt nannte. In den vergangenen Jahren hatten sich Unterschiede zwischen den beiden Brüdern gezeigt, nicht nur körperliche, sondern vor allem geistige. Beide zeichneten sich durch hohe Intelligenz aus, aber der zartere Kilan-Gerp schien intellektueller veranlagt zu sein und war insbesondere offen für Dinge, die keine greifbare Substanz hatten, wie zum Beispiel eine solche Simulation. Der inzwischen kräftiger gebaute Hisk hingegen fühlte sich allem Realen verbunden und erstaunte Karn-Terg immer wieder mit seinen hervorragenden praktischen Fähigkeiten. Er nahm Dinge auseinander, um zu sehen, wie sie funktionierten, und verstand es auch, sie anschließend wieder so zusammenzusetzen, *dass* sie funktionierten. Er hatte sogar damit begonnen, sich einen eigenen kleinen Helk zu bauen. Simulationen interessierten ihn weitaus weniger als Kilan, und deshalb hatte er sie nicht begleitet.

Sie beobachteten, wie die Sonne hinter dem Gasriesen verschwand, dessen Atmosphäre für eine Minute den Anschein erweckte, in Flammen zu stehen. Karn-Terg sah, wie Kilan aus seinen flachen Augen nach oben blickte und auf eine Weise staunte, die Wehmut in ihm weckte und ihn an seine Jugend erinnerte, an das eigene Staunen vor vielen Jahren, als junger Pilot.

»Komm, lass uns gehen«, sagte er schließlich. Seite an Seite schritten sie über den Hang und näherten sich einem gewaltigen Bauwerk, das im Lauf von Jahrhunderten entstanden war und mehr als tausend Meter weit aufragte. Unten durchmaß seine Grundfläche fast fünf Kilometer.

»Du bist wirklich an diesem Ort gewesen?«, fragte Kilan. »Du hast diese riesige Pyramide wirklich gesehen?«

»In einer Galaxis, die fast eine Milliarde Lichtjahre von Alkyra II entfernt ist, ja«, sagte Karn-Terg. »Ich habe vor diesem Bauwerk gestanden und über Vermessenheit nachgedacht.«

»Über Vermessenheit?«

»Hier glaubte sich ein Volk imstande, den Göttern nahe zu sein. Die Trentehani waren davon überzeugt, dass die Götter dort oben wohnen.« Karn-Terg deutete zum Gasriesen empor. »Deshalb begannen sie damit, dieses Bauwerk zu konstruieren, in der Hoffnung, irgendwann die Heimstatt der Götter zu erreichen. Über Jahrhunderte hinweg bestimmte der Heilige Bau das Leben dieses Volkes, und er brachte ihm schließlich den Tod.«

»Warum?«

»Der Bau verschlang ungeheure ökonomische Ressourcen.« Als Karn-Terg den fragenden Blick des Jungen bemerkte, fügte er hinzu: »Alle Trentehani arbeiteten hauptsächlich für den Bau, und dadurch wurde die Produktion von Lebensmitteln und anderen Dingen vernachlässigt. Während einer Dürreperiode kam es zum wirtschaftlichen Kollaps. Eine Hungersnot raffte viele dahin, und die überlebenden Trentehani zogen fort. Ihre

Nachkommen brachten es nie wieder zu Größe, und schließlich starb das Volk aus. Vielleicht zum Glück für das hier.«

Karn-Terg trat fest auf den Boden und hob dann den Fuß. Ein Geflecht aus dünnen Fäden dehnte sich und schien zu versuchen, einem weiteren Tritt auszuweichen.

»Was ist das?«, fragte Kilan, stapfte ebenfalls mit dem Fuß und beobachtete die gleiche Reaktion.

»Ein Myxomyzet«, antwortete Karn-Terg. »Ein Schleimpilz. Er ist jetzt die dominierende Spezies dieses Planeten. Was wir hier sehen, sind seine Kapillaren, die dazu dienen, Gas und Flüssigkeit aufzunehmen. Sie durchdringen alles, selbst die Pyramide.«

»Warum haben diese Leute keine Raumschiffe gebaut? Damit hätten sie den Gasriesen erreichen können.«

»Sie schlugen den falschen Weg ein, als sie sich ganz dem Bau der Pyramide widmeten. Dadurch bekamen sie gar keine Gelegenheit, die für die Konstruktion von Raumschiffen nötige moderne Technik zu entwickeln. Der Wunsch, den Göttern gleich oder nahe zu sein, führte sie ins Verderben.«

Kilan sah an der gewaltigen Pyramide empor, deren Spitze die Wolkenbänder des Gasriesen zu berühren schien.

»Vermessenheit«, wiederholte er leise. »Und der falsche Weg. Zeigst du mir dies, um mir etwas zu sagen?«

Die Klugheit des Jungen überraschte Karn-Terg einmal mehr. »Was könnte ich dir sagen wollen?«

»Willst du darauf hinweisen, dass auch wir Loower den falschen Weg eingeschlagen haben? Dass es uns ebenso ergehen könnte wie den Trentehani? Dass wir eines Tages vielleicht verschwinden und ein ... ein Schleimpilz unseren Platz einnimmt?«

»Ich glaube, in der Trümmersphäre würde sich ein Schleimpilz nicht besonders wohl fühlen. Aber du hast Recht, soweit es mich betrifft. Ich bin der Ansicht, dass wir Loower auf dem falschen Weg sind. Es war falsch, dass wir uns für die Sesshaftigkeit entschieden haben. Es war falsch, den Kosmokraten zu vertrauen. Doch daran lässt sich jetzt nichts mehr ändern. Wir können nur versuchen, die Vergangenheit nicht in Vergessenheit geraten zu lassen. Darum erzähle ich dir und den anderen von diesen Dingen.«

»Vielleicht werde ich einmal Quellmeister«, sagte Kilan-Gerp. »Dann werde ich anordnen, die Trümmersphäre zu demontieren, damit die Raumschiffe wieder losfliegen können. Ich möchte all die Welten selbst einmal sehen, und nicht nur in einer Simulation.«

»Dann bitte ich dich, mich als Pilot mitzunehmen«, sagte Karn-Terg scherzhaft.

»Abgemacht«, erwiderte Kilan, und seine Stimme klang dabei sonderbar ernst.

Sie setzten die Wanderung über Trenteha fort, bis die Sonne wieder hinter dem Gasriesen zum Vorschein kam und dann unterging. Der Abend brachte die zahllosen Sterne eines galaktischen Feuerrads an den Himmel, der nicht aus Metall bestand.

»Und das ist nur eine von vielen Galaxien«, sagte Karn-Terg. »Im Universum gibt es ebenso viele Galaxien wie Sterne in dieser Galaxis.«

»Bist du nicht traurig?« Kilan sah zu ihm auf. »Ich meine, du hast das alles mit eigenen Augen gesehen. Du kennst die Zeit vor der Einkehr. Du weißt besser als ich, was die Loower verloren haben.«

Karn-Terg blickte zum Himmel hoch und vergaß für einige Sekunden, dass er simuliert war. Endlose Weiten, Wunder über Wunder, die brodelnde Kraft des Lebens, die überall Neues schuf ...

»Manchmal bin ich das, ja«, sagte er leise. »Manchmal bin ich sehr, sehr traurig.« Er holte eine kleine Kontrolleinheit hervor. »Ich glaube, wir sollten jetzt besser zurückkehren.« Er betätigte ein Schaltelement, und Trenteha verschwand. Von einem Augenblick zum anderen befanden sie sich wieder im Simulationsraum, hockten dicht nebeneinander in der Ruhestellung. Die neuralen Verbindungsstränge lösten sich von ihnen und wichen in den Simulator zurück.

Als sich Karn-Terg aufrichtete, reagierte sein Kom-Gerät auf ein Ruf-Signal. Er schaltete es ein.

»Hier spricht Garasch«, ertönte die Stimme des Helks. »Hisk-Mekang ist aus dem Hort entwischt.«

: 15

Gucky
| 1341 NGZ |

»› Reglos hing der Koloss im All, ein stählerner Gigant, verwundet, fast tot – es kamen nur noch wenige energetische Emissionen tief aus seinem Innern. Gucky betätigte die Manövrierdüsen seines Schutzanzugs und brachte sich näher an einen langen Riss heran, während Stimmen aus dem Akustikfeld im Helm drangen.

»Gruppe Eins an EK: Wir haben einen Zugang zum Heck gefunden.«

»Einsatzkontrolle an Eins: Kommunikations- und Datenverbindungen sind stabil. Seht euch die Triebwerke an.«

»Gruppe Zwei an EK: Wir sind im Bug und haben einige tote Loower gefunden.«

»Einsatzkontrolle an Zwei: Leichen für eine Untersuchung bergen. Gibt es Anzeichen auf Überlebende?«

»Negativ, EK, negativ. Keine Überlebenden.«

»Seid trotzdem auf der Hut. Das gilt für alle Gruppen.«

Gucky schwebte in dem Riss, der wie ein aufgerissenes Maul wirkte, und sah zurück. Etwa hundert Meter trennten ihn von der JUMPY – vormals ANTARES, ein superschneller Kurierkreuzer –, die mit blinkenden Positionslichtern auf ihn wartete. Die sieben Schiffe der LFT-Einsatzgruppe waren weiter entfernt und nur dann zu sehen, wenn sie das Licht der Sterne verdeckten.

»EK an Gucky.«

»Ich höre«, erwiderte der Mausbiber.

»Wenn du Hilfe brauchst ...«

»Ich? Hilfe?«, erwiderte Gucky entrüstet. »Wann habe *ich* jemals Hilfe gebraucht?«

Er betätigte die Kontrollen des Kombi-Armbands, und die Manövrierdüsen feuerten wieder und trugen ihn durch den Riss ins Innere des Loowerschiffes. Zwei Lichtfinger gingen vom Schutzanzug aus, tasteten über geborstene Metallwände und durch einen langen Tunnel. Gucky deaktivierte die Düsen, und eine kurze Teleportation brachte ihn zum Ende des Tunnels. Dort schwebte er dicht über dem Boden, umgeben von der Masse des fremden Schiffes, verringerte die Empfangslautstärke des Kommunikators und lauschte in den telepathischen Äther.

Da war es wieder: ein wortloses Flüstern, so leise, dass es fast ganz von den mentalen Stimmen der Menschen übertönt wurde. Dieses Wispern war der Grund, warum er den Flug mit der JUMPY nicht fortgesetzt hatte. Es stammte nicht von Perry Rhodan, so viel stand fest, aber der Mausbiber war neugierig geworden. Immerhin gehörte dieses Schiff zu einer der beiden Flotten, die sich im Flake-System bekämpft hatten – darauf wies die energetische Signatur in den Restemissionen hin.

»Gruppe Eins an EK«, tönte es aus dem Akustikfeld, leiser als vorher. »Wir sind jetzt bei den Triebwerken. Scheinen weitgehend intakt zu sein.«

»Einsatzkontrolle an Eins: Beginnt mit den Analysen. Vielleicht finden wir jetzt endlich den Grund für die Leistungsfähigkeit der loowerischen Technik. Was ist mit Loowern?«

»Eins an EK, negativ, keine Loower. Aber hier liegen seltsame ... Fladen auf dem Boden.«

»Einsatzkontrolle an Eins, die Bildübertragung funktioniert, wir sehen sie. Handelt es sich um organisches Material?«

Gucky drehte die Lautstärke noch weiter herunter, denn die Stimmen der Menschen störten ihn. Er konzentrierte sich ganz auf das mentale Raunen, das jetzt näher zu sein schien.

Vorsichtig stieß er sich von einer gewölbten Wand ab, schwebte an den Trümmern eines Schotts vorbei in einen weiteren Tunnel und brachte sich mit einer neuerlichen Teleportation zu seinem sichtbaren Ende. Gucky orientierte sich kurz, schwebte durch einen Zugang und erreichte einen großen Raum mit vielen Gespinsten, die teilweise wie Hängematten aussahen. Und auf dem Boden ...

Der Blick des Mausbibers fiel auf einige der fladenartigen Gebilde, die zuvor von den Menschen erwähnt worden waren. Hier und dort bedeckten sie den Boden und hatten sich selbst in der Schwerelosigkeit nicht davon gelöst.

Gucky schwebte näher, richtete das Licht beider Anzuglampen auf einen der Fladen und drückte sich telekinetisch neben ihm auf den Boden. »Sieht tatsächlich organisch aus«, murmelte er, horchte erneut in den telepathischen Äther und stellte fest: Das mentale Flüstern, leise und subtil, stammte von den Fladen.

Gucky ging in die Hocke, von der eigenen telekinetischen Kraft gehalten, und benutzte seinen Lieblingssensor: Er streckte die in einem Schutzhandschuh steckende Hand aus und berührte einen Fladen.

Das mentale Raunen veränderte sich, klang plötzlich nach einem tiefen Seufzen.

»Einsatzkontrolle an alle Gruppen: Wir registrieren eine Zunahme der energetischen Emissionen.«

Ein oder zwei Sekunden später ertönte eine weitere Stimme: »Drei an EK: Die Restenergie in den Konvertern des Schiffes wird instabil. Es droht eine Explosion.«

»Einsatzkontrolle an alle Gruppen: Verlasst das Wrack und kehrt unverzüglich zurück.« Und nach einer kurzen Pause: »Das gilt auch für dich, Gucky.«

Der Mausbiber richtete sich langsam auf, noch immer voller Neugier. *Was bist du?*, dachte er konzentriert. *Wer bist du?*

Das Flüstern oder Seufzen veränderte sich erneut. Etwas *brannte* darin und bereitete Gucky Unbehagen, als er es mit seinen psionischen Sinnen berührte. Er gewann den vagen Eindruck von Leid, und auch von Hoffnung.

Gucky fühlte, wie das Metall unter seinen Füßen zu vibrieren begann. Er entließ sich aus dem telekinetischen Griff, schwebte empor und hörte, wie die einzelnen Einsatzgruppen das Verlassen des Wracks bestätigten. Ein mehr als einen Kilometer langer Riese, im interstellaren Raum zwischen den Sternen aus dem Hyperraum gefallen, als seine Triebwerke versagten ... mit *etwas* an Bord, das nicht dachte, aber ohne ein eigenes Selbst fühlte.

»Gucky?«, tönte es aus dem Akustikfeld des Helms.

»Ich spüre hier etwas«, sagte der Mausbiber.

»Die Emissionen werden stärker. Es könnte jeden Augenblick zu einer verheerenden Explosion kommen. Verlass das Schiff.«

Gucky hätte gern eine scharfe Antwort gegeben, aber er begriff, dass es dumm gewesen wäre, noch länger im Wrack zu verweilen. Er konzentrierte sich auf die Pilotenkabine der JUMPY, *wollte* sich dorthin ... und stieß auf ein unerwartetes Hindernis. Etwas stemmte sich seinen Gedanken entgegen. Geist und Körper schienen in die Länge gezogen zu werden, als Gucky entmaterialisierte – und sich unmittelbar darauf nicht an Bord des kleinen Kurierkreuzers wiederfand, sondern einige Meter neben ihm im All. Etwas hatte seinen Teleportationssprung abgelenkt.

Nur hundert Meter entfernt hing der Koloss des Loowerschiffes im All, und Gucky beobachtete, wie ein mittleres Segment zu glühen begann. Rasch konzentrierte er sich erneut, ließ vor dem inneren Auge noch einmal ein Bild der Pilotenkabine entstehen, sprang und rematerialisierte am gewünschten Ort.

Dutzende von Indikatoren auf der hufeisenförmigen Konsole zeigten warnendes Rot, und hinzu kam das rhythmische Pfeifen eines akustischen Alarms. Gucky hielt sich nicht damit auf, den Helm des Raumanzugs abzunehmen. Mit einem Satz war er an den Kontrollen, aktivierte die Notbeschleunigung und hörte, wie das starke Triebwerk der JUMPY aufheulte. Gleichzeitig hüllte sich das kleine Schiff in einen HÜ-Schirm.

Keine Sekunde zu früh.

Draußen im All, bereits einige tausend Kilometer entfernt, gleißte grelles Licht, als das Loowerschiff explodierte. Die energetische Druckwelle erfasste den Kurierkreuzer und bewirkte eine zusätzliche Beschleunigung, die ihn aus dem unmittelbaren Wirkungsbereich der Explosion brachte. Der HÜ-Schirm hielt den Belastungen stand.

»Das war knapp«, sagte Gucky.

»Soll diese Bemerkung dem aktuellen Kapitel deines Epos ›Der letzte wahre Held‹ hinzugefügt werden?«, ertönte die synthetische Stimme der Bordpositronik.

Gucky löste den Helm und streifte den Raumanzug ab. »Wie lautet der letzte Eintrag?«, fragte er geistesabwesend und dachte noch immer an das Etwas, das er an Bord des Loowerschiffes geespert hatte.

»Und so schickt sich der Held an, mutig und unerschrocken an Bord des Wracks zu gehen, um allen Gefahren zu trotzen, die dort auf ihn warten. Tapfer bricht er auf: Gucky, der letzte Ilt, auf der Suche nach seinem alten Freund Perry Rhodan, den er so oft im letzten Augenblick gerettet hat ...«

Die Brust des Mausbibers schwoll voller Stolz an. Es klang gut, fand er. Nur ...

»›Das war knapp‹ passt nicht recht dazu, oder?«, fragte er, während er Raumanzug und Helm in einem Wandfach verstaute.

»Ich sehe mich außerstande, diese Frage zu beantworten«, erwiderte die Bordpositronik. »Ich bin nicht auf die besondere Syntax von Heldenepen programmiert.«

»Mit Syntroniken war alles besser und einfacher«, murmelte Gucky, als er an der Konsole Platz nahm. Aus dem roten Leuchten der Indikatoren war wieder beruhigendes Grün geworden. Ein Holo zeigte ihm, was jetzt noch von dem Loowerschiff übrig war: eine sich ausdehnende Wolke aus glühenden Trümmern, keins von ihnen größer als einige Meter. »Das mit dem ›knapp‹ lassen wir weg«, entschied er.

»Zur Kenntnis genommen.«

Ein lindgrünes Gesicht erschien im Kom-Hologramm. »Ist alles in Ordnung bei dir, Gucky?«, fragte Hadji Ammerstrom, Kommandant der MERKURIO, des Flaggschiffs der terranischen Flottille. Ammerstrom stammte von einer kleinen Kolonie namens Fraternitas im Sektor Morgenrot, und wie alle Fraternitaner trug er einen Chlorophyllsymbionten in seiner Haut.

»Bei mir ist alles bestens, wie immer«, erwiderte der Mausbiber. »Konnten sich eure Gruppen rechtzeitig absetzen?«

»Es war ziemlich knapp.«

»Bei mir nicht«, behauptete Gucky. »Ich hatte jede Menge Zeit.«

»Dein plötzliches Beschleunigungsmanöver ...«

»Alles sorgfältig geplant, Kommandant. Jemand wie ich überlässt nichts dem Zufall.« Gucky seufzte. »Schade um das Schiff. Haben deine Leute Daten über das Triebwerk gewinnen können?«

»Nicht annähernd genug«, sagte Ammerstrom, und es klang sehr enttäuscht. »Wir fragen uns noch immer, wie es zu der Explosion kommen konnte. Die Restenergie des Schiffes schien stabil zu sein.«

»Der Schein trügt manchmal«, entgegnete Gucky und fragte sich, ob ein Zusammenhang bestand zwischen seinem physischen Kontakt mit einem der fladenartigen Objekte und der plötzlichen Instabilität des loowerischen Energiekerns.

»Wir kehren jetzt zu unserer Ausgangsbasis zurück«, sagte Ammerstrom. »Wenn du uns begleiten möchtest ...«

»Nein. Ich ...« Fast hätte er gesagt: *Ich setze die Suche nach Perry Rhodan fort.* Aber es sollte sich natürlich nicht herumsprechen, dass Perry Rhodan verschwunden war. »Ich setze meine Mission fort.«

»Bei der ich dir viel Erfolg wünsche.« Ammerstrom nickte Gucky zu und unterbrach dann die Verbindung.

Der Mausbiber beobachtete die Ortungsanzeigen und sah, wie die aus sieben Schiffen bestehende Flottille im Linearraum verschwand. Die JUMPY blieb allein zurück, Lichtjahre vom nächsten Stern entfernt.

Gucky betätigte die Kommunikationskontrollen und versuchte erneut, eine Hyperfunkverbindung zur KANDAHAR herzustellen, auch diesmal ohne Erfolg.

»Die Aktivität des Hypersturms im Ophiuchussektor hat weiter zugenommen«, teilte ihm die Bordpositronik mit. »Die Funkbrücke ist nach wie vor gestört.«

»Solange ich nichts zu vermelden habe, kann mir das eigentlich egal sein«, murmelte der Mausbiber und blickte auf die Anzeigen. »Was nun, Retter des Universum? Wo sollen wir die Suche fortsetzen?«

»Das Führen von Selbstgesprächen könnte Indiz für eine geistige Störung sein«, kommentierte die synthetische Stimme.

»Woher willst *du* das wissen?«

»Ein Teil meiner Programmierung stammt von dem Piloten, der dieses Schiff vor dir geflogen hat. Während langer Reisen griff er immer wieder auf meine psychoanalytischen Dienste zurück.« Die Bordpositronik legte eine kurze Pause ein. »Deine Neigung zu Soliloquien und eine semantische Analyse von ›Der letzte wahre Held‹ könnten auf einen psychotischen Zustand hinweisen, mit Phasen der Selbstüberschätzung und ...«

»Wenn dir etwas an deiner positronischen Existenz liegt, solltest du jetzt besser schweigen«, sagte Gucky drohend.

Stille folgte.

Der Mausbiber nickte zufrieden. »Es ist das Schicksal vieler Genies, verkannt zu sein«, verkündete er in einem klagenden Tonfall. »Selbst mir ergeht es manchmal so, trotz der vielen großen Dinge, die ich geleistet habe. Nun, mein lieber Gucky, wo setzen wir die Suche nach der Nadel im Heuhaufen fort? Ach, was sage ich da. Wie einfach wäre es doch, eine Nadel im Heuhaufen zu entdecken! Aber wie soll man einen einzelnen Menschen in einer Galaxis finden, die aus mehr als hundert Milliarden Sonnen und fast einer Billion Planeten besteht?« Gucky atmete tief durch, was seine Brust etwas größer werden ließ. »Warum habe ich diesen Auftrag bekommen? Ganz einfach: weil niemand sonst einer solchen Aufgabe gewachsen ist. Dies ist eine Mission für den letzten wahren Helden!«

»Vermutlich bist du aufgrund deiner telepathischen Fähigkeiten ausgewählt worden«, ließ sich die Bordpositronik vernehmen. »Andere Erwägungen dürften kaum eine Rolle gespielt haben.«

»Hat dich mein Vorgänger auch mit Gehässigkeit programmiert, Blechhirn? Wie wäre es, wenn du dich zur Abwechselung mal nützlich machst und mir die Orte zeigst, wo Loowerschiffe geortet wurden, deren energetische Signaturen vom Flake-System her bekannt sind?«

Ein Hologramm entstand, zeigte Koordinaten und Sonnensysteme, mit eingeblendeten Orientierungspunkten in Bezug auf den Kernbereich der LFT. Infrage kamen mindestens sechzig Welten, deren Entfernungen zwischen dreißig und achttausend Lichtjahren schwankte.

»Mein Speicher enthält mehr als vierhundert bekannte energetische Signaturen«, sagte die Positronik. »Aber geortet wurden bisher nicht einmal achtzig entsprechende Schiffe.«

»Mit anderen Worten: Selbst wenn ich mir jeden einzelnen der sechzig Planeten vornehme – vielleicht ist die Suche sinnlos, denn Perry könnte sich an Bord eines der anderen Schiffe befinden.«

»Er könnte auch tot sein. Die Wahrscheinlichkeit dafür ...«

»... interessiert mich nicht. Reginald ist davon überzeugt, dass er noch lebt. Und das genügt mir.« Gucky stand auf, legte die Hände auf den Rücken und wanderte vor der Konsole auf und ab. »Denk nach, glorreicher Held. Mach Gebrauch von deiner überlegenen Intelligenz. Du kannst nicht jeden Planeten der Milchstraße abklappern und im telepathischen Äther nach Perrys geistiger Stimme lauschen. Es würde so lange dauern, dass irgendwann dein Zellaktivatorchip versagt. Wo könnte Perry sein?«

»Wenn er noch lebt«, warf die Bordpositronik ein.

»Sei still und stör einen Helden nicht beim Nachdenken.«

Aber während Gucky in der kleinen Pilotenkabine auf und ab watschelte, dachte er weniger an Perry Rhodan und mehr an seine Empfindungen an Bord des Loowerschiffes. Er erinnerte sich an das ferne Flüstern, das nicht von einem Bewusstsein in dem Sinne stammte, aber von etwas Lebendigem. Vor dem inneren Auge sah er sich selbst, wie er einen der Fladen auf dem Boden berührte und dadurch eine Veränderung bewirkte. Der Energiekern tief im Innern des Schiffes war instabil geworden, und das mentale Flüstern hatte sich in ein Seufzen verwandelt, das *was* bedeutete? Gucky konzentrierte sich wie jemand, der versuchte, in einem fernen Murmeln einzelne Worte zu verstehen.

»Mars«, hörte er sich selbst sagen und blieb stehen. »Der Mars. Wie komme ich auf den Mars?«

Er sondierte die eigenen Gefühle und fand eine Hoffnung, für die es keinen erkennbaren Grund gab. Aber der Mausbiber wusste, dass er der Stimme seines Instinkts vertrauen durfte.

»Wir fliegen zum Mars«, sagte er. »Mit Höchstgeschwindigkeit. Ich bin in meinem Quartier und möchte nur gestört werden, wenn es sich nicht vermeiden lässt, klar? Auch ein Held braucht mal Ruhe.«

Gucky blinzelte im Licht künstlicher Sonnen am Himmel, ließ seinen Blick über die rötliche Landschaft des Mars schweifen und dachte daran, was mit diesem Planeten geschehen war. Der Aufenthalt in einer anderen Dimension, im Arresum, hatte seine Oberfläche vollkommen verwüstet. Inzwischen befand sich der Mars wieder im Solsystem und war nach dem Abklingen eines hyperphysikalischen Emissionsfelds erneut besiedelt worden. Mehr als zwanzig Millionen neue Kolonisten lebten inzwischen auf dem roten Planeten, der Gucky an Tramp erinnerte, die vor drei Jahrtausenden zerstöre Ursprungswelt der Ilts.

Er straffte die Gestalt, als er aus dem gelandeten Kurierkreuzer trat und die Luft des Mars tief einatmete. »Es ist lange her«, sagte er zu sich selbst. »Und wie ich sehe, hat sich hier viel verändert.«

Roter, sandiger Boden knirschte unter seinen Stiefeln, als er einige Schritte weit ging. Mehrere Kilometer entfernt ragten steile Felswände Hunderte von Metern weit auf, und vor ihnen gruben sich die Ressourcenroboter eines vollautomatischen Industriekomplexes in den Boden – sie gewannen Rohstoffe für Bau und Ausstattung weiterer Kolonien. Ein dumpfes Grollen kam von ihnen und schien ein Gewitter anzukündigen.

Schließlich blieb Gucky stehen, bückte sich, nahm etwas von dem roten Sand und ließ ihn von der Hand rieseln. »Bist du sicher, dass dies der richtige Ort ist?«, fragte er schließlich. Das kleine Kom-Gerät am Kragen seiner Kombination empfing die Stimme und leitete sie weiter.

»Ja, ich bin sicher«, antwortete die Bordpositronik der JUMPY. »Hier hat einst die alte Neunturmlage der Loower gestanden.«

»Es ist nichts von ihr übrig.«

»Kein Wunder. Das Arresum hat alles zerstört.«

Gucky beobachtete die Maschinen in der Ferne, blickte an der hohen Felswand empor und sah den Wolken nach, die über einen erstaunlich blauen Himmel zogen. Der Mars war wieder zu einer lebensfreundlichen Welt geworden, doch einige Dinge blieben für immer verloren. Wie zum Beispiel die Neunturmanlage, die die Loower einst auf diesem Planeten errichtet hatten. Gucky fragte sich kurz, was aus Goran-Vran geworden sein mochte, jenem Loower, der damals durch einen Unfall die Fähigkeit zum entelechischen Denken verloren hatte und vom Türmer Hergo-Zovran als Spion zu den Menschen auf dem Mars geschickt worden war. Später war er selbst zum Türmer der sinnlos gewordenen Anlage geworden. Lebte er vielleicht noch, irgendwo? Auszuschließen war es nicht, denn Gucky wusste von der extremen Langlebigkeit der Loower.

»Warum bin ich überhaupt hierher gekommen?«, fragte er sich leise. »Habe ich etwa gehofft, Perry auf dem Mars zu finden?«

»Vielleicht bist du gekommen, um mir zu begegnen«, ertönte eine Stimme hinter ihm.

Gucky wirbelte herum.

»Oh, Entschuldigung, ich wollte dich nicht erschrecken.« Die Worte stammten von einer unauffälligen Frau in mittleren Jahren, die keinen großen Wert auf ihr Aussehen zu legen schien und einen weiten Umhang trug, der ihr nicht besonders gut stand. Sie war korpulent, und das kurze braune Haar wirkte struppig.

Und sie hatte keine Gedanken.

Gucky blickte zu ihr auf und begriff, dass sie deshalb imstande gewesen war, ihn zu überraschen. Als Telepath merkte er immer, wenn sich ihm jemand näherte.

»Du denkst nicht«, sagte er verwundert.

Die Frau lächelte. »Wer nicht denkt, ist tot. Ich fühle mich recht lebendig.« Sie zwickte sich in den Unterarm. »Au, das tut weh. Ich *bin* lebendig.«

Gucky kniff die Augen zusammen. Er mochte es ganz und gar nicht, wenn jemand versuchte, sich über ihn lustig zu machen. Er konzentrierte sich, versuchte diesmal ganz bewusst, die Gedanken der Frau zu erfassen ... und vernahm nur ein leises Flüstern, noch leiser und ferner als das Raunen an Bord des Loowerschiffes. Mehr nicht. Was diese Frau dachte und fühlte – es blieb ihm verborgen.

»Wer bist du?«

»Ich bin Sirken«, sagte die Frau.

»Einfach nur Sirken?«

»Du bist einfach nur Gucky.«

Der Mausbiber holte tief Luft. So etwas konnte er nicht durchgehen lassen. »Meine liebe Sirken, vor dir steht der wahre und einzige RdU, und du solltest ihm mehr Respekt entgegenbringen!«

»RdU?«, fragte die Frau.

»Es gab die MdI, es gab die KdZ, und es gibt mich, den einen, wahren RdU, den Retter des Universums. Von ›einfach nur Gucky‹ kann wohl kaum die Rede sein.«

Sirken lächelte, trat näher und streckte die Hand aus. »Dann gib mir Gelegenheit, dich angemessen zu begrüßen.«

Gucky reichte ihr die Hand. Sirken schüttelte sie kurz und deutete dabei eine Verbeugung an.

»Woher kommst du?«, fragte der Mausbiber besänftigt. »Ich habe beim Anflug weit und breit niemanden gesehen.«

Sirken deutete in Richtung einiger Felsen hinter der JUMPY. »Ich bin von dort gekommen.« Sie griff nach dem Beutel zu ihren Füßen und schulterte ihn. »Eine Wanderung brachte mich hierher.«

»Eine Wanderung, wie?«

Die Frau lachte leise. »Ich sehe schon, dass ich dir nichts vormachen kann. Um ganz ehrlich zu sein: Ich bin hierher gekommen, weil ich wusste, dass ich dir hier begegnen würde.«

Gucky stemmte die Hände an die Seiten. »Ach, und woher hast du das gewusst? Ich habe meinen Besuch nicht angekündigt.«

»Oh, sagen wir: Gewisse Dinge *weiß* ich einfach. Vielleicht liegt es daran, dass ich Neo-Entelechin bin.« Sirken vollführte eine Geste, die der öden Marslandschaft galt. »Du bist wegen der alten Neunturmanlage hier, oder? Sie existiert längst nicht mehr. An diesem Ort verschwendest du nur deine Zeit; er ist tot.«

»Und wo würde ich meine Zeit *nicht* vergeuden?«

»Zum Beispiel auf der Erde.« Die Frau lächelte erneut, geheimnisvoll, aber auch freundlich. »Du suchst Perry Rhodan, nicht wahr?«

Gucky hielt die Worte »Woher weißt du *das*?« zurück, antwortete stattdessen: »Ja.«

»Vielleicht kann ich dir helfen«, sagte Sirken.

: 16

Karn-Terg
| Alkyra II, 109 N.d.E.–108 NGZ |

»» › Der Wind war noch stärker geworden, heulte und fauchte über die Landschaft aus Schnee und Eis hinweg. Dunkle Wolken zogen über den Himmel und verbargen das Licht der wenigen orbitalen Spiegel, die noch Sonnenschein auf den Planeten lenkten.

Karn-Terg saß in einem Segment seines Helks – die anderen Komponenten befanden sich in der Station und sorgten dort dafür, dass alle Einrichtungen des Horts funktionierten. Weitere Zwischenfälle mussten unbedingt vermieden werden.

»Wie konnte es dazu kommen?«, fragte er und sah auf die Anzeigen. Eine Kraftfeldkuppel spannte sich über ihm, schützte ihn vor Wind und Kälte – die Lufttemperatur lag weit unter dem Gefrierpunkt.

»Hisk-Mekang hat sich von einem kleinen Helk helfen lassen«, erklärte Garasch, während seine Komponente durch den Sturm flog. »Sie gelangten in einen Wartungsschacht und von dort aus zu einer der externen Schleusen.«

»Die Schleusen sind mit einem komplexen Kode geschützt!«

»Hisk-Mekang hat es geschafft, ihn zu entschlüsseln. Dies ist kein Zufall. Er scheint alles sorgfältig geplant zu haben.«

Karn-Terg starrte durch die kalte Düsternis und blickte dann wieder auf die Anzeigen. Eine schwache Infrarotspur wies ihnen den Weg, zerfaserte aber immer mehr. Sicher dauerte es nicht mehr lange, bis sie sich ganz auflöste.

»Hisk ist nicht weniger intelligent als sein Bruder Kilan«, fügte Garasch hinzu.

»Wenn er so intelligent ist ... Warum hat er dann den Hort verlassen? Er muss doch gewusst haben, dass er sich in große Gefahr begibt.«

»Vielleicht wollte er das.«

Sie flogen über das Forschungszentrum hinweg, das vor fast vierzig Jahren unweit der alten Neunturmanlage errichtet worden war. Nur die oberen Teile davon ragten aus dem Schnee.

»Ist es dir nicht möglich, die energetischen Emissionen des kleinen Helks zu orten?«, fragte Karn-Terg.

»Sie sind zu gering und verlieren sich im Emissionshintergrund der Trümmersphäre. Wir müssen uns auf die Infrarotspur verlassen.«

»Und wenn wir sie verlieren?«

»Dann können wir nur hoffen, dass Hisk-Mekang zur Station zurückkehrt, bevor die Energiereserven seines kleinen Helks zur Neige gehen.«

Das Forschungszentrum und die alte Neunturmanlage blieben schnell hinter dem fliegenden Garasch-Segment zurück. Aus dem hellen Band der Infrarotspur, geschaffen vom Antigravgenerator des kleinen Helks, der Hisk trug, wurde eine dünne graue Linie.

Weiter vorn ragten dunkle Konturen auf: das Tahr-Mahi-Gebirge, die »Hohen Grate«.

»Die Berge scheinen Hisks Ziel zu sein«, sagte Garasch.

Karn-Terg beugte sich vor, streckte den Tentakel nach den Kontrollen aus und erhöhte die Geschwindigkeit. Das lautere Summen des Antigravkissens gesellte sich der Stimme des Windes hinzu.

Es begann zu schneien.

Erst fielen nur einige wenige Flocken, doch innerhalb kurzer Zeit wurde ein wildes Schneegestöber daraus, in dem sich die Infrarotspur endgültig verlor.

»Die Spur ist bisher gerade verlaufen«, sagte Karn-Terg. »Wir behalten den gegenwärtigen Kurs bei.« Er blickte auf die Anzeigen und stellte fest: Ihnen stand genug Energie zur Verfügung, um den Flug stundenlang fortzusetzen. Bei Hisk-Mekang sah das bestimmt anders aus. Sein kleiner Helk war ein zusammengebasteltes Gebilde und nicht annähernd so leistungsfähig wie Garasch. Wie groß mochte seine energetische Autonomie sein?

Eisverkrustete Felsen tauchten im wirbelnden Schnee auf, glitten unter dem Segment hinweg und verschwanden in der Düsternis weiter hinten. Durch die Schutzfeldkuppel sah Karn-Terg nichts weiter als den chaotischen Tanz von zahllosen kleinen Schneeflocken, doch die Hologramme der Kontrollen zeigten ihm ein klares Bild der Umgebung. Garasch hatte mit dem Steigflug begonnen, denn die Felswände des Gebirges ragten steil empor und versuchten, dem Wind zu trotzen, der sie doch abschliff, Millimeter um Millimeter. Das Licht eines starken Scheinwerfers strich über Schründe, gewaltige Eismassive und tiefe Einschnitte im granitenen Leib der Berge, wie von der Axt eines Titanen geschlagen. In einer Höhe von fast einem Kilometer öffnete sich ein kleines Tal, und die Komponente trug Karn-Terg hinein, vorbei an Felswänden, die noch viel weiter nach oben strebten, dem dunklen Himmel entgegen.

Im Tal war der Wind friedlicher, und das Schneegestöber ließ bald nach. An geschützten Stellen wachsendes Quarzmoos reflektierte das Licht des Scheinwerfers.

»Kannst du irgendetwas entdecken?«, fragte Karn-Terg, obgleich ihm die Anzeigen Auskunft gaben.

»Nein. Wir haben die Spur verloren.«

»Der Wind ist hier nicht mehr so stark. Setzen wir die Fernsensoren ein. Volles Ortungsspektrum. Wir halten nicht nur nach Infrarotspuren und energetischen Emissionen Ausschau, sondern auch nach Ansammlungen von Metall und Biomasse.« Karn-Terg zögerte. »Wie viel Zeit bleibt uns noch?«

»Wenn wir Hisk-Mekang innerhalb der nächsten zwei Stunden nicht finden, müssen wir von seinem Tod ausgehen. Er kann kaum mehr Energie haben als für eine weitere Stunde, und ohne Schutz vor der Kälte erfriert er innerhalb weniger Minuten.«

Die Temperaturanzeige wies Karn-Terg darauf hin, dass es noch kälter wurde, als diese Region des Planeten weniger Spiegellicht empfing – die Nacht begann.

Ein Fach öffnete sich in Garaschs Segment, und Dutzende von nur wenige Zentimeter durchmessenden, kegelförmigen Fernsensoren schwirrten fort. Die von ihnen ermittelten Ortungsdaten erschienen in den Hologrammen vor Karn-Terg.

Während die Komponente den Flug durchs Tal fortsetzte und der Sensorenschwarm mit der Suche begann, wuchs die Besorgnis des Kinderwarts. Bisher hatte er sich hauptsächlich darüber geärgert, wie ausgerechnet Hisk-Mekang zu einer solchen Dummheit fähig sein konnte, aber je mehr Zeit verging, desto deutlicher wurde ein grässliches Vorstellungsbild, das ihm zeigte, wie er ein weiteres Kind zu Grabe trug. Und nicht irgendein Kind. Er spürte plötzlich, dass zwischen ihm und den beiden Brüdern etwas gewachsen war, ein Band, fast so fest wie jenes, das ihn einst mit Melra-Mar verbunden hatte.

Er bedauerte jetzt, die anderen Komponenten seines Helks nicht mitgenommen zu haben. Mit ihnen wäre es möglich gewesen, in mehreren Bereichen gleichzeitig zu suchen. Andererseits: Garasch verfügte über edukative Programme, die im Lauf der Jahre immer komplexer geworden waren und ihn befähigten, den Kinderwart zu vertreten. Karn-Terg durfte den Hort nicht einfach sich selbst überlassen.

Zeit verging, und jede verstreichende Sekunde erhöhte die Wahrscheinlichkeit von Hisks Tod. Karn-Tergs Blick klebte an den Anzeigen, während er die Instrumente immer wieder neu justierte und nach Hinweisen auf den Aufenthaltsort des Jungen suchte. Der Flug ging weiter durch mehrere Hochtäler des Gebirges, vorbei an Gletschern und Eisformationen, die wie Vorhänge zwischen gewaltigen Felsen wirkten. Die Temperatur fiel noch immer, als die Wolkendecke aufriss, aber dafür war die Nacht nicht mehr ganz so dunkel – das Licht kam nicht von den Sternen, sondern von der jenseits der Wolken sichtbar werdenden orbitalen Stadt.

Nach einer Stunde und zehn Minuten meldete einer der Fernsensoren eine ungewöhnliche Konzentration von Metall. Die Koordinaten erschienen in Karn-Tergs Navigationsholo, und er veranlasste die Komponente, sofort den Kurs zu ändern. Sie machte kehrt, flog zurück und erreichte kurz darauf den Zugang eines kleinen Seitentals, kaum mehr als ein schmaler Streifen neben einem Gletscher.

»Ich habe die Beschaffenheit der Metallkonzentration analysiert«, sagte Garasch. »Es besteht eine hohe Wahrscheinlichkeit dafür, dass es sich um den kleinen Helk handelt. Aber es gehen keine energetischen Emissionen von ihm aus.«

»Was ist mit dem Jungen?«, fragte Karn-Terg und drehte die Stielaugen. Mit einem blickte er nach vorn, während das Segment am Gletscherrand entlangjagte, mit dem anderen auf die Anzeigen. »Befindet sich Hisk in der Nähe?«

»Die Fernsensoren registrieren keine biologische Aktivität in der Nähe der Metallkonzentration.«

Rechts wichen die Felsen immer weiter zurück, und aus dem Tal wurde ein steiler Geröllhang. An einer Stelle blinkte es in der Dunkelheit: ein optisches Markierungssignal des Sensors.

»Lande neben der Stelle, Garasch.«

Das Segment wurde langsamer und ging nieder. Karn-Terg deaktivierte das Schutzfeld, löste sich aus dem Haltegerüst und sprang in den Schnee. Die Kälte ließ ihn frösteln, trotz des Thermoanzugs aus wärmenden Haftplatten.

Vor ihm lag ein Haufen aus verbeultem Metall und zerrissenem Synthomaterial. Es war tatsächlich der kleine Helk, den sich Hisk gebaut hatte, beziehungsweise seine Reste. Die Akkumulatorzellen enthielten keine Energie mehr.

»Er scheint abgestürzt und hier zerschellt zu sein«, sagte das Garasch-Segment.

Karn-Terg fühlte, wie sich die Kälte trotz des Thermoanzugs in seinen Körper zu beißen versuchte. Und Hisk hatte beim Verlassen des Horts nur einige wenige Haftplatten getragen.

Er sah sich die Trümmerteile aus der Nähe an. Eine Leiche fand er ebenso wenig wie Blut.

»Ich empfange neue Daten«, sagte Garasch. »Der kleine Helk ist offenbar über den Gletscher gerutscht und dann hier zerbrochen.«

Karn-Terg wandte sich nach links und blickte an der mehr als hundert Meter hohen Gletscherwand empor. Wenige Sekunden später saß er wieder im Segment, unter einer Schutzfeldkuppel, die die Kälte von ihm fern hielt. »Nach oben, Garasch. Folgen wir der Spur im Schnee und Eis des Gletschers.«

Die Helkkomponente stieg auf und folgte dem Sensor, der nach oben sprang und die Spur markierte. In den Hologrammen vor Karn-Terg war sie ganz deutlich zu sehen: eine Furche im Rücken des Gletschers, fast einen Kilometer lang, bis hin zur breiten Schulter des Berges, an der sich der Gletscher langsam entlangschob.

Scheinwerferlicht strich hin und her, während Karn-Tergs Greiflappen über die Schaltflächen huschten. Die Darstellungen der Hologramme veränderten sich, zeigten aber nicht das, was er sich erhoffte: einen lebenden Hisk-Mekang.

Garasch machte Karn-Terg auf einen anderen Abdruck in Schnee und Eis aufmerksam. »Dort scheint der Helk gelandet zu sein. Und anschließend kippte und rutschte er.«

Karn-Terg vergrößerte das Bild und entdeckte kleine Fußspuren, die von dem Abdruck zu den nahen Felsen führten. »Hisk hat seinen Helk verlassen, bevor er fortrutschte und dann weiter unten zerschellte. Biologische Aktivität?«

»Negativ. Es befinden sich keine lebenden Organismen in der Nähe, abgesehen vom Quarzmoos in den Felsspalten dort drüben.«

»Ruf die übrigen Fernsensoren zurück, Garasch. Wir konzentrieren die Suche auf diesen Bereich. Zu Fuß kann der Junge nicht weit gekommen sein.«

»Die Temperaturen ...«

»Ich weiß«, sagte Karn-Terg. »Beeilen wir uns.«

Fernsensoren und Helkkomponente flogen am linken Rand des Gletschers entlang, über einer natürlichen Felsbarriere, die die gewaltigen Eismassen von einem fast zehn Kilometer langen Tal trennte. Vor den Klimaveränderungen durch die Trümmersphäre hatte es dort unten einen Fluss gegeben, der am südlichen Ende des Tals in einem langen Katarakt in die Tiefe gestürzt war, doch die sinkenden Temperaturen hatten auch an diesem Ort alles erstarren lassen. Karn-Terg behielt die Anzeigen im Auge, sah manchmal auf und blickte über die felsige Landschaft hinweg, über den Mantel aus Schnee und Eis. Oben glühten die Lichter der Trümmersphäre am Himmel, jetzt hell genug, um Schatten zu werfen.

Die Fußspuren hörten am Gletscherrand auf, und das infrarote Spektrum bot keine Hinweise – die von Hisks Körper abgestrahlte Wärme hatte sich längst in der Kälte verloren. Karn-Terg aktivierte den Lautsprecher.

»Hisk-Mekang, wir suchen nach dir!«, rief er in die Nacht. »Wenn du uns hörst, wenn du uns siehst ... Gib uns ein Zeichen. Mach uns auf dich aufmerksam.«

Es blieb still. Nirgends regte sich etwas.

Eine Stunde später hatte die Suche noch immer keinen Erfolg gebracht.

»Wir sind über die kritische Zeit hinaus«, sagte Garasch.

Karn-Terg starrte in die Tiefe, auf die eisverkrusteten Felsen des Tals, und dachte daran, dass Hisk irgendwo dort unten gestorben war. Zehn Minuten später ertönte erneut die Stimme der Helkkomponente.

»Es hat keinen Sinn, die Suche fortzusetzen. Der Junge kann unmöglich überlebt haben. Ich schlage vor, dass wir zum Hort zurückkehren.«

»Ja«, erwiderte Karn-Terg müde. »Lass die Fernsensoren hier zurück. Vielleicht gelingt es ihnen, den Leichnam zu finden.«

Die Lichter der Trümmersphäre verschwanden hinter neuen Wolken, als das Garasch-Segment aufstieg, beschleunigte und nach Süden flog, über hohe Pässe, die zu den Ausläufern des Gebirges führten. Karn-Terg fiel es schwer, einen klaren Gedanken zu fassen. Er hatte bis zuletzt gehofft, den Jungen doch noch lebend zu entdecken, und die Enttäuschung schuf eine Leere, die ihm nur zu vertraut war. Alte, besiegt geglaubte Verzweiflung stieg in ihm auf ...

In einem Hologramm vor Karn-Terg veränderte sich etwas. Die Fernsensoren übermitteln kontinuierlich Daten, und einer von ihnen hatte eine Wärmequelle entdeckt, in dem fast zehn Kilometer langen Tal abseits des Gletschers.

»Auswertung, Garasch.«

»Starke infrarote Emissionen«, antwortete der Helk und änderte erneut den Kurs, flog nicht mehr in Richtung Tiefland und Hort-Station, sondern erneut höher hinauf ins Gebirge. »Viel zu intensiv, um von Hisk-Mekang zu stammen.«

»Was könnte die Ursache sein?«

»Darüber lässt sich derzeit nur spekulieren. An der betreffenden Stelle – offenbar handelt es sich um eine Höhle – liegen die Temperaturen um fünfzig Grad höher als in den umliegenden Bereichen.«

Karn-Terg sah auf die Anzeigen. In einem Hologramm erschien eine Felswand, darin die dunkle Öffnung einer Höhle. Und in der Höhle ... ein heller Fleck, die Quelle der Wärmeenergie.

Der Kinderwart sah genauer hin – es waren *mehrere* Flecken.

Wenige Minuten später landete die Helkkomponente vor dem dunklen Höhlenzugang. Karn-Terg schaltete erneut die Schutzfeldkuppel aus, sprang zu Boden und kletterte nach oben, über kleinere Felsen hinweg. Hier und dort lag Schnee zwischen ihnen, und an einer Stelle sah er Spuren, aber nicht die eines Dreiers. Die Abdrücke im Weiß waren größer und deuteten auf eine ganz andere Anatomie hin.

Er erreichte die Höhle und stellte fest, dass sie nicht völlig finster war. Irgendwo weiter hinten glühte etwas.

»Die Wärmestrahlung geht tatsächlich von mehreren Objekten aus«, teilte ihm Garasch über die externe Kommunikation mit. »Eine chemische Reaktion ist als Ursache ausgeschlossen.«

Es *brannte* also nichts. Karn-Terg tastete nach einem Schaltelement an seinem Gürtel, und ein Datenschleier entstand vor seinem Kopfwulst, zeigte ihm ein klares Bild von der Umgebung und den Ausgangspunkt der Infrarotstrahlung.

Zwischen einigen Felsblöcken weiter vorn bewegte sich etwas. Eine der Wärmequellen löste sich von den anderen, kam näher.

Karn-Terg schaltete die Scheinwerfer an den Schultern seiner beiden Körperhälften ein. Ihr Licht fiel auf ...

... eine Gestalt mit einem einzelnen Körper, mit zwei Beinen und zwei Armen, ohne Haar, mit einem Gesicht, in dem zwei flache Augen glänzten, über einer Nase und einem Mund. Ähnliche Wesen hatte Karn-Terg als Pilot gesehen, vor der Einkehr. In der Galaxis, zu der Alkyra II gehörte, gab es mehrere Völker, deren Angehörige so aussahen: Terraner, Arkoniden, Akonen und andere. Aber jene Geschöpfe waren sehr temperaturempfindlich und trugen Kleidung. Und sie strahlten nicht annähernd so viel Wärme ab.

Der Fremde blieb einige Meter vor Karn-Terg stehen, und hinter ihm traten weitere nackte, haarlose Zweibeiner zur Seite, gaben den Blick frei auf ... Hisk-Mekang. Der Kinderwart eilte zu ihm, ging neben dem Jungen in die Hocke.

Kilans Bruder zitterte, aber nicht vor Kälte, sondern weil er sich schämte. Er sah zu Karn-Terg auf. »Es war so kalt. Und dann kamen sie. Ich wollte nur kurz landen und dann zurückkehren. Aber mein Helk kippte und rutschte übers Eis ...«

Karn-Terg hob ihn hoch und drückte ihn vorsichtig an sich. Tiefe Erleichterung erfüllte ihn. »Was bin ich froh, dass du noch lebst! Was bin ich froh ...«

Leben ist wichtig. Leben muss bewahrt werden. Unsere Wärme hat ihn vor dem Tod geschützt.

Karn-Terg drehte sich zu den Haarlosen um. »Monaden?«, brachte er verblüfft hervor. »Ihr seid Monaden?«

Es hat Veränderungen gegeben. Die Dinge verändern sich noch immer.

Wie beim ersten Kontakt mit den Flüchtlingen aus einem anderen Universum gewann Karn-Terg den Eindruck, dass die Worte einfach so in seinem Kopf erschienen. Sie kamen nicht von außen, sondern wuchsen zwischen seinen eigenen Gedanken und Gefühlen.

»Wirkönnenauchsprechen«, sagte der Monade, der sich Karn-Terg zuvor genähert hatte. Die Worte gingen ineinander über. »Abernochnichtsehrgut. Wirlernen. Dieneueduadelernt. Diehimmelsleutehelfenunsdabei.«

Es fiel Karn-Terg schwer, den Monaden zu verstehen, und es herrschte ein solches Durcheinander in ihm, dass er kaum einen klaren Gedanken fassen konnte. Er blickte auf den Jungen in seinen Tentakeln, der zu frieren begann. Die flachen Augen hatten sich halb geschlossen – Hisk war sehr erschöpft.

»Ich muss ihn zurückbringen«, sagte Karn-Terg. »Zum Hort. Dort ist er sicher.«

Der eine Monade trat näher, streckte die Hand aus – eine Hand mit fünf Fingern – und berührte den Loower am Kopfwulst. *Gedanken sind klarer als Worte. Sie füllen das in dir, was jetzt leer ist und einst Platz bot für die Gedanken anderer. Leben ist wichtig. Hüte dieses Leben, und auch deins.*

Damit drehte sich der Monade um und schritt zusammen mit den anderen fort. Die haarlosen Gestalten verschwanden weiter hinten in der Höhle durch einen Felsspalt; vielleicht stellte er den Zugang zu einem Tunnel dar.

Karn-Terg starrte erneut auf den Jungen in seinen Tentakeln und lief los. Die Helkkomponente bot ihm und Hisk genug Platz, und nach der Reaktivierung der Schutzfeldkuppel atmeten sie warme Luft.

»Warum?«, fragte Karn-Terg, als das Garasch-Segment seine Fernsensoren aufgenommen und mit dem Rückflug begonnen hatte. »Warum hast du den Hort verlassen? Dir muss doch klar gewesen sein, wie gefährlich das ist!«

Die Nacht wurde wieder dunkler, als mehr Wolken die Lichter der Trümmersphäre verbargen, und bald darauf begann es erneut zu schneien.

»Ich wollte eine *echte* Welt sehen«, antwortete Hisk leise. Er klang müde, sehr müde. »Keine Simulation. Und ich war so ... traurig.«

»Traurig?«, fragte Karn-Terg verwundert.

»Weil du immer mit Kilan zusammen bist. Er mag deine Simulationen, aber ich mag sie nicht. Ich mag das, was *wirklich* ist. Und deshalb hast du ihn lieber als mich.«

»Deshalb habe ich ihn *was?*« Karn-Terg konnte kaum glauben, was er hörte. Hisk hatte sich von ihm vernachlässigt gefühlt und *deshalb* den Hort verlassen? Wenn ihn die Kälte umgebracht hätte ... *Wäre es meine Schuld gewesen, wie damals bei Melra-Mar?*

»Da irrst du dich, Hisk«, sagte er sanft, schlang erneut die Tentakel um den Jungen und drückte ihn behutsam an sich. »Ich habe euch beide lieb, Kilan *und* dich. Bitte glaub mir. Und versprich mir, dass du den Hort nie wieder ohne mich verlässt.«

Hisk-Mekang antwortete nicht. Er war in Karn-Tergs Tentakeln eingeschlafen.

: 17

Karn-Terg
| Alkyra II, 121 N.d.E. – 120 NGZ |

»» › Ein spezieller Schutzanzug bewahrte Karn-Terg vor einem sehr schmerzhaften Tod: Ein Kontakt der im Wasser gelösten chemischen Substanzen hätte seine Haut aufgelöst und die Gewebeschichten darunter verätzt. Den Achtern in der großen Ambientalzelle, unter ihnen Kilan-Gerp und Hisk-Mekang, machte die Flüssigkeit nichts aus. Nackt schwammen sie in ihr und *atmeten* sie sogar, mithilfe einer Mischung aus Kiemen und Konverterzellen. Einige von ihnen ruhten in einem Gestell in der Mitte des Tanks und schliefen.

Kilan näherte sich, auch als Achter sehr zart gebaut, dafür agiler als die anderen Heranwachsenden. Seine Schuppenhaut verursachte ein dumpfes Knistern, wenn er sich hin und her neigte, die Bewegungsrichtung mit einem kurzen Flossenschlag abrupt veränderte.

»Dies ist eine sehr interessante Erfahrung«, sagte er. Seine Stimme klang seltsam gedämpft, was sowohl an der Flüssigkeit als auch an den säureresistenten Haftplatten lag, die sich um Karn-Tergs Kopfwulst wölbten. Vorn waren sie durchsichtig. »Ich denke ... anders.«

»Es liegt am veränderten Metabolismus.« Auch Hisk kam näher, und als die beiden Brüder nebeneinander schwammen, wurden die physischen Unterschiede zwischen ihnen deutlich. Hisks wesentlich kräftiger gebauter Monokörper war fast doppelt so breit und auch etwas länger. »Unsere Haut nimmt Substanzen auf, die sich nicht nur auf den Stoffwechsel auswirken, sondern auch auf das chemische Gleichgewicht des Gehirns. Die Zytokine erreichen einen besseren Wirkungsgrad, ebenso wie die Neurotransmitter: Sie können Aktionspotenziale besser weiterleiten. Der Aufenthalt in dieser Ambientalzelle ist fast wie die Einnahme einer Körper und Geist stimulierenden Droge. Ich bin ziemlich sicher, dass uns dieses Stadium auf die Entwicklung als Neuner und den letzten Sprung vorbereiten soll.« Hisk wandte sich Karn-Terg zu. »Ich habe mich während der letzten Wochen eingehend mit dieser Angelegenheit befasst und ein verbessertes Ambientalsystem für die Siebener und Achter entwickelt. Es ermöglicht einen effizienteren Reifeprozess.«

Kilan glitt umher, genoss seine Agilität. »In diesem Körper denkt es sich besser. Vielleicht sollten wir nach einer Möglichkeit suchen, diese neurale Stimulierung auch den anderen Entwicklungsstadien zu ermöglichen.« Er schwamm zu Karn-Terg und sah ihn aus großen Augen an, die auf beiden Seiten des festen, keilförmigen Kopfs glänzten. »Dies könnte ein Ansatzpunkt sein, Großer.«

Zuneigung erklang in dem Wort »Großer«.

»Ein Ansatzpunkt wofür?«, fragte der Kinderwart. Eine Verstärkermembran trug seine Stimme aus dem Innern des Helms in die Flüssigkeit der Ambientalzelle.

»Ich kann nicht nur schneller und besser denken«, sagte Kilan. »Es fühlt sich auch nach einer Erweiterung des Bewusstseins an. Vielleicht könnte uns eine längere, zielgerichtete Stimulierung ein neues Tiefenbewusstsein erschließen.«

Karn-Terg hörte zu, wie die beiden Brüder die theoretischen und praktischen Details von Stimulationsbehandlungen sowohl bei Kindern als auch bei erwachsenen Loowern besprachen. Ihre hohe Intelligenz erstaunte ihn immer wieder. Hinzu kam ein enormer Lerneifer. Von Anfang an hatten Kilan und Hisk Stunden in den Erlebnisnischen der Edukatoren verbracht, nicht nur als Vierer, Fünfer und Sechser, die sich durch besonders große Neugier auszeichneten, sondern auch vorher und nachher. Hisk wäre vermutlich in der Lage gewesen, einen Transmiterm-Rotator zu bauen, wenn er die notwendigen Teile und Geräte gehabt hätte. Er kannte sich bestens mit den Grundlagen der Hyperfeldzapfung zur Energiegewinnung, Hyperphysik im Allgemeinen und multidimensionaler Konvektion im Besonderen aus. Schon seit einer ganzen Weile griff Karn-Terg auf seine Hilfe zurück, wenn es darum ging, die Anlagen des Horts zu reparieren. Hisks spezielles Talent lag genau hier, in einer profunden Affinität zu allem Technischen. Er war der geborene Ingenieur, dem immer wieder Möglichkeiten einfielen, bestehende Technik zu verändern.

Für Kilan hingegen war Technik eher Mittel zum Zweck und nicht so sehr Gestaltungsgegenstand. Sein Interesse hatte während der vergangenen Jahre vor allem der Geschichte der Loower sowie der Philosophie, Psychologie und Spiritualität gegolten. Ihn faszinierte die Welt des Denkens und Empfindens, und er suchte nach neuen Antworten auf die uralte Frage nach dem Sinn des Seins.

Als Erwachsene würden es Kilan-Gerp und Hisk-Mekang sicher weit bringen. Und dass sie es schon als *Kinder* so weit gebracht hatten, war auch ihm, Karn-Terg, zu verdanken. Er hatte die Edukatorprogramme immer wieder angepasst und erweitert, um die Brüder vor neue Herausforderungen zu stellen und ihrem Wissensdurst entgegenzukommen. Er hatte sie unterstützt und gefördert, wo es möglich war, und das Ergebnis machte ihn stolz.

Ein akustisches Signal wies ihn darauf hin, dass die Ladung der Sauerstoffpatrone zur Neige ging. Kilan und Hisk hörten es ebenfalls und unterbrachen ihre angeregte Diskussion. Die anderen Achter schwammen weiter und spielten, indem sie sich gegenseitig verfolgten; sie genossen das Leben in ihrer derzeitigen Entwicklungsphase.

»Ich muss die Ambientalzelle verlassen«, sagte Karn-Terg und wandte sich der Schleuse zu.

Die beiden Brüder winkten und setzten ihr Gespräch fort.

Kurze Zeit später trat Karn-Terg im Anzug des Kinderwarts aus der Schleuse und begann mit einer Tour durch den Hort. Wo auch immer er Kindern begegnete: Alle begrüßten ihn freundlich, selbst die Springer, und erzählten *ihm* Geschichten, darüber, was sie während der vergangenen Stunden und Tage gemacht und gelernt hatten. Niemand versuchte, ihn zu beißen; niemand lauerte ihm auf. Der Hort war kein feindliches Terrain mehr, das hinter jeder Ecke Gefahren bereithielt. Die Kinder und er bildeten nun eine große Gemeinschaft, eine »Familie«, wie es in der Sprache anderer Völker hieß. Als Kind hatte Karn-Terg nicht erfahren, was es bedeutete, in einer *Familie* aufzuwachsen, aber ihr als Erwachsener anzugehören ... Es fühlte sich angenehm an.

Er stellte plötzlich fast, dass er seit vielen, vielen Jahren nicht mehr an Tod und Selbstmord gedacht hatte.

Als er fast das Büro neben dem Empfangszimmer erreicht hatte, sah er durch ein Korridorfenster, wie ein Licht durch die Nacht glitt. Wenige Sekunden später kam Garaschs Stimme aus dem Lautsprecher des Kom-Geräts.

»Ein Transporter setzt zur Landung an.«

»Weitere Kinder?«, vermutete Karn-Terg.

»Diesmal sind es gleich vierunddreißig.«

»Wenn es so weitergeht, muss der Hort ausgebaut werden. Allmählich wird der Platz knapp.« Inzwischen befanden sich mehr als tausend Kinder in der Station.

Wenige Minuten später schritt er durch den Verbindungsstutzen und betrat das Raumschiff, das von der orbitalen Stadt gekommen war. Der Pilot, ein recht alter Loower, löste die Kokons mit den Einern aus dem Haltegerüst des Frachtraums.

»Es werden immer mehr«, sagte Karn-Terg.

»Die einflussreichen Mütter lehnen die Unterbringung ihrer Kinder in den Horten von Schanha-Scha ab. Sie bestehen darauf, dass ihre Kinder nach der Trennung zu dir gebracht werden. Angeblich sind dadurch ihre Zukunftsaussichten besser.« Der Pilot drehte ein Stielauge und sah Karn-Terg an. »Sie schicken ihre Kinder zu dir, obwohl sie wissen, dass du ein verurteilter Verbrecher bist.«

Garaschs Komponenten nahmen sich der Kokons an, bewegten sie mit individuellen Antigravfeldern und steuerten sie vorsichtig durch den Verbindungsstutzen zum Empfangszimmer. Hier und dort erklang leises Wimmern.

»Ich habe einen Fehler gemacht, vor vielen Jahren«, sagte Karn-Terg. »Und dafür büße ich.«

»Manche Mütter scheint es nicht zu kümmern, dass ihre Kinder bei einem Mörder aufwachsen.«

»Und du? Würdest du deine Söhne oder Töchter zu mir schicken? Hast du Kinder?«

»Ja, ich habe welche gezeugt, vor dem Alter der Reife. Ich weiß nicht, was aus ihnen geworden ist.« Der alte Loower stapfte gleichgültig fort und verschwand in der Pilotenkabine.

Karn-Terg sah ihm nach, drehte sich dann um und kehrte durch den Verbindungsstutzen in die Hort-Station zurück. Die Haltung des Piloten Kindern gegenüber – auch seinen eigenen – überraschte ihn nicht, denn auch er selbst hatte in diesen Bahnen gedacht, vor vielen Jahren. Kinder überließ man sich selbst, auf dass die Besten und Stärksten überlebten. Von diesem Grundsatz waren die Loower früher ausgegangen, vor der Einkehr, und die neue Gesellschaft in der Trümmersphäre glaubte ans gleiche Prinzip.

Aber einige Mütter dachten anders.

Karn-Terg trat zum Fenster des Büros und blickte ins Empfangszimmer, wo sich eine Art Ritual wiederholte, das er schon oft gesehen hatte. Die neu eingetroffenen Einer lagen oder hockten in ihren Kokons, als Einer und Zweier aus dem Hort kamen, um die Neuankömmlinge zu begrüßen. Karn-Terg beobachtete sie eine Zeit lang und fühlte dabei erneut Stolz auf die eigenen Leistungen, auf die von ihm bewirkten Veränderungen.

Die sich nicht nur im Hort auswirkten, sondern offenbar auch in der Trümmersphäre.

Der Kinderwart drehte sich um, ging zum Elaborator und begann damit, die Namen der neuen Einer einzugeben und ihnen Plätze im Hort zuzuweisen. Doch ein Gedanke ließ ihn nicht los.

»Zentraler?«

»Bereitschaft.«

Karn-Terg versuchte das, was ihn beschäftigte, in Worte zu fassen, mit denen der zentrale Elaborator etwas anfangen konnte. »Wie viele Kinderhorte gibt es auf dem Planeten und in der Trümmersphäre?«

»Auf Alkyra II gibt es nur noch diesen einen Hort, und in der Trümmersphäre sind es insgesamt eintausendeinhundertzweiunddreißig.«

»Wie sieht es mit der Erfolgsquote der Horte aus? Bei welchem Hort ist die Überlebensquote der Kinder am höchsten?«

»Wenn man die Anzahl der überlebenden Kinder mit der Größe des Horts in Beziehung sitzt, so ist die Überlebensquote dieses Horts mit Abstand die höchste.«

Karn-Terg begann mit einer langsamen Wanderung durch sein Büro – das Nachdenken fiel ihm leichter, wenn er in Bewegung war. »Welcher Hort bringt die erfolgreichsten jungen Erwachsenen hervor?«

»Bitte spezifiziere, was du unter Erfolg verstehst.«

Karn-Terg überlegte. »Mit ›besonders erfolgreich‹ meine ich junge Erwachsene, die in der Trümmersphäre gute Leistungen erzielen und in der dortigen Gesellschaft aufsteigen.«

»Die schnellsten Aufsteiger bei den neunundneunzig Nominationen stammen fast ausschließlich aus diesem Hort.«

»Interessant. Sind entsprechende Informationen frei zugänglich?«

»Ja.«

»Es scheint Mütter zu geben, die solche Daten abrufen und auf ihrer Grundlage entscheiden, in welchen Hort ihre Kinder geschickt werden sollen«, sagte Karn-Terg zu sich selbst. »Zumindest die Mütter stehen ihrem Nachwuchs nicht völlig gleichgültig gegenüber.«

Der zentrale Elaborator antwortete nicht, da ihm der Kinderwart keine Frage gestellt hatte.

Karn-Terg blickte noch einmal durchs Fenster ins Empfangszimmer und beobachtete, wie hingebungsvoll sich die Einer und Zweier um die Neuankömmlinge kümmerten – er fand den Anblick rührend. Dann trat er vor den Holoprojektor in der Mitte des Büros.

»Zentraler, zeig mir die Namen und beruflichen Erfolge der besten ehemaligen Angehörigen dieses Horts.«

Ein Hologramm entstand, zeigte Bilder und Daten. Zum ersten Mal bekam Karn-Terg einen klaren Überblick über die von Vo-Kander kurz nach der Einkehr beschlossene Neustrukturierung der Gesellschaft in neunundneunzig Nominationen. Ganz unten, Nomination Null – null wie nichts, völlig unbedeutend – standen die Kinderwarte. Die Nomination Eins betraf Loower, die Residualsubstanzen aus Recyclern entfernten, und es folgten alle Arten von Tätigkeiten, die weder eine besondere Ausbildung noch irgendwelche Spezialkenntnisse erforderten. Karn-Tergs Blick huschte über die Liste, an deren Spitze, wie nicht anders zu erwarten, der Quellmeister stand, gefolgt auf Platz 98 von seinen Neun Hohen Vordenkern. Nach Raumschiffkommandanten, Piloten, Navigatoren und dergleichen hielt er vergeblich Ausschau.

Nuahn-Nahani, las er und erinnerte sich an eine Vierer, die »ihren« Edukator nur verließ, um Mahlzeiten einzunehmen. Sie war fast so begabt gewesen wie Kilan und Hisk; auch für sie hatte Karn-Terg spezielle Programme entworfen. Nomination Achtundsiebzig, Ökonomin und Wirtschaftsadaptorin. Vik-Hartan, Nomination Siebenundsiebzig, Konstrukteur. Rarn-Erntec,

Nomination Neunundsechzig, Strukturdesign, Spezialist für Systemkopplungen. Garba-Gregg, Nomination Zweiundsechzig, Synthoweltendesign. Henna-Far, Nomination Einundsechzig, Energetikerin ...

Karn-Terg las Namen, die Erinnerungen in ihm weckten, an Kinder, die in seinem Hort aufgewachsen waren und hohe Plätze in der neuen loowerischen Hierarchie gefunden hatten. In den anderen Horten blieben die Kinder sich selbst überlassen und wurden nicht gefördert – die Erklärung für den Leistungsunterschied.

»Was ist mit meinen Meriten, Zentraler?«

»Dein Meritenstand wurde vor neunzehn Jahren ausgesetzt.«

»Ausgesetzt?«, fragte Karn-Terg verwundert. »Was bedeutet das?«

»Es bedeutet, dass dir weder Meriten zuerkannt noch abgezogen werden, ganz gleich, wie deine Aktivitäten beschaffen sind.«

»Hat man mich ... vergessen?«

»Nein, natürlich nicht.«

»Ich glaube, ich verstehe«, sagte Karn-Terg langsam. »Ich bin nicht einmal mehr Nomination Null, nicht wahr? Für die Gesellschaft in der Trümmersphäre bin ich weniger als nichts.«

Der zentrale Elaborator schwieg.

Karn-Terg betrachtete erneut das Hologramm, sah die vielen Namen und dachte: *Aber selbst, wenn ich weniger als nichts bin ... Ich* kann *etwas erreichen.* Vielleicht, so überlegte er, sollte er nicht nur die Vergangenheit bewahren und verhindern, dass man sie vergaß. Vielleicht hatte sich Aranta-Margi damals gewünscht, dass er etwas *bewirkte.*

Ein akustisches Signal kam von dem Kom-Gerät, das ihn mit Garasch verband. Karn-Terg schaltete es ein.

»Die letzten Solarspiegel an den Lücken der Trümmersphäre sind deaktiviert worden«, meldete der Helk. »Die Atmosphäre des Planeten beginnt zu gefrieren. Das bedeutet unter anderem, dass die Gräber bald nicht mehr zugänglich sind.«

Karn-Terg stapfte durch Schnee, der nicht mehr nur aus gefrorenem Wasser bestand. Diesmal musste er einen vollständigen Schutzanzug tragen, der ihn ganz umhüllte und mit Thermozellen ausgestattet war, die für ausreichende Wärme sorgten. Um ihn herum gefror Kohlendioxid, und die Luft war bereits so dünn geworden, dass von der einst mächtigen Stimme des Windes nur ein leises Pfeifen übrig blieb.

Die hohen Felsen bei den Gräbern trugen inzwischen einen dicken Eispanzer, der in den nächsten Tagen noch weiter wachsen würde. Am Himmel zeigten sich keine Wolken mehr, und die gewaltige Trümmersphäre schien zum Greifen nahe. Hier und dort blinkten ihre Lichter wie spöttisch.

Karn-Terg versuchte, Schnee und Eis von den insgesamt achtzehn Gräbern zu streichen, gab es aber schon nach kurzer Zeit auf. Die weiße Decke war bereits zu dick geworden.

Aber er wusste auch so, wo sich Melra-Mars letzte Ruhestätte befand.

»Ich fürchte, dies ist mein letzter Besuch«, sagte er, und ein kleiner Lautsprecher übertrug seine Stimme in die dünner werdende Luft, obwohl es hier niemanden gab, der ihn hören konnte. »Bald wird hier alles metertief unter Schnee und Eis liegen. Ein weißes Leichentuch senkt sich auf den Planeten herab. Weißt du, Melra, es werden sogar die letzten Siedlungen im Äquatorialbereich aufgegeben. Es dauert nicht mehr lange, bis ich der einzige erwachsene Loower auf Alkyra II bin.«

Er versuchte, die Ruhestellung einzunehmen, aber den Haftplatten des Schutzanzugs mangelte es an Flexibilität, und so richtete er sich wieder auf. Wie immer, wenn er diesen Ort besuchte, fühlte er so etwas wie eine melancholische Ruhe. Seine Gedanken schienen hier etwas klarer zu sein als im Hort, die Gefühle ein wenig schwerer.

»Aber selbst wenn ich nicht hierher zurückkehre, Melra ... Du sollst wissen, dass ich dich nie vergessen werde. Du, Xala und

Kratz, ihr seid der Anfang gewesen. Ihr habt mir sehr geholfen. Ohne euch wäre ich heute nicht das, was ich bin.«

Und was bin ich?, dachte Karn-Terg. *Ich bin ein Großer in einer großen Familie.*

Er erzählte Melra-Mar und den anderen toten Kindern davon, wie es im Hort zuging. Er berichtete von den neuen Edukatorprogrammen, den Spaßzimmern und den Ambientalzellen, in denen er mit den Siebenern und Achtern schwamm. Er schilderte die Entwicklung der Kinder, insbesondere die von Kilan-Gerp und Hisk-Mekang.

»Du würdest staunen, wie schnell sie lernen, Melra«, sagte Karn-Terg. »Vom Intellekt her sind es eigentlich längst keine Kinder mehr – die beiden Brüder wissen ebenso viel wie Erwachsene. Wer weiß, wozu sie es in der Trümmersphäre bringen werden.«

Er würde schon recht bald eine Antwort darauf bekommen, begriff Karn-Terg. Bei den beiden Brüdern stand der Übergang zu Neunern kurz bevor, und dann kam der dritte und letzte Sprung, die Teilung des Körpers ...

Er drängte diesen Gedanken beiseite, wegen der Bilder, die mit ihm kamen. Sie zeigten ihm den Ausgangsraum mit den vielen Zeichnungen der Kinder, und ihn selbst, wie er sich von Kilan und Hisk verabschiedete ... Die Vorstellung, dass sie sich bald nicht mehr im Hort befanden und ihr Leben oben in der Trümmersphäre fortsetzten, ohne ihn, empfand er fast als unerträglich. Und doch wusste er mit absoluter Gewissheit, dass der Tag der Trennung kommen würde.

Eine Zeit lang schwieg er und gab sich ganz der besonderen Ruhe dieses Ortes hin, seiner Melancholie. Melra und die anderen, die vor ihm im gefrorenen Boden ruhten ... Sie verstanden ihn auch ohne Worte.

Schließlich drehte er sich um, stapfte an den Felsen und ihrer Eislast vorbei und hörte wieder die leiser gewordene Stimme des Windes in der endlosen Nacht.

Auf der anderen Seite der Hort-Station, bei der alten Neunturmanlage und dem Forschungszentrum, über das Karn-Terg vor Jahren mit einer Helkkomponente hinweggeflogen war, glühte etwas.

Karn-Terg blieb erstaunt stehen und schaltete den Zoomeffekt des Visiers vor seinen Augen ein. Nur noch die oberen Etagen der Gebäude des Forschungszentrums ragten aus den Schneemassen, und dahinter flackerte es. Tropfenförmige, silbrig glänzende Gebilde stiegen auf, wie kleine Versionen des Schiffes, mit dem die Monaden aus einem anderen Universum gekommen waren. Sie wurden schneller, flogen der orbitalen Stadt entgegen, blitzten weit oben und verschwanden.

Der Kinderwart schaltete das Kom-Gerät des Schutzanzugs ein. »Garasch, bei der alten Neunturmanlage geschieht etwas. Ich sehe tropfenförmige Gebilde, die zur Trümmersphäre emporfliegen.«

»Ich nehme eine Sondierung mit den Sensoren der Station vor«, erwiderte der Helk. Eine kurze Pause, und dann: »In dem genannten Bereich kommt es zu sehr intensiven energetischen Emissionen. Aber es lässt sich nicht feststellen, um welche Art von Energie es sich handelt. Sie scheint völlig fremdartig zu sein.«

»Kein Wunder«, sagte Karn-Terg. »Immerhin stammen die Monaden aus einem anderen Universum. Hast du ...« Er zögerte und dachte daran, dass die Kom-Signale weder abgeschirmt noch verschlüsselt waren. Aber die Observation existierte nicht mehr, oder? »Hast du mehr herausgefunden? Du weißt schon, worüber.«

»Leider konnte ich keine weiteren Informationen gewinnen.«

»Na schön. Setz deine Bemühungen fort.«

Karn-Terg deaktivierte das Kom-Gerät, setzte sich wieder in Bewegung und hörte das Knirschen des Schnees, leiser als sonst in der dünnen Luft. Über der Senke mit der Station spannte sich ein Kraftfeld, das einst dazu gedient hatte, die Monaden vom

Hort fern zu halten. Jetzt schützte es vor dem Tod des Planeten: Es verhinderte, dass die Station wie alles andere auf Alkyra II unter Schnee und Eis begraben wurde.

In der Ferne wiederholte sich das Flackern, und weitere silberne Tropfen stiegen auf und flogen zur Trümmersphäre empor. Karn-Terg erinnerte sich an das große Schiff, das er an jenem Tag gesehen hatte, als Xala, Melra und Kratz gestorben waren. Er dachte an das ausgedehnte Tunnelsystem und die Begegnung mit den Monaden ...

Sein Entschluss stand fest, noch bevor er den Hort erreichte: Er wollte von Sektor Eins der Station aus noch einmal ins Tunnelsystem vorstoßen, so wie damals, als er Melra und Kratz gefolgt war.

: 18

Reginald Bull
| 1341 NGZ |

»» › »Das sind die Loowerflotten Nummer siebenundvierzig und achtundvierzig«, sagte Admiral Radhadi mit seiner geisterhaften Flüsterstimme, die ohne den Akustikverstärker am Hals fast unhörbar gewesen wäre. »Bisher konnten keine bekannten energetischen Signaturen entdeckt werden, was bedeutet: Es handelt sich um neue Schiffe, die an keinen anderen Kämpfen beteiligt waren.«

Die Admiralität hatte sich erneut im Konferenzraum an Bord der KANDAHAR versammelt. Das Koordinierungsschiff des Verteidigungsministers der LFT und einige Einheiten der Eskorte trieben mit geringer Fahrt im Randbezirk des Emeritus-Systems, in dem eine wilde Raumschlacht zwischen verfeindeten Loowern tobte. Fast sechstausend Schiffe feuerten aufeinander, und immer wieder vergingen große Raumer in gewaltigen Explosionen.

Während sich die Loower bekriegten und dabei tiefer ins Sonnensystem vordrangen, verließen Hunderte von Evakuierungsschiffen den vierten Planeten namens Tauria, beschleunigten und gingen in den Linearraum.

»Die Evakuierung von Tauria ist abgeschlossen«, sagte Admiral Hannibal.

»Ich möchte darauf hinweisen, dass wir die Bewohner des vierten Planeten nur deshalb rechtzeitig evakuieren konnten, weil wir auf militärische Prioritäten der LFT-Flotten verzichtet haben«, erklärte Amiralin Talyha mit der für sie typischen Kühle.

»Dies sind neue Schiffe«, betonte Radhadi noch einmal. »Es werden immer mehr.«

»Sie vernichten sich gegenseitig«, warf Admiral Garat von Ferrol ein. »Und dadurch werden es immer weniger.«

Der Wortwechsel ging eine Zeit lang weiter, und Reginald Bull hörte nur mit halbem Ohr zu, während er den Kampf der Loower in der holographischen Darstellung über dem runden Tisch beobachtete. Die wie aus Trümmern zusammengesetzt wirkenden, teilweise mehr als einen Kilometer langen Schiffe nahmen sich mit der bereits bekannten Gnadenlosigkeit unter Beschuss. Er erinnerte sich an die Worte, mit denen die Loower auf Talyhas Kommunikationsversuche reagiert hatten. Was bedeuteten die Bezeichnungen Ein- und Zweidenker? Wie konnte von einem Krieg *für das Leben* die Rede sein, wenn Schiffsgeschütze zerstörten und töteten?

Loowerschiffe sprangen in den Hyperraum, kehrten unweit von Tauria in den Normalraum zurück und steuerten den Planeten an. Andere Raumer folgten ihnen und versuchten, ihnen den Weg abzuschneiden. Das bekannte Muster wiederholte sich: Die eine Seite wollte den Planeten erreichen, und die andere unternahm alles, um sie daran zu hindern.

Während sich Radhadi und Talyha weiterhin angifteten und Hannibal mit ruhigen Worten zwischen ihnen zu vermitteln suchte, glitt Bulls Aufmerksamkeit zu einer schematischen Übersicht neben den Echtzeitbildern von der Schlacht im interplanetaren Raum. Ein blinkender Punkt folgte den beiden Flotten, so nahe, dass er manchmal in die Kampfzone zu geraten drohte.

Der Verfolger war bereit.

Alexander Darat und sein Team von der TOLEMAN hatten schnelle, ausgezeichnete Arbeit geleistet.

»Ich glaube, beim Kampf zeichnet sich eine Wende ab«, sagte Ernesto, der erneut neben Bull saß.

Die übrigen Stimmen am Tisch verklangen, und die Blicke aller Anwesenden richteten sich auf die holographische Darstellung. Diesmal hatten die Loower das Nachsehen, die den Planeten zu erreichen versuchten. Sie mussten schwere Verluste hinnehmen und wurden abgedrängt – die ersten Schiffe sprangen in den Hyperraum, um sich von dem überlegenen Gegner abzusetzen.

»Gleich werden wir feststellen, ob die Huckepack-Technik funktioniert«, brummte Bull und beobachtete den blinkenden roten Punkt, der den Loowerschiffen folgte. »Pertos?«

»Bei uns ist alles bereit«, klang die Stimme des ertrusischen Kommandanten aus den Interkom-Akustikfeldern. Sein Bild zeigte sich in dem kleinen Holo vor Bull. »Die telemetrischen Daten bestätigen einwandfreie Funktion aller automatischen Systeme der TRACER.«

»Bring das Schiff näher an die Loower heran, die sich absetzen. Wenn ...«

»Der Hyperfeldspürer meldet Sprungkontakt«, ertönte die Stimme eines Technikers. »Die Transitionstriebwerke werden aktiv. Sprung erfolgt ... *jetzt!*«

Der blinkende rote Punkt in der schematischen Übersicht wurde plötzlich viel schneller. Er kletterte hoch über die Ebene der Ekliptik und beschrieb dann einen weiten Bogen, der ihn durch den interstellaren Raum trug.

»Es besteht weiterhin Sprungkontakt«, meldete Pertos. »Die TRACER folgt den Loowern durch den Hyperraum. Telemetrische Verbindung stabil.«

»Jetzt können wir nur noch hoffen, dass sie tatsächlich eine der Ausgangsbasen der Loower findet«, sagte Admiral Hannibal. »Verteidigungsminister?«

Bull seufzte so leise, dass nur Ernesto an seiner Seite es hörte. Sein Blick wanderte über die Gesichter der Admiräle, erkannte

Sorge und auch Hoffnung in ihnen. Doch die Sorge überwog bei weitem.

»Es wird Zeit für eine grundsätzliche Entscheidung«, sagte der Triode Radhadi und sprach damit aus, was alle dachten. »Beschränken wir uns weiterhin auf die Evakuierung bedrohter Welten, oder beginnen wir damit, die Planeten der LFT aktiv zu schützen?«

Bull seufzte erneut, diesmal etwas lauter. »Talyha?«

Die Admiralin von Olymp zögerte. »Ich hoffe nach wie vor auf eine Möglichkeit, mit den Loowern zu reden. Wenn wir eine ihrer Basen finden ... Vielleicht sind die dortigen Loower zu einem echten Dialog bereit.«

»Es tut mir Leid«, sagte Radhadi, und diesmal erklang echtes Mitgefühl in seiner Stimme. »Es tut mir wirklich Leid. Ich wünsche mir den Frieden genauso sehr wie du, Talyha, aber Wünsche allein bringen uns nicht weiter. Wir müssen uns der bitteren Realität stellen. Deine Kommunikationsversuche sind fehlgeschlagen. Die Loower setzen ihren Krieg in unserem Raumgebiet fort. Mehr als siebenhundert Welten der LFT sind direkt bedroht, wie wir wissen, unter ihnen die Erde. Wollen wir sie alle evakuieren und einfach so den Loowern überlassen? Oder entscheiden wir hier und jetzt, sie zu schützen und zu verteidigen? Auch Perry Rhodan hat sich mit dieser Frage beschäftigt und eine Antwort gefunden – er half den Oxtornern im Kampf gegen die Loower.«

Die letzten Worte bescherten Bull einen so intensiven Schmerz, dass er für ein oder zwei Sekunden befürchtete, schreien zu müssen. Und sie erinnerten ihn daran, dass er bisher noch nichts von Gucky gehört hatte.

»Perry Rhodan hat einen Fehler begangen und ihn mit dem Tod bezahlt«, sagte Talyha. »Wenn wir seinen Fehler wiederholen, sterben Milliarden von Bürgern der LFT.«

»Nein«, brachte Bull hervor und fühlte wieder jene grässliche Mischung aus Zorn und verzweifelter Hoffnung, die ihn während der Suche im Flake-System so belastet hatte. »Nein, Perry Rhodan ist nicht tot. Er lebt. Ich bin ganz sicher. Und was seine Entscheidung betrifft, Snowflake zu verteidigen ... Sie hat sich tatsächlich als Fehler herausgestellt.« Die Müdigkeit kehrte zurück, so schwer und bleiern wie damals vor Jahrtausenden, als er noch keinen Zellaktivator getragen hatte, der seine Kräfte erneuerte. Bull sehnte sich plötzlich nach der relativen Ruhe seines Quartiers.

Er stand auf. »Admiral Radhadi ... Der Ernst der Situation ist mir durchaus klar, glaub mir. Aber bevor wir uns auf einen Krieg gegen die Loower einlassen, sollten wir abwarten, was die TRACER zu berichten hat. Danach entscheiden wir.«

Bull verließ den Konferenzraum, begleitet von dem unangenehmen Gefühl, vor etwas zu fliehen.

»Warum haben wir noch nichts von Gucky gehört?«, fragte Bull, als er sich im Salon seines Quartiers in einen Sessel sinken ließ.

»Der Hypersturm, der die Funkbrücke zu Tifflor stört, hat sich ausgeweitet«, antwortete Ernesto, der den Verteidigungsminister begleitet hatte und ihm einen Becher reichte, in dem eine pechschwarze Flüssigkeit dampfte. »Vermutlich hindert er Gucky daran, Bericht zu erstatten.«

Bull nahm den Becher dankbar entgegen und trank einen Schluck. »Wie gelingt es dir nur immer wieder, echten Kaffee aufzutreiben?«

Der dürre, greisenhafte Mann mit den wässrigen Augen lächelte. »Das ist eins meiner besonderen Talente.«

Bull erwiderte das Lächeln kurz, wurde aber fast sofort wieder ernst, als seine Gedanken zu Perry Rhodan und der Situation in der LFT zurückkehrten. »Was meinst du, Ernesto?«, fragte er und trank erneut. »Du hast die gleichen Informationen wie ich. Wie würdest du entscheiden?«

Der Chefkoordinator stand in der Tür des Salons, sah einige Sekunden lang nachdenklich auf seine Datentafel und hob dann den Blick. »Ich bin froh, dass ich nicht der Verteidigungsminister bin und keine derartigen Entscheidungen treffen muss. Aber wenn du meine ganz persönliche Meinung hören möchtest, Reginald: Es sollte nichts unversucht bleiben, einen Krieg zu verhindern.«

»Radhadi hat Recht«, brummte Bull. »Wir können siebenhundert Welten nicht einfach so aufgeben. Und je länger ich zögere, desto mehr Schiffe führen die Loower von wer weiß wo heran. Unsere Situation verschlechtert sich praktisch mit jeder verstreichenden Sekunde.«

»Vielleicht bekommen wir von der TRACER Daten, mit denen wir etwas anfangen können.«

»Die TRACER war nur ein Vorwand«, sagte Bull. »Ich habe den Konferenzraum verlassen, weil ich fürchtete, mich für den Krieg entscheiden zu müssen.« Er hob den Kopf. »Gibt es Neuigkeiten von Adams und Curtiz?«

»Ja. Homer G. Adams weist in seinem letzten Bericht detailliert auf die finanziellen und ökonomischen Folgen eines Konflikts mit den Loowern hin. Er spricht das Wort ›Katastrophe‹ nicht aus, aber für das von ihm beschriebene Bild gibt es keine bessere Bezeichnung. Außerdem gibt er Folgendes zu bedenken: Wenn private Schiffe im Rahmen des Evakuierungsprogramms requiriert werden, droht einer Reihe von Welten der Zusammenbruch bei der Versorgung mit lebenswichtigen Gütern.«

»Mit anderen Worten: Schon die Evakuierung läuft auf ein wirtschaftliches Desaster erster Größenordnung hinaus.«

»Ja, Reginald.« Ernesto sah auf die Anzeigen der Datentafel. »Die Unruhen weiten sich aus. Auf anderen Welten des Kerngebiets kommt es ebenfalls zu Demonstrationen. Manche Stimmen fordern eine präventive Zerstörung der neo-entelechischen Missionsstationen. Wenn sie nicht mehr existieren, so das Argument, gibt es für die Loower keinen Grund, zu den entsprechenden Planeten vorzustoßen.«

Bull nickte langsam. »Daran habe ich ebenfalls gedacht. Dieser Punkt steht ganz oben auf der Liste der zu ergreifenden Maßnahmen, wenn wir entscheiden, gegen die Loower vorzugehen. Gibt es sonst noch etwas?«

»Ja, und ich schätze, dies ist eine gute Nachricht, Reginald. Die Haluter und die Posbis haben uns volle Unterstützung zugesagt, sowohl bei der Evakuierung als auch bei eventuellen Aktionen gegen die Loower. Icho Tolot ist auf dem Weg zur Erde.«

Bulls Miene erhellte sich ein wenig. »Wenigstens ein Lichtblick.« Er lehnte sich zurück, schloss die Augen und versuchte, seine Gedanken zu ordnen. »Eine Stunde«, sagte er leise. »Nur eine Stunde Ruhe, Ernesto.«

»Ich kümmere mich um alles, Reginald«, erwiderte der Chefkoordinator, und Bull hörte, wie sich die Tür des Salons schloss.

Vor dem inneren Auge sah er Fran, blickte ihr in die großen Augen und hörte sie sagen: *Du schaffst es, Reg. Du wirst die richtigen Entscheidungen treffen. Ich weiß es.*

Die eine Stunde, die Bull für sich selbst genommen hatte, war noch nicht ganz um, als Ernesto den Salon betrat und mit seiner Datentafel ein Hologramm projizierte, das den Kommandanten der KANDAHAR zeigte.

Bull war sofort hellwach. »Ich bedauere, dich zu stören ...«, begann der Ertruser.

»Schon gut, Pertos. Worum geht's?«

»Um die TRACER. Sie sendet nicht mehr. Die letzten Daten haben wir aus einer Entfernung von etwa siebentausend Lichtjahren bekommen, als die Loowerflotte zwischen ihren Sprüngen einen Orientierungsstopp einlegte.«

»Haben die Loower sie entdeckt und zerstört?«

»Unbekannt«, grollte der Ertruser.

»Hat die TRACER eine Ausgangsbasis der Loower lokalisieren können?«

»Nein. Wir haben leider keine neuen Informationen gewonnen und wissen noch immer nicht, woher die Loower kommen.«

Bull versuchte, sich seine Enttäuschung nicht anmerken zu lassen. »Danke, Kommandant.«

»Sollen wir weiterhin im Two-Faces-System bleiben?«

»Ja. Wir behalten Marittima und die dortigen Loower im Auge. Vielleicht finden wir etwas heraus, das uns weiterhilft.«

»In Ordnung.« Pertos unterbrach die Interkom-Verbindung, und das Hologramm verschwand.

Bull stand auf. »Damit ist die letzte Hoffnung dahin. Besser gesagt: die vorletzte. Haben wir noch immer nichts von Julian Tifflor gehört?«

»Nein«, sagte Ernesto. »Wir gehen weiterhin davon aus, dass es an dem Hypersturm liegt. Er müsste das Alkyra-System bald erreichen. Reginald ... In drei weiteren Sonnensystemen sind Loowerflotten erschienen, und einer der umkämpften Planeten wurde mit einer energetischen Barriere isoliert.«

»Wir können nicht länger warten, oder?«, fragte Bull kummervoll.

»Manchmal müssen wir uns den Umständen beugen, Reginald.«

»Ja.« Bull holte tief Luft. »Die Admiräle sollen sich auf den Weg zu ihren Flotten machen. Einsatzorder werden ihnen so bald wie möglich übermittelt. Das gilt nicht für Talyha, Radhadi und Hannibal, die ich hier in meinem Quartier erwarte.«

Ernestos knochige Finger flogen über die Schaltflächen seiner Datentafel. »Ich gebe die Anweisungen weiter.«

»Kaffee«, schnaufte Bull. »Wir brauchen jetzt jede Menge Kaffee.«

»Ich kümmere mich darum.« Der Chefkoordinator eilte fort.

Als einige Minuten später die drei Admiräle das Quartier des Verteidigungsministers betraten, saß Reginald Bull im Kommunikationszimmer, umgeben von Hologrammen mit militärischen und logistischen Informationen über das Gebiet der LFT.

»Nehmt Platz und bedient euch«, sagte Bull. Er deutete auf Kanne und Becher. »Radhadi, ich weiß nicht, ob du ...«

»Ich brauche derzeit keine Flüssigkeit, danke«, erwiderte der Triode und nahm zusammen mit den beiden menschlichen Admirälen Platz.

»Es ist so weit, nicht wahr?«, fragte Talyha leise.

Bull nickte. »Die Mission der TRACER hat uns nicht weitergebracht, und wir können nicht warten, bis sich Tifflor meldet. Ich stimme dir zu, Radhadi: Wir müssen handeln.«

Das Mienenspiel des Trioden war schwer zu deuten, aber er schien sehr erleichtert zu sein.

Bull deutete auf die Unterlagen. »Unsere erste Maßnahme wird darin bestehen, alle neo-entelechischen Missionsstationen im Einflussbereich der Liga Freier Terraner zu besetzen. Wir werden versuchen, sie als Faustpfand zu verwenden. Vielleicht verzichten die Loower auf Angriffe, wenn wir damit drohen, die Stationen zu zerstören.«

Hannibal strich sich über den Bart. »Das ist einen Versuch wert.«

»Krieg«, sagte Talyha.

Bull sah sie an und ahnte, was hinter der Stirn der Admiralin von Olymp vor sich ging. »Notwehr. Die Loower lassen uns keine andere Wahl. Wir haben alles versucht.«

»Ich möchte daran erinnern, welche Worte die Loower auf Marittima nach meinen Kommunikationsversuchen an uns richteten«, sagte Talyha. »›Wer sich uns in den Weg stellt, wird vernichtet.‹ Sie werden ebenso wenig Rücksicht nehmen wie bei ihren Kämpfen gegeneinander. Und sie sind uns überlegen.«

Einige Sekunden lang herrschte Stille.

»Ich habe meine Pläne modifiziert«, ertönte dann Radhadis Geisterstimme. Er legte mehrere Datenmodule auf den Tisch. »Von den mehr als siebenhundert bedrohten Welten werden jene mit geringer Bevölkerung evakuiert, etwa hundert. Es bleiben sechshundert Planeten, die geschützt werden müssen, wobei die Welten im Kernbereich Vorrang haben, unter ihnen natürlich die Erde. Wenn wir mindestens vier- bis fünfhundert Schiffe bei jedem Planeten stationieren und das Potenzial von orbitalen Gefechtsplattformen und Kampfsatelliten aller Art hinzurechnen ...«

»Nein«, sagte Bull.

»Nein?«, wiederholte Hannibal und wölbte die Brauen. Er hatte beide Hände um seinen Becher Kaffee geschlossen, schien sich an ihm wärmen zu wollen.

»Die Ereignisse im Flake-System haben gezeigt, wie wenig wir mit unseren Schiffen gegen die Loower ausrichten können«, sagte Bull. Die eine Stunde hatte ihm gut getan; er sah alles ganz deutlich vor sich. »Unsere Flotten würden bei dem Versuch, die Planeten zu verteidigen, hohe Verluste erleiden. Eine solche militärische Schwächung müssen wir vermeiden – von den vielen Besatzungsmitgliedern, die dabei den Tod fänden, ganz zu schweigen.«

»Wenn du dich allein auf die Feuerkraft robotischer Gefechtsstationen verlassen willst ...«, begann Radhadi.

»Nein.«

»Noch einmal nein?«, fragte Hannibal, die Brauen nach wie vor gewölbt.

»Sprengfallen«, sagte Bull. »In hohen Umlaufbahnen. Weit genug von den jeweiligen Planeten entfernt, um sie nicht in Gefahr zu bringen. Aber mit genug Energie, um die Schirme von Loowerschiffen zu durchdringen. Wir könnten ausgediente Satelliten und alte Raumschiffe verwenden, die ohnehin nur noch Schrottwert haben. Wir packen sie mit Fusionsladungen voll. Wenn sich die Loower dem Planeten nähern, warten wir den richtigen Zeitpunkt ab und lassen die Bomben hochgehen.«

»Minen?«, fragte Radhadi skeptisch.

»Und *dann* werden unsere Verbände aktiv. Sie greifen die Reste der Loowerflotten an, wenn wir ihnen mindestens vier zu eins überlegen sind.«

Hannibal nickte langsam. »Klingt nicht schlecht.«

»Wenn wir zunächst die Evakuierungen fortsetzen und warten, bis sich Außenminister Tifflor aus dem Alkyra-System meldet ...«, sagte Talyha.

»Die Zeit läuft uns davon, Admiralin«, erwiderte Bull. »Glaub mir, dies gefällt mir so wenig wie dir, aber ich sehe wirklich keine andere Möglichkeit mehr.«

Ein akustisches Signal erklang, und Bull hob den Kopf, als in einem der Kom-Holos das Gesicht des Kommandanten Pertos erschien. »Verteidigungsminister, ein schnelles Kurierschiff namens SNOW QUEEN ist gerade aus dem Linearraum gekommen und befindet sich im Anflug. Der Identifizierungskode weist darauf hin, dass das Schiff von Snowflake stammt. An Bord befindet sich ein gewisser Shon Leehan, der dich dringend sprechen möchte.«

In Bull erwachte alter Zorn, und er erinnerte sich daran, dass der Xeno-Ethnologe schon einmal versucht hatte, Kontakt mit ihm aufzunehmen. »Ich bin in einer wichtigen Besprechung ...«

»Er sagt, dass es den Loowern um bestimmte neo-entelechischen Missionsstationen geht. Angeblich kann er dir die Namen der Planeten nennen, die bedroht sind.«

: 19

Karn-Terg
| Alkyra II, 122 N.d.E. – 121 NGZ |

»» › Als Karn-Terg die letzten Vorbereitungen traf, dachte er daran, dass er zu einem Kapitel seines Lebens zurückkehrte, das noch fertig geschrieben werden musste, obwohl ihn inzwischen einundfünfzig Jahre davon trennten. Damals, unmittelbar nach dem Tod von Melra-Mar, hatte er sich den eigenen Tod mehr gewünscht als jemals zuvor, und vielleicht *hätte* er eine Möglichkeit gefunden, sich umzubringen ... wenn nicht jener Monade gewesen wäre. Der Kontakt mit ihm hatte etwas tief in seinem Innern berührt und ihn weiterleben lassen, mit der letztendlichen Konsequenz, dass der Hort zu einer großen Gemeinschaft geworden war, zu einer »Familie«. Nur ein Jahr später war es bei den Monaden zu einer wichtigen Veränderung gekommen, wie er später von Garasch erfahren hatte. Es folgten die Bergung ihres Schiffes durch Techniker der Trümmersphäre und anschließend ein Geheimprojekt, bei dem es um einen »Halo« irgendeiner Art ging. Und dann, vor zwölf Jahren, als Hisk aus dem Hort entwischt war, weil er Simulationen verabscheute und sich vom Kinderwart vernachlässigt fühlte, hatten die Monaden ihn mit ihrer Wärme vor dem Erfrieren bewahrt – Monaden, die keine grauweißen Plasmawolken mehr waren, sondern haar- und geschlechtslose Geschöpfe, deren Körperform an die von Terranern, Arkoniden, Akonen und ähnlichen Völkern erinnerte.

In gewisser Weise verdankte Karn-Terg sein eigenes Leben und das von Hisk-Mekang den Monaden, und das gab seiner Neugier auch einen sehr persönlichen Aspekt. Er wollte mehr über die geheimnisvollen Fremden herausfinden, und inzwischen gab es keine Observation mehr, die ihn daran hindern konnte.

Karn-Terg überprüfte die Ausrüstung seines Schutzanzugs und vergewisserte sich, dass alle Dinge an ihrem Platz waren und funktionierten.

»Garasch?«, fragte er, nachdem er das Kom-Gerät eingeschaltet hatte. »Ich bin so weit.« Er trat zu der Luke, die der Helk in der Rückwand von Sektor Eins installiert hatte. Auf der rechten Seite gewährte die Scheibe aus transparentem Kunststoff Blick auf die Aggregate des Wärmezapfers und Konverters. Einst hatte Kra-Tzaran an diesem Ort einen Sprengsatz explodieren lassen – Erinnerungsbilder zeigten Karn-Terg die davon angerichteten Schäden. Und er sah auch Melra-Mar, unter dem Klauenfuß des irren Kratz ...

»Ich bin noch immer der Ansicht, dass ich dich begleiten sollte«, ertönte Garaschs Stimme.

»Ich brauche dich hier im Hort. Die Wartungshelks sind nicht annähernd so leistungsfähig wie du. Kümmere dich um die Modifizierung der Transformationskammern, so wie Hisk sie entworfen hat. Die nächsten Sprünge stehen bald an, und wenn Hisk Recht hat – woran ich nicht zweifle –, können wir dafür sorgen, dass sie völlig schmerzfrei werden.«

»Danke für dein Vertrauen, Großer.«

Karn-Terg drehte sich um und sah, wie zwei Neuner aus dem nahen Flur kamen: Kilan-Gerp und Hisk-Mekang. Sie trugen Kleidung, die ihren Monokörper ganz umhüllte. Vorn und hinten wiesen vertikale Verdickungen auf die bevorstehende Teilung hin – bei den Brüdern dauerte es nicht mehr lange bis zum dritten und letzten Sprung.

»Was macht ihr hier?«, fragte Karn-Terg. Er deutete auf die Instrumentengürtel der beiden Jungen, sah daran Sensoren,

Messinstrumente und mobile Lampen. »Was hat das zu bedeuten?«

»Wir begleiten dich«, sagte Hisk.

»Wir helfen dir dabei, die Monaden zu erforschen«, fügte Kilan hinzu.

»Woher wisst ihr überhaupt, was ich vorhabe?« Karn-Terg richtete einen strengen Blick auf die beiden Brüder. »Na?«

Verlegenheit zeigte sich in Kilans Gesicht mit den beiden großen, flachen Augen. Oben hatte der feste Kopf bereits begonnen, sich zu verformen, deutlicher Hinweis auf den nahen dritten Sprung. »Während der letzten Wochen haben wir gemerkt, dass du etwas planst. Hisk meinte, wir sollten ein Spiel daraus machen. Gemeinsam haben wir einige spezielle Mikrosensoren konstruiert, die dir folgten, und außerdem fanden wir eine Möglichkeit, deine Gespräche mit Garasch zu belauschen.«

»Und als klar war, was du planst, haben wir uns ebenfalls vorbereitet.« Hisk deutete auf ihre Kleidung, die bunte Fantasiemuster aufwies. Bei der von Kilan bemerkte Karn-Terg Symbolketten, die ihn an die alten Entelechie-Zeichen erinnerten. »Wir möchten mitkommen.«

»Es ist nicht besonders freundlich, eine andere Person zu belauschen und zu bespitzeln«, sagte Karn-Terg mit echtem Ärger. Gleichzeitig fühlte er sich von dem Interesse geschmeichelt, das ihm die Kinder entgegenbrachten.

»Es war nur ein Spiel«, erwiderte Hisk kleinlaut.

»Mag sein. Aber ich möchte nicht, dass es sich jemals wiederholt, haben wir uns verstanden?«

Die Brüder vollführten zustimmende Gesten, und Hisk deutete auf die Luke. »Ich bin schon ganz gespannt. Ich möchte mehr über die Wesen erfahren, die mich damals vor dem Erfrieren bewahrt haben.«

Damals, dachte Karn-Terg. Es war erst dreizehn Jahre her, aber für Hisk bedeutete diese Zeitspanne ein halbes Leben.

Er blickte auf die beiden Neuner hinab, die hoffnungsvoll zu ihm aufsahen. »Na schön«, sagte er. »Ihr könnt mich begleiten. Unter einer Bedingung.«

»Ja?«

»Wir bleiben die ganze Zeit über zusammen. Ihr lauft nicht auf eigene Faust los, versprochen?«

»Versprochen.«

Karn-Terg öffnete die Luke, hinter der sich ein dunkler Tunnel erstreckte. Er schaltete seine Lampen ein, und die Finsternis wich zurück.

An den Wänden zeigten sich noch Spuren der Explosion, die sich hier vor mehr als einem halben Jahrhundert ereignet hatte. Kilan und Hisk bemerkten sie ebenfalls, als sie durch in den Tunnel traten.

»Hier ist Kratz' Bombe explodiert, nicht wahr?«, fragte der zarte Kilan-Gerp.

»Ja.«

»Und hier hast du Xala-Hida gefunden. Und später Melra-Mar. Du hast ihr eine letzte Geschichte erzählte, und sie starb, während sie dir zuhörte.«

»Ja, das stimmt«, sagte Karn-Terg und sah noch einmal alles ganz deutlich vor sich. Er hörte Kra-Tzarans schrille Stimme, hörte das Knirschen, als Felsgestein nachgab, stürzte erneut in die Tiefe, fand die schwer verletzte Melra und wusste, dass es keine Hoffnung mehr für sie gab ... Der Schmerz von damals existierte zum Glück nicht mehr, aber tief in ihm gab es noch immer eine Narbe, die von jener Wunde zeugte.

»Kratz muss sehr böse gewesen sein«, sagte Hisk, als sie langsam durch den Tunnel gingen und die Dunkelheit vor sich her schoben.

»Nein«, erwiderte Karn-Terg. »Nein, er war nicht böse. Er litt. Aggression und Schmerz trieben ihn in den Wahnsinn.«

»Die neuen Nährbäder verhindern so etwas«, sagte Kilan.

»Assimilation von Ataraktika«, fügte Hisk hinzu. »Eigentlich eine ganz einfache Lösung des Problems. Natürlich kommt es auf die richtige Mischung der beruhigenden Substanzen an. Ich habe das alles in meinen Innovationsvorschlägen für die Transformationskammern berücksichtigt.«

»Garasch ist gerade damit beschäftigt, die Kammern zu modifizieren«, sagte Karn-Terg. »Wenn alles klappt, sind die nächsten Sprünge schmerzlos.«

»Es *wird* alles klappen.« Hisk klang fast beleidigt.

Sie gelangten an eine Abzweigung, und Karn-Terg wählte den Tunnel, der in die Tiefe führte. An einigen Stellen glitzerte Quarzmoos im Schein der Lampen; an anderen glühten Mineralienadern im Felsgestein. Es war recht kühl, aber die Thermoelemente in Karn-Tergs Anzug spendeten genug Wärme.

»Ist euch kalt?«, wandte er sich an die Jungen.

»Unser Monokörper bewahrt die Wärme besser als dein dualer«, erwiderte Kilan. »Und unsere Kleidung ist dick genug.« Er zog ein kleines Instrument hinter dem Gürtel hervor und blickte auf die Anzeigen. »Keine energetischen Emissionen.«

»Das Tropfenschiff befand sich ein ganzes Stück tiefer«, sagte Karn-Terg. »Was haltet ihr von diesen Tunneln?«

»Seismische Aktivität kommt wohl kaum als Erklärung für sie in Frage«, antwortete Hisk und sprach wie ein Erwachsener. »Davon hätten wir in der Hort-Station sicher etwas bemerkt. Hinzu kommt, dass der Durchmesser fast immer gleich ist. Die Wände sind zwar nicht glatt, aber ihre Struktur ist auch nicht so unregelmäßig, wie man es bei natürlichen Tunneln erwarten könnte. Daraus schließe ich, dass sie künstlichen Ursprungs sind.«

»Aber nicht von Maschinen gegraben«, warf Kilan ein.

»Nein«, stimmte ihm sein Bruder zu. »Dann gäbe es ein höheres Maß an Gleichförmigkeit. Ich vermute, die Monaden haben dieses Tunnelsystem angelegt.«

»Aber wenn einer der Tunnel bis zur Sektion Eins reichte ...« Kilan blieb kurz stehen, um sich eine Mineralienader aus der

Nähe anzusehen und sie mit einem Sensor zu untersuchen. »Du hast uns von den früheren Monaden erzählt, Großer, von denen ganz zu Anfang, die sich im Schutzschirm der Station auflösten. Wenn sie in den Hort wollten – warum haben sie dann nicht die Möglichkeit genutzt, von jenem Tunnel aus in Sektion Eins einzudringen?«

»Bei meinem ersten Kontakt mit den Monaden gab es noch keine neue Duade«, sagte Karn-Terg. Der Gang mündete in eine kleine Höhle mit drei weiteren Tunnelöffnungen, und wieder wählte er den weiter nach unten führenden Weg. »Ohne eine solche Duade, ohne eine Kollektivintelligenz waren die von den anderen getrennten Monaden ›dumm‹, wie es hieß, und sie folgten dem einzigen Weg zurück, den sie kannten. Unglücklicherweise führte er durch das Schutzfeld des Horts, das ich anschließend natürlich so verändert habe, dass es keine Gefahr mehr für die Monaden darstellte.«

Sie erreichten eine weitere Höhle, größer als die erste und mit einem Hügel aus Schnee auf der einen Seite. Er reichte bis zur Decke empor.

Kilan blickte wieder auf die Anzeige seines Geräts. »Der Schnee kam durch einen vertikalen Schacht bis hierher.«

»Eine Bohrung«, sagte Hisk. »Von den Leuten aus Schan... aus der orbitalen Stadt«, verbesserte er sich, als ihm einfiel, dass Karn-Terg den Namen der Stadt im Orbit des Planeten nicht gern hörte.

Der Kinderwart betrachtete die Darstellung eines Hologramms vor seinen Stielaugen. »Wir sind jetzt etwa vierhundert Meter tief, und das aufgegebene Forschungszentrum befindet sich links über uns. Vermutlich haben die Leute aus der Trümmersphäre mehrere solche Schächte angelegt, um das Tunnelsystem der Monaden zu erreichen. Inzwischen gibt es an der Oberfläche genug Schnee und Eis, um die Schachteingänge zu versiegeln. Zum Glück für uns. Sonst wäre die Luft hier unten viel zu dünn. Habt ihr daran gedacht?«

Kilan tastete nach dem Kragen seiner Kleidung und berührte etwas. Flexible Membranen wölbten sich nach oben, formten für wenige Sekunden einen Helm um den Kopf und wichen dann wieder zurück.

»Sehr einfallsreich«, lobte Karn-Terg beeindruckt.

»Hisk hat diese Schutzanzüge entwickelt«, sagte Kilan. »Wir haben uns ebenso gründlich vorbereitet wie du.«

»Meine Anerkennung, Hisk«, sagte Karn-Terg und sah, wie gern der Junge das Lob entgegennahm.

Sie gingen an dem Schneehügel vorbei und wählten einen Tunnel, der recht steil in die Tiefe führte. In der Nähe der Höhle mit dem Schnee trugen die Wände eine dünne Eisschicht, doch weiter unten stiegen die Temperaturen wieder. Karn-Terg orientierte sich anhand des Hologramms, das er immer wieder vor seinen Augen erscheinen ließ. Als sich der Tunnel nach etwa hundert Metern gabelte, deutete er nach rechts.

»Wir müssten jetzt in der Nähe der Höhle sein, in der ich das Tropfenschiff gesehen habe.«

Sie folgten dem Verlauf des rechten Ganges, der nach einigen Dutzend Metern schmaler wurde. Eine graue Substanz bedeckte das Felsgestein der Wände, reichte immer weiter in den Tunnel und versperrte schließlich den Weg.

»Das sehe ich jetzt zum ersten Mal«, sagte Karn-Terg. »Damals hat es so etwas nicht gegeben.«

Die beiden Brüder hatten bereits mit einer Untersuchung der grauen Substanz begonnen. »Es ist kein natürliches Material«, sagte Kilan. »Offenbar handelt es sich um eine Art Kunststoff.«

»Als das Tropfenschiff der Monaden geborgen wurde ...«, sagte Hisk nachdenklich. »Vielleicht hat man alle in die große Höhle führenden Tunnel versiegelt, um strukturelle Beeinträchtigungen des Tunnelsystems zu vermeiden.«

Karn-Terg betastete die graue Masse. »Ziemlich hart. Und vielleicht dient dieser ... Pfropfen tatsächlich dem Zweck, den du vermutest, Hisk. Was bedeutet: Wir sollten ihn an Ort und Stelle lassen und uns einen anderen Weg suchen.«

Die nächsten Tunnel führten Karn-Terg und seine beiden Begleiter fort von der großen Höhle, die einst das Schiff enthalten hatte, mit dem die Monaden aus einem anderen Universum gekommen waren. Sie bevorzugten jene Gänge, die weiter in die Tiefe führten, und an einigen Stellen stießen sie auf seitliche Stollen, die manche Tunnel miteinander verbanden. Die beiden Brüder untersuchten sie mit nicht nachlassendem Enthusiasmus.

»Die Verbindungsstollen sind eindeutig jünger als die Tunnel«, sagte Hisk, nachdem er sich kurz mit Kilan beraten hatte. Karn-Terg fühlte sich immer mehr in eine passive Rolle gedrängt, an der er auch Gefallen fand. Er beobachtete die Brüder und fand ihr Verhalten fast ebenso interessant wie das Rätsel der Monaden. »Ich vermute, sie wurden von den Leuten aus der orbitalen Stadt angelegt.«

»Und warum?«, fragte Karn-Terg.

»Vielleicht wollten sie Abkürzungen schaffen.«

»Durchaus denkbar. Abkürzungen wozwischen?«

»Zwischen wichtigen Orten?«, spekulierte Kilan.

Sie erreichten erneut eine jener kleinen Höhlen, die Zugang zu mehreren Tunneln gewährten. Das Licht ihrer Lampen strich über Felswände, die ein Dellenmuster aufwiesen, das sie inzwischen schon oft beobachtet hatten: Tausende von kleinen Meißeln schienen dort am Werk gewesen zu sein.

»Welchen Tunnel nehmen wir jetzt?«, fragte Hisk und deutete auf die fünf dunklen Öffnungen in den Wänden.

Karn-Terg trat in die Mitte der Kaverne und vergrößerte das Orientierungshologramm. »Seht euch das hier an. Fällt euch etwas auf?«

Die kleinen und größeren Höhlen bildeten Knoten in einem komplexen Netzwerk, das von strahlenförmigen Strängen durchzogen wurde – der kleine Elaborator, den Karn-Terg bei sich trug, hatte alle bisher bekannten Tunnel, Schächte und Stollen verzeichnet. Kilan und Hisk betrachteten die Darstellung aufmerksam.

»Ich glaube, es gibt da ein Muster ...«, sagte Kilan vorsichtig.

»Ja«, pflichtete ihm Hisk bei. »Wenn wir davon ausgehen, dass der Rest des Tunnelsystems die gleiche Struktur hat wie die Bereiche, die wir bisher gesehen haben ... Wenn wir die Tunnel, Schächte und Verbindungsstollen über die Grenzen des Bekannten hinweg ausdehnen ...«

Karn-Terg betätigte die Kontrolle des Holoprojektors, und die schematische Darstellung des Tunnelsystems schwoll an. Drei Stellen fielen sofort auf: die Höhle, in der sich das Tropfenschiff befunden hatte, und zwei weitere Haupthöhlen, dicht beieinander, südlich der ersten und tiefer gelegen.

»Ja, genau«, sagte Kilan, der seine eigenen Vermutungen bestätigt sah. »Jetzt ist es deutlich zu sehen. Die Verbindungsstollen sollen einen möglichst kurzen Weg von der Raumschiffhöhle zu den beiden anderen Kavernen dort schaffen.«

»Wir sind nicht mehr weit von den beiden anderen Höhlen entfernt«, stellte Karn-Terg fest. »Was meint ihr?«

»Oh, wir müssen sie uns unbedingt ansehen!«, sagte Hisk.

Nach einer kurzen Verschnaufpause, die die Brüder nutzten, um etwas zu essen – kurz vor dem letzten Entwicklungssprung, der sie zu Erwachsenen machen würde, hatten ihre Körper einen wesentlich höheren Stoffwechsel, und deshalb brauchten sie mehr Nahrung –, setzten sie den Weg durch das subplanetare Labyrinth der Monaden fort. Sie folgten dem Verlauf von Tunneln, die sich nicht von den anderen unterschieden – bis sie schließlich einen erreichten, dessen Wände mehr fluoreszierende Mineralienadern enthielten und in dem es ein wenig wärmer war. Die Temperatur stieg weiter, bis Karn-Terg auf die Thermoelemente seines Anzugs verzichten konnte.

»Eins finde ich seltsam«, sagte Hisk, der immer wieder von seinen Sensoren Gebrauch machte und die Felswände sondierte. »Wieso sind wir bisher noch keinen Monaden begegnet?«

Diese Frage beschäftigte Karn-Terg schon seit einer ganzen Weile. »Ich kann mir kaum vorstellen, dass das Schiff gegen ihren Willen gehoben wurde«, sagte er und erinnerte sich dabei an die Zeit der Pazifizierung von Alkyra II, an den Kampf gegen die erste Duade. »Es gibt eine Kommunikation zwischen den Monaden und den Loowern der Trümmersphäre. Vielleicht haben sie sich dort oben niedergelassen.«

»Und ihre Veränderung«, warf Kilan ein. »Was hat es damit auf sich? Früher waren die Monaden Plasmawolken, nicht wahr?«

»Ja.«

»Warum haben sie sich eine Gestalt gegeben? Und warum ausgerechnet die, die du uns beschrieben hast?«

»Ich weiß es nicht«, sagte Karn-Terg und dachte dabei an das Geheimprojekt in der Trümmersphäre. Vielleicht schaffte es Garasch irgendwann, mehr darüber herauszufinden.

Bei diesem Gedanken fiel ihm etwas ein. Er aktivierte sein Kom-Gerät.

»Garasch?«

»Ich höre.«

Normalerweise hätten die Kommunikationssignale so viel Felsgestein nicht durchdringen können, aber einige Kom-Module, die Karn-Terg an bestimmten Stellen zurückgelassen hatte, dienten als Verstärkerbrücken.

»Wie ist die Situation im Hort?«

»Keine Probleme. Die Kinder vermissen ihren Wart.«

Diese Worte nahm Karn-Terg gern entgegen. »Kannst du unsere Position feststellen?«

»Bestätigung.«

»Seit einigen Minuten steigt die Temperatur, woraus ich schließe, dass sich vor uns eine Energiequelle befindet. Hast du irgendwelche Informationen für uns?«

»Ich setze mich mit dem zentralen Elaborator in Verbindung.« Nach einigen Sekunden erklang erneut die Stimme des Helks. »Ihr seid in der Nähe von zwei verschiedenen Energiequellen. Die eine ist multidimensionaler Natur und ähnelt der energetischen Struktur der Monaden. Bei der anderen handelt es sich um eine Hyperfeldzapfung.«

»Loowertechnik?«

»So scheint es.«

Karn-Terg beobachtete, wie der vor ihm durch den Tunnel gehende Hisk kurz stockte und den Tentakel zum Kopfwulst hob.

»Alles in Ordnung, Hisk?«

»Ja, ja. Bestimmt ist es nur die Aufregung.«

Kilan deutete nach vorn. »Dort wird es heller!«

»Garasch, wir setzen den Weg zu den beiden Energiequellen fort«, teilte Karn-Terg seinem Helk mit. »Gib mir sofort Bescheid, wenn es im Hort zu irgendwelchen Zwischenfällen kommen sollte.«

Er ließ das Licht seiner Lampen über die Felswände streichen, und weiter vorn vereinte es sich mit einem Glühen, das nicht von den Mineralienadern stammte. Kurz darauf sahen Karn-Terg und die beiden Brüder, woher es kam: von Leuchtelementen, wie sie in der orbitalen Stadt und auch im Hort üblich waren – Loower aus der Trümmersphäre mussten sie installiert haben, an der Decke des Tunnels und auch in der Höhle, die sie kurz darauf erreichten.

Oben ähnelte sie der großen Kaverne, in der Karn-Terg das Tropfenschiff gesehen hatte. Zahlreiche Tunnelöffnungen zeigten sich dort, Hinweis darauf, dass diese Höhle ein wichtiger Knotenpunkt im Tunnelsystem der Monaden war.

Unten standen die Aggregate eines großen Hyperfeldzapfers, dessen Abwärme die höheren Temperaturen im Tunnel bewirkte. Geborstene Objekte umgaben die Anlage, große Splitter wie Glas. Die beiden Neuner und Karn-Terg traten neugierig näher. Kilan und Hisk machten sofort wieder von ihren Sensoren Gebrauch und untersuchten die Fragmente.

»Unbekanntes Material«, sagte Hisk. »Kein Glas und auch kein Kristall, obwohl es danach aussieht. Eine Art Kunststoff aus Makromolekülen.«

»Ja, Polymere«, stimmte ihm sein Bruder zu. Er berührte ein Fragment, und daraufhin erschien mattes Licht im Zentrum des Bruchstücks, wuchs den Rändern entgegen und schuf dort ein Leuchten, das an eine Phosphoreszenz erinnerte. »Mit sehr, sehr starken Bindungskräften zwischen den einzelnen Molekülen. Die Energie eines Hyperfeldzapfers war nötig, um sie zu überwinden ...«

»Willst du damit sagen ...«, begann Karn-Terg verblüfft.

»Die Energie des Zapfers wurde verwendet, um diese Polymergebilde zu zerstören.«

»Zu zerstören«, wiederholte der Kinderwart verwundert.

Kilan deutete auf die Transferleitungen, die vom Hyperfeldzapfer zu den Fragmenten führten. »Da drängt sich natürlich sofort die Frage nach dem Warum auf. Aus welchem Grund war den Loowern aus der Trümmersphäre daran gelegen, etwas zu zerstören, das irgendeinen Zweck für die Monaden erfüllte?«

»Hier gibt es weitere Transferleitungen!«, rief Hisk von der anderen Seite des Zapfers. »Sie führen in die zweite Höhle dort!«

Sie eilten um die Aggregate herum und folgten Hisk, der bereits vorausgegangen war und im Zugang der zweiten Höhle stand. Auch sie wies oben zahlreiche Tunnelöffnungen auf, und darunter ragten Hunderte von langen Dornen aus den Wänden.

»Das gleiche Material wie bei den Bruchstücken in der ersten Höhle«, sagte Kilan und blickte auf die Anzeigen seiner Messinstrumente. »Makromoleküle mit extrem hohen Bindungskräften. Ihnen wird Energie zugeleitet, und ihre Belastungsgrenze dürfte bald erreicht sein.«

Von den Transferleitungen gingen feine Gespinste aus, sah Karn-Terg, fadenartige Erweiterungen der Transferstränge, die zu jedem einzelnen Dorn reichten. Ein leises Summen lag in der Luft, wie ein fernes Flüstern.

Hisk griff sich erneut an den Kopf, trat dann vor und berührte einen Dorn.

Etwas strich durch Karn-Tergs Selbst, wie Wind durch ein offenes Fenster. Hisk stieß einen überraschten Schrei aus und sprang zurück.

»Was war das?«, fragte Kilan. »Habt ihr es ebenfalls gefühlt?«

»Etwas hat meine Gedanken gekitzelt«, sagte Hisk.

Karn-Terg trat zur nahen Wand, hob den Tentakel, berührte vorsichtig einen Dorn und zog den Greiflappen sofort zurück. Wieder regte sich etwas inmitten seines Bewusstseins, und diesmal war das Gefühl intensiver.

»Ich hab's erneut gespürt«, sagte Hisk.

»Ich auch«, fügte Kilan hinzu.

Karn-Terg erinnerte sich an die Gedanken der Monaden, die mitten zwischen seinen eigenen entstanden waren, ohne von *außen* zu kommen. Dies ließ sich damit vergleichen.

Er fuhr die Stielaugen ein, streckte erneut den Tentakel aus und stellte einen zweiten Kontakt mit dem Dorn her. Diesmal zog er den Greiflappen nicht zurück.

Bilder strömten in sein Selbst, manche so fremdartig, dass er sie nicht zu deuten wusste, andere von seltsamen Emotionen begleitet, die an seinen eigenen Gefühlen zupften und zerrten. Er nahm *Absicht* und *Entschlossenheit* wahr, den festen Willen, sich nicht etwas zu beugen, das manche »Schicksal« nannten. *Das Leben ergibt sich nicht.* Klare Worte, geformt aus fremden Silben. Ein Teil seines Ichs glitt von Bild zu Bild, und es genügte, Interesse an etwas zu zeigen, um weitere Bilder heranschweben zu lassen, die Einzelheiten zeigten. Karn-Terg sah den Bau des Tropfenschiffes mithilfe der Energiekondensate eines zerreißenden Universums. Er beobachtete, wie die Dimensionsingenieure der Monaden die künstliche Singularität schufen, einen Fluchtweg zu einem anderen, stabilen Universum.

Er ließ den Greiflappen sinken.

»Ein Archiv«, sagte er. »Dies ist eine Art Archiv. Aber welches Interesse könnte jemand in der Trümmersphäre daran haben, es zu vernichten?«

»Dies ist mehr als nur ein Archiv!«, rief Kilan, der etwas weiter entfernt an der Wand stand. »Man kann Dinge damit sehen.«

Der Junge berührte den Dorn, der genau auf seine Brust zeigte.

Die Bilder, die Karn-Terg ohne einen direkten Kontakt empfing, waren nicht so deutlich wie die anderen, aber er erkannte genug, um sie zu identifizieren: die eisige Oberfläche von Alkyra, die Hort-Station in der Senke, Berge, die Trümmersphäre, Räume *innerhalb* der Trümmersphäre ... Die Bilder folgten immer schneller aufeinander: die Trümmersphäre von *außen* betrachtet, das Alkyra-System, andere Sonnen, andere Planeten, manchmal nur Schemen, der Arm einer Spiralgalaxis ...

»Lass den Dorn los, Kilan!«, rief Karn-Terg.

»Dies ist besser als der Simulator«, sagte Kilan-Gerp begeistert.

Hisk stand still da und ließ den Blick der flachen Augen über die Dorne gleiten.

»Was meint du, Hisk?«, fragte Karn-Terg.

»Ich glaube nicht, dass es Simulationen sind«, antwortete der Junge langsam. »Es fühlt sich ... anders an. Ich glaube, wir haben all das wirklich gesehen. Vielleicht ist dies eine Art ... Omniskop. Eine Vorrichtung, mit der man jeden beliebigen Ort im Universum sehen kann. Noch dazu in Echtzeit.«

»Und man kann damit auch in die Vergangenheit der Monaden blicken. Lasst mich einen Versuch unternehmen, ja?« Karn-Terg trat zu einem anderen Dorn und beobachtete, wie die beiden Brüder zurückwichen. Er streckte den Tentakel aus, berührte das synthetische Material mit dem Greiflappen ...

Wieder rasten ihm Bilder entgegen, sprangen aus einer mentalen Quelle tief in ihm, wirbelten seine Gedanken so durcheinander wie der Wind Staub und Sand. Der Sturz durch die künstliche Singularität, die Ankunft in einem fremden, stabilen Universum, die Freude der Monaden, deren intelligentes Plasma viele verschiedene Lebensformen vereinte ... Die Kollektivintelligenz der Duade hatte sie miteinander verbunden, so wie die neue Duade sie erneut verband, aber anders, nicht so wie früher ....

Karn-Terg kratzte an der Oberfläche eines gewaltigen Wissens, das aus Äonen eines sterbenden Universums und von zahlreichen Völkern stammte, die sich zu den Monaden zusammengefunden hatten. Das Archiv, das Omniskop ... Diese Höhle barg einen gewaltigen Schatz – und jemand schickte sich an, ihn mit der Energie eines Hyperfeldzapfers zu vernichten.

Etwas zog sanft an Karn-Tergs Selbst, und er gab dem behutsamen Drängen nach. Bestimmte Bilder rückten in den Vordergrund, zeigten ihm Tunnel, helle Tunnel, und dann ... ein rechteckiger Raum mit glatten Wänden, irgendwo in der Felskruste des Planeten, darin ein Schrein, oder ein Mausoleum, ein transparenter Block mit einer Gestalt in seinem Innern. Das Bild kam noch näher, zeigte weitere Details. Zuerst glaubte Karn-Terg, einen der neuen Monaden zu sehen: ein Monokörper mit zwei Armen, zwei Beinen und einem festen Kopf, wie bei den Terranern, Arkoniden und anderen *menschlichen* Völkern. Dieser Körper war ebenfalls nackt und hatte langes Haar. Reglos ruhte er in dem transparenten Behälter. Die Augen geschlossen. Wie tot.

Aber Karn-Terg wusste, dass jenes Geschöpf lebte. War es der Grund, warum die Monaden *humanoide* Gestalt angenommen hatten? Was steckte dahinter? Was bedeutete die Verbindung?

Karn-Terg zog den Tentakel vom Dorn zurück. »Habt ihr das gesehen? Wir müssen die Zerstörung dieses Archivs und Omniskops unbedingt verhindern. Kilan, Hisk, glaubt ihr, wir können die Verbindungen zum Zapfer unterbrechen, damit sich in den Dornen keine destruktive Energie mehr ansammelt?«

Ein lautes Stöhnen ließ ihn herumfahren.

Hisk war zusammengebrochen, bebte am ganzen Leib und versuchte, sich die Tentakel um den Kopf zu schlingen.

»Es ist so weit!«, rief Kilan. »Bei ihm hat der dritte Sprung begonnen!«

Alles andere war plötzlich unwichtig für Karn-Terg. Von einem Augenblick zum anderen ging es nur noch darum, Hisk-Mekang zu einer Transformationskammer zu bringen. Er aktivierte das Kom-Gerät.

»Garasch, ich brauche deine Hilfe. Schick drei deiner Segmente hierher. Bei Hisk hat der dritte Sprung begonnen, früher als erwartet, und ich schätze, bei seinem Bruder dauert es ebenfalls nicht mehr lange. Wir müssen so schnell wie möglich zu den Transformationskammern!«

»Drei Teile von mir sind zu euch unterwegs«, bestätigte der Helk.

: 20

Perry Rhodan
| 1341 NGZ |

»» › »Wir müssen arbeiten«, sagte Zlusch.

Perry Rhodan stand neben dem hängemattenartigen Fadengespinst, in dem er geruht hatte, und konnte sich nicht daran erinnern, es verlassen zu haben. Sein Selbst weilte in der schmalen Zone zwischen Schlafen und Wachen, noch begleitet von den verblassenden Bildern eines Traums, der ihm ... einen Regen im All gezeigt hatte: silberne Tropfen in einer sich immer mehr dehnenden Schwärze.

Er blinzelte mehrmals und fühlte sich seltsam, was nicht nur an Hunger und Durst lag. Normalerweise brauchte er kaum Schlaf, denn der Zellaktivator, der ihm relative Unsterblichkeit gewährte, regenerierte seine Kräfte. Doch jetzt, nach Stunden der Ruhe, spürte er noch immer eine sonderbare Mattigkeit.

Rhodan beobachtete, wie die Nichtdenker ihre Gespinste verließen und an den Stangen herunterkletterten. Zlusch stand neben ihm und sah ihn an, freundlich und auch erwartungsvoll.

»Du hast geträumt«, sagte er.

»Von silbernen Tropfen«, murmelte der Terraner.

»Du hast Bilder empfangen«, fuhr Zlusch fort, und wieder gewann Rhodan den Eindruck, dass in seinen Worten mehr Bedeutung steckte, als es zunächst den Anschein hatte. »Von der Flucht. Vielleicht ...«

Er wandte sich an die anderen kahlköpfigen Humanoiden. »Vielleicht hat er den Halo berührt!«

Freudenrufe erklangen. Nichtdenker eilten herbei, streckten die Hände nach Rhodan aus und huschten wieder fort.

Die vagen Traumbilder lösten sich endgültig auf, und Rhodan wurde sich seiner rauen, trockenen Kehle bewusst. »Wasser«, sagte er. »Ich brauche etwas zu trinken. Und zu essen.«

»Natürlich!« Zlusch schüttelte den Kopf. »Warum habe ich nicht daran gedacht? Du bist nicht wie wir. Komm!«

Die anderen Nichtdenker waren weiter hinten im halbdunklen Saal zwischen den grauen Gespinsten verschwunden. Zlusch und Rhodan folgten ihnen und erreichten kurz darauf runde Öffnungen im Boden. Röhren führten in dunkle Tiefen. Eine war groß genug, um mehrere Personen aufzunehmen. Zlusch griff einfach nach Rhodans Arm, trat in die Leere und zog den Terraner mit sich.

Rhodan schnappte nach Luft, als er erst fiel und dann rutschte. Die Innenwände der silbrigen Röhre waren ölig glatt, aber er achtete trotzdem darauf, sie so wenig wie möglich mit der Haut zu berühren, nur mit den Stofffetzen seiner neuen Kleidung.

Es ließ sich kaum abschätzen, wie weit sie in die Tiefe rutschten. Schließlich fühlte Rhodan in der Luft einen schnell stärker werdenden Widerstand, eine Art Prallfeld, das sie abbremste. Zlusch erhob sich neben ihm und zog ihn gleichzeitig mit einer Hand auf die Beine. »Die Erneuerung ruft mich«, sagte er. »Aber zuerst musst *du* dich erneuern.«

Er zog Rhodan mit sich, ging mit langen, schnellen Schritten durch einen Korridor, vorbei an einem Zugang, durch den gelbliches Licht fiel. Mit einem leisen Zischen glitten vor ihnen die neun Segmente eines Schotts auseinander, und dahinter erstreckte sich ein Quartier.

»Hier hat einmal ein Zweidenker gewohnt, vor unserer Zeit«, sagte Zlusch. »Seit wir an Bord sind, wohnen sie alle außerhalb des Erlaubten.«

An Bord, dachte Rhodan und begriff plötzlich, dass dies einer der Punkte war, die sein Unterbewusstsein beschäftigt hatten. Er befand sich seit Stunden an Bord eines Loowerschiffes, das an einem Krieg teilnahm, jederzeit in eine neue Schlacht verwickelt und vernichtet werden konnte. Jähe Sorge suchte ihn heim. Zlusch schien etwas zu spüren, denn er richtete einen verwunderten Blick auf ihn.

»Stimmt etwas nicht?«, fragte der Humanoide.

Rhodan vollführte eine Geste, die dem ganzen Schiff galt. »Weißt du, was dies ist?«

»Ein Raumschiff?«, antwortete Zlusch, und wieder klang es wie eine Frage.

»Ja, aber weißt du auch, dass es zusammen mit vielen anderen Schiffen einen Krieg führt? Es könnte jederzeit zu einem Kampf kommen, bei dem es beschädigt oder gar zerstört wird.«

»Dies ist ein Schiff der Zweidenker.« Zlusch wandte sich ab und ging an einem Gestell vorbei zu den Konsolen auf der gegenüberliegenden Seite. Seine Finger tanzten über die Kontrollen, und in die Decke integrierte Leuchtkörper glühten. Ein leises Summen wies auf aktivierte Geräte hin. »Sie kämpfen gegen die Eindenker.«

»Gegen die *Eindenker?*«

Zlusch bückte sich, öffnete ein Fach, entnahm ihm zwei Objekte und kehrte damit zu Rhodan zurück. Das eine sah aus wie eine Tasse aus hauchdünnem Kristall, und es enthielt eine klare Flüssigkeit.

»Erneuerung für dich«, sagte der Humanoide.

Rhodan nahm die kristallene Tasse vorsichtig entgegen und trank einen Schluck: frisches, kaltes Wasser. Es schmeckte herrlich!

Das zweite Objekt war ein Neuneck mit einer schnabelartigen Erweiterung. Rhodan hielt es in beiden Händen, nachdem er die leere Tasse abgesetzt hatte, hob den Schnabel zum Mund und saugte daran. Brei kam daraus hervor, mit einem Geschmack, der ein wenig an Zimt erinnerte.

»Bleibt die Frage, ob ich etwas mit Loowernahrung anfangen kann«, sagte Rhodan.

»Der Halo bestätigt das«, erwiderte Zlusch.

Rhodan saugte und schluckte. »Ich glaube, du bist mir einige Erklärungen schuldig. Was ist der Halo, den du mehrmals erwähnt hast? Was bedeuten die Begriffe Zweidenker und Eindenker? Worum geht es bei dem schrecklichen Krieg, der dort draußen im All tobt? Welche Rolle spielt ihr an Bord, ihr so genannten Nichtdenker? *Was bedeutet dies alles?*«

Zlusch sah ihn an. Der Glanz in seinen Augen blieb warm und freundlich, aber dahinter schimmerte etwas, das Rhodan nicht zu deuten wusste. »Du hattest deine Erneuerung. Jetzt brauche ich meine.«

Sie kehrten in den Korridor zurück und schritten zu dem Zugang, den sie zuvor passiert hatten und aus dem gelbliches Licht kam. Es stammte von einer großen Kugel, die dicht über dem Boden eines runden Raums mit gewölbten Wänden schwebte, an denen Rampen in langen Spiralen emporreichten. Sie glänzte wie eine Flüssigkeit, doch ein tiefes, rhythmisches Brummen vermittelte den Eindruck von geballter Energie. Kahlköpfige Humanoiden umringten sie, hoben die Hände, berührten die Kugel und erstarrten, während sich von dem Kontaktpunkt kleine konzentrische Wellen ausbreiteten.

Zlusch gesellte sich den anderen hinzu, und Rhodan beobachtete, wie er ebenfalls die gelbe Kugel berührte und die Augen schloss. Vielleicht lag es an dem Licht, das von der Sphäre ausging und gelegentlich flackerte, aber Rhodan gewann den Eindruck, dass ein Glühen *von innen* durch Zluschs Lider kam.

Nach spätestens zwanzig oder dreißig Sekunden lösten sich die Humanoiden von der gelben Sphäre und wirkten ruhiger als zuvor, als sie fortgingen. Zlusch kehrte zu Perry Rhodan zurück.

»Jetzt beginnt die Arbeit. Aber vorher ...« Er griff unter einen seiner Bekleidungsfetzen, und als die Hand wieder zum Vorschein kam, klebte Gel an den Fingerspitzen. Er strich es Rhodan ins Gesicht, und der Terraner spürte, wie es schnell an Wangen und Kinn trocknete.

»Die Zweidenker dürfen dich nicht erkennen«, sagte Zlusch. »Du musst haarlos sein wie wir.«

Das Gel löste Rhodans Bart auf und rieselte als feiner Staub zu Boden.

Zlusch führte seinen Begleiter an der gelben, brummenden Kugel vorbei zu einer der Rampen und deutete nach oben. Die anderen Nichtdenker hatten bereits eine Höhe von etwa zwanzig Metern erreicht, und dort bemerkte Rhodan Öffnungen, durch die die Humanoiden nacheinander verschwanden.

»Warte«, sagte Rhodan, als sie über die Rampe gingen. »Es ergeben sich immer mehr Fragen, und bisher habe ich kaum Antworten bekommen.«

Zlusch sah ihn an, und sein glattes, haarloses Gesicht zeigte eine fast kindlich wirkende Unbekümmertheit. »Jetzt müssen wir arbeiten.«

»Was war das vorhin?«, fragte Rhodan. »Hast du *Energie* aufgenommen? Meintest du das mit ›Erneuerung‹?«

Ein dumpfes Donnern kam aus den Tiefen des Loowerschiffes. Zlusch neigte den Kopf zur Seite und lauschte dem Geräusch, bis Rhodan es nicht mehr hörte, sondern nur noch als Vibration in der Rampe wahrnahm.

»Das ist das Zeichen. Wir müssen arbeiten.«

Sie erreichten eine der Öffnungen, und Zlusch schob Rhodan mit sanftem Nachdruck hindurch. Auf der anderen Seite fand er sich in einem mittelgroßen Raum wieder, aus dessen Wänden Hunderte von kleinen Zylindern ragten. In der Mitte reichte eine dicke, pechschwarze Säule vom Boden bis zur Decke, und an ihr steckten Hunderte, wenn nicht Tausende von bunten Zapfen. Einige runde Löcher in den Wänden gestatteten

Zugang zu ähnlich beschaffenen Räumen, und in jedem, den Rhodan sehen konnte, standen Nichtdenker an den zentralen Säulen.

»Warten sie auf etwas?«, fragte er.

Einige der kleinen Zylinder in den Wänden leuchteten auf: hier rot und blau, dort türkis und gelb.

»Sie warten *darauf*«, sagte Zlusch.

Die Humanoiden gerieten in Bewegung, griffen nach Zapfen, eilten zu den Wänden und schoben sie in die Zylinder, deren Farben genau zu ihnen passten und die daraufhin mit einem leisen Surren zurückwichen. Innerhalb kurzer Zeit entstand eine Geräuschkulisse, die Rhodan wie eine sehr komplexe Melodie erschien, und die Bewegungen der Nichtdenker kamen ihm wie ein Tanz dazu vor.

»Das ist die Arbeit«, sagte Zlusch. »Sie ist wichtig. Sie hält das Schiff in Bewegung.« Erneut kam ein dumpfes Donnern aus den Tiefen des Loowerschiffes. »Auch du musst arbeiten. Komm, ich zeige es dir.«

Rhodan folgte ihm zur Säule und beobachtete, wie die Nichtdenker Zapfen nahmen und zu den Wänden huschten. Dort schoben sie sie in passende Zylinder und kehrten sofort zurück, um erneut einen Zapfen zu ergreifen. Zwischen ihren Bewegungen und den Farbveränderungen existierte eine erstaunliche Synchronie – manchmal schienen sie um einen Sekundenbruchteil im Voraus zu wissen, welche Farbe ein leerer Zylinder annehmen würde. Gelegentlich schoben sich zuvor gefüllte Zylinder mit zirpenden Geräuschen wieder aus der Wand hervor, und immer stand ein Humanoider in der Nähe, zog den Zapfen heraus und trug ihn zur zentralen Säule zurück.

Rhodan näherte sich der Säule, nahm einen grünen Zapfen – er war etwa zwanzig Zentimeter lang und überraschend leicht, obwohl er aus Metall bestand und massiv wirkte. Er blickte zur Wand, sah fast im gleichen Augenblick einen Zylinder, der im gleichen Grünton aufleuchtete, trat zu ihm und schob den Zapfen hinein. Das Surren des in die Wand zurückweichenden Zylinders fügte sich der allgemeinen Melodie hinzu.

Zlusch nickte anerkennend und eilte dann beeindruckend schnell zwischen der Säule und den Wänden hin und her.

Der Terraner versuchte gar nicht erst, so schnell zu sein wie die Nichtdenker. Er lief nicht, legte die Distanz zwischen Wänden und zentraler Säule immer wieder mit ruhigen Schritten zurück und fühlte, wie er schon nach kurzer Zeit zu einem fast hypnotischen Rhythmus fand. Der Körper bewegte sich von ganz allein, während die Augen Farben miteinander verglichen und die Hände den richtigen Zapfen nahmen, ihn zum richtigen Zylinder brachten. Und während der Körper mit diesen Dingen beschäftigt war, bekam der Geist Gelegenheit, über die Ereignisse der jüngsten Zeit nachzudenken.

Die Rettung aus dem All, wenn nicht in letzter Sekunde, so doch in letzter Minute, hätte schon unter normalen Umständen an ein Wunder gegrenzt. Aber Regor Zlusch, den alle Zlusch nannten, hatte ganz offensichtlich *nach ihm gesucht*, nach einem Menschen inmitten der Trümmer eines interstellaren Schlachtfelds. Irgendwie war es ihm gelungen, eine Strukturlücke in den Schutzschirmen des Schiffes zu schaffen und ihn mit einem Traktorstrahl an Bord zu holen, ohne dass die Loower etwas von ihm erfuhren. Und die anderen Nichtdenker hatten sich darüber gefreut, dass der Neuankömmling, der Mensch in ihrer Mitte, *er* war, was auch immer das bedeutete. Sie hatten wie Zlusch von ihm *gewusst* und sich gefreut, dass ausgerechnet sie ihn gefunden hatten. Obwohl *alle* auf der Suche nach ihm gewesen waren, die Eindenker ebenso wie die Zweidenker. Was bedeutet das? Welche Schlüsse ließen sich daraus ziehen?

Rhodan schob einen roten Zapfen in einen roten Zylinder und kehrte zur zentralen Säule zurück, um den nächsten Zapfen zu holen, während seine Gedanken in Rätselhaftem nach Zusammenhängen und Sinn suchten. Zlusch hatte ihn vor der Entdeckung durch die Loower bewahrt – Rhodan fragte sich kurz, ob das positiv oder negativ zu bewerten war – und es anschließend immer wieder vermieden, auf seine Fragen einzugehen. Warum? Und weshalb nannte er die Loower dieses Schiffes Zweidenker und ihre Gegner, ebenfalls Loower, Eindenker? Rhodan erinnerte sich daran, dass die Loower vor ihrer Einkehr alle Zweidenker gewesen waren. Was hatte es mit den Eindenkern auf sich? Und wieso trugen die Humanoiden die Bezeichnung *Nichtdenker*, obwohl sie natürlich dachten?

Zur Wand und zurück zur Säule, zur Wand und zurück ... Die Humanoiden waren viel schneller als er, aber irgendwie wurde Rhodan zum Teil ihres Bewegungsmusters, ihres Tanzes zur Melodie aus surrenden und zirpenden Geräuschen. Er erinnerte sich an den ersten Eindruck von dem kahlköpfigen »Mann«, der eigentlich ein Neutrum war, an die Wärme in seinen Augen, die einlud, ihm vorbehaltlos zu vertrauen. Seine in drei Jahrtausenden gewachsene Erfahrung hatte ihm bestätigt, dass Zlusch dieses Vertrauen verdiente, aber inzwischen war er da nicht mehr ganz so sicher. Er zweifelte nicht eine Sekunde an seiner Intelligenz, obwohl es im Verhalten des Humanoiden manchmal etwas Kindliches gab. Tarnung? Und die Aura der Vertrauenswürdigkeit ... War Zlusch vielleicht ein aktiver Empath, jemand, der in anderen Personen bestimmte Empfindungen wecken konnte? In aller Deutlichkeit erinnerte sich Rhodan an das beeindruckende Erlebnis im Schlafsaal. Er hatte sich in die Hängematte gelegt, ohne es zu wollen, und zwei Worte von Zlusch hatten genügt, um ihn von einem Augenblick zum anderen schlafen zu lassen.

Rhodan bemerkte Zluschs Blick, als er erneut zur Wand ging, um einen blauen Zapfen in einen blauen Zylinder zu schieben, und der Humanoide bedachte ihn mit einem neuerlichen anerkennenden Nicken, während er selbst *lief*, so wie auch die anderen Haarlosen. Wer waren diese Leute? Warum befanden sie sich an Bord? Warum arbeiteten sie für die Loower? Und welchen *Sinn* hatte diese Arbeit? Wie konnte die Verbindung von Zylindern und Zapfen das Schiff »in Bewegung halten«, wie Zlusch behauptet hatte?

Fragen über Fragen, und keine einzige Antwort in Sicht.

Eine Stunde verging, vielleicht auch zwei. Es fiel Rhodan schwer, während der unentwegten Wanderung zwischen Wänden und Säule ein Zeitgefühl zu bewahren. Ein »Halo«, so überlegte er, schien bei den Nichtdenkern eine wichtige Rolle zu spielen ... Die Gedanken krochen und sprangen, während sich die Beine wie Taktgeber bewegten. Der Kampfanzug mit dem Funkgerät fiel ihm ein. Er brauchte ihn, wenn er das Loowerschiff irgendwann verlassen wollte. Der Krieg ... Jenseits dieser seltsamen Welt aus Zapfen und Zylindern fand ein Krieg statt, und das Schiff, in dem er sich befand, war direkt daran beteiligt. Doch Zlusch und die anderen wirkten vollkommen sorglos, als könnte ihnen überhaupt nichts geschehen.

Ein weiterer Gedanke, der schon seit einer ganzen Weile auf der Lauer gelegen hatte, schob sich langsam in den Vordergrund und verdrängte die anderen. *Dies ist ein Loowerschiff, und die Schiffe der Loower sind den unsrigen weit überlegen, trotz der erhöhten Hyperimpedanz. Vielleicht bietet sich mir hier Gelegenheit, den Grund dafür herauszufinden.*

Plötzlich bemerkte Rhodan eine Veränderung um sich herum. Die Nichtdenker wurden langsamer, liefen nicht mehr, sondern gingen nur noch. Die ersten von ihnen blieben wie in Trance stehen, und schließlich verharrten sie alle, blickten aus ihren großen Augen ins Leere.

Rhodan trat zu dem Kahlköpfigen, der ihn an Bord geholt hatte. »Zlusch?«, fragte er leise.

Zwei Gestalten duckten sich durch eins der runden Löcher in den Wänden, und Perry Rhodan erstarrte wie die Nichtdenker.

Loower.

Sie waren kaum größer als anderthalb Meter, und ein Knorpelstrang teilte ihren Körper in zwei Hälften. Ein höckerartiger Wulst nahm den Platz des Kopfes ein, und oben ragten zwei Stielaugen daraus hervor. Graue Haftplatten bedeckten an vielen Stellen die ledrige Haut, und an manchen von ihnen waren Werkzeuge und Waffen befestigt. Die verkümmerten Flughäute auf dem Rücken des nierenförmigen Doppelkörpers knisterten leise, als die beiden Loower durch den Raum stapften.

Perry Rhodan versuchte, ebenso reglos zu sein wie die Nichtdenker.

Die Loower schritten umher und sahen sich einige Nichtdenker aus der Nähe an. Einer von ihnen kontrollierte die Anzeigen eines kleineren Geräts in seinem Greiflappen. »Resorption stabil«, kam es aus seiner Sprachblase.

Der andere Loower setzte seine Wanderung fort, und Rhodan stellte erschrocken fest, dass er sich ihm näherte. Der Blick von zwei Stielaugen richtete sich auf ihn.

»Ich bin der Ansicht, dass sich die Funktionen noch besser synchronisieren lassen. Was meinst du, Nichtdenker?«

Rhodan überlegte fieberhaft. Erwartete der Loower eine Reaktion von ihm? War dies vielleicht eine riesengroße Chance, die es zu ergreifen galt? Wenn er mit den Loowern sprach, wenn er ihnen seine Situation erklärte ...

Der Moment verstrich.

»Er kann dir nicht antworten«, sagte der andere Loower. »Sie sind alle delirant.«

Nach einer Runde durch den Raum duckten sich die beiden Loower durch eine andere Öffnung und verschwanden. Rhodan beobachtete, wie Licht in Zluschs trübe Augen zurückkehrte. Er bewegte sich wieder, ebenso wie die anderen Nichtdenker, und sein Gesicht zeigte ein wenig Überraschung, als er Rhodan direkt vor sich sah. Er wollte an ihm vorbeitreten, doch der Terraner hielt ihn fest.

»Was ist gerade geschehen? Warum seid ihr alle erstarrt?«

»Der Halo hat uns gerufen«, erwiderte Zlusch. »Manchmal holt er unsere Gedanken zu sich.«

»Und was hatten die beiden Loower damit zu tun?«

Zlusch lächelte freundlich. »Manchmal berühren die Zweidenker unsere Gedanken?«, erwiderte er in dem sonderbaren, fragenden Tonfall. »Wir müssen jetzt wieder arbeiten.«

Rhodan versuchte, den Humanoiden festzuhalten, doch Zlusch löste die Hand mühelos von seinem Arm, ging erst und *lief* dann wieder zwischen Wand und Säule. Die Melodie aus surrenden und zirpenden Geräuschen erklang erneut, und wieder wirkten die Bewegungsmuster der Nichtdenker wie ein Tanz dazu. Perry Rhodan blinzelte ...

... und stand vor der zentralen Säule. Ein Teil von ihm schien sich selbst zu beobachten, wie er die Hand ausstreckte und nach einem violetten Zapfen griff, ihn zur Wand trug und in einen passenden Zylinder schob. Das Gefühl, zur Melodie beizutragen, bereitete ihm Genugtuung, und diesmal dauerte es nur wenige Sekunden, bis sich der hypnotische Rhythmus einstellte, der Körper und Geist voneinander trennte. Als die Gedanken erneut zu treiben begannen, konzentrierte er sich, richtete den Fokus seines Selbst auf die Bewegungen des Körpers und befahl sich: *Bleib stehen!*

Er blieb stehen und hörte eine Art Missklang in der Melodie. Ein Nichtdenker mit frauenhaft zarten Zügen stieß fast gegen ihn, und so etwas wie Erschrecken huschte durch das fein geschnittene Gesicht, als der Humanoide an ihm vorbeiwankte und mit einem Zapfen zur Wand eilte, sich wieder dem Bewegungsrhythmus der anderen hinzufügte.

Der Umstand, dass er noch immer Kontrolle über sich hatte, beruhigte Perry Rhodan ein wenig. Er nahm die Wanderung wieder auf, »arbeitete« wie die Nichtdenker, wenn auch nicht annähernd so schnell. Die Fragen kehrten zurück, noch drängender als zuvor, doch ihre Wiederholung allein genügte nicht, um Aufschluss zu erlangen.

Stunden später, als die Nichtdenker langsamer wurden, war Rhodan noch immer ohne Antworten, aber dafür wuchs seine Entschlossenheit, mehr herauszufinden. »Was ist der Halo?«, fragte er einen Humanoiden.

»Sprich mit Zlusch, mit Zlusch«, erwiderte die Gestalt und lächelte freundlich. »Er versteht, er versteht.«

»Aber ich verstehe überhaupt nichts!«, rief Rhodan. »Zlusch? Ich will endlich Bescheid wissen!«

Der Kahlköpfige näherte sich ihm, während die übrigen Nichtdenker den Raum durch die runden Öffnungen in den Wänden verließen. Nach wenigen Sekunden waren sie allein, umgeben von Stille.

»Ich habe dich gesucht und gefunden«, sagte Zlusch und wirkte wieder wie jemand, der nicht den geringsten Argwohn verdiente. »Genügt das nicht?«

Vielleicht ist die Bezeichnung »Nichtdenker« doch angemessen, dachte Rhodan. »Nein, *mir* genügt das nicht. Warum hast du mich gesucht?«

Zlusch neigte den Kopf zur Seite und erweckte einmal mehr den Eindruck, einer Stimme zu lauschen. »Weil du der Eine bist? Dein Name lautet ... Perryrhodan.«

»Woher kennst du meinen *Namen?*«, fragte der Terraner verblüfft.

»Der Halo kennt ihn. Der Halo kennt viele Dinge, und manchmal lässt er mich an seinem Wissen teilhaben.« Zlusch ergriff Rhodan am Arm und zog ihn mit sich. »Wir müssen jetzt zurückkehren.«

Ein Grollen kam aus den Tiefen des Loowerschiffes, und Zlusch nickte. »Das ist das Zeichen. Wir müssen zurück.«

Sie durchquerten mehrere Räume mit Zylinderwänden und zentralen Säulen, eilten dann durch einen Gang, der so niedrig war, dass sich Zlusch und Rhodan ducken mussten. Kurze Zeit später erreichten sie einen Antigravschacht und schwebten in ihm nach oben.

»Was ist der Halo, Zlusch? Wieso kennt er meinen Namen? Warum forderte er dich auf, mich zu suchen? Wie konnte er *wissen*, dass ich mich draußen im All befand?«

»Fragen, Fragen«, sagte Zlusch und lächelte unbekümmert. »Warum fragst du, Perryrhodan? Die Dinge sind immer so, wie sie sind, ungeachtet aller Fragen.«

»Ich möchte die Dinge *verstehen*!«

»Und ändert sich ihre Natur, wenn du sie verstehst?« Zlusch seufzte. »Der Halo ist ... Erkenntnis. Wir alle ruhen in ihm, aber es gibt nur noch wenige, die seine Stimme hören. Früher waren wir alle dazu in der Lage, aber dann hat sich etwas ... verändert?«

»*Was* hat sich verändert, Zlusch?«

»Etwas brachte uns hierher. Etwas berührte uns, etwas Fremdes. Und dann wurden wir zu Nichtdenkern.«

»Was wart ihr vorher?«, fragte Rhodan und glaubte, einer wichtigen Sache auf der Spur zu sein.

»Vorher waren wir ...« Zlusch runzelte die Stirn. »Vorher waren wir ...« Seine Lippen bewegten sich lautlos. Ein oder zwei Sekunden lang lag Verwirrung in seinem Gesicht, wich dann einem Lächeln. »Vorher waren wir anders, aber jetzt sind wir besser. Wir halten das Schiff in Bewegung.« Er richtete einen besorgten Blick auf Rhodan. »Die Zweidenker dürfen nichts von dir erfahren. Komm, wir müssen zurück.«

Er streckte die Hand nach einem Haltegriff aus, zog sich und auch Rhodan in eine der Korridoröffnungen. Einige Minuten später betraten sie einen großen Raum mit Stangen und Ruhegespinsten. Der Terraner wusste nicht, ob es der gleiche Schlafsaal war wie zuvor, aber als Zlusch ihn zu einer der hängemattenartigen Vorrichtungen führte, begriff er sofort, was ihm bevorstand.

»Ich möchte nicht schlafen, Zlusch«, sagte er langsam und deutlich. »Ich möchte, dass du mir erklärst, warum du mich an Bord geholt hast und weshalb die Loower, die Zweidenker, nichts von mir erfahren dürfen.«

»Weil du der Eine bist«, erwiderte Zlusch freundlich. »Du musst bei uns bleiben, bis es so weit ist.« Er deutete auf ein Gespinst dicht über dem Boden. »Leg dich hin.«

Rhodan lag in der Hängematte.

»Schlaf ...«

Er konzentrierte sich, nahm seine ganze Entschlossenheit zusammen.

»... jetzt«, sagte Zlusch.

Rhodan schlief. Aber er schlief nicht lange.

Was auch immer ihn beeinflusst hatte, diesmal hielt die Wirkung nicht so lange an wie beim ersten Mal. Rhodan schlug die Augen auf, sah sich um und stellte fest, dass die Nichtdenker, unter ihnen Zlusch, noch immer in ihren Netzen und Gespinsten ruhten.

So leise wie möglich verließ er die Hängematte und schlich durch den großen Raum, ein Schatten unter vielen. Im Zugang verharrte er kurz, blickte noch einmal zurück und hielt vergeblich nach Bewegung Ausschau. Die Humanoiden schliefen – wenn ihre Reglosigkeit wirklich »Schlaf« bedeutete.

Rhodan trat in den Korridor und hörte die Stimmen des Loowerschiffes: ein Stampfen in der Ferne, in der Nähe ein Summen, das mal leiser und mal lauter wurde, wie von einem in der Dunkelheit umherschwirrenden Insekt. Gab es akustische Hinweise darauf, ob das Schiff an einem Gefecht teilnahm? Und wenn es sie gab – konnte Rhodan sie identifizieren? An Bord eines LFT-Schiffes wäre ihm das sicher nicht schwer gefallen, aber hier war alles unvertraut.

Er wandte sich nach links, eilte durch die Düsternis und gelangte nach einigen Dutzend Schritten in eine Verteilerkammer, von der neun Korridore ausgingen. Dort verharrte er und überlegte, in welche Richtung er sich wenden sollte. Im Innern des Loowerschiffes fehlten die geordneten Strukturen, durch die sich Raumschiffe der LFT auszeichneten, und Rhodan wusste:

Er konnte kaum hoffen, einen bestimmten Ort wiederzufinden. Aber er kannte Form und Ausmaße des Schiffes und glaubte sich imstande, eine Vorstellung von der allgemeinen *Richtung* zu bewahren. Wenn er darauf achtete, trotz aller Abzweigungen und Kurven die einmal eingeschlagene Richtung beizubehalten, musste er früher oder später eine periphere Sektion erreichen. Vielleicht fand er dort einen Hangar mit Beibooten oder Rettungskapseln ...

Rhodan entschied sich für den mittleren Korridor, begann mit einem Dauerlauf und achtete darauf, möglichst wenige Geräusche zu verursachen. Er kam an zwei weiteren Schlafsälen mit ruhenden Nichtdenkern vorbei, und dicht dahinter führte der Gang so steil in die Tiefe, dass er dreißig oder vierzig Meter weit rutschte, bis er in einen großen Raum gelangte, dessen Wände den Eindruck erweckten, von einer riesigen Faust gepackt und geknetet worden zu sein. Lindgrüne und bernsteinfarbene Spiralen aus einem halbtransparenten Material ragten vom Boden zur gewölbten Decke auf, und in ihnen strömten Lichter nach oben. Rhodan eilte an ihnen vorbei, fühlte eine starke statische Elektrizität und nahm den deutlichen Geruch von Ozon wahr. Er verharrte kurz, blickte an den Spiralen empor und fragte sich: Selbst wenn er den Grund für die höhere Leistungsfähigkeit der Loowerschiffe sah – war er auch imstande, ihn als solchen zu erkennen?

Im nächsten Korridor begegnete er einem Helk.

Die Maschine stakte ihm auf vier mehrgelenkigen Metallbeinen entgegen, blieb stehen und beäugte das Hindernis mit visuellen Sensoren am Ende von zwei lagen Stahltentakeln. Servomotoren summten, und der aus mehreren Segmenten bestehende Zentralkörper des Helks neigte sich zur Seite.

Rhodan ging langsam an dem Roboter vorbei und rechnete jeden Augenblick mit dem Schrillen eines Alarms. Aber nichts geschah; die Stimmen des Schiffes blieben unverändert. Vielleicht handelte es sich nur um einen einfachen Wartungshelk, ohne ein Programm, das Fremde an Bord identifizieren konnte.

Vielleicht hält der Helk mich für einen Nichtdenker, dachte Rhodan. Eine andere Möglichkeit fiel ihm ein, als er den Weg fortsetzte. Erfolgte in diesem Augenblick ein stiller Alarm? Erfuhren die Loower gerade davon, dass sich ein Mensch in ihrem Schiff befand?

Und wäre das so schlimm gewesen? Rhodan fragte sich erneut, was geschehen mochte, wenn er sich den Loowern zu erkennen gab. Damals, vor fast anderthalb Jahrtausenden, hatte er sich mit ihnen verständigt, und warum sollte heute eine Verständigung unmöglich sein? Vielleicht konnte er mit den Loowern viel besser reden als mit dem Geheimniskrämer Zlusch. Und: Die Herren dieses Schiffes waren sicher in der Lage, ihm die Hintergründe des schrecklichen Krieges zu erklären.

Aber es bestand auch die Möglichkeit, dass sie einen Feind in ihm sahen, denn immerhin hatten die IMDABAN, ihre Begleitschiffe und die Einheiten der Oxtornischen Heimatflotte die Loowerschiffe angegriffen. Und noch etwas anderes kam hinzu: Was auch immer hinter Zluschs Geheimnissen und Rätseln steckte – Rhodan spürte, dass der Humanoide es gut mit ihm meinte; zumindest in dieser Hinsicht verdiente er Vertrauen. *Die Zweidenker dürfen nichts von dir erfahren.*

Weiter vorn erklangen brummende Stimmen, und Rhodans Instinkt traf die Entscheidung: Er huschte in einen Seitengang und drückte sich hinter einer Ecke an die Wand, als mehrere Loower durch den Hauptkorridor stapften, gefolgt von einem komplexeren Helk, der auf einem roten Antigravkissen schwebte.

Rhodan wartete, bis nichts mehr von ihnen zu hören war, kehrte in den Korridor zurück und lief wieder los, aber nach wenigen Metern ertönte plötzlich eine andere, bereits vertraute Stimme.

»Ich kann nicht zulassen, dass du uns jetzt verlässt. Ich muss dich zurückbringen.«

Rhodan drehte sich um und sah Zlusch.

»Du musst bei uns bleiben, bis es so weit ist«, sagte der Humanoide, packte den Terraner mit seinen starken Armen und trug ihn in die Richtung zurück, aus der er gekommen war.

: 21

Karn-Terg
| Alkyra II, 122 N.d.E. – 121 NGZ |

»» › Hisk krümmte sich vor Schmerzen, als Karn-Terg ihn in die Transformationskammer trug. »Gleich geht es dir besser«, versprach er dem Jungen, der von Krämpfen geschüttelt wurde. Oben neigte sich die Delle im festen Kopf weiter nach unten.

Medizinische Geräte summten in dem runden Raum, und die flexiblen Arme mechanischer Helfer streckten sich dem Neuner entgegen. Karn-Terg ließ ihn behutsam in die ölige Flüssigkeit des Nährbeckens sinken und beobachtete, wie ein Schlauch in den Mund des Jungen kroch. Er wartete nicht ab, bis die umhertastenden Arme der Überwachungsgeräte und Stimulationsmechanismen ihre Ziele fanden, griff danach und befestigte sie an den richtigen Körperstellen. »Sind die Kammern modifiziert, Garasch?«

»Ja«, bestätigte der Helk. Durch die transparente Wand sah Karn-Terg, wie Garasch Kilan in eine andere Transformationskammer half. »Die Systeme sind Hisks Angaben entsprechend angepasst, und das gilt auch für die chemische Struktur der Nährflüssigkeit.«

Hisks Zuckungen ließen allmählich nach; sein Körper schien sich zu entspannen. Karn-Terg sah auf den Jungen hinab und wunderte sich plötzlich über sein Vertrauen. *Ich verlasse mich ganz darauf, dass Hisk bei seinen Analysen zu den richtigen Ergeb-*

nissen gelangt ist. Ich verlasse mich auf das technische Geschick eines Kindes.

Er verließ die Transformationskammer, als die Strahlenschübe begannen, die für einen erwachsenen Loower schädlich sein konnten. Sie regten bestimmte Zellen zu einem beschleunigten Wachstum an und veranlassten Gewebekomplexe, ihre Beschaffenheit zu ändern und neue Funktionen zu übernehmen.

Garasch schloss den Eingang der zweiten Transformationskammer und schwebte auf seinem Antigravkissen näher. Die neun Komponenten bildeten wieder eine Einheit. »Bei Kilan hat der Sprung ebenfalls begonnen.«

»Wir sind rechtzeitig zurückgekehrt, nicht wahr?«, fragte Karn-Terg besorgt und trat zu dem Halbkreis aus Konsolen in der Mitte des großen Raums, der insgesamt vierzig Transformationskammern enthielt. Die transparenten Kugeln mit den Nährbädern glänzten wie große Tautropfen an den dicken Kabelbündeln zwischen Boden und Decke. Zwei andere Neuner hatten den dritten Sprung bereits hinter sich gebracht, ruhten als junge Erwachsene in der Nährflüssigkeit und schliefen den Schlaf der Erschöpfung. Für sie waren noch Schmerzen mit der letzten Transformation verbunden gewesen; von jetzt an hatten es die Kinder hoffentlich leichter.

Die Konsolen zeigten normale medizinische Werte an.

»Ja«, antwortete der Helk. »Bei Hisk stellen die medizinischen Sensoren bereits ein deutlich geringeres Stressniveau fest.«

Karn-Terg kehrte zu den Transformationskammern zurück und vergewisserte sich, dass mit den beiden anderen Springern alles in Ordnung war. Dann konzentrierte er sich ganz auf die beiden Brüder.

Er beobachtete, wie sich die Gestalten in den Nährbädern veränderten. Knochen bildeten sich zurück; Knorpel lösten sich auf, um an anderer Stelle neu zu entstehen. Aus dem Monokörper wurde ein dualer, durch ein Rückgratscharnier miteinander verbunden. Die weiche Haut gewann eine ledrige Konsistenz. Eine Sprachblase entstand, und die Augen bekamen Stiele. Flughäute wuchsen aus den beiden Rückenhälften, aber zu klein und schwach, um das Fliegen zu gestatten.

Aus Kindern wurden Erwachsene.

»Die Modifikationen erfüllen den gewünschten Zweck«, sagte Garasch hinter Karn-Terg. »Bei Kilan-Gerp und Hisk-Mekang erfolgt der dritte Entwicklungssprung ohne Schmerzen. Der Übergang ist nicht traumatisch, und deshalb werden die beiden Brüder ihre Erinnerungen an die Kindheit bewahren.«

Das Ausmaß seiner Erleichterung erstaunte Karn-Terg.

»Rüste auch die anderen Transformationskammern um, Garasch. Und übermittle die neuen technischen Spezifikationen der Trümmersphäre, damit die entsprechenden Einrichtungen der anderen Horte ebenfalls modifiziert werden können. Falls man daran Interesse hat.«

Karn-Terg verließ den Raum mit den vierzig Transformationskammern. Draußen warteten viele Kinder, vor allem Siebener, Achter und Neuner, aber auch einige kleinere, die erst einen Entwicklungssprung hinter sich hatten. Neugierig und auch besorgt fragten sie nach dem Befinden der beiden Brüder.

»Kilan und Hisk haben ihren letzten Sprung hinter sich gebracht«, sagte Karn-Terg. »Und ich habe eine gute Nachricht für euch alle. Von jetzt an werden die Sprünge schmerzlos sein.«

Die Kinder stoben auseinander, um den anderen davon zu erzählen. Karn-Terg sah ihnen nach, drehte sich dann um und wollte sein Quartier aufsuche, als ihm plötzlich etwas einfiel.

Das Archiv der Monaden, ihr Omniskop ... Kilan und Hisk hatten seine ganze Aufmerksamkeit beansprucht, für etwas anderes in seinen Gedanken keinen Platz gelassen. Wie viel Zeit blieb noch? Konnte er den Hyperfeldzapfer rechtzeitig stilllegen?

»Kommunikation!«

»Bereitschaft.«

»Garasch, schick mir eine Komponente. Ich muss so schnell wie möglich ins Tunnelsystem der Monaden zurück!«

Es war kühler im Tunnel, der zu den beiden Höhlen führte, und als Karn-Terg, getragen von einem keilförmigen Helksegment, die erste Kaverne erreichte, sah er den Grund dafür.

Der Hyperfeldzapfer arbeitete nicht mehr. Die Transferleitungen waren ohne Energie.

Karn-Terg steuerte das Segment an den Aggregaten des Zapfers vorbei und in den Zugang der zweiten Höhle, hielt es dort an.

Die Dorne existierten nicht mehr. Nur von Rissen durchzogene Stümpfe waren von ihnen übrig.

»Sie sind geborsten«, brachte Karn-Terg fassungslos hervor. »Die Energie hat sie zerbrechen lassen. Ich hätte dich sofort nach der Rückkehr in den Hort hierher schicken sollen, Garasch.«

»Die energetischen Entladungen haben vor einer knappen Stunde stattgefunden«, erwiderte das Helksegment. »Selbst wenn ich mich sofort auf den Weg gemacht hätte, ich wäre nicht rechtzeitig eingetroffen.«

Karn-Terg steuerte den Keil vorsichtig an den Wänden vorbei, beobachtete die Stümpfe und die vielen Bruchstücke, die sich auf dem Boden der Höhle angesammelt hatten. Hier und dort flackerten letzte Lichter in ihnen.

»Warum?«, fragte er leise. »Warum haben Loower aus der Trümmersphäre das Archiv der Monaden zerstört, und außerdem ein Instrument, mit dem man bis in die fernsten Winkel des Universums sehen konnte? Das ergibt doch keinen *Sinn*!«

»Vielleicht gibt es einen Zusammenhang mit dem geheimen Projekt«, sagte Garasch.

»Hast du mehr darüber herausfinden können?« Karn-Terg schaltete seine Lampen ein, als das Licht der Leuchtelemente schwächer wurde. Die Ladung ihrer Akkumulatoren ging schnell zur Neige, und vom Zapfer kam keine Energie mehr.

»Nein. Die betreffenden Daten sind so gut geschützt, dass ich bisher keine Möglichkeit gefunden habe, auf sie zuzugreifen.«

»Das von vielen Völkern eines anderen Universums angesammelte Wissen ... einfach ausgelöscht. Und das Omniskop ... Kann man sich ein besseres kosmisches Forschungsinstrument wünschen? Wer so etwas zerstört ...«

»... muss dafür einen sehr wichtigen Grund haben«, sagte Garasch.

»Oder komplett übergeschnappt sein.« Karn-Terg seufzte tief. »Kehren wir in den Hort zurück. Hier können wir nichts mehr tun.«

Karn-Terg blickte aus dem Fenster des Ausgangsraums und beobachtete, wie ein Transporter von der Trümmersphäre auf dem Landesockel niederging. Ein Andockstutzen glitt der Tür entgegen.

»Es ist so weit«, sagte er laut und wandte sich den sechs jungen Erwachsenen zu, die sich anschickten, den Hort zu verlassen. Unter ihnen befanden sich auch Kilan-Gerp und Hisk-Mekang. »Dies ist ein großer Tag für euch. Ihr verlasst den Hort und beginnt das Leben in einer viel größeren Gemeinschaft ...«

Ein seltsamer Druck lag auf seiner Sprachblase und hinderte ihn daran, die Worte auszusprechen, die er so oft an diesem Ort formuliert hatte. Vier der sechs jungen Loower drängten zur Tür, die sich gleich öffnen würde – sie konnten es gar nicht abwarten, nach draußen zu gelangen und mit ihrem neuen Leben zu beginnen. Kilan und Hisk hingegen zögerten.

Karn-Terg trat ihnen entgegen. »Ich bin sehr stolz auf euch«, sagte er, und das entsprach der Wahrheit. Eine andere, tiefere Wahrheit behielt er für sich. Sie lautete: *Wie sehr es schmerzt, von euch Abschied zu nehmen!*

Die Tür schwang auf, und die vier anderen jungen Erwachsenen verschwanden sofort im Andockstutzen des Transporters. Sie nahmen sich nicht einmal die Zeit, einen letzten Gruß an den Kinderwart zu richten.

Kilan und Hisk blieben stehen.

»Ich ...«, begann Karn-Terg, aber wieder versagte seine Stimme. Er brachte einfach kein weiteres Wort hervor.

Kilan trat näher. Auch als Erwachsener war er zart geblieben, wirkte fast schwächlich. Einfache Haftplatten bedeckten seine beiden Körperhälften, und auf ihnen bemerkte Karn-Terg die alten Entelechie-Zeichen. »Ich danke dir für alles, was du für uns und für mich getan hast«, sagte Kilan.

Hisk gesellte sich an seine Seite. »Auch ich danke dir. Ohne dich wäre ich in den Bergen gestorben.«

Die beiden Brüder neigten die Stielaugen einander entgegen und wechselten einen Blick. Und dann, als hätten sie sich abgesprochen, schlangen sie ihre Tentakel um den Kinderwart und breiteten dabei sogar die Flughäute aus.

»Wir werden dich nie vergessen«, sagte Kilan.

»Wir kehren zurück«, fügte Hisk hinzu. »Irgendwann. Wenn sich Gelegenheit dazu bietet. Wir kehren zurück, besuchen dich und erzählen dir, wie es uns ergangen ist.«

Die beiden Brüder wichen fort. Karn-Terg sah sie durch einen sonderbaren Schleier vor den Augen.

»Wir besuchen dich, und dann sind *wir* es, die Geschichten erzählen«, bekräftigte Kilan.

»Ich ...« Karn-Terg füllte seine Sprachblase ganz bewusst mit Luft. »Ihr solltet jetzt besser gehen. Der Pilot wartet. Ich ... werde euch vermissen.«

Kilan und Hisk winkten noch einmal, traten dann in den Andockstutzen. Hinter ihnen schloss sich die Tür.

Karn-Terg blickte aus dem Fenster und sah, wie der Transporter wenige Sekunden später startete. Er stieg durch die Nacht auf, durch die dünnen Reste einer Atmosphäre, die auf der

Oberfläche des Planeten fast ganz zu Eis gefroren war. Das Glühen des Triebwerks vereinte sich weit oben mit den Lichtern der Trümmersphäre.

Karn-Terg fühlte, wie sich eine Last auf ihn herabsenkte, die er seit vielen Jahren nicht mehr gespürt hatte: Einsamkeit. Der Hort war größer denn je, und die Kinder und er bildeten tatsächlich so etwas wie eine Familie, aber trotzdem fühlte er sich plötzlich sehr allein. Der Abschied von Kilan und Hisk schmerzte fast so sehr wie damals Melra-Mars Tod. Es gab nur einen Trost: Die beiden Brüder lebten, und angesichts ihrer besonderen Talente hatten sie zweifellos eine große Zukunft vor sich.

Doch es war eine Zukunft ohne ihn, wusste er. In all den Jahren war nie ein ehemaliges Kind des Horts zurückgekehrt; auch Kilan und Hisk würden ganz in ihrem neuen Leben in der Trümmersphäre aufgehen und bald nicht mehr an ihn denken.

Karn-Terg starrte lange in die Nacht von Alkyra II hinaus, bis er sich schließlich umdrehte und den Ausgangsraum verließ. Die anderen Kinder brauchten ihn.

: 22

Reginald Bull
| 1341 NGZ |

»› *Das ist der Mann, der Perry Rhodan auf dem Gewissen hat,* flüsterte es in Reginald Bull, als er Shon Leehan sah. Und eine andere Stimme in ihm erwiderte: *Reiß dich zusammen, Reginald. Perry lebt.*

Sofort fiel das Gesicht des Xeno-Ethnologen auf: die eine Hälfte blass, die andere krebsrot und starr. Bull vermutete einen Brandunfall oder etwas in der Art und fragte sich, warum Leehan bisher auf chirurgische Maßnahmen verzichtet hatte. Normalerweise ließen sich solche Narben leicht entfernen.

Shon Leehan wirkte aufgeregt und nervös, als er den Konferenzraum an Bord der KANDAHAR betrat, in den Händen mehrere Datenmodule, die er auf den Tisch legte. Der große Pertos begleitete ihn und stellte ihn den Anwesenden vor: Verteidigungsminister Bull und die Admiräle Hannibal, Radhadi und Talyha sowie Chefkoordinator Ernesto.

»Ich habe schon einmal versucht, mit dir zu sprechen«, wandte sich Leehan direkt an Bull. »Es geht um eine wichtige Entdeckung.«

»Ich hoffe, sie ist wirklich so wichtig, wie du glaubst«, brummte Bull und versuchte, seine Feindseligkeit dem Xeno-Ethnologen gegenüber unter Kontrolle zu halten. Leehan hatte Perry Rhodan nicht *gezwungen*, gegen die Loower in den Kampf zu gehen; es war ihm vielmehr gelungen, ihn von der angeblichen

Notwendigkeit einer solcher Aktion zu überzeugen. Inzwischen hatte ihn eine Untersuchung von dem Vorwurf befreit, er hätte Rhodan und seine Flottille auf dem Gewissen.

»Ich habe es endlich geschafft, den Tanz der Tring zu entschlüsseln!«, verkündete Leehan mit sichtlichem Stolz.

Die Admiräle wechselten verwunderte Blicke, und Bull glaubte, seinen Ohren nicht trauen zu können.

»Du hast *was?*«

»Ich weiß jetzt um die Bedeutung im Tanz der Tring.« Leehan nahm das erste Datenmodul und verband es mit dem Tischinterface. Ein großes Hologramm entstand über dem runden Konferenztisch, zeigte erst eine weite Eisfläche und dann eine schwarze Flut, die aus Löchern im Eis strömte.

»Das sind die Tring«, sagte Leehan und sprach noch immer so, als hätte er eine Möglichkeit gefunden, alle Probleme der LFT auf einen Schlag zu lösen. »Dies sind alte Aufzeichnungen, die von einem Evakuierungsschiff stammen. Meine eigenen sind leider verloren gegangen.«

Bull sah wimmelnde Massen aus insektenartigen Geschöpfen, die etwa so groß wie Menschen waren und entfernt an terranische Libellen erinnerten.

»Insekten im *Eis?*«, fragte Hannibal erstaunt.

Leehan winkte fahrig ab. »Ich möchte euch nicht mit Einzelheiten über die besondere Ökologie von Snowflake langweilen. Die Tring erwachen eigentlich nur in den Warmphasen von Snowflake, im Abstand von Jahrzehntausenden, und werden aktiv. Die menschliche Besiedlung von Snowflake hat diesen Rhythmus gestört. Die Tring kommen auf das Eis und tanzen. Bislang hat sich niemand dafür interessiert, was sie damit bezwecken, aber ich glaube, ich habe die Bedeutung ihrer Tänze und insbesondere die ihres letzten Tanzes entschlüsseln können!«

Der Xeno-Ethnologe richtete triumphierende Blicke auf die anderen Anwesenden.

Bull beobachtete die wimmelnden schwarzen Massen im Hologramm, sah dann den Mann mit dem geteilten Gesicht an und spürte, wie Zorn in ihm emporquoll.

»Bist du hierher gekommen, um uns von *tanzenden Käfern* zu erzählen?«, knurrte er.

»Die Tring sind keine Käfer, sondern eine mit der *Anisoptera* vergleichbare Insektenspezies«, sagte Leehan. In seiner blassen Gesichtshälfte zeigten sich immer wieder Bewegungen, aber die rote blieb völlig starr. »Ihre soziale Struktur ist sehr komplex und ...«

Bull schlug mit der flachen Hand auf den Tisch, und es knallte so laut, dass der Xeno-Ethnologe zusammenzuckte und schwieg. »Wie kannst du es wagen, unsere Zeit mit irgendwelchen Berichten über tanzende Insekten zu vergeuden?«, donnerte er.

Leehan wechselte hastig das Datenmodul. Das Eis und die Tring verschwanden aus dem Hologramm, und eine Skizze erschien, zeigte ein Durcheinander aus wirren Linien. »Dies ist eine schematische Darstellung des letzten Tanzes der Tring, den ich auf Snowflake gesehen habe – ich erinnere mich an alle Einzelheiten. Und dies ist die Auswertung.« Der Xeno-Ethnologe schaltete um. Datenkolonnen erschienen. »Die Koordinaten der Planeten, auf die es die Loower abgesehen haben«, fügte er hinzu.

Bull starrte auf die Zahlen und Buchstaben. »Ernesto?«

»Vierundfünfzig Welten«, sagte der greisenhafte Mann. »Sechs mal neun. Vierundfünfzig von über siebenhundert.« Er betätigte die Kontrollen des Datenterminals im Tisch. »Die ersten Koordinaten betreffen jene Planeten, die in Schutzschirme gehüllt sind, unter ihnen Marittima.«

»Das kann kaum ein Zufall sein«, kommentierte Admiral Hannibal und wandte sich an den Xeno-Ethnologen. »Diese Informationen hast du dem Tanz der Tring auf Snowflake entnommen?«

Leehan nickte nachdrücklich. »Ja.« Er deutete auf die Datenmodule. »Darin sind alte Aufzeichnungen enthalten. Ihre Untersuchung mit meinen Bewegungsmusterschlüsseln zeigt die Bedeutung der Tring-Tänze. Ihr könnt es gern überprüfen.«

»Wieso sollte eine bisher kaum bekannte Insektenspezies auf Snowflake über die Absichten der Loower Bescheid wissen?«, fragte Admiral Radhadi und sah den Xeno-Ethnologen aus seinen großen, spiegelnden Augen an.

»Es gab eine neo-entelechische Missionsstation auf Snowflake«, sagte Leehan schnell. »Alles deutet darauf hin, dass in der Struktur der sehr komplexen Tänze ein psionisches Element existiert. Mit anderen Worten: Die Tring stimmen ihre komplizierten Bewegungsmuster mithilfe von mentalen Signalen ab. Vielleicht kam es zwischen ihnen und den Loowern der Missionsstation zu einer parapsychischen Rückkopplung.«

Ernesto hatte inzwischen die übrigen Koordinaten mit den Systemen verglichen, in denen bisher Loowerschiffe erschienen waren. Bull richtete einen fragenden Blick auf ihn.

»Es stimmt alles überein«, sagte der Chefkoordinator. »Das Interesse der Loower scheint allein diesen Planeten zu gelten. In einigen Fällen erschienen Flotten in anderen Sonnensystemen, aber sie versuchten nicht, die dortigen Planeten mit den Missionsstationen zu erreichen. Offenbar vermuteten sie einen Angriff der gegnerischen Fraktion, zu dem es jedoch nicht kam.«

»Köder«, kommentierte Hannibal. »Die vielen anderen Missionsstationen sollten jene Loowergruppe ablenken, denen es darum geht, ihre Gegner von den Stationen fern zu halten.«

»Bisher sind das alles Spekulationen«, sagte Bull, während seine Gedanken rasten. Er sah den Xeno-Ethnologen an. »Was sollte den Tring daran gelegen sein, uns solche Informationen zukommen zu lassen?«

»Ich weiß es nicht«, erwiderte Leehan. »Vielleicht wollten sie uns vor Unheil bewahren. Ich fürchte, nach der Vernichtung von Snowflake bleibt diese Frage für immer unbeantwortet.«

»Wichtiger scheint mir zu sein, was wir mit diesen Informationen anfangen«, sagte Admiralin Talyha. »Wenn wirklich nur vierundfünfzig Welten betroffen sind, sollten wir in Erwägung ziehen, das Evakuierungsprogramm fortzusetzen.«

Radhadi berührte die Schaltflächen vor ihm auf dem Tisch, und es erschienen zusätzliche Daten im Hologramm. »Zu den vierundfünfzig Planeten gehören einige der am dichtesten besiedelten Welten der LFT. Eine vollständige Evakuierung würde den Transport von mehr als hundert Milliarden Personen erfordern. Und wir dürfen das wirtschaftliche Potenzial der betreffenden Planeten nicht vergessen. Ihr Verlust würde einen ökonomischen Kollaps für die LFT bedeuten.«

Die kühle Talyha richtete einen eisigen Blick auf den Troiden. »Ich glaube, ein Krieg wäre eine noch viel größere ökonomische Katastrophe.«

»Kommandant Pertos ...«, sagte Bull. »Nimm die Datenmodule und lass sie von unseren Spezialisten überprüfen. Ich möchte so schnell wie möglich wissen, ob die Informationen wirklich zuverlässig sind.«

Der Ertruser nickte, nahm die Module und stapfte fort. Shon Leehan sprang auf. »Ich kann euren Leuten helfen!«, rief er und folgte dem Kommandanten der KANDAHAR.

Als sich die Tür hinter ihnen geschlossen hatte, kehrte Bulls Blick zu den Admirälen zurück. »Wenn sich die unmittelbare Gefahr auf vierundfünfzig Welten beschränkt, sieht die Sache etwas anders aus. Es würde bedeuten, dass wir sechstausend Schiffe für die Verteidigung eines jeden betroffenen Sonnensystems hätten. Hinzu kämen Gefechtsstationen, Kampfsatelliten und so weiter.«

»Und die Haluter und die Posbis«, warf Hannibal ein.

»Ja.« Bull stand auf und glaubte, endlich einen kleinen Hoffnungsschimmer zu sehen. »Wenn Leehans Daten bestätigt sind, gehen wir wie geplant vor. Wir besetzen die neo-entelechischen Missionsstationen, konzentrieren unsere militärischen Bemühungen auf die vierundfünfzig bedrohten Welten und platzieren Minen in hohen Umlaufbahnen.« Er nickte Ernesto zu. »Übermittle den anderen Admirälen entsprechende Anweisungen. Die Vorbereitungen müssen unverzüglich vorangetrieben werden. Die Besetzung der neo-entelechischen Stationen findet erst statt, wenn ich den ausdrücklichen Befehl dazu gebe. Vorher möchte ich noch mit jemandem reden. Vielleicht gelingt es uns, das Blatt noch etwas mehr zu unseren Gunsten zu wenden.«

»Unser größtes Problem besteht darin, dass sich alle Trümmerstücke in einem sehr schlechten Zustand befinden«, sagte Alexander Darat. »Deshalb können wir kaum Informationen über bestimmte technische Details bekommen.«

Reginald Bull befand sich wieder an Bord der TOLEMAN, die ins Two-Faces-System gekommen war und nur wenige Kilometer von der KANDAHAR entfernt im interplanetaren Raum schwebte. »Ihr wisst also noch immer nicht, warum die Technik der Loower leistungsfähiger ist als unsere?«

»Ich habe ... Vermutungen.«

»Die etwas mit der hyperphysikalischen Spur im quantenmechanischen Bereich zu tun haben, nehme ich an.«

Der Mann mit dem schütteren Haar und der hohen Stirn rang sich ein Lächeln ab, das auf seinen Lippen seltsam fremd wirkte. »Ja«, sagte er und deutete auf die von mehreren explodierten Loowerschiffen stammenden Trümmerteile, die in einem der Laboratorien des Forschungskreuzers auf Antigravkissen ruhten. »Diese Fragmente stammen eindeutig von Triebwerken. Die Materialanalysen sind inzwischen fast abgeschlossen, und ihr Ergebnis lautet: Wir sind davon überzeugt, dass die von den Loowern verwendeten Materialien nicht für die größere Leistungsfähigkeit ihrer Technik verantwortlich sind. Ich persönlich neige dazu, spezielle technische Konzeptionen ebenfalls als Erklärung auszuschließen.«

»Was bleibt dann noch übrig? Magie?«

»Wie man's nimmt.« Darat deutete auf holographische Darstellungen, die Daten zeigten, mit denen Bull kaum etwas anfangen konnte. Weiter hinten waren zwei junge Männer damit beschäftigt, ein etwa anderthalb Meter durchmessendes Trümmerstück in einem Scanner zu positionieren. »Ich habe doch gesagt, dass ich vor einiger Zeit eine noch nicht von unserer Hyperphysik entdeckte Energieform für unmöglich gehalten hätte, erinnerst du dich?«

»Ja.«

»Ich möchte es jetzt anderes formulieren: Ich bin davon überzeugt, dass unserer Hyperphysik alle Energieformen dieses Universums bekannt sind, zumindest von ihrer grundlegenden Struktur hier.«

»Und was bedeutet das?«, fragte Bull verwundert.

Darat deutete auf einen Schirm, der die beiden phasenverschobenen energetischen Signaturen zeigte, deren Zackenmuster Bull bereits kannte. »Manchmal bekommt man leichter Antworten, wenn man die Fragen anders stellt. Was hat die Leistungsfähigkeit unserer Technik beeinträchtigt?«

»Die Erhöhung des hyperphysikalischen Widerstands durch die Kosmokraten.«

»Was bewirkt die erhöhte Hyperimpedanz?«

Bull überlegte. »Den Ausfall höherdimensionaler Technik.«

Darat schüttelte den Kopf. »Das ist nicht ganz richtig. Die höherdimensionale Technik fällt aus, weil hyperenergetische Aktivität auf einen höheren Widerstand stößt. Stell dir einfachen elektrischen Strom vor, der durch ein Kabel fließt. Erhöht sich der Leitungswiderstand, fließt weniger Strom, und wenn die Quantität des fließenden Stroms unter ein gewisses Niveau sinkt, kommt es zu einer qualitativen Veränderung: Angeschlossene Geräte funktionieren nicht mehr. Aber die Erhöhung des Leitungswiderstands bezieht sich nur auf den elektrischen Strom und nicht auf andere Energiearten.«

Bull runzelte die Stirn und spürte, wie er ungeduldig zu werden begann. »Worauf willst du hinaus?«

Darat blickte erneut auf die beiden Zackenlinien. »Vielleicht haben die Loower neue Leitungen gelegt.«

Bull seufzte. »Ich wäre dir sehr dankbar, wenn du dich klarer ausdrücken könntest.«

»Möglicherweise verwenden die Loower Leitungen, in denen es keinen oder einen nur leicht erhöhten Widerstand gibt«, sagte Darat. »Das ist natürlich nur eine Metapher, Verteidigungsminister. Nun, die Hyperimpedanz bezieht sich auf alle Hyperenergien dieses Universums. Aber diese energetische Signatur im quantenmechanischen Bereich ... Vielleicht ist die Technik der Loower deshalb leistungsfähiger, weil sie auf eine Kraft aus einem anderen Universum zurückgreift.«

»Aus einem *anderen Universum?*«

»Diese Spur ...« Darat deutete auf die zweite Zackenlinie. »... stammt von einer mir unbekannten Energieform, auf die sich die erhöhte Hyperimpedanz nicht oder nur in einem sehr eingeschränkten Maße auswirkt. Die Erhöhung des hyperphysikalischen Widerstands betrifft die Energien – die Stromleitungen – unseres Universums, aber nicht die von anderen. Ich weiß nicht, wie die Loower es angestellt haben, aber allem Anschein nach ist es ihnen irgendwie gelungen, Energie aus einem anderen Universum anzuzapfen und den Kosmokraten so ein Schnippchen zu schlagen.«

Bull blickte zu den Trümmerstücken, die auf Antigravkissen ruhten oder in Scannern untersucht wurden. »Ich hatte gehofft, dass du eine Möglichkeit für uns findest, den Leistungsvorsprung der Loowertechnik aufzuholen.«

»Gib mir Gelegenheit, ein vollständiges Triebwerk der Loower zu untersuchen«, sagte Darat ernst. »Dann kann ich dir *vielleicht* weiterhelfen.«

Bull verstand. »Die Sache ist jetzt noch komplizierter als vorher, nicht wahr?«

»Du hast vorhin Magie erwähnt«, erwiderte Darat. »Wenn wir bei diesem Bild bleiben wollen ... Wir brauchen den Zauberstab der Loower, um unsere Technik ebenso leistungsfähig zu machen wir ihre.«

Die Stimme des Schiffes – ein leises Summen, das man nach einer bestimmten Zeit gar nicht mehr bewusst wahrnahm – veränderte sich, als die KANDAHAR und ein Teil ihrer Eskorte mit dem Flug durch den Linearraum begannen. Der Forschungskreuzer TOLEMAN und einige Begleitschiffe blieben im Flake-System zurück, um dort weitere Trümmer von Loowerschiffen zu bergen und zu untersuchen. Bull hatte die Hoffnung, doch noch einen Hinweis auf Schicksal und Verbleib von Perry Rhodan zu finden, nicht aufgegeben, aber er selbst konnte nicht länger in der Nähe von Snowflake bleiben – andere Dinge erforderten seine Aufmerksamkeit. Persönliches musste zurückgestellt werden; es ging um die Zukunft der LFT.

»Wie ist die aktuelle Situation, Ernesto?«, fragte Bull. Der Chefkoordinator und er saßen im Kommunikationszimmer seines Quartiers an Bord des Koordinierungsschiffes. Es war Ernesto einmal mehr gelungen, Kaffee aufzutreiben; Bull trank die schwarze Flüssigkeit dankbar.

»Auf allen Planeten mit neo-entelechischen Missionsstationen ist die Besorgnis groß«, sagte Ernesto und bediente die Kom-Kontrollen. Planetare Szenen erschienen in Hologrammen, zeigten Demonstrationen, aufgebrachte Menschenmengen und von Ordnungskräften abgeriegelte Missionsstationen, wo sich der Volkszorn zu entladen drohte.

»Vielleicht sollten wir darauf hinweisen, dass nur vierundfünfzig jener Welten direkt bedroht sind«, sagte Bull nachdenklich.

»Davon rate ich ab, Reginald. Wenn das bekannt würde, ließe sich die Situation auf den betreffenden Planeten nicht mehr unter Kontrolle halten.«

»Hat die Verminung begonnen?«

»Sie ist in vollem Gange. Unsere Flottenverbände sind zu den bedrohten Sonnensystemen unterwegs.« Ein akustisches Signal erklang, und Ernesto trat zu einer anderen Kommunikationskonsole. »Es trifft gerade ein neuer Bericht ein.«

Im zentralen Hologramm wechselte die Darstellung. Eine aufgebrachte Menschenmenge verschwand, und Bull beobachtete, wie sich Truppen einer neo-entelechischen Missionsstation näherten, die einer der alten Neunturmanlagen ähnelte. Als die Soldaten mit ihren Shifts, Kampfgleitern und Transportern den Rand des Missionsgeländes erreichten, flirrte vor ihnen plötzlich die Luft, und ein Schutzschirm umhüllte die Station.

»Das ist auf Oleander Vier geschehen, zweihundertdreißig Lichtjahre vom Flake-System entfernt«, sagte Ernesto. »Einer der vierundfünfzig Planeten, deren Koordinaten die Tring nannten.« Der Chefkoordinator sah in ein Datenholo. »Und es geschieht auch auf vielen anderen der direkt bedrohten Welten.«

Bilder huschten durch das zentrale Hologramm, und sie alle hatte ein gemeinsames Element: Soldaten der LFT rückten gegen loowerische Missionsstationen vor, die sich plötzlich in Schutzschirme hüllten. Die Truppen gingen in Stellung und eröffneten das Feuer, aber es gelang ihnen nicht, die Schirme aufzubrechen. Besonders starke Waffen konnten die Soldaten nicht einsetzen, denn damit hätten sie riskiert, nahe Städte in Schutt und Asche zu legen.

»Was ist mit den übrigen mehr als sechshundertfünfzig Planeten, auf denen es neo-entelechische Missionsstationen gibt?«, fragte Bull.

Wieder wechselten die Bilder. Auch sie zeigten Soldaten, die sich Gebäuden näherten, die Neunturmanlagen ähnelten, aber sie bekamen es nicht mit Schirmfeldern zu tun.

»Keine nennenswerten Probleme bei der Besetzung der anderen Stationen«, sagte Ernesto und hob dabei die Hand zum Kom-Modul in seinem rechten Ohr. »In einigen Fällen haben Missionsschüler versucht, die Soldaten aufzuhalten, aber die

Aktionen gingen kaum über passiven Widerstand hinaus. Die Loower der Missionen scheinen praktisch über Nacht verschwunden sein. Der Grund dafür ist unbekannt.«

In einem Kommunikationsholo erschien das Gesicht des Ertrusers Pertos. »Verteidigungsminister ... Shon Leehans Daten wurden untersucht. Sie sind authentisch und korrekt, soweit sich das feststellen lässt.«

Bull nickte. »Danke, Kommandant. Wir haben inzwischen eine weitere Bestätigung dafür, dass es den Loowern vor allem um jene vierundfünfzig Missionsstationen geht. Plötzlich entstandene Schutzschirme hindern unsere Soldaten daran, sie zu besetzen.« Widerstrebend fügte er hinzu: »Bitte richte Shon Leehan meinen Dank aus.«

Pertos nickte knapp, bevor Bull die Verbindung unterbrach.

»Bei den von Schirmen umgebenen Missionsstationen werden ungewöhnliche energetische Emissionen festgestellt.« Ernesto deutete auf das Datenholo mit in Kolonnen scrollenden Informationen. »Hypersignale gehen von ihnen aus.«

Bull erinnerte sich an das Gespräch mit Darat. »Ich benötige alle Daten über die Emissionen, die wir bekommen können. Leite sie umgehend an Alexander Darat an Bord der TOLEMAN weiter. Vielleicht kann er etwas mit ihnen anfangen.«

»Wird erledigt.«

»Und gib Anweisung an unsere Truppen: Sie sollen alles versuchen, die Schirme zu durchdringen – natürlich ohne die Bewohner der jeweiligen Welten in Gefahr zu bringen. Vielleicht kommen sie mit subplanetaren Tunneln weiter.«

»Anweisung wird weitergeleitet«, bestätigte Ernesto.

Bull überlegte. »Eins ist merkwürdig«, sagte er langsam. »Nicht alle vierundfünfzig Missionsstationen haben sich in Schutzschirme gehüllt, oder?«

Ernesto kontrollierte die Anzeigen des Datenholos. »Nein, nicht alle. Zwei Mission sind von der aufgebrachten lokalen Bevölkerung gestürmt und zerstört worden. Aber offenbar waren sie verlassen, wie vier weitere, in die Soldaten eindrangen, ohne auf irgendeine Art von Widerstand zu stoßen.«

Bull blickte ins Leere. »Müssen wir daraus den Schluss ziehen, dass es die Loower nicht auf alle vierundfünfzig Stationen abgesehen haben? Sind die Informationen der Tring unvollständig?«

Wieder erklang ein akustisches Signal, lauter und beharrlicher als beim letzten Mal. Ernesto wandte sich sofort der entsprechenden Konsole zu.

»Eine Meldung aus dem Oleander-System«, sagte er wenige Sekunden später. »Zwei Flotten der Loower sind unweit des vierten Planeten aus dem Hyperraum gekommen. Heftige Gefechte haben begonnen.«

Die Missionsstationen verschwanden aus dem zentralen Hologramm und wichen dem interplanetaren All des Oleander-Systems. In mittlerer Entfernung sah Bull die kleine Scheibe eines Planeten, und im Vordergrund blitzte es immer wieder.

»Hier ist der Frachter MARKWART«, tönte es aus einem Akustikfeld. »Wir rufen die Oleander-Systemverteidigung. Dies ist ein Notfall der Kategorie eins. Ich wiederhole, dies ist ein Notfall der Kategorie eins. Wir brauchen dringend Hilfe. Wir befinden uns am Rand der beiden Loowerflotten, die plötzlich aus dem Hyperraum gekommen sind, und laufen Gefahr, in ihr Kreuzfeuer zu geraten. Wir ...«

Es knisterte nur noch.

»Ernesto?«

»Die MARKWART sendet nicht mehr, Reginald. Von anderen Frachtern und Shuttles im betreffenden Raumgebiet kommen ebenfalls keine Signale mehr.«

Bull stand auf. »Gib Pertos Bescheid, Ernesto. Wir ändern den Kurs und fliegen mit Höchstgeschwindigkeit zum Oleander-System.«

:23

Karn-Terg
| Alkyra II, 130 N.d.E. – 129 NGZ |

»» › Karn-Terg steuerte das Inspektionsschiff an der energetischen Epidermis des Schwarms entlang: einem Glitzern im All, hinter dem sich komplexe gravitationelle Gespinste erstreckten, ein Netz mit Hunderten von Sonnen und Tausenden von Planeten. Zufrieden stellte er fest, dass die Struktur nicht nur stabil war, sondern sich auch durch eine ätherische Schönheit auszeichnete.

»Bist du zufrieden, Quellmeister?«, fragte Tadila-Elm.

Karn-Terg blickte durch die großen Fenster nach draußen und beobachtete das riesige, schimmernde Gebilde im All voller Stolz, sah dann zu den Hologrammen, die ihm Einzelheiten zeigten. »Du hast ausgezeichnete Arbeit geleistet, Chefkonstrukteurin.«

Der Körper ruhte in Antigravsuspension, umgeben von völliger Dunkelheit. Die sensorischen Stimuli aus der externen Welt waren auf ein Minimum reduziert. Flüssigkeit rann langsam durch dünne Schläuche – der Körper bekam alle Nährstoffe, die er brauchte. Neurale Stimulatoren hafteten am Kopfwulst, verbunden mit einem Elaborator, der in den vergangenen acht Jahren immer mehr an Leistungsfähigkeit gewonnen hatte.

Die alte, fast dürr wirkende Tadila-Elm nahm das Lob mit Genugtuung entgegen. »Ich habe die besten Spezialisten ausgewählt. Und wir konnten auf die Hilfe der Dimensionsingenieure zurückgreifen, denen es damals gelang, hinter die Materiequellen vorzustoßen und den Kosmokraten Vergeltung zu bringen.«

Karn-Terg erinnerte sich ganz deutlich daran, obgleich jene Ereignisse inzwischen Jahrhunderte zurücklagen. Die Befreiung. Der Neuanfang nach der größten Demütigung, die die Loower je erfahren hatten: der Einkehr.

Der Quellmeister legte die Greiflappen auf die Kontrollen und beschleunigte das Inspektionsschiff, lenkte es an der Flanke des noch immer wachsenden Schwarms entlang. Mehrere Konstruktionsschiffe schleppten ein Sonnensystem mit Gravonetzen heran, um es in den Schwarm zu integrieren. Ein halbes Lichtjahr dahinter wurden stellare Einzelgänger – Sonnen ohne Planeten – auf neue Bahnen gebracht, die sie zu bestimmten Stellen der Epidermis bringen sollten, die ihre Energie brauchte.

Mit mehreren schnell aufeinander folgenden Verschiebungen brachte Karn-Terg das Inspektionsschiff ein ganzes Stück vor den Schwarm. Aus größerer Entfernung betrachtet wirkte er vor dem Hintergrund des galaktische Feuerrads wie ein funkelndes Juwel im All.

»Kommen die Monaden ebenso gut voran wie du?«, wandte sich Karn-Terg an die Chefkonstrukteurin.

Tadila-Elm vollführte eine Geste, woraufhin sich die Darstellungen eines Hologramms veränderten. Dutzende von kleinen Tropfenschiffen erschienen darin und umschwirrten etwas, das aussah wie eine lange Nadel, die noch dunkler war als der finstere intergalaktische Leerraum.

»In einer Woche ist die Singularität für den Transfer bereit«, sagte die alter Loowerin.

Manchmal zuckte es in einer der beiden Köperhälften. Gelegentlich zitterten die Greiflappen, wenn es zu physischen Reaktionen auf neurale Reize kamen. Zwei Realitäten lagen dicht beieinander, der Körper in der einen, der Geist in der anderen.

»Ist es nicht erstaunlich, dass ein so kleines Etwas den Dutzende von Lichtjahren durchmessenden Schwarm transferieren kann?«, fragte Karn-Terg nachdenklich.

»Ja«, bestätigte Tadila-Elm. »Die künstliche Singularität besteht zum einen Teil aus den Energiekondensaten, die die Monaden aus ihrem Universum mitnahmen, und zum anderen aus mehreren kanalisierten Schwarzen Löchern. Es müssen noch einige letzte Instabilitätsreste beseitigt und der Punkt für den Kontratransit bestimmt werden.«

Die Chefkonstrukteurin trat näher an das Hologramm heran. »Die Passage ist mehrmals erfolgreich getestet worden. Sie wird uns in ein neues Universum bringen, in dem es noch kein Leben gibt. Wir Loower werden wieder zu Lebensbringern, so wie einst. Die Dimensionsingenieure haben genug On- und Noon-Quanten mitgebracht, um ein ganzes Universum mit Leben und Intelligenz zu erfüllen.«

Der die neurale Stimulierung kontrollierende Elaborator empfing ein externes Signal und leitete die Wecksequenz ein, vorsichtig und behutsam, um eine sensorische Überlagerung zu verhindern, die zu einer Phase der Verwirrung geführt hätte.

»Bald brechen wir zu einer Reise auf, wie sie in diesem Universum noch nie jemand vor uns unternommen hat«, sagte Karn-Terg und genoss das Prickeln der Aufregung, während er die Monadenschiffe bei der Singularität beobachtete.

»Ich bin sehr glücklich, dass ich dies noch erleben darf«, erwiderte Tadila-Elm.

Der Quellmeister drehte das Inspektionsschiff, aktivierte den Transmiterm-Rotator und sprang mit einigen kurzen Verschiebungen zum Schwarm zurück. Als sich das kleine Kegelschiff der energetischen Epidermis näherte, entstand eine Strukturlücke darin, die es passieren ließ. Direkt vor ihnen schwebte der in Richtung Schwarmspitze zeigende, mehr als fünf Kilometer lange Keil der zentralen technischen Station – Tadila-Elms Domizil.

Die schwebende Gestalt bewegte sich, und um sie herum wurde es allmählich heller. Die dünnen Schläuche lösten sich vom Körper.

Karn-Terg wandte sich an den Zweiten Piloten. »Bring die Chefkonstrukteurin zu ihrer Station.« Und zu Tadila-Elm: »Ich ziehe mich in mein Quartier zurück.«

Er verließ die Zentrale des Inspektionsschiffes, und als er durch den Gang schritt ...

Karn-Tergs Selbst wurde wieder Teil der physischen Realität. Die Schutzmembranen wichen von den Stielaugen, und er fand sich in seinem persönlichen Simulationsraum wieder. *Vom Quellmeister zum Kinderwart,* dachte er verbittert und fragte: »Was ist geschehen?«

»Ein Raumschiff von der Trümmersphäre setzt zur Landung an.«

Karn-Terg richtete sich auf. »Ein Transporter? Bin ich nicht rechtzeitig informiert worden?«

»An Bord des Schiffes befinden sich keine Kinder«, erwiderte der Elaborator. »Und bei den Neunern stehen die nächsten Entwicklungssprünge erst in zwei Wochen an. Das Schiff kommt also nicht, um junge Erwachsene abzuholen.«

»Warum ist es dann hierher unterwegs?«

»Unbekannt. Es reagiert nicht auf die Kommunikationssignale des Horts.«

Karn-Terg löste den letzten neuralen Stimulator von seinem Kopfwulst und verließ den Raum. »Wo erfolgt die Landung?«

Die Stimme des Elaborators folgte ihm durch den Gang. »Außensektor Sieben.«

»Ich mache mich auf den Weg dorthin. Öffne den Zugang erst, wenn ich dort eingetroffen bin.«

»Bestätigung.«

Der Hort war in den vergangenen Jahren aus der Senke herausgewachsen, denn die Anzahl der Kinder, die er beherbergte, nahm immer mehr zu – inzwischen waren es mehr als zweitausend. Karn-Terg und die Wartungshelks hatten der pilzartigen Struktur weitere Gebäude hinzugefügt, nach der Auflösung des Atmosphäreneises, das einen dicken weißen Panzer auf der Oberfläche des Planeten bildete. Außensektor Sieben verfügte über eine große Landeplattform, auf der in den vergangenen Jahren Versorgungsschiffe von der Trümmersphäre gelandet waren, Frachter, die Material für die Erweiterung des Horts gebracht hatten.

Jetzt ging dort der Kegel eines kleinen privaten Schiffes nieder.

Karn-Terg stand an der Konsole neben dem Innenschott der Luftschleuse, sah aus dem Fenster und beobachtete, wie das kleine Schiff einen Andockstutzen in Richtung Außenschott streckte.

»Das Schiff reagiert noch immer nicht auf unsere Kommunikationsversuche«, ertönte die Stimme des zentralen Elaborators.

»Wer befindet sich an Bord?«

»Zwei Personen. Loower. Identität unbekannt.«

Ein dumpfes Pochen wies darauf hin, dass der Andockstutzen mit der Luftschleuse verbunden war. Es folgten das Summen von Servomotoren und ein leises Zischen.

»Die Personen sind in der Schleuse. Das Außenschott ist geschlossen, der Druckausgleich hergestellt.«

Karn-Terg drehte sich um. »Öffne das Innenschott.«

Das Summen wiederholte sich, und die neun Segmente des Innenschotts glitten auseinander. Zwei junge Loower traten dem Kinderwart entgegen, der eine recht kräftig gebaut und groß, der andere klein und zart, fast zierlich.

Acht Jahre waren vergangen, aber Karn-Terg erkannte die beiden Besucher auf den ersten Blick.

»Kilan! Hisk!«

»Wir haben versprochen, dass wir eines Tages zurückkehren werden, nicht wahr? Es hat nur ein wenig länger gedauert als erwartet.«

Die beiden jungen Loower traten vor – und schlangen die Tentakel um den Kinderwart, so wie vor acht Jahren beim Abschied. Karn-Terg war so verblüfft und gerührt, dass er kein Wort hervorbrachte.

»Hat es dir erneut die Sprache verschlagen?«, gluckste der kleine Kilan.

»Ich schätze, die Überraschung ist uns gelungen«, fügte der große Hisk hinzu.

»Ich dachte, ihr ... hättet mich vergessen«, brachte Karn-Terg schließlich hervor. »So wie die anderen.«

»Wie könnten wir das? Wir verdanken dir so viel!«

»Durch dich fanden wir Aufnahme in den Kreis der Neudenker«, sagte Kilan. »Das ist eine Gruppe talentierter junger Loower, die Gelegenheit bekommen, alle Bereiche der Trümmersphäre kennen zu lernen und festzustellen, welche Tätigkeiten und Plätze in der Gesellschaft den individuellen Fähigkeiten am besten entsprechen. Es handelt sich um einen elitären Zirkel, der den Aufstieg zu den höchsten Nominationen gestattet – er genießt die direkte Unterstützung des Quellmeisters Be-Techen. Wir wissen heute: Ohne die Förderung durch dich hätten wir keinen so guten Start gehabt.«

Hisk warf seinem zarten Bruder einen Blick zu, in dem Karn-Terg Kritik zu erkennen glaubte. »Er spricht noch immer von der Trümmersphäre. Aber es ist eine riesige orbitale Stadt, unsere neue Heimat, unsere Welt. Und sie heißt Schanha-Scha.«

Kilan setzte zu einer scharfen Erwiderung an, überlegte es sich dann aber anders. »Lassen wir das. Wie ist es dir in den vergangenen Jahren ergangen, Karn-Terg? Der Hort ist größer geworden, wie wir beim Anflug gesehen haben. Wie schaffst du es nur, dich um so viele Kinder zu kümmern? Wie viele sind es jetzt?«

»Mehr als zweitausend.« Die Lähmung wich von Karn-Terg, und wilde Freude sprudelte in ihm empor. »Ihr seid zurück«, sagte er, und die Worte kamen tief aus seinem Innern, aus dem Teil, der an Einsamkeit gelitten hatte. »Ihr seid tatsächlich zurückgekehrt, wie ihr es versprochen habt.« Und dann schlang *er* die Tentakel um die beiden Brüder, drückte sie fest an sich.

Als er Kilan und Hisk wieder losließ, schnappten sie übertrieben laut nach Luft.

»Kommt«, sagte Karn-Terg. »Gehen wir in den Hort. Viele Kinder sind in den letzten Jahren neu hinzugekommen, aber einige kennt ihr sicher noch. Und bestimmt freuen auch sie sich, euch wiederzusehen.«

Sie waren erst seit wenigen Minuten durch den peripheren Bereich unterwegs, als sie den ersten Kindern begegneten, mehreren Einern und Zweiern, die ein Spaßzimmer verließen. Als sie Karn-Terg sahen, kamen sie sofort näher. Eine kleine Einer wollte erzählen, was sie gerade erlebt hatte, aber ihre Stimme verlor sich in dem aufgeregten Geschnatter der anderen Kinder.

»Du hast zwei Große mitgebracht!«

»Wer sind die beiden Großen?«

»Bist du jetzt nicht mehr allein?«

Karn-Terg hob die Tentakel. »Diese beiden Großen sind zu Besuch gekommen. Ihr seid noch nicht lange im Hort, und deshalb kennt ihr sie nicht. Vor acht Jahren brachten sie ihren letzten Sprung hinter sich und verließen uns.«

»Sie kommen aus der orbitalen Stadt?«, fragte ein Zweier aufgeregt.

»Aus der *Trümmersphäre*«, korrigierte ein anderer Zweier in einem belehrenden Tonfall.

»Ja, aus der *Trümmersphäre*«, bestätigte Kilan-Gerp, und auch er betonte das Wort.

»Erzähl uns davon, erzähl uns davon!«, riefen die Kinder, die nur vage Erinnerungen an ihre kurze Zeit im stählernen Himmel von Alkyra II hatten.

»Was haltet ihr davon, wenn ihr den anderen Bescheid gebt?«, schlug Karn-Terg vor. »Viele von ihnen kennen Kilan und Hisk und möchten sie bestimmt wiedersehen. Wir treffen uns im zentralen Auditorium, einverstanden?«

»Ja, im zentralen Auditorium, ja, ja!«, zirpten die Einer, breiteten ihre Flughäute aus, stiegen auf und segelten fort. Die Zweier folgten ihnen.

»Ich hoffe, das ist euch recht?«, fragte Karn-Terg die beiden Brüder.

»Ein Wiedersehen mit den Kindern nach acht Jahren? Und ob!« Hisks Stielaugen wackelten zustimmend.

»Ich hoffe, ihr könnt etwas länger bleiben«, sagte Karn-Terg vorsichtig und befürchtete zu hören, dass Kilan und Hisk schon bald wieder aufbrechen mussten.

»Ja«, erwiderte Kilan zur großen Erleichterung des Kinderwarts. »Einige Tage.«

Als sie das zentrale Auditorium erreichten, hatten sich dort fast tausend Kinder eingefunden, viele von ihnen Sechser, Siebener und Achter, die Kilan und Hisk kannten. Sie drängten den Brüdern begeistert entgegen – immerhin geschah es zum ersten Mal, dass ehemalige Angehörige des Horts zurückkehrten. Die Freude war auf beiden Seiten groß, und Karn-Terg stand abseits, beobachtete das Geschehen mit tiefer Zufriedenheit und fühlte sich wie ein Vater. Nicht wie ein traditioneller Loowervater, der den eigenen Kindern eher gleichgültig gegenüberstand, sondern wie ein Vater, der Anteil nahm an der Entwicklung des von ihm gezeugten Nachwuchses. Er sah, wie Kilan und Hisk nach der stürmischen Begrüßung auf das Podium traten und zu erzählen begannen, von ihrem Leben in der orbitalen Stadt, von den neunundneunzig Nominationen, Quellmeister Be-Techen und den Neudenkern. Ihre Schilderungen stießen gerade bei den älteren Kindern auf großes Interesse, denn bei ihnen dauerte es nicht mehr lange, bis sie nach dem dritten Sprung den Hort verlassen und in der Trümmersphäre mit einem neuen Leben beginnen würden.

»Gibt es dort oben überhaupt keine Kinder, nur Große? Mit wem spielen wir dann?«

»Wie sieht es *über* der Trümmersphäre aus?«

»Kann man von dort aus die Sonne sehen?«

»Sind die anderen Großen so wie Karn-Terg?«

Der hoffnungsvolle Klang in der Stimme, die diese Frage stellte, amüsierte den Kinderwart.

»Wenn man in der Trümmersphäre Türen öffnet ... Muss man dann aufpassen, damit man nicht auf den Planeten fällt?«

Karn-Terg stellte fest, dass fast alle Fragensteller von der »Trümmersphäre« sprachen. Kilan benutzte bei seinen Antworten den gleichen Ausdruck, doch Hisk betonte immer wieder den Namen der orbitalen Stadt. In dieser Hinsicht schien es eine gewisse Distanz zwischen den Brüdern zu geben.

Gemeinsam berichteten sie von ihrem Werdegang während der vergangenen acht Jahre, beschrieben die gewaltigen Installationen über Alkyra II und betonten, wie wichtig es war, zu lernen und Wissen zu sammeln – nur dadurch konnte man in der Hierarchie der Gesellschaft aufsteigen. Karn-Terg beschränkte sich auf eine passive Rolle, beobachtete und hörte zu, ohne selbst an den Diskussionen teilzunehmen. Er versuchte, Gestik und Gebaren der Brüder weitere Informationen zu entnehmen und sie mit den Worten in Verbindung zu setzen, die das Leben in der Trümmersphäre schilderten. Dabei ergaben sich zwei verschiedene Bilder. Kilan stand der orbitalen Stadt und den sozialen Strukturen in ihr kritisch gegenüber, sprach mehrmals von »gefangenen Raumschiffen« und Loowern, die »sich selbst Fesseln angelegt hatten«. Immer wieder erwähnte er das All und die endlosen Weiten jenseits der Trümmersphäre, die den Loowern jetzt verwehrt blieben.

Hisk hingegen stellte die orbitale Stadt in einem wesentlich besseren Licht dar, pries ihre technischen Einrichtungen und lobte die Genialität der Konstrukteure, denen es gelungen war, Millionen von Raumschiffen zu einer derartigen Metropole zu verbinden. Er sprach von Fortschritt und nannte die Einkehr einen Neuanfang, der den Loowern neue Möglichkeiten und neue Chancen gab. Im Gegensatz zu seinem Bruder erwähnte er das ehemalige Tiefenbewusstsein der Loower nicht ein einziges Mal und wies am Rande auf »Vereinbarungen« mit den Kosmokraten hin.

Karn-Terg teilte Hisks Meinung nicht, doch sein Stolz auf ihn blieb davon unbetroffen: Kilans Bruder war auf dem besten Weg, zu einem Konstrukteur zu werden.

Die Kinder im Auditorium stellten immer neue Fragen, und zwei Stunden lang gaben Kilan und Hisk bereitwillig Auskunft. Dann verließen sie das Podium und versprachen, am nächsten Tag erneut zur Verfügung zu stehen.

Karn-Terg erwartete sie bei den Edukatoren, deren Erlebnisnischen sich wieder mit Viererm und Fünfern füllten. »Ich kann euch in meinem Quartier unterbringen, wenn ihr möchtet.«

»Nein«, sagte Kilan. »Lass uns bei den Neunern schlafen, so wie vor acht Jahren. Gib uns die Möglichkeit, für einige Tage wieder zu Kindern zu werden und Teil ihrer Gemeinschaft zu sein.«

Karn-Terg glaubte zu verstehen. »Wie ihr wollt. Falls du Interesse hast, Kilan: Ich habe eine spezielle Synthowelt entwickelt, besser gesagt: einen Synthokosmos. Hisk, ich weiß, dass dir solche Simulationen nicht gefallen, aber vielleicht interessierst du dich für die neuen Edukator-Systeme und Ambientalzellen.«

»Ja, darüber würde ich gern mehr erfahren«, bestätigte Hisk-Mekang.

Karn-Terg sah den Brüdern nach, als sie mit einigen Neunern fortgingen, und hatte dabei das angenehme Gefühl, dass die »Familie« wieder vollständig war.

»Wir sind bereit«, sagte Chefkonstrukteurin Tadila-Elm. Die alte Loowerin erschien im Kommunikationsholo neben den primären Konsolen des Leitschiffes. »Der *Schwarm* ist bereit, Quellmeister.«

Karn-Terg bestätigte mit einer knappen Geste und richtete den Blick auf die großen Hologramme. Eins zeigte den Schwarm hinter dem Leitschiff, in die schimmernde energetische Epidermis gehüllt, das andere die von Monaden und Dimensionsingenieuren der Loower konstruierte Transfernadel, in ihrem Innern eine künstliche Singularität.

»Pilot Kilan, bring uns zum Transitpunkt.«

Kilan-Gerp beugte sich vor, und seine Greiflappen berührten die Kontrollen. »Gravitationsbrücken konstant und stabil. Netzstruktur des Schwarms stabil. Beschleunigung erfolgt ... *jetzt.*«

Das Leitschiff des Quellmeisters zeigte dem Schwarm den Weg. Zahlreiche Sonnen und Planeten folgten ihm, eingehüllt in eine Hyperblase, die beim interkosmischen Sprung die Stabilität des Schwarms gewährleisten sollte. Er war nicht so groß wie die anderen Schwärme, an deren Bau die Loower vor vielen Millionen Jahren mitgewirkt hatten, aber mit seinen mehr als hundert Lichtjahren Durchmesser stellte er dennoch ein beachtliches Objekt dar, auf das nun das Nadelöhr einer künstlichen Singularität wartete.

Das große Kegelschiff wurde schneller und pflügte durchs All, während der modifizierte Transmiterm-Rotator Energie für die entscheidende Verschiebung aufnahm. Karn-Terg trat neben den Piloten und beobachtete, mit welchem Geschick er die Kontrollen bediente.

»Die Sprungschiffe und Transitamplifikatoren im Schwarm melden Bereitschaft«, sagte Kilan, der auf die Kontrollen konzentriert blieb. »Entfernung zum Transitpunkt: vier Millionen Kilometer.«

Weiter vorn im All bildeten die silbrigen Tropfen der Monadenschiffe eine lange Kette – und verschwanden hinter dem Ereignishorizont der Singularität.

»Sie nehmen uns auf der anderen Seite in Empfang«, sagte Karn-Terg.

»Transfer in zwei Minuten.«

Karn-Terg holte tief Luft. »Unsere Vergangenheit wird zu unserer Zukunft«, sagte er, und die Kommunikationssysteme übertrugen seine Stimme, ließen sie auch in den Schiffen und auf den Welten des Schwarms erklingen. »Wir werden wieder zu dem, was wir gewesen sind, zu Lebensbringern.«

Er streckte den Greiflappen nach einem bestimmten Kontrollfeld aus, woraufhin ein zweites Hologramm neben dem Kommunikationsholo mit der Chefkonstrukteurin entstand. Es zeigte ein riesiges Raumschiff ganz vorn im Schwarm, eine gewaltige Kugel mit einem Durchmesser von mehr als tausend Kilometern. »Dieses Sporenschiff haben wir bei unserem Vorstoß hinter die Materiequellen erbeutet. Es enthält genug On- und Noon-Quanten, um das vor uns liegende Universum mit Leben zu erfüllen.«

»Transfer in einer Minute.«

»Niemand, *niemand* wird uns jemals wieder daran hindern, unsere Aufgabe zu erfüllen. Für das Leben!«

»Für das Leben!«, wiederholten Millionen von Loowern, an Bord von Raumschiffen, in Traktorstationen und Gravitationsankern, auf großen und kleinen Planeten.

»Für das Leben«, sagte auch Kilan-Gerp und leitete die automatische Anflugsequenz ein. Von dieser Stelle aus kontrollierten Elaboratoren den Flug, denn es durfte nicht der geringste Navigationsfehler passieren.

»Noch zwanzig Sekunden.«

Die Aggregate und Bordsysteme des Leitschiffes flüsterten, während die Loower schwiegen.

»Noch zehn Sekunden ...«

Das dunkle All wurde finsterer, gewann eine Schwärze, die alles ansaugte. Das Leitschiff, der Schwarm ... alles dehnte sich zu einer monodimensionalen Struktur, ohne zu zerreißen, ohne seine Integrität zu verlieren.

»Transit!«

Die Stimme schien aus einer tiefen Grube zu kommen, und Karn-Terg spürte, wie etwas ihn packte und knetete, um anschließend an ihm zu zerren. Das Schiff um ihn herum verschwand für eine Sekunde, die kein Ende nehmen wollte, und etwas *rauschte* an ihm vorbei, gefolgt vom sanften Streicheln eines anderen Kontinuums.

Die Sekunde *ging* zu Ende, und die großen Bildschirme zeigten die fernen Galaxien eines anderen Universums. Die Tropfen der Monadenschiffe hingen im Nichts; ihr Glitzern begrüßte das Leitschiff des Quellmeisters und den Schwarm.

»Dies ist der Anfang unseres neuen Weges«, sagte Karn-Terg. »Lasst uns Leben bringen.«

»Es ist eine wundervolle Simulation«, sagte Kilan-Gerp, als sich die neuralen Stimulatoren von ihnen gelöst hatten und sie den Raum verließen. »Es fehlt nur eins.«

»Was?«, fragte Karn-Terg.

»Das Tiefenbewusstsein. Du solltest deinem Synthokosmos ein neues Tiefenbewusstsein für die Loower hinzufügen, damit sie wieder *ganz* das werden, was sie einmal gewesen sind.«

»Gute Idee.« Karn-Terg blieb vor dem Zugang des Simulationsraums stehen. »Der Sprung in ein anderes Universum ... So etwas gab es damals natürlich nicht. Aber der Rest stimmt.«

»Quellmeister Karn-Terg?«

Er hörte den Humor in Kilans Worten. »Ich bin natürlich kein Quellmeister gewesen – das ist ein kleiner Spaß, den ich mir gönne. Aber ich habe als Pilot Raumschiffe durchs All gesteuert.«

»Davon hast du uns oft genug erzählt.« Kilan zögerte und schien nach Worten zu suchen.

Karn-Terg wartete, und als das Schweigen andauerte, fragte er: »Wie gefällt es dir in der Trümmersphäre?«

»Sie ist grässlich!«, entfuhr es Kilan. »So groß sie auch sein mag: Sie *begrenzt* unser Leben. Und was noch schlimmer ist: Sie begrenzt unseren *geistigen Horizont*. Die meisten Loower glauben, wir hätten unser Tiefenbewusstsein freiwillig aufgegeben. Kaum jemand erinnert sich daran, dass die Kosmokraten es uns genommen haben, dass sie uns unsere Freiheit nahmen. Wir schauen nicht mehr zu fernen Sternen, sondern starren an nahe Metallwände – und erschreckend viele Loower in der Trümmersphäre geben sich damit *zufrieden*! Sie haben sich ein neues Leben geschaffen, ein *kleines* Leben, und darin scheinen nicht einmal Erinnerungen an unsere große Zeit als Schwarmbauer und Lebensbringer Platz zu finden.«

»Das klingt sehr bitter«, sagte Karn-Terg. »Ich weiß aus eigener Erfahrung, was wir verloren haben, aber du bist in der Trümmersphäre geboren und in diesem Hort aufgewachsen. Dich verbinden keine eigenen Erinnerungen mit der Vergangenheit.«

»Aber durch dich weiß ich, worauf ich verzichten muss! Ich weiß, was die Kosmokraten mir genommen haben. Seit deinen ersten Erzählungen von fernen Welten habe ich mir gewünscht, sie selbst einmal zu sehen, und zwar wirklich, nicht nur in einer Simulation.«

Wieder zögerte Kilan. »Ich habe Ausschau gehalten und mich umgehört. Nicht *alle* Loower haben die Vergangenheit vollkommen aufgegeben. Es gibt noch immer einige, die sich erinnern. Wir treffen uns regelmäßig und ... suchen nach einem Weg ...«

Karn-Terg dachte an Aranta-Margi und all die anderen, die vor vielen Jahren arrangierten Unfällen zum Opfer gefallen waren. Den Gedanken, dass es Kilan ähnlich ergehen könnte, fand er unerträglich.

»Sei vorsichtig«, sagte er und verlieh seinen Worten besonderen Nachdruck. »Eine solche Gruppe erregt vielleicht den Unwillen des Quellmeisters Be-Techen und seiner Neun Hohen Vordenker.«

»Wir Neudenker haben einen gewissen Spielraum, denn man erwartet Innovationen von uns – unsere kritischen Stimmen werden nicht nur geduldet, sondern mit Interesse gehört. Ich bin fest entschlossen, alle Möglichkeiten zu nutzen, um mir meinen Wunschtraum zu erfüllen: Ich will zu den Sternen.«

»Bitte sei vorsichtig«, betonte Karn-Terg noch einmal. »Versprich mir das.«

Kilans Greiflappen berührte ihn am Tentakel. »Versprochen.«

Nach den Edukatoren sah sich Hisk die umgestalteten Ambientalzellen an. »Es ist jetzt alles viel effizienter«, stellte er mit einem Blick auf die Funktionsdiagramme im Wartungsraum fest. »Geringerer Energieverbrauch, leistungsfähigere Filtersysteme für organische Abfälle, bessere Stimulierung der Entwicklung bei den Hybriden durch die in der Flüssigkeit gelösten Wirkstoffe – ein optimal funktionierendes System. Du hättest das Zeug zu einem guten Ingenieur, *Großer.*« Freundschaftlicher Spott erklang im letzten Wort, denn inzwischen überragte Hisk den Kinderwart.

»Aber kein so guter wie du«, erwiderte Karn-Terg.

»Ich bin ständig bemüht, mehr zu lernen, und Schanha-Scha bietet mir reichlich Gelegenheit dazu. Bestimmt steige ich schon bald in die Nomination der Konstrukteure auf.«

Karn-Terg musterte Hisk, und für ein oder zwei Sekunden sah er den Jungen, der aus dem Hort entwischt war und fast in den Bergen erfroren wäre, weil er sich vom Kinderwart vernachlässigt gefühlt hatte. »Was ist dein größter Wunsch?«

»Mein größter Wunsch ...« Hisk wandte sich von den Diagrammen und Schemata ab, blickte durchs Fenster in die Ambientalzelle und beobachtete mehrere schwimmende Siebener und Achter. »Ich möchte zum besten Konstrukteur werden, den die orbitale Stadt je gesehen hat. Ich möchte Schanha-Scha ausbauen und in eine wahre Metropole verwandeln.« Er drehte sich um und sah Karn-Terg an. »Ich weiß, wie du von der Stadt denkst. Du hast hier im Hort oft genug darauf hingewiesen. *Trümmersphäre.* Für dich ein Ort der Schmach, erbaut aus den ›Trümmern unserer Vergangenheit‹, wie du es nennst. Aber du irrst dich. Schanha-Scha ist die Zukunft der Loower, und keine schlechte.«

Karn-Terg seufzte leise. Er war auf Hisk nicht minder stolz als auf Kilan, aber er sah die Dinge aus einer anderen Perspektive. »Wenn ich mir etwas wünschen darf ...«, sagte er. »Ich möchte, dass du glücklich wirst. Du und Kilan ...«

»Ja?«

»Als ihr auf dem Podium im zentralen Auditorium den Kindern von eurem Leben in der Trüm... in der orbitalen Stadt erzählt habt ... fiel mir eine gewisse Distanz zwischen euch auf. Was ist los? Früher habt ihr euch immer gut verstanden.«

»Wir verstehen uns noch immer gut, aber ...« Hisk gestikulierte mit den Tentakeln. »Er will einfach nicht einsehen, dass wir uns mit dem neuen Leben abfinden müssen. Damit meine ich nicht unser Leben, sondern das aller Loower. Es stimmt nicht, dass die Kosmokraten uns das Tiefenbewusstsein genommen haben – wir gaben es auf, um sesshaft zu werden. Es stimmt auch nicht, dass uns die Kosmokraten zur Einkehr zwangen – wir haben uns aus freiem Willem dazu entschlossen. Schanha-Scha ist unsere neue Heimat, und wir können eine *perfekte* Heimat daraus machen. Ich werde dabei helfen. Aber Kilan ...«

»Er sieht die Dinge so wie ich, nicht wahr?«, fragte Karn-Terg nicht ohne eine gewisse Selbstironie.

Hisk ging nicht auf die Frage ein. »Kilan schafft Unruhe. Er hat einige Leute um sich geschart, die seine falschen Ansichten teilen, und versucht, Einfluss zu gewinnen.«

»Die Suche nach Gleichgesinnten ist nicht verwerflich.«

»Nein, aber es ist dumm, sich dem Fortschritt entgegenzustellen.«

»Manchmal trügt der Schein«, sagte Karn-Terg behutsam. »Nicht alles ist Fortschritt, was wie Fortschritt aussieht.«

»Ich weiß, was du von diesen Dingen hältst, und ich kann es dir nicht verdenken, denn du bist vor der Einkehr Pilot gewesen«, erwiderte Hisk. »Aber Loower wie Kilan und ich, und wie die anderen, die nach der Einkehr geboren wurden ... Für uns gibt es nur Schanha-Scha. Die Vergangenheit ist *vergangen.* Wir sollten sie endlich ruhen lassen.«

»Hisk ... ihr seid Brüder, und auch Brüder müssen nicht immer gleicher Meinung sein. Aber wie groß auch immer eure Differenzen sind: Lasst es nie zu einem Zwist zwischen euch kommen. Versprich mir das.«

Wie zuvor Kilan streckte Hisk den Greiflappen aus und berührte Karn-Terg am Tentakel. »Versprochen.«

Draußen wartete das Schiff: ein kleiner, grauer Kegel auf der Landeplattform von Außensektor Sieben. Der Anblick erfüllte Karn-Terg mit Kummer, denn er bedeutete Abschied.

»Wir gehen nicht für immer«, sagte Kilan-Gerp. »Wir kehren zurück. Wir besuchen dich erneut.«

»Ja, du kannst sicher sein, dass wir dich auch diesmal nicht vergessen«, fügte Hisk-Mekang hinzu.

Die Brüder kamen näher, um den Kinderwart zu umarmen, wie bei ihrer Ankunft, aber Karn-Terg hob die Tentakel. »Nein, ich möchte, dass *ihr* euch umarmt. Als Zeichen dafür, dass es nie Streit zwischen euch geben wird.«

Der kleine, zarte Kilan und der große, kräftige Hisk zögerten und sahen sich an, bevor sie wortlos aufeinander zutraten und sich umarmten.

»Vergesst diesen Moment nie«, sagte Karn-Terg. »Er soll wie ein Siegel des Friedens für euch sein.«

Kurze Zeit später beobachtete er, wie das kleine Kegelschiff mit Kilan und Hisk an Bord abhob. Karn-Terg sah ihm nach, bis es zu einem Licht bei den vielen Lichtern der Trümmersphäre wurde.

»Bitte lasst mich nicht zu lange warten«, sagte er leise.

:24

Karn-Terg
| Alkyra II, 165 N.d.E. – 164 NGZ |

»» › Sonnenschein sah Karn-Terg nur noch in Synthowelten. Alkyra II blieb dunkel, leer und kalt, ein lebensfeindlicher Planet und sein Gefängnis. Oben leuchteten Lichter an einem Himmel aus Stahl und wiesen stumm auf eine andere Art von synthetischer Welt hin.

Karn-Terg stapfte durch Schnee, der einst atembare Luft gewesen war, und näherte sich den hohen Felsen, die vor vielen Jahren vor heftigem Wind geschützt hatten. Dahinter waren leistungsfähige Thermoaggregate im Einsatz gewesen und hatten einen Teil des Bodens von der kalten Decke der gefrorenen Atmosphäre befreit. Früher, zur Zeit der Observation, wäre dieser »falsche« Einsatz von Ressourcen mit einem Abzug von Meriten bestraft worden, aber das letzte *Ping* hatte er vor mehr als sechzig Jahren gehört; daran vergeudete er längst keine Gedanken mehr. Gewisse Dinge *waren* wichtig, auch wenn sie nicht mit den Funktionen des Horts in Verbindung standen.

In seinen Tentakeln hielt er einen kleinen, versiegelten Behälter, darin die Leiche des Zweiers Kelron-Kol, von allen Kelkol genannt.

Garasch wartete an dem Grab, das er ausgehoben hatte, und Karn-Terg legte den Behälter so vorsichtig hinein, als könnte er den Zweier verletzen.

»Jetzt sind es dreiunddreißig, Garasch«, sagte er, und der Kommunikator seines Schutzanzugs übertrug die Worte.

»Es befinden sich mehr als dreitausend Kinder im Hort«, erwiderte der Helk. »Unfälle lassen sich nie *ganz* vermeiden.«

»Nein.« Kelkol war in eine Rauferei geraten und im Durcheinander von den anderen Kindern so unglücklich gegen eine Ecke gedrückt worden, dass das Rückgrat seines Monokörpers brach. Karn-Terg wusste, dass ihn in diesem Fall keine Schuld traf, aber der Tod eines jeden Kindes lastete schwer auf ihm. Es bedeutete, dass etwas Einzigartiges verloren ging, etwas, das es nie wieder geben würde. *Jedes* Leben war einzigartig.

»Bei den Horten in der Trümmersphäre sind die Sterblichkeitsraten viel höher.«

»Das ist mir kein Trost«, sagte Karn-Terg und beobachtete, wie der Helk das Grab schloss. »Wir müssen unseren Hort noch sicherer machen, Garasch. Solche Unfälle dürfen sich nicht wiederholen.«

Langsam ging er an den von Schnee und Eis gesäumten Gräbern vorbei, bis er die drei ältesten erreichte und sich daran erinnerte, wie alles begonnen hatte, vor fast hundert Jahren. Er dachte nicht mehr so oft an Melra-Mar wie früher, aber das bedeutete nicht, dass sie keinen festen Platz in seinem emotionalen Kosmos hatte.

»Was wäre wohl aus ihr geworden?«, fragte er leise. Der Kommunikator reagierte trotzdem und schickte die Worte zum Empfänger des Helks.

»Diese Frage wird für immer offen bleiben«, entgegnete Garasch. »Aber du weißt, was aus den anderen Jungen und Mädchen wird. Du kannst ihren Weg in der Gesellschaft der Trümmersphäre verfolgen.«

Karn-Terg blickte zur orbitalen Stadt hoch und dachte an die vielen Kinder, die bei ihm im Hort aufgewachsen waren und jetzt dort oben lebten, Teil einer ihm fremden Welt, unter ihnen zwei, denen seine Gefühle galten.

Ein Licht löste sich von anderen, fiel dem Planeten entgegen und wurde zu einem Raumschiff. »Sind sie es? Kilan und Hisk?«

»Die ID-Signale bestätigen es, ja«, antwortete Garasch.

Karn-Terg verabschiedete sich mit einem liebevollen Gedanken von Melra-Mar und den anderen Kindern, wandte sich dann von den Gräbern ab und machte sich auf den Rückweg zum Hort. Zum letzten Mal waren die Brüder vor einigen Monaten bei ihm gewesen, und er hatte diesen neuen Besuch erwartet. Seit Jahren kamen sie mehr oder weniger regelmäßig, um einige Tage im Hort zu verbringen, von ihrem Leben zu erzählen und ein wenig auszuspannen. »Tage der Besinnung« nannten es die Brüder, und manchmal ahnte Karn-Terg, dass sich mehr hinter diesen Worten verbarg, dass sie eigentlich »Tage des Friedens« lauten müssten. Aus den Informationen, die er den frei zugänglichen Kommunikations- und Nachrichtennetzen der Trümmersphäre entnehmen konnte, ging hervor, dass die Spannungen zwischen Kilan und Hisk zunahmen. Er bedauerte das und versuchte, die wachsende Distanz zwischen ihnen schrumpfen zu lassen, wenn sie bei ihm waren. Doch die Freude stand bei ihm im Vordergrund. Die Besuche der Brüder bildeten Höhepunkte in seinem Leben, das zu einem großen Teil von Routine geprägt wurde.

Diese Freude erfüllte ihn auch jetzt, als er zum Hort zurückkehrte und zu der peripheren Plattform eilte, auf der das kleine Kegelschiff landete. Er ging am Andockstutzen vorbei zur zweiten Schleuse, öffnete das Außenschott, betrat die Kammer und wartete ungeduldig darauf, dass sich das externe Schott schloss und der Druckausgleich hergestellt wurde. Luft strömte in die Schleuse, und mit ihr kamen Geräusche, Stimmen auf der anderen Seite des Innenschotts, so gedämpft, dass Karn-Terg keine Worte verstehen konnte. Aber es waren keine freundlichen Stimmen; ein Streit fand statt.

Er hörte auf, als die neun Elemente des Innenschotts auseinander glitten. Karn-Terg trat in den Empfangsraum, und zwei junge Loower drehten sich zu ihm um.

»Es freut mich sehr, dass ihr wieder da seid!«

»Wir freuen uns ebenfalls.« Kilan kam als Erster und umarmte den Kinderwart, wich dann beiseite. Hisk näherte sich und warf seinem Bruder einen kurzen Blick zu, bevor er Karn-Terg ebenfalls begrüßte.

»Ich bin bei den Gräbern gewesen«, sagte Karn-Terg und spürte Anspannung. »Es sind jetzt dreiunddreißig. Ein Zweier ist bei einem Unfall ums Leben gekommen.«

»Das ist sehr bedauerlich«, erwiderte der kleine Kilan. »Wie ich dich kenne, fühlst du dich schuldig, nicht wahr? Aber Unfälle passieren. Sie lassen sich nie ganz vermeiden.«

Die Worte vermittelten Anteilnahme, aber ein Teil von Kilans Aufmerksamkeit schien ganz woanders zu liegen, und Karn-Terg spürte keine Veränderung der Stimmung – die Anspannung zwischen den Brüdern blieb.

Die Kinder im Hort schienen sie ebenfalls zu spüren. Einer und Zweier flogen aufgeregt herbei, landeten auf den Schultern der Brüder oder hielten sich an ihren Tentakeln und Beinen fest. Sie fragten nach neuen Geschichten aus der Trümmersphäre, und einmal brummte Hisk: »Die Stadt heißt Schanha-Scha.« Woraufhin Kilan etwas zischte, das Karn-Terg nicht verstand. Schon nach kurzer Zeit ließen die kleinen Kinder von den beiden Besuchern ab und flogen enttäuscht fort. Die größeren merkten sofort, dass etwas nicht stimmte, und kamen gar nicht erst näher.

Als sie die Unterkunft des Kinderhorts erreichten, war aus Karn-Tergs Freude Sorge geworden.

»Was ist los mit euch?«, fragte er geradeheraus. Als die Brüder schwiegen, fügte er hinzu: »Habt ihr euer Versprechen vergessen? Kein Zwist zwischen euch.«

»Es gibt keinen Zwist«, sagte Kilan.

Hisk schnaufte. »Nein, über das Stadium sind wir längst hinaus!«

Karn-Terg deutete zum nahen Ruhegestell. »Was ist los?«, fragte er erneut, als sie dort in die Hocke gegangen waren.

Hisk sah seinen Bruder an. »Erzähl es ihm, nur zu!«

»Da gibt es nicht viel zu erzählen«, sagte Kilan, und in seiner Stimme vernahm Karn-Terg eine sonderbare Schärfe, die er dort nie zuvor gehört hatte. »Ich möchte den Loowern nur das zurückgeben, was ihnen einst genommen wurde.«

»Das Tiefenbewusstsein wurde uns nicht genommen, wir haben es freiwillig aufgegeben, um sesshaft zu werden!« Hisk wandte sich an Karn-Terg. »Er will zu einem Entelechie-Gelehrten werden und uns alle mit einem neuen Tiefenbewusstsein beglücken! Er begreift nicht, dass wir gar keins brauchen, dass es nur eine Last für uns wäre! Sein Weg führt in die Vergangenheit.«

»Und deiner nicht in die Zukunft, sondern in die Sackgasse, die die Kosmokraten damals für uns geplant haben!«, erwiderte der kleine, zarte Kilan mit einer Heftigkeit, die Karn-Terg erstaunte.

»Das ist Unsinn, wie du eigentlich wissen solltest.«

»Die Neo-Entelechie wird uns befreien.«

»Wovon? Von unserer Vernunft?«

Karn-Terg hob den Tentakel. »Neo-Entelechie?«

»Was auch immer Hisk glaubt: Die Gesellschaft der Trümmersphäre ist statisch«, sagte Kilan. »Sie entwickelt sich nicht weiter. Das meinte ich eben mit der ›Sackgasse‹. Mir geht es nicht um eine Rückkehr zur Vergangenheit, zumindest nicht in dem Sinn. Aber wir müssen zurückkehren, um *mehr* zu werden, um die Sackgasse zu verlassen. Der erste Schritt besteht aus einem neuen Tiefenbewusstsein.«

Kilan wandte sich direkt an Karn-Terg. »Viele Jahre lang habe ich nach dem richtigen Weg für mich gesucht, und jetzt weiß ich, dass ich ihn gefunden habe. Es ist der Weg des Erneuerers.«

»Wie kannst du von Erneuerung sprechen, wenn es dir in Wirklichkeit darum geht, das Alte wiederherzustellen?«, fragte Hisk.

Kilan beachtete ihn nicht, sprach noch immer zu Karn-Terg.

»Ich habe bisher nichts davon erzählt, weil ich ... keine Unruhe schaffen wollte ...«

»Keine Unruhe?«, wiederholte Hisk. »Und wie nennst du das, was du in Schanha-Scha machst?«

»Seit einigen Jahren befasse ich mich sehr intensiv mit der alten Entelechie, die uns vor der Einkehr zu einer Gemeinschaft machte. Ich habe auch die Behandlungsmethoden der Psychomechaniker untersucht, die insbesondere während der ersten Jahrzehnte nach der Einkehr vielen Loowern halfen, denen der Verlust des Tiefenbewusstseins große Probleme bereitete. Inzwischen bin ich fest davon überzeugt, dass wir ein neues Tiefenbewusstsein entwickeln können, was auch immer die Kosmokraten damals mit uns angestellt haben.«

»Sie haben nichts mit uns *angestellt*!«

»Das glaubst *du*!« Kilan richtete einen kurzen Blick auf Hisk, sah dann wieder den Kinderwart an. »Ich arbeite an den Grundlagen der Neo-Entelechie, zusammen mit anderen Neudenkern und einigen Loowern aus hohen Nominationen. Unsere Gruppe wächst ...«

Hisks ganz ausgefahrene Stielaugen zitterten, als er sich aus dem Ruhegestell löste und aufstand. »Es ist Subversion!«, entfuhr es ihm. »Deine Gruppe beabsichtigt, die bestehende Ordnung zu zerschlagen!«

»Wir beabsichtigen, den Loowern die Freiheit zurückzugeben«, sagte Kilan und stellte dem Zorn seines Bruders Ruhe entgegen.

Einige Sekunden starrte Hisk auf ihn hinab, drehte sich dann abrupt um und verließ das Quartier.

Aus Karn-Tergs Sorge wurde Beklommenheit. »Ihr habt mir versprochen ...«

»Es tut mir Leid«, sagte Kilan. »Ich weiß, was wir dir versprochen haben. Ich erinnere mich deutlich daran, ebenso an die Umarmung, die ein Siegel des Friedens sein sollte.« Die Augen des kleines Loowers neigten sich kummervoll nach unten. »Ich wünschte, es wäre nicht so weit gekommen.«

»Wie *konnte* es so weit kommen?«

»Hisk begreift einfach nicht, in welcher Falle unser Volk steckt. Ich habe mehrmals versucht, es ihm zu erklären, aber er *will* es nicht verstehen.«

»Eure Perspektiven sind unterschiedlich«, sagte Karn-Terg behutsam und erinnerte sich an die verschiedenen Neigungen, die Kilan-Gerp und Hisk-Mekang schon als Kinder gezeigt hatten.

»Er sieht nur die verdammte Stadt!«, sagte Kilan mit Nachdruck. »Er hat den typischen beschränkten Blickwinkel eines Konstrukteurs, der allein Augen für das hat, was es zu konstruieren gilt. Er *liebt* die Trümmersphäre!«

Karn-Terg hörte geduldig zu.

»Er sieht nicht, dass sich immer mehr Loower im Alter der Reife aufhören – vor allem jene, die die Zeit vor der Einkehr kennen. Er sieht nicht, dass die Geburtenrate sinkt und selbst viele der Loower, die *nach* der Einkehr geboren sind, die Hilfe der Psychomechaniker in Anspruch nehmen müssen. Wir *brauchen* ein Tiefenbewusstsein. Als die Kosmokraten es uns damals nahmen, müssen sie gewusst haben, was ohne die Entelechie aus uns wird. Das war von Anfang an ihr Plan, und sie haben es so geschickt angestellt, dass es den *Anschein* hatte, wir wären aus freiem Willen hierher nach Alkyra II gekommen, um sesshaft zu werden. In kosmischer Hinsicht sind wir tatsächlich bedeutungslos geworden, wie über Jahrmillionen hinweg befürchtet, und auf lange Sicht droht uns das Aussterben. Wir müssen *jetzt* handeln, um das zu verhindern!«

Zufriedenheit und Besorgnis bildeten eine seltsame Mischung in Karn-Terg. Er stimmte Kilan zu und freute sich, dass der junge Loower die Dinge ebenso sah wie er, aber gleichzeitig verdichtete sich ein Unbehagen, aus dem Furcht zu wachsen begann. Ganz abgesehen von dem Streit mit seinem Bruder: Kilan hatte einen *gefährlichen* Weg gewählt.

»In den ersten Jahrzehnten nach der Einkehr«, sagte Karn-Terg langsam, »gab es viele Loower, denen das neue Leben nicht gefiel und die sich dagegen aussprachen.«

»Du warst einer von ihnen, nicht wahr? Du hast uns oft genug davon erzählt, während unserer Zeit im Hort.«

»Ja, ich war einer von ihnen«, bestätigte Karn-Terg. »Ebenso wie Aranta-Margi, die Kommandantin des Schiffes, das ich geflogen habe. Wie viele andere wurde sie separiert und fiel einem ›Unfall‹ zum Opfer.«

Kilan sah ihn ruhig an und schien zu verstehen.

»Damals kam es häufig zu solchen ›Unfällen‹, und dadurch lichteten sich die Reihen jener, die die Einkehr für falsch hielten.«

»Du hast mir schon damals geraten, vorsichtig zu sein«, sagte Kilan. »Ich bin vorsichtig gewesen.«

»Vielleicht genügt das nicht.«

»Meine Neo-Entelechie stabilisiert sogar die derzeitige Gesellschaft, denn der Beginn eines neuen Tiefenbewusstseins gibt all jenen Hoffnung, die bisher die Hilfe der Psychomechaniker in Anspruch nehmen mussten. Weniger Loower hören sich auf. Je erfolgreicher ich bin, desto weniger Tote gibt es in der Trümmersphäre.«

»Der Quellmeister und seine Neun Hohen Vordenker sehen bestimmt nicht nur die kurzfristigen Folgen deiner Aktivitäten.«

Karn-Terg gewann den Eindruck, dass Kilan mit sich selbst rang, bevor er sagte: »Ich habe die Unterstützung einiger sehr einflussreicher Personen, Großer. Ich glaube nicht, dass mir Gefahr droht.«

Ein Teil der Sorge des Kinderwarts löste sich auf. »Ich bin sehr froh, das zu hören. Ich hoffe, dass die ›einflussreichen Personen‹ auch in Zukunft genug Einfluss haben, um dich zu schützen. Du gehst einen ehrenvollen Weg – du weißt, wie ich denke –, aber vergiss nicht, dass er auch Risiken birgt.«

Karn-Terg erhob sich. »Wenn du dich doch nur besser mit Hisk verstehen würdest.«

»Er will einfach nicht einsehen, dass ich Recht habe!«

»Er hat seine Wahrheit, wir haben unsere«, sagte Karn-Terg nachdenklich. »Es bedeutet nicht, dass ich ihn weniger schätze als dich. Ihr seid Brüder und solltet versuchen, gut miteinander auszukommen.« Er wandte sich dem Ausgang zu. »Ich sehe jetzt nach ihm.«

Es dauerte eine Weile, bis Karn-Terg Kilans Bruder fand. Zuerst suchte er bei den Edukatoren und Ambientalzellen, anschließend in den Wartungs- und Installationszimmern der neuen Außenbereiche des Horts – dort gab es immer etwas, das verbessert werden konnte, und Hisk liebte es, an technischen Dingen herumzuspielen und sie effizienter zu machen. Schließlich fragte Karn-Terg den zentralen Elaborator nach Hisks Aufenthaltsort und begegnete ihm schließlich in Sektor Eins, von dem aus er einst mit den beiden Brüdern aufgebrochen war, um mehr über die Monaden zu erfahren. Er arbeitete dort an den Zapfern, Akkumulatoren und Konvertern, die die Wärme tief im Innern des Planeten in Energie umwandelten.

»Wenn ich hier fertig bin, hat der Hort zwanzig Prozent mehr Energie, und die kannst du angesichts der vielen Erweiterungen bestimmt gut gebrauchen«, sagte Hisk. »Ich werde neue Wandler einbauen und den Konverter modifizieren ...«

»Hisk ...

»Anschließend nehme ich mir die Thermosysteme vor, die zu viel Energie verbrauchen. Und wenn ich *damit* fertig bin, aktualisiere ich die Basisprogrammierung des zentralen Elaborators.«

»Es tut mir Leid, Hisk«, sagte Karn-Terg sanft.

»Was sollte *dir* Leid tun?« Hisk lag halb in einer der Konsolen des Zapfers und hantierte dort mit Werkzeugen.

»Das mit Kilan.«

Hisk-Mekang verharrte kurz, setzte die Arbeit dann fort. »Es ist nicht deine Schuld, dass er den falschen Weg beschreitet.« Er zögerte erneut, kroch aus der Konsole und richtete sich auf. »Doch, es *ist* deine Schuld, wenn man es genau nimmt«, sagte er mit einem Teil des Ärgers, den er im Quartier gezeigt hatte.

»Du hast ihn auf diese Ideen gebracht. Mit deinen Erzählungen von unserer ach so glorreichen Vergangenheit.«

»Ich habe von den Dingen gesprochen, die ich damals als Pilot erlebt habe«, erwiderte Karn-Terg und sah zu Hisk auf. »Ich weiß, was wir Loower einmal gewesen sind. Ihr wisst es nicht.«

»Und du weißt nicht, was die Loower *heute* sind! Du hast keine Ahnung, wie es in Schanha-Scha zugeht. Die Stadt ist ein Juwel! Sie ist unsere Zukunft! Sie ...«

»Sie ist nichts im Vergleich zu dem, was wir einst hatten«, sagte Karn-Terg fest. »Ich habe die Anfänge der orbitalen Stadt gesehen, und das reicht mir. Ich habe gesehen, wie stolze Raumschiffe, die einst von Galaxis zu Galaxis flogen, zu *Wohnraum* umfunktioniert wurden.«

»*Natürlich* stellst du dich auf die Seite von Kilan, das hast du *immer* getan.« Jetzt klang Hisk nicht mehr nur verärgert, sondern auch traurig.

»Es geht mir nicht darum, mich auf die Seite von jemandem zu stellen ...«

»Aber du unterstützt ihn! Du hast ihn immer vorgezogen, weil er deine Vorstellungen zu seinen eigenen machte!«

»Hisk ... Ich habe dir schon damals gesagt, dass du mir ebenso wichtig bist wie Kilan. Ihr *beide* seid mir wichtig.«

Der große Hisk stand wortlos da, die Augen ganz ausgefahren. Er zitterte.

Karn-Terg trat auf den jungen Loower zu, der ihn ein ganzes Stück überragte, umarmte ihn und wich dann wieder zurück. »Bist du deshalb so zornig, Hisk? Weil du glaubst, ich zöge Kilan dir vor?«

Hisk schwieg noch immer.

»Du irrst dich. Ich versichere dir, dass ich ...«

»Ich bin zornig, weil ich Kilan verliere.« Hisk legte die Werkzeuge beiseite und ging zum Fenster aus transparentem Kunststoff, durch das man den Wärmezapfer sehen konnte. »Wir geraten immer häufiger aneinander«, fuhr er fort und kehrte

Karn-Terg dabei den doppelten Rücken zu. »Weil wir an verschiedene Dinge glauben. Weil wir *fest* daran glauben.«

»Und weil die Überzeugungen immer mehr zu eurem Lebensinhalt werden?«

»Ja. Ich möchte es zum Konstrukteur bringen und Schanha-Scha vollenden. Kilan will genau das Gegenteil. Wenn es nach ihm geht, bekommen die Loower bald ein neues Tiefenbewusstsein und verlassen das, was er – und du! – Trümmersphäre nennt.«

Karn-Terg erahnte allmählich das Ausmaß des Konflikts zwischen den Brüdern. »Und um eure Träume zu verwirklichen, müsst ihr gegen die Ideen des jeweils anderen kämpfen.«

»Es sei denn, einer von uns gibt seinen Traum auf.«

Karn-Terg spürte neuen Kummer. »Die Gesellschaft ist groß. Bestimmt könnt ihr beide euren Platz in ihr finden, du als Konstrukteur und Kilan als ...«

»Blender?«

»... als jemand, der die alten Traditionen pflegt. Was ist so schlimm daran? In Hinsicht auf bestimmte Dinge seid ihr unterschiedlicher Meinung, aber ihr bleibt Brüder, Zwillinge eines Fraktureis – euch verbindet mehr, als euch trennt.«

»Wenn es doch nur so einfach wäre«, seufzte Hisk.

»Kommunikation.«

»Ich höre«, sagte Karn-Terg.

Garaschs Stimme kam aus dem allgemeinen Kommunikationssystem. »Kilan-Gerp hat den Hort verlassen und kehrt mit dem Raumschiff zur Trümmersphäre zurück. Er hat eine Nachricht für dich aufgezeichnet.«

»Wie lautet sie?«, fragte Karn-Terg enttäuscht und betroffen.

Kilans aufgezeichnete Stimme erklang. »Bitte entschuldige, aber ich halte es für besser, in die Trümmersphäre zurückzukehren. Wenn ich länger im Hort bliebe, käme es sicher wieder zu einem Streit mit Hisk, und ich weiß, wie sehr du darunter leidest. Wir sehen uns bei einer anderen Gelegenheit. Vielleicht können wir dann in deinem Synthokosmos den Flug mit dem Schwarm fortsetzen.« Eine Sekunde verging, und Garasch sagte: »Ende der Nachricht.«

Hisk wandte sich vom Fenster ab. »Vielleicht sollte ich mich ebenfalls auf den Weg machen. Ich schätze, auf diesen Besuch hätten wir besser verzichten sollen.«

»Aber die Arbeiten, die du durchführen wolltest, die Verbesserung des Zapfers ...«, sagte Karn-Terg und fühlte das schwere Gewicht von Trauer. Dass *beide* Brüder ihn schon nach kurzer Zeit wieder verließen ... Er hatte sich so sehr auf ihren Besuch gefreut.

»Sie sind nicht so dringend.« Hisk blieb kurz neben Karn-Terg stehen und berührte ihn an der Schulter. »Es tut mir Leid.«

Ein kleiner Transporter war von der Trümmersphäre gekommen und hatte Hisk abgeholt. Karn-Terg stand am großen Fenster des Empfangsraums, in dem er vor nur zwei Stunden die beiden Brüder begrüßt hatte, und sah dem Schiff nach, das zum Metallhimmel des Planeten flog.

Von einem normalen Abschied konnte keine Rede sein, und er fühlte sich einsamer als nach den anderen Besuchen von Kilan und Hisk. Er spürte, dass hier und jetzt etwas zu Ende ging, das für ihn sehr wichtig gewesen war. Ihm wurde plötzlich klar, dass er in Monatssprüngen gelebt hatte, von einem Besuch zum nächsten. Während der Zeit zwischen ihnen beanspruchten der Hort und die vielen Kinder in ihm seine Aufmerksamkeit, und es war gewiss keine »leere«, bedeutungslose Zeit. Aber richtig *lebendig* – wie damals als Pilot – fühlte er sich vor allem, wenn die Brüder bei ihm waren.

Jetzt brachten sie keine Freude, sondern Streit und Zwist.

Karn-Terg brauchte keine Gräber auszuheben, doch er wusste: Die Brüder, die Kilan-Gerp und Hisk-Mekang einst gewesen waren, gab es nicht mehr.

: 25

Gucky
| 1341 NGZ |

›› › Während des kurzen Flugs zur Erde zog sich Gucky in sein Quartier zurück, aber es ging ihm nicht um Privatsphäre, sondern um Informationen. Er saß vor einem kleinen Holo und sah sich die Sensoraufzeichnungen an.

Er beobachtete, wie er auf dem Mars die JUMPY verließ und einige Schritt weit ging. Erneut sah er die Ressourcenroboter an der mehrere Kilometer entfernten Felswand – und dann erschien plötzlich die korpulente Frau hinter ihm.

»Interessant«, murmelte er. »Sie ist also nicht hinter den Felsen hervorgetreten.« Gucky ließ Messdaten durch ein Informationsfenster scrollen. »Keine Transmitterenergie. Hm. Ich schätze, da kommt nur Teleportation infrage. Eine Mutantin?«

Eine Zeit lang betrachtete er das dreidimensionale Bild der rätselhaften Frau stumm. »Kannst du anhand der Physiognomie eine Identifizierung vornehmen?«

»Ist diese Frage an mich gerichtet, oder setzt du dein Selbstgespräch fort?«

Gucky seufzte. »Sie ist an dich gerichtet, Blechhirn.«

»Ich vergleiche die physiognomischen Daten mit den Personeninformationen in meinen Datenbanken.« Einige Sekunden vergingen, und der Mausbiber wartete geduldig. »Identifikation: Sirken, Neo-Entelechin der loowerischen Missionsstation am Stadtrand von Terrania, Erde.«

»Herzlichen Dank, das wusste ich bereits. Wer *ist* Sirken? Woher kommt sie? Welchen persönlichen Hintergrund hat sie?«

»Unbekannt.«

Vorsichtig öffnete Gucky sein Selbst und tastete in den Bereich der psionischen Wahrnehmung, auf der Suche nach der zweiten Person an Bord. Doch er fand ... nichts. Nur ein vages Wispern und Raunen am telepathischen Horizont, fast wie das Flüstern an Bord des Loowerschiffes.

Er lehnte sich zurück und überlegte. Sirken hatte behauptet, auf den Mars gekommen zu sein, um ihm dort zu begegnen. Und was noch wichtiger war: Sie hatte zu verstehen gegeben, dass sie ihm bei der Suche nach Perry Rhodan helfen konnte. Gefahr schien von ihr nicht auszugehen.

»Und selbst wenn es gefährlich werden könnte, wackerer RdU ...«, sagte er und ließ kurz seinen Nagezahn erscheinen. »Risiko ist das Pflaster des Weges unter den Füßen des letzten wahren Helden.« Er stand auf und straffte die Gestalt. »Füge folgende Worte dem Epos hinzu: ›Und so bricht er auf, wohlgemut und unverzagt, allein allen Übeln trotzend, ein kühner Recke, der es wie immer mit einem weit überlegenen Gegner aufnimmt ...‹«

»Wo ist er?«, fragte die Bordpositronik.

»Wer?«

»Der weit überlegene Gegner.«

»Früher oder später taucht er auf«, verkündete Gucky. »Das ist immer so. Und wie immer werde ich mit ihm fertig.« Er hörte eine Veränderung im Brummen des Triebwerks. »Sind wir da?«

»Wir setzen zur Landung an.«

Gucky ging zur Tür. »Mal sehen, ob uns Sirken wirklich weiterhelfen kann.«

Die Solare Residenz, die unmittelbar nach der Erhöhung des hyperphysikalischen Widerstands gelandet war, schwebte wieder über Terrania, ein weithin sichtbares Zeichen dafür, dass sich die Liga Freier Terraner langsam von den Folgen der erhöhten Hyperimpedanz erholte.

Am Rand der großen Stadt, in einem Außenwelteinrichtungen vorbehaltenen Distrikt, stand ein eher kleines Gebäude mit Wänden, die ineinander verkeilt wirkten und entfernte Ähnlichkeit mit einer loowerischen Neunturmanlage aufwiesen. Absperrungen und Brandspuren wiesen darauf hin, dass eine aufgebrachte Menge versucht hatte, die neo-entelechische Missionsstation zu stürmen. Noch immer standen Demonstranten an den Zugängen – nicht mehr Tausende, nur noch einige Dutzend – und verdammten in Sprechchören alles Loowerische. Polizeieinheiten aus Terrania hielten sie von der Station fern.

Als Gucky und Sirken eine Demonstrantengruppe passierten, hörte das Geschrei auf, und eine Stimme rief: »Die Frau da! Sie ist eine von ihnen!«

Der Mausbiber blieb stehen und stützte die Hände an die Hüften. »Wisst ihr, wer ich bin?« Es war eine rhetorische Frage. *Natürlich* wussten sie, wer er war.

»Das ist Gucky!«, ertönte es. »Das ist Gucky!«

»Kein Geringerer, jawohl! Und diese Frau steht unter meinem Schutz, klar? Habt ihr nichts Besseres zu tun, als hier herumzuschreien? Geht und hört auf damit, Löcher in die Luft zu starren!«

Die Demonstranten wechselten verlegene Blicke. Einige von ihnen wandten sich um und gingen fort; nach kurzem Zögern folgten ihnen die anderen.

»Sehr eindrucksvoll«, kommentierte Sirken.

»Das«, erwiderte Gucky stolz, »war überhaupt nichts. Du solltest mich mal in voller Aktion erleben.«

Mehrere Polizisten traten dem Mausbiber und seiner Begleiterin entgegen. Sie salutierten respektvoll.

»Wir möchten uns die Missionsstation ansehen«, sagte Gucky.

»Wir sind angewiesen, niemanden hineinzulassen, aber ...«, begann der befehlshabende Offizier.

»Aber bei mir könnt ihr sicher eine Ausnahme machen, nicht wahr?«, fragte Gucky forsch.

Der Mann versuchte, noch strammer zu stehen. »Selbstverständlich.« Er winkte seine Leute beiseite.

Gucky und Sirken schritten übers Missionsgelände und betraten das Gebäude.

»Wir sind zu spät gekommen«, sagt Sirken leise.

»Zu spät für was?«

Die Frau ging nicht auf Guckys Frage ein und schritt durch einen halbdunklen, fast leeren Raum. Anschlüsse im Boden wiesen darauf hin, dass hier einst Geräte und Interfacemöbel gestanden hatten, aber bis auf einige Tische und Stühle war alles fortgebracht worden.

»Ich hatte gehofft, dass die LFT noch etwas länger wartet, bis sie gegen die neo-entelechischen Missionsstationen vorgeht.«

Sirken sprach so von der LFT, als zählte sie sich nicht dazu, fand Gucky. Er blickte sich um. »Ich nehme an, man hat alles fortgebracht, um genaue Untersuchungen anzustellen. Vielleicht in der Hoffnung auf Daten, die dabei helfen könnten, das Loowerproblem zu lösen.« Der Mausbiber erinnerte sich an eine entsprechende Mitteilung im interstellaren Nachrichtennetz: Bull hatte die Anweisung gegeben, alle neo-entelechischen Missionsstationen zu besetzen, denn genau darauf schienen es die Loowerflotten abgesehen zu haben.

Sirken ging umher, blieb immer wieder stehen und schien zu lauschen. Schließlich trat sie durch einen Zugang, und Gucky folgte ihr durch einen kurzen Flur und dann eine Treppe hinunter, an die sich ein großer neuneckiger Raum mit schwarzen Wänden anschloss. Einige Leuchtelemente glühten weit oben, doch ihr Licht reichte nicht aus, alle Winkel des Raums zu erhellen.

»Hier haben wir meditiert«, sagte Sirken verträumt und bewegte sich wie eine Tänzerin, die sich den Erinnerungen von Melodien hingab.

Gucky beobachtete sie aufmerksam und gewann den Eindruck, dass das ferne mentale Wispern ein wenig lauter wurde.

»Die Loower der Mission haben uns schon vor Monaten verlassen«, sagte Sirken. Sie trat zu einem von insgesamt neun schwarzen Blöcken in der Mitte des Raums, und als sie sich ihm näherte, entstand eine Sitzmulde darin, genau ihrem Körper angepasst. Sirken ließ sich hineinsinken und schloss wie genießerisch die Augen. »Bevor die ersten Flotten auftauchten.«

»Wussten sie von ihnen?«, fragte Gucky. »Wussten sie, dass ein Kampf Loower gegen Loower entbrennen würde?«

»Vielleicht gab ihnen das neue Tiefenbewusstsein einen Hinweis. Aber vielleicht hat ihr Verschwinden einen ganz anderen Grund. Ich habe keine Ahnung.« Sirken öffnete die Augen und stand wieder auf. Sofort bildete sich die Sitzmulde zurück. »Wir blieben allein hier.«

»Wir?«

»Die anderen Schüler und ich. Zu den besten Zeiten waren wir über hundert. Ich gehörte zu den ältesten Adepten, und nach dem Verschwinden der Loower habe ich zusammen mit einigen anderen versucht, die Mission weiterzuführen. Aber das Zentrum funktionierte nicht mehr richtig – etwas von ihm schien zusammen mit den Loowern verschwunden zu sein. Und dann gingen auch die Schüler. Schließlich blieb ich ganz allein übrig, konzentrierte mich noch einmal auf das Zentrum und sah, dass es mir bestimmt war, dir auf dem Mars zu begegnen. Deshalb habe ich mich auf den Weg gemacht.«

Der Mausbiber war langsam durch den schwarzen Raum gewandert, kehrte zu Sirken zurück und blieb vor ihr stehen. »Was ist das Zentrum?«

»Der Ort, an dem sich die entelechischen Gedanken treffen«, antwortete die Frau. »Eigentlich kein Ort, sondern eine ... Sphäre. Schüler der Neo-Entelechie lernen, sich selbst zu ergründen. ›Wer sich selbst findet, entdeckt den richtigen Weg zu den anderen.‹ Und wenn man diesen Weg zu den anderen beschreitet, kann man ihre Gedanken im Zentrum berühren.«

Gucky vermutete, dass es sich um eine Art von Telepathie handelte, was er zum Anlass nahm, sein Bewusstsein besser abzuschirmen. »Das Zentrum hat dir von mir erzählt?«

»Ich habe uns beide darin gesehen.«

»Es ist also nicht nur ein entelechischer Treffpunkt für Gedanken, sondern hat auch präkognitive Eigenschaften?«, fragte Gucky.

»Das Zentrum zeigt, was geschehen *kann*, wenn wir auf eine bestimmte Art und Weise handeln«, sagte Sirken. »Es verdeutlicht die Kausalität. Komm, ich zeige dir etwas.«

Gucky folgte ihr, als sie den schwarzen Raum durch eine neuneckige Tür verließ. Eine weitere Treppe brachte sie noch etwas tiefer und in einen runden Raum mit Sitzreihen, die nach hinten hin aufsteigende konzentrische Reihen bildeten. Der Mausbiber fühlte sich an ein Amphitheater erinnert. In der Mitte des Raums stand eine Säule, dunkel wie Obsidian und von entelechischen Schriftzeichen bedeckt.

Sirken breitete die Arme aus. »Spürst du etwas?«

Gucky hütete sich davor, sein Bewusstsein ganz zu öffnen und der mutmaßlichen Mutantin Gelegenheit zu einem schnellen telepathischen Vorstoß in sein Selbst zu geben. Er esperte mit gebotener Vorsicht und stieß auf eine weitere Form des fernen Flüsterns. Sie erschien ihm irgendwie *dichter*.

»Du fühlst es, nicht wahr? Das Zentrum. Es hat sich nicht ganz aufgelöst. Ein Teil davon ist übrig geblieben.«

»Ich höre ein ... Raunen.«

»Du hörst nicht mehr und *siehst* nichts, weil dir die neo-entelechische Ausbildung fehlt.«

Gucky sah zu der Frau auf. »Was soll das alles?«, fragte er mit plötzlicher Schärfe. »Hast du mich hierher gebracht, weil du einen neuen Schüler für die Neo-Entelechie suchst? Was willst du von mir?«

»Ich brauche dich.«

»Du brauchst mich? Du hast mir Hilfe bei der Suche nach Perry Rhodan angeboten!«

»Ich brauche dich, weil du ein Raumschiff hast und weil du über besondere Fähigkeiten verfügst.« Sirken deutete auf die schwarze Säule. »Als ich an diesem Ort zum letzten Mal mit den Entelechie-Gelehrten und den anderen Adepten ins Zentrum schritt, wurde mir der nächste Abschnitt auf dem Weg meines Lebens klar. Eine wichtige Mission wartet auf mich. Meine Aufgabe besteht darin, den Krieg der Loower zu beenden.«

Gucky ging langsam um die Frau herum, die auf seine Reaktion wartete. Bei ihren letzten Worten hatte er etwas in Sirkens Augen gesehen, das ihm nicht gefiel. »In meinem langen Leben habe ich so manchen Fall von Größenwahn kennen gelernt, aber das ...«

»Hältst du mich für verrückt?

»Hältst *du* dich für normal?«

»Ich bin Sirken«, sagte die Frau.

»Ja.« Gucky ging erneut um sie herum. »Ja, darauf hast du bereits hingewiesen.« Einmal mehr versuchte er, ihre Gedanken zu erfassen, und wieder stieß er auf ... nichts. Sirken verbarg ihr Selbst nicht hinter einem mentalen Schirm; sie schien einfach nicht zu denken. Und das war schlicht und einfach unmöglich. Der Mausbiber erinnerte sich noch einmal an Goran-Vran, der damals aufgrund eines Unfalls nicht mehr zum entelechischen Denken imstande gewesen war. Nur dadurch hatten seine Gedanken telepathisch erfasst werden können. War Sirken eine so gute Entelechin, dass sich ihre Gedanken der Aufmerksamkeit von Telepathen entzogen?

»Ich weiß, dass ich den Loowerkrieg beenden kann«, bekräftigte Sirken. »Und ich weiß auch, dass Perry Rhodan eine wichtige Rolle dabei spielt. Du hast ihn bisher vergeblich gesucht. Gemeinsam können wir ihn vielleicht finden. Du hilfst mir, und ich helfe dir.«

Gucky dachte an seine lange vergebliche Suche nach der Nadel in einem Heuhaufen, so groß wie eine ganze Galaxis. Er wusste, dass er nicht mit einem Erfolg rechnen durfte, wenn er so weitermachte wie bisher. Das war einer der Gründe dafür, warum er Sirken zur Erde begleitet hatte. Hinzu kam: Die Frau ohne Gedanken interessierte ihn; er wollte mehr über sie herausfinden.

Wieder blieb er vor Sirken stehen und sah zu ihr auf. »Na schön«, sagte er großzügig. »Du darfst dem Retter des Universums bei der Suche nach Perry Rhodan helfen.«

Während sich die JUMPY mit einem Vielfachen der Lichtgeschwindigkeit vom Solsystem entfernte, lag Gucky auf dem Bett in seinem Quartier, knabberte an einer Mohrrübe und dachte über seine Entscheidung nach, auf Sirken einzugehen. Er vermutete noch immer, dass sie eine Mutantin war, mit psionischen Fähigkeiten, über die er nur spekulieren konnte. Hatte sie ihn vielleicht beeinflusst? Basierte sein Beschluss, sie mitzunehmen und zu dem von ihr benannten Sonnensystem zu fliegen, auf subtiler parapsychischer Manipulation? Guckys stolzes Selbstbewusstsein neigte dazu, die beiden Fragen mit einem klaren Nein zu beantworten, aber andererseits war er klug genug, diese Möglichkeit nicht von vorneherein auszuschließen. Er horchte in sich hinein und fand wie erwartet nichts, das auf irgendeine Art von Beeinflussung hingewiesen hätte. Was natürlich nichts bedeutete. Vielleicht war Sirken so geschickt, dass sie bei ihren manipulativen Intrusionen keine Spuren zurückließ. Aber selbst wenn sie ihn beeinflusst hatte: Was steckte dahinter? Je mehr er über Sirken nachdachte, desto mehr faszinierte sie ihn.

»Selbst das könnte ein Trick sein«, murmelte er. »Vielleicht ködert sie mich, indem sie sich interessant macht.«

Gucky ließ die Mohrrübe sinken. »Was für ein Unsinn! Jemanden wie mich kann man nicht ködern und schon gar nicht überlisten. Ha!«

Er warf den Rest der Mohrrübe ins Recyclerfach, trat zur Tür, öffnete sie ...

... und blieb stehen, als er seine eigene Stimme hörte.

»Zahllos sind seine Abenteuer, die er zusammen mit Alaska Saedelaere bei der Suche nach den Spiegelgeborenen erlebte. Ohne ihn, den großen Gucky, hätten die beiden Vandemar-Zwillinge vielleicht nicht ihre Zellaktivatoren bekommen. Und so priesen ihn Mila und Nadja, während sie im dreizehnten Jahrhundert NGZ durch die Milchstraße zogen ...«

»Was hat das zu bedeuten?«, fragte Gucky scharf.

Sirken saß an der hufeisenförmigen Konsole in der Pilotenkabine und berührte ein Schaltfeld, woraufhin die aufgezeichnete Stimme verklang. »Du erzählst interessante Geschichten. Erstaunlicherweise stehst du bei ihnen immer im Mittelpunkt. Oder sollte ich vielleicht nicht darüber staunen?«

»*Ich* staune darüber, dass du dir mein Epos überhaupt anhören kannst«, erwiderte Gucky. »Eigentlich sollten die Dateien nur mit meinem Stimmmuster geöffnet werden können.«

»Hiermit, meinst du?«, fragte Sirken und ahmte Guckys Stimme perfekt nach.

Der Mausbiber kniff die Augen zusammen und musterte die Frau, als er in die Pilotenkabine trat. Hinter ihm schloss sich die Tür seines Quartiers. »Interessant«, kommentierte er. »Du erscheinst aus dem Nichts. Du kannst fremde Stimmen perfekt imitieren. Welche Überraschungen hast du sonst noch parat?«

»Wer dem einen wahren RdU helfen will, sollte Kompetenz mitbringen, nicht wahr, wackerer Held?«

Gucky glaubte, in diesen Worten eine Ironie zu hören, die ihm nicht gefiel. Er hielt den Blick auf Sirken gerichtet, als er in einem der beiden anderen freien Sessel Platz nahm, direkt neben der Konsole. Das Summen des Triebwerks wies ihn darauf hin, dass die JUMPY den Flug im Linearraum fortsetzte.

»An *meiner* Kompetenz besteht jedenfalls kein Zweifel«, sagte er. »Wie das Epos beweist. Gestatte mir den Hinweis, dass es keine Übertreibungen enthält.«

»Nicht eine einzige?« Sirken lächelte.

»Nicht einmal eine klitzkleine, liebe Frau Geheimnisvoll«, sagte Gucky. »Und da du schon so viel über mich weißt ... Hältst du es nicht für an der Zeit, mir mehr über dich zu verraten?«

Sirken zuckte mit den Schultern. Sie hatte inzwischen die Kleidung gewechselt, stellte Gucky fest, trug keinen kuttenartigen Umhang mit entelechischen Symbolen mehr, sondern eine locker sitzende Kombination mit vielen Taschen. Das kurze braune Haar wirkte noch immer struppig.

»Da gibt es eigentlich nicht viel zu erzählen«, sagte sie. »Meine Eltern kamen bei einem Gleiterunfall ums Leben, als ich sieben Jahre alt war. Da ich keine Verwandten hatte, verbrachte ich die nächsten Jahre in einem Gemeinschaftsheim. Es gefiel mir ganz gut dort, aber in der Schule fühlte ich mich unterfordert. Mit Beginn der Pubertät wurde ich immer unruhiger, und heute weiß ich, dass ich damals nach dem richtigen Weg für mich suchte. Ich fand ihn nach dem Ende der Monos-Diktatur beim Besuch einer Veranstaltung der neo-entelechischen Mission.«

Gucky beobachtete die Frau, während sie von ihrer Vergangenheit erzählte. Er hörte ihr aufmerksam zu, lauschte nach den Zwischen- und Untertönen in den Worten, nach dem Klang der Wahrheit. Sirken sprach ruhig, wie über Dinge, die sie eigentlich kaum mehr betrafen; ihre Stimme bekam erst mehr Leben, als sie von ihrer Zeit in der Missionsstation erzählte.

»Ich gehörte zu den ersten Schülern der Entelechie-Gelehrten«, sagte sie. »Ich lernte schnell, und es dauerte nicht lange, bis ich den Adeptenstatus bekam.« Ihre Lippen formten ein flüchtiges, schiefes Lächeln. »Die Loower nannten mich ›Anderthalbdenkerin‹. Ich nehme an, das war ein Kompliment.«

»Wieso?«

»Sie selbst nannten sich Zweidenker, eine Anspielung auf das zurückgewonnene Tiefenbewusstsein, das zweite Selbst. Ich vermute, ›Anderthalbdenkerin‹ bedeutet, dass ich ihrem neoentelechischen Denken sehr nahe gekommen bin.«

»Wie lange bist du in der Missionsstation gewesen?«, fragte Gucky.

»Mehr als dreißig Jahre. Ich habe gelernt, ins Zentrum zu hören und zu sehen, die Botschaften der Selbsterkenntnis und der kausalen Zusammenhänge zu verstehen. Heute weiß ich, dass mich all die Jahre auf dies vorbereitet haben, auf meine Mission.«

Solche Worte hätte Gucky normalerweise von einer Person mit einem gestörten Verhältnis zur Realität erwartet, aber bei Sirken klangen sie weder hochtrabend noch psychotisch. Es hörte sich eher nach der nüchternen Feststellung einer Tatsache an.

Gucky nahm zur Kenntnis, dass Sirken nicht ein einziges Mal besondere Fähigkeiten erwähnte. Ihr plötzliches Erscheinen, die perfekte Nachahmung seiner Stimme ... Maß sie diesen Dingen keine Bedeutung bei? Oder hatte sie ihm nur einen Teil der Wahrheit erzählt? Ohne eine telepathische Sondierung konnte er nicht sicher sein, ob auch nur etwas von dem gerade Gehörten der Wahrheit entsprach. Er musste sich auf seinen Instinkt verlassen, und der riet ihm: *Pass auf, Gucky. Sie ist mehr, als sie zugibt.*

»Wie willst du den Loowerkrieg beenden?«, fragte er. »Und welchen Zusammenhang gibt es dabei mit Perry Rhodan?« *Und wozu brauchst du mich, wenn du selbst eine Mutantin bist?*, dachte er, hielt diese Frage aber hinter seiner mentalen Abschirmung versteckt.

Sirken wandte sich den Kontrollen der Konsole zu. »Darf ich?«

»Beim Epos hast du mich nicht um Erlaubnis gefragt.«

Sirkens Finger tanzten so über die Schaltflächen, als wäre sie seit vielen Jahren mit ihnen vertraut. Ein Hologramm entstand zwischen ihr und Gucky, darin Dutzende von langsam umherschwebenden Symbolen, viele von ihnen seltsam verschnörkelt.

»Ich kann dir nicht mit wenigen Worten erklären, was ich in über dreißig Jahren über die Neo-Entelechie gelernt habe«, sagte Sirken. »Dies sind die Symbole der Selbsteinsicht, inneren Erkenntnis und Kausalität, gewissermaßen Bindeglieder zwischen uns und der Realität. Den entelechischen Meistern gelingt es, sie alle miteinander zu verbinden, zu einem geometrischen Körper, der das Individuum perfekt mit dem Kollektiv und der alles umschließenden Wirklichkeit vereint. Was die Weltformel für die Physik ist, das stellt die neo-entelechische Bedeutungsfigur für das Individuum und seine Interaktionen mit der Realität dar. Ich bin weit davon entfernt, alle diese Symbole zusammensetzen zu können, aber ich habe während der Meditationen genug Verbindungen zwischen ihnen geschaffen, um meine Mission zu erkennen. Ich *weiß*, wohin der Weg meines Lebens führt. Ich habe von unserer Begegnung gewusst, und mir war klar, dass wir mit diesem Schiff aufbrechen würden. Erst, wenn wir die entsprechende Stelle meines Weges erreichen, kann ich dir erklären, auf welche Weise sich der Loowerkrieg beenden lässt. Derzeit weiß ich nur, *dass* es möglich ist.«

»Und Perry Rhodan?«, fragte Gucky.

Sirken deutete auf die Symbole. »Er ist dort drin, verbunden mit der Lösung des Konflikts.«

»Findest du das alles nicht ziemlich vage?«

Die Frau blickte ins Hologramm und betrachtete die umherschwebenden Zeichen. »Für dich mag es vage klingen, aber für mich ist alles klar und schlüssig. Ich werde erfahren, was es zu tun gilt, wenn ich die Stelle des Weges erreiche, die eine Entscheidung erfordert.«

»Aber dies ist nur eine einfache Projektion, nicht das Zentrum, aus dem du deine Erkenntnisse beziehst«, sagte Gucky, der glaubte, einen Fehler in Sirkens Argumentation entdeckt zu haben.

Sirken betätigte die Kontrollen erneut, und das Hologramm verschwand. »Ich wollte dir nur eine ungefähre Vorstellung dessen vermitteln, was die Entelechie im Allgemeinen und für mich im Besonderen bedeutet. Ich kenne meinen Weg.«

»Aber wenn du ihn wirklich so genau kennst ... Bleibt da nicht die persönliche Freiheit auf der Strecke? Wenn du glaubst, dass alles vorherbestimmt ist, hast du doch gar keine *Wahl* mehr.«

»Da irrt der Retter des Universums«, erwiderte Sirken mit der verhaltenen Ironie, die manchmal in ihren Worten erklang. »Ich kann mich so oder so entscheiden. Niemand zwingt mich, dem Weg zu folgen, den mir die Einsicht der Entelechie zeigt. Aber wenn ich mich *anders* entscheide, zeigen mir die kausalen Komponenten in den Realitätsverbindungen einen neuen Weg. Du siehst also, Gucky: Ich bin nicht weniger frei als andere Personen, sondern freier.«

Indikatoren blinkten auf der Konsole, und das Brummen des Triebwerks veränderte sich. Gucky blickte auf die Navigationsanzeigen. »Wir sind gleich da. Das Wondart-System, etwas mehr als tausend Lichtjahre von der Erde entfernt. Warum hast du ausgerechnet dieses Ziel genannt?«

»Weil ...«

Das Schrillen des Alarms unterbrach Sirken. Die JUMPY kehrte in den Normalraum zurück, in ein brennendes All. Nur einige Millionen Kilometer entfernt feuerten zwei Loowerflotten aufeinander.

: 26

Karn-Terg

| Alkyra II, 306 N.d.E. – 305 NGZ |

»› Zwei mobile Thermoaggregate begleiteten Karn-Terg auf dem Weg durch die Siedlung, die einst mehreren tausend Loowern ein Zuhause geboten hatte. Über den Äquatorbereichen von Alkyra II wies die Trümmersphäre noch immer große Lücken auf, aber es gab keine Spiegel mehr, die das Licht der Sonne sammelten und lenkten. Wo es die Oberfläche des Planeten erreichte, wurde das Eis der gefrorenen Atmosphäre wieder zu Gas, um sich dann in der kalten Dunkelheit erneut in Schnee zu verwandeln. Auf diese Weise entstanden sonderbare Muster in den Eismassen, die den Eindruck erweckten, als hätten sich Lebewesen hindurchgegraben. Manchmal führten die Schmelzschneisen bis zu einem Gebäude, wodurch sich Karn-Terg leichter Zugang verschaffen konnte, aber in den meisten Fällen musste er die Thermoaggregate einsetzen, um ins Innere der Häuser zu gelangen.

Er hatte vor sechzig Jahren damit begonnen, längere Ausflüge auf dem Planeten zu unternehmen und sich für einige Tage der Illusion von Freiheit hinzugeben, sich so zu fühlen wie der junge Karn-Terg, der einst in fernen Galaxien fremde Welten erforscht hatte. Wenn er den Hort verließ, so übertrug er Stellvertreterpflichten auf verantwortungsbewusste Neuner und manchmal auch Achter, die dadurch lernten, was es bedeutete, eigene Entscheidungen zu treffen und sich um andere zu kümmern. Garasch überwachte natürlich alles – nur eine seiner Komponenten begleitete Karn-Terg. Wie damals, als er nach Hisk gesucht hatte, saß er in dem Helksegment, bediente seine Kontrollen und steuerte es über die Siedlung hinweg zu einem weiteren Gebäude, das die beiden Thermoaggregate gerade von seiner weißen Last befreiten.

»Ich habe die Konstruktionspläne in einer Datenbank der Trümmersphäre gefunden«, tönte Garaschs Stimme aus dem Kom-Gerät des Schutzanzugs. »Das Gebäude vor dir ist ein Gemeinschaftszentrum.« Ein Hologramm mit einer schematischen Darstellung erschien vor den Augen des Kinderwarts.

Karn-Terg hielt die Helkkomponente vor dem freigelegten Zugang an, stieg aus und trat zur Tür. Nach einigen vergeblichen Versuchen gelang es ihm, sie zu öffnen. Natürlich enthielt das Gebäude ebenso wenig Luft wie die anderen Häuser – sie war entwichen, als sich draußen die Atmosphäre niederschlug und der Druck dadurch immer geringer wurde.

Das Licht der Anzuglampen strich über Boden und Wände, als Karn-Terg mit seiner Wanderung durch das große Gemeinschaftszentrum begann.

»Welchem Zweck diente diese Siedlung?«, fragte er und ging eine Rampe hinab, auf der Suche nach autonomen Aggregaten, mit denen sich vielleicht die Energieversorgung wiederherstellen ließ.

»Angeblich der Ressourcensuche.«

»Angeblich?«

»Es gibt keine nennenswerten Rohstoffvorkommen in der Nähe«, sagte Garasch; Karn-Terg blieb mit ihm über eine Kom-Brücke in Verbindung.

Im Kellergeschoss fand Karn-Terg, was er suchte: einen Installationsraum mit Akkumulatorzellen, die nach all den Jahren noch ein wenig Energie enthielten. Er aktivierte das autarke energetische System, und Leuchtelemente begannen zu glühen.

»Aber warum ließen sich dann Hunderte von Loowern hier nieder?«

»Vielleicht finden wir das heraus, wenn wir Zugang zu den hiesigen Datenspeichern erhalten«, sagte Garasch.

Karn-Terg kehrte über die Rampe nach oben zurück, schritt durch voll eingerichtete Zimmer und dachte an die vielen Loower, die hier einst gelebt hatten. Inzwischen befanden sich fast fünftausend Kinder im Hort, aber er war und blieb der einzige Erwachsene. Hier hatte es eine große Gemeinschaft aus Männern und Frauen gegeben; hier war niemand einsam gewesen. Er blickte in die Räume mit den Ruhegestellen, in denen Dutzende von Loowern geschlafen hatten, dicht aneinander geschmiegt. Er wanderte durch die Diskussions- und Medienzimmer, stellte sich die vielen Gespräche vor, die an diesem Ort stattgefunden hatten, hörte die imaginären Echos von Stimmen, die nicht von Kindern stammten.

»Das ist seltsam«, sagte Garasch plötzlich.

»Was ist seltsam?«, fragte Karn-Terg und ging durch einen Korridor in Richtung Administration.

»Die Datenbank in der Trümmersphäre, der ich vorhin die Konstruktionspläne dieser Siedlung entnommen habe, wurde gerade mit einem neuen Kode versehen. Ich kann nicht mehr auf die in ihr gespeicherten Informationen zugreifen.« Eine kurze Pause. »Mein früherer Datenzugriff wird zurückverfolgt. Jemand will wissen, wer die Informationen abgerufen hat.«

Argwohn erwachte in Karn-Terg. »Vielleicht solltest du deine Spuren besser verwischen.«

»Zu spät.«

Karn-Terg betrat den Raum der Administration und bemerkte, dass das Glühen der Leuchtelemente schwächer wurde. Erschöpfte sich bereits die Restladung der Akkumulatorzellen?

In der einen Ecke des Raums bemerkte Karn-Terg einen Elaboratorkern, dessen Indikatoren einen aktiven Status anzeigten. Rasch näherte er sich ihm, löste eine Datensonde von seinem

Gürtel und drückte sie an den dafür vorgesehenen Kontaktpunkt. »Ich fürchte, die Energieversorgung bricht gleich zusammen. Wir sollten versuchen, möglichst viele Daten des hiesigen Elaboratorsystems zu kopieren.«

»Ich habe Netzwerkkontakt«, sagte Garasch. »Beginne mit Datenduplikation.«

Wenige Sekunden später flackerte das Licht der Leuchtelemente mehrmals und erlosch dann, ebenso wie die Statusindikatoren des Elaborators. Karn-Terg löste die Datensonde vom Kontaktpunkt.

»Wie viele Daten hast du kopiert?«, fragte er.

»Nur einige Terabyte«, antwortete Garasch. »Ich ...« Ein seltsames Knistern kam aus dem Lautsprecher des Kom-Geräts, gefolgt von einer anderen Stimme. »Verlass unverzüglich das Gebäude und warte vor dem Eingang. Es ist dir strengstens verboten, irgendwelche Geräte oder Apparaturen der Siedlung in Betrieb zu nehmen.«

»Ich verstehe nicht ...«

»Dies ist eine Prioritätsmitteilung der Ordinanz. Verstöße gegen unsere Anweisungen werden hart bestraft.«

Stille folgte diesen Worten.

»Garasch?«

»Ich höre.«

»Abgeschirmte Verbindung.«

Karn-Terg wartete ungeduldig.

»Verbindung ist abgeschirmt und kodiert.«

»Wer oder was ist die Ordinanz, Garasch?«

»Die Ordinanz ist eine exekutive Organisation, die in der Trümmersphäre über die Einhaltung der vom Quellmeister Be-Techen und seinen Neun Hohen Vordenkern bestimmten Regeln und Vorschriften wacht«, antwortete der Helk.

Karn-Tergs Argwohn nahm zu. »Transferiere die kopierten Daten in den Hort, Garasch. Lege sie an einem sicheren Ort ab und tarne sie so gut wie möglich.«

»Transfer ist erfolgt. Ein Raumschiff von der Trümmersphäre nähert sich. Ein externer Einfluss versucht, meine Verbindung mit dem Hort zu unterbrechen. Ich ...«

Das Knistern wiederholte sich. »Gespräche mit deinem Helk sind dir untersagt. Von jetzt an findet keine externe Kommunikation mehr statt. Gehorche den Anweisungen.«

Karn-Terg drehte sich um und kehrte in die Richtung zurück, aus der er gekommen war. Er ersparte es sich, noch einmal über die Rampe nach unten zu gehen und die autarken Systeme zu deaktivieren – die Akkumulatorzellen enthielten ohnehin keine Energie mehr.

Draußen schwebte die Helkkomponente nach wie vor auf ihrem Antigravkissen, flankiert von den beiden Thermoaggregaten.

»Garasch?«

Keine Antwort.

Karn-Terg blickte nach oben und sah ein Licht, das vom stählernen Himmel fiel und kurze Zeit später zu einem Raumschiff wurde. An seiner Außenhülle zeigten sich Symbole, die ihm nichts bedeuteten. Es setzte so nahe zur Landung an, dass Garaschs Sicherheitsautomatik die Helkkomponente veranlasste, zur Seite zu weichen.

Eine Luke klappte auf, und zwei Loower in grauen Schutzanzügen traten nach draußen. Beide richteten Waffen auf Karn-Terg.

»Einsteigen!«

»Was wollt ihr von mir? Ich ...«

»Du sollst einsteigen!«, wiederholte einer der beiden Loower und veränderte die Justierung seiner Waffe. »Wir können dich auch bewusstlos mitnehmen, wenn du möchtest.«

Karn-Terg begriff, dass ihm nichts anderes übrig blieb, als sich zu fügen. Er ging an Bord des kleinen Raumschiffs, und die beiden Loower folgten ihm. Als sie die Luftschleuse hinter sich gebracht hatten, wurde er aufgefordert, den Schutzanzug abzulegen. Einer der beiden Ordinanz-Gesandten wandte sich den Kontrollen zu; der andere legte Karn-Terg Energiefesseln an und deutete auf ein nahes Ruhegestell.

»Ich verstehe dies nicht«, sagte der Kinderwart hilflos. Er spürte, wie das Schiff abhob. »Wohin bringt ihr mich?«

»Jemand möchte dir einige Fragen stellen«, erwiderte der Loower an den Kontrollen, und mehr erfuhr Karn-Terg während des Flugs zur Trümmersphäre nicht.

Mit seinem Zeitgefühl schien irgendetwas nicht in Ordnung zu sein. Karn-Terg konnte sich nicht daran erinnern, wie lange er schon in diesem Zimmer hockte, umgeben von grauen Wänden ohne ein Fenster, allein mit seinen Gedanken. Er fühlte sich seltsam, wie teilweise getrennt von sich selbst. Irgendetwas beeinflusste ihn. Ein Wirkstoff in der Luft, die er atmete? Eine biosensible Strahlung, auf seinen Metabolismus abgestimmt? *Was ... geschieht ... hier?,* dachte er, und der getrennte Teil hörte diese gedachten Worte wie das dumpfe Echo in einer Höhle.

Karn-Terg schloss die Augen, und als er sie wieder öffnete, gab es einen Tisch in der Mitte des Zimmers, und dahinter saß ein älterer Loower.

»Ich muss ... zum Hort zurück.«

»Steh auf.«

»Die Kinder ... brauchen mich.«

Der Mann am Tisch berührte einen Gegenstand, und heißer Schmerz durchzuckte Karn-Terg.

»Steh auf.«

Karn-Terg stand auf.

»Wer bist du?«, fragte der Loower ruhig. Er sprach fast monoton, wie gleichgültig.

»Karn-Terg.«

»Was bist du?«

»Ich bin Kinderwart.«

Der Greiflappen des Loowers berührte den Gegenstand – einen kleinen Zylinder, der vor ihm auf dem Tisch lag –, und wieder raste Schmerz durch Karn-Tergs Leib.

»Du bist ein verurteilter Verbrecher. Was bist du?«

»Ich bin ein verurteilter Verbrecher.«

»Gut. Du lernst schnell. Was hast du in der alten Siedlung auf dem Planeten gemacht? Warum hast du deinen Helk veranlasst, Informationen über sie abzurufen?«

»Ich wollte sie mir nur ansehen. Ein wenig Abwechslung vom Leben im Hort ...« Karn-Terg hörte, wie die Worte aus seiner Sprachblase kamen, aber jemand anders schien sie zu formulieren.

Der Loower am Tisch richtete einen durchdringenden Blick auf ihn. Einige Sekunden verstrichen, und dann griff er nach dem Zylinder.

»Nein, bitte nicht ...«, begann Karn-Terg. Schmerz zerriss die nächsten Worte.

»Wer bist du?«

»Karn-Terg.«

»Was bist du?«

»Ich bin ein verurteilter Verbrecher.«

»Was hast du in der alten Siedlung auf dem Planeten gemacht? Warum hast du deinen Helk veranlasst, Informationen über sie abzurufen?«

Verzweiflung stieg in Karn-Terg empor. »Es ist die Wahrheit, ich wollte mir sie nur ansehen. Seit fast zweihundertvierzig Jahren lebe ich auf Alkyra II, und den weitaus größten Teil dieser Zeit habe ich im Hort verbracht. Manchmal halte ich es einfach nicht mehr aus und *brauche* eine Abwechselung!«

Der Loower berührte Schaltflächen neben dem Zylinder, und ein Anzeigefeld wuchs aus dem Tisch.

»Was hast du in der Siedlung gesehen?«

Karn-Terg versuchte, sich an alle Einzelheiten zu erinnern, und während er seinen Weg durch die einzelnen Gebäude und schließlich auch durch das Gemeinschaftszentrum beschrieb, entsann sich der getrennte, beobachtende Teil an die kopierten und transferierten Daten. Er begriff: Wenn der Mann am Tisch direkt danach fragte, würde er antworten müssen.

»Was hat dies alles zu bedeuten?«, brachte er hervor, als der namenlose Loower am Tisch schwieg und wieder auf das Anzeigefeld sah. »Warum hat man mich zur Trümmersphäre gebracht? Warum werde ich verhört? Ich muss zurück. Die Kinder brauchen mich.«

»Trümmersphäre?«

Der Loower berührte den Zylinder, und wieder brannte Schmerz in Karn-Terg, heißer und heftiger als zuvor. »Du befindest dich in Schanha-Scha. Wo befindest du dich?«

»In ... Schanha-Scha.«

»Nenn mir jetzt den wahren Grund, der dich zu jener Siedlung geführt hat.«

»Ich ...« Karn-Tergs Verzweiflung wurde so groß, dass er zu zittern begann. »Bitte, ich habe die Wahrheit gesagt. Ich ...«

Entsetzt sah er, wie der Loower erneut nach dem Zylinder tastete.

Ein akustisches Signal erklang, fast wie das *Ping*, das vor vielen Jahren eine Meldung der Observation angekündigt hatte. Der Mann am Tisch zögerte, beugte sich ein wenig vor und blickte aufs Anzeigefeld. Wenige Minuten später stand er ohne ein weiteres Wort auf und verließ den Raum.

Karn-Terg versuchte, die Augenstiele zu drehen, aber etwas hinderte ihn daran. Er sah nur die fensterlosen grauen Wände und den Tisch mit dem immer noch aktiven Display und dem schrecklichen Zylinder.

Jemand anders trat in sein Blickfeld, ein kleiner, fast zierlich wirkender Loower, nicht so alt wie der Mann, der den Raum verlassen hatte.

»Zum Glück habe ich gerade noch rechtzeitig erfahren, dass man dich hierher gebracht hat«, sagte der Neunankömmling.

»Kilan ...«, ächzte Karn-Terg.

Kilan-Gerp betätigte die Schaltflächen neben dem Zylinder, und Karn-Terg *fiel in sich selbst zurück.* So fühlte es sich an. Die seltsame Trennung zwischen seinen beiden Selbsthälften verschwand, und er gewann auch die Kontrolle über seinen Körper zurück, konnte sich plötzlich wieder bewegen.

»Ich fürchte, für die Ordinanz bist du ein wenig zu neugierig gewesen. Als ich davon hörte, habe ich ... meinen Einfluss geltend gemacht.«

Karn-Terg hatte Kilan seit vielen Jahren nicht mehr gesehen, aber er schien sich kaum verändert zu haben. Nach dem Streit der beiden Brüder waren sie nur noch einzeln zu Besuch gekommen, und in sehr unregelmäßigen Abständen.

Kilan trat hinter dem Tisch hervor. »Manchmal neigt die Ordinanz zu recht drastischen Maßnahmen, wenn sie gewissen Dingen auf den Grund gehen will. Ich hoffe, du hast nicht zu sehr gelitten.«

Karn-Terg richtete sich auf. »Es geht mir schon wieder besser.«

Kilan entfaltete eine Flughaut und berührte den Kinderwart am Tentakel. »Ich bin befugt, dich auf den Planeten zurückzubringen. Komm.«

Draußen im Korridor standen mehrere Loower, unter ihnen auch der ältere Mann, der Karn-Terg mit dem Schmerzstimulator verhört hatte. Ihre Kleidung bestand aus grauen Haftplatten, die ihre Doppelkörper fast ganz bedeckten. Sie hoben die Tentakel zu Gesten des Respekts, als Kilan an ihnen vorbeiging, mit Ausnahme des älteren Loowers.

»Was ist eigentlich los?«, fragte Karn-Terg, noch immer ein wenig benommen. »Warum bin ich hierher gebracht worden?«

»Nicht jetzt und nicht hier«, erwiderte Kilan-Gerp knapp.

Sie schritten durch Gänge und Korridore, deren Wände aus dem Panzerstahl von Raumschiffen bestanden. Immer wieder begegneten sie Loowern mit grauen Haftplatten, und viele von ihnen wiederholten die Gesten des Respekts.

»Offenbar hast du es noch weiter gebracht, als ich bisher angenommen habe«, sagte Karn-Terg anerkennend.

Kilan blieb vor einem großen Schott stehen und blickte in einen biometrischen Identifikator. Mit einem dumpfen Summen glitten die neun Segmente des Schotts auseinander. Dahinter erstreckte sich ein riesenhafter, mehrere Kilometer durchmessender Raum, durchzogen von Stegen, Röhren und Brücken. In diesem Durcheinander aus metallenen Verbindungen sah Karn-Terg ineinander verschachtelte Gebäudekomplexe, bunt wie von Prismen zerlegtes Licht, hier kantig und streng, dort geschwungen und verspielt. Überall glänzten Lampen und schufen hier oben über dem dunklen Planeten einen immerwährenden Tag. Gefilterter Sonnenschein fiel durch lange, hohe Fenster in der rechten Wand des gewaltigen Raums.

»Erinnert dich dies an etwas?«, fragte Kilan, und seine Stimme gewann dabei einen sonderbaren Klang.

Karn-Terg sah genauer hin und erkannte Ordnung und Struktur in dem vermeintlichen Chaos.

»Es wirkt vertraut, nicht wahr?« Kilan trat auf eine Antigravscheibe, und Karn-Terg folgte ihm. »Wenn jemand imstande gewesen wäre, dem Gravitationsgespinst im Innern eines Schwarms feste Substanz zu geben – es hätte vielleicht so ausgesehen. Die Gebäude sind wie Sonnen und Planeten, die Stege und Brücken zwischen ihnen Schwerkraftverbindungen, die alles zusammenhalten. Offenbar hat doch etwas von dir auf Hisk abgefärbt.«

Karn-Terg versuchte zu verstehen. »*Er* hat dies alles geschaffen?« Er konnte sich nicht daran erinnern, dass Hisk bei seinen Besuchen davon erzählt hatte.

Kilan steuerte die Antigravscheibe nach unten, vorbei an halbtransparenten Röhren, in denen Transportkapseln unterwegs waren. Hunderte von anderen Flugscheiben trugen Passagiere durch den riesenhaften Raum, und einige Loower, die ihnen nahe genug kamen, um Kilan zu erkennen, winkten ihm zu. Er achtete darauf, jeden Gruß zu erwidern.

»Ja«, sagte er. »Vielleicht will er die ganze Trümmersphäre in die Nachbildung eines Schwarms verwandeln. Als ob sie dadurch besser würde.«

Sie erreichten den Boden, und Kilan steuerte die Antigravscheibe in eine runde Öffnung und durch einen Tunnel, der in einen weiteren Raum führte. Er war ebenfalls sehr groß, wenn auch nicht ganz so gewaltig wie der, den sie gerade verlassen hatten. In ihm schwebte ein Kegelschiff, dessen Länge Karn-Terg auf etwa fünfhundert Meter schätzte.

»Das letzte Schiff der Einkehr«, sagte Kilan. »Es erreichte Alkyra II vor etwa hundert Jahren, nach einer Reise über fast fünf Milliarden Lichtjahre.«

»Es sieht intakt aus.« Karn-Terg spürte, wie sich alte Wehmut in ihm regte.

»Es *ist* intakt. Hisk und die anderen Konstrukteure hätten es gern der Trümmersphäre hinzugefügt, wie all die anderen, aber meine Freunde und ich konnten das verhindern. Dieses letzte Schiff, Großer, ist ein Denkmal. Es wird uns für immer an die Vergangenheit erinnern.«

Größere Flugscheiben schwebten am Rumpf des Kegelschiffes entlang, auf ihnen jeweils Dutzende von Loowern. Manchmal verharrten die Scheiben an interaktiven Hologrammen, die Auskunft über das Schiff gaben.

Kilan änderte den Kurs und lenkte die Antigravscheibe durch eine Öffnung in der linken Wand des Museumssaals. Kurze Zeit später erreichten sie einen kleinen Hangar mit mehreren Transportern. »Ende der Tour durch die Trümmersphäre«, sagte der kleine Loower ohne Humor in der Stimme. »Ich konnte dafür sorgen, dass die Ordinanz dich freigibt, aber ich bin angewiesen, dich unverzüglich zum Hort zurückzubringen.«

Sie traten durch die offene Luke eines Transporters, und Kilan fügte hinzu: »Von jetzt an darfst du ihn nie wieder verlassen, Großer. Es tut mir Leid.«

Karn-Terg blickte durchs Fenster des Empfangsraums zum Transporter, der draußen auf der Landeplattform stand. »Kannst du nicht noch ein wenig bleiben?«

»Nein«, sagte Kilan und trat zur Schleuse. »Ich muss sofort wieder zurück. Zu viele Dinge erfordern meine Aufmerksamkeit. Wir befinden uns in einer kritischen Phase.«

»Wir?«

»Meine Freunde und ich.«

»Offenbar hast du großen Einfluss gewonnen.«

»Er ist noch nicht groß genug.«

Karn-Terg wandte sich vom Fenster ab. »Was hat dies alles zu bedeuten, Kilan?«

»Bei der Ordinanz befürchtete man, du hättest in der Äquatorialsiedlung Nachforschungen in Hinsicht auf ein ... Projekt angestellt. Ich konnte bestimmte Personen davon überzeugen, dass das nicht der Fall ist.«

»Ein Projekt?«

Kilan seufzte so leise, dass Karn-Terg es fast überhört hätte. »In der Trümmersphäre findet eine Auseinandersetzung statt, Großer. Noch weitgehend hinter den Kulissen. Es geht dabei um unsere Zukunft. Und ein gewisses Projekt spielt in diesem Zusammenhang eine nicht unerhebliche Rolle.« Nach einer kurzen Pause fügte er hinzu: »Es könnte für die Neo-Entelechie sehr wichtig werden. Ich habe vor zehn Jahren davon erfahren, durch einen ... Freund, und ich fürchte, dass auch mein Bruder von seiner Existenz erfahren könnte.«

»Du und Hisk ...«

»Du weißt, dass wir unsere Wege gewählt haben, und für keinen von uns gibt es ein Zurück.« Kilan betätigte die Kontrollen der Schleuse, und das Innenschott öffnete sich. »Ich muss jetzt los, Großer.«

»Kilan ...«

»Ich komme dich besuchen, sobald ich Gelegenheit dazu finde. Das verspreche ich.«

Und damit ging er.

Karn-Terg trat wieder zum Fenster und beobachtete den Start des Transporters. *Du hast auch versprochen, dass es nie zu einem Zwist zwischen dir und deinem Bruder kommt,* dachte er traurig.

»Das Tropfenschiff ist gegen den Willen der Monaden geborgen worden«, sagte Garasch.

Sie befanden sich tief im Innern der Recyclinganlagen des Horts, in einem Labyrinth aus brummenden Aggregatblöcken und summenden Leitungsbündeln. Hier wurden die Abfälle des Horts verarbeitet und aufbereitet, in wiederverwendbare Materialien verwandelt. Die Effizienz lag bei sechzig Prozent, und Karn-Terg erinnerte sich kummervoll an Hisks Versprechen, sie auf mindestens achtzig Prozent zu erhören. Seitdem waren Jahre vergangen.

Die Feldprojektoren des Helks schufen einen energetischen Schild, der nicht von Kommunikations- oder Sondierungssignalen durchdrungen werden konnte.

»Bist du sicher?«, erwiderte Karn-Terg. Der unfreiwillige Ausflug zur Trümmersphäre lag einige Tage zurück, und Garasch hatte die Zeit genutzt, um die transferierten Daten auszuwerten.

»Ja, was diesen Punkt betrifft«, erwiderte der Helk. »Leider konnte ich nicht alle Daten übertragen, nur einige Terabyte, und der größte Teil der Informationen betrifft die Laboratorien unter der Siedlung, die du dir angesehen hast.«

Ein Hologramm erschien vor Karn-Terg und zeigte ihm etwas, das fast wie eine subplanetare Stadt aussah. Dutzende jeweils mehrere hundert Meter lange Laboratorien erstreckten sich unter den Gebäuden der Siedlung.

»Es kam zu einer neuen Auseinandersetzung mit den Monaden«, fuhr Garasch fort. »Aber sie dauerte nur wenige Wochen, und bei ihrem Ende spielte ein externer Faktor eine wichtige Rolle.«

»Ein externer Faktor?«, fragte Karn-Terg verwundert. »Meinst du Loower aus der Trümmersphäre?«

»Nein. Ich meine einen Faktor, der nichts mit den Monaden und Loowern zu tun hat. Durch ihn entstand die neue Duade.«

Karn-Terg versuchte, die ihm bekannten Dinge miteinander in Verbindung zu setzen, aber die Lücken zwischen ihnen blieben zu groß.

»Na schön«, brummte er leise und konzentrierte sich auf etwas anderes. »Wozu dienten die Laboratorien unter der Siedlung?«

»Zur Erforschung der hyperenergetischen Matrix der Loower.«

»Aber ...« Karn-Terg überlegte. »Das Tropfenschiff befand sich *hier*. Ich meine, hier im Norden, in der Kruste des Planeten, unter der alten Neunturmanlage. Die Siedlung ist Tausende von Kilometern entfernt. Warum sollte man dort ein Forschungszentrum einrichten?«

»Die Laboratorien befinden sich in der Nähe des externen Faktors«, sagte Garasch.

Karn-Terg fiel etwas ein. »Enthalten die transferierten Daten einen Hinweis darauf, ob der externe Faktor organischer oder anorganischer Natur ist?«

»Ja. Offenbar handelt es sich um eine Lebensform.«

Karn-Terg erinnerte sich an eins der Bilder, die er damals im Archiv der Monaden gesehen hatte: ein Schrein, oder ein Mausoleum, ein transparenter Block mit einer Gestalt in seinem Innern, einem reglosen humanoiden Geschöpf mit langem Haar. War es der »externe Faktor«?

»Und dies alles ist streng geheim«, sagte Karn-Terg nachdenklich.

»Ja. Ebenso streng geheim wie die ›präventive Destruktion‹.«

»Was hat es damit auf sich?«

»Die Zerstörung des Archivs und des Omniskops der Monaden«, antwortete Garasch. »Sie erfolgte, um den Monaden ihre Vergangenheit zu nehmen.«

Karn-Terg versuchte, diese Information zu verarbeiten. »Beides war enorm wertvoll. Das Archiv der Monaden enthielt einzigartige Informationen, die ein anderes Universum betrafen, und mit dem Omniskop konnte man jeden Ort in *diesem* Universum beobachten. Wenn etwas so Wichtiges und Wertvolles zerstört wurde, nur um den Monaden ihre Vergangenheit zu nehmen ... muss es dabei um etwas gehen, das noch wichtiger ist. Zumindest aus dem Blickwinkel der Personen gesehen, die dafür verantwortlich sind.«

»Korrekt.«

»Die Kosmokraten haben uns die Vergangenheit genommen«, sagte Karn-Terg langsam. »Und jemand von uns nahm den Monaden ihre. Vielleicht aus dem gleichen Grund? Um sie hilflos zu machen?«

»Das ist denkbar.«

»In den Laboratorien unter der Äquatorialsiedlung befasste man sich mit der hyperenergetischen Matrix der Monaden«, murmelte Karn-Terg. »Die Ordinanz holte mich ab, weil sie glaubte, ich stellte Nachforschungen in Hinsicht auf jenes Projekt an. Ich wurde zur Trümmersphäre gebracht und dort einem ziemlich unangenehmen Verhör unterzogen. Dann kam Kilan, der inzwischen offenbar recht großen Einfluss gewonnen hat. Er beendete das Verhör – was dem Loower, der mich befragte, nicht sonderlich gefiel –, erwähnte einen Konflikt hinter den Kulissen und ein Projekt, das für die Zukunft der Loower eine wichtige Rolle spielen könnte. Gibt es eine Verbindung, Garasch? Hat Kilan irgendetwas mit den Laboratorien unter der

Siedlung am Äquator und gar mit der Zerstörung des Archivs zu tun?«

»Du hast erwähnt, dass Kilan-Gerp davon sprach, er habe vor zehn Jahren von dem ›Projekt‹ erfahren«, erwiderte der Helk. »Zu jenem Zeitpunkt war das Archiv längst zerstört und der Forschungskomplex verlassen.«

»Also hat jemand anders das Projekt initiiert«, schloss Karn-Terg. »Jemand, der über erhebliche Ressourcen verfügt und die Möglichkeit hat, bestimmte Dinge streng geheim zu halten.«

»Korrekt.«

»Karn-Terg meinte, von einem ›Freund‹ davon erfahren zu haben.«

»Kilan-Gerps neo-entelechische Bewegung ist zu einem wichtigen Faktor in der Gesellschaft der Trümmersphäre geworden«, sagte Garasch. »Nach meinen soziologischen Analysen war das nur mit der stillschweigenden Billigung oder indirekten Unterstützung der maßgebenden Stellen möglich.«

Karn-Terg zögerte einige Sekunden. »Der *Quellmeister*? Be-Techen?«

»Das ist eine Möglichkeit, die sich nicht ausschließen lässt. Nach den von Ta-Perendi angeordneten Säuberungsaktionen und Restriktionen hat Be-Techen einen auf Ausgleich und Konfliktfreiheit bedachten politischen Kurs gesteuert. Seine jüngsten Verlautbarungen in der Öffentlichkeit deuten darauf hin, dass er der Neo-Entelechie wohlwollend gegenübersteht. Bei einigen der Neun Hohen Vordenker stößt er damit auf Kritik.«

Der Kinderwart blickte auf die Anzeigen der Recyclinganlagen, ohne sie zu sehen. »Ich nehme an, das ist die Auseinandersetzung, die Kilan meinte. Die beiden Brüder sind direkt davon betroffen ...«

»Noch ein Punkt: Ich habe festgestellt, dass seit einigen Tagen der Datenverkehr zwischen Hort und Trümmersphäre überwacht wird«, sagte Garasch. »Darum habe ich vorgeschlagen, unser Gespräch hinter diesem Schirm stattfinden zu lassen.«

»Die Ordinanz?«, fragte Karn-Terg.

»Nein.«

»Wer dann?«

»Ich weiß es nicht.«

»Finde mehr heraus, Garasch. Sowohl über den unbekannten Lauscher als auch über das Projekt und die Vorgänge in der Trümmersphäre. Ich muss mehr wissen, wenn ich versuchen will, Kilan und Hisk vor sich selbst zu schützen.«

: 27

Karn-Terg
| Alkyra II, 308 N.d.E. – 307 NGZ |

»» Dunkel war die Welt, kalt und leer.

Karn-Terg blickte durch die Finsternis, über den Schnee hinweg, der das hin und her tastende Licht ihrer Lampen reflektierte: Die Wartungshelks waren damit beschäftigt, dem Hort ein neues Gebäude mit weiteren Zimmern für die Kinder hinzuzufügen. Zum ersten Mal seit zwei Jahren hatte er den Hort verlassen, und er fragte sich, ob er damit gegen das Verbot verstieß, auch wenn es ihm nur darum ging, die Erweiterungsarbeiten zu beaufsichtigen. Die Ausflüge über den Planeten fehlten ihm; sie hatten ihm ein – wenn auch falsches – Gefühl der Freiheit gegeben.

Garasch schwebte auf seinem Antigravkissen heran und projizierte einen Energieschirm, der ihn und Karn-Terg umgab.

»Ich habe Neuigkeiten.« Die Stimme des Helks kam aus dem Kom-Lautsprecher in Karn-Tergs Helm. »Die Untersuchung der hyperenergetischen Matrix der Monaden in den Laboratorien unter der Äquatorialsiedlung ... dieses Projekt ist mit dem anderen identisch, auf das ich vor langer Zeit gestoßen bin und das mit dem Begriff ›Halo‹ in Zusammenhang steht.«

Karn-Terg erinnerte sich. »Aber jenes erste Projekt ... dabei arbeiteten die Loower der Trümmersphäre mit der neuen Kollektivintelligenz der Monaden zusammen, oder?«

»Ja«, bestätigte Garasch. »Erst kam es zu einem neuen Konflikt mit den Monaden, der durch das Einwirken des externen Faktors endete, und anschließend folgte eine Zusammenarbeit.«

»Das hilft mir nicht viel weiter. Ich brauche genauere Informationen.«

»Meine Ermittlungen dauern an, und ich konzentriere mich dabei auf die Datennetze der neo-entelechischen Institute in der Trümmersphäre. Ich fürchte, der Lauscher ist darauf aufmerksam geworden. Es gelang ihm, den Weg einiger Datenanfragen zu verfolgen. Und dadurch gelang es *mir*, ihn zu identifizieren.«

»Wer ist es?«

»Hisk-Mekang.«

Karn-Terg war so verblüfft, dass es ihm für einige Sekunden die Sprache verschlug und seine Gedanken durcheinander wirbelten. »Hisk ...« Während er noch Garasch anstarrte, bemerkte er hinter dem Helk eine Bewegung. Etwas flog durch die Nacht, näherte sich aus südlicher Richtung der Hort-Station. »Ein kleines Kegelschiff ... und es kommt nicht von der Trümmersphäre.«

Der Helk deaktivierte das Schirmfeld. »Ich sondiere.«

Die Wartungshelks setzten ungerührt ihre Arbeit fort, als Karn-Terg an ihnen vorbeitrat, dem Licht in der Nacht entgegen.

»Der zentrale Elaborator hat den Kurs des Schiffes zurückverfolgt«, sagte Garasch nach einigen Sekunden. »Es kommt aus der Äquatorregion.«

»Die Ordinanz?«, fragte Karn-Terg besorgt und erinnerte sich an das Verhör. »Ist es ein Schiff der Ordinanz?«

»Nein. Es handelt sich um eine zivile Einheit.«

»Wer befindet sich an Bord?«

»Das weiß ich nicht. Aber ich glaube, du wirst es gleich herausfinden.«

Das kleine Schiff wurde langsamer und setzte zur Landung an. Antigravfelder glühten, als es mehrere hundert Meter entfernt auf eine Landeplattform sank und der Luftschleuse einen Andockstutzen entgegenstreckte.

»Der Besucher hat meine ID-Anfrage beantwortet«, sagte Garasch. »Er heißt Hisk-Mekang.«

Im Empfangsraum trat Karn-Terg dem großen Hisk entgegen, der seine unruhige Wanderung unterbrach und auf einen Gruß verzichtete. Stattdessen fragte er: »Was weißt du von Kilans Projekt? Arbeitest du mit ihm zusammen?«

»Wir haben uns lange nicht gesehen, Hisk«, sagte Karn-Terg sanft. »Unsere letzte Begegnung liegt Jahre zurück. Es gibt nur noch wenige Neuner, die dich kennen. Die anderen Kinder sind dir nie begegnet.«

Hisk nahm seine nervöse Wanderung durch das Zimmer wieder auf. »Entschuldige, Großer«, erwiderte er, und es klang ein wenig zerknirscht. »Es ist nur ... der Konflikt in Schanha-Scha verschärft sich immer mehr und wird zu einer direkten Auseinandersetzung zwischen Kilan und mir. Ich habe erfahren, dass du am Äquator gewesen bist, in der Siedlung. Und dann hast du Kilan in der orbitalen Stadt getroffen, obwohl es dir verboten ist, den Planeten zu verlassen ...«

»Inzwischen darf ich nicht einmal mehr den Hort verlassen«, sagte Karn-Terg. »Du weißt nicht alles, Hisk. Ja, ich bin am Äquator gewesen. Und dann hat mich die Ordinanz abgeholt und in der Trümmersphäre verhört. Wer weiß, was aus mir geworden wäre, wenn Kilan nicht eingegriffen hätte. Er machte seinen Einfluss geltend und brachte mich hierher zurück.«

Hisk-Mekang blieb erneut stehen, fuhr die Augenstiele ganz aus und sah den Kinderwart groß an. »Die Ordinanz hat dich abgeholt? Das wusste ich nicht. Eigentlich hätte ich davon erfahren müssen ...«

Die letzten Worte klangen seltsam für Karn-Terg. »Du hättest davon erfahren müssen? Gibt es eine Verbindung zwischen dir und der Ordinanz?«

Hisk ging nicht darauf ein. »Was weißt du von Kilans Projekt?«

»*Kilans* Projekt?«

»Bitte, Großer, lass uns keine Zeit mit irgendwelchen verbalen Spielereien verlieren. Die Lage ist zu ernst, und es steht zu viel auf dem Spiel.«

Karn-Terg holte tief Luft. »Die Lage muss ziemlich ernst sein, wenn du dich dazu hinreißen lässt, mich überwachen zu lassen.«

Hisk starrte ihn einige Sekunden lang wortlos an, drehte sich dann um, ging zum Fenster und sah zur Trümmersphäre hoch. »Es tut mir Leid«, sagte er nach einer Weile. »Und das meine ich ernst. Es tut mir *wirklich* Leid. Aber ich habe keine andere Möglichkeit gesehen.« Mit deutlicher Bitterkeit fügte er hinzu: »Deine Saat geht auf.«

»Meine *Saat*?«

»Kilan. Er ist auf dem besten Wege, unsere neue Gesellschaft zu zerstören. Er glaubt an die Dinge, an die auch du glaubst, an die *falschen* Dinge. Und er steckt immer mehr neue Loower mit diesem Glauben an.«

»Ich vermute, du meinst seine Neo-Entelechie.«

»Unter anderem. Er malt ein Feindbild von den Kosmokraten, obwohl sie uns damals dabei geholfen haben, sesshaft zu werden. Er ist ein Gegner unserer Stabilität.«

»Hisk ...« Karn-Terg fragte sich, wie er die Kluft zwischen den Brüdern überwinden, eine Brücke zwischen ihnen bauen konnte. »Hast du jemals in Erwägung gezogen, dass Kilan vielleicht den richtigen Weg beschreitet?«

Hisk-Mekang schnaufte. »Ich *wusste*, dass du ihm Recht geben würdest!«

»Es geht nicht darum, wem ich Recht gebe«, sagte Karn-Terg und sprach noch immer betont sanft. »Es kommt darauf an, wer Recht *hat*.«

Hisk kehrte ihm noch immer den doppelten Rücken zu und deutete nach oben. »Wer *das* dort zerstören will, kann unmöglich Recht haben, Großer. Eine Stadt, die einen ganzen Planeten umhüllt. Nie zuvor haben Loower etwas so Großartiges geleistet.«

Kummer dehnte sich in Karn-Terg aus und gewann eine andere Qualität. »Ich habe Dinge gesehen, die noch viel großartiger sind, Hisk. Damals, als ich die BAUH-TARAG durchs Universum gesteuert habe. Und unsere Vorfahren halfen beim Bau von *Schwärmen*!«

»Mag sein«, sagte Hisk. »Aber inzwischen hat eine neue Zeit für uns begonnen. Welchen Sinn hat es, in die Vergangenheit zu blicken? Die *Zukunft* erwartet uns, und sie heißt Schanha-Scha!«

Er drehte sich um. »Was weißt du von Kilans Projekt?«

Karn-Terg dachte an die transferierten Daten und fragte sich, ob er Hisk davon erzählen sollte. Aber wenn er ihm jene Informationen anvertraute ... Vielleicht hörte die Ordinanz mit. Vielleicht überwachte sie ihn ebenso wie damals die Observation.

»Die Ordinanz hat ein Projekt erwähnt, das die Laboratorien unter der Äquatorialsiedlung betraf«, sagte er vorsichtig und achtete darauf, nicht zu viel preiszugeben. »Kilan erwähnte ebenfalls eins. Aber er verriet mir nichts darüber.« *Das ist die Wahrheit,* dachte Karn-Terg erleichtert.

Hisk sah ihn lange an. »Würdest du mir Auskunft geben, wenn du Bescheid wüsstest?«

Das war eine sehr schwere Frage, fand Karn-Terg. »Ja«, sagte er schließlich und hoffte, dass auch dies der Wahrheit entsprach. Aber ganz sicher war er nicht.

»Er hat irgendetwas mit den Monaden vor«, sagte Hisk und ging wieder umher. »Und es gibt einen Zusammenhang mit seiner Neo-Entelechie. Seit er an dem Projekt mitwirkt, wächst die von ihm gegründete Bewegung, und es scheint ihm tatsächlich zu gelingen, sich und seinen Anhängern ein neues Tiefenbewusstsein zu geben. Das ist der erste Schritt in Richtung Untergang.«

Karn-Terg sah das anders, aber darauf wies er nicht hin. »Warum sollten die Monaden daran beteiligt sein?«

»Ich weiß es nicht!«, stieß Hisk hervor. »Aber ich muss es herausfinden, um uns alle vor dem Verderben zu bewahren.«

»Erinnerst du dich an die Umarmung, an das Siegel des Friedens?«

Hisk wandte sich dem Kinderwart zu. »Ja, ich erinnere mich daran«, sagte er langsam und leise. »Damals wussten wir nicht, wie unterschiedlich unsere Wege sein und wie weit sie uns auseinander bringen würden.«

»Ihr seid Brüder, sogar Zwillinge!«

»Ich schätze, es hat nie Zwillinge gegeben, die verschiedener waren als wir. Nun, was alte Versprechen betrifft ... das Leben zeigt, dass nicht alle gehalten werden können, aber einige schon. Vor Jahren habe ich dir versprochen, die Effizienz der Recyclinganlagen zu verbessern. Ich mache mich sofort an die Arbeit.«

Zwei Tage später trat Karn-Terg zu den gerade eingetroffenen Kindern, die leise in ihren Kokons wimmerten und aus ihren flachen Augen zu ihm aufsahen, als er sich über sie beugte. »Ganz ruhig, ganz ruhig«, sagte er und streichelte jedes einzelne Kind. »Hier bei mir seid ihr gut aufgehoben.«

Jähes Licht hinter den Fenstern deutete auf den Start des Transporters hin.

Karn-Terg sah sich um. Seltsamerweise fehlte Garasch, obwohl er ihn mit einem Rufsignal in diesen Empfangsbereich des Horts bestellt hatte – der Helk half ihm immer bei der Unterbringung der neuen Kinder.

»Dann muss ich mich eben selbst um euch kümmern«, sagte Karn-Terg freundlich. Begleitet von einer Schar neugieriger Einer und Zweier brachte er die Neuankömmlinge zu ihren Unterkünften und bat einen der Neuner, die manchmal als seine Stellvertreter fungierten, in der Nähe zu bleiben und Aufsicht zu führen. Anschließend versuchte er, eine Verbindung mit Garasch herzustellen, aber der Helk meldete sich nicht.

»Zentraler?«

»Bereitschaft«, ertönte die Stimme des zentralen Elaborators aus dem Kommunikationssystem.

»Wo befindet sich Garasch?«

»In deinem Quartier.«

Das erstaunte Karn-Terg. Er hatte vermutet, dass sich der Helk an einer der blinden Stellen aufhielt, die nicht von Kommunikationssignalen erreicht wurden.

Er machte sich sofort auf den Weg, und als er sein Quartier betrat, traf er dort nicht nur Garasch an, sondern auch Hisk. Die neun Komponenten des Helks lagen demontiert auf dem Boden. Hisk hockte zwischen ihnen, mit Datensonden in den Greiflappen.

»Was hat das zu bedeuten?«, fragte Karn-Terg erstaunt.

Hisk richtete sich auf. »Er hat seine Datenspeicher gelöscht, als ich darauf zugreifen wollte. Ein Sicherheitsprogramm, nehme ich an. Was hast du verbergen wollen, Großer?«

Karn-Terg starrte fassungslos auf das, was von seinem Helk übrig war. Die Speichermodule lagen geöffnet auf dem Boden.

»Warum solltest du deinen Helk mit einem solchen Sicherheitsprogramm ausstatten, wenn du nichts verbergen willst?«, fragte Hisk, und es klang misstrauisch.

Zorn quoll in Karn-Terg empor. »Was fällt dir ein, Hisk! Das ist *mein* Helk! Er gehört *mir*! Du hattest kein Recht, ihn auseinander zu nehmen.« Er bückte sich und hob ein offenes Speichermodul auf. »Solche Speicher dürfen nicht geöffnet werden. Jetzt sind sie irreparabel geschädigt ...«

»Ich habe versucht, die ursprünglichen Informationen aus den Datenschatten zu rekonstruieren, leider ohne Erfolg. Das Löschprogramm hat gründliche Arbeit geleistet.«

»Die Speicher mit den Erfahrungs- und Persönlichkeitswerten ... Du hast sie ebenfalls geöffnet. Garasch ... existiert nicht mehr.«

»Was verbirgst du?«, fragte Hisk.

»Wie kannst du es wagen!«, rief Karn-Terg. »Wie kannst du es wagen, nach allem, was ich für dich getan habe?«

Hisks Stielaugen neigten sich kurz nach unten, kamen dann wieder nach oben. »Ich entschuldige mich noch einmal bei dir, Großer, aber wie ich schon sagte: Es steht zu viel auf dem Spiel. Ich muss jede Möglichkeit nutzen, mehr herauszufinden.«

»Garasch hat mich zweihundertvierzig Jahre lang begleitet. Er ...«

»Er ist – oder war – nur ein Helk. Er lässt sich ersetzen.«

»Er war mir ein ... Freund.«

Hisk trat vor, fasste den Kinderwart kurz an den Schultern und ließ die Tentakel dann wieder sinken. »Es geht um mehr, um viel mehr. Bitte begreif das doch endlich. Ich *muss* herausfinden, was es mit Kilans Projekt auf sich hat, wenn ich ihm Einhalt gebieten will. Welche Daten hatte der Helk gespeichert?«

»Ich ... kann dir nicht helfen«, sagte Karn-Terg und blickte auf den demontierten Garasch, der nie wieder Garasch sein würde. Ohne die Erfahrungs- und Persönlichkeitswerte, die sich im Verlauf von fast zweieinhalb Jahrhunderten angesammelt hatten, war er nur ein Helk wie jeder andere.

»Du *willst* mir nicht helfen!«

»Nein, Hisk, ich ... damals, als ich hierher kam ... Die Observation überwachte mich, und ich wollte meine persönlichen Daten vor ihr schützen. Deshalb das Sicherheitsprogramm. Ich hatte es längst vergessen.« Es war nur ein Teil der Wahrheit, aber derzeit fühlte sich Karn-Terg nicht imstande, mehr zu sagen.

»Na schön.« Hisk trat zum Ausgang. »Ich sollte jetzt besser gehen.« Er öffnete die Tür und zögerte. »Ich habe die Effizienz der Recyclinganlagen auf siebenundachtzig Prozent erhöht. Manche Versprechen sind leicht zu halten, Großer. Bei anderen ist das weitaus schwerer.«

: 28

Perry Rhodan
| 1341 NGZ |

»» Nach einigen Tagen an Bord des Loowerschiffes hörte Perry Rhodan auf, Fragen zu stellen und sich Antworten zu erhoffen. Wenn er sich an die anderen Nichtdenker wandte, verwiesen sie ihn immer wieder an Zlusch – »Er versteht, er versteht!« –, doch der war wenig auskunftswillig. »Warte, bis es so weit ist«, sagte er immer wieder. »Dann wirst du alles erfahren.«

Der Ärger über diese Hinhaltetaktik verlor sich in zunehmender Müdigkeit, gegen die der Zellaktivatorchip nichts ausrichten konnte. Eine seltsame Art von Apathie erfasste Rhodan und machte ihn zum Teil eines größeren Ganzen. Die Zeit verging. Tage folgten aufeinander, wurden zu Wochen, und Rhodan nahm am seltsamen Leben der Nichtdenker teil. Er schlief mit ihnen in den Gespinsten der Ruhesäle, arbeitete mit ihnen in den Räumen mit den Zylindern und Zapfen, fügte dort den surrenden, zirpenden Melodien eigene Harmonien hinzu. Die Präsenz dieser Humanoiden an Bord des Loowerschiffes blieb ein Rätsel für ihn, zumal ihm ihre »Arbeit« immer sinnloser erschien. Die Loower verfügten über eine trotz der erhöhten Hyperimpedanz sehr leistungsfähige Technik, aber er bezweifelte, ob das Schiff »in Bewegung gehalten wurde«, indem farblich zueinander passende Zylinder und Zapfen zu einer Einheit fanden – für so etwas waren Triebwerke und Positroniken zuständig. Welchen Zweck erfüllte die Tätigkeit der Nichtdenker? Und was hatte es mit der seltsamen Trance auf sich, in die sie verfielen, wenn Loower jene Räume betraten? Frei waren die Humanoiden ganz offensichtlich nicht – die Erwähnung von verbotenen und erlaubten Zonen hatte schon zu Anfang einen Hinweis darauf geboten. In welcher Beziehung standen Loower und Nichtdenker zueinander? Eine Zeit lang beschäftigte sich Perry Rhodan vor allem mit dieser Frage und beobachtete die Begegnungen zwischen Loowern und Humanoiden mit besonderer Aufmerksamkeit. Er gewann dabei immer deutlicher den Eindruck, dass den Nichtdenkern der Status von Gefangenen zukam. Sie trugen keine Fesseln und waren auch nicht eingesperrt, aber sie beugten sich ganz offensichtlich der loowerischen Autorität. Doch welchen Nutzen zogen die Loower aus der Präsenz der haarlosen Humanoiden, aus ihrer so sinnlos scheinenden Arbeit?

In mehr oder weniger regelmäßigen Abständen suchten Zlusch und seine Artgenossen den runden Raum mit den gewölbten Wänden auf, um dort die große gelbe Sphäre zu berühren. Rhodan vermutete, dass dabei ein energetischer Transfer stattfand, dass die Nichtdenker Energie aufnahmen, aber auch dabei gab es einen rätselhaften Aspekt, denn sie wirkten vorher lebhafter als nachher. Floss die Energie wirklich in die zunächst vermutete Richtung? Je öfter Rhodan den Vorgang beobachtete, desto größer wurden seine Zweifel. Vielleicht nahmen die Humanoiden keine Energie auf, sondern gaben sie an die Sphäre ab. Und wenn das der Fall wer: Wie schufen sie dann einen Ausgleich? Auf welche Weise erneuerten sie ihre Kraft? An dieser Stelle, so vermutete Rhodan, kam erneut der geheimnisvolle Halo ins Spiel. Offenbar existierte etwas, aus dem die Nichtdenker ihrerseits Energie bezogen und das ihnen – oder einigen von ihnen – *Wissen* gab, Informationen, die ihnen normalerweise nicht zugänglich sein konnten. Zum Beispiel die Sprache. Wo und unter welchen Umständen hatten die Nichtdenker

Interkosmo gelernt? Angesichts ihrer Nähe zu den Loowern sollte man annehmen, dass sie *deren* Sprache verwendeten. Vielleicht lag dort der Schlüssel zum Verständnis der Nichtdenker und der Rolle, die sie im allgemeinen Geschehen spielten: beim Halo.

Im Lauf der Zeit nahm Perry Rhodans Unruhe immer mehr zu. Immer wieder dachte er an den Krieg im All, an die Trümmerflotten, die sich erbarmungslos bekämpften. Waren dem schrecklichen Kampf inzwischen weitere Planeten zum Opfer gefallen? Ihm graute bei der Vorstellung, dass die ganze LFT und vielleicht auch andere Bereiche der Milchstraße in den Krieg hineingezogen wurden, den »Zweidenker« und »Eindenker« gegeneinander führten. Die Sorglosigkeit der Nichtdenker war so sonderbar wie alles andere an ihnen. Sie schienen völlig sicher zu sein, dass ihnen nichts geschehen konnte, aber Rhodan hatte vor der Vernichtung der IMDABAN gesehen, wie auch Loowerschiffe zerstört wurden, und *dieses* Schiff konnte jederzeit ein ähnliches Schicksal erfahren.

Die Zeit zog sich dahin, zwischen Arbeit, Schlaf und quälenden Fragen. Zlusch verzichtete inzwischen darauf, seinen seltsamen Einfluss auf ihn auszuüben, was allerdings bedeutete, dass Rhodan manchmal mit offenen Augen in einem Hängemattengespinst lag und quälenden Gedanken nachhing. Immer wieder behandelten ihn die Nichtdenker mit der Creme, die seine Haare auflöste, damit er wie sie aussah. In leeren Loowerquartieren trank er Wasser und aß den nach Zimt schmeckenden Brei, der offenbar alle für ihn notwendigen Nährstoffe enthielt. Seine Notdurft verrichtete er in kleinen Kammern, die an ein Recyclingsystem angeschlossen waren. Nie beobachtete er, wie Zlusch und die anderen etwas aßen oder tranken, und wie auch immer ihr Metabolismus funktionierte: Sie schieden nichts aus.

Um eine Übersicht über die verstreichende Zeit zu haben, teilte Rhodan sie in »Tage« ein, wobei eine Arbeits- und Ruheperiode ein »Tag« waren. Dem Gefühl nach schien er kürzer zu sein als die gewohnten vierundzwanzig Stunden, aber eine solche Einteilung erübrigte komplizierte Berechnungen.

Am dreiunddreißigsten Tag geschah etwas, das die Situation veränderte.

Rhodan erwachte mitten in der »Nacht«, aber diesmal lag es nicht an seiner inneren Unruhe. Ein Donnern wie von einem noch fernen, aber schnell heranziehenden Gewitter kam aus dem Schiff, und Erschütterungen ließen die Gespinste im Ruhesaal schwanken. Rhodan begriff sofort, was das bedeutete: Das Loowerschiff war in eine Schlacht verwickelt.

Er ließ sich aus der schaukelnden Hängematte fallen, landete auf den Füßen und hielt sich an einer nahen Stange fest, als sich der Boden unter ihm hob und senkte. Die Nichtdenker erwachten ebenfalls, verließen wortlos ihre Gespinste, kletterten an den Stangen herunter und standen einfach nur da, ruhig und stumm. In ihren Gesichtern zeigte sich weder Furcht noch Sorge.

Zlusch näherte sich Rhodan, blieb neben ihm stehen und horchte wie er.

»Weißt du, was das bedeutet?«, fragte der Terraner. »Was sagt der Halo dazu?«

Zlusch schwieg, und Rhodan glaubte schon, keine Antwort von ihm zu bekommen, doch dann sagte der Nichtdenker: »Es bedeutet, dass es bald so weit ist, Perryrhodan. Wir müssen Vorbereitungen treffen. Komm.«

Sie verließen den Ruhesaal, während die übrigen Nichtdenker noch immer ruhig und reglos standen, und eilten durch einen Gang, in dem sich das Gravitationsfeld mehrmals geringfügig verlagerte – vielleicht lag es an energetischen Verschiebungen, wenn die Schutzschirme des Schiffes mehr Energie brauchten. Rhodan fragte sich, gegen wen die Loower jetzt kämpften. Gegen andere Loower, die so genannten Eindenker? Oder gegen Schiffe der LFT? Feuerten sie vielleicht auf die Verteidigungsstationen eines Planeten?

In einem Verteilerraum mit neun Korridoröffnungen wählte Zlusch eine steil nach unten führende Passage, durch die sie fast eine Minute lang mit ziemlich hoher Geschwindigkeit in die Tiefe rutschten. Rhodan versuchte abzuschätzen, welche Strecke sie dabei zurücklegten. Mindestens zweihundert Meter, vermutete er. Schließlich endete der Korridor, der eher ein Schacht war, in einem kleinen Raum mit buckligen Wänden.

»Von hier aus haben wir Zugang«, sagte Zlusch, berührte eine bestimmte Stelle an der Wand und wartete einige Sekunden.

Wieder donnerte es in den Tiefen des Schiffes, und diesmal klang es lauter und bedrohlicher. Es folgte eine Erschütterung, so heftig, dass Rhodan fast das Gleichgewicht verlor. Zlusch hielt ihn fest.

Einer der Buckel öffnete sich und gab den Blick frei auf etwas, das aussah wie eine Transportkapsel. Zlusch öffnete ihre Luke und winkte. »Sie wird uns zum Ziel bringen.«

Rhodan kletterte in die Kapsel, die keine Sitze aufwies, sondern ein Haltegestell von der Art, wie es Loower benutzten. Zlusch folgte ihm, schloss die Luke und wandte sich den Kontrollen zu. Als er sie betätigte, erzitterte die Kapsel kaum merklich, und ein leises Summen kam aus ihrem Heck. Vor Zlusch entstand ein Hologramm und zeigte etwas, das sofort Rhodans Blick auf sich zog: Offenbar handelte es sich um eine schematische Darstellung des Loowerschiffes, und ein blinkender Punkt schien die Position der Kapsel anzuzeigen, die sich durch ein Röhrensystem bewegte.

»Dies ist Teil eines Transportsystems, das von den Zweidenkern häufig benutzt wurde, als das Schiff noch zu Schanha-Scha gehörte«, sagte Zlusch. »Jetzt verwenden sie es kaum noch.«

»Schanha-Scha?«, wiederholte Rhodan und versuchte, sich alle Einzelheiten der Darstellung einzuprägen. Der blinkende Punkt, die Kapsel, glitt zum Heckbereich des großen Schiffes.

»Die orbitale Stadt«, erwiderte Zlusch, womit Rhodan kaum mehr anfangen konnte als mit dem ersten Begriff.

Nach einigen Minuten hielt die Kapsel an, nach der schematischen Darstellung zu urteilen nicht weit von der Außenhülle des Schiffes entfernt. An der Luke zögerte Zlusch kurz, neigte den Kopf zur Seite und schien zu lauschen.

»Wir sind allein«, sagte er dann, öffnete die Luke und stieg aus. Rhodan verließ die Kapsel ebenfalls und trat in einen überraschend hellen Raum, dessen Wände zahlreiche Nischen aufwiesen. Wie Maschinenteile aussehende Dinge ragten daraus hervor. Auf der gegenüberliegenden Seite zeigten sich die neun Segmente eines Schotts, daneben ein Kontrollfeld mit bunt leuchtenden Indikatoren. Zlusch verharrte dort und horchte erneut.

Die stampfenden Geräusche, die Rhodan seit seiner Ankunft an Bord des Loowerschiffes gehört hatte, waren hier viel lauter. Vielleicht stammten sie von den Triebwerken.

Zlusch berührte die Kontrollen, und die Schottsegmente schoben sich auseinander. Hinter ihnen erstreckte sich ein größerer Raum, ebenfalls hell erleuchtet.

Er enthielt etwas, bei dessen Anblick Perry Rhodan große Augen machte.

»Eine Space-Jet!«, sagte er verblüfft.

Rhodans anfängliche Begeisterung bekam einen Dämpfer, als er die terranische Space-Jet aus der Nähe sah – sie war schwer beschädigt. Es schien sich um ein Standardmodell zu handeln, dreißig Meter Durchmesser und achtzehn Meter hoch, aber ganz offensichtlich hatte das kleine Raumschiff schon bessere Tage gesehen: Mehrere große Löcher zeigten sich in der Außenhülle, allem Anschein nach von Thermostrahlen gebrannt.

Die Hoffnung wich Enttäuschung. »Ein Wrack«, sagte Rhodan langsam. »Die Space-Jet ist ein Wrack.«

Die Einstiegsluke war geöffnet, und er trat an Bord. Das Innere des Schiffes machte einen noch schlechteren Eindruck als sein Äußeres. Das Triebwerk sah aus, als wäre in unmittelbarer

Nähe eine Bombe explodiert, und die energetischen Systeme funktionierten nicht mehr. Rhodan sah sich traurig in der kleinen Zentrale um, betätigte die vertrauten Kontrollen und stellte weitere Defekte fest. Eigentlich schienen nur noch die elementaren Lebenserhaltungssysteme zu arbeiten; alles andere verweigerte den Dienst.

»Dieses Schiff ist nicht viel mehr als ein Haufen Schrott«, sagte er.

»Du kannst es reparieren?«, erwiderte Zlusch.

Der Terraner hob die Hände und ließ sie wieder sinken. »In einer gut ausgerüsteten Werft. Mit der Hilfe von erfahrenen Ingenieuren und Technikern. Vielleicht.«

»Du kannst es reparieren?«, wiederholte Zlusch, und Rhodan begriff: Es war keine Frage. Der Nichtdenker gab seinen Worten nur den für ihn typischen fragenden Tonfall.

»Glaubst du?«, murmelte Rhodan skeptisch. »Mit bloßen Händen bestimmt nicht.«

»Ich beschaffe dir alle notwendigen Dinge«, sagte Zlusch so, als bestünde kein Zweifel daran, dass er dazu imstande war. »Du musst bereit sein, wenn es so weit ist, Perryrhodan.«

»Bereit für was, Zlusch? Was hältst du davon, endlich die Katze aus dem Sack zu lassen?«

»Die Katze ...?« Der Humanoide neigte den Kopf zur Seite. »Oh, ich verstehe. Du glaubst, dass ich etwas vor dir verberge. Aber das ist nicht der Fall. Ich helfe dir.«

Rhodan runzelte die Stirn. »Woher hast du erfahren, was ›die Katze aus dem Sack lassen‹ bedeutet?«

»Der Halo gibt mir die Informationen, die ich brauche.«

»Der Halo, wie? Und der Halo hat dir auch mitgeteilt, dass ich dieses Schiff wieder raumtüchtig machen kann?«

»Er weiß, dass du dazu in der Lage bist. Und er weiß, was dich erwartet.«

»Was erwartet mich, Zlusch?«

»Eine ... Begegnung?«

Rhodan seufzte – er wusste inzwischen aus Erfahrung, dass er auf diese Weise nicht weiterkam. Erneut sah er sich in der kleinen Zentrale um. »Was ist aus der Besatzung dieser Space-Jet geworden?«

Zlusch lauschte. »Ich weiß es nicht.«

»Wer hat das Schiff an Bord geholt? Wissen die Loower davon?«

»Du musst es reparieren und bereit sein«, sagte Zlusch mit Nachdruck. »Mach dich sofort an die Arbeit.«

Ein Donnern folgte den Worten des Nichtdenkers, dann eine so heftige Erschütterung, dass die Space-Jet kippte. Rhodan verlor das Gleichgewicht, stieß gegen eine Konsole, fiel zu Boden und rutschte bis zur Wand der Zentrale. Zlusch hingegen stand unerschütterlich da. Sein Körper blieb im Lot mit dem Boden, der stark zur Seite geneigt war; er gab dem Zug der Schwerkraft nicht nach.

»Das muss ein Volltreffer gewesen sein«, brachte Rhodan hervor, als er wieder auf die Beine kam. »Und ich schätze, ein Teil der Energie hat die Schirme durchschlagen. So hörte es sich jedenfalls an.«

Die Space-Jet kam in die ursprüngliche Position zurück, und Zlusch stand wieder gerade, nicht mehr schief. »Von jetzt an sollst du nicht mehr bei uns arbeiten, sondern hier. Repariere dieses kleine Schiff.«

»Bevor das große zerstört wird, meinst du?« Rhodan atmete tief durch. »Na schön. Wenn du mir tatsächlich Ersatzteile besorgen kannst ...«

»Was brauchst du?«

Der Terraner begann damit, die Dinge zu beschreiben, die er für eine Reparatur benötigte.

Während der nächsten Tage wiederholte sich das unheilvolle Donnern nicht, und es kam auch zu keinen Erschütterungen – die Raumschlacht, an der das Loowerschiff teilgenommen hatte, schien vorbei zu sein. Rhodan legte den Weg vom Schlafsaal zur Space-Jet immer häufiger allein zurück, und wenn er den kleinen Hangar erreichte, fand er dort immer die Ersatzteile und Werkzeuge, die er zuvor angefordert hatte. Wie Zlusch die Dinge beschaffen konnte, blieb sein Geheimnis – eins von vielen. Rhodan versuchte, sich nicht den Kopf darüber zu zerbrechen und allein daran zu denken, wie er die Space-Jet so schnell wie möglich in einen raumtüchtigen Zustand versetzen konnte. Zum Glück stellte sich der erste Eindruck als falsch heraus: Das kleine Schiff war nicht so schwer beschädigt, wie Rhodan zunächst vermutet hatte. Die Löcher in der Außenhülle ließen sich leicht abdichten, und beim Triebwerk mussten nur die Wandler und Feldausgleicher ersetzt werden; bei den übrigen Komponenten genügte eine Rejustierung. Die volle Kapazität bekam der Antrieb dadurch nicht zurück, aber das hielt Rhodan auch nicht für nötig. Ihm ging es nur darum, das Loowerschiff zu verlassen und lange genug zu überleben, um einen Planeten oder ein Schiff der Liga Freier Terraner zu erreichen.

Das Hyperfunkgerät ließ sich leider nicht instand setzen – ausgerechnet die dafür benötigten Teile konnte ihm Zlusch nicht beschaffen. Nur ein Zufall? In Hinsicht auf jenen Humanoiden fiel es Rhodan schwer, an irgendwelche Zufälligkeiten zu glauben. So befand sich zum Beispiel nur ein gewöhnlicher Schutzanzug ohne Kampfausstattung an Bord, mit defektem Funkgerät, aber genau in der passenden Größe.

Zlusch – beziehungsweise der Halo – wollte ihm keine Gelegenheit geben, sich mit der LFT in Verbindung zu setzen, aber er sollte das Loowerschiff verlassen, für eine Begegnung. Mit wem?

Rhodan schob auch diesen Gedanken beiseite. Wichtig war nur, *dass* er das Loowerschiff verließ, bevor es erneut in einen Kampf verwickelt und beschädigt oder gar zerstört wurde; um alles andere konnte er sich später kümmern.

»Wie kommst du voran?«, fragte Zlusch, als sich Rhodan am einundfünfzigsten Tag seines Aufenthalts an Bord erneut auf den Weg zum kleinen Hangar mit der Space-Jet machte. Die anderen Nichtdenker lächelten freundlich, als sie an ihnen vorbeigingen, in Richtung der Räume mit den Zylindern und Zapfen, um dort zu arbeiten und »das Schiff in Bewegung zu halten«.

»Zu Anfang hätte ich das kaum für möglich gehalten, aber ich bin fast fertig«, erwiderte Rhodan.

»Das ist gut, denn jetzt dauert es nicht mehr lange«, sagte Zlusch. Er winkte und folgte den übrigen Nichtdenkern.

Rhodan kannte den Weg zum kleinen Hangar inzwischen so gut, dass er glaubte, ihn mit geschlossenen Augen zurücklegen zu können. Natürlich blieb er vorsichtig und hielt nach Loowern Ausschau, aber auch diesmal erreichte er sein Ziel, ohne dass es unterwegs zu irgendwelchen Zwischenfällen kam.

Während der vergangenen achtzehn Tage hatte sich das Bild der Space-Jet gewandelt – Rhodan sah kein Wrack mehr in ihr, sondern Substanz gewordene Hoffnung. Er trat durch die offene Luke und dachte an die letzte Aufgabe, die ihn erwartete: Die energetischen Transferleitungen mussten kalibriert und stabilisiert werden, um zu vermeiden, dass es in einzelnen Systemen zu fatalen Überladungen kam. Mehrere Stunden vergingen schnell, und Perry Rhodan fühlte sich von der Aussicht beflügelt, bald ins All zurückzukehren. Auf dem Weg zur Zentrale, von wo aus er das neue Energieverteilungssystem überprüfen wollte, hörte er ein von draußen kommendes Summen, das er sofort zu deuten wusste. Es stammte vom Innenschott des Hangars, dessen neun Segmente auseinander glitten.

»Zlusch?«, rief er. »Du kommst genau zur richtigen Zeit. Eine letzte Kontrolle wird mir zeigen, ob wirklich alle wichtigen Systeme der Space-Jet funktionstüchtig sind.«

Vor dem Zugang zur Zentrale zögerte Rhodan. »Zlusch?«

Keine Antwort.

Langsam kehrte er durch den Korridor zurück, erreichte die Luke und blickte nach draußen.

Ein Loower stand vor der Space-Jet. »Du bist kein Nichtdenker!«, kam es aus der Sprachblase, und der linke Tentakel hob etwas, das nach einem Strahler aussah.

Rhodan erstarrte.

Der Loower kam näher. »Wer bist du?«, fragte er scharf. »Und was machst du hier?«

»Wenn du schießt, bekommst du keine Antworten auf deine Fragen«, erwiderte Rhodan in der Loowersprache. »Ich, äh, kann alles erklären.«

Die Stielaugen des Loowers vollführten kreisende Bewegungen.

Zlusch!, dachte Rhodan. *Wenn du in der Lage bist, meine Gedanken wahrzunehmen, durch den Halo oder was auch immer: Ich brauche deine Hilfe, und zwar dringend!* Der Nichtdenker hatte vor Wochen seinen Fluchtversuch vereitelt und offenbar keine Schwierigkeiten dabei gehabt, ihn im unübersichtlichen Innern des riesigen Loowerschiffes zu finden. Jetzt hoffte Rhodan, dass seine Vermutung stimmte und so etwas wie Telepathie daran beteiligt gewesen war.

Und er hoffte, dass Zlusch eintraf, bevor dieser Loower seine Artgenossen von einem Fund unterrichtete, der ihn sehr zu überraschen schien.

Die Gestalt vor dem kleinen Raumschiff winkte mit der Waffe – eine universelle Geste, die keine besonderen Sprachkenntnisse erforderte. Rhodan verstand und kletterte betont langsam aus der Luke.

»Ich bin keine Gefahr für dich«, sagte der Terraner, erneut in der Sprache der Loower. »Ich stelle keine Gefahr dar. Es ist nicht nötig, dass du auf mich schießt.«

Der Loower ging zur Luke. Ein Stielauge blieb auf Rhodan gerichtet, und das andere spähte in den offenen Zugang des kleinen Raumschiffs. »Wie kommt dieses Ding an Bord unseres Schiffes?«

Zlusch!, dachte Rhodan konzentriert. *Lass dir nicht zu viel Zeit ...*

Der rechte Tentakel des Loowers tastete zu einer Haftplatte, löste ein kleines Gerät davon und hob es zur Sprachblase – ein Kommunikationsinstrument, befürchtete Rhodan. Die Waffe zeigte noch immer auf ihn. Es hatte keinen Zweck, sich auf den Loower zu stürzen und zu versuchen, ihn zu überwältigen, bevor er eine Meldung abgeben konnte.

Und dann bewegte sich die Gestalt mit dem Doppelkörper plötzlich nicht mehr.

Rhodan wartete ein oder zwei Sekunden, verwirrt und ungläubig, trat dann rasch vor und nahm dem reglosen Loower sowohl die Waffe als auch das Kommunikationsgerät ab.

Hinter ihm erklang eine Stimme.

»Ich ... kann uns nicht lange aus seiner Wahrnehmung fern halten. Es ... kostet mich viel Kraft.«

Rhodan drehte sich um und sah Zlusch. Er war sicher, nicht gehört zu haben, wie sich das Schott erneut geöffnet hatte.

Der Humanoide schwankte. Rhodan war mit einigen schnellen Schritten an seiner Seite und stützte ihn.

»Die Zweidenker kontrollieren ... fast den ganzen Halo«, brachte Zlusch hervor. »Dies kann nicht lange ... unbemerkt bleiben.«

Rhodan deutete zur Space-Jet. »Verschwinden wir von hier!«

»Wir?«, wiederholte Zlusch und taumelte erneut. Er schien sich kaum mehr auf den Beinen halten zu können; die Anstrengung musste enorm für ihn sein. »Jetzt? Dies ist noch nicht ... der richtige Zeitpunkt.«

Aus dem Augenwinkel sah Rhodan, wie sich der Loower wieder zu bewegen begann, ganz langsam, wie in Zeitlupe.

»Ich schätze, wir sind kaum in der Lage, einen besseren Zeitpunkt abzuwarten. Wenn wir nicht sofort aufbrechen, haben wir alle Loower dieses Schiffes am Hals.«

»Am Hals ...« Zluschs Kopf kippte ein wenig zur Seite. »Gefahr. Entdeckung. Ja.«

Rhodan eilte zur Luke und verharrte dort, als ihm etwas einfiel. »Kommt es zur automatischen Aktivierung eines Atmosphärenschirms, wenn sich das Außenschott öffnet?« Er deutete auf den Loower. »Wenn nicht, müssen wir den Burschen dort zuerst ins Innere des Schiffes bringen. Ich möchte nicht, dass er von der entweichenden Luft ins All gerissen wird, in den sicheren Tod.«

Zlusch wankte näher. »Ja, ein Schirm. Sonst ... öffnet sich das Außenschott gar nicht.«

Wenige Sekunden später befanden sie sich in der Zentrale der Space-Jet und nahmen dort in Kontursesseln Platz. Rhodans Finger tanzten über die Kontrollen und aktivierten die verschiedenen Bordsysteme. Holos leuchteten auf. Ein Antigravfeld hob die Space-Jet sanft an und trug sie langsam durch den Hangar, fort vom Loower, der allmählich aus seiner Starre erwachte.

»Wie öffnet man das Schott?«, fragte Rhodan. »Ist eine bestimmte Signalfolge dafür notwendig?«

»Das Schott öffnet sich ... jetzt«, sagte Zlusch.

Und tatsächlich: Im Hauptholgramm war zu sehen, wie die einzelnen Segmente auseinander glitten. Jenseits davon zeigte sich die Schwärze des Alls – das Loowerschiff befand sich derzeit nicht in einer Überlichtphase. Es hatte nicht einmal die Schutzschirme aktiviert, nur die gewöhnlichen Navigationsschirme.

Rhodan betätigte die Kontrollen und steuerte die Space-Jet durch den Atmosphärenschirm, der die Luft im Hangar daran hinderte, in den Weltraum zu entweichen.

»Ich kann ihn nicht länger ... festhalten«, ächzte Zlusch.

Rhodans Blick huschte zu einem sekundären Hologramm. Der Loower suchte vergeblich nach Waffe und Kommunikator, sah der Space-Jet nach, wirbelte herum und lief zum Innenschott. In wenigen Sekunden würde er einen Alarm an Bord des Loowerschiffes auslösen.

Rhodan aktivierte das Unterlichttriebwerk, und die Space-Jet *sprang* von dem viel größeren Raumschiff fort. Indikatoren verlangten blinkend nach Aufmerksamkeit, und der Blick des Terraners ging zwischen den vielen Anzeigefeldern hin und her, nahm die wichtigsten Informationen auf. Der Raumschiffgigant, den sie gerade verlassen hatten, war Teil einer Flotte, die mehr als tausend Einheiten umfasste und mit wenig mehr als zehn Prozent der Lichtgeschwindigkeit durch den interstellaren Raum flog – das nächste Sonnensystem war fast zwei Lichtjahre entfernt.

Die Space-Jet wurde schneller und hüllte sich in einen grünen HÜ-Schirm, der, wie Rhodan feststellte, leider nur vierzig Prozent des sonst üblichen energetischen Potenzials hatte. Die Leistung des Triebwerks ließ ebenfalls zu wünschen übrig: Ein kleines Holo wies Rhodan darauf hin, dass es noch zehn Minuten dauern würde, bis die Geschwindigkeit für einen Sprung in den Linearraum ausreichte.

Das Loowerschiff, in dem Perry Rhodan einundfünfzig Tage verbracht hatte, löste sich aus dem Flottenverband und nahm die Verfolgung auf. Es beschleunigte mit weitaus höheren Werten.

Rhodan leitete noch mehr Energie ins Triebwerk, dessen Summen dadurch zu einem fast schrillen Heulen wurde, aber er wusste, dass sie den Loowern nicht entkommen konnten. Sie würden heran sein, bevor das kleine terranische Schiff Sprunggeschwindigkeit erreichte, einen Traktorstrahl auf die Space-Jet richten ...

Plötzlich erschienen zahlreiche Punkte im Ortungsholo, und die Sensoren der Nahbereicherfassung übertrugen Bilder von einer zweiten Flotte, die direkt vor der ersten aus dem Hyperraum gekommen war und fast doppelt so viele Schiffe umfasste.

Loower.

Die Space-Jet befand sich genau zwischen den beiden Flotten.

Das All selbst schien in Flammen aufzugehen, als die Neuankömmlinge das Feuer eröffneten.

: 29

Karn-Tergs Tagebuch
| 579 N.d.E. – 578 NGZ |

»› Ich bin jetzt sechshundertzwei Jahre alt und habe längst das Alter der Reife erreicht, das ich einst herbeigesehnt habe, um mich aufzuhören.

Aber ich lebe noch.

Manchmal erstaunt mich das, insbesondere dann, wenn ich mich an die Phasen der Trauer und auch tiefer Verzweiflung erinnere, die mich immer wieder heimsuchen. Übrigens ist das auch der Grund, warum ich die früheren Einträge in diesem Tagebuch gelöscht habe. Sie klangen viel zu sehr nach Selbstmitleid. Mehr als je zuvor bin ich ein Gefangener, und seit Kilan und Hisk nur noch sehr selten zu Besuch kommen – und nie zusammen –, fühle ich mich auch einsamer als je zuvor, trotz der mehr als sechstausend Kinder des Horts. Andererseits habe ich mich inzwischen irgendwie an diese Situation gewöhnt – der Umstand, dass ich noch lebe, ist Beweis genug. Deshalb halte ich dies für den geeigneten Zeitpunkt, um erneut mit den Aufzeichnungen zu beginnen. Ich benutze Gran-Taraschs Tagebuch, vielleicht deshalb, weil ich *nicht* seinem Beispiel folgen möchte. Er hat damals alles bis auf einen Eintrag gelöscht und Körper und Geist einem Recycler der Trümmersphäre übergeben. Ich hingegen bin entschlossen, der Nachwelt etwas zu hinterlassen.

Wer dies hört, fragt sich vielleicht, ob ich nicht fürchte, dass meine Gedanken und Informationen die falschen Personen erreichen könnten. Ich glaube, inzwischen spielt das keine Rolle mehr. Die Situation in der Trümmersphäre hat sich so entwickelt, dass eventuelle Informationen meinerseits überhaupt nichts mehr bewirken können. Ich bin ziemlich sicher, dass Hisk – oder die Ordinanz – den Datenverkehr zwischen Hort und orbitaler Stadt längst nicht mehr überwacht. Warum auch? Nachdem ich diese Station nicht mehr verlassen darf ... Was kann ich von hier aus schon herausfinden? Und was ließe sich mit meinen Erkenntnissen anfangen?

Bleib am Leben und hoffe, hat mir meine alte Kommandantin Aranta-Margi damals gesagt. Und ihre verschlüsselte Botschaft lautete: *Halte durch. Wir brauchen dich für unsere Zukunft. Deine Aufgabe ist wichtiger, als du ahnst. Werde ihr gerecht.* Ich hatte viele Jahre Zeit, darüber nachzudenken, und heute weiß ich, dass ich Teil eines großen Plans gewesen bin oder sogar immer noch bin. Aranta-Margi muss damals zu einer Gruppe gehört haben, die versuchte, Einfluss zu gewinnen, und die die Gesellschaft von »unten« her verändern wollte. Deshalb sorgte sie dafür, dass ich begnadigt wurde. Deshalb hat sie veranlasst, dass man mich zum Kinderwart machte. Dabei kam es weniger auf mich selbst an, als vielmehr auf jemanden *wie* mich. Auf jemanden, der glaubt, dass uns die Kosmokraten das Tiefenbewusstsein nahmen, ein Gegner der Einkehr und Befürworter des alten Lebens ... Eine solche Person sollte sich um die Kinder kümmern und seine Überzeugungen in sie pflanzen, damit die Einkehr irgendwann überwunden werden kann. Vo-Kander stand dieser Gruppe wohlwollend gegenüber, doch Ta-Perendi machte ihr einen Strich durch die Rechnung und ließ sie eliminieren. Einen Kinderwart aber hielt er für völlig bedeutungslos.

Welche Ironie des Schicksals, dass ausgerechnet ich, der Geringste unter den Geringsten, einen solchen Einfluss auf die zukünftige Entwicklung der Gesellschaft in der Trümmersphäre hatte. Wenn es um den »Auftrag« geht, den ich für Aranta-

Margi und ihre Freunde erfüllen sollte, kann ich mit Hinweis auf Kilan-Gerp sagen, dass ich sehr erfolgreich gewesen bin.

Aber es gibt auch Hisk-Mekang.

Genau das ist der Punkt. Ich weiß nicht, ob ich mich darüber freuen soll, dass ich über Kilan die neue Gesellschaft der Loower so sehr verändert habe, denn in diesem Fall bedeutet die Veränderung auch einen Konflikt, der sich immer mehr zuspitzt. Ich beobachte die jüngsten Entwicklungen mit großer Sorge und habe längst die Hoffnung aufgegeben, dass es zwischen Kilan und Hisk zu einem neuen Frieden kommen könnte. Ihr Antagonismus scheint inzwischen zu einer offenen Feindschaft geworden zu sein, und vielleicht geht auch die letztendlich auf mich zurück. Um ganz ehrlich zu sein: Mir wäre es lieber, wenn sich Kilan und Hisk versöhnen und ihre Auseinandersetzung vergessen würden. Als Kinder habe ich sie sehr lieb gewonnen, ebenso lieb wie damals Melra-Mar, und ich bin stolz darauf gewesen, welche Fortschritte sie als junge Erwachsene erzielten. Wie sehr habe ich mich über ihre gemeinsamen Besuche gefreut! Und wie sehr habe ich gelitten, als der Konflikt zwischen ihnen begann.

Die Dinge sind in Bewegung geraten, und jetzt kann sie niemand mehr aufhalten.

Kilans Neo-Entelechie ist sehr erfolgreich. Immer mehr Loower schließen sich seiner Bewegung an, und es ist ihm tatsächlich gelungen, ihnen ein neues Tiefenbewusstsein zu geben. Ich habe den Wandel deutlich gespürt, als Kilan vor Jahren zum letzten Mal hier war. Er wirkte abgeklärter und ruhiger, schien unerschütterlich fest in sich selbst verankert zu sein. In seinen Augen sah ich etwas, das ich einst in den Augen vieler Loower gesehen habe, vor der Einkehr: den Glanz der Gemeinschaft, das Wissen, zu einem größeren Ganzen zu gehören, und die Bereitschaft, sich in erster Linie für dieses größere Ganze einzusetzen. Wie sehr ich ihn um dieses Gefühl beneide, denn es macht Einsamkeit unmöglich!

Kilan hat damit begonnen, Missionare loszuschicken – und das, obwohl ich den frei zugänglichen Kommunikations- und Nachrichtennetzen der Trümmersphäre entnehmen konnte, dass eine neue Macht die Herrschaft in der Milchstraße übernommen hat und sich anschickt, die Galaxis mit einem Wall abzuriegeln. Aber wir sind in unserer Trümmersphäre so abgeschottet, dass keine normale Besatzungsmacht der Milchstraße uns überhaupt auch nur beachtet, und dieser Wall stellt für die Triebwerke unserer Raumschiffe kein Hindernis dar. Das hat wohl etwas damit zu tun, dass Bestandteile aus einem anderen Universum in die Technik hineinspielen. Ansonsten interessieren die Bewohner der Trümmersphäre sich kaum für das, was in der Milchstraße geschieht – zu sehr sind sie mit ihrer internen Rivalität beschäftigt, und dementsprechend spärlich sind Nachrichten darüber, falls es sie denn überhaupt gibt.

Wie dem auch sei, *das* war eine Nachricht, die mich wirklich überrascht hat. Zum ersten Mal sehr mehr als fünfhundert Jahren verlassen Loower das Alkyra-System und fliegen wieder zu anderen Welten! Bisher haben die Kosmokraten nichts dagegen unternommen, und ich frage mich, wie lange sie dem erneuten Aufbruch der Loower zu den Sternen tatenlos zusehen werden. Früher oder später unternehmen sie etwas, da bin ich mir sicher ...

Wenn ich mir vorstelle, dass wieder Loowerschiffe von Stern zu Stern springen ... Sehnsucht und Wehmut zerreißen mich innerlich. Wie gern säße ich an den Kontrollen eines solchen Schiffes. Einmal wieder Pilot zu sein ...

Es fällt mir sehr schwer, solche Gedanken zu verdrängen. Ich *muss* sie beiseite schieben, denn sie haben keinen Sinn und machen mein Leben nur schwerer.

Die Kinder brauchen mich.

Und ich brauche sie. Sie geben meiner Existenz einen Sinn. Ich erzähle ihnen Geschichten, so wie damals Melra-Mar, so wie

Kilan und Hisk. Mit einem wichtigen Unterschied: Die heutigen Kinder kommen nach ihrem letzten Sprung in eine orbitale Stadt, die jetzt etwas mehr ist als nur eine Trümmersphäre.

| 611 N.d.E. – 610 NGZ |

» › Ich habe wieder einige Einträge gelöscht, und vielleicht sollte ich ganz mit diesen Aufzeichnungen aufhören. Haben sie einen anderen Sinn als den, dass ich mir im Selbstgespräch bestätige, wie einsam ich bin? Oder versuche ich, mir selbst ein Monument zu setzen, indem ich der Vergangenheit mit meinen Worten Schall und Klang gebe? Manchmal komme ich mir wie ein Narr vor, wenn ich in dieses Tagebuch spreche, und bei anderen Gelegenheiten lausche ich den Worten, die ich vor vielen Jahren gesprochen habe. Sie markieren die Zeit. Vielleicht ist das der Grund. Vielleicht versuche ich, die Zeit zu markieren, die hier auf dem Planeten tröpfelt, ohne dass sich viel ändert, während sie in der Trümmersphäre im schnellen Wandel strömt.

Ich habe wieder einen Helk, und er heißt Garasch, aber er ist nicht *der* Garasch, der im Lauf von mehr als zweihundert Jahren fast zu einer Person wurde. Erst durch sein Fehlen ist mir klar geworden, wie viel er mir als Gesprächspartner bedeutet hat. Ein weiterer Grund für meine Monologe mit dem Tagebuch? Mag sein. Alles deutet darauf hin, dass dies wieder zu einem der Einträge wird, die ich später lösche, weil sie zu sehr nach Selbstmitleid oder dem Versuch klingen, mich selbst einer Art Psychoanalyse zu unterziehen. Schluss damit, Karn-Terg! Konzentrier dich. Was gibt es Neues?

Der Hort wächst weiter, und wie ich hörte, sind einige Horte in der Trümmersphäre geschlossen worden. Der Trend setzt sich fort: Immer mehr Mütter schicken ihre Kinder zu mir, weil ihre Söhne und Töchter hier besser gefördert werden und dadurch später größere Aufstiegschancen in der Gesellschaft haben. Das ist vermutlich eine weitere von mir bewirkte Veränderung: Man wird den Kindern nie wieder mit der Gleichgültigkeit begegnen, die ihnen früher zuteil wurde. Es bedeutet auch, dass meine Arbeit wichtig ist. Ich habe einige der Neuner, die mein besonderes Vertrauen genießen, zu permanenten Stellvertretern ernannt; allein könnte ich mich unmöglich um so viele Kinder kümmern. Die Edukatoren sind erneut verbessert worden – Hisk hat sich bei seinem letzten Besuch darum gekümmert. Er bestätigte etwas, das ich bereits den offenen Nachrichtennetzen der Trümmersphäre entnommen hatte: Kilan will weitere Missionare losschicken, offenbar auf die Welten der Liga Freier Terraner, die jedoch noch unter der Herrschaft eines Diktators namens Monos stehen. Jedenfalls lässt er schon einmal im Verborgenen Anlagen errichten.

Ich beglückwünsche Kilan zu seinen Erfolgen, aber eins erscheint mir seltsam: Die Neo-Entelechie hat nur Sinn zusammen mit einem Tiefenbewusstsein, und ich kenne kein anderes Volk außer uns Loowern, das zu einem Sekundärbewusstsein imstande wäre. Wen also will Kilan »missionieren«?

Manchmal denke ich an die Monaden und das Forschungsprojekt zur Untersuchung ihrer hyperenergetischen Matrix. Kilan und Hisk haben es nicht noch einmal erwähnt. Was ist aus den Flüchtlingen aus einem anderen Universum geworden? Seit damals, seit Hisks Rettung, bin ich nie wieder Monaden begegnet.

»› Der Hort ist eigentlich kein Hort mehr, sondern eine kleine Stadt mit über zehntausend Bewohnern. Immer wieder habe ich Thermoaggregate eingesetzt, um bei den Außenbereichen die gefrorene Atmosphäre zu schmelzen und die Station mit neuen Unterkünften, Auditorien, Ambientalzellen, Spaßzimmern und Edukatoren zu erweitern. Die Trümmersphäre schickt mir ausreichend Material, aber nicht einen einzigen Helfer, obwohl ich mehrmals darum gebeten habe. Ich setze immer mehr vertrauenswürdige Achter und Neuner als Stellvertreter und Aufsichtführende ein, und dabei hat sich herausgestellt: Die Kinder reagieren sehr gut darauf, dass ich ihnen Verantwortung übertrage. Seit vielen Jahren ist es im Hort trotz seiner ständig wachsenden Größe nicht mehr zu ernsthaften Auseinandersetzungen gekommen. Ich bin immer mehr in Anspruch genommen, aber ich stelle fest, dass mir das keineswegs unangenehm ist. Je mehr Arbeit *hier* auf mich wartet, desto weniger Zeit habe ich, über die Ereignisse und Entwicklungen *dort oben* nachzudenken.

Bei seinem letzten Besuch hat Hisk die wachsende Zahl von Kilans Anhängern beklagt, denn dadurch stehen für den Ausbau der Trümmersphäre weniger Personen zur Verfügung. Er ist inzwischen zum Primären Konstrukteur aufgestiegen und sehr stolz darauf. Er möchte die Trümmersphäre in eine perfekte orbitale Stadt verwandeln, doch bei seinen Bemühungen ergibt sich immer wieder das Problem fehlender Arbeitskräfte. Er beklagte auch, dass mehr als neunzig Prozent der Kinder meines Horts in der Trümmersphäre zu Zweidenkern werden. Bei den Horten in der Stadt sieht das anders aus: Etwa siebzig Prozent ihrer Kinder wachsen zu Eindenkern auf.

Das sind wir Loower jetzt: Ein- und Zweidenker.

Früher gab es Neudenker und Querdenker, aber wir sind alle Loower gewesen, *vor allem* Loower. Mir scheint, das rückt jetzt immer mehr in den Hintergrund. Die Gesellschaft in der Trümmersphäre steht vor einem entscheidenden Bruch, und vielleicht ist dieser Bruch schon erfolgt. Auf der einen Seite sind die Zweidenker, Kilans Anhänger, mit dem neuen Tiefenbewusstsein ausgestattet – Loower, die die Einkehr irgendwann aufgeben und wieder ins All aufbrechen wollen. Auf der anderen stehen die Eindenker, die Pragmatiker in der Trümmersphäre, Loower ohne Tiefenbewusstsein, die es für richtig halten, sich mit den bestehenden Gegebenheiten abzufinden. Die Berichterstattung in den öffentlichen Netzen deutet darauf hin, dass Hisk als Primärer Konstrukteur immer mehr zu ihrem Fürsprecher wird, und damit tritt genau das ein, was ich immer befürchtet habe: die direkte Polarisierung des Konflikts zwischen den beiden Brüdern, stellvertretend für die beiden konträren Gesellschaftsgruppen.

Die Spaltung unseres Volkes droht.

Ich wünschte, Kilan und Hisk würden mich wie früher zusammen besuchen. Vielleicht könnte ich dann irgendeine Möglichkeit finden, sie einander wieder näher zu bringen und ihnen zu zeigen, dass sie *beide* den falschen Weg beschreiten.

Der Weg des Fanatismus kann nie richtig sein.

Wer glaubt, die Wahrheit ganz allein für sich beanspruchen zu können, tritt damit den ersten Schritt neben sie. Ich habe sie damals in anderen Völkern beobachtet, die Eiferer und Geiferer, die glaubten, dass nur sie alles richtig machen und dass sich alle anderen ihnen fügen müssen. Es waren Blender und Verblendete, aber oft schafften sie es mit einer Mischung aus Charisma und Demagogie, viele Anhänger zu gewinnen.

Ihre Aktivitäten führten immer zu Chaos und Tod. Was steht uns Loowern bevor? Mir graust, wenn ich daran denke, was geschehen könnte ...

[Pause]

Ich habe gerade eine Mitteilung von Garasch bekommen. Hisk ist hierher unterwegs. Ein Besuch, nach so langer Zeit ...

: 30

Karn-Terg
| Alkyra II, 756 N.d.E. – 755 NGZ |

»» › »Es freut mich für dich, dass sich dein Hort so gut entwickelt hat«, sagte Hisk, als sie durch einen der vielen Korridore der Hort-Station wanderten, begleitet von Einern und Zweiern, die aufgeregt hin und her flogen – für sie kam zum ersten Mal ein Besucher von außerhalb des Horts. Eine zierliche Zweier, die Karn-Terg fast ein wenig an Melra-Mar erinnerte und der seit einigen Wochen seine besondere Fürsorge galt, landete auf Hisks Schulter, um ihn sich aus der Nähe anzusehen. Er drehte nur kurz die Stielaugen, blickte dann wieder nach vorn.

»Freut es dich wirklich?«, fragte Karn-Terg einige Minuten später, als sie den technischen Komplex des Horts erreichten und die Schar kleiner Kinder der Obhut von zwei Neunern überließen, die schon mehrmals die Aufsicht geführt hatten und sich deshalb recht erwachsen fühlten. Ein Sicherheitsschott schloss sich hinter ihnen und trennte sie vom eigentlichen Hort, soweit er die Kinder betraf.

Hisk antwortete nicht, ging langsam an den Wänden entlang und sah auf die Anzeigen der vielen Konsolen und Indikatortafeln. Karn-Terg wusste, dass er sich einen Eindruck vom allgemeinen technischen Zustand der Hort-Station verschaffte.

»Die bei mir aufwachsenden Kinder werden fast alle zu Zweidenkern«, sagte der Kinderwart. »Wie kannst du dich darüber freuen?«

Hisk blieb an einer der Konsolen stehen und betätigte die Kontrollen. »Die subplanetaren Zapfer müssen überholt und neu justiert werden. Vielleicht sollte ich ihnen einen Mikroreaktor hinzufügen, als Reservesystem für den Notfall.«

»Für den Notfall?«, wiederholte Karn-Terg verwundert und fühlte plötzlich eine andere Art von Sorge. »Rechnest du damit, dass etwas geschehen könnte, das den Hort in Gefahr bringt?«

Hisk drehte sich um. »Nein«, sagte er leise. Und dann, etwas lauter und mit mehr Überzeugungskraft: »Nein, damit rechne ich nicht, Karn-Terg.«

Der Kinderwart stellte fest, dass Hisk ihn nicht mehr mit »Großer« ansprach, sondern mit seinem Namen.

»Aber Vorsorge ist immer besser, nicht wahr?«, fügte Hisk hinzu. »Man sollte immer vorbereitet sein, auf alles.«

»Hisk, ich weiß, dass die Situation in der Trümmersphäre ...«

»Bitte nenn die orbitale Stadt nicht Trümmersphäre«, sagte Hisk mit einer gewissen Schärfe in der Stimme. »Und bitte, lass uns nicht über die Situation in Schanha-Scha sprechen, zumindest jetzt noch nicht. Ich ... möchte ein wenig Abstand gewinnen. Ich bleibe ein paar Tage, vielleicht sogar ein oder zwei Wochen, und während dieser Zeit mache ich mich hier so nützlich, wie ich kann, einverstanden?«

»Natürlich«, erwiderte Karn-Terg sofort. »Ich freue mich. Ich freue mich *wirklich.* Wir können über die alten Zeiten sprechen ...«

Die letzten Worte hörte Hisk nicht mehr. Er stapfte fort und verschwand in den halbdunklen Tiefen des technischen Bereichs.

Wenn sich Karn-Terg und Hisk während der nächsten Tage trafen, so war der Primäre Konstrukteur aus der Trümmersphäre immer recht einsilbig und beschränkte sich darauf, über technische Einzelheiten sowie architektonische und konzeptionelle Aspekte der Station zu sprechen. In Karn-Terg ließ das Gefühl nach, dass dem Hort Gefahr drohen könnte, aber er gewann immer deutlicher den Eindruck, dass Hisk ihm aus dem Weg ging. Er war nicht gekommen, um ihn zu besuchen, sondern um, wie er selbst gesagt hatte, »Abstand zu gewinnen«. Abstand wovon? Vermutlich von der Situation in der orbitalen Stadt. Irgendetwas schien ihn zu beschäftigten: Hisk wollte allein sein, um seine Gedanken zu ordnen und vielleicht eine Entscheidung zu treffen. Als Karn-Terg zu dieser Erkenntnis gelangte, gab er die Suche nach Hisk auf, um ihn sich selbst und seinen Überlegungen zu überlassen. Es betrübte ihn ein wenig, dass nicht er Grund für den Besuch war, aber er tröstete sich damit, Hisk im Hort zu wissen.

Nach der ersten Woche, die Hisk hauptsächlich damit verbrachte, in den Installationsanlagen der Hort-Station zu arbeiten, kam es wieder zu längeren Begegnungen, und dabei sprachen sie über die »alten Zeiten«, wie Karn-Terg vorgeschlagen hatte. Hisk mied alle Themen, die zu einem Konflikt mit dem Kinderwart führen konnten, erwähnte Episoden aus seiner Kindheit, Spiele und Auseinandersetzungen mit den anderen Kindern. Er beschrieb den »Ausflug« in die Berge, und seine Stimme gewann einen seltsamen Klang, als er über die Monaden sprach, die ihn damals mit ihrer Wärme vor dem Tod bewahrt hatten. Den gleichen sonderbaren Tonfall hörte Karn-Terg, als Hisk die Wanderung durchs Tunnelsystem der Monaden schilderte, bis hin zu den Höhlen mit Archiv und Omniskop. Der Kinderwart erinnerte sich sehr gut daran und glaubte fast zu spüren, wie er Hisk auf dem eiligen Rückweg zum Hort in den Tentakeln gehalten hatte. Er hörte ruhig zu und wartete darauf, dass Hisk auf die Dinge zu sprechen kam, um die es ihm wirklich ging. Aber noch schien er dazu nicht bereit zu sein.

Fast zwei Wochen waren vergangen, und Karn-Terg arbeitete in seinem Quartier an einer Erweiterung des Helks, als Hisk hereinkam. Er deutete auf Garasch.

»Was damals geschehen ist ... Ich bedauere es noch immer. Hast du ihn einigermaßen wiederherstellen können?«

Karn-Terg spürte, dass ein wichtiger Moment gekommen war. Vielleicht wollte Hisk jetzt über die Dinge sprechen, die ihn beschäftigten. »Der Garasch von damals existiert nicht mehr. Dies ist ein anderer Garasch, und er erfüllt seinen Zweck. Ich habe darauf verzichtet, ihm persönliche Züge zu geben.«

»Ich habe damals keine andere Möglichkeit gesehen«, sagte Hisk und ging am nahen Ruhegestell in die Hocke. »Ich musste alles versuchen, um mehr herauszufinden.« Er zögerte kurz, bevor er hinzufügte: »Inzwischen weiß ich mehr.«

Karn-Terg wartete.

»Ich weiß, was aus den Monaden geworden ist«, sagte Hisk mit schwerer Stimme. »Kilan hat sie versklavt!«

»Was?«

»Um ganz genau zu sein: Er nutzt ihre Versklavung für seine Zwecke.«

Hisk hatte seine Stielaugen ganz ausgefahren, aber er starrte ins Leere. Karn-Terg musterte ihn, sah Betroffenheit und Ernst und nicht das geringste Anzeichen von Lüge: Hisk war von der Wahrheit seiner Worte überzeugt.

»Die Leute, die jenes Projekt ins Leben riefen ... Sie sind auch für die Zerstörung von Archiv und Omniskop verantwortlich.«

Karn-Terg erinnerte sich daran, dass er mit Garasch – dem alten Garasch – darüber gesprochen hatte. »Um den Monaden die Vergangenheit zu nehmen?«, fragte er. »Um sie hilflos zu machen?«

»Die Monaden sollten vergessen, woher sie kommen«, sagte Hisk, und sein Blick blieb leer. »Sie sollten alles vergessen. Weil sie ohne ihr Wissen schwach sind. Es begann alles vor fast siebenhundert Jahren, mit der Bergung des Tropfenschiffes.«

»Gegen den Willen der Monaden ...«, flüsterte Karn-Terg.

Hisk sah ihn an. »Das weißt du?«

»Garasch hat damals ... Erkundigungen für mich eingezogen«, erwiderte Karn-Terg vorsichtig. »Ich hatte einen direkten Kontakt mit den Monaden hinter mir und war neugierig. Hisk ... Warum sollten irgendwelche Loower versucht haben, die Monaden zu *versklaven*? Und was hat Kilan damit zu tun?«

»Das Projekt war bisher so streng geheim, dass selbst die Ordinanz und ich Probleme hatten, mehr herauszufinden. Aber inzwischen kommt das eine oder andere ans Licht. Karn-Terg, was ich dir jetzt sage, ist vertraulich. Es muss unter uns bleiben.«

Karn-Terg vollführte eine vage Geste. »Wem könnte ich etwas verraten?«

»Zum Beispiel Kilan? Irgendwann besucht er dich bestimmt wieder.«

»Na schön, ich verstehe. Es bleibt unter uns.«

»Ich glaube, das Projekt geht auf eine Initiative des Quellmeisters Be-Techen zurück«, sagte Hisk. »Bei meinen Nachforschungen haben sich entsprechende Hinweise ergeben. Nach dem sehr repressiven Ta-Perendi, der Gegner der Einkehr ... beseitigen ließ, war sein Nachfolger Be-Techen auf Ausgleich und Harmonie unter den Loowern bedacht. Aber wenn man die von ihm während der letzten Jahrhunderte ergriffenen Maßnahmen genau analysiert, stellt sich heraus, dass er die Gegner der Einkehr unterstützte. Auf sehr subtile Weise und nie direkt.«

Karn-Terg erinnerte sich daran, dass Kilan einen einflussreichen Freund erwähnt hatte. Noch etwas fiel ihm ein: Der alte Garasch war nach soziologischen Untersuchungen zu dem Schluss gelangt, dass die neo-entelechische Bewegung nur durch die indirekte oder stillschweigende Unterstützung maßgebender Stellen zu einem wichtigen Faktor in der Gesellschaft der Trümmersphäre geworden war. Lautete der Name dieser »maßgebenden Stellen« Be-Techen?

»Kilan war von Anfang an ein Gegner der Einkehr«, fuhr Hisk fort, »und nach der Gründung der Neo-Entelechie muss er irgendwann an dem Projekt beteiligt worden sein. Seitdem treibt er es voran.«

»Was macht dich da so sicher? Kilan weiß, was es mit den Monaden auf sich hat. Er war bei uns, als wir Archiv und Omniskop fanden. Warum sollte er Flüchtlinge aus einem anderen Universum *versklaven* wollen?«

»Weil er ihre Energie braucht. Er verwendet die hyperenergetische Matrix der Monaden für das neue Tiefenbewusstsein. Ohne diese Energie wäre seine Neo-Entelechie nie zu einem Erfolg geworden.«

Karn-Terg konnte kaum glauben, was er hörte.

»Ich muss jetzt eine sehr schwere Entscheidung treffen«, sagte Hisk. »Während der vergangenen Tage habe ich immer und immer wieder darüber nachgedacht, aber so sehr ich auch überlege, so sehr ich nach einem Ausweg suche, es läuft auf zwei Möglichkeiten hinaus. Entweder vergesse ich diese Sache und setze den Ausbau und die Perfektionierung von Schanha-Scha fort. Oder ich prangere Kilan an und stelle mich mit der Ordinanz gegen ihn. Das würde mit ziemlicher Sicherheit bedeuten, dass ich mich auch gegen den Quellmeister stelle. Es käme zu einer Machtprobe.«

»Sprichst du von einem ... *Staatsstreich?*«, fragte Karn-Terg entsetzt.

»Ich spreche von der Rettung unseres Volkes! Ich muss Schanha-Scha bewahren, das ist meine Pflicht als Primärer Konstrukteur und auch als aufrechter Loower. Ich muss die orbitale Stadt vor der Zerstörung schützen. Und wenn sich Kilan irgendwann endgültig durchsetzen sollte, so *würde* das ihre Zerstörung bedeuten. Was soll aus unserem Volk werden, wenn jemand, der ein fremdes Volk versklavt, unsere Geschicke bestimmt?«

»Aber du bist nicht *ganz* sicher?«, fragte Karn-Terg hoffnungsvoll. »Deshalb bist du hierher gekommen. Um alles gründlich zu durchdenken.«

»Ja, das stimmt«, räumte Hisk ein. »Ich weiß nicht genau, inwieweit Kilan nur Werkzeug oder tatsächlich treibende Kraft ist. Aber selbst wenn er bei dieser Sache keine führende Rolle spielt: Ich muss mit meiner Ordinanz einschreiten. Das ist mir inzwischen klar geworden – mir bleibt keine Wahl.«

»Deine Ordinanz?«, wiederhole Karn-Terg. »Du scheinst ebenfalls großen Einfluss gewonnen zu haben.«

»Ich bin der Primäre Konstrukteur. Ich bin das, was ich werden wollte, was ich mir damals erträumt habe.« Hisk schnaufte leise. »Welch eine Ironie des Schicksals. Wir *beide* sind das, was wir werden wollten, Kilan und ich. Aber nur er ist das, was *du* dir gewünscht hast.«

Diese Worte schmerzten. »Fühlst du dich noch immer ...«

»Kilan gegenüber benachteiligt? Als ewiger Zweiter? Solche Dinge spielen längst keine Rolle mehr.«

»Aber sie haben dich einmal dazu gebracht, den Hort zu verlassen, und das hätte fast deinen Tod bedeutet.«

»Hier haben wir sogar eine doppelte Ironie des Schicksals. Die Monaden haben mir das Leben gerettet, und mein Bruder versklavt sie.« Es klang sehr bitter.

»Du bist für mich nie an zweiter Stelle gekommen, Hisk, das musst du mir glauben«, sagte Karn-Terg mit fester Stimme. »Es stimmt, ich bin wie Kilan ein Gegner der Einkehr, und du kennst auch meine Meinung über die Kosmokraten. Dass wir beide unterschiedliche Ansichten vertreten, Hisk ... Es heißt noch lange nicht, dass du mir weniger bedeutest als Kilan.«

Hisk schnaufte erneut und stand auf. »Wie gesagt, diese Dinge spielen jetzt keine Rolle mehr. Es geht um die Zukunft von Schanha-Scha, um die Zukunft der Loower. Ich *muss* handeln.«

Karn-Terg erhob sich ebenfalls. »Lass mich mit Kilan sprechen, bevor du irgendetwas unternimmst. Die eventuelle Versklavung der Monaden finde ich ebenso abscheulich wie du, aber wir wissen nicht, ob Kilan wirklich etwas damit zu tun hat. Ich werde ihn zur Rede stellen.«

»Wie denn? Du darfst den Hort nicht verlassen. Das ist eine Entscheidung der Justiziare, die direkt dem Quellmeister unterstehen, und ich kann Be-Techen wohl kaum um den Gefallen bitten, dir Strafaufschub zu gewähren oder dich ganz zu begnadigen.«

Karn-Terg stellte überrascht fest, dass er schon viele Jahre nicht mehr an sein Verbrechen und die Strafe gedacht hatte. Beides schien zu einer anderen Existenz zu gehören. Das Leben in der Hort-Station fühlte sich nach mehr als sieben Jahrhunderten »normal« an; es gab nichts anderes mehr. Er bedauerte nur, dass er keine Ausflüge auf dem Planeten unternehmen durfte.

»Und wenn mich deine Ordinanz unter einem Vorwand abholt und zur Trüm... zur orbitalen Stadt bringt?«

»Kilan könnte darin ein gegen ihn gerichtetes Manöver sehen«, sagte Hisk. »Und wenn ich die Ordinanz ganz offen für meine Zwecke einsetze, sieht sich vielleicht der Quellmeister zum Eingreifen veranlasst.«

»Ich verstehe.« Karn-Terg überlegte. »Ich versuche, Kilan eine Nachricht zu schicken und auf eine wichtige Angelegenheit hinzuweisen, die ich mit ihm besprechen muss. Hisk ...« Er veränderte seinen Tonfall und verlieh den nächsten Worten besonderes Gewicht. »Ich bitte dich um ein letztes Versprechen: Warte ab, bis ich mit Kilan gesprochen habe. Gib mir die Möglichkeit, die Situation zu entschärfen und euch einander näher zu bringen.«

Hisk musterte den Kinderwart stumm, und sein Schweigen dauerte an. Schließlich hob er den Tentakel zu einer zustimmenden Geste. »Na schön, ich verspreche es. Rede mit Kilan. Bring ihn zur Vernunft. Aber lass dir nicht zu viel Zeit. Wenn ich nicht bald aktiv werde, ist es zu spät für Schanha-Scha und uns Loower.«

: 31

Reginald Bull
| 1341 NGZ |

»› Die KANDAHAR und ihre Eskorte kamen im Oleander-System aus dem Linearraum und schwenkten in eine hohe Umlaufbahn um einen Gasriesen, der mit seinen fast hundert großen und kleinen Monden wie ein eigenes Planetensystem wirkte. Reginald Bull nahm wieder seinen Platz in der Zentrale des Koordinierungsschiffes ein und beobachtete zusammen mit dem Chefkoordinator Ernesto das Geschehen. Die Kommunikationssysteme der KANDAHAR empfingen Dutzende von Meldungen aus den inneren Sektoren des Systems, und Ernesto half dabei, die Informationsströme zu verarbeiten und zu analysieren.

Wieder blitzten die Lichter der Zerstörung und des Todes in der Nacht zwischen den Planeten, mit einer Lautlosigkeit, die bemüht zu sein schien, über ihre Tragik hinwegzutäuschen.

»Die beiden Loowerflotten sind fast gleich groß, jeweils etwas mehr als dreitausend Schiffe«, sagte einer der Offiziere an den vielen Konsolen im Kontrollraum. »Der Kampf verlagerte sich allmählich in Richtung des vierten Planeten.«

Der zweieinhalb Meter große Pertos stapfte umher, die Hände auf den Rücken gelegt. Immer wieder blickte er zu den Schirmen, die die Raumschlacht im Innenbereich des Sonnensystems zeigten. Mit einer Gnadenlosigkeit, die Bull noch immer erschreckte, feuerten die Loower aufeinander und zeigten selbst dann keine Gnade, wenn Schiffe zerbarsten und Überlebende mit Rettungsbooten aufbrachen. Ein kleineres Holo zeigte die Position der KANDAHAR und ihrer Eskorte über dem Gasriesen Oleander Sieben; zwei kleine Schiffe lösten sich von ihr und stoben fort.

Bull wandte sich an Ernesto, der an einer nahen Konsole stand und neben dem großen Pertos, der bei ihm verharrte, wie ein greiser, fragiler Zwerg wirkte. »Hat uns jemand verlassen?«

»Die Admiräle Radhadi und Hannibal sind zu den Flaggschiffen der hiesigen Einsatzflotten unterwegs«, grollte der Ertruser, bevor Ernesto antworten konnte, der das Modul in seinem rechten Ohr direkt mit den Kommunikationssystemen der KANDAHAR verbunden hatte. »Mehr als fünftausend Schiffe warten in einem ausgedehnten Asteroidenschwarm zwischen den Umlaufbahnen des vierten und dritten Planeten auf den Einsatzbefehl.«

»Entfernung der beiden Loowerflotten vom vierten Planeten: zwanzig Millionen Kilometer«, sagte einer der Männer an den vorderen Konsolen. »Erste Schiffe unternehmen Vorstöße nach Oleander Vier; andere fangen sie ab. Einige interplanetare Frachter wurden vernichtet.«

»Haben die Loower absichtlich das Feuer auf sie eröffnet?«, fragte Bull.

Der Offizier drehte sich um. »Nein. Die Schiffe scheinen ins Kreuzfeuer geraten zu sein.«

»Ist der orbitale Raum über dem vierten Planeten vermint?«

»Ja«, bestätigte Ernesto. »Zweihundertvierunddreißig alte Satelliten und einhundertneunzig ausgediente Schiffe sind mit Fusionsladungen bestückt.« Der Chefkoordinator betätigte die Kontrollen der Konsole, und eins der Hologramme zeigte eine schematische Darstellung des Planeten, umgeben von zahlreichen weißen Punkten. »Die geringste Entfernung beträgt zwanzigtausend Kilometer.«

»Das ist ziemlich wenig«, sagte Bull besorgt. »Wenn die Minen hochgehen ... wenn sie explodieren und ihrerseits Loowerschiffe zur Explosion bringen ... könnte das eine Gefahr für den Planeten bedeuten?«

»Ich fordere Daten an.« Ernestos knochige Finger glitten über die Schaltflächen. Pertos stand noch immer neben ihm, ein Gigant neben einem Wicht, und beobachtete wie Bull die Darstellung des Planeten. Einige Sekunden später ließen simulierte Explosionen die weißen Punkte aufblitzen.

»Gefahren für Oleander Vier können nicht ausgeschlossen werden«, sagte der Chefkoordinator schließlich. »Es ist nicht zu befürchten, dass die energetischen Schockwellen starker Explosionen im All die Oberfläche des Planeten erreichen, aber es wird zu intensiver Strahlung kommen, die von der Atmosphäre kaum gefiltert werden kann. Deshalb hat man Schutzzonen eingerichtet, in denen derzeit die Bewohner zusammenkommen. Energieschirme werden die Strahlung von ihnen fern halten.« Ernesto sah auf. »Es hätte keinen Sinn, die Minen in größerer Entfernung vom Planeten zu platzieren, denn wenn die Abstände zwischen ihnen zu groß werden, reicht die freigesetzte Energie nicht aus, um die Schutzschirme der Loower kollabieren zu lassen.«

Bull betätigte die Kontrollen in der Armlehne, aktivierte ein Datenholo und rief Informationen ab. Oleander Vier, Eigenname Maliu, etwas kleiner als die Erde, geringere Schwerkraft, ein Superkontinent, so groß wie alle Kontinente der Erde zusammen. Knapp fünfzig Millionen Menschen und etwa zwanzigtausend Angehörige anderer Völker lebten auf Maliu, die meisten von ihnen in neunzehn mittelgroßen und vierunddreißig kleinen Städten. Halbautomatische Industrieanlagen produzierten fast alle Güter, die die Maliui, wie sie sich selbst nannten, in ihrem täglichen Leben brauchten. In den flachen, warmen Meeren wuchsen spezielle Algen, die zu »Manna« verarbeitet wurden, einem weit verbreiteten Lebensmittel, das alle notwendigen Nährstoffe enthielt. Aromastoffe gaben dem Manna jeden gewünschten Geschmack.

Bull las weiter und erfuhr von einer Welt, deren Bewohner ein einfaches, unbeschwertes Leben führten – jene Art von Leben, von dem er selbst manchmal träumte. Wie oft hatte er daran gedacht, sich zusammen mit Fran irgendwo niederzulassen und einfach das Leben zu genießen, ohne die schwere Last der Verantwortung? Doch wenn er sich derartigem Wunschdenken hingab, dauerte es meistens nicht lange, bis ihn die Realität einholte.

Er stellte sich die Bewohner des vierten Planeten vor, ihre Wünsche, Träume und Hoffnungen, auf denen plötzlich der dunkle Schatten einer Bedrohung aus dem All lag. Vor vielen Jahren hatten ihre Vorfahren den Loowern gestattet, auf ihrer Welt eine neo-entelechische Missionsstation einzurichten, und für diese Geste der Toleranz bezahlten sie nun den Preis der Angst.

»Die Missionsstation auf Oleander Vier ist ebenfalls von einer energetischen Barriere umgeben«, sagte Ernesto. Bull hob den Kopf und sah, dass der greisenhafte Mann neben seinem Sessel stand. »Alle Versuche, sie zu durchdringen, sind bisher gescheitert.«

»Was ist mit Trümmern?«, fragte Bull und setzte damit einen Gedanken fort, der ihm zuvor durch den Kopf gegangen war. »Mit Trümmern, die auf den Planeten stürzen? Wie groß ist dieses Gefahrenelement?«

Ernesto deutete auf die Holos.

»Die meisten Trümmer dürften in der Atmosphäre verglühen. Wenn doch welche die Oberfläche von Oleander Vier erreichen, dann mit einer Wahrscheinlichkeit von mehr als siebenundneunzig Prozent in unbewohnten Gebieten.«

»Abstand der Loowerflotten zum Planeten: fünfzehn Millionen Kilometer«, meldete jemand.

Pertos stapfte wieder mit auf den Rücken gelegten Händen durch die Zentrale, und sein Blick wanderte ebenfalls hin und her, galt mal den großen holographischen Darstellungen, mal dem Verteidigungsminister. Bull wusste, was der Ertruser von ihm erwartete: eine Entscheidung, vielleicht die wichtigste von allen.

Die Entscheidung über Krieg und Frieden.

Auch in Ernestos faltigem Gesicht stand eine Frage geschrieben. »Wir haben den Initialisierungskode für die Orbitalminen bekommen«, sagte er. »Deine Präsenz im Oleander-System bedeutet: Du musst den Befehl für den Einsatz der Minen und der Flotte geben.«

Plötzlich wünschte sich Bull weit weg, am besten in eine andere Galaxis.

Das Schott der Zentrale öffnete sich mit einem leisen Zischen, und Admiralin Talyha trat ein, gekleidet in eine Hose-Jacke-Kombination, die so schwarz wie ihr Haar war. Sie grüßte Pertos mit einem knappen Nicken und trat dann zu Ernesto und Bull. »Koordinator, Verteidigungsminister ... Warum ist keine Evakuierung eingeleitet worden? Es stehen mehr als fünftausend Schiffe zur Verfügung.«

Bull deutete auf den Platz an seiner Seite, und Talyha sank in den Sessel. Ernesto blieb an der Konsole stehen, noch immer mit den Kommunikationssystemen des Schiffes verbunden.

»Du weißt, wofür wir die Schiffe brauchen, Admiralin Talyha. Und inzwischen hat ein Evakuierungsversuch keinen Sinn mehr.«

»Entfernung der Loowerflotten vom Planeten zehn Millionen Kilometer«, meldete einer von Pertos' Offizieren, als wollte er Bulls Worte bestätigen.

»Für den Frieden ist es nie zu spät«, sagte Talyha.

Bull seufzte tief und innig. »Ich bin alles andere als ein Kriegstreiber«, erwiderte er, musterte die Admiralin von Olymp und versuchte zu erkennen, was hinter ihrer kühlen Fassade geschah. Ihre Augen, fast so dunkel wie Haar und Kleidung, hielten seinem Blick mühelos stand. »Wenn es eine Möglichkeit gäbe, mit den Loowern Frieden zu schließen, würde ich sie sofort nutzen.«

»Es geht hier nicht nur um Krieg und Frieden«, sagte Talyha. »Es geht um Tod und Überleben.«

»Radhadi und Hannibal haben die Flaggschiffe erreicht«, warf Ernesto ein. »Sie melden volle Einsatzbereitschaft der Flotte.«

»Wenn du die Orbitalminen zündest und den Einsatz der Flotte anordnest, sprichst du das Todesurteil über die LFT«, fügte Talyha hinzu.

Ihre Kühle berührte Bull und ließ ihn frösteln. »Glaubst du nicht, dass du da ein wenig übertreibst?«

»Die Loower werden eine Kriegserklärung darin sehen und mit ihrer geballten militärischen Macht gegen uns vorgehen. Sie werden ihre Streitigkeiten untereinander vergessen, so wie im Flake-System, und angesichts ihrer Überlegenheit hätten wir kaum eine Chance gegen sie. Das Feuer der ersten explodierenden Mine wird einen Weltenbrand entfachen. *Unsere* Welten werden verbrennen.«

Bull beobachtete die Lichter im All, die flackernden, gleißenden und dann verlöschenden Lichter, die von Strahlblitzen und berstenden Raumschiffen erzählten. Er stellte fest, dass Pertos nicht weit entfernt stehen geblieben war – vielleicht belauschte der Ertruser das Gespräch. Bull konnte es ihm nicht verdenken; es stand eine Menge auf dem Spiel.

»Entfernung der Loowerflotten vom Planeten acht Millionen Kilometer«, hieß es. »Weitere Schiffe unternehmen Vorstöße nach Oleander Vier, werden aber immer abgefangen. Bisher wurden fast vierhundert Loowerschiffe vernichtet.«

Wie viele Leben waren dort draußen in der kalten Leere bereits ausgelöscht worden? Und wofür? Bull erinnerte sich daran, dass die Loower behaupteten, einen Krieg *für das Leben* zu führen.

»Wie absurd«, murmelte er. »Die Behauptung der Loower, für das Leben zu kämpfen«, fuhr er fort, als er Talyhas fragenden Blick bemerkte.

»Wir wissen zu wenig über ihren Kampf, um uns jetzt auf einen Krieg mit ihnen einzulassen«, entgegnete sie, und Bull hörte dabei einen drängenden Unterton in ihrer Stimme. »Wenn wir warten, bis Außenminister Tifflor das Alkyra-System erreicht ...«

»Die ersten Loowerschiffe kommen bis auf eine Million Kilometer an Oleander Vier heran«, meldete einer von Pertos' Offizieren.

»Planetare Verteidigung und Flotte erwarten deine Anweisungen«, sagte Ernesto.

Die Zeit schien sich zu dehnen, und Bull glaubte, aus sich selbst herauszutreten. Er sah, wie er im Sessel saß, fast zermalmt unter einem Berg aus Verantwortung. Er sah die Sorge im eigenen Gesicht, in den Augen Bilder von Maliu und vielen anderen Welten, deren Schicksal sich jetzt entschied. Krieg und Frieden. Tod und Leben. Gab es irgendwo dazwischen Platz für Hoffnung?

»Perry Rhodan hat einen Fehler gemacht«, sagte Talyha. »Diesen Fehler dürfen wir nicht wiederholen.«

Die Worte brachten Bull zu sich selbst zurück. Er atmete wieder, unter dem Berg, der auf ihm lastete, und er begriff, dass die Entscheidung jetzt fallen musste, in diesen Sekunden.

»Loowerschiffe in unmittelbarer Nähe des Planeten!«, rief jemand. »Die Schlacht erreicht Oleander Vier.«

Bull spürte den Blick wässriger Augen auf sich ruhen. »Reginald? Die Minen müssen initialisiert werden.«

»Wenn du das Signal sendest, gibt es kein Zurück mehr«, sagte Talyha eindringlich. »Es könnte das Ende der LFT und den Tod für Abermilliarden bedeuten.«

Loowerschiffe feuerten über Maliu. Einige zu Orbitalminen umfunktionierte Satelliten und alte Schiffe verglühten in den Strahlen, ohne dass ihre Fusionsladungen zündeten.

»Wenn wir jetzt nicht handeln, ist es zu spät«, sagte Ernesto.

»Wenn wir jetzt handeln, *ist* es zu spät«, erwiderte Talyha.

Bull öffnete den Mund und hörte sich sagen: »Wir setzen weder die Flotte noch die Orbitalminen ein.«

Ernesto trat noch einen Schritt näher. »Reginald?«

»Wir bleiben passiv«, sagte Bull, und diesmal klang seine Stimme fester. »Ernesto, Kommandant Pertos ... Gebt die Order weiter. Wir unternehmen nichts gegen die Loower.«

»Danke«, sagte Talyha, und diesmal zeigte sich etwas in der kühlen Maske ihres Gesichts: tiefe Erleichterung.

Ernesto neigte den Kopf zur Seite und lauschte elektronischen Stimmen, die aus dem Kommunikationsmodul in seinem rechten Ohr kamen. »Admiral Radhadi fragt an ...«

»Es finden keine Aktionen gegen die Loower statt«, sagte Bull. »Wir ... warten ab.«

Er blickte in die Hologramme und beobachtete, wie weitere Orbitalminen im Feuer der Loower verglühten. Einige Schiffe gingen tiefer, offenbar mit der Absicht zu landen, und Bull hoffte plötzlich, dass es ihnen gelang, dass sie den Planeten in einen Schutzschirm hüllten, so wie Marittima, dass es dieser Welt nicht so erging wie Snowflake.

Strahlbündel folgten den Schiffen, die landen wollten, durchschlugen Schutzschirme, ließen Triebwerke detonieren und rissen stählerne Rümpfe auf. Explosionen brachten jähes Licht in die Dunkelheit auf der Nachseite des Planeten. Ein großer, fast einen Kilometer langer Raumer verlor zwar sein Triebwerk, platzte aber nicht auseinander. Die schematische Darstellung neben Ernesto zeigte, dass er einer Stadt entgegenfiel ...

Bull schloss die Augen.

Als er sie wieder öffnete, schien der ganze Planet in Flammen zu stehen. Das Gros beider Loowerflotten war heran, insgesamt noch immer mehr als fünftausend Schiffe, und beide Seiten hinderten sich mit unablässigem Sperrfeuer an einer Landung. Wracks stürzten ab, viele von ihnen mehr als einen Kilometer lang – viel zu groß, um in der Atmosphäre zu verglühen. Trümmer schmetterten auf Maliu hinab, und nicht alle von ihnen gingen in unbewohnten Gebieten nieder.

Bull beobachtete, wie eine Welt starb.

Im Kreuzfeuer tausender Loowerschiffe wurde das Grünblau des Planeten erst zu einem schmutzigen Braun und dann zu einem düsteren Rot.

Und dann traten die beiden Loowerflotten den Rückzug an. Die Schiffe setzten sich ab von der vernichteten, brennenden Welt, die plötzlich keine Bedeutung mehr für sie hatte, sprangen in den Hyperraum und verließen das Oleander-System.

»Es ist vorbei«, sagte Ernesto schlicht.

Stimmen kamen aus den Akustikfeldern der Kommunikationssysteme. Zwei von ihnen gehörten den Admirälen Radhadi und Hannibal, und beide klangen ziemlich aufgeregt, selbst die Geisterstimme des Trioden.

Bull starrte auf das, was von Maliu übrig geblieben war. Erst nach einer ganzen Weile merkte er, dass er die Hände zu Fäusten geballt hatte.

Pertos trat auf ihn zu, begleitet von den Blicken der Besatzungsmitglieder. »Ich bitte um Anweisungen.«

Bull stand langsam auf. Das Gewicht der Verantwortung hatte sich nicht verringert; es schien sogar noch schwerer geworden zu sein. »Hiermit ergeht folgender Einsatzbefehl für die Flotten der LFT: Sie sollen sofort mit der Evakuierung der anderen unmittelbar bedrohten Planeten beginnen. Was die KANDAHAR und ihre Eskorte betrifft ... Wir kehren zur Erde zurück.«

Bull verließ die Zentrale und fühlte sich schuldig am Tod einer ganzen Welt.

: 32

Karn-Terg
| Alkyra II, 757 N.d.E. – 756 NGZ |

»› Immer wieder formulierte Karn-Terg Mitteilungen und übermittelte sie Kilan-Gerp in der Trümmersphäre, aber er erhielt keine Antwort, wusste nicht einmal, ob die Botschaften Hisks Bruder tatsächlich erreichten. Die Zeit verging, Wochen wurden zu Monaten, und Karn-Terg dachte mit immer größerer Sorge daran, dass Hisk vielleicht die Geduld verlor. Oder, schlimmer noch, dass er glaubte, es ginge dem Kinderwart darum, Zeit für Kilan zu gewinnen. Mit nervösem Interesse verfolgte er die Berichterstattung in den Nachrichtennetzen der orbitalen Stadt: Die allgemeine Situation erschien ihm unverändert, aber vermutlich entgingen ihm viele subtile Dinge, die sich hinter den Kulissen abspielten.

Dann endlich, fast ein Jahr nach seinem Gespräch mit Hisk, reagierte Kilan-Gerp mit drei Worten auf die Mitteilungen: »Treffe morgen ein.«

Karn-Terg freute sich auf den Besuch – seit vierzig Jahren war Kilan nicht mehr im Hort gewesen –, aber er befürchtete auch, dass es zu einer Konfrontation mit Hisks Bruder kommen könnte, zur ersten, soweit er sich zurückerinnerte. Er überließ die Aufsicht des Horts den verantwortungsbewussten Neunern und versuchte, sich so gut wie möglich auf das Treffen vorzubereiten. Er ging zu den Gräbern hinter den hohen Felsen – der Hort erstreckte sich längst über diesen Bereich hinaus; seine Gebäude umschlossen den Ort, wo Melra-Mar, Kratz und die anderen Kinder ruhten, die Unfällen zum Opfer gefallen waren – und nutzte das Gedenken an die Toten, um sich Ruhe zu geben und sein inneres Gleichgewicht zu stabilisieren. Er stellte sich das Gespräch vor, ging es in Gedanken mehrmals in verschiedenen Varianten durch und ahnte doch, dass alles ganz anders kommen würde. Er hatte die Last der Schuld und der Einsamkeit getragen, und jetzt spürte er, dass er eine neue Bürde trug: die Zukunft seines Volkes. Von der bevorstehenden Begegnung mit Kilan hing vielleicht das Schicksal der Loower ab.

»Leider habe ich nicht viel Zeit«, sagte Kilan und schien es wirklich zu bedauern. »Ich muss noch heute zur Trümmersphäre zurück. Wichtige Dinge erfordern meine Aufmerksamkeit.«

Kilan-Gerp war am Ruhegestell im Empfangsraum in die Hocke gegangen und wollte offenbar nicht die Innensektoren des Horts aufsuchen.

»Das ist schade«, erwiderte Karn-Terg. »Ich wollte dir die neueste Version meines Synthokosmos zeigen. Dort bin ich jetzt mit dem Sporenschiff unterwegs ...«

»Seltsam, dass du das erwähnst«, sagte Kilan. »Es *gibt* noch ein Sporenschiff, wusstest du das? Sie wurden vernichtet, bis auf Bardiocs Sporenschiff, die PAN-THAU-RA. Die Kosmokraten brachten sie zwischen die Dimensionen.«

»Davon habe ich damals gehört, vor der Einkehr.« Karn-Terg beobachtete Kilan und fragte sich, was diese Bemerkung bedeutete.

»Stell dir vor, es gelänge, die PAN-THAU-RA zu lokalisieren und in den Normalraum zu holen. Stell dir vor, *Loower* würden das schaffen.«

»Ein Sporenschiff bedeutet ...«

»Macht«, sagte Kilan. »Enorme Macht. Eine Macht, die die Kosmokraten fürchten.« Er seufzte, und es klang wehmütig.

»Du hast mehrmals darauf hingewiesen, dass du etwas Wichtiges mit mir besprechen musst, und zwar persönlich. Worum geht es, Großer?«

Karn-Terg hatte sich vorsichtige, diplomatische Worte zurechtgelegt, aber es kamen ganz andere aus seiner Sprachblase.

»Hast du die Monaden versklavt?«

Kilan starrte ihn groß an. »Ob ich *was* habe?«

»Hast du die Monaden versklavt, um ihre Energie für die Neo-Entelechie zu nutzen, für das neue Tiefenbewusstsein?«

»Wie kommst du darauf?«

Karn-Terg zögerte und fragte sich, ob er Hisks Vorwürfe erwähnen sollte. Er entschied sich dagegen. »Bitte beantworte meine Frage, Kilan.«

»Von einer *Versklavung* der Monaden kann keine Rede sein.«

»Aber du verwendest ihre aus einem anderen Universum stammende Energie für das neue Tiefenbewusstsein, nicht wahr?«

»Ja, das stimmt. Aber niemand versklavt die Monaden. Sie arbeiten mit uns zusammen, ohne dass sie jemand zu etwas zwingt.« Kilan fügte hinzu: »*Natürlich* helfen sie uns. Gerade ihnen, Flüchtlingen aus einem anderen Universum, kann nicht daran gelegen sein, in, auf oder über einer einzelnen Welt gefangen zu bleiben.«

Er beugte sich ein wenig vor, und der Glanz in seinen Augen veränderte sich. »Wir schaffen es, Großer. Die Neo-Entelechie setzt sich durch. Wir gewinnen immer mehr Anhänger, und unser Einfluss wächst ständig. Die ersten von uns sind schon vor vielen Jahren aufgebrochen, um die neo-entelechische Kunde zu anderen Planeten zu tragen. Bald wird aus den Trümmern unserer Vergangenheit neue Größe entstehen. Unser Traum wird wahr. *Dein* Traum wird wahr, Großer. Wir kehren zu den Sternen zurück, als Zweidenker. Die Tage der Trümmersphäre sind gezählt.«

»Genau das befürchtet Hisk«, murmelte Karn-Terg.

»Du hast es von ihm, nicht wahr? Die angebliche Versklavung der Monaden ... Dieser Vorwurf stammt von ihm, habe ich Recht?«

Der Kinderwart schwieg.

»Ihm ist *jedes* Mittel recht, uns zu bekämpfen. Seine Ordinanz hat damit begonnen, falsche Anklagen gegen neo-entelechische Lehrmeister zu erheben. Die Zweidenker sollen in Misskredit gebracht werden. Und jetzt versucht Hisk, dich gegen mich aufzubringen.«

»Er versucht, das zu schützen, was ihm wichtig ist«, sagte Karn-Terg und fand sich in der ungewohnten Rolle wieder, Hisks Standpunkt zu verteidigen. »Er glaubt wirklich, dass du die Monaden versklavt hast oder ihre Versklavung billigst und für deine Zwecke nutzt. Er wollte mit der Ordinanz gegen dich vorgehen.«

»Wenn er das macht ...«

»Dann stellt er sich auch gegen den Quellmeister, der dich, mehr oder weniger heimlich, unterstützt, nicht wahr?«

»Be-Techen hat nach Ta-Perendi viel wieder gutmachen müssen. Sein Vorgänger hat großen Schaden angerichtet.«

»Ich weiß«, sagte Karn-Terg kummervoll. »Unter anderem hat er meine alte Kommandantin Aranta-Margi auf dem Gewissen.« Er atmete tief durch. »Wenn Hisk seine Ordinanz gegen dich – gegen dich und Be-Techen – einsetzt, kommt es zu einer großen und möglicherweise fatalen Auseinandersetzung unter Loowern. Das muss unter allen Umständen vermieden werden.«

»Auch wenn der Preis aus unserer Freiheit besteht?«

»Ich lebe seit mehr als siebenhundert Jahren in Unfreiheit, Kilan«, erwiderte Karn-Terg. »Ganz zu Anfang habe ich bedauert, mich nicht einfach aufhören zu können, weil ich noch nicht das Alter der Reife erreicht hatte. Ich habe nach Möglichkeiten für den Selbstmord gesucht, bis ich schließlich begriff, dass ich eine neue Aufgabe habe und mich ihr widmen muss.«

»Die Kinder des Horts«, sagte Kilan.

»Ja. Freiheit ist nicht alles. Das *Leben* ist noch wichtiger. *Für das Leben*, erinnerst du dich?«

»Deine Synthowelt. Beziehungsweise dein Synthokosmos, in dem du mit einem Schwarm aufgebrochen bist, um einem unbelebten Universum Leben zu bringen.«

»Vergiss das nie, Kilan. Es ist die wichtigste Botschaft, die ich für dich, Hisk und die Kinder habe, die in meinem Hort heranwachsen: *Das Leben ist wichtiger als alles andere.* Für das Leben, Kilan. Richte dein Handeln nach diesem Grundsatz aus. Kannst du mir dein Wort darauf geben, dass die Monaden nicht von dir oder jemand anders versklavt sind?«

»Ich gebe dir mein Wort, dass niemand sie zwingt, uns zu helfen.«

»Gut. So etwas könnte durch *nichts* gerechtfertigt werden. Für das Leben«, betonte Kilan noch einmal. »Präg es dir ein. Vergiss es nie. Hisk hat auf meine Bitte hin bisher darauf verzichtet, etwas gegen dich zu unternehmen, und ich wäre dir sehr dankbar, Kilan, wenn du diese Sache mit ihm klären könntest.«

»Wir haben nur noch selten Gelegenheit, miteinander zu reden ...«, sagte Kilan ausweichend.

»Ich glaube, wenn ihr beide einen Dialog wollt, so wird er auch möglich. Bewahrt den Frieden, Kilan. Um diesen Gefallen bitte ich dich ganz persönlich. Tu alles, um den Frieden zu bewahren. Arbeite nicht auf einen Konflikt hin.«

»Und wenn er letztendlich unvermeidlich ist?«

»Ihr seid Brüder, Kilan. *Versucht* wenigstens, den Konflikt zu vermeiden. Zumindest so viel seid ihr euch selbst und allen Loowern schuldig.«

Kilan löste sich aus der Ruhestellung. »Na schön, Großer. Ich versuche, mit Hisk zu reden.« Er deutete zum nahen Fenster, durch das man das kleine Schiff draußen auf der Landeplattform sehen konnte. »Ich mache mich jetzt besser wieder auf den Weg.«

»Es würde mich sehr freuen, wenn du irgendwann einmal mehr Zeit hier bei mir und den Kindern verbringen könntest. Es sind jetzt über zehntausend«, sagte Karn-Terg stolz.

»Vielleicht bald.« Kilan ging zur Luftschleuse und wirkte dabei nachdenklich. »Für das Leben ...«, wiederholte er leise und drehte sich noch einmal um. »Sobald wieder Ruhe und Frieden in der Milchstraße eingekehrt ist, werde ich Zweidenker losschicken, mit dem Auftrag, in anderen Sonnensystemen neoentelechische Missionen einzurichten. Und vielleicht erinnerst du dich aus deinem früheren Leben daran, dass das Tiefenbewusstsein uns Loowern eine gesteigerte Erkenntnisfähigkeit gibt. Meine Missionare haben Informationen gesammelt, die ein düsteres Bild von der Zukunft zeichnen: Es mehren sich die Hinweise darauf, dass die Kosmokraten irgendwann gegen das angeblich überhand nehmende Leben im Universum vorgehen wollen. Wir müssen bereit sein, wenn das geschieht, Großer. Das Leben kommt an erster Stelle, da gebe ich dir Recht. Aber vielleicht müssen wir für dieses Prinzip einen viel höheren Preis zahlen, als du glaubst.«

: 33

Gucky
| 1341 NGZ |

»› Gucky war mit einem Satz an den Kontrollen, aktivierte den Schutzschirm und ging auf maximale Beschleunigung. Die JUMPY wurde schneller und entfernte sich von dem Inferno der Raumschlacht, wurde aber von den energetischen Druckwellen einiger explodierender Loowerschiffe eingeholt und ordentlich durchgeschüttelt.

»Davon hat dir die Entelechie nichts verraten, wie?«, rief der Mausbiber, um das Donnern zu übertönen.

Sirken starrte aus großen Augen auf die Holos, die das Geschehen im All zeigten. Sie beobachtete den tödlichen Tanz der vielen Raumschiffe, nicht weit vom zweiten Planeten des Wondart-Systems entfernt. Die sechs äußeren Welten der gelben Sonne, hauptsächlich Gasriesen, sowie der erste Planet, eine glühende Schlackekugel, schienen sie nicht zu interessieren.

»Wir müssen nach Bekkenar«, sagte sie. »Wir müssen die dortige Missionsstation erreichen.«

Und plötzlich stand sie neben Gucky, ohne dass er eine Bewegung gesehen hatte. Sie schob den Mausbiber mit nicht gerade sanftem Nachdruck beiseite, betätigte die Kontrollen und änderte den Kurs des Schiffes: zurück in den Innenbereich des Sonnensystems, zum zweiten Planeten Bekkenar, um den die Loower kämpften.

Gucky war so verblüfft, dass er zunächst gar nicht reagierte. Der schnelle Kurierkreuzer sprang den beiden Flotten entgegen, und sein Schutzschirm flammte auf, als mehrere Energiestrahlen ihn streiften. Sirken versuchte, die JUMPY an der Peripherie der Raumschlacht entlangzusteuern, aber selbst dort herrschte energetisches Chaos.

In der Ferne stiegen Lichter von Bekkenar auf: Dutzende von Evakuierungsschiffen versuchten, Siedler in Sicherheit zu bringen. Gucky hörte die Stimmen des Funkverkehrs, doch seine Aufmerksamkeit galt etwas anderem.

Aus dem fernen Raunen, das im telepathischen Äther von Sirken ausging, war ein Tosen geworden, und seltsamerweise schien es nicht nur von ihr allein zu stammen. In diesen Sekunden war sie wie ein Becken, das Kraft aufnahm. Doch woher *stammte* die mentale Energie, die in ihr einen Fokus fand?

Wieder streifte ein Strahlblitz die JUMPY, und das kleine Schiff schüttelte sich wie ein verängstigtes Geschöpf. Gucky brauchte keine neo-entelechischen Kenntnisse, um einen Blick in die nahe Zukunft zu werfen: Wenn sie den Flug nach Bekkenar fortsetzten, riskierte das Kurierschiff einen Volltreffer, und damit konnte der nicht sehr leistungsfähige Schutzschirm kaum fertig werden.

Der Mausbiber gab Sirken einen telekinetischen Stoß, bei dem er für einen Sekundenbruchteil auf einen sonderbaren Widerstand stieß, brachte sich mit einer Teleportation an die Kontrollen zurück und leitete einen Nottransfer ein, obwohl die JUMPY nicht ganz die notwendige Geschwindigkeit für den Wechsel in den Linearraum hatte. Ein knarrendes Heulen zog durchs Schiff, und eine Sekunde lang befürchtete Gucky, dass seine strukturelle Integrität gefährdet war. Dann verschwanden die Loowerflotten aus den Holos, und die JUMPY raste mit Überlichtgeschwindigkeit in den interstellaren Raum.

Gucky ließ pfeifend den angehaltenen Atem entweichen, drehte sich dann um und sah Sirken an. Aus dem Tosen war wieder ein Wispern geworden, wie die Stimme des Windes in fernen Baumwipfeln.

»Darf ich dich daran erinnern, dass du Gast an Bord dieses Schiffes bist?«, sagte er erbost. »Was fällt dir ein?«

Die Frau schien ihn gar nicht zu sehen. Sie stand an der Rückwand der Pilotenkabine, starrte ins Leere und zitterte, doch dann veränderte sich ihr Gesicht. Die Blässe wich daraus, und Sirkens manchmal etwas herablassend wirkende Selbstsicherheit kehrte zurück. Sie straffte die Gestalt, trat vor und nahm wieder Platz, diesmal neben der Konsole.

»Tut mir Leid«, sagte sie und lächelte wieder ihr hintergründiges, geheimnisvolles Lächeln. »Ich habe uns in Gefahr gebracht, nicht wahr? Glücklicherweise hat der Retter des Universums rechtzeitig eingegriffen.«

»Was ist in dich gefahren?«

Sirkens Blick kehrte sich nach innen, und sie erweckte kurz den Eindruck zu lauschen. »Bekkenar ist eine wichtige Station, aber nicht die einzige. Bring uns zum ... Herrinda-System. Die Missionsstation auf dem dortigen vierten Planeten ist unser nächstes Ziel.«

»Ach, so einfach ist das, wie?« Gucky stemmte die Hände an die Seiten. »Du nennst das Ziel, und Gucky, der interstellare Taxifahrer, bringt dich dorthin?«

»Es ist *wichtig*, Gucky, bitte glaub mir. Und hab Vertrauen. Ich bedauere sehr, dass ich dich eben einfach so beiseite gestoßen habe, und es liegt mir fern, dir irgendwelche Anweisungen zu geben. Doch die Zeit drängt, mehr als du ahnst.«

Gucky merkte, wie sich das Raunen veränderte, und er öffnete seine telepathische Wahrnehmung. Es strömten ihm keine Gedanken entgegen, aber die Schatten von Empfindungen, und sie berichteten von Ehrlichkeit.

»Warum drängt die Zeit?« Der Mausbiber setzte sich demonstrativ an die hufeisenförmige Konsole, ein deutlicher Hinweis darauf, wer an Bord das Sagen hatte. Er rief die Navigationsdaten für das Herrinda-System ab. »Nun?«, drängte er, als Sirken nicht antwortete.

»Gucky ... Ich werde versuchen, es dir so gut wie möglich zu erklären, aber bitte nimm Kurs auf das Ziel, das ich dir genannt habe. Wir dürfen keine Zeit verlieren und müssen es erreichen, bevor die Loower dort eintreffen.«

Gucky fragte sich, ob die geesperte Ehrlichkeit tatsächlich existierte oder nicht mehr war als eine bewusste mentale Projektion, dazu bestimmt, ihn zu täuschen. »Na schön«, sagte er schließlich, berührte Schaltflächen und gab den abgerufenen Navigationsdaten aktuellen Status – die JUMPY änderte im Linearraum den Kurs und flog zum nur etwas mehr als hundert Lichtjahre entfernten Herrinda-System.

Dann drehte sich der Mausbiber um. »Ich höre.«

»Ich weiß nicht recht, wo ich anfangen soll ...«

»Wie wär's mit dem Anfang?«, schlug Gucky vor.

Sirken lächelte schief. »Weißt du, was bei den Loowern nach der Einkehr geschehen ist?«

»Ich habe nicht die geringste Ahnung. Ich weiß nur, dass sie sich im Alkyra-System niedergelassen haben. Julian Tifflor ist dorthin unterwegs.«

»Bei den Loowern kam es zu einem Zerwürfnis«, sagte Sirken. »Die Einzelheiten kenne ich nicht, und ich glaube, sie spielen auch keine Rolle, soweit es uns betrifft. Mein Wissen stammt aus Gesprächen zwischen den Loowern der Missionsstation, die ich ... zufälligerweise gehört habe.«

»Ich nehme an, mit ›zufälligerweise‹ meinst du, dass du die Loower belauscht hast.«

Für einen Sekundenbruchteil erschien fast so etwas wie Verlegenheit in Sirkens Gesicht. »Manchmal schnappt man Dinge auf. Nun ja ... Das Zerwürfnis führte dazu, dass sich die Loower in so genannte Ein- und Zweidenker spalteten. Die Eindenker verzichteten auf das neue Tiefenbewusstsein der Neo-Entelechie und bestanden darauf, die vor der Einkehr mit den Kosmokraten getroffene Übereinkunft zu achten. Die Zweidenker hingegen, ausgestattet mit dem neuen Tiefenbewusstsein, wiesen darauf hin, dass die angebliche ›Übereinkunft‹ den Loowern Fesseln anlegte. Sie betonten immer wieder, dass sich die Loower gegen die Kosmokraten wenden müssten, um in die Freiheit zurückzukehren.«

»Die Loower in den Missionsstationen ...«, warf Gucky ein.

»Ausnahmslos Zweidenker«, sagte Sirken. »Mit der Erhöhung der Hyperimpedanz eskalierte der Konflikt. Die Zweidenker sahen darin den Beweis dafür, dass die Kosmokraten mit einem Krieg gegen das Leben begonnen haben. Sie brachen mit Tausenden von Schiffen auf, um den Krieg *für* das Leben zu führen.«

»Für das Leben?«

»Ein tragischer Aspekt der Situation besteht darin, dass sich auch die Eindenker zu einem Krieg *für* das Leben gezwungen sehen«, fuhr Sirken fort. »Sie halten die Zweidenker für verblendet und wollen verhindern, dass sie den Krieg zu den Kosmokraten tragen. Sie wollen das Universum vor einer Katastrophe bewahren. Stell dir vor, was geschehen könnte, wenn sich die Kosmokraten wirklich gegen das Leben stellen! Sie wären in der Lage, es völlig auszulöschen und das Universum in eine leblose Wüste zu verwandeln!«

Gucky war beeindruckt. »Es geht also nicht nur darum, dass sich die Loower gegenseitig umbringen, noch dazu *für* das Leben. Die Zweidenker wollen einen Krieg gegen die Kosmokraten führen!« Ihm fiel etwas ein. »Und dabei spielen die Missionsstationen eine Rolle, nicht wahr?«

»Ja«, bestätigte Sirken. »Aber nicht alle von ihnen. Nur einige.«

»Wofür?«

Sirken hob und senkte die Schultern. »Das weiß ich nicht.«

»Aber du weißt, auf welchen Planeten sich die von den Zweidenkern benötigten Stationen befinden?«

»Ja. Die Station auf Bekkenar gehört dazu.«

»Und auch die auf dem vierten Planeten des Herrinda-Systems?«

»Ja.«

»Du hast ziemlich viel ›aufgeschnappt‹«, sagte Gucky.

»Ich bin sehr aufmerksam«, erwiderte Sirken. »In den Missionsstationen, auf die es die Loower abgesehen haben, gibt es etwas, das die Zweidenker für ihren Krieg gegen die Kosmokraten brauchen, und die Eindenker wollen verhindern, dass sie es bekommen.«

»Aber du weißt nicht, was es ist?«

»Nein.«

Gucky hob die Stimme. »Blechhirn?«

»Ich mag diese Bezeichnung nicht sonderlich«, ertönte die synthetische Stimme der Bordpositronik.

Der Mausbiber überhörte den Hinweis. »Eine Nachricht für Reginald Bull und die Admiralität. Die Loower haben es auf bestimmte Planeten mit neo-entelechischen Missionsstationen abgesehen, unter ihnen Bekkenar und Tschesko, der vierte Planet des Herrinda-Systems. Eine aus Zweidenkern bestehende Loowerfraktion braucht die Stationen für ihren geplanten Krieg gegen die Kosmokraten.«

»Ich zeichne die Nachricht auf und sende sie, sobald die Funkbrücke nicht mehr durch den Hypersturm im Ophiuchussektor gestört ist.«

»Das kann dauern, was?«

»Noch Wochen oder gar Monate.«

»Was wir der erhöhten Hyperimpedanz verdanken«, sagte Gucky verärgert. »Und wer weiß, welche Maßnahmen die Kosmokraten ergreifen, wenn die Zweidenker ihnen an den sprichwörtlichen Kragen wollen.«

»Ich kann den Krieg beenden«, betonte Sirken noch einmal.

»Hoffentlich hast du Recht.« Gucky deutete auf ein Holo mit dem Zielsystem. »Und hoffentlich erwarten uns dort keine Loower.«

Die JUMPY kam oberhalb der Ekliptik des Herrinda-Systems aus dem Linearraum und näherte sich dem vierten Planeten Tschesko, der von einem ausgedehnten Ringsystem umgeben war, das Ergebnis der Kollision von zwei mittelgroßen Monden. Verhüttungsanlagen schwebten dort in stabilen Umlaufbahnen, riesige Industriekomplexe, die wie stählerne Leviathane mit weit aufgerissenen Mäulern wirkten, in denen erzhaltiges Gestein verschwand.

Die Orter wiesen auf Hunderte von startenden und landenden Raumschiffen hin. »Die Evakuierung ist in vollem Gange«, sagte Gucky, der wieder an der Konsole saß.

»Was ist mit Loowerschiffen?«, fragte Sirken besorgt.

»Keine Spur von ihnen«, erwiderte der Mausbiber. »Bisher.« Er schaltete das Hyperfunkgerät ein. »JUMPY an Anflugkontrolle von Tschesko. Hier spricht Gucky höchstpersönlich. Ich bitte um Landeerlaubnis.«

Ein bärtiges Gesicht erschien im Übertragungsholo. »Anflugkontrolle an JUMPY. Du hast natürlich Landeerlaubnis, Gucky. Wir bedauern, dich nicht unter besseren Umständen begrüßen zu können. Einen Augenblick ... Der Kommandant der Evakuierungsflotte möchte dich sprechen.«

Das Bild wechselte. Das bärtige Gesicht wich einem glatten, schmalen, das fast verhärmt wirkte. Zotteliges Haar hing in eine von tiefen Falten durchzogene Stirn. Die Augen waren dunkel, ihr Blick besorgt.

»Ich bin Libard Linardos, Kommandant der siebzehnten LFT-Einsatzgruppe«, stellte sich der Mann vor. »Ich hoffe, du bringst Neuigkeiten von Verteidigungsminister Bull.«

»Da muss ich dich enttäuschen«, erwiderte Gucky. »Ich bin zwar im Auftrag von Bull unterwegs, aber in einer sehr speziellen Mission.«

»Wir haben von der Admiralität die Anweisung erhalten, Tschesko zu evakuieren und die hohen Umlaufbahnen zu verminen.« Die Falten schien sich noch tiefer in Linardos' Stirn zu fressen. »Der planetare Gouverneur ist gegen den Einsatz der Minen, denn er fürchtet, ihre Explosion könnte das Ringsystem des Planeten destabilisieren und ein für Tschesko katastrophales Meteoritenbombardement auslösen. Er hat mich dringend gebeten, auf die Verminung zu verzichten, aber das kann ich nur mit der ausdrücklichen Genehmigung des Verteidigungsministers. Derzeit ist es mir nicht möglich, eine Verbindung herzustellen. Ein Hypersturm stört die Funkbrücke.«

»Tut mir Leid«, sagte Gucky. »Ich kann dir nicht weiterhelfen.«

Linardos seufzte schwer. »Na schön. Dann bleibt mir nichts anderes übrig, als mich an die bisherigen Anweisungen zu halten. Was auch immer dich nach Tschesko führt, Gucky: Ich rate dir, nicht zu lange auf dem Planeten zu bleiben. Nach den letzten Informationen der Admiralität sind Welten mit bestimmten neo-entelechischen Missionsstationen bedroht. Die Loower könnten jederzeit hier erscheinen.«

»Danke für den Hinweis, Kommandant. Ich werde versuchen, meinen planetaren Aufenthalt so kurz wie möglich zu machen.«

Linardos nickte und unterbrach die Verbindung.

Gucky wandte sich an Sirken. »Bully scheint bereits von der Sache mit den Missionsstationen zu wissen.«

»Beim Erscheinen der Loowerflotten in verschiedenen Sonnensystemen musste sich früher oder später ein Muster abzeichnen«, sagte die Frau.

Die JUMPY passierte einen Schwarm Evakuierungsschiffe, wurde langsamer und erreichte die Ausläufer des aus Milliarden von Gesteinsbrocken bestehenden Ringsystems. Gucky versuchte sich vorzustellen, was geschehen würde, wenn dieses komplexe Gebilde durch die energetischen Druckwellen naher Explosionen aus dem gravitationellen Gleichgewicht geriet. Für die Siedlungen auf Tschesko wäre der daraus resultierende Meteoritenhagel das sichere Ende gewesen. Auf anderen

Welten hatten einzelne Meteoriten, Asteroiden oder Kometen globale Katastrophen verursacht, aber hier bestand die Gefahr, dass *Tausende* von kosmischen Geschossen auf den Planeten schmetterten.

Sirken beobachtete in den holographischen Darstellungen, wie alte Raumschiffe und Satelliten in hohen Umlaufbahnen in Position gebracht wurden.

»Könnten die Loower damit aufgehalten werden?«, fragte Gucky, während er die JUMPY in sicherem Abstand über das Ringsystem hinwegsteuerte. Die Leviathane der Industriekomplexe setzten ihre Arbeit fort, ungeachtet der möglichen Gefahren. Sie fraßen weiter erzhaltiges Gestein und verarbeiteten es in ihren stählernen Bäuchen zu Metall.

»Das bezweifle ich«, sagte Sirken. »Selbst wenn die Zweidenker durch die Minen Dutzende oder gar Hunderte von Schiffen verlieren ... Sie werden versuchen, auf dem Planeten zu landen. Die Missionsstation auf Tschesko gehört zu denen, die sie für den Krieg gegen die Kosmokraten brauchen.«

»Ich nehme an, das hast du ebenfalls ›aufgeschnappt‹, wie?«, fragte Gucky und richtete einen forschenden Blick auf die Frau.

»Ja«, antwortete Sirken schlicht und zeigte einmal mehr jenes Lächeln, das alles und nichts bedeutete.

»Na schön«, sagte der Mausbiber. »Landen wir. Ich nehme an, du kennst die Koordinaten, nicht wahr?«

Sirken nannte sie ihm.

Ein Trümmerhaufen lag dort, wo das Gebäude der neo-entelechischen Missionsstation gestanden hatte, und dies waren *echte* Trümmer. Hier und dort stiegen noch dünne Rauchfäden auf.

»Wir konnten die aufgebrachte Menge nicht zurückhalten«, sagte einer der beiden Männer, die Gucky und Sirken bei den Resten der Missionsstation erwartet hatten. Sie trugen die blaugrüne Uniform der Schutzgarde von Tschesko. »Wir hätten es nicht für möglich gehalten, dass es so weit kommt. Aber als der Zusammenhang zwischen den Missionen und den Loowerflotten bekannt wurde ...«

»Ich verstehe«, sagte Gucky und blickte über die Trümmer hinweg. Einige hundert Meter dahinter zeigte sich der Stadtrand von Tscheskota, der Hauptstadt des Planeten, die mit ihren fünfhunderttausend Einwohnern nicht sehr groß war. Noch immer landeten Raumschiffe der Evakuierungsflotte auf dem Raumhafen, nahmen Kolonisten auf und starteten wieder. Weit hinter der Stadt, halb im Dunst des Nachmittags verborgen, ragten die Hänge eines uralten und längst erloschenen Schildvulkans empor. Mit ein wenig Fantasie konnte man ihn für einen steinernen Riesen halten, der über die Stadt und ihre Bewohner wachte. Guckys Blick glitt nach oben, zum Himmel. Wenn die Minen explodierten und das Ringsystem durcheinander geriet, wenn es zu einem Meteoritenhagel kam ... Tscheskotas Wächter würde kaum etwas dagegen ausrichten können. Ganz im Gegenteil: Die vielen vom Himmel fallenden, teilweise kilometergroßen Gesteinsbrocken würden verheerende Erdbeben verursachen, und vielleicht erwachte der Schildvulkan dadurch zu neuem Leben. Gucky stellte sich vor, wie die Stadt unter Magmafluten verschwand.

»Was ist mit den Loowern und den Schülern der Mission?«, fragte Sirken.

»Soweit wir das feststellen konnten, befand sich niemand in der Missionsstation, als die Demonstranten die Absperrung durchbrachen und alles in Brand setzten«, sagte der zweite Uniformierte.

»Pech gehabt«, kommentierte Gucky. »Wir sind zum zweiten Mal zu spät gekommen.«

»Oh, gibt der Retter des Universums so schnell auf?«, erwiderte Sirken mit leisem Spott. Sie ging an den beiden Uniformierten vorbei zu den Resten der Missionsstation und blieb dicht vor den Trümmern stehen. Gucky folgte ihr.

»Manchmal trügt der Schein«, fügte die Frau hinzu und ergriff die Hand des Mausbibers. »Öffne dein Selbst für mich.«

Gucky zögerte. Sirken war ihm noch immer suspekt – wollte sie diese Gelegenheit nutzen, um seine psychische Abschirmung zu durchdringen?

Vielleicht spürte sie seinen Argwohn. »Vertrau mir«, sagte Sirken. »Ich möchte dir nur etwas zeigen.«

Vorsichtig ließ Gucky eine schmale Lücke in der Barriere entstehen, die sein Bewusstsein schützte, und sofort bemerkte er, dass sich das von Sirken ausgehende mentale Raunen verändert hatte. Es wurde keine Stimme daraus, die Gedanken sprach, aber das Wispern vermittelte ihm *Empfindungen*. Der Mausbiber begriff, dass es sich um eine emotionale Botschaft handelte, und er versuchte, sie zu verstehen. Er öffnete die Barriere noch etwas mehr und konzentrierte sich nicht wie bei einer telepathischen Sondierung, sondern ließ sich im emotionalen Strom treiben, um festzustellen, wohin er von ihm getragen wurde. Er fühlte ... *Gewissheit* und *Tiefe*, mit einer direkten Verbindung, die *Bedeutung* schuf.

Er verstand.

»Die Missionsstation ist gar nicht zerstört, oder?«, fragte er und sah zu Sirken auf. »Zumindest nicht die Teile von ihr, auf die es ankommt.«

»Von den unterirdischen Anlagen hat der Volkszorn nichts gewusst«, sagte die Frau.

Guckys Blick verweilte auf ihr. »Es ist doch bemerkenswert, wie viele Dinge man aufschnappen kann.«

Sirken lächelte. »Wenn meine Ohren so groß wären wie deine, hätte ich vermutlich noch viel mehr erfahren.«

»Vermutlich ja.« Gucky tastete nach den Kontrollen des Instrumentengürtels, der zu seiner Kombination gehörte, aktivierte die Sensoren des nur einige Dutzend Meter entfernt stehenden Kurierschiffes und versuchte, Ortungsdaten über den Bereich unter dem Trümmerhaufen zu gewinnen. Ohne Erfolg.

Bei der Sondierung ergaben sich keine besonderen Informationen; alles schien völlig normal zu sein.

»Mit den Sensoren kommen wir nicht weiter«, sagte er. »Ich schätze, wir müssen uns die Sache selbst ansehen.«

Sein Interkom-Gerät sprach an, und er schaltete es ein. Linardos' Stimme erklang.

»Zwei Loowerflotten sind soeben erschienen«, sagte der Kommandant der LFT-Einsatzgruppe.

»Entfernung?«

»Fast eine Astronomische Einheit. Die mehr als fünftausend Schiffe sind in heftige Kämpfe verwickelt, aber ihre allgemeine Bewegungsrichtung lässt nur einen Schluss zu.«

»Sie sind hierher unterwegs«, sagte Gucky.

»Ja. Ihr Ziel ist Tschesko.«

Der Mausbiber wechselte einen Blick mit Sirken. »Wie viel Zeit bleibt uns?«, fragte er den Kommandanten.

»Schwer zu sagen. Nicht mehr als eine Stunde, schätze ich.«

»Willst du Gebrauch von den Minen machen, wenn die Loowerschiffe heran sind?«

Man hörte deutlich die Anspannung in Linardos' Stimme, als er antwortete: »Ich muss. So lauten meine Anweisungen. Ich empfehle dir, den Planeten unverzüglich zu verlassen.«

Sirken schüttelte den Kopf, und Gucky sagte: »Noch nicht, Kommandant. Erst möchte ich mir etwas ansehen.«

»Lass dir nicht zu viel Zeit.«

»Keine Sorge.« Gucky unterbrach die Verbindung und blickte zu den beiden Uniformierten zurück. Einer von ihnen sprach in einen kleinen Kommunikator – wahrscheinlich erfuhren sie gerade von den Loowern.

»Na schön, Sirken«, sagte Gucky. »Du hast es gehört. Uns bleibt nicht viel Zeit. Sehen wir uns die Teile der Missionsstation an, auf die es ›ankommt‹.«

»Einverstanden.«

Gucky wartete.

»Nun?«, fragte er nach einigen Sekunden, als nichts geschah. »Willst du uns nicht hinunterbringen?«

»Du bist hier der Teleporter.«

Gucky erinnerte sich daran, dass sie auf dem Mars ganz plötzlich hinter ihm erschienen war – er hatte es später in den Aufzeichnungen gesehen. Wollte sie ihre eigenen Teleporterfähigkeiten verbergen? Oder hatte sie auf dem Mars irgendeine Art von Transmitter benutzt?

Er griff nach Sirkens Hand, um einen physischen Kontakt herzustellen. »Ich springe nicht gern blind«, sagte er. »Dabei kann man sehr unangenehme Überraschungen erleben. Zeig mir ein Bild vom Ziel.«

Auch diesmal empfing er Emanationen, die sich in ihm zum emotionalen Eindruck eines Raums verdichteten. Er *fühlte* das Ziel, sprang ...

... und sank schmerzerfüllt zu Boden.

:34

Karn-Tergs Tagebuch
| 757–1331 N.d.E.; 756–1330 NGZ |

»› Noch einmal fast sechs Jahrhunderte sind vergangen, und ich bin jetzt 1354 Jahre alt. Die Aufgabe, der Hort, hat mich am Leben erhalten, aber ich beginne, die letzte große Last zu fühlen, die des Alters.

Natürlich ist so viel Zeit nicht verstrichen, ohne dass ich Einträge in dieses Tagebuch gesprochen hätte, doch ich habe sie alle gelöscht. Selbstmitleid ist diesmal nicht der Grund. Um ganz ehrlich zu sein: Ich weiß nicht genau, was mich veranlasst hat, all jene Worte endgültig der Vergangenheit und dem Vergessen zu überlassen. Fast hätte ich das ganze Tagebuch gelöscht, und mir ist auch nicht klar, was mich letztlich davon abhielt. Vielleicht entwickle ich ein eigenes neues Tiefenbewusstsein, das manchmal die Kontrolle über mich hat und Dinge anstellt, die mir anschließend rätselhaft sind.

Falls jemand so dumm ist, die letzten Worte ernst zu nehmen: Sie sind natürlich scherzhaft gemeint. Ich bin kein Zweidenker, obwohl ich es mir manchmal wünsche – die Vorstellung, wieder ein Tiefenbewusstsein zu haben, so wie damals, ist sehr verlockend. Wie oft habe ich davon geträumt! Doch in all den Jahren habe ich Kilan nur einmal danach gefragt, vielleicht weil ich die Antwort fürchtete. Er meinte, er könnte mich nur in der Trümmersphäre zu einem Zweidenker machen, und der Weg dorthin bleibt mir verwehrt.

Ich bin auch kein Eindenker, sondern ein eigener Denker. Ich mache mir meine Gedanken, zwischen oder über – beziehungsweise unter – der Gesellschaft in der Trümmersphäre. Ich sehe Dinge, die andere nicht sehen wollen oder nicht sehen können. Wie seltsam, dass ausgerechnet ich, Kinderwart und letzter erwachsener Loower auf Alkyra II, den Konflikt in der orbitalen Stadt deutlicher sehe als jene, die direkt daran beteiligt sind.

Ja, der Konflikt ist wieder da, stärker als jemals zuvor. Aber eins nach dem anderen.

Da fällt mir ein, vielleicht bin ich gerade auf den Grund dafür gestoßen, warum ich all die Einträge der letzten fast sechshundert Jahre gelöscht habe: weil sie im Nachhinein betrachtet ein falsches Bild von der Situation zeigten. Sie klangen zu optimistisch. Gesprochen wurden sie von einem Karn-Terg, der sich Illusionen hingab.

Damals schien es mir tatsächlich gelungen zu sein, zwischen Kilan und Hisk wieder Frieden zu stiften. Oder wenn es kein Frieden war, so doch die Bereitschaft, nicht offen und direkt auf eine Auseinandersetzung zuzusteuern, die Unheil für unser Volk bedeutet hätte. Ich war so froh, dass ich die Augen verschloss, auch selbst nur noch die Dinge sah, die ich sehen wollte.

Aber natürlich gingen die gegensätzlichen Entwicklungen weiter. Kilan schickte weitere Missionare zu fernen Sonnensystemen – aus irgendeinem Grund befinden sie sich fast alle im Gebiet der LFT; ich bin sicher, dass die Toleranz der Terraner nicht allein der Grund dafür sein kann – und baute seine Neo-Entelechie aus. Hisk widmete sich der Perfektionierung von »Schanha-Scha« und wurde zum Oberhaupt der Eindenker, die die Neo-Entelechie ablehnen und in der Sesshaftigkeit die Zukunft der Loower sehen. Wie konnte ich glauben, dass es nicht erneut zu einem Ausbruch des Konflikts kommen würde? Die beiden Brüder feindeten sich nicht mehr gegenseitig an, aber sie setzten ihren Weg in unterschiedliche Richtungen fort.

Gerade während der letzten Jahre habe ich mich immer wieder gefragt, ob ich für das alles verantwortlich bin. Und ob es dem großen Plan von Aranta-Margi entspricht. Ich habe mich gefragt: Was wäre geschehen, wenn ich *nicht* zu einem Kinderwart geworden wäre, wenn ich mich *nicht* um zwei Brüder namens Kilan-Gerp und Hisk-Mekang gekümmert hätte? Die Antwort scheint mir recht klar zu sein: Dann gäbe es heute keine Ein- und Zweidenker. Die heutige Situation lässt sich auf meine Entscheidung zurückführen, direkt in die Entwicklung der Kinder einzugreifen. Ich weiß natürlich um die Pseudologik einer solchen Argumentation. Genauso gut könnte man behaupten, Melra-Mar wäre an allem »schuld«. Sie streichelte mich nach der Befreiung aus dem Klettergerüst, und diese einfache Geste veränderte damals etwas in mir. Der Rest folgte als eine Konsequenz daraus.

Und doch gibt es Wahrheit in diesen Überlegungen, die mich insbesondere in letzter Zeit kaum mehr zur Ruhe kommen lassen. Ich habe den Kindern Geschichten aus der Vergangenheit unseres Volkes erzählt und dabei die Kosmokraten nicht in einem besonders guten Licht geschildert. Hisk hat Recht – damit *habe* ich eine Saat ausgebracht, so wie Aranta-Margi und ihre Freunde es von mir erwarteten. In Kilan ging sie besser auf als in den anderen. *Ich* habe in ihm die Sehnsucht nach fernen Welten geweckt. *Meine* Erzählungen waren es, die ihn veranlassten, ein neues Tiefenbewusstsein anzustreben und die Neo-Entelechie zu gründen. Und was Hisk betriff ... Er fühlte sich als Kind weniger geliebt als Kilan, der alle meine Ideen so bereitwillig aufgriff, und dadurch sah er sich in einer Konkurrenzsituation; er hielt Kilan zumindest unbewusst für einen Rivalen. Und das brachte ihn gewissermaßen auf einen Gegenkurs. Eine Trotzreaktion, wie ich sie bei den Kindern im Hort immer wieder beobachte. Er versuchte, Bedeutung zu erlangen, indem er alles *anders* machte als Kilan. Das Ergebnis sind zwei Loower, die unser Volk gespalten haben.

Andererseits: Kann mir jemand vorwerfen, dass ich für die Dinge eingetreten bin, die ich für richtig halte? Ich konnte nicht wissen, welche Folgen sich daraus ergeben würden. Und selbst, wenn ich es gewusst hätte: Vielleicht hätte ich trotzdem so gehandelt und nicht anders. Ich bin stolz auf Kilan und das, was er mit meiner Hilfe geworden ist. Ich bin auch stolz auf Hisk, und wenn du dies jemals hören solltest, Hisk: Es ist die Wahrheit. Ich bin ebenso stolz auf dich wie auf Kilan, auch wenn ich dein Eintreten für die Sesshaftigkeit der Loower nicht teile.

Ja, ich würde mich freuen, wenn die Einkehr ein Ende fände, wenn die Loower zu den Sternen zurückkehren würden, denn dorthin gehören sie, nicht in irgendeine orbitale Stadt. Ja, ich würde mich freuen, wenn sie das Leben in der Trümmersphäre aufgäben, um endlich wieder frei zu sein. Ich würde mich freuen, wenn sie Einheit fänden durch ein neues Tiefenbewusstsein. Aber ich würde mich auch freuen, wenn du alle deine Träume verwirklichen könntest, Hisk. Nenn es eine besondere Art von Schizophrenie: Ich möchte, dass *ihr beide* eure Ziele erreicht.

Aber, Kilan und Hisk, wenn ihr mich fragt, was *mein* Wunsch ist, was *ich* möchte, so lautet meine Antwort: Ich möchte, dass Frieden zwischen euch herrscht, dass *alle* Loower in Frieden leben können.

Ich fürchte, dieser Wunsch ist von seiner Erfüllung weiter entfernt als jemals zuvor.

Der neue Quellmeister Hel-Talas hat sich vor zwölf Jahren offen auf die Seite der Zweidenker gestellt, und dadurch hat sich die Polarisierung in der Gesellschaft weiter verschärft. Damit trat eine Entwicklung zutage, die ich vom Hort aus nicht mitverfolgen konnte. Die Quantität kleiner Veränderungen im Lauf der Jahrhunderte schlug in soziale Qualität um: Es gibt nur noch die Ein- und die Zweidenker, kein Dazwischen mehr. Jeder Loower, ganz gleich welcher Nomination, muss wählen, sich für eins der beiden Lager entscheiden. Ein Machtkampf findet statt, zwischen Kilan und Hel-Talas auf der einen Seite und Hisk und der Ordinanz auf der anderen. Noch findet er mit politischen, juristischen und manchmal sehr demagogischen Mitteln statt, aber ich fürchte, dass ein blutiger Konflikt daraus werden könnte. Wie sehr entsetzt mich die Vorstellung von Loowern, die gegen Loower kämpfen! Es wäre im wahrsten Sinne des Wortes ein Bruderkrieg, und er ginge letztendlich auf *mich* zurück! Manchmal erscheint mir die Trümmersphäre wie ein riesiger Sprengkörper, der nur darauf wartet, dass ein Funken zu ihm springt ...

Und hier beschäftigt mich erneut die Frage der Schuld. Die Tatsache, dass ich all die Jahre nicht gesehen habe, was ich doch eigentlich hätte sehen sollen, hat mich an weiteren Versuchen gehindert, den vermeintlich zwischen Kilan und Hisk gestifteten Frieden zu vertiefen. Wenn mir früher klar geworden wäre, dass aus dem Feuer des Konflikts ein heimtückischer Schwelbrand geworden ist, der jetzt droht, *alles* in Flammen aufgehen zu lassen, hätte ich vielleicht Mittel und Wege gefunden, Kilan und Hisk zu einem Kompromiss zu bewegen.

Was kann ich jetzt noch tun?

Bei seinem letzten Besuch hat Kilan nicht darüber gesprochen, aber die Meldungen in den Nachrichtennetzen der Trümmersphäre deuten darauf hin, dass er und die anderen Zweidenker bald aufbrechen wollen. Sie beabsichtigen, zahlreiche Schiffe aus der orbitalen Stadt zu lösen, neu auszurüsten und mit ihnen loszufliegen – wenn Kilan und die anderen ein bestimmtes Ziel haben, so weiß ich nichts davon. Eine solche Entscheidung könnte der Funke sein, den ich vorhin erwähnt habe, denn Hisk wird einer solchen Entwicklung gewiss nicht tatenlos zusehen. Was auch immer der Quellmeister anordnet: Hisk wird nicht zulassen, dass Teile *seiner* Stadt zerstört werden.

Ist die Katastrophe überhaupt noch aufzuhalten?

Ich habe versucht, mit Kilan und Hisk Verbindung aufzunehmen, aber ich bin nur ein einfacher Kinderwart – und ein verurteilter Verbrecher, wie man mir während des Verhörs in der Trümmersphäre auf sehr nachhaltige Weise ins Gedächtnis zurückrief –, und die beiden Brüder stehen an der Spitze der Gesellschaft. Sie sind umgeben von Bediensteten, und vermutlich komme ich mit meinen Kommunikationsversuchen gar nicht bis zu ihnen durch. Unter normalen Umständen müsste ich warten, bis sie Kontakt mit mir aufnehmen oder mich besuchen kommen, aber ich spüre, dass die Zeit sehr knapp ist. Deshalb habe ich Garasch aufgefordert, nach anderen Kommunikationswegen zu suchen. Es muss mir irgendwie gelingen, Kilan und Hisk zu erreichen, mit ihnen zu reden. Vielleicht schaffe ich es dann, sie zur Vernunft zu bringen.

Bis der Helk eine Möglichkeit findet, bleibt mir nichts anderes übrig, als mich in Geduld zu fassen, und das fällt mir sehr schwer. Wenigstens kann ich mich inzwischen wieder frei auf dem Planeten bewegen, und von dieser neuen Freiheit, wenn man sie so nennen kann, mache ich oft Gebrauch. Ich bin erneut in der Siedlung am Äquator gewesen, vermutlich in der Hoffnung, mehr über das Monaden-Projekt herauszufinden, aber die dortigen technischen Einrichtungen sind vor vielen Jahren entfernt worden. Es gibt keine Daten mehr, die mir erzählen könnten, was es mit der Erforschung der hyperenergetischen Matrix der Monaden und ihrer angeblichen Versklavung auf sich hat.

Darüber habe ich in all den Jahren immer wieder nachgedacht. Hat Hisk mit seinem Vorwurf Recht? *Sind* die Monaden versklavt worden, von Loowern, die später zu Kilans Zweidenkern wurden? Kilan hat zugegeben, dass er die Energie der Monaden für das neue Tiefenbewusstsein verwendet, aber er betonte, dass sie zu nichts gezwungen werden. Bedeutet das wirklich, dass man sie nicht versklavt hat? Außerdem ist mir aufgefallen: Seit damals hat Hisk die Monaden nie wieder erwähnt, und auf Fragen von mir hat er eher ausweichend reagiert. Was bedeutet das?

Ich wäre froh, wenn ich nur auf jede zweite oder dritte meiner Fragen Antwort bekäme.

Inzwischen zähle ich zu den ältesten Loowern, und wenn ich aus der Perspektive des Alters auf mein Leben zurückblicke, so fühle ich nicht so viel Verbitterung, wie ich damals, vor mehr als tausend Jahren, erwartet hätte. Aus dem Piloten der BAUHTARAG wurde ein Kinderwart, der mit den Kindern seines Horts mehr Einfluss auf die Entwicklung der Gesellschaft nahm als ein Quellmeister. Im Lauf der Jahrhunderte sind *meine* Kinder mehr als andere in den Nominationen emporgeklettert; sie hatten und haben mehr Erfolg als die Jungen und Mädchen, die in anderen Horten heranwuchsen. Das alles ist das Ergebnis meiner guten Arbeit, und ich *kann* stolz darauf sein.

Wenn ich nicht fürchten müsste, dass alles in einer riesigen Tragödie endet.

: 35

Perry Rhodan
| 1341 NGZ |

»› Turmdicke Energiestrahlen schnitten durch die Finsternis, zerstoben an starken Schutzschirmen und durchschlugen geschwächte. Sie bohrten sich in beschädigte Raumschiffe, verbrannten Stahl und lebendes Fleisch. Flackerndes Licht kam von den Holos in der Zentrale der Space-Jet, und Rhodan beobachtete, wie der ersten Salve Dutzende von Loowerschiffen zum Opfer fielen. Die anderen erwiderten das Feuer.

Zlusch saß in seinem Kontursessel, reglos und stumm. Sein Gesicht wirkte leer, und Rhodan fragte sich, ob er begriff, was geschah. Doch dann bemerkte er den Glanz in den Augen des Humanoiden. Zlusch wusste sehr wohl, was passierte, aber aus irgendeinem Grund fühlte er sich von den Ereignissen ebenso unbetroffen wie an Bord des Loowerschiffes. Hielt er sich für unverwundbar?

Rhodans Finger huschten einmal mehr über die Kontrollen, und die Andruckabsorber der Space-Jet wurden bis an die Grenzen ihrer Leistungsfähigkeit belastet, als er abrupt den Kurs änderte und versuchte, den vielen Energiestrahlen auszuweichen. Die neu eingetroffenen Loower kümmerten sich nicht um das kleine terranische Schiff, doch der Gigant, der zuvor die Verfolgung aufgenommen hatte, schien nicht bereit zu sein, die Space-Jet entkommen zu lassen. Er folgte ihr weiterhin, feuerte dabei immer wieder auf die Angreifer. Der Abstand wurde geringer.

Rhodan steuerte das Diskusschiff durch eine Lücke zwischen zwei Raumern, deren Form nur noch vage an Kegel erinnerte – beide erweckten den Eindruck, wie aufs Geratewohl zusammengesetzt worden zu sein. Der Verfolger war zu einem Ausweichmanöver gezwungen, wurde dabei mehrmals von Strahlblitzen getroffen und geriet in einen kleinen Raketenschwarm.

Erneut bekam Rhodan Gelegenheit, über die enorme Leistungsfähigkeit der loowerischen Technik zu staunen. Er bezweifelte, ob die Schirme der IMDABAN so viel ausgehalten hätten. Die Schutzschirme des Loowerriesen flackerten nur.

»Wie haben die Oxtorner und wir hoffen können, mit solch einem Gegner fertig zu werden?«, fragte er leise. Seinen Worten folgte ein Donnern, als ein Energiestrahl den HÜ-Schirm der Space-Jet streifte und ihn fast zusammenbrechen ließ – Rhodan musste ihn mit Triebwerksenergie stabilisieren, auf Kosten der Beschleunigung.

Auf den Konsolen blinkten mehrere Sensoren mit warnendem Rot.

Rhodan behielt die Systemanzeigen im Auge, während er einem Pulk von Trümmerschiffen auswich, der zur Flanke der kleineren Flotte vorzustoßen versuchte. Energiestrahlen tasteten wie tödliche Lichtfinger durchs All, gleißten über instabile Schirme, fanden das Metall dahinter und rissen es auf.

Loower starben.

Sie verbrannten in den Strahlen, wurden von Explosionen zerfetzt oder ins All gerissen. Die Glücklichen unter ihnen kamen sofort ums Leben; andere mussten das eigene Ende bewusst erleben, quälende Sekunden oder gar endlose Minuten lang.

»Zlusch ...«, sagte Rhodan, ohne sich von den Kontrollen abzuwenden. Er steuerte die Space-Jet mit dem Instinkt eines erfahrenen Piloten. »Befinden sich auch an Bord der anderen Schiffe Nichtdenker?«

»Ja«, antwortete der Humanoide schlicht, und sein Gesicht zeigte nach wie vor unerschütterliche Ruhe.

Rhodan warf ihm einen kurzen Blick zu. »Wie kannst du nur so gelassen bleiben? Berührt dich ihr Schicksal überhaupt nicht? Sie sterben zusammen mit den Loowern!«

Ein weiteres Loowerschiff ragte wie ein Berg vor der Space-Jet auf, und Rhodan riss das viel kleinere Schiff nach »oben«. Erneut heulten die Andruckabsorber, und er dachte besorgt an die Reparaturen, bei denen er oft zu Improvisationen gezwungen gewesen war. Wenn bei einem solchen Manöver die Absorber versagten, würden Andruckkräfte ihn und Zlusch in einem Sekundenbruchteil zerquetschen.

»Sie sterben nicht«, erwiderte Zlusch. »Sie werden ... *anders.*«

»Was soll *das* denn heißen?« Rhodan steuerte die Space-Jet durch eine weitere Lücke zwischen Loowerschiffen und stellte mit einem Blick auf die Ortungsanzeigen fest, dass sie sich dem Rand der Raumschlacht näherten. Die Geschwindigkeit nahm wieder zu, und der Abstand zum weniger wendigen Verfolger wuchs.

»Wir sterben nicht«, sagte Zlusch ruhig. »Wir werden *anders.*«

Rhodan fragte sich, ob das der Grund für die Unbekümmertheit der Nichtdenker war, während er weiterhin die Kontrollen bediente. Glaubten sie, dass der Tod kein Ende für sie darstellte? Fürchteten sie sich deshalb nicht davor?

Er kippte die Space-Jet, und sie raste in einer Entfernung von weniger als hundert Metern an den wabernden Schutzschirmen eines zuvor mehrmals getroffenen Kegelriesen vorbei, der wenige Sekunden später hinter dem kleinen Schiff explodierte. Der kleine Diskusraumer ritt auf der energetischen Druckwelle, die für eine zusätzliche Beschleunigung sorgte; erneut musste der HÜ-Schirm mit hohen Belastungen fertig werden.

»Noch zwei Minuten bis zur Eintrittsgeschwindigkeit«, sagte Rhodan. »Wir schaffen es!«

Die Abstände zwischen den einzelnen gegeneinander kämpfenden Loowerschiffen wuchsen, was weniger abrupte Flugmanöver nötig machte. Leider bedeutete es auch, dass der Verfolger größeren Manövrierspielraum bekam, und sein Triebwerk war wesentlich leistungsfähiger als das der Space-Jet – die Distanz zu ihm schrumpfte.

Rhodan nahm zur Kenntnis, dass keins der Loowerschiffe, nicht einmal der Verfolger, auf die terranische Space-Jet schossen. Der Energiestrahl, der den HÜ-Schirm gestreift hatte, schien ein Zufall gewesen zu sein und hatte vermutlich einem anderen Schiff gegolten. Rhodan verglich die Kursdaten und begriff, dass es knapp wurde. Der Verfolger würde ihnen sehr nahe sein, wenn sie die Sprunggeschwindigkeit erreichten.

Der Diskus wich einer Trümmerwolke aus, die von einem geplatzten Loowerschiff stammte, erreichte das Ende des Schlachtfelds zwischen den Sternen und wurde immer schneller. Rhodan schaltete ein Projektionsfeld neben dem Hauptholo auf Heckansicht um und sah, wie das Verfolgerschiff größer wurde. Es blieb in einen schillernden Schutzschirm gehüllt, eröffnete aber nicht das Feuer.

»Ich nehme an, die Loower schießen nicht, weil sie uns die eine oder andere Frage stellen wollen«, sagte er.

»Die Zweidenker wollen mich«, erwiderte Zlusch im Ton der Gewissheit. »Inzwischen dürfte ihnen klar sein, dass ich mich ihrer Kontrolle entzogen habe und mit dem Anderen in Verbindung stehe. Und sie wollen auch dich. Sie wissen von dir.«

Es blieb Rhodan keine Zeit für Fragen. Ein akustisches Signal teilte ihm mit, dass die Space-Jet Sprunggeschwindigkeit erreicht hatte, und gleichzeitig wiesen die Nahbereichsensoren auf veränderte energetische Aktivität beim Verfolger hin: Eine kontrollierte Strukturlücke entstand in seinen Schutzschirmen – offenbar schickten sich die Loower an, einen Traktorstrahl auf den Diskus zu richten.

Rhodan hielt sich nicht damit auf, Kursdaten einzugeben. Ohne ein festes Ziel brachte er das kleine Schiff in den Linearraum – wichtig war nur, dass sie den Loowern entkamen.

Der Weltraum, die Lichter der Raumschlacht und das riesige Loowerschiff verschwanden von den Schirmen, als die Space-Jet mit einem Vielfachen der Überlichtgeschwindigkeit durch den Linearraum raste. Rhodan wollte schon erleichtert aufatmen, als er im Summen der Generatoren plötzlich eine Dissonanz hörte. Eine Sekunde später wiesen zahlreiche Indikatoren mit blinkendem Rot auf Fehlfunktionen hin. Die Bordpositronik unterbrach den Überlicht-Transfer, und die Space-Jet kehrte in den Normalraum zurück, nur wenige Lichtwochen vom Beginn des Linearflugs entfernt.

Die durch Kontrollholos scrollenden Daten ließen keinen Platz für Hoffnung: Das notdürftig reparierte Triebwerk war ausgefallen, und diesmal erforderte die Instandsetzung mehr als nur improvisatorisches Geschick – ohne eine Generalüberholung, wie sie nur in einer Werft möglich war, konnte die Space-Jet nicht in den Linearraum zurückkehren. Die Kapazität des Impulstriebwerks war noch weiter gesunken und lag jetzt bei knapp über sechzig Prozent.

»Das sieht nicht besonders gut aus«, sagte Rhodan mehr zu sich selbst und wusste, dass seine Worte auf eine Untertreibung hinausliefen. Das kleine Schiff flog durch den interstellaren Raum, und fast zwei Lichtjahre trennten es vom nächsten Sonnensystem. Mit dem derzeit zur Verfügung stehenden Antriebspotenzial konnten sie es nicht vor dreieinhalb Jahren erreichen, und die Energiereserven für die Lebenserhaltungssysteme würden lange vorher zur Neige gehen.

»Es fühlt sich seltsam an«, sagte Zlusch.

Rhodan wandte sich dem Nichtdenker zu, dessen Gesicht eine Mischung aus Verwunderung und kindlichem Staunen zeigte.

»Was fühlt sich seltsam an?«

»Die Entfernung vom Halo«, antwortete Zlusch. »Und von den anderen getrennt zu sein.« Die großen Augen des Humanoiden bewegten sich, aber ihr Blick blieb in eine für Rhodan unerreichbare Ferne gerichtet. »Alles wird ... klarer, das Ausmaß der Kontrolle deutlicher. Wir sind ... nicht frei.«

Rhodan nickte. »Das bestätigt den Eindruck, den ich bei euch gewonnen habe. Die Loower beherrschen euch, nicht wahr?«

»Sie beherrschen den Halo«, sagte Zlusch, und es klang wie verträumt. »Einen Teil des Halos.« Und traurig: »Sie haben alles zerstört. Das Auge, das so viel sah. Und unsere Erinnerungen. Aber dann kam Sie und gab uns etwas von der alten Freiheit zurück.«

Der Nichtdenker seufzte tief. Es hörte sich an wie das Seufzen eines uralten Mannes, der sich dem Tode nahe fühlt. »Es ist fast so weit, Perryrhodan. Ich spüre es deutlich. Du bist der Eine, flüstert es im Halo. Und das weiß auch der Andere. Du musst zu ihm. Er braucht dich.«

Rhodan beugte sich vor. »Du hast ihn schon einmal erwähnt, den *Anderen*. Wen meinst du?«

Zlusch wollte antworten, doch das plötzliche Heulen des Alarms übertönte seine Stimme. In unmittelbarer Nähe der Space-Jet war ein Raumschiff aus dem Hyperraum gekommen, und die Nahbereichsensoren identifizierten es sofort: der Verfolger.

Und dann erfolgte ein zweiter Annäherungsalarm.

Nur wenige Lichtsekunden vom ersten Loowerschiff entfernt fiel ein Pulk aus neun weiteren Schiffen in den Normalraum, und ihre Konfiguration wies darauf hin, dass es sich ebenfalls um Loower handelte. Strahlblitze zuckten durchs All, trafen den Verfolger und zerstoben an seinen Schirmen. Bis auf einen, der genau dort über die Schutzschirme flackerte, wo sich erneut eine Strukturlücke für einen Traktorstrahl gebildet hatte.

Rhodan sah ins Hauptthologramm und beobachtete das Geschehen. Destruktive Energie gleißte durch die kleine Lücke in den Schutzschirmen, kochte über die Außenhülle und hinterließ tiefe Schmelzspuren in ihr. An einer Stelle drang sie ins Innere des Schiffes vor, und eine Fontäne aus Gas entwich ins All, gefolgt von Flammenzungen.

Der Verfolger drehte ab, und Rhodan dachte daran, was an Bord passierte, mit den Loowern und vor allem mit den Nichtdenkern, die er dort kennen gelernt hatte. Sie starben nicht, hatte Zlusch behauptet. Sie wurden *anders*, was auch immer das bedeutete.

Wieder leuchtete es im dunklen All auf – das getroffene Loowerschiff erwiderte das Feuer und schien nicht bereit zu sein, Rücksicht auf die Space-Jet zu nehmen. Zwei Strahlbündel streiften ihren HÜ-Schirm, der nur einen Sekundenbruchteil später zusammenbrach.

Eine Faust schien das kleine Schiff zu packen und es zermalmen zu wollen.

Das Gravitationsfeld an Bord der Space-Jet wurde instabil, und Rhodan fühlte sich plötzlich aus dem Sessel gerissen und gegen eine Konsole geschleudert. Schmerz stach durch seinen Rücken, und einen schrecklichen Moment lang befürchtete er, sich das Rückgrat gebrochen zu haben. Dann stellte er erleichtert fest, dass er nicht das Gefühl aus Unterleib und Beinen verlor, tastete mit den Händen umher und versuchte, sich irgendwo festzuhalten, für den Fall, dass sich die Ausrichtung der künstlichen Schwerkraft erneut verschob.

Ein rhythmisches Donnern hallte durch die Space-Jet, als schlüge jemand mit einem riesigen Hammer auf die Außenhülle, und das Schrillen des Alarms fügte sich dem Krachen hinzu. Funken stoben aus nahen Pulten, und Rauchschwaden zogen durch die Zentrale, wurden vom Belüftungssystem abgesaugt.

Schließlich hörte das Donnern auf, und das Gravitationsfeld stabilisierte sich wieder, wenn auch nicht ganz in der gewohnten Position. Der Boden war nicht exakt unten, sondern schien ein wenig zur Seite geneigt zu sein. Rhodan zog sich an der Konsole hoch und versuchte, die Orientierung wiederzugewinnen.

Das zentrale Holo funktionierte noch und zeigte das Schiff der Verfolger. Es war nicht mehr in Schutzschirme gehüllt und in zwei Teile zerbrochen, zwischen denen sich eine Wolke aus glühenden Trümmern und vermutlich auch Leichen erstreckte. Doch die aus neun Schiffen bestehende Flottille gab sich nicht mit diesem Sieg zufrieden. Immer wieder stachen Lanzen aus tödlicher Energie in die Wrackteile und brachten zusätzliche Zerstörung. Rhodan beobachtete, wie selbst einige Rettungskapseln unter Beschuss genommen wurden.

Loower brachten Loower um, und sie kannten keine Gnade.

Zlusch saß noch immer in seinem Kontursessel, völlig unbeeindruckt und unbetroffen von den Ausrichtungswechseln der künstlichen Schwerkraft.

»Es ist so weit«, sagte er, als Rhodan näher kam, und diesmal klang es müde und erschöpft. »Der Andere ... Er ist da.«

Der Nichtdenker senkte die Lider, und es schien ihm erhebliche Mühe zu bereiten, sie wieder zu heben.

»Was ist mit dir, Zlusch?«, fragte Rhodan besorgt.

»Meine Kraft ... geht zu Ende. Ich bin zu weit vom Halo entfernt und werde ... anders. Perryrhodan, du musst ...«

Rhodan trat auf dem wie schiefen Deck zu dem Humanoiden und nahm seine Hand. »Ich muss was, Zlusch? Kann ich dir irgendwie helfen?«

»Nein, mir kannst du nicht helfen, aber dem Anderen.«

Es waren die letzten Worte, die Rhodan von dem Nichtdenker hörte. Die Hand, die er hielt ... Sie veränderte ihre Struktur, verlor ihre Festigkeit und *zerfloss*. Der Rest des Körpers verflüssigte sich ebenfalls, quoll unter der Fetzenkleidung hervor und bildete eine weißgraue Lache auf dem Boden, die nach wenigen Sekunden zu glühen begann und zu verdampfen schien. Eine Wolke entstand, stieg wie von einem leichten Wind getragen auf, schwebte nach oben und verschwand durch die Decke der Zentrale.

Rhodan sah ihr verblüfft nach, bis ihn ein neuerlicher Ruck von den Beinen warf – ein Traktorstrahl hatte die Space-Jet erfasst.

: 36

Karn-Terg
| Alkyra II, 1332 N.d.E. – 1331 NGZ |

»› Karn-Terg überprüfte die Installationen im Kommunikationszentrum des Horts und kontrollierte die Funktionen der neuen internen Systeme, die es fast zwölftausend Kindern gestatteten, ungeachtet ihres jeweiligen Aufenthaltsorts miteinander zu kommunizieren. Er beobachtete sie auf den Schirmen, sah ihre Freude und eine weitgehend konfliktfreie Welt, *seine* Welt. Ein lauter werdendes Summen veranlasste ihn, sich umzudrehen.

Garasch schwebte auf einem Antigravkissen herein. »Ich habe eine Möglichkeit gefunden«, sagte er.

Karn-Terg verstand nicht sofort, was der Helk meinte. »Eine Möglichkeit?«

»Ich kann Kilan erreichen.«

Alle anderen Gedanken waren plötzlich wie weggewischt. »Verbinde mich mit ihm.«

Garasch schwebte zu den Kommunikationskontrollen und verband sich mit ihnen, sprach dabei von Sicherheitsbarrieren, die Kilan-Gerp umgaben, von Datentunneln und abgeschirmten Informationskanälen, die das Oberhaupt der Zweidenker vor den positronischen Angriffen der Eindenker schützten. Es klang nach einem bereits stattfindenden Krieg. Karn-Terg hörte gar nicht richtig hin. Er hatte nicht mehr zu hoffen gewagt, ein Gespräch mit Kilan führen zu können, und er überlegte nun, was es zu sagen galt, und mit welchen Worten.

»Es ist mir gelungen, Kilans Prioritätskode zu entschlüsseln«, sagte Garasch, als neben ihm ein Hologramm entstand. »Damit ist ein direkter Kontakt möglich, der bisher seinen engsten Mitarbeitern vorbehalten blieb.«

Kilan erschien in der holographischen Darstellung und erweckte den Eindruck, eine Ruhephase unterbrochen zu haben. Karn-Terg stellte fest, dass er noch zierlicher und fragiler wirkte als bei ihrer letzten Begegnung. Was auch immer in der Trümmersphäre geschah: Es zehrte an seinen Kräften.

»Endlich erreiche ich dich!«, entfuhr es Karn-Terg.

»*Du*, Großer?«, erwiderte Kilan verwundert. »Aber wie ...«

»Ich habe dir immer wieder Mitteilungen geschickt, aber nie eine Antwort erhalten! Jetzt hat Garasch einen Kommunikationsweg durch deine Sicherheitssysteme gefunden ...«

Kilan beugte sich vor, und seine Augenstiele bewegten sich, als er die Kontrollen überprüfte. »In Ordnung«, sagte er wenige Sekunden später. »Die Verbindung ist geschützt.« Und: »Ich habe nie irgendwelche Mitteilungen von dir erhalten, Großer. Es tut mir Leid, ich weiß, dass ich dich viel zu lange nicht mehr besucht habe, aber ich muss mich ganz auf die Dinge konzentrieren, die hier in der Trümmersphäre geschehen.«

»Genau darum geht es mir.« Karn-Terg versuchte, langsam und ruhig zu sprechen. »Ihr wollt bald aufbrechen, nicht wahr? Ihr Zweidenker, meine ich. Sind dir die Konsequenzen klar?«

Kilan seufzte leise. »Es wird Hisk nicht gefallen.«

»Gelinde gesagt! Er wird nicht tatenlos zusehen, wie seine orbitale Stadt Schaden nimmt. Bestimmt ergreift er Gegenmaßnahmen.«

»Wir sind vorbereitet.«

Diese drei Worte, fand Karn-Terg, drückten mehr aus als lange Schilderungen. Ihr Klang sagte: *Es ist zu spät. Nichts kann die*

Katastrophe mehr aufhalten. Wir können nur versuchen, sie möglichst gut zu überstehen.

»Für das Leben, Kilan«, sagte Karn-Terg. »Hast du das vergessen? Willst du es wirklich auf einen Bruderkrieg ankommen lassen?«

»Nein, ich habe es nicht vergessen, Großer«, erwiderte Kilan und zeigte dabei eine sonderbare Mischung aus Erschöpfung und Entschlossenheit. »Wir Zweidenker sind für das Leben, Großer, mehr als du ahnst. Und wenn uns Hisk ziehen lässt, wird nichts geschehen. Es hängt alles von ihm ab.«

»Machst du es dir da nicht ein wenig zu einfach?«

»Karn-Terg ...« Kilan warf einen neuerlichen Blick auf die Kontrollen und schien sich noch einmal zu vergewissern, dass der Kommunikationskanal abgeschirmt war. »Wir können nicht mehr lange warten. Der Terraner Perry Rhodan, der einst mit den Kosmokraten in Verbindung stand, hat mehrmals darauf hingewiesen, dass sie bald etwas unternehmen werden, das sich nicht nur gegen uns richtet, sondern gegen *alle* Lebensformen dieses Universums. Wir müssen aufbrechen, bevor es zu spät ist. Für das Leben, Karn-Terg. Nein, ich habe es nicht vergessen, ganz im Gegenteil. Für das Leben dieses Universums, das ist die Mission der Zweidenker. Daneben verliert alles andere an Bedeutung.«

»Weiß Hisk davon? Von den drohenden Aktivitäten der Kosmokraten?«

»Ich habe ihn vor Jahren darauf hingewiesen, aber er sträubt sich nach wie vor gegen die Einsicht, dass von den Kosmokraten Gefahr ausgeht. Er sieht nur seine Stadt, sonst nichts.« Kilan zögerte kurz. »Wir haben es lokalisiert. Das letzte Sporenschiff. Wir wissen, wo im Hyperraum sich die PAN-THAU-RA befindet. Und wenn es uns gelänge, sie in den Normalraum zu bringen ... Dann hätten wir eine sehr wirkungsvolle Waffe im Kampf gegen die Kosmokraten.«

»Im *Kampf* gegen die Kosmokraten?«, wiederholte Karn-Terg erschrocken.

»Falls sie direkt gegen uns aktiv werden«, sagte Kilan. »Und davon müssen wir ausgehen. Immerhin haben sie uns Loower damals zur Einkehr gezwungen. Wenn wir unsere Flotten aus der Trümmersphäre lösen und ins All zurückkehren, fordern wir damit eine Reaktion der Kosmokraten heraus.«

»Vielleicht hat Hisk Recht.« Karn-Terg musste sich zu jedem einzelnen Wort zwingen, um einen Standpunkt zu präsentieren, der nicht sein eigener war. »Vielleicht wäre es besser, wenn wir hier im Alkyra-System bleiben.«

Kilan maß ihn mit einem ungläubigen Blick. »Hast du den Verstand verloren, Großer?«

»Um des Friedens willen, Kilan ... Wenn die Loower hier bleiben, haben die Kosmokraten keinen Grund, gegen uns einzuschreiten.«

»Da kann unmöglich der Pilot sprechen, der einst die BAUHTARAG von Galaxis zu Galaxis steuerte.«

»Du hörst einen Loower, der alt geworden ist, Kilan. Du hörst jemanden, der sich Frieden wünscht und mit Entsetzen auf die Vorstellung reagiert, dass Loower gegen Loower in den Kampf ziehen könnten.«

»Du selbst hast mich gelehrt, dass das Leben über allem steht, Karn-Terg.« Ein akustisches Signal weckte Kilans Aufmerksamkeit, und er beugte sich erneut vor, sah auf Anzeigen, die außerhalb des Hologramms blieben. »Wie ich gerade erfahre, ist Hisk auf dem Weg zu dir. Sprich mit ihm über die Kosmokraten und das Leben. Überzeuge ihn davon, dass seine Ordinanz besser auf Maßnahmen gegen uns verzichten sollte.« Er streckte den Tentakel aus, um die Verbindung zu unterbrechen. »Für das Leben, Karn-Terg.«

Der Kinderwart starrte einige Sekunden ins Leere.

»Zentraler«, sagte er dann.

»Bereitschaft«, meldete sich der zentrale Elaborator.

»Ist ein Schiff hierher unterwegs?«

»Bestätigung. Es hat eine ID-Auskunft übermittelt. An Bord befindet sich der Primäre Konstrukteur Hisk-Mekang. Die Landung ist auf Plattform Zwei vorgesehen.«

»Dort nehme ich ihn in Empfang.«

Die beiden Loower, der eine alt, der andere in seinen besten Jahren, stapften durch den Schnee, der einst die Atmosphäre des Planeten gewesen war. Hisk hatte ausdrücklich um diese Wanderung außerhalb des Horts gebeten; vielleicht wollte er nach den vielen Jahren in der orbitalen Stadt die Weite von Alkyra II spüren.

»Weißt du, was Kilan vorhat?«, fragte er schließlich, nachdem er lange Zeit geschwiegen hat.

»Die Zweidenker wollen Schiffe aus der Trüm... aus Schanha-Scha lösen und aufbrechen.«

Hisk blieb stehen und blickte zu den sternenartigen Lichtern eines Himmels aus Stahl empor. »Du solltest die Stadt jetzt sehen. Sie ist wundervoll. Wie kann ich zulassen, dass Kilan sie zerstört? Wie kann ich zulassen, dass er die *Kosmokraten* herausfordert?«

Die von den Kommunikatoren der Schutzanzüge gesendeten Signale reichten nur wenige Dutzend Meter weit. Niemand hörte ihr Gespräch.

»Ich habe erst vor kurzem mit Kilan gesprochen«, sagte Karn-Terg. »Er bittet dich, nichts gegen ihn zu unternehmen.«

Hisk schnaufte leise.

»Er erwähnte Anzeichen dafür, dass die Kosmokraten bald Maßnahmen einleiten, die sich gegen alle Lebensformen dieses Universums richten«, fuhr Karn-Terg fort. »Er hält es für notwendig, dass er vorher aufbricht.«

»Offenbar verwechselt mein werter Bruder Ursache und Wirkung. Seine Aktionen sind es, die die Kosmokraten auf den Plan rufen könnten.«

Eine Zeit lang gingen sie schweigend durch die Dunkelheit. Das Licht ihrer Schulterscheinwerfer strich über Schnee und

Eis, während oben falsche Sterne an einem falschen Himmel leuchteten. »Als Kilan damit begann, Missionare zu anderen Welten zu schicken ...«, sagte Hisk schließlich. »Ich bin sicher, dass es ihm gar nicht darum ging, die Neo-Entelechie zu lehren. Das war nur ein Vorwand. Er hatte dabei etwas ganz anderes im Sinn.«

»Was?«, fragte Karn-Terg.

»Der Bau der vielen Missionsstationen hat zu viele Ressourcen verschlungen«, fuhr Hisk fort, ohne auf die Frage einzugehen. »Meine Beobachter haben mir von großen Anlagen berichtet, von Anlagen, die enorm viel Energie erzeugen können. Welchen Zweck haben sie? Wozu soll die Energie eingesetzt werden?«

Karn-Terg spürte, dass es rhetorische Fragen waren, und deshalb antwortete er nicht.

»Außerdem habe ich herausgefunden, dass Kilan das letzte Sporenschiff sucht, die PAN-THAU-RA«, sagte Hisk. »Ich befürchte einen Zusammenhang zwischen den Stationen und jenem Schiff.«

»Welchen Zusammenhang sollte es da geben?«, fragte Kilan und spürte, wie sich Unbehagen in ihm regte. »Was könnte die Neo-Entelechie mit einem Sporenschiff zu tun haben?«

»Nicht die Neo-Entelechie, sondern die hochenergetischen Anlagen. Die Ordinanz ermittelt weiter, und früher oder später werde ich erfahren, was Kilan vorhat.«

Ich weiß es bereits, dachte Karn-Terg betroffen. *Er will die PAN-THAU-RA als Waffe gegen die Kosmokraten einsetzen.* Aber er blieb still, behielt diese Informationen für sich.

»Was ist mit den Monaden?«, fragte er stattdessen, um das Thema zu wechseln.

»Was soll mit ihnen sein?«

»Du hast davon gesprochen, Kilan hätte sie versklavt. Ist es dir inzwischen gelungen, mehr über jenes Projekt herauszufinden?«

»Vielleicht habe ich mich damals geirrt. Vielleicht gab es gar keine Versklavung.«

Diese Antwort erstaunte Karn-Terg sehr. »Du hast gesagt, Kilan würde die Energie der Monaden für das neue Tiefenbewusstsein verwenden, und er hat es mir gegenüber zugegeben.«

»Und wenn schon. Das alles ist jetzt nicht weiter wichtig.«

Nicht weiter wichtig?, dachte Karn-Terg. *Die eventuelle Versklavung der Monaden ist nicht weiter wichtig?*

»Wichtig ist, dass Kilan unser Volk ins Verderben stürzt, wenn ihm niemand Einhalt gebietet«, sagte Hisk fest und verharrte neben einer eisverkrusteten Felsformation. Er stand so still, dass er sich selbst in einen grauen Felsen zu verwandeln schien. »Ich würde meiner Pflicht den Loowern gegenüber nicht gerecht, wenn ich weiterhin tatenlos bliebe.«

Karn-Terg leuchtete mit seinen Scheinwerfern über den Schnee, obwohl er gar nicht sah, was ihm das Licht zeigte. »Könnt ihr nicht irgendeinen Kompromiss finden, Hisk? Denk nur an die Konsequenzen einer direkten Konfrontation zwischen euch. Wenn es zu einem Kampf käme ... Wie viele unschuldige Loower müssten sterben?«

»Es gibt keine ›unschuldigen‹ Loower mehr, Karn-Terg. *Alle* Loower sind an diesem Konflikt beteiligt. Alle haben die eine oder andere Seite gewählt. Du bist vielleicht der Einzige, der abseits steht. Und gleichzeitig hast du lange vor allen anderen Partei ergriffen.«

»Ob unschuldig oder nicht, Hisk: Viele Loower müssten sterben. Bist du nicht auch der Meinung, dass alles versucht werden sollte, das zu verhindern?«

Hisk seufzte schwer. »Zeig mir den Weg. Zeig mir eine Möglichkeit.«

Und da begriff Karn-Terg den wahren Grund für Hisks Besuch. Er war nicht in der Hoffnung gekommen, mehr über Kilans Absichten zu erfahren – die kannte er längst. Verzweiflung trieb ihn an. Er hatte gehofft, vielleicht entgegen aller Vernunft, dass ihm Karn-Terg einen letzten Ausweg zeigen konnte.

»Unternimm nichts gegen Kilan«, sagte der Kinderwart. »Lass ihn ziehen. Gib ihm die Schiffe, die er möchte. Löse sie aus der Stadt. Ich bin sicher, du kannst die Lücken später wieder schließen.«

»Glaubst du? Mehr als die Hälfte der Loower von Schanha-Scha haben sich den Zweidenkern angeschlossen. Die Rede ist nicht von einigen Lücken in der orbitalen Stadt, sondern von ihrem definitiven Ende. Und vom Anfang eines absurden Feldzugs gegen die Kosmokraten, der für uns alle den Untergang bedeuten würde.«

»Schließ einen Kompromiss, Hisk. Gib Kilan so viele Schiffe, wie du entbehren kannst ...«

Es flackerte am Himmel.

Die Lichter der Trümmersphäre – zum ersten Mal flackerten sie wie weit entfernte Sterne. Und dann erloschen sie.

Von einem Augenblick zum anderen herrschte völlige Dunkelheit auf dem Planeten. Die Finsternis wich nur dort zurück, wo das Scheinwerferlicht über den Schnee strich. Karn-Terg drehte sich um und bemerkte ein Glühen in der Ferne, das vom Hort stammte.

»Was ist passiert?«, fragte er.

Hisk hob den Tentakel, und Karn-Terg vermutete, dass er erste Meldungen aus der Trümmersphäre entgegennahm. Eine halbe Minute verstrich, und dann drehte sich Kilans Bruder abrupt um.

»Ich muss sofort zurück nach Schanha-Scha! Viele energetische Systeme funktionieren nicht mehr. Sie sind ganz plötzlich ausgefallen, ohne jede Vorwarnung ...«

Auf dem Rückweg zum Hort flackerte es erneut am stählernen Himmel, doch dieses Leuchten deutete nicht auf eine Rückkehr der Normalität hin, sondern kündete von Explosionen.

Karn-Terg war gerade durch die Schleuse in einen der Empfangsräume des Horts getreten, als Hisk auch schon startete. Durch das Fenster beobachtete er, wie das kleine Schiff auf einem Plasmastrahl gen Himmel ritt.

»Garasch?«

»Ich höre dich.«

»Was ist in der Trümmersphäre geschehen? Was haben die Explosionen zu bedeuten, die ich gesehen habe? Ist der Konflikt zwischen Ein- und Zweidenkern zu einer gewaltsamen Auseinandersetzung geworden?«

»Die öffentlichen Nachrichtennetze sind ausgefallen«, antwortete der Helk, während Karn-Terg den Schutzanzug abstreifte. »Ich empfange nur die Kom-Signale einzelner Loower und versuche, ihnen kohärente Informationen zu entnehmen.«

»Kannst du Kilan erreichen? Versuch es noch einmal mit dem Prioritätskode.«

»Bitte warte.«

Karn-Terg blieb am Fenster stehen, sah dem Schiff nach und beobachtete das Flackern am Himmel. Weitere Explosionen.

»Zentraler Elaborator an Kinderwart.«

»Ja?«

»Ich habe einen Teil meines Elaborationspotenzials verloren.«

Dieser Hinweis bescherte Karn-Terg zusätzliche Sorge. »Was ist mit den Systemen des Horts?«

»Abgesehen von meiner Verarbeitungskapazität sind einige Steuerungsfunktionen bei den Subsystemen beeinträchtigt.«

»Aber es besteht keine unmittelbare Gefahr, weder für den Hort noch für die Kinder?«, vergewisserte sich Karn-Terg.

»Nein.«

Eine Zeit lang herrschte Stille, während oben am dunklen Himmel das Flackern andauerte. Hatte der Bruderkrieg begonnen?

Schließlich meldete sich erneut Garasch. »Das größte öffentliche Nachrichtennetz der Trümmersphäre ist wieder in Betrieb. Kilan wendet sich mit einer Ansprache an alle Loower.«

»Lass mich hören, was er sagt.«

Kilans Stimme kam aus dem Kommunikationssystem. »Wenn ein letzter, endgültiger Beweis dafür nötig war, dass wir Zweidenker den richtigen Weg beschreiten, so liegt er ganz offen vor uns: Die Kosmokraten haben den hyperphysikalischen Widerstand des Universums erhöht und damit ihren Krieg gegen das Leben begonnen. Die fünfdimensionale Technik funktioniert nicht mehr. Die erhöhte Hyperimpedanz wirft alle Völker dieses Kosmos in ihrer Entwicklung zurück, und überall kommt es zu Notfällen, die millionen- und milliardenfach *Leben auslöschen.* Damit wird für alle deutlich sichtbar, welchen Standpunkt die Kosmokraten vertreten: Sie sind *gegen* das Leben!

Der Ausfall wichtiger Aggregate in der Trümmersphäre führte zu zahlreichen Explosionen. Erste Loower fielen dem Krieg zum Opfer, den uns die Kosmokraten aufzwingen. Und dem wir uns stellen müssen. Hiermit rufe ich alle auf, die Zweidenker ebenso wie die Eindenker: Streifen wir die Fesseln ab, die uns die Kosmokraten vor mehr als eintausenddreihundert Jahren mit der Einkehr anlegten. Ich sage: Lasst uns unsere Ketten sprengen, ins All zurückkehren und für das Leben kämpfen. Dies soll der Ruf sein, den die Kosmokraten von uns Loowern hören: *Für* das Leben!«

: 37

Gucky
| 1341 NGZ |

»› Ein Messer schnitt durch Guckys Gedanken, und sein Selbst zersplitterte. Doch die einzelnen Teile strebten nicht voneinander fort, sondern glitten aufeinander zu und setzten sich wieder zusammen.

Der Mausbiber öffnete die Augen und sah Düsternis, darin schattige Konturen. Sirken beugte sich über ihn und wirkte besorgt.

»Ist alles in Ordnung mit dir?«

»Was ist ... passiert?«

»Ich weiß es nicht genau.« Die Frau half Gucky auf die Beine. »Ich glaube, wir sind bei der Teleportation auf einen Widerstand gestoßen. Etwas hat versucht, uns festzuhalten.«

Gucky blickte auf sein Multifunktionsarmband und stellte fest: Seit dem Beginn des Sprungs war mehr als eine Minute vergangen.

»Bin ich bewusstlos gewesen?«

»Nein«, sagte Sirken. »Unmittelbar nach der Rematerialisierung bist du zu Boden gesunken und hast geschrien. Das war vor einigen Sekunden.«

»Etwas *hat* uns festgehalten. Und zwar eine Minute lang.« Er sah sich um. »Täusche ich mich, oder wird es langsam heller?«

Er täuschte sich nicht: Die Düsternis wich in ferne Winkel zurück, als Leuchtkörper in Decken und Wänden zu glühen begannen. In ihrem Licht sah Gucky einen neuneckigen Raum mit smaragdgrünen Buckeln, die in unregelmäßigen Abständen aus dem grauen Boden ragten. Krumme, fingerdicke Stäbe steckten wie Stacheln in ihnen. Sirken berührte einige von ihnen, und daraufhin erklangen seltsam gurrende und zirpende Geräusche. Sie lächelte.

»Ich habe mich nicht getäuscht«, sagte die Frau. »Hier sind wir richtig.« Sie deutete auf eine von neun schmalen Öffnungen in den Wänden. »Dort entlang.«

Der stechende Schmerz zwischen Guckys Schläfen ließ nach, als er Sirken durch einen Gang folgte, der mal nach rechts und links abknickte, mal nach unten und oben führte. »Nun?«, fragte er nach einer Weile.

»Nun was?«

»Was sagt dir die Neo-Entelechie? Du hast dir hier Hinweise erhofft, nicht wahr? Weißt du jetzt, wie du den Loowerkrieg beenden und mir helfen kannst, Perry Rhodan zu finden?«

Sirken zögerte. »Ich bin noch dabei, Eindrücke zu sammeln.«

Gucky betätigte die Kontrollen seines Instrumentengürtels und versuchte, Informationen über ihre Umgebung zu gewinnen. Doch die Daten, die auf den Anzeigeflächen des Armbands erschienen, konnten unmöglich den Tatsachen entsprechen. Die festgestellte Tiefe schwankte zwischen fünfhundert und zehn Metern, die Lufttemperatur betrug angeblich sechzig Grad, und in unmittelbarer Nähe gab es so starke energetische Emissionen, dass sie nicht eine einzige Sekunde überleben konnten. Der Mausbiber schüttelte den Kopf. »Etwas stört die Sensoren.«

»Vielleicht das gleiche Etwas, das dich bei der Teleportation behindert hat«, sagte Sirken.

Bei diesen Worten fiel Gucky etwas ein. Hatte die seltsame Frau ihn deshalb gebraucht, um in diese unter der Missionsstation verborgene Anlage zu gelangen? Wären ihre Teleporterfähigkeiten – vorausgesetzt, sie hatte welche – nicht ausreichend gewesen?

»Du hast gesagt, dass die Zweidenker dies hier für den Krieg gegen die Kosmokraten benötigen«, sagte Gucky, der die Umgebung beobachtete und versuchte, gleichzeitig Sirken im Auge zu behalten. »Warum? Was hat es mit dieser Anlage auf sich?«

Sirken überhörte die Frage. »Ich glaube, auf diesem Weg gelangen wir zum Kern.«

Sie wanderten durch den Gang, bis seine Wände vorn zur Seite wichen, und nach einigen weiteren Schritten blickten sie in einen großen, inzwischen hell erleuchteten Saal. Das dumpfe Brummen, das Gucky schon zuvor gehört hatte, stammte von diesem Ort. Es kam aus der Tiefe, aus zahlreichen jeweils etwa zehn Meter durchmessenden Schächten, die sich unter einer Anordnung konzentrisch angelegter Laufstege öffneten. In jedem Schacht summte ein massiver, aus mehreren kugelförmigen und zylindrischen Elementen bestehender Aggregatblock.

Gucky blickte erneut auf die Anzeigen seines Armbands, die jedoch völlig unsinnige Werte anzeigten. Er schaltete die Sensoren aus.

Sirken hatte unterdessen einen Laufsteg betreten, folgte seinem Verlauf und blieb über einem Schacht stehen. Gucky gesellte sich ihr hinzu und blickte auf ein Aggregat hinab, das Hunderte von Metern weit in die Tiefe zu ragen schien.

»Wie konnten die Loower hier so etwas konstruieren, ohne dass jemand etwas merkte?«, fragte er.

»Sie ließen sich Zeit damit«, antwortete Sirken. Es klang wie verträumt, als wäre nur ein Teil ihrer Gedanken an diesem Ort. »Jahrzehnte, Jahrhunderte. Ein Teil nach dem anderen. Bis das hier entstand.«

»Auch auf der Erde?«

»Nein. Die Loower sind Meister der Tarnung, aber so etwas hätten sie auf der Erde nicht gewagt. Welten wie Tschesko waren besser geeignet.«

Gucky blickte erneut nach unten und bemerkte ein vages, bläuliches Glühen, das die oberen Bereiche der Aggregatblöcke umgab. »Was sind das für Maschinen? Welchen Zweck erfüllen sie?«

»Dies ist eine Transferstation«, sagte Sirken und klang noch immer geistesabwesend. »Neun von ihnen sind nötig, um ...«

Sie unterbrach sich und hob die Hände zu den Schläfen. Die Lippen zitterten wortlos.

Unter den Laufstegen schwoll das Summen der Aggregate an, und das blaue Glühen gewann an Intensität.

»Was ist los?«, fragte Gucky.

»Sie kommen«, hauchte Sirken. Und etwas lauter: »Sie sind ... nah.«

»Die Loower?«

»Ja.«

Gucky sah auf sein Armband – seit gut zwanzig Minuten befanden sie sich in der subplanetaren Anlage. »Wir sollten uns besser auf den Weg machen. Ich möchte nicht in die Kämpfe zwischen den Loowern geraten.« Er streckte Sirken die Hand entgegen, doch sie rückte von ihm fort.

»Nein. Wir müssen bleiben. Wir ...« Sie blinzelte, und ihr Blick kehrte aus weiter Ferne ins Hier zurück. »Wir müssen hier bleiben!«

»Kommt nicht in Frage.« Gucky ergriff Sirkens Hand, konzentrierte sich, ließ vor dem inneren Auge ein Bild der Pilotenkabine des Kurierschiffes entstehen und sprang.

Und fand sich auf dem Boden des Laufstegs wieder, umgeben von heißem Schmerz und dem Donnern der riesigen Aggregate in den Schächten. Sirken stand über ihm, erneut mit Sorge im Gesicht. »Du bist verschwunden«, sagte sie, mit einer Stimme, die hohl klang und weit entfernt zu sein schien. »Fast zehn Minuten lang warst du weg.«

»Zehn ... Minuten ...«, brachte Gucky hervor und glaubte, im Schmerz zu verbrennen. Mühsam kam er wieder auf die Beine, sah die blauen Aureolen der Aggregatblöcke, hörte ihr Donnern wie die Stimmen schreiender Titanen ...

... und begriff mit kalter, schrecklicher Gewissheit, dass sie in der subplanetaren Anlage festsaßen, wenn sie keinen anderen Weg nach oben fanden.

»Ich kann nicht zurückteleportieren«, krächzte Gucky. »Es gibt eine Barriere.«

Sirken griff nach seiner Hand. »Komm!«

Die Frau zog den Mausbiber hinter sich her, als sie über den Laufsteg eilte, zur gegenüberliegenden Seite des Saals. Eine neuneckige Öffnung in der bleigrauen Wand nahm sie dort auf, und das Grollen der Aggregate folgte ihnen durch einen kurvenreichen Korridor. Gucky fühlte erleichtert, wie der Schmerz nachließ und seine Kraft zurückkehrte.

»Die Aggregate ...«, sagte er. »Sie nehmen Energie auf. Wozu? Was geschieht hier?«

»Die Station bereitet sich auf den Transfer vor!« Sirken lief jetzt. Sie mochte korpulent sein, erwies sich aber als recht flink auf den Beinen. Es fiel Gucky schwer, mit ihr Schritt zu halten. »Es ist bald so weit.«

»*Was* ist bald so weit, Sirken? Verdammt, könntest du dich nicht endlich etwas klarer ausdrücken?«

Der Gang führte in einen mittelgroßen Raum, der keinen anderen Zugang hatte. Hier ragten Buckel nicht nur aus dem Boden, sondern auch aus den Wänden, und die vielen dünnen Stäbe ließen sie wie die Rücken von Igeln erscheinen. Ein Surren hing in der Luft, vom Donnern der jetzt nicht mehr so nahen Aggregate fast übertönt. »Kennst du dich in dieser Anlage aus, Sirken?, fragte Gucky. »Gibt es hier vielleicht einen Transmitter, der uns zur Oberfläche des Planeten bringen könnte? Oder einen Lift?«

In der Mitte des Raums ließ Sirken die Hand des Mausbibers los, sauste an den Wänden entlang und berührte Dutzende von Stäben. Wieder erklang das seltsame Gurren und Zirpen, und die betreffenden Stäbe erglühten in einem düsteren Rot. Gucky beobachtete die Frau – sie bewegte sich mit einer Geschwindigkeit, die ihre Körperfülle eigentlich nicht zulassen sollte.

Im Scheitelpunkt der gewölbten Decke bildete sich eine Öffnung, und eine Säule aus funkelndem, tanzendem Licht senkte sich herab.

»Das Transportfeld bringt uns nach oben!«, rief Sirken, stand plötzlich vor Gucky und zog ihn erneut mit sich, ins Licht hinein.

Sofort verlor der Mausbiber den Boden unter den Füßen. Er fühlte ein Prickeln, als er in der Energiesäule aufstieg, der Öffnung in der Decke entgegen und dann *durch* sie, in einen weiteren, nicht ganz so hell erleuchteten Raum – hier gab es mehr Platz für Schatten –, als das Funkeln des Transportfelds verblasste und fester Boden unter Guckys Füße zurückkehrte. Er sah nach unten und entdeckte nicht die kleinste Fuge im uniformen Grau.

Neun Konsolen standen in dem Raum, vor jeder Ecke eine, durch schwarze Bögen miteinander verbunden. Die Schaltpulte erinnerten Gucky an die Greiflappen von Loowern.

Sirken stand bereits an einer Konsole und betätigte die Kontrollen. Projektionsfelder bildeten sich an den Wänden. Ihre dreidimensionalen Darstellungen zeigten die JUMPY, den Raumhafen der Stadt Tscheskota – mehrere Evakuierungsschiffe starteten gerade – und einen Himmel, an dem es aufzublitzen begann.

»Wie gut du mit der Loowertechnik umgehen kannst«, sagte Gucky und näherte sich einer anderen Konsole. Er dachte daran, dass der Retter des Universums seit dem Sprung in die verborgene Anlage unter der Missionsstation viel zu passiv gewesen war, und das wollte er ändern. Er streckte die Hand nach den Kontrollen aus ...

»Rühr nichts an!«, rief Sirken, erschien neben Gucky und schob ihn beiseite. »Du könntest die Transferenergie auslösen, und das wäre zu diesem Zeitpunkt eine Katastrophe.«

Ein weiteres Projektionsfeld bildete sich und zeigte das All in der Nähe des Planeten. Die Raumschlacht tobte nur wenige Millionen Kilometer von Tschesko entfernt, und immer wieder erschienen Loowerschiffe direkt über dem Planeten, offenbar mit der Absicht, auf ihm zu landen. Andere folgten ihnen und nahmen sie unter Beschuss. Gucky beobachtete, wie ein Riese von mehr als einem Kilometer Länge in der dreidimensionalen Darstellung immer größer wurde, bis mehrere Strahlblitze seine Schutzschirme durchschlugen und ihn zur Explosion brachten. Weitere Schiffe jagten heran, fielen in die Atmosphäre des Planeten und eröffneten das Feuer.

Eine andere Art von Donnern ertönte, und es stammte nicht von den Energie aufnehmenden Aggregaten. Gucky sah, wie auf den neun Konsolen Indikatoren aufleuchteten.

Erneut donnerte es, und diesmal blieb es nicht dabei. Der Mausbiber fühlte eine deutliche Erschütterung, die ihm mehr sagte als warnend aufleuchtende Anzeigen.

»Die Eindenker nehmen uns unter Beschuss«, sagte er. »Sie lassen sich nicht von den Trümmern der Missionsstation täuschen. Sie wissen von dieser Anlage tief unter ihnen.«

Die Projektionsfelder zeigten, wie weitere Loowerschiffe über Tschesko erschienen. Die Einheiten der beiden verfeindeten Flotten sprangen zum Planeten, setzten ihren erbitterten Kampf dort fort.

»Weißt du, was jetzt gleich passiert?« Gucky beobachtete das Geschehen wie gebannt. »Kommandant Linardos wird sich an seine Anweisungen halten und ...«

Dutzende von neuen Sonnen gleißten in hohen Umlaufbahnen, so hell, dass ihr Licht für einige Sekunden alles überstrahlte: die durchs All rasenden Energiestrahlen, das Flackern instabiler Schutzschirme, die Glut auseinander brechender Loowerschiffe. Als es verblasste, gab es fast hundert Raumer der Loower weniger, und für den Planeten zeichnete sich eine globale Katastrophe ab. Energetische Druckwellen fegten durch das Ringsystem, schleuderten hunderttausende Gesteinsbrocken aus ihren Umlaufbahnen, die meisten von ihnen so groß, dass sie nicht in der Atmosphäre verglühen würden.

»Das ist das Ende für Tschesko«, sagte Gucky. »Und auch für uns, wenn es uns nicht gelingt, diese Anlage zu verlassen.« Er wandte sich der Frau zu. »Sirken, ich will jetzt endlich einige klare Worte von dir hören. Du hast behauptet, nicht zu wissen, was die Zweidenker für ihren Krieg gegen die Kosmokraten brauchen, aber du kennst dich hier verblüffend gut aus, hast von einer ›Transferstation‹ und ›Transferenergie‹ gesprochen.«

»Ich weiß nur, dass die Zweidenker etwas aus einer anderen Dimension holen wollen, mehr nicht«, erwiderte Sirken. »Dazu brauchen sie die Transferenergie von neun Stationen dieser Art.«

»Na schön, konzentrieren wir uns zunächst auf die Dinge, die jetzt am wichtigsten sind. Wir müssen fort von hier. Bring uns zum nächsten Ausgang.«

Sirken vollführte eine hilflose Geste. »Ich kenne keinen.«

»Wenn du auf einen geeigneten Zeitpunkt gewartet hast, ganz offen zu sein, Teuerste – er ist jetzt gekommen.«

»Im Ernst, Gucky. Ich weiß nicht, wie wir diese Anlage anders als mit Teleportation verlassen können.«

Der Mausbiber blickte erneut zu den Projektionsfeldern. Die ersten Ausläufer des beginnenden Meteoritensturms erreichten die obersten Schichten der Atmosphäre. Zahlreiche helle Streifen entstanden, von Reibungshitze geschaffen.

Jenseits des Ringsystems blitzte es erneut im All, und mehrere Loowerschiffe explodierten. Andere drehten ab und entfernten sich von Tschesko. Die Schlacht schien entschieden zu sein.

Hunderte von großen Schiffen steuerten in niedrige Umlaufbahnen. Gucky vermutete, dass es sich um Einheiten der Zweidenker handelte, denn sie eröffneten nicht das Feuer auf die Trümmer der Missionsstation und die Anlage darunter.

Kleinere Gesteinsbrocken aus dem Ringsystem verglühten in den oberen Schichten der Atmosphäre. Größere verwandelten sich in Feuerbälle. Gucky wusste: Ihnen blieben nur noch wenige Minuten – höchstens! –, um sich in Sicherheit zu bringen.

Er öffnete sein Selbst und dachte dabei kurz an die Möglichkeit, dass Sirken diese Gelegenheit nutzte, um in sein Bewusstsein vorzustoßen. Aber er schob den Gedanken sofort wieder beiseite – es ging nicht mehr um Manipulation, sondern ums Überleben.

Der Mausbiber konzentrierte sich wie vor einem Sprung und tastete mit einem mentalen Ausläufer nach oben, dorthin, wohin ihn die *fast* eingeleitete Teleportation bringen sollte. Dabei stieß er auf eine Barriere, die ihm Widerstand entgegensetzte und gleichzeitig an ihm zerrte. Es fühlte sich an wie ... eine klebrige Mauer.

»Es hat keinen Zweck«, sagte er. »Von dieser Seite scheint die Teleportationsbarriere völlig undurchdringlich zu sein.«

Sirkens Blick galt den Projektionsfeldern. Sie wirkte ruhig und unbesorgt. »Dann haben wir keine andere Wahl, als hier unten abzuwarten.«

Die Schiffe der Zweidenker im niedrigen Orbit formierten sich zu Neunergruppen, zwischen denen grüne Lichter hin und her sprangen. Innerhalb weniger Sekunden dehnte sich ihr Leuchten aus, berührte Gesteinsbrocken aus dem Ringsystem, verbrannte sie ...

Ein Schutzschirm entstand und hüllte den ganzen Planeten in eine grüne energetische Membran. Weitere Fragmente aus dem Ringsystem verglühten darin.

Gucky ließ den angehaltenen Atem entweichen. »Die Loower haben uns gerade das Leben gerettet«, sagte er erleichtert. »Offenbar wollen sie nicht, dass dieser Planet einem Meteoritenhagel zum Opfer fällt.«

»Sie wollen ihn für sich«, erwiderte Sirken, und wieder klang ihre Stimme verträumt. »Sie wollen ihn für den Krieg gegen die Kosmokraten.«

Gucky deutete auf eine der holographischen Darstellungen. »Ich schätze, Langeweile haben wir nicht zu befürchten. Wir bekommen Besuch.«

Neunmal neun Schiffe setzten zur Landung an.

:38

Karn-Terg
| Alkyra II, 1338 N.d.E. – 1337 NGZ |

»› Zum wiederholten Male überprüfte Karn-Terg die Aggregate des Zapfers, denen der Hort seine Energie verdankte, und auch diesmal stellte er fest: Es funktionierte alles einwandfrei. Bis auf den von Hisk installierten Mikroreaktor. Eigentlich für den Notfall bestimmt zählte er zu den Opfern der erhöhten Hyperimpedanz.

»Wir haben Glück gehabt, Garasch«, sagte er. »Wenn diese Station mit Hyperfeldzapfern und anderer fünfdimensionaler Technik ausgestattet gewesen wäre, hätte sich eine Katastrophe kaum vermeiden lassen. Unsere energetischen Anlagen sind vergleichsweise primitiv: Wir konvertieren die Wärme im Innern des Planeten.«

Der Helk schwebte auf einem Antigravfeld näher. »Ich stelle gerade fest, dass die ehemaligen Neuner in ihren Quartieren erneut unruhig werden. Sie verlangen, dass du sie gehen lässt.«

Karn-Terg wandte sich von den Kontrollen ab und fühlte eine Müdigkeit, gegen die Ruheperioden nichts ausrichten konnten. Es war nicht nur die Last des Alters. Hinzu kam eine tiefe Verbitterung, die keinen Platz für Freude oder Optimismus ließ. Die Farben seiner Welt verblassten; alles schien grau zu werden.

»Sie wollen zum Neundenker, nicht wahr?«

»Ja«, bestätigte Garasch. »Unter den Kindern des Horts und jenen, die bereits den letzten Sprung hinter sich haben, befindet sich kein einziger Eindenker.«

»Es sind *alles* Eindenker«, sagte Karn-Terg und ging mit kurzen, langsamen Schritten durch einen langen Korridor, der zum Außenbereich des Horts führte. »Niemand von ihnen hat ein Tiefenbewusstsein.«

»Aber sie werden sich Kilan-Gerp anschließen, sobald sie in der Trümmersphäre sind. Und dort bekommen sie ihr sekundäres Selbst.«

Neundenker. Karn-Terg wusste nicht, ob Kilan diesen Titel erhalten oder sich ihn selbst zugelegt hatte. Es spielte auch keine Rolle. Neun, die Zahl des Glücks. Und jemand, der neunmal dachte, jemand mit neunfachem Bewusstsein ... Eine solche Person *musste* die Wahrheit sehen und konnte sich nicht irren.

»Fordere ein Schiff an«, sagte Karn-Terg schließlich. »Sag den Ehemaligen und den Neunern kurz vor dem Sprung, dass ich bereit bin, sie ziehen zu lassen. Es hat keinen Sinn, sie noch länger hier zu behalten. Die Situation in der Trümmersphäre wird nicht besser, sondern schlechter.« Er ächzte leise. »Ich wollte sie nur schützen.«

Kurze Zeit später erreichten Kinderwart und Helk einen Empfangsraum, dessen Leere Karn-Terg daran erinnerte, dass schon seit einer ganzen Weile keine Einer mehr eingetroffen waren.

»Es kommen keine Kinder mehr von der Trümmersphäre«, sagte er.

»Seit fast sechs Jahren nicht mehr«, bestätigte Garasch. »Die Kinder befinden sich an Bord der Raumschiffe, die sich aus der Trümmersphäre lösen.«

»Dies ist also nicht nur das Ende der orbitalen Stadt, sondern auch das Ende des Horts«, sagte Karn-Terg mit tiefer Trauer. »Hier wird *alles* leer sein, wenn die derzeitigen Einer ihre Entwicklungsstufen durchlaufen und den letzten Sprung hinter sich haben.«

»Ja«, sagte der Helk knapp.

Karn-Terg trat zum Fenster und sah nach oben. Noch etwas fand allmählich ein Ende: die lange Nacht des Planeten. Es gab wieder Lücken in der orbitalen Stadt, und durch sie fiel das Licht der Sonne. Wo es die Oberfläche von Alkyra II berührte, schmolzen Schnee und Eis. Die Welt erwachte aus ihrer frostigen Erstarrung und umgab sich wieder mit einer Atmosphäre.

An der Trümmersphäre leuchteten wieder Lichter, wenn auch nicht so viele wie früher. Und ein Flackern neuer Art wiederholte sich immer öfter: Schiffe der Ein- und Zweidenker lösten sich aus dem Stadtverbund und nahmen sich gegenseitig unter Beschuss. Manche explodierten; anderen gelang rechtzeitig eine Verschiebung, der Sprung in den Hyperraum.

»Das ist Wahnsinn«, sagte Karn-Terg leise. »Krieg für das Leben! Zerstören und töten – um zu bewahren und das Leben zu fördern? Selbst Hisks Eindenker, Verfechter der Einkehr, brechen mit Schiffen auf. Um zu verhindern, dass die Zweidenker den Lebenskrieg zu den Kosmokraten tragen.«

»Der Krieg ist immer Wahnsinn«, kommentierte Garasch mit bemerkenswerter maschineller Tiefsinnigkeit.

Auf dem Weg zu seinem Quartier zogen schwere Gedanken durch Karn-Tergs Selbst. Er hatte sich immer eine Rückkehr der Loower ins All gewünscht, aber nicht auf diese Weise. Seine Erzählungen von einer ruhmvollen Vergangenheit waren es gewesen, die Kilan zum Zweidenker und Hisk zum Eindenker gemacht, die Gesellschaft der Trümmersphäre in zwei gegnerische Lager gespalten hatten. Die schlimmste denkbare Möglichkeit war Realität geworden: Loower brachten Loower um, noch dazu im Namen des Lebens. Und Karn-Terg konnte nicht leugnen, dass die durch die Jahrhunderte reichende Kette der Kausalität letztendlich zu ihm führte.

Als er sein Quartier erreichte, war die Müdigkeit so groß geworden, dass er sich kaum mehr auf den Beinen halten konnte. Verbitterung und Trauer schienen seine letzten Kräfte aufzuzehren. Karn-Terg wankte zum Ruhegestell, ging dort in die Hocke und vertraute sich den Stangen an. Kaum hatte er die Augenstiele eingefahren, begann er zu träumen, vom Damals, als die Loower dabei geholfen hatten, Schwärme zu bauen und das Leben im Universum auszubreiten.

Er schlief. Er träumte.

Und er hörte sich auf.

Kilan-Gerp

| Alkyra II, 1338 N.d.E. – 1337 NGZ |

Kleine Jäger patrouillierten über dem Gelände, während oben am Himmel Loower gegen Loower kämpften. Kilan sah das Gleißen von Explosionen in der heller werdenden Nacht des Planeten, als er die Antigravbahre mit Karn-Tergs Leichnam zu den hohen Felsen steuerte, die vor mehr als tausend Jahren Schutz vor den heftigen Winden geboten hatten und sich jetzt inmitten des Horts erhoben, an einer Stelle, die vom Wachstum der Station verschont geblieben war. Hinter den Felsen gab es achtundneunzig Gräber, die ersten drei von Melra-Mar, ihrer besten Freundin Xala-Hida und Kra-Tzaran, Kratz genannt.

»Kann es Zufall sein, dass dein Grab das neunundneunzigste sein wird?«, fragte Kilan, obgleich Karn-Terg ihn nicht mehr hören konnte. Niemand hörte ihn, denn der Kommunikator seines Schutzanzugs war nur auf Empfang geschaltet. Sein Tiefenbewusstsein nahm Meldungen von der Sicherheitseskorte und der Trümmersphäre entgegen und verarbeitete die Informationen, während das primäre Selbst ganz im Hier und Jetzt weilte, in diesem Moment des Kummers. »Oder ist es ein Hinweis? Zweimal die Glückszahl neun. Und der Neundenker trägt dich zu Grabe.«

Er verharrte an dem Grab, das zwei Helks ausgehoben hatten. Andere Loower standen nicht weit entfernt, mit gehobenen Waffen, dazu bereit, eventuelle Angriffe der Eindenker abzuwehren. Offenbar wussten sie noch nicht, dass das Oberhaupt der Zweidenker auf dem Planeten weilte, beim Hort. Aber sicher erfuhren sie bald davon.

Kilan achtete nicht auf sie und blickte auf den in transparente Folie gehüllten Leichnam des Kinderwarts. »Warum hast du nicht gewartet? Nur wenige Stunden ... Ich wollte dich abholen, wie ich es einst versprochen habe, Karn-Terg. Um dich zum Piloten meines Schiffes zu machen.«

Er übermittelte den Helks ein Signal. Sie schwebten näher, nahmen die Leiche und legten sie ins Grab – die Reste eines Großen, die bei denen von achtundneunzig Kindern ruhen würden. Als sie das Grab schließen wollten, sendete er eine Anweisung, die sie innehalten ließ. Er versuchte sich vorzustellen, was in der letzten Zeit in Karn-Terg vorgegangen war, was ihn schließlich dazu veranlasst hatte, sich aufzuhören. Er bedauerte zutiefst, dass ihn die Umstände daran gehindert hatten, den Kinderwart öfter zu besuchen. Jetzt war es zu spät für Gespräche mit ihm.

Aber nicht für einen Traum.

Kilan sah erneut nach oben und stellte fest, dass sich ganze Sektionen von der Trümmersphäre lösten und tiefer sanken, in einen instabilen Orbit, der sie schließlich auf den Planeten stürzen lassen würde. »Wir brechen auf, Großer. Dein Traum von einst wird Wirklichkeit. Wir kehren zu den Sternen zurück und werden uns nicht erneut von den Kosmokraten Fesseln anlegen lassen. Der Preis ist hoch, sogar noch viel höher, als du ahnst«, sagte Kilan und dachte dabei an die Monaden und ihren Halo. »Aber wir müssen ihn bezahlen, Großer, für das Leben dieses Universums.«

Einer der Bewaffneten kam näher, und der Kommunikator übertrug seine Stimme. »Hisk weiß Bescheid und zieht Streitkräfte zusammen. Er wird sich bald hierher auf den Weg machen.«

Kilan schaltete seinen Kommunikator um und wies die Helks an, das Grab zu schließen. Dann wandte er sich an die Soldaten.

»Ich habe dem Mann, der hier für immer ruhen wird, viel zu verdanken«, sagte er, als sie zum nahen Schiff zurückkehrten. Über ihnen formierten sich die kleinen Jäger der Sicherheitseskorte. »Von jetzt an sollen die Kinderwarte in den Nominationen den Konstrukteuren gleichgestellt sein. Alle Loower sollen wissen, wie wichtig ihre Arbeit ist.«

»Es wird verkündet.«

Vor dem Schiff standen weitere Soldaten, und einer von ihnen sagte: »Die ersten Angriffsflotten sind zur PAN-THAU-RA unterwegs, Neundenker. Die anderen fliegen zu den Transferstationen.«

Kilan trat in die Schleuse und blickte noch einmal zu den Felsen zurück, hinter denen er die Gräber wusste. »Das Leben ist wichtiger als alles andere, Großer. Das hast du selbst immer wieder betont.« Und zu den Soldaten: »Folgen wir den Flotten zum Sporenschiff, bevor uns die Eindenker daran hindern können.«

Der Lebenskrieg hatte begonnen.

Hisk-Mekang

| Alkyra II, 1338 N.d.E. – 1337 NGZ |

»Er war vor einer Stunde hier, Erster«, sagte Flottenkommandeur Tan-Tara, der Hisk begleitete. »Wir haben ihn nur knapp verpasst.«

Hisk-Mekang starrte auf das Grab und wusste, wer Karn-Terg bestattet hatte. Er spürte eine Trauer, die nicht nur dem Tod des Kinderwarts galt, sondern der ganzen Situation, und er erinnerte sich an die letzten Worte, die Karn-Terg an ihn gerichtet hatte: *Schließ einen Kompromiss, Hisk. Gib Kilan so viele Schiffe, wie du entbehren kannst.* Selbst wenn er dazu bereit gewesen wäre, die Umstände hatten ihm keine Gelegenheit gegeben.

»Bitte ...«, sagte er, und der Kommunikator übertrug seine Stimme. »Kümmere dich um den Hort. Jemand aus Schanha-Scha soll die Kinder abholen. Und lasst alle wissen: Es ist sehr ehrenvoll, Kinderwart zu sein.«

Der Flottenkommandeur vollführte eine bestätigende Geste und stapfte fort. Andere bewaffnete Eindenker blieben in der Nähe, um ihren Ersten vor einem eventuellen Angriff der Zweidenker zu schützen.

Hisk starrte auf das kleine Hologramm über Karn-Tergs Grab, das seine Energie von einer winzigen Nuklearzelle erhielt. Ihre Kapazität reichte aus, um das Bild des alten Kinderwarts auch noch in zehntausend Jahren zu zeigen.

»Er hat sich so viele Schiffe genommen, wie er wollte«, berichtete er dem Toten. »Und seine Zweidenker nehmen sich weitere. Die Stadt stirbt. Ich muss mir ebenfalls Schiffe nehmen und das aufgeben, was mir immer so viel bedeutet hat: Schanha-Scha. Kilan darf auf keinen Fall die PAN-THAU-RA unter seine Kontrolle bekommen. Ich werde alles versuchen, ihn daran zu hindern.«

Es flackerte am Himmel, als weitere Raumschiffe der Eindenker und Zweidenker die orbitale Stadt verließen und aufeinander feuerten. Schlepper richteten Fangstrahlen auf die Sektionen, die sich aus der Stadt gelöst hatten und in eine instabile Umlaufbahn gerieten.

Hisk senkte den Blick wieder. »Wenn ich jetzt noch einmal mit dir sprechen könnte, würde ich dir *alles* sagen, auch die Dinge, die ich dir bei unseren letzten Gesprächen verschwiegen habe. Vielleicht würdest du dann verstehen. Aber jetzt ist es zu spät, in jeder Hinsicht. Ich musste so handeln, wie ich gehandelt habe, Karn-Terg. Mir blieb keine Wahl. Ich musste ebenfalls auf den Halo der Monaden zurückgreifen, denn sonst wären unsere Schiffe denen Kilans hoffnungslos unterlegen.«

Tan-Taras Stimme kam aus dem Kommunikator. »Wir haben gerade erfahren, dass Angriffsflotten der Zweidenker zur PANTHAU-RA unterwegs sind. Andere fliegen zu den als Missionsstationen getarnten Transferpunkten.«

Hisk richtete sich auf. »Kilan begreift nicht, dass die Kosmokraten den hyperphysikalischen Widerstand des Universums erhöht haben, um das Leben vor sich selbst zu schützen. Der Krieg, den er jetzt begonnen hat, ist ein Krieg *gegen* das Leben.«

Er wandte sich vom Grab ab und kehrte mit schweren Schritten zum Schiff zurück, wo der Kommandeur auf ihn wartete. »Unsere ersten Flotten sind bereit.«

Vor der Schleuse blieb Hisk noch einmal stehen und sah zum Grab zurück, wie Kilan eine Stunde vor ihm.

»Er scheint sehr wichtig für dich gewesen zu sein«, sagte Tan-Tara.

»Er lehrte mich die Bedeutung des Lebens«, antwortete Hisk ernst und holte tief Luft. »Für das Leben, Karn-Terg.« Und zum Flottenkommandeur: »Brechen wir auf. Folgen wir den Zweidenkern.«

: 39

Perry Rhodan
| 1341 NGZ |

»› Rhodan trug den einfachen Raumanzug und hatte den Helm aufgesetzt, als er durch die Space-Jet eilte, die von einem Traktorstrahl zu einem der neun Loowerschiffe gezogen wurde. Immer wieder kam es zu Erschütterungen, die manchmal so heftig waren, dass er mit schmerzhafter Wucht gegen die Wand stieß oder Gefahr lief, im »schiefen« Schwerkraftfeld das Gleichgewicht zu verlieren und zu fallen. Schließlich erreichte er die Luftschleuse.

Dort verharrte er und begriff, dass er sich wie ein Narr benahm. Wollte er flüchten, indem er die Space-Jet verließ und sich dem All anvertraute? Selbst wenn ihm das gelungen wäre, wenn ihn die Loower nicht entdeckt und mit einem weiteren Traktorstrahl eingefangen hätten: Was erhoffte er sich davon, zwei Lichtjahre vom nächsten Stern entfernt, noch dazu ohne funktionierendes Hyperfunkgerät?

Er kehrte in die Zentrale zurück und sah im Hauptholo, wie der Traktorstrahl die Space-Jet im Hangar eines Loowerschiffes absetzte. Als er sich an die Navigationskonsole setzte und den Helm abnahm, dachte er kurz an Zlusch. *Mir kannst du nicht helfen, aber dem Anderen.* Vielleicht, so überlegte Rhodan, bekam er bald Antworten auf einige seiner Fragen.

Das Hauptholo zeigte mehrere Loower, die sich der Space-Jet näherten, und kurze Zeit später kamen klackende Geräusche von der Luftschleuse. Rhodan war nicht bewaffnet und vertraute darauf, dass die Loower nicht beabsichtigten, ihn zu töten. Ein Schuss auf das kleine, ungeschützte Diskusschiff hätte genügt, um es zu vernichten, aber stattdessen war es an Bord geholt worden.

Er hörte das Geräusch stapfender Schritte im Korridor, stand auf und wandte sich dem offenen Schott zu.

Ein Loower erschien dort, zögerte kurz und betrat die Zentrale. Ein zweiter folgte ihm, dann ein dritter. Alle drei hielten Waffen in den Greiflappen und richteten sie auf den Terraner, der demonstrativ die Hände hob.

»Ich bin unbewaffnet«, sagte er.

Die Loower sahen sich um, und als sie niemanden sonst in der Zentrale entdeckten, konzentrierten sie ihre Aufmerksamkeit auf Rhodan. Zwei blieben rechts und links neben dem Schott stehen. Der dritte kam näher, fuhr seine Stielaugen ganz aus und musterte den Terraner.

Seine Sprachblase öffnete sich. »Ich erkenne dich«, sagte er mit kehlig klingender Stimme auf Interkosmo. »Die Suche war erfolgreich – du bist der Eine.«

Und dann schoss er.

Rhodan erwachte in einem kleinen Raum ohne Fenster und mit einer für einen Menschen recht niedrigen Tür, die verriegelt war, wie er kurz darauf feststellte. Das etwas zu matte Licht kam von einem in die Decke integrierten Leuchtkörper, und es fiel auf eine Einrichtung, wie sie karger kaum sein konnte: die schmale Liege, auf der er zu sich gekommen war, ein Tisch, ein Stuhl, eine kleine Nische mit hygienischen Installationen.

Offenbar handelte es sich um eine Zelle, und das wies auf seinen Status an Bord dieses Loowerschiffes hin: Er war ein Gefangener.

Aber wenigstens lebte er noch – die Waffe in den Greiflappen des Loowers war auf Betäubung justiert gewesen.

Nach einer unruhigen Wanderung in dem kleinen Quartier streckte sich Rhodan, der noch immer den leichten Raumanzug trug, wieder auf der Liege aus, faltete die Hände unterm Kopf und starrte an die Decke. Man hatte ihn erneut »der Eine« genannt, ohne zu erklären, was diese seltsame Bezeichnung bedeutete. *Die Suche war erfolgreich.* Die Suche nach *ihm*?

Eine Zeit lang lauschte Rhodan den Geräuschen, die aus dem Schiff kamen, und er versuchte sich vorzustellen, was sie bedeuteten. Das gleichmäßige Brummen schien von den Triebwerken zu stammen; vielleicht flog das Schiff in einem ÜL-Transfer. Nichts donnerte, und Erschütterungen blieben aus – offenbar fand derzeit kein Kampf statt.

Irgendwann glitt er in den Schlaf und begegnete dort Erinnerungsbildern: Zlusch, der ihn an Bord seines Schiffes holte und rasch forttrug, damit die Loower ihn nicht entdeckten; die anderen Nichtdenker, immer sorglos und unbekümmert, selbst dann, als das Schiff an einer Raumschlacht teilnahm; ihre seltsame, *sinnlose* Tätigkeit an Bord; Zluschs Hand, die sich verflüssigte, dann sein ganzer Körper ... Und eine Stimme flüsterte: *Du bist der Eine. Wir haben dich gesucht. Der Andere braucht dich ...*

Als Rhodan nach einigen Stunden erwachte, standen zwei Gefäße auf dem Tisch: Das eine enthielt süßliches Wasser, das andere den nach Zimt schmeckenden Brei, von dem er sich an Bord des ersten Loowerschiffes ernährt hatte. Er aß und trank, nahm dabei eine veränderte Geräuschkulisse des Schiffes wahr. Aus dem gleichmäßigen Brummen war wieder das ferne Stampfen geworden, das er auch an Bord des anderen Raumers gehört hatte, und die flüsternden Stimmen der Bordsysteme klangen ein wenig anders. Auf der Grundlage seiner bisherigen Erfahrungen schloss Rhodan daraus, dass sich das Schiff im Normalraum befand.

Stand eine weitere Schlacht bevor?

Während Rhodan am Tisch saß, spürte er einige leichte Vibrationen, und er befürchtete, dass sie von Geschützen stammten, die destruktive Energie ins All schleuderten. Doch welchen Gegner auch immer das Schiff unter Beschuss nahm, er schien das Feuer nicht zu erwidern – die donnernden Hinweise auf Schutzschirmtreffer blieben aus.

Kurze Zeit später hörte Rhodan etwas, das ihn veranlasste, aufzustehen und sich der Tür zuzuwenden. Stapfende Schritte kamen näher, und die Tür teilte sich in neun zurückweichende Segmente.

Ein Loower kam herein, der nierenförmige duale Körper ganz von graubraunen Haftplatten bedeckt, die Stielaugen nur halb ausgefahren. Die Greiflappen seiner Tentakel hielten keine Waffe.

»Ich bin Arl-Antak von der Ordinanz der Eindenker«, sagte er auf Interkosmo. »Ich bin direkt dem Ersten unterstellt und beauftragt, dich zu ihm zu bringen.«

Der Loower war alt, stellte Rhodan fest. Tiefe Falten durchzogen die hier und dort sichtbare graue Haut, und die rudimentären Flughäute sahen aus, als bestünden sie aus vertrocknetem Pergament. Hinzu kam, dass er nicht aufrecht stand, sondern ein wenig gebückt, wie gebeugt von einer schweren Last.

Im Korridor warteten zwei weitere Loower, jünger, bewaffnet und sehr wachsam, wie ihre zitternden Augenstiele verrieten.

»Wer ist der Erste?«, fragte Rhodan, als er neben Arl-Antak durch einen Korridor ging, der ebenso kurvenreich war wie die Passagen an Bord von Zluschs Schiff. Einer der beiden Bewaffneten stapfte vor, der andere hinter ihnen. »Und was will er von mir?«

Der alte Loower antwortete nicht.

Rhodan atmete tief durch. »Arl-Antak, ich bin Perry Rhodan, Terranischer Resident der Liga Freier Terraner, die dir ein Begriff sein sollte. Ich ...«

»Ich weiß, wer und was du bist, Perry Rhodan«, erwiderte der Loower. »Aber unter den gegenwärtigen Umständen spielen diese Dinge keine Rolle mehr. Wichtig ist nur noch der Krieg um das Leben. Wir dürfen ihn auf keinen Fall verlieren.«

»Der Krieg um das *Leben*?«

»Ja. Die Zweidenker haben ihn uns aufgezwungen. Ihr Sieg wäre eine Katastrophe, nicht nur für uns und diese Galaxis, sondern für alle Völker des Universums, für das gesamte Leben.« Arl-Antaks Augenstiele neigten sich dem Terraner entgegen, und Rhodan glaubte, eine Aura der tiefen Trauer wahrzunehmen, die den alten Loower umgab. »Wir alle müssen Opfer bringen, auch du, Perry Rhodan.«

Ein Antigravschacht nahm sie auf, und sie sanken Hunderte von Metern in die Tiefe, vorbei an hell erleuchteten Korridorzugängen und Räumen, in denen Loower arbeiteten. Einmal sah Rhodan eine humanoide Gestalt in einem nicht ganz so hellen Korridor, und er erinnerte sich an Zluschs Hinweis darauf, dass es auch an Bord der anderen Loowerschiffe Nichtdenker gab.

Als sie einige Minuten später einen Hangar erreichten, spürte Rhodan wieder Vibrationen im Boden, und diesmal schienen sie etwas stärker zu sein.

»Ist dieses Schiff in ein Gefecht verwickelt?«, fragte er besorgt.

»Zwei Kampfflotten haben uns die Möglichkeit gegeben, eine Transferstation anzugreifen«, sagte Arl-Antak. »Unsere Schiffe sind dabei, sie zu zerstören.«

Ein kleines Kegelschiff wartete auf sie, kaum größer als eine Space-Jet. Die beiden bewaffneten Loower eilten voraus und öffneten die Luke. Einer blieb neben ihr stehen, und der andere ging an Bord. Arl-Antak bedeutete Rhodan einzusteigen, schickte den draußen stehenden Loower mit einem Wink fort und schloss die Luke.

Der Bewaffnete betätigte die Kontrollen einer Konsole. Arl-Antak ging in die Hocke und schlang seine Tentakel um die Stangen eines Haltegerüsts.

Rhodan sah durch ein großes Fenster und beobachtete, wie sich das Außenschott öffnete – der automatisch aktiv werdende

Atmosphärenschirm verhinderte, dass die Luft ins All entwich. Der jüngere Loower an den Kontrollen steuerte den kleinen Kegel langsam durch die energetische Barriere ins All.

Draußen hingen Dutzende von Loowerschiffen in hohen Umlaufbahnen über einem grünblauen Planeten. Immer wieder blitzte es bei ihnen auf, und Energiestrahlen rasten zur namenlosen Welt hinab, galten alle der gleichen Stelle, die sich unter dichten Wolken verbarg. Satelliten und größere Orbitalfestungen erwiderten das Feuer, konnten gegen die Angreifer aber kaum etwas ausrichten. Rhodan sah ein Flackern unter den Wolkenbänken, das vermutlich von Explosionen stammte.

Arl-Antak bemerkte den Blick des Terraners. »Dort unten befindet sich eine der Transferstationen der Zweidenker. Diese werden sie nicht mehr nutzen können.«

Das kleine Kegelschiff kletterte im Gravitationsschacht des Planeten empor, der sich langsam unter den Angreifern drehte. Kurz darauf geriet die Nachtseite in Sicht, und dort glühten die Lichter zahlreicher Städte auf einem ausgedehnten Kontinent. Raumschiffe stiegen auf, doch ihnen ging es nicht darum, die Loower abzuwehren – vermutlich evakuierten sie einen Teil der Bevölkerung.

Rhodan sah sie nur aus der Ferne, aber sie boten einen so vertrauten Anblick, dass kein Zweifel bestehen konnte. Es waren terranische Schiffe, und sie evakuierten die Bewohner einer LFT-Welt.

Die Bilder erinnerten Rhodan an das Entsetzen von Snowflake.

Ein zirpendes Geräusch kam von der Konsole vor dem bewaffneten Loower, der in die Rolle des Piloten geschlüpft war und plötzlich sehr aufgeregt wirkte. Er rief etwas, das Rhodan nicht verstand, und bediente die Kontrollen mit den Greiflappen beider Tentakelarme. Das Kegelschiff wurde schneller, entfernte sich von den Riesen im Orbit des Planeten – zwischen denen plötzlich andere Schiffe erschienen.

Sie griffen sofort an.

Ganz offensichtlich gingen sie nach einem gut ausgearbeiteten Plan vor, denn sie konzentrierten ihr Feuer auf einzelne Schiffe, deren Schutzschirme dadurch überlastet wurden und kollabierten. Mehrere kleine Sonnen entstanden über dem Planeten, als sich gewaltige Raumschiffe abrupt in Glutbälle verwandelten.

»Die Zweidenker kommen zu spät«, sagte Arl-Antak leise. »Ihre Transferstation ist zerstört.«

Rhodan beobachtete, wie mehrere der terranischen Evakuierungsschiffe von Strahlblitzen getroffen wurden, die ihr Ziel verfehlt hatten. Sie explodierten ebenfalls.

Der Pilot rief erneut etwas und riss das kleine Kegelschiff so plötzlich zur Seite, dass es im Heckbereich schrillte. Rhodan spürte, wie sich sein Gewicht für ein oder zwei Sekunden verdoppelte. Ein weitaus größeres Loowerschiff, in flirrende Schutzschirme gehüllt, stieß dicht an ihnen vorbei in den Schwerkraftschacht des Planeten und feuerte auf die Schiffe der Eindenker im Orbit, die ihre Umlaufbahnen wie träge verließen und beschleunigten.

Rhodan klammerte sich ebenfalls am Haltegerüst fest und sah zum großen Holo-Schirm im Bug, hinter der Navigationskonsole. Er zeigte die grafisch aufbereitete Darstellung eines großen Loowerschiffes, in dessen Schutzschirm sich eine Strukturlücke bildete – offenbar machte es sich bereit, den kleinen Kegel aufzunehmen.

Ein Energiestrahl traf den Schirm nicht weit von der Lücke entfernt, und der große Raumer kippte dadurch ein wenig zur Seite. Aber der Pilot des kleinen Kegelschiffes reagierte sofort und passte den Kurs an – wenige Sekunden später befanden sie sich auf der anderen Seite des Schutzschirms, der hinter ihnen wieder seine volle Stärke gewann.

Rhodan hörte ein leises Knirschen in der Außenhülle, und das kleine Kegelschiff schlingerte kurz, bevor es den Atmosphärenschirm eines offenen Hangars durchdrang und an Bord des Loowerriesen aufsetzte. Bevor sich das Außenschott schloss, sah Rhodan noch, wie *alle* Lichter im All verschwanden, als der Überlichttransfer begann.

Arl-Antak löste sich vom Haltegestell und stand auf. »Wir sind da«, sagte er schlicht.

Als sie zusammen mit dem Piloten das Kegelschiff verließen, traten ihnen mehrere Loower entgegen, unter ihnen einer, der größer war als die anderen, und auch kräftiger gebaut. Seine Begleiter begegneten ihm mit unübersehbarem Respekt. Er trat auf Rhodan zu und musterte ihn einige Sekunden lang.

»Ich bin Hisk-Mekang, der Erste der Eindenker«, sagte er auf Interkosmo. »Und du bist Perry Rhodan. Der Eine.«

»Diese Bezeichnung habe ich mehrmals gehört«, erwiderte Rhodan. »Was bedeutet sie?«

»Komm, ich möchte dir etwas zeigen.« Hisk-Mekang schritt zur Wand des Hangars, hob dort den rechten Tentakel und berührte die Kontrollen einer kleinen Schalttafel. Ein Hologramm entstand.

Rhodan sah eine ferne Sonne, deren Licht auf die öde, von Kratern übersäte Oberfläche eines Himmelskörpers fiel.

»Was hat es mir dieser Welt auf sich?«, fragte er.

»Es ist keine Welt«, erwiderte der Loower. »Zumindest nicht im üblichen Sinn.«

Ein Zoomeffekt vergrößerte das Bild und holte das Objekt heran. Rhodan betrachtete eine pockennarbenartige Landschaft aus zahlreichen Kratern, wie man sie bei einem Mond erwarten durfte, der dem kosmischen Bombardement aus Asteroiden, Kometen und Meteoriten ohne den Schutz einer Atmosphäre ausgeliefert war. Und doch ... Etwas stimmte nicht.

Rhodan richtete einen fragenden Blick auf Hisk-Mekang. Der Loower hob einen Tentakel und zeigte auf das Hologramm, ein Hinweis darauf, dass die Antwort bei der holographischen Darstellung lag.

Der Terraner sah genauer hin. Die Krater ... Sie waren zu regelmäßig, hatten den gleichen Umfang und die gleiche Tiefe, schienen wie von einer gewaltigen Maschine in eine Oberfläche gestanzt, die zwischen den Kratern makellos glatt wirkte, wie künstlich.

»Das ist kein Mond«, sagte Rhodan.

»Nein«, bestätigte Hisk-Mekang.

»Ein ... Raumschiff?«

»Ja.«

»Aber ein so gewaltiges Schiff ...«

»Du kennst es, Perry Rhodan. Es ist die PAN-THAU-RA – oder das, was die Zweidenker aus ihr gemacht haben.«

»Die PAN-THAU-RA«, murmelte Rhodan verblüfft und sah keinen Mond mehr, sondern das riesige Sporenschiff des Mächtigen Bardioc. »Ich bin an Bord jenes Schiffes gewesen, vor fast anderthalb Jahrtausenden.«

Hisk-Mekang wandte sich an die anderen Loower. »Er ist der Eine.« Der Blick seiner Stielaugen richtete sich wieder auf Rhodan. »Du wirst uns führen.«

»Wobei?«, fragte der Terraner verwundert.

»Beim Sturm auf das Sporenschiff«, sagte Hisk-Mekang mit fester Stimme. »Du kennst es und wirst uns zum Sieg über die Zweidenker führen – für das Leben!«

epilog

»› Julian Tifflor, Außenminister der Liga Freier Terraner, stand in der Zentrale der HERAKLON, einem Schiff der SATURN-Klasse mit einem Rumpfdurchmesser von fast zwei Kilometern. Er blickte in die großen Holos und beobachtete die anderen Schiffe der kleinen Flotte, die mehr als siebzigtausend Lichtjahre zurückgelegt und das Alkyra-System erreicht hatte. Beim zweiten Planeten schien ein heftiger Kampf stattgefunden zu haben. Zahlreiche Trümmer drifteten durchs All, deutlich zu sehen in einigen der Holos, die den Funkoffizier und seine beiden Assistenten mit einer bunten Halbkugel umgaben. Tifflor wandte sich vom Kommandanten ab und trat durch eins der Hologramme in den Kommunikationsbereich.

»Noch immer keine feststellbare Looweraktivität«, meldete der Funkoffizier.

»Offenbar haben die Loower das Alkyra-System verlassen«, sagte Tifflor und ließ den Blick über die vielen Holos schweifen. »Nach einem Kampf.«

»Darauf deutet alles hin.«

Die beiden Funkassistenten bedienten die Kommunikationskontrollen, stellten Verbindungen mit den einzelnen Forschungsgruppen her und nahmen Berichte entgegen. Die Darstellungen in manchen Hologrammen wechselten. Hier sah Tifflor weitere Trümmerstücke, geborstene und zerfetzte Fragmente explodierter Raumschiffe; dort fiel sein Blick auf Szenen von den drei Planeten des Alkyra-Systems. Nirgends gab es Städte. Wo hatten die Millionen und Milliarden von Loowern gelebt, die vor fast anderthalb Jahrtausenden aus allen Teilen des Universums gekommen waren, um sich in diesem Sonnensystem niederzulassen?

Ein Hologramm weckte Tifflors Aufmerksamkeit, und er entnahm den Daten im Informationsfenster, dass die Bilder vom zweiten Planeten stammten. Er trat darauf zu, streckte die Hand nach dem Kontrollpunkt aus und beobachtete, wie das Holo Dominanz gewann und anschwoll, während die anderen schrumpften. Die Stimmen von Angehörigen der betreffenden Forschungsgruppe erklangen.

»Die geoökologischen Anzeichen lassen keinen anderen Schluss zu: Die Atmosphäre dieses Planeten war gefroren und ist erst vor kurzer Zeit wieder in einen gasförmigen Zustand übergegangen.«

»Was meinst du mit kurzer Zeit?«

»Vor einigen Jahren, schätze ich.«

Wind zischte im Hintergrund der Stimmen, und manchmal mussten die Männer und Frauen lauter sprechen, um sich verständlich zu machen.

»Wie konnte die Atmosphäre gefrieren? Hat Alkyra II seine Bahn geändert?«

»Ausgeschlossen. Das hätte Auswirkungen auf die Bahnen der beiden anderen Planeten gehabt. Solche gravitationellen Spuren ließen sich nachweisen.«

»Aber eine kondensierende Atmosphäre ... Es bedeutet, dass die planetare Temperatur um zweihundert Grad und mehr gesunken sein muss, trotz der Sonneneinstrahlung. Welche Erklärung gibt es dafür?«

»Nur eine: Irgendetwas muss das Sonnenlicht daran gehindert haben, den Planeten zu erreichen.«

Tifflor hörte dem Wortwechsel aufmerksam zu und beobachtete die Bilder im nun großen Hologramm. Sie zeigten graubraunes Ödland, eine leblos wirkende Wüste – bis auf etwas in der Ferne, das sich in den vom Wind aufgewirbelten Staubwolken abzuzeichnen begann: Gebäude.

Zwischen den Mitgliedern der Forschungsgruppe fand eine neue Diskussion statt.

»Die Gebäude dort vorn scheinen intakt zu sein, im Gegensatz zu den Ruinen am Äquator und der alten Neunturmanlage.«

»Noch immer keine Anzeichen von Loowern. Unsere Funksignale bleiben unbeantwortet.«

»Wenn die Gebäude wirklich intakt sind ... Vielleicht gibt es dort drin Aufzeichnungen, die uns Auskunft darüber geben könnten, was hier geschehen ist.«

Diese Worte fesselten Julian Tifflors Interesse. Er nahm in einem freien Kontursessel Platz und bedeutete dem Funkoffizier und seinen Assistenten, sich nicht durch ihn stören zu lassen. Eine halbe Stunde verging, dann eine ganze und schließlich zwei. Während dieser Zeit beobachtete Tifflor, wie eine der Einsatzgruppen auf Alkyra II in einen ausgedehnten Gebäudekomplex vorstieß, dessen Hauptteil sich in einer Mulde erstreckte. Eine weitere Stunde verging, während die Gruppe eine Antwort auf die Frage zu finden versuchte, welchem Zweck die »Station« diente. Die Energieversorgung funktionierte nach wie vor, allem Anschein nach auf der Basis von geothermischen Zapfern, aber Loower entdeckten die Forscher nicht. Dafür aber voll funktionsfähige Datenverarbeitungsanlagen.

»Bingo«, sagte einer der beiden Assistenten des Funkoffiziers und wandte sich schnell wieder seiner Konsole zu, als Tifflor den Blick auf ihn richtete.

Eine der Frauen in der Forschungsgruppe hatte in einer neoentelechischen Missionsstation im Wega-System Erfahrungen mit der Loowertechnik gemacht, und nach mehreren vergeblichen Versuchen gelang es ihr, gezielt Daten abzurufen.

»Bingo, in der Tat«, murmelte Tifflor, als er von den Loowern aufgezeichnete Bilder sah. Sie zeigten sonderbare kleine Gestalten in den Räumen und Gängen des Gebäudekomplexes, manche von ihnen fast humanoid, andere sehr fremdartig. Manchmal befanden sie sich in der Gesellschaft eines Loowers.

»Diese visuellen Daten sind Jahrhunderte alt«, sagte die Frau und deutete die Symbole einer Anzeigetafel. »Ich versuche, auf jüngere Informationen zuzugreifen.«

Die nächsten Bilder zeigten Aufnahmen von außerhalb der Gebäude. Sie präsentierten eine dunkle Welt, so kalt, dass die Gase der Atmosphäre zu Schnee und Eis erstarrt waren. Und der Himmel ...

»Jetzt wissen wir, warum wir keine Städte der Loower gefunden haben«, ertönte es. »Weil es nie welche gab.«

In den neuen Bildern bestand der Himmel über Alkyra II aus zahllosen miteinander verbundenen Raumschiffen, die eine gewaltige Schale um den Planeten bildeten. Das Sonnenlicht hatte ihn tatsächlich nicht mehr erreicht. Weitere Bilder folgten, wechselten schnell hintereinander und zeigten Lichtblitze über dem Planeten. Immer mehr Schiffe lösten sich aus der stählernen Schale und feuerten aufeinander.

»Ich glaube, wir sehen hier den Beginn des Loowerkrieges«, murmelte Tifflor. Er beugte sich vor und berührte erneut den Kontaktpunkt des Hologramms. »Hier spricht Julian Tifflor. Bitte stellt so viele Daten wie möglich sicher und beginnt sofort mit der Auswertung. Ich erwarte so bald wie möglich einen Bericht.«

»Verstanden. Wir ...«

Die Darstellungen in den Hologrammen, auch in dem großen vor Tifflor, erstarrten plötzlich, als ein Prioritätssignal Aufmerksamkeit verlangte.

»Wir empfangen fremde Funksignale«, sagte der Offizier. »Sie wiederholen sich immer wieder – es scheint ein automatischer Notruf zu sein.« Er betätigte ein Schaltelement. Eine fremde Stimme erklang. Sie sprach Interkosmo.

»Befreit mich ... Befreit mich ...«

anhang

Kreuzwege

William Voltz und seine Erben

von RÜDIGER SCHÄFER

Viele Jahre lang trugen die PERRY RHODAN-Hefte den Untertitel *»Die große Weltraum-Serie von K. H. Scheer und Clark Darlton«* im Logo. Zwar waren diese beiden Autoren nicht die einzigen, die an den wöchentlich erscheinenden Romanen mitwirkten (an den ersten 50 Bänden beispielsweise waren noch drei weitere Männer – Kurt Mahr, Kurt Brand und W. W. Shols – beteiligt), doch Darlton und Scheer schulterten die alleinige Verantwortung für die Handlung. Letzterer stellte zudem die so genannten *Exposés* zur Verfügung.

Da PERRY RHODAN eine fortlaufende Geschichte, wenn auch mittels in sich abgeschlossener Etappen, erzählt, ist es unumgänglich, zumindest die grundsätzlichen Ereignisse festzulegen und den Autoren gewisse Basisinformationen zur Verfügung zu stellen. Dazu gehören neben einem groben Abriss der im jeweiligen Roman zu beschreibenden Begebenheiten auch Dinge wie Aussehen und Charakter von Protagonisten, Leistungsdaten von Raumschiffen und anderen technischen Geräten, Beschreibungen von Planeten und deren Bewohnern sowie vieles andere mehr. Da jeder Autor jedes Exposé erhält, ist gewährleistet, dass sich alle Mitarbeiter stets auf dem gleichen Informationsstand befinden.

Offiziell hatte Karl-Herbert Scheer die Exposéredaktion bis zu Band 649 inne. Danach übernahm der damals erst 36 Jahre alte William Voltz diese gewichtige Aufgabe. In der Realität dürfte die Übergabe allerdings eher fließend erfolgt sein, war doch der von den meisten

Der Einstiegsband in die Serie von William Voltz, erschienen 1963.

Fans und Kollegen nur liebevoll *»Willi«* genannte Autor bereits seit längerem in die Handlungsplanung involviert und arbeitete eng mit Scheer zusammen.

Auf der offiziellen Homepage der PERRY RHODAN-Serie wird der am 28. Januar 1938 in Offenbach geborene Wilhelm Karl Voltz als der *»Mr. PERRY RHODAN der ersten 1000 Romane«* bezeichnet. Das mag der Leistung von K. H. Scheer und Clark Darlton vielleicht nicht ganz gerecht werden, doch Tatsache ist, dass es wohl bis heute keinen anderen Autoren gibt, der die Serie umfassender und nachhaltiger beeinflusst hat als der schnauzbärtige Hesse mit dem gewinnenden Lächeln.

Willi Voltz begann seine Karriere bei PERRY RHODAN mit Band 74. Er und K. H. Scheer kannten sich durch die gemeinsame Mitgliedschaft im *Science Fiction Club Deutschland* und in der *SF Interessengemeinschaft STELLARIS*, und als Scheer ihn eines Tages fragte, ob er nicht einen Roman für die inzwischen erfolgreich am Markt etablierte PR-Serie beisteuern möchte, sagte Voltz natürlich nicht Nein. Nach Korrekturen von zunächst K. H. Scheer selbst und danach von Günter M. Schelwokat, dem damaligen Redaktions- und Lektoratsleiter des Verlags, nahm der junge Mann zweimal umfassende Änderungen an seinem Erstling vor. Der Roman wurde schließlich angenommen und erschien zu Beginn des Jahres 1963 unter dem Titel *»Das Grauen«*.

Voltz entwickelte sich schnell zu einem der beliebtesten und vor allem engagiertesten Autoren der Serie. In den unter anderem auf der offiziellen Homepage www.williamvoltz.de veröffentlichten Erinnerungen seiner Ehefrau berichtet auch diese über die bereits sehr frühe Einflussnahme ihres Mannes auf die konzeptionelle Richtung der Serie.

Inge Mahn-Voltz wörtlich: *»Es ergab sich, dass bei allen Treffen über die Fortführung der* PERRY RHODAN*-Serie gesprochen wurde. Willi war nicht der Autor, der nur aufs nächste Exposé wartete. Obwohl es nicht seine Aufgabe war, machte er sich Gedanken über die zukünftige Handlung, über Personen, Figuren etc. Willis Integration in die Serie hatte stattgefunden und er fühlte sich von Anfang an mitverantwortlich. Der Exposé-Redakteur nahm die Unterstützung gerne an und bat Willi schon bald, seine Ideen niederzuschreiben und ihm zu senden oder beim nächsten Treffen mitzubringen.«*

William Voltz wird ob der Art und Weise, wie er den Kurs der Serie über gut ein Jahrzehnt hinweg alleinverantwortlich bestimmt hat, oft als *Philosoph* oder auch *Visionär* bezeichnet. Ihm wird die Ausrichtung der Handlung weg von vornehmlich auf militärischer Konfrontation basierenden, actionbetonten Geschichten und stattdessen hin zu sich über Hunderte von Heften erstreckende Spannungsbögen um die großen universalen Geheimnisse zugeschrieben. Das von ihm zementierte Modell des Multiversums und seinen vielfältigen Wirkungsmechanismen bildet bis heute das Fundament der Serie – mit allen Vor- und Nachteilen, auf die ich später noch im Einzelnen eingehen werde.

Ein Meilenstein auf diesem Weg ist ganz ohne Frage das 1980 erschienene PERRY RHODAN-Heft mit der ersten vierstelligen Nummer. Nach Meinung vieler Fans und Serienkenner hat Willi Voltz mit Band 1000 sein Meisterstück abgeliefert, und so ist es kein Wunder, dass das Werk in so gut wie jeder Umfrage nach den beliebtesten Romanen der Serie auf dem ersten Platz landet.

Unter dem symbolträchtigen Titel *»Der Terraner«* unternimmt Voltz den ebenso ehrgeizigen wie erfolgreichen Versuch, die in den vergangenen 20 Jahren angehäuften Puzzleteile kosmischer Evolution zu einem in sich schlüssigen Bild zusammenzufügen. Schon der bewusst schlicht gehaltene Untertitel *Die kosmische Bestimmung der Menschheit* verrät, in welche Richtung die Reise gehen sollte – aber auch, welche schwere Hypothek der Autor seiner Serie damit auferlegte. Voltz gab der Serie einen einzigartigen Unterbau und stellte sie damit auf einen Sockel, der sie über das Niveau gewöhnlicher Unterhaltungsliteratur hinaus hob. Es entstand eine Art kosmischer Glockenturm, dessen einzelne Stockwerke sich über die Jahre beständig aufeinander stapelten und schließlich eine Höhe erreichten, die einen weiteren Ausbau unmög-

PERRY RHODAN 1000 – der Höhepunkt des Schaffens von William Voltz.

lich machten. Für Willi Voltz' Nachfolger in der Exposéredaktion begann damit die undankbare Aufgabe, die Serie wieder in eine Richtung zu navigieren, die eine halbwegs plausible Fortführung erlaubte.

Im 1962 publizierten und von K. H. Scheer verfassten Band 19, der ebenfalls zur Legende geworden ist, erhalten Perry Rhodan und einige von ihm ausgewählte Getreue von der Superintelligenz ES die relative Unsterblichkeit in Form einer *Zelldusche.* Für 62 Jahre ist der natürliche Alterungsprozess angehalten; Krankheiten oder in den Körper eindringende Giftstoffe haben ebenfalls ihre Schrecken verloren. Gleichzeitig verkündet das aus Milliarden von Bewusstseinen bestehende Kollektivwesen, dass der Menschheit eine Frist von 20.000 Jahren bleibt, um sich zu beweisen. In Band 1000 greift Willi Voltz dieses Thema wieder auf und macht es zum Eckpfeiler des von ihm entworfenen Seriengerüsts.

»Du erwartest Großes und Schönes von der Unsterblichkeit?«, wiederholt er die einst von ES gesprochenen Worte. *»Alle organischen Wesen erwarten es, bis die fürchterliche Enttäuschung kommt. Die letzte Flucht ist*

die Entstofflichung. Einmal wirst du froh sein, deinen Geist aus der Hülle des Körpers befreien zu können.«

Damit schließt er eine Klammer um fast zwei Jahrzehnte PERRY RHODAN. Die von ES einst gesetzte Frist wird zu einem symbolischen Zeitraum, zum Synonym für einen Leidensweg, den Perry Rhodan und die Seinen gehen müssen, bis sie eines Tages selbst Bestandteil einer aus der Menschheit heraus geborenen neuen Superintelligenz werden können.

Fluch und Segen der Unsterblichkeit ist ein in der Science Fiction oft und gern benutztes Motiv. Mit der Integration der Voltzschen Variante des Schöpfungsgedankens wird das ewige Leben zu einem Kernelement des Perryversums. Superintelligenzen, Kosmokraten, Chaotarchen und ein Heer von mit relativer Unsterblichkeit ausgestatteter Lebewesen des Standarduniversums planen und wirken epochenübergreifend. Der Zeitstrahl der serienspezifischen kosmischen Historie reicht inzwischen viele Millionen Jahre in die Vergangenheit und erfasst Ereignisketten, die sich über Äonen erstrecken.

Voltz war durchaus bewusst – wenn vielleicht auch nicht am Anfang dieser Entwicklung, dann doch mit Sicherheit später im Rahmen ihres rasanten Fortschreitens –, dass er sich mit seinem bombastischen Bauplan des Universums mittelfristig auf gefährliches Terrain begab. Das Panoptikum der Überwesen und die von Materiequellen, Kosmonukleotiden und Paralleluniversen beherrschte Blaupause des neuen Serienhintergrunds bargen die immense Gefahr der Übersättigung. Ebenso wie sich das Konzept der ersten etwa 500 Romane, die

Perry Rhodan erhält die Unsterblichkeit von ES – der kosmologische Hintergrund der Serie ist erschaffen.

immer stärkeren, immer unbesiegbarer anmutenden Gegner, zwangsläufig totlaufen musste, so sollte auch die Auseinandersetzung mit dem kosmischen Überbau früher oder später an ihre dramaturgischen Grenzen stoßen.

Auf dieses Problem bezieht sich der angeblich von Willi Voltz geäußerte Wunsch, die Serie mit Band 1500 zu beenden. Offenbar war ihm sehr wohl klar, dass sein zwar ungeheuer faszinierendes, aber in seiner nichts mehr bedeckenden Allseitigkeit auch endgültiges Konzept in letzter Konsequenz keine Steigerung mehr zuließ. Mehr noch: Er sah anscheinend auch keinen Ausweg aus dieser Sackgasse – zumindest keinen Ausweg, der seinen hohen Ansprüchen genügte.

Ich selbst bin während der von vielen älteren Lesern heute teilweise idealisierten Voltz-Ära in die Serie eingestiegen und habe den sich damals durch die meisten Romane ziehenden Hauch des Erhabenen in vollen Zügen genossen. Als William Voltz am 24. März 1984 im Alter von gerade einmal 46 Jahren starb, schien für viele das Ende von PERRY RHODAN kaum mehr als eine Frage der Zeit. Zu eng waren Voltz und seine Ideen mit der Serie verknüpft, zu umfänglich war sein Einfluss auf beinahe alle Aspekte der Handlung. Die Serie war nicht nur zu seinem Lebenswerk geworden, sondern auch und vor allem zu seinem Vermächtnis.

Ein Motiv, das sich durch viele der Geschichten von William Voltz zieht, ist die Einsamkeit des Individuums, ein Prinzip, das auf den ersten Blick so völlig im Gegensatz zum Charakter des Schriftstellers steht. Der gesellige Voltz, Familienvater mit zwei Söhnen, Trainer einer Schüler-Fußballmannschaft und selbst aktiver Spieler, suchte stets den Kontakt zu seinen Fans und Lesern. Er begriff PERRY RHODAN zwar hauptsächlich als Unterhaltungsliteratur ohne jeden weltverbessernden Anspruch, doch seine Vorstellung eines *kosmischen Bewusstseins*, dessen Entstehen es dem Menschen eines Tages erlauben würde, die ideologischen Ketten seines erdgebundenen Daseins zu sprengen, findet sich bereits in den frühsten Werken.

Seine Figuren zeichneten sich oft durch eine tiefgreifende innere Verlassenheit aus, waren häufig Außenseiter der Gesellschaft, in der sie lebten, und wurden von anderen bewusst oder unbewusst ausgegrenzt, gemieden und abgelehnt. Dieser Grundsatz übertrug sich beinahe zwangsläufig auf die in der PERRY RHODAN-Serie präsenten Überwesen wie Superintelligenzen oder Kosmokraten. Millionen von Jahren alt und mit gottgleichen Fähigkeiten und immensem Wissen ausgestattet, waren sie doch vor allem eines: allein. Mit diesem Konzept brachte Voltz wie kein anderer Autor vor oder nach ihm einen philosophischen Blickwinkel in seine ausholenden Handlungsplanungen ein. Nicht offen und für jeden sofort erkennbar, aber doch nachdrücklich genug, um sein persönliches Verständnis des neuen Serienkurses zu manifestieren.

»In den ersten Zyklen der PERRY RHODAN-Serie standen sich Gut und Böse gegenüber«, sagt William Voltz in einem seiner seltenen Interviews Ende der 1970er Jahre. *»Heute geht es darum, welche Rolle die Menschheit im Universum übernehmen kann. Ich glaube, der Mensch steht in einer Wechselbeziehung zum Universum und darf sich nicht isoliert als Bewohner dieses kleinen Planeten Erde sehen. Das ist es, was ich meine, wenn ich von einem ›kosmischen Bewusstsein‹ schreibe.«*

In diesem Zusammenhang setzte sich Voltz auch immer wieder mit dem Thema Unsterblichkeit und der Frage auseinander, ob eine dauerhafte Verlängerung des Lebens tatsächlich so erstrebenswert ist, wie man gemeinhin glaubt. Perry Rhodan beispielsweise lernt früh, was es bedeutet, nicht mehr zu altern, und sich dadurch in endloser Folge von all den Freunden und Weggenossen verabschieden zu müssen, die das Ende ihrer natürlichen Lebensspanne erreicht haben. Im Jahr 2043 ereilt ihn der erste einer langen Reihe solcher Schicksalsschläge, als seine Ehefrau, die Arkonidin Thora, stirbt. Rhodans Bitte, für sie eine lebensverlängernde Zelldusche zu gewähren, wird von der Superintelligenz ES abgelehnt.

Unsterblichkeit als Synonym für Isolation und soziale Vereinsamung. Ich erinnere mich noch gut an meine Diskussionen mit dem PERRY RHODAN-Autor Peter Terrid, alias Wolfpeter Ritter (1949–1998), der sehr ähnliche Probleme auch in seinem Berufsfeld diagnostizierte. Eine Tätigkeit als Schriftsteller, so der damals in Köln-Porz heimische Gemütsmensch, bedeutet in der Hauptsache das stundenlange Arbeiten vor dem Computer, das Lesen von Exposés oder das Recherchieren im umfangreichen Datenpool. Möglicherweise erklärt das auch zu einem Teil die Affinität eines William Voltz zu Fragen, die sich mit den großen Zusammenhängen beschäftigen und deren Antworten sich nur dann erschließen, wenn man Jahrmillionen auf die Suche nach ihnen verwendet.

Die Jagd auf die Unsterblichkeit beginnt ...

Die Unsterblichkeit in der PERRY RHODAN-Serie war stets vom Anflug der Tragik begleitet. Bei Willi Voltz findet sich diese bereits auf der untersten Stufe seiner literarischen Ordnung. In den Bänden 153/154 erzählt der Autor die Geschichte des Terraners Hendrik Vouner, der in den Besitz eines jener 25 Zellaktivatoren kommt, die die Superintelligenz ES im Jahr 2326 wahllos über die gesamte Milchstraße verteilt, und dadurch eine Massenhysterie auslöst. Vouner, der als potenziell Unsterblicher von zahlreichen Interessengruppen gehetzt wird und den Aktivator letztlich nur deshalb verteidigen kann, weil er sich über alle seine moralischen Prinzipien hinwegsetzt, erkennt schließlich, dass ihn das ewige Leben auch zum ewigen Gejagten macht, dass er niemandem mehr trauen kann und zu einem Dasein in ständiger Furcht und Ungewissheit verdammt ist. Perry Rhodans Angebot, ihm das Gerät für einen hohen Geldbetrag abzukaufen, nimmt er deshalb nur allzu gern an.

Später überträgt Voltz diese innere Verzweiflung auch auf die von ihm initiierten Hauptfiguren. Zwar sind diese in der Lage, solcherlei Bedenken mit größerer emotionaler Disziplin zu verarbeiten, doch im Kern bleibt der Konflikt stets ungelöst. Alaska Saedelaere dokumentiert diese Neigung zu Außenseitern wohl am deutlichsten, ist er doch zweifellos eine der faszinierendsten Charakterstudien der Voltz-Ära. Der terranische Techniker wird im Jahr 3428 Opfer eines Transmitterunfalls und kollidiert während des Transports durch den Hyperraum mit einem fremden Lebewesen, das sich als schillernde, gallertartige Masse auf seinem Gesicht festsetzt. Jeder, der dem Mann ab diesem Moment ins Antlitz blickt, verfällt augenblicklich dem Wahnsinn, weshalb

Saedelaere fortan eine primitive Plastikmaske trägt (organische Materialien werden automatisch abgestoßen). Es bedarf mehrerer missglückter Selbstmordversuche und eines langen psychischen Reifeprozesses, bevor er seinen offenbaren Makel akzeptiert und mit ihm zu leben lernt. Im Jahr 3531 erhält er einen Zellaktivator.

Am Ende macht Willi Voltz auch vor der letzten hierarchischen Ebene des Diesseits, den unmittelbaren Dienern der Ordnungs- und Chaosmächte nicht Halt. Der prominenteste Vertreter dieser Kategorie dürfte wohl der Kosmokratenroboter Laire sein, der in seiner melancholischen Verklärtheit ein wenig an den traurigen Clown Charlie Rivel erinnert. Seit Jahrmillionen auf der so genannten *Ebene* präsent, einer riesigen Plattform zwischen den Dimensionen, besteht der Hauptteil seiner Aufgabe aus dem Warten auf das Eintreffen der sieben Mächtigen. Später verbringt er weitere Jahrhunderttausende allein an Bord des Sporenschiffs PAN-THAU-RA.

Diese Beispiele zeigen, dass sich die Gleichstellung von Unsterblichkeit und Vereinsamung respektive Ausgrenzung als Leitmotiv durch die gesamte von Willi Voltz konzipierte Handlung zieht. Dabei hat er den Namensgeber der Serie weniger als Figur, denn vielmehr als Idee aufgefasst. *»In meinen Romanen spielt Perry Rhodan nur im Hintergrund«*, verriet er in jenem bereits weiter oben erwähnten Interview. *»Davor agieren Wesen, in die ich mich wegen meiner eigenen Unzulänglichkeit leichter versetzen kann.«*

Trotz solcher Bekenntnisse führte Willi Voltz die Serie am Ende auf einen Gipfel, von dem der weitere Weg unabwendbar in alle Richtungen nur noch bergab führte. Sein kosmisches Modell ist bis heute unerreichter Meilenstein und erdrückender Ballast zugleich. Seinen Nachfolgern blieb die schwere Aufgabe, Alternativen zu entwickeln. Sie mussten neue Pfade beschreiten, um die Geschichte der Menschheit fortzuführen.

Um der kosmischen Reizüberflutung zu entfliehen, entwickelte man im Kreis der Exposé-Verantwortlichen schließlich das Konzept des *»dritten Weges«*. Inwieweit Willi Voltz an diesem Konzept noch mitgewirkt hat, ist nicht offiziell belegt. Auch wenn er die Exposé-Redaktion mit Band 1209 an Ernst Vlcek und Thomas Ziegler (Rainer Zubail, 1956-2004) abgab, so sollen seine Vorplanungen die Handlung noch weit bis in die

Ernst Vlcek und Thomas Ziegler übernehmen die Steuerung der Serie.

nachfolgenden 50 Romane hinein gesteuert haben. Nach Voltz' eigenen Worten hatte er die Handlung in der Rohfassung bereits bis Band 1200 konzipiert, als die Serie im Jahr 1978 gerade die letzten Hefte bis Band 900 hinter sich brachte. Er selbst schrieb seinen letzten Roman 1983 mit Heft 1165.

Prinzipiell ist der dritte Weg nichts anderes als der Versuch, einen Ausgleich zwischen den Kräften der Ordnung und den Mächten des Chaos herbeizuführen. Als sich herauskristallisiert, dass sich die beiden großen kosmischen Fraktionen, Kosmokraten und Chaotarchen, zwar in ihren Zielen unterscheiden, nicht jedoch in der Wahl der Mittel, um diese zu erreichen, eröffnet sich plötzlich eine Chance, die Richtung der Serie zu korrigieren, ohne das bisher Geschaffene verleugnen zu müssen.

Mit Band 1251 betritt Sotho Tal Ker die Serienbühne, ein geheimnisvoller, an ein riesiges Insekt erinnernder Fremder, der sich als Bote der Superintelligenz ESTARTU und ihrer gleichnamigen Mächtigkeitsballung vorstellt. Er preist deren politischen Kurs *zwischen* Ordnung und Chaos als den Weg der Freiheit und der Selbstbestimmung und lädt Perry Rhodan und die Völker der Milchstraße ein, seine Heimat zu besuchen, um sich mit eigenen Augen von deren Schönheit, dem Reichtum und der Zufriedenheit und Gastfreundschaft ihrer Bewohner zu überzeugen. Natürlich entpuppt sich das vermeintliche Paradies sehr schnell als geschickt ausgelegter Köder, der die Milchstraße zu einer Philosophie bekehren will, die sich *Permanenter Konflikt* nennt. Demnach ist der dritte Weg ein Zustand immer währender Spannung zwischen den beiden Polen der Ordnung und des Chaos, eine Spannung, die sich regelmäßig in Form von Kampf und Krieg entladen muss. Später wird deutlich, dass die Superintelligenz ESTARTU ihre Mächtigkeitsballung längst verlassen hat, und dass der Permanente Konflikt lediglich eine von ihren Nachfolgern pervertierte Form jener Ideologie ist, die eine Alternative zu Kosmokraten und Chaotarchen bieten will.

Dennoch: Der dritte Weg war da, und er ist bis heute nicht mehr aus der Serie verschwunden. Im Lauf der folgenden Jahrhunderte trafen Perry Rhodan und seine Mitstreiter immer wieder auf Völker und ganze Sternenreiche, die sich weder den Kosmokraten noch den Chaotarchen verpflichtet fühlten und das große Spiel der Mächte nach ganz eigenen Regeln zu spielen suchten. Rhodan selbst – und mit ihm die meisten seiner unsterblichen Gefährten – sagte sich schließlich ebenfalls von den Kosmokraten los und weigerte sich, die ihm angetragenen Aufgaben zu erfüllen.

Dass die Herren hinter den Materiequellen große Stücke auf den widerspenstigen Terraner halten, zeigten ihre zornigen Reaktionen. Die Strafmaßnahmen reichten von massiven Drohungen über langjährige Verbannung aus der heimatlichen Milchstraße bis hin zur Duldung von Gefahrenpotenzialen, die Millionen Intelligenzen das Leben kosteten. Vor dem scheinbar einfachsten, wenn auch durchgreifendsten Schritt, nämlich dem Entzug der potenziellen Unsterblichkeit, schreckten die Kosmokraten allerdings stets zurück; möglicherweise deshalb, weil sie immer noch hoffen, den Terraner eines Tages in die Reihen ihrer Gefolgsleute zurücklocken zu können.

Das immense Interesse der Ordnungsmächte an Perry Rhodan ist auch nach rund 2300 Romanen noch nicht abschließend aufgeklärt und wie einiges andere ein Überbleibsel der Voltz-Ära. Sowohl Rhodan als auch dessen enger Freund, der Arkonide Atlan, erhalten zunächst speziell auf ihre persönlichen Körperschwingungen abgestimmte Zellaktivatoren. Im Gegensatz zu allen anderen dieser den Alterungsprozess hemmenden sowie nahezu jede Art von Krankheit oder Vergiftung verhindernden Geräte, sind die Aktivatoren von Perry Rhodan und Atlan nicht übertragbar, das heißt, sie können nur von ihnen selbst genutzt werden.

Doch mehr noch: Die *Eichung* der beiden Objekte erfolgte – zumindest was Perry Rhodan angeht – Jahrtausende vor dessen Geburt. Die entsprechenden Daten wurden von den Kosmokraten direkt an die Su-

Illustration: Robert Straumann

perintelligenz ES geliefert, die im Anschluss eine groß angelegte Suchaktion nach den zu den Zellaktivatoren passenden Trägern ausruft. Dieses Beispiel verdeutlicht eindrucksvoll die integrative Genialität eines William Voltz, der die diversen Versatzstücke der bisherigen Handlung zu einem logischen Ganzen verschmolz und Zusammenhänge zwischen Ereignissen herstellte, die vorher nicht dagewesen waren, nun jedoch auf Anhieb logisch und nachvollziehbar erschienen.

Die Suche nach der geheimnisvollen *Welt des ewigen Lebens*, die sich als Sitz der Superintelligenz ES entpuppte, wird zur Prüfung des jungen Rhodans und der ihm von den Kosmokraten zugesprochenen Fähigkeiten. Aus den Konflikten mit immer fortschrittlicheren und stärkeren Gegnern wird ein steiniger Pfad hin zum Verständnis kosmischer Hintergründe und der Abkehr von weitgehend expansiver Machtpolitik, an dessen Ende die Erkenntnis um die Existenz der Ordnungsmächte steht. In jenem legendären und weiter oben erwähnten PERRY RHODAN-Band 1000 lässt Voltz die Ereignisse der vorangegangenen 999 Romane Revue passieren und setzt sie auf das von ihm erbaute Fundament eines neuen kosmischen Leitbilds. Mit dem Auftrag zur Gründung der *Kosmischen Hanse* sind Perry Rhodans Lehrjahre beendet und er wird zu einer Schlüsselfigur im seit Jahrmillionen währenden Spiel der universalen Machtblöcke.

Um die sich in den folgenden rund 250 Romanen stetig steigernden Ansprüche an die komplexe Konzeption und damit an die Fantasie der Leser wieder abzumildern, versuchen Ernst Vlcek und Thomas Ziegler in ihrer Rolle als Exposéverantwortliche schließlich den Schnitt. Es mag nicht jedem Serienexperten legitim erscheinen, diesen Schnitt auf ein einzelnes Ereignis zu fokussieren, doch Perry Rhodans Auftritt am Berg der Schöpfung – nachzulesen in Band 1271 – ist nach Auffassung vieler Sachkenner ein entscheidender Wendepunkt in der Ausrichtung der Handlung, denn er symbolisiert die Kapitulation des Protagonisten vor einem Wissen und damit einer Verantwortung, die er als Mensch aus Fleisch und Blut nicht mehr übernehmen kann.

Der Berg der Schöpfung ist ein Teil des *Moralischen Kodes*, also jener Doppelhelix aus Kosmonukleotiden, die sich durch das gesamte Multiversum zieht und über dessen Schicksal bestimmt. Die Kosmonukleotide sind im Rahmen ihrer Funktion – dem Generieren potenzieller Zukünfte auf Basis von statistischen Wahrscheinlichkeiten – inner-

Perry Rhodan am Berg der Schöpfung – Anfang und Ende einer Ära.

halb der Doppelhelix *verankert.* Dies ist insofern notwendig, als dass jedes Kosmonukleotid für einen fest definierten Abschnitt des Multiversums zuständig ist. Ein Entfernen aus dem Verbund des Kodes würde zum Entstehen einer *Negasphäre* führen, also eines Raumbereichs, in dem die bekannten Naturgesetze und physikalischen Beschränkungen keine Gültigkeit mehr besitzen.

Eines sollte man sich an dieser Stelle bewusst machen: Die hier benutzten Bilder können natürlich lediglich Hilfskonstrukte sein, um sich Vorgänge zu veranschaulichen, die sich in weit mehr als jenen den menschlichen Sinnen zugänglichen drei Raumdimensionen abspielen. Die Hyperphysik der PERRY RHODAN-Serie bleibt, wie auch ihre realen Vorstufen, die Relativitätstheorie und die Quantenphysik, den Mathematikern vorbehalten. Die Tatsache, dass die von ihr formulierten Gesetze den Alltagserfahrungen scheinbar widersprechen, macht es für den Laien unumgänglich, sich bei näherer Beschäftigung mit diesem komplizierten Feld gewisser Vereinfachungen zu bedienen. Die Äquivalenz des Moralischen Kodes mit dem genetischen Kode des Menschen ist nur eine davon.

Der Moralische Kode ist sowohl für die Kosmokraten als auch für die Chaotarchen von grundlegendem Interesse, denn sie verbinden ihn und seine Funktion mit einem der größten Geheimnisse, die das Perryversum zu bieten hat: Der Antwort auf die letzte der *drei Ultimaten Fragen.* Die ersten zwei dieser ebenfalls von William Voltz ersonnenen Rätsel, die sich beide mit dem Moralischen Kode respektive seinen Bestandteilen befassen, wurden gelöst. An der dritten beißen sich nicht nur Ordnungs- und Chaosmächte seit Ewigkeiten die Zähne aus. Übrigens hält man es in terranischen Fachkreisen inzwischen durchaus für möglich, dass es in Wahrheit nur *eine* Ultimate Frage gibt, und dass die anderen beiden von den Kosmokraten erdacht wurden, um ihre Hilfsvölker an diese schwierige Materie heranzuführen.

Die dritte Ultimate Frage – *Wer initiierte das GESETZ, und was bewirkt es?* – ist heute der Inbegriff des kosmischen Mysteriums in der PERRY RHODAN-Serie. Vermutlich wird sie niemals beantwortet werden. Vermutlich wusste auch Willi Voltz keine Antwort darauf, denn wie immer diese Antwort auch aussehen würde – gemessen an der Erwartungshaltung der Leser wäre sie zwangsläufig eine Enttäuschung.

Doch kehren wir zurück an den Berg der Schöpfung, der gewissermaßen das Fundament eines bestimmten Kosmonukleotids, in diesem Fall eines Kosmonukleotids mit der Bezeichnung TRIICLE-9 ist. Vor Millionen von Jahren löste sich das Gebilde aus nicht bekannten Gründen aus seiner Verankerung und begann mit einer Odyssee durch die Dimensionen, bis es schließlich unter tatkräftiger Mithilfe Perry Rhodans wieder an seinen ursprünglichen Standort zurückgeführt wurde. Im Rahmen dieser Ereignisse bietet sich dem Terraner die einmalige Chance, die Antwort auf besagte dritte Ultimate Frage zu erhalten, doch im letzten Moment besinnt er sich anders und verweigert sich der wie eine Flutwelle auf ihn zurasenden Erkenntnis. Er spürt, dass er ihr nicht gewachsen ist, dass die Wahrheit ihn letztlich den Verstand kosten würde.

Mit dieser Ablehnung schließt sich ein Kreis, den William Voltz lange vor PERRY RHODAN-Heft 1000 begonnen hat. Die Suche nach den Knotenpunkten im Geflecht der roten Fäden kommt zumindest vorläufig zu einem Abschluss. Perry Rhodan begreift, dass dem menschlichen Verstand – seinem Verstand – natürliche Grenzen gesetzt sind, dass selbst er, der weit länger gelebt hat, als die meisten anderen Menschen vor ihm, keine Möglichkeit besitzt, über diese Grenzen hinaus vorzustoßen.

Man mag darüber spekulieren, ob es diese Erkenntnis war, vor der sich ein William Voltz einst gefürchtet hat, denn sie hätte tatsächlich das Ende der PERRY RHODAN-Serie bedeutet, wenn man dem einmal eingeschlagenen Weg bedingungslos gefolgt wäre. Der Visionär Voltz sah womöglich keine Chance, die Handlung auf eine Ebene zurückzuführen, von der aus sich eine neue Neuorientierung bewerkstelligen ließ.

Bis einschließlich Band 1999 hielt der Österreicher Ernst Vlcek das Zepter der Exposéredaktion in den Händen – zeitweise unterstützt von dem bereits erwähnten Thomas Ziegler, Kurt Mahr (Klaus Mahn, 1934–1993) und Robert Feldhoff. Unter seiner Regie wurden zunächst noch einige der von William Voltz offen gelassenen Fragen beantwortet, bevor schließlich mit Heft 1400 nicht nur ein deutlicher Sprung in der Handlungszeit (695 Jahre), sondern auch ein abrupter Richtungswechsel in Sachen Themenschwerpunkt erfolgte. Perry Rhodan und eine Reihe seiner mit ihm in einem Stasisfeld gefangenen Gefährten überspringen fast sieben Jahrhunderte und sehen sich plötzlich mit einer von innen abgeschotteten Milchstraße und geheimnisvollen Invasoren namens Cantaro konfrontiert.

Im Mittelpunkt steht nun wieder das Abenteuer und die unmittelbare Gefahr. Als Rhodan & Co. den Wall um die heimatliche Sterneninsel durchbrechen und in die isolierte Galaxis vordringen, müssen sie feststellen, dass die neuen Machthaber nicht nur viele Völker versklavt oder an den Rand der Vernichtung getrieben haben, sondern auch grausame genetische Experimente anstellen. Natürlich gelingt es am Ende, die Eindringlinge zu besiegen und die Milchstraße zu befreien.

Auch die folgenden 100 Hefte beschäftigten sich nur am Rande mit dem von William Voltz hinterlassenen kosmischen Modell. Stattdessen geht es um die offenbar geistig verwirrte Superintelligenz ES, die Perry Rhodan und die übrigen Zellaktivatorträger auffordert, ihre lebensverlängernden Geräte abzugeben. Angeblich sei die Bewährungsfrist von 20.000 Jahren verstrichen, und die Terraner hätten versagt. Mit den Linguiden taucht zudem ein Volk auf, welches fortan zu den Favoriten der Superintelligenz zählt. Rhodan macht sich umgehend daran herauszufinden, was ES zugestoßen ist, um so sein und das Leben seiner Freunde zu retten.

Im Jahr 1992 scheint die Phase der Umorientierung dann abgeschlossen zu sein, denn mit Band 1600 entschließt sich der zu diesem Zeitpunkt alleinverantwortliche Exposéautor Ernst Vlcek zum Start eines *Großzyklus*, der in vier Abschnitten über insgesamt 200 Romane laufen soll. Zum ersten Mal seit dem Tod von Willi Voltz acht Jahre zuvor wird dessen komplexes Schöpfungsmodell um eine neue Komponente erweitert: Das Arresum – die *Rückseite* des Universums.

Aufbruch zur Rückseite des Universums.

Um dieses Phänomen einigermaßen verständlich zu erklären, wählt man die Analogie des Möbiusbandes. Dieses nach dem Leipziger Mathematiker und Astronomen August Ferdinand Möbius (1790–1868) benannte Objekt ist eine zweidimensionale Fläche mit jedoch nur einer einzigen Seite. Ein Streifen Papier lässt sich sehr einfach zu einem Möbiusband formen, wenn man ihn um 180 Grad verdreht und seine beiden Enden dann zusammenklebt. Obwohl es nun auf den ersten Blick so scheint, als habe der Streifen eine Vorder- und eine Rückseite, ist dem nicht so. Egal an welchem Punkt auf dem Band man beginnt an ihm entlangzufahren – man kehrt stets wieder zu diesem Punkt zurück, ohne die Seite gewechselt zu haben.

Natürlich handelt es sich auch hier wieder um die Vereinfachung eines weitaus komplizierteren mathematischen Modells. Arresum und Parresum (so der Name der *Vorderseite*, also der uns bekannten Hälfte des Universums) sind zwar getrennt, verhalten sich aber dennoch wie ein Ganzes. Dieses Verhalten schließt auch eine gegenseitige Beeinflussung nicht aus. So gibt es beispielsweise dort, wo sich im Arresum Galaxien, Sterne und Planeten befinden, im Parresum nur leeren Raum und umgekehrt. Weiterhin können Lebewesen von der einen Seite auf der jeweils anderen Seite nur maximal 50 Tage überleben. Lediglich Unsterbliche wie Perry Rhodan und die anderen Aktivatorträger sind von diesem Effekt ausgenommen.

Vlceks Basisentwurf dürfte dabei wohl von einem realen astronomischen und bis heute ungelösten Problem befruchtet worden sein, nämlich der Tatsache, dass die im Universum vorhandene, das heißt die sicht- und messbare Materie nicht ausreicht, um die zur Bildung von Sternen und Galaxien notwendigen Gravitationsverhältnisse zu schaffen. Physiker und Astronomen haben deshalb den Terminus der *Dunklen Materie* geprägt, die den Berechnungen zufolge den Großteil der Gesamtmasse des Kosmos ausmachen muss. Das *dunkel* bezieht sich dabei auf den Umstand, dass besagte Materie außer ihrer Gravitationswirkung keine andere Wechselwirkung mit der uns bekannten Materie zeigt.

Das Arresum ist dem Parresum in vielen Dingen sehr ähnlich. Auch dort versuchten die Kosmokraten Leben und Intelligenz mithilfe von sieben Mächtigen und deren Sporenschiffen zu verbreiten – und auch dort geht etwas schief. Wie schon Bardioc im Standarduniversum, verfällt auch einer der im Arresum aktiven Mächtigen, der insektoide Dosorom, dem Größenwahn und erzeugt aus On- und Noon-Quanten, jenen hyperphysikalischen Katalysatoren für organisches Leben und Intelligenz, eine bizarre kristalline Existenzform namens *Abruse.* Als ihn seine sechs Kollegen schließlich stellen und für seinen Verrat zur Rechenschaft ziehen wollen, kommt es zum Kampf, den keiner der sieben Mächtigen überlebt.

Die Abruse breitet sich in den kommenden Jahrhunderttausenden unaufhaltsam aus und beginnt ein zerstörerisches Werk. Ihre Strahlung tötet ohne Ausnahme jedes Leben und transformiert es dann in einen grotesken kristallinen Zustand. Es ist abzusehen, dass das Arresum eines Tages vollständig von Kristallen beherrscht sein wird, sofern die Expansion der Abruse nicht rechtzeitig gestoppt werden kann. Am Ende ist es erneut die Superintelligenz ES, die eingreift und einen Teil ihrer Substanz opfert, um der *Rückseite* des Universums eine neue Chance zu geben.

1996 beginnen Ernst Vlcek und der frisch ins Exposéteam aufgenommene Robert Feldhoff dann mit Band 1800 einen weiteren Großzyklus,

Der 400-bändige »Thoregon«-Zyklus beginnt.

der diesmal sogar über 400 Hefte läuft und in sechs Abschnitte unterteilt ist. Perry Rhodan wird einmal mehr mit dem ihm bereits bekannten dritten Weg konfrontiert, diesmal allerdings auf einer deutlich höheren Ebene als zuvor. Dabei müssen die für die Handlungsplanung Verantwortlichen vermitteln zwischen den Zwängen der nach wie vor die Serie beherrschenden Voltzschen Kosmologie auf der einen und der Notwendigkeit, etwaige Neuleser nicht durch zu üppige Rückgriffe auf die komplexe Vergangenheit zu verschrecken, auf der anderen Seite.

Im Fokus steht dabei diesmal ein so genanntes *Thoregon.* Dabei handelt es sich vereinfacht gesagt um eine von einer einzelnen oder mehreren Superintelligenzen initiierte Koalition, die ursprünglich das Ziel hatte, sich dem Einfluss der Kosmokraten und Chaotarchen zu entziehen. Das erste Thoregon – vor Millionen von Jahren von der gleichnamigen Superintelligenz THOREGON gegründet – entstand aus einer Notsituation heraus. Die Ordnungsmächte waren damals zu dem Schluss gelangt, dass der Einfluss des *»Lebens an sich«* im Universum überhand zu nehmen drohte und planten die Auslöschung einer Reihe von ihrer

Meinung nach überflüssigen Superintelligenzen. THOREGON fühlte sich bedroht und begann damit, nach einem geeigneten Versteck zu suchen. Sie fand es schließlich in einem *PULS*.

Ein PULS ist in gewisser Weise ein eigenes Mini-Universum, ein Ort außerhalb jenes Raumbereichs, der durch die Kosmonukleotide des Moralischen Kodes beeinflusst wird und somit nicht der Kontrolle der Kosmokraten oder Chaotarchen unterliegt. PULSE sind Naturerscheinungen, wie sie im Zuge von extrem energiereichen kosmischen Phänomenen wie beispielsweise der Kollision von zwei Galaxien auftreten. Normalerweise lösen sie sich nach einigen Jahrtausenden wieder auf, doch THOREGON stabilisiert einen dieser PULSE mittels ihrer mentalen Begabungen und findet dort Unterschlupf.

Die Kosmokraten mussten bald einsehen, dass sie nicht mehr an die Superintelligenz herankamen. Deshalb schlossen sie eine Art Nichtangriffspakt. Sie garantierten THOREGON, keine weiteren Versuche mehr zu deren Eliminierung zu unternehmen. Im Gegenzug verpflichtete sich die Superintelligenz dazu, ihren Machtbereich nicht weiter auszudehnen. Ein durchaus akzeptables Arrangement, wäre THOREGON nicht bald darauf zu der Überzeugung gelangt, dass sie zu weitaus höherem berufen sein müsse, als den Rest der Ewigkeit im gemachten Nest zu sitzen. Schließlich hatte sie die übermächtigen Kosmokraten praktisch in die Knie gezwungen. Warum also nicht den nächsten logischen Schritt tun und die anmaßenden Herren hinter den Materiequellen ein für alle Mal in ihre Schranken weisen und sie in ihrer Regentschaft ablösen?

Einmal mehr lässt sich hier die in diesem Text schon so oft genannte klassische Motivkette herleiten. Unsterblichkeit, Macht- und Wissensgewinn, Isolation, Größenwahn. Ein Naturgesetz. In der PERRY RHODAN-Serie ist die Liste der zeitlosen Entitäten, die auf die eine oder andere Weise den Verstand und damit den Bezug zu ihrer Realität verloren haben, lang. Es macht die Überwesen zwar auf eine burleske Weise *menschlich*, doch die Folgen sind stets kosmische Katastrophen und Opfer, die nach Millionen, wenn nicht gar Milliarden zählen.

THOREGONS Absicht, weitere ihrer Artgenossen zur Gründung von Thoregons zu überreden und schließlich sogar ein künstliches Kosmonukleotid zu schaffen, schlägt am Ende zwar fehl, aber der Schaden ist angerichtet. Die Kosmokraten erhöhen die *Hyperimpedanz*, den hyperphysikalischen Widerstand, den jede moderne, auf höherdimensionalen Prozessen fußende Technik zu überwinden hat, und schränken dadurch die Bewegungsfreiheit insbesondere der hoch entwickelten Völker drastisch ein. Bei William Voltz noch als erklärte Kämpfer für das Gute, als Beschützer und Bewahrer organischen Lebens definiert, haben sich die Ordnungsmächte im Verlauf der letzten zwanzig Jahre somit zum Inbegriff der Rücksichtslosigkeit und Amoral gewandelt.

Ein abschließendes Urteil ist jedoch nur unter Vorbehalten zu fällen. Angesichts der unvorstellbaren Größe allein unseres Universums und der vergleichsweise wenigen Kapitel aus dem kosmischen Geschichtsbuch, die Perry Rhodan und seine Freunde bislang kennen, sind die Beweggründe der Herren hinter den Materiequellen vielleicht gänzlich andere, als bislang vermutet. Schon der deutsche Philosoph Friedrich Wilhelm Nietzsche (1844–1900) sagte: *»Moral ist eine Wichtigtuerei des Menschen vor der Natur«.* Möglicherweise ist jede Spekulation über das, was Kosmokraten oder Chaotarchen zu ihrem Tun veranlasst, nichts weiter als Anmaßung, weil wir die Wahrheit niemals begreifen könnten.

Und damit kehren wir wieder zu jenem Problem zurück, das auch William Voltz vor so vielen Jahren erkannte. Ihm musste klar sein, dass er die Bedeutung des Menschen und seine Freiheit, bewusste Entscheidungen zu treffen, in dem Maße reduzierte, in dem er den Einfluss *»kosmischer Mächte«* auf das alltägliche Leben vergrößerte. Wenn der Moralische Kode mit seinen potenziellen Zukünften das Schicksal des Universums gleich einem Uhrwerk bestimmt, wird die Existenz eines freien Willens in Frage gestellt. Der Mensch als Spielball von Kosmokraten, Chaotarchen oder ähnlicher Autoritäten hätte der Vision, die Willi Voltz von der *»Rolle der Menschheit im Universum«* hatte, widersprochen. Sie wäre seinen Erfordernissen nicht im Mindesten gerecht geworden.

Hier lag damals die große Gefahr für PERRY RHODAN; hier liegt auch die Gefahr für die Zukunft. Das Bestreben nach Ausgewogenheit zwischen Voltzscher Kosmologie und nachvollziehbarem Weltraumabenteuer bleibt ein Drahtseilakt. Der Titelheld selbst steht dabei im Zentrum dieses Konflikts. Er muss sich einerseits trotz Unsterblichkeit seine humane Gesinnung bewahren, andererseits aber auch jenes *kosmische Bewusstsein* an den Tag legen, das ihn zu überhöhen droht. Hier liegt fraglos ein Grund für die Vorliebe von Voltz verborgen, in seinen Romanen nicht Perry Rhodan selbst, sondern sehr oft den gewöhnlichen Durchschnittsterraner zu schildern.

Nach Voltz wurde das kosmische Modell – sieht man einmal von Arresum und Parresum ab – fast ausschließlich in die Breite erweitert, in Details verfeinert und ergänzt. Manchmal frage ich mich, was Willi wohl zu sagen hätte, wenn er heute noch unter uns weilen würde. Vielleicht dasselbe, was er bereits 1978 gesagt hat: *»Die PERRY RHODAN-Serie ist eine Unterhaltungsserie, deren Schwerpunkte auf Spannung, Fantasie und Abenteuer liegen. Dies alles ist in einen Handlungsrahmen von epischer Breite eingebettet, sodass sich eine chronologisch fortgeführte Handlung von Band 1 bis zum heutigen Geschehen ergibt. Darüber hinaus versuchen wir, dem Leser Denkanstöße zu geben, die, sagen wir es so, im populärwissenschaftlichen Bereich liegen.«*

O ja, William Voltz *war* ein Visionär!